王筱喻作品集

（上册）

王筱喻 著

CFP 中国电影出版社

图书在版编目（CIP）数据

王筱喻作品集 ：全3册 / 王筱喻 著. --北京 ：中国电影出版社，2017.4

ISBN 978-7-106-04700-9

Ⅰ.①王… Ⅱ.①王… Ⅲ.①中国文学-当代文学-作品综合集 Ⅳ.①I217.2

中国版本图书馆CIP数据核字（2017）第079307号

责任编辑：贾　伟
封面设计：敬德永业
版式设计：李庆辉
责任校对：涑　源
责任印制：庞敬峰

王筱喻作品集（上册）
王筱喻　著

出版发行　中国电影出版社（北京北三环东路22号）　邮编 100013
电话：64296664（总编室）　64216278（发行部）
64296742（读者服务部）
E-mail:cfpygb@126.com
经　　销　新华书店
印　　刷　北京万友印刷有限公司
版　　次　2017年5月第1版　2017年5月第1次印刷
规　　格　开本/710 mm × 1000 mm　1/16
印张/48　插页/0　字数/612千字

书　　号　ISBN 978-7-106-04700-9/I · 1161
定　　价　119.00元（全3册）

吟唱属于一个人的、丰盈的生命之歌

——王筱喻散文集《石头的祭祀》

张丽军

独行在沉默的时光中，甘愿忍受着清平与寂寞，从生命的喧嚣热闹中离开，孤舟单骑，轻扬马鞭，在生活的万千表象中热情追逐其最本真的状态，在寂寥无边的荒原里吟唱出属于一个人的、丰盈的生命之歌。这个扬鞭骑马在文学之路上不倦跋涉的人，就是本书的作者——王筱喻。

筱喻兄是一位在齐鲁大地颇有影响力的散文家和报告文学作家。他是一位具有旺盛且持续的创作生命力的多产作家，同时在翰墨书画领域也小有建树。与筱喻兄认识，十几年前的事情了，大概是在一次文学作家的聚会上。筱喻兄说话声音不是很高，温文尔雅，很是谦和。后来，让我真正刮目相看的是，筱喻兄发来一些他的散文作品跟我交流的时候。筱喻兄的散文自然流畅，字里行间流露出对故乡、童年、亲人的思念之情，对故土风物描写的细腻，都让我大为惊讶。今天，这本新整理的散文集进一步刷新了我对王筱喻的看法。或含蓄温情，或娓娓追忆，在一个个小小的方块连缀中，我读出了一段缓缓流逝的岁月，读出了筱喻对文学刻骨的无比热爱、对故乡的无限情思、对革命忠魂的无上景仰，也读出了他那贯穿始终、不昧天地的文学初心。

人生在世，俯仰之间；白云苍狗，世事沧桑。伴随着光阴无法挥去的印痕，作者在饱含深情的追忆中，对人事变幻的感喟不言自伤。《石头的祭祀》，这篇曾斩获“山东文学2011年度散文奖一等奖”的散文，作者固执而又敏感地捕捉到盛行于当下的一个异常浮躁的现象：人们用赏石、玩石、竞标高价来附庸风雅，标榜自己。这一块块“奇”石实际上是作者孩提时代最不起眼，最廉价，也最难忘的“伙伴”。在童年的记忆里，那时的石头物件是人们日常生活中不可或缺的必需品，人们出于实用的目的才去靠近它们，使用它们。而当“我”长大以后，石头的功能被机器取代，石头渐渐被时代“遗弃”，虽然偶尔“它们也被安在广场上一并被人瞻仰、怀念、祭祀”，但在最广大多数的人们心灵中，它们已然沦为社会上丝毫不醒目、丢之不可惜、一块块彻头彻尾的多余的存在。然而，当这些不起眼的石头摇身一变，成为“自然和文化瑰宝”，变成市场商界一个新的经济炒作热点时，作者对这些石头“坎坷起伏的命运”，不禁发出这样的感叹：“自然和文化瑰宝本是社会和民族不可多得的共有遗产，本非一钱，如何衍为个人所有、如何又标上了炫目的身价，沉沦到市场经济的汪洋大海里随波逐流……”《石头的祭祀》显示出作者对当下现实关怀的文化高度和忧思情怀，其惋惜之意绪，讽贬之情状，溢于言辞。

散文本是人们闲暇之时用闲散之笔娓娓道来的闲情逸致。而筱喻兄却反其道而行之苦心经营，用饱蘸真情的笔墨叙写着生活中的真、善、美。在现实生活中，筱喻也是个极富诗心和诗意的人。退休后他踏遍祖国大好河山，在一处处历史遗迹前静默的凭吊、在美丽神秘的大自然前驻足感叹、在一方的风土人情中参与感悟。他的文思、文脉被击中、震撼、贯通，所到之处即文章。如画的山水，流逝的岁月，点滴感动，不仅汇聚成作者夯实厚重的人生阅历与生命体验，也积淀了他睿智深刻的思想。

在作者笔下，还有不少篇幅表达了他对童年故乡深刻的眷恋。人与大自然，与山与水历来都有一种本能的亲近。这或许解释了作者明明是一个地地道道的北方人，而他的笔下，故乡却泛散着一股湿漉漉的江南水土气息。《悠悠弥河情》《父亲种烟的斑驳人生》……这些是作者到现在都难以割舍的生命履痕。探寻介绍似的口吻起势也好，“故乡的那条河有个极其普通的名字叫石河”；平铺直叙的口气也罢，《故乡那条河，那个湾》……在作者脑海中，故乡已经幻化成故乡中具体可感的一条河、一首童谣、一头细细耕作的老黄牛等等，这是作者对家乡最朴素的记忆，令人动容。

事实上，故土是许多作家文学世界中最不可或缺也难以刻意回避的元素。对故乡的描写也是在这部散文中最不吝笔墨的部分，例如《滩涂，在历史的镜头里》描写了潍坊三北滩涂的沧桑巨变；《历史的契机》《开一代旅游先河》《东方的“奥林匹克”》《好风凭借力》《跳过龙门》等一系列散记述探索了在潍坊上空飘了千年百载的风筝如何漂洋过海，飘向世界，潍坊如何一步一步成为国际风筝会举办地及世界风筝活动中心。而《敢放长线钓大鱼》《向知名度再投资》《伶仃洋在呼唤》则以故乡为背景，通过作者本人的采访及亲身经历，记录了故乡人“敢拼”“敢闯”“敢干”的魄力以及海外游子对家乡的情怀。在和平安定的年代，为家乡的一山一水，风俗人物热情礼赞，从这些滚烫的文字中可以感触到作者本人炽热的故土情怀。

如今王筱喻把这些作品结集出版，让我们有幸读到这些被时代流光碾压而过的篇章，感受到那些在不同的地域上已经或正在消失的地方文明魅力、曾经发生的动人的红色革命记忆。这些带有时代印记的“寻找忠魂”的红色文学作品是富有坚强生命力的，是具有感人的力量的。它们会随着时光的流逝渐渐生长，在读者的心中生根发芽，在流年暗转中开出鲜艳的花朵，留给读者一阵阵袭人的芬芳。

已过花甲之年的作者在追求平淡生活里的深味，追求现实斑驳中弥留的甘甜，文学之路也开出了一朵“梦之花”。这是非常让人敬佩的。我衷心期待与祝愿筱喻兄用更深刻的生命体验、更细致的文学笔法、更动人的情感，创作出属于王筱喻一个人的，也是属于这个时代的、具有独特生命情感记忆的更优秀作品。

是为序。

2017年7月28日下午于山师千佛山校园

（作者系山东师范大学文学院副院长、教授、博士生导师，中国现代文学馆客座研究员、山东省签约文艺评论家、山东省第四批齐鲁文化英才）

目 录

石头的祭祀

皇宫般的豪华大厅，琳琅满目的奇石珍玉，有的高如巨峰，有的微如细卵，有的开膛破肚，有的浓妆重抹，被天南海北、生拉硬扯地排在了一起。昏黄的射灯喷出团团迷雾，眼前仿佛割断了时空，颠倒了阴阳，霎时便恍如隔世，似乎天地又进入了那混沌的世界。每每随同观赏时下收藏火热的奇石时，总悟不出这是在炫富还是在劫贫，自豪还是悲伤，展销还是祭祀，一种莫名的忧伤和隐隐的酸痛直从心底里袭来。

一

我与石头自小就有着独特的情缘和经历。

孩提时，家门口不远有一大麻湾，湾边对着街口的空地平台上，不知打何年间就矗立着一尊庞然石物，远看似乎是一把太师椅端坐在那岿然不动，近瞅宛然就是放大了的蒜臼，只不过上边不很规则的边缘被打磨的溜光发亮，它有个古老的名字叫“茶井”。我从小就是在茶井边上长大的，那时农村没有幼儿园，这儿就是孩子玩耍的好去处，爬上跑下，钻里钻外，捉迷藏，玩杂耍，乐不可支。夏天的晚上。奶奶总是在这儿给我们摇出几蒲扇的故事，但问起茶井的历史，她似乎也道不清，只说这是过去舂米的石器，语气俨然显得高深莫测，诚惶诚恐。每逢过年，爷们儿都去祠堂祭祀祖宗了，奶奶率领众妻儿姑母在这儿烧香磕头。1960年，奶奶去世前还趔趄着身子拖着小脚生离死别地过来抚摸了半天。奶奶去世后，母亲就接替了向茶井烧香磕头的重任。母亲走后，我大嫂又拿起了这接力棒。

茶井舂米没见过，推石磨石碾却是我少年时期常干的营生。老家常年吃煎饼，每三五天就要摊一次。头天晚上将玉米、大豆什么的泡上，早上天不亮父母就将我和哥哥提溜起来，我俩一人一头，我依然磕缝着眼抱着磨棍机械地打转转，哥哥负责向磨眼里添食料，磨缝里溢泄出来的糊糊瀑布般冰凌状的滴落下来。那边，母亲早就支起鏊子烧起柴草只欠东风了。相比家家都必备的石磨来讲，石碾就少得多，一般一条街差不多有一盘，都处在街心街口的重要位置，也是大姑娘小媳妇聚集的去处。每年芒种前后收割小麦，麦子一上场，有个石头家伙就会大显身手，那就是石碌柱。套上牛驴，麦粒迅速在碌柱碾压下分离而出。傍晚，借着阵阵清风，一串串彩虹般的簸箕扬场，糠粒分明，纯洁晶莹的小麦就装进了大仓。

如今一个时代又结束了。随着新村规划，茶井被搬到中心广场的中心位置，石磨、石碾和碌柱也早已被电气化挤出历史舞台，它们也被安在广场上一并被人瞻仰、怀念、祭祀。每逢回家，我也去一一地抚摸一番。置身其里，冥冥中回到原始的石器时代，石器的发明运用才使人直立起来，这些茶井、石磨、石碾和碌柱让直立起来的人又吃饱穿暖，摆脱了贫穷，宛如衣食父母，理应顶礼膜拜。

二

在那个年代，男人腰际大都别着一个旱烟袋，烟袋上吊着一个荷包，荷包里除了有烟末，还有一块火石和火镰，白里透紫泛蓝的火石经特别淬火的钢镰撞击，立马火星噌噌四射，沾在备好的秫秸横面上，用嘴一吹火种即成，再吹还会冒出火苗，用它点着烟滋滋抽起来别有一番味道。男人在地头上一坐，相互欣赏交换的就是这色彩斑斓的火石。

没想到，这儿的火石在不经意之中竟被地质人员鉴定为1800多万年前形成的稀世珍宝，还提炼出了蓝宝石。随之这片原本寂静的土地一下喧闹起来，没多少年的光景，这儿竟成为蓝宝石生产基地，一时商贾云集，闹得天翻地转。地面上早已不见石头的踪迹，就挖地三尺，遍地开花，惨不忍睹。倒也出了不少一夜暴富的大腕。我常想，我那些玩火石的父老乡亲，当年他们手上的火石兴许也能提炼出多少克拉的蓝宝石卖出个买汽车洋楼的价钱来，遗憾的是他们竟连火柴、打火机都买不起，那些奢侈似乎压根就与他们无缘，珠光宝气只是那些阔妇的专利。历史和现实这两位老人就是这么极具调侃和不公。

说起挖石头，我油然想起一个近似凤凰涅槃般的难忘经历。

20世纪70年代，我参军在连云港。入伍后第一个地方叫龙山营房，山顶上有一块飞来之石，远处看犹如一指就可戳倒，但它定那儿一直纹丝不动，每当想家或受委屈或撒欢的时候，就上山在石头下倾诉感慨一番，老兵退役时总过来向这无言的老朋友辞行，打开啤酒祭祀一圈。第二年，我被调往一连担任班长，也是依依不舍地跟大石头道了别。

连队正在位于花果山附近的孔望山打坑道。吴承恩笔下的花果山乃四季花果不绝的人间仙境。洞中有块巨大的女娲遗石，孙悟空就是在这里横空出世。传说当年孔老夫子亲攀这里眺望东海，故得此山名。这里怪石嶙峋、草木葱郁，加上摩崖石刻更使它古趣怡然，在这里打坑道无疑是在王母娘娘身上撕块口子。“深挖洞，广积粮，不称霸”的最高指示不容得半点含糊。坑道在一寸一寸地向山心脏部位挺进。一天，我带三个战士正抬一大石篓装车，突然从坑道顶上掉下一沙发大的石块。不偏不歪，几乎擦着我们的鼻尖呼啸砸在四人的中间，我们当即都被惊呆吓懵。这边惊魂未定，洞口外，运卸石渣的铁轨尽头横栏一端松动脱出，两个正在翻卸的战士一个被甩到铁轨尽头悬在半空，另一个死死抓住了石车的边缘岌岌可危，两顶安全帽随着石渣一起滚向深不见底的山渊。好一阵紧张忙活，才将他们打捞上来。啊，刹那间六条生命就这样趟过了一个生死之间的轮回。收工后，我们不约而同地奔上山顶，在孔夫子望海处朝着女娲遗石疯狂祈祷，折了一些干树枝燃起了一炷炷高香……翌日，班里人称小诸葛的朱大个子诡秘地跟我说，昨天是孔老夫子的诞辰！

三

聪明绝顶的先人总是将灿烂的古典文明或雕或刻将它寄托在石头上，放心地以其为载体把辉煌的文化流传千古，石头确实也是万古不变地在恪守着人类祖先的重托。令老祖宗始料不及的是，往往扼杀文明的不是生存万年的石头，反而是匆匆过客的人类自己。

我村曾出一秀才叫王兰古，也是当地的大财主，其母守寡多年，贞洁风范溢满十里八乡，感动了高人雪蓑，明嘉靖年间专为题写“颜姜遗范”四个大字立牌坊一座。可惜已被岁月的风浪和人性的侵蚀而荡然无存，这块四字匾额在“文革”中砸得只剩半截，还是我父亲将它藏在菜园里字朝下当作茶桌供着，才算暂躲一劫。

离我老家不远的昌乐营丘，传说是当年姜太公受封后最初的建都之地，其间有个崇山，这儿近期被考古学家鉴定为远古东夷父系氏族对性生殖崇拜时期的石祖林。来到这里，平缓的崇山像少女的身姿，呈现着一种曲线美。满山连绵的翠微，在蓝天白云的衬托下，一切都显得那么明净、从容和淡泊。一眼看到那根突兀而立的石柱子，它拔地而起，屹立于西山坡中间一层平台的显要处。它高达4米，约两搂粗，顶端龟头处虽经千年风雨的侵蚀，已有残缺和破损，看去却依然那样傲勃雄健，气度不凡，昂扬着一股阳刚之气。令人称绝的是，石祖西侧的背阴处，有道直上直下呈槽沟状的裂缝，形神逼真地酷似男性生殖器官那根勃起膨胀的筋脉。正是它这种历史的原生态状，似乎也让我们穿过岁月的烟云，触摸到数千年前，我们祖先跳动的脉搏和消失了数千年的那一段时光了。于是当我再次凝神注目时，觉得它已经不是一般自然属性的普通顽石，而是数千年前就经祖先心血的倾注，精神的浇灌，已经成为附着先祖灵魂的一尊具有生命和灵性的圣物了。想到这里，心中不由掠过一阵惊悸和心灵的震撼。甚至觉得稍用手随便地去触摸它，那也是对神圣的一种亵渎。

令人遗憾的是，整座崇山漫山遍野到处散布着一些残缺不全的石头，或立，或倾，或蹲，或卧，全都裸露在山体上，隐蔽在草丛间。过来一位牧羊老人愤愤地说，像这样的石柱过去山上到处都是，如今所剩无几。老人家挥了挥鞭子指着最北边的大坑说，就在前年，附近有人趁着夜色用吊车将最完整的一根石祖吊走，拔走石祖后留下的深坑尚清晰可见。我们穿过一个埠顶，下到山的南坡，在一块平坦低洼处，发现块块残碑底座和堆堆砖瓦碎片，一片废墟周围，仍残存着人们祭祀的香火痕迹。无疑这里自古就是一方祭坛圣地。

雄伟刚劲的石祖，寂寥空无的祭台，或许被人糟蹋遗尽，或许跑到雍容华贵的去处，和一些毫不相干的石头“五湖四海”了，难道这是文化的荟萃抑或是保护？石头有自己的灵性，有自己地域的根。抽其根，搬其阵，石犹存，魂何在？自然和文化瑰宝本是社会和民族不可多得的共有遗产，本非一钱，如何衍为个人所有、如何又标上了炫目的身价，沉沦到市场经济的汪洋大海里随波逐流……

香火似乎正在寂灭。祭祀之后，只剩下阵阵的悲哀！

发表于《山东文学》2011年第9期；《天津文学》2011年第11期；《散文选刊》2011年12期以栏目头题选载

树殇

我的故乡在青州南部一条石河旁，村名叫王家老庄。顾名思义，这儿肯定是王家的一个发祥地。称其为老，倒也名副其实，村里除了有数百年的王氏祠堂、关帝庙、菩萨殿、进士楼等古建筑外，给我儿时印象最深的莫过于村里村外那闻名遐迩的诸多古树老树了。

出村南走几百米，在石河岸边有一片黑压压、郁葱葱、阴森森的王家老林，占地近十亩，成百上千的松树大的合抱粗，小的碗口大，棵棵高大挺拔，平时即使外面无风，进去顿觉大风呼呼，让孩子们有一种阴森畏惧的感觉。小时候经常结伴进去捡松子、挖野菜，记得边上还有两棵合欢树，一到夏天就开起黄里透红的合欢花，爬上去，采几朵，放在鼻子下嗅嗅，擦在脸上香香的，柔柔的。我们的老祖宗都安息在这里，一到上坟时，大人忙祭奠烧纸上香，孩子们的任务就是每人拿一把坟头纸挨个坟头去压纸，跑左踮右，爬上蹭下，最后一个程序总是放鞭炮，两响上天，地炮横炸，借着高耸的松树，真是惊天动地，尔后烟雾化作一团团祥云缥缈而去。这儿北面背靠着巍峨的龙门崮，前面咫尺即是潺潺的石河水，山水林相映，天地人相谐，古今明相彰，活像一幅永远涌动的清明上河图。

还是我在部队时，恰遇一老首长曾参加过解放战争临朐战役，他感慨万分的回忆，当时石河暴雨倾盆洪水肆虐，部队过不了河，困在了北岸，国民党的飞机在头上狂轰滥炸，这片老林成了他们的救星，隐蔽在里面，才算等到了战机，攻进了县城。没想到，王家老祖宗还为新中国的解放事业冒着被炸的危险作出了不图任何功名的贡献。

遗憾的是“文革”中“学大寨”的热潮，胜过了洪水猛兽，几经将它们吞噬殆尽，到20世纪70年代，剩下的最后36棵松树连同供桌、石碑一起一扫而光，坟也被抹平了，全成了一片粮田。呜呼哀哉！连个立碑的地方都没有，回家扫墓只能划地为坟，什么叫杜鹃滴血，这是心在流血。前些年我曾在省里负责房屋拆迁，那时拆迁上访的人一直居高不下，记得一天也做了个噩梦，上访的竟是我的老祖宗们，走在最前面的是我已过世20年的亲爹娘……

村里现在倒是还有一棵700多年的古槐。据王氏祠堂记载，明洪武年间，老祖宗从琅琊碾转来到这儿，看中了依山傍水的风水宝地，故扎下了根。定居后第一件事就是栽上了一棵槐树。如今它树围近5米，高达15米，主树干早已空枯，但硕大的树冠仍枝繁叶茂。每年的6月24日，都在关帝庙和这古树下办庙会，附近乡亲特别是王氏后裔就会蜂拥而至，络绎不绝，树下搭秋千，玩杂耍，扎台唱戏，香火旺盛，买卖兴隆，王家后裔鱼贯般进祠堂祭拜，又纷纷在古树下朝圣般地敬仰朝拜。是啊，他是一尊至今还活着的历史老人，见证了王家全部的兴衰发展和曲折繁衍，他身上曾沾满了明朝败落的腥风血雨，也深刻了康乾盛世的福寿安康，更记下了近代的悲欢离合和风花雪月，树干外面刻录着700年飞短流长的音响光盘，树干内存储着700年斑驳陆离的相册画卷，大大的树冠，绿绿的枝叶是他对未来几百年乃至几千年的希冀和展望。曾几何时，我冥冥之中梦游在古树之下，襁褓在大树怀抱之中……

夜深人静，如银般的月光笼罩着大树，树上两只老鸹呆呆地矗立着，远处传来活像叔父在世时那管如泣如诉、哀怨呜呜的箫声，我在大树下踽踽而行，高山仰止般的凝望，像虔诚的佛徒跪拜在庄严肃穆的大雄宝殿中释迦牟尼塑像下，又如当年在那激情燃烧的岁月的攥紧拳头矗立在镰刀锤头下宣誓一般，内心不断在拷问自己的良心，鞭挞灵魂，反省自我。每每如此，冥冥中就像得到了一次洗礼，净化了生命，将世俗和愚昧、短浅和贪欲一点点淹没，从中得到升华和超越。

最近两年，我已没有胆量再去朝拜我那神牵魂绕的古树了，因为他全然失去以往的繁茂和生机，像被人遗忘嫌弃的苟延残喘的老人。几次新村规划，把他挤在了一个局促尴尬的境地，冷落孤寂，风光不再，过去少有的枯枝像是在向人求救、乞讨……

村里还曾有棵千年古树，也早已在“文革”中惨遭厄运。小时候经常爬玩的村东边那棵参天古松，百余米高，直插云霄的树顶林林总总共九层，是本村唯一的标志性景观，十里外的公路上即清晰可见，可惜的是竟以100元的代价被人买去……

闲来无事，万般不解的是，这千年古树、百米高松、十亩老林无端消失了，700年的古槐近似骷髅了，几百年老祖宗留下的这点不可复制的遗产为什么都糟蹋在我们这一代人手里，几乎到了无以复加的程度，难道全怪罪这个时代，我又在自责，我心灵在受煎熬……最不该的我们将自己赖以生存的环境彻底破坏殆尽，将祖宗的族脉割断得支离破碎，前世今生，子孙后代，我们以何颜面面对？

发表于《齐鲁晚报》2011年6月3日

故乡那条河，那个湾

我留恋故乡，更迷恋故乡那条河，那个湾。

故乡的那条河有个极其普通的名字叫石河，从西山蜿蜒而下，经村南调转头汇入弥河，继而流入渤海。

这是一条奇特的河，它不像河床铺满细的沙温柔平缓的弥河，也全然没有下游不远的盘龙湖那样秀丽和静谧。这儿跌宕起伏，窄而陡峭，不太宽的河床上全是大大小小的石子，大的如南瓜，小的像鸡蛋，一层层一片片，常年被河水冲刷的洁白如玉，玲珑剔透。夏天，人们赤脚踩在滚烫的石子上然后再跳进冰凉的河水之中，比现在的桑拿浴惬意多了。这儿的河水也是放荡不羁，时高时低，时急时缓，全然似一头桀骜不驯的野马。

聪明的人们对石子当然也是物有所用。每当夏季来临，孩子们就在河滩上垒浣子捉鱼。首先选择河床较窄落差适中的河段，用石子从两边八字形向中间垒砌相凑，中间形成一道狭窄的激流，激流出口处砌成一定高度的落差瀑布，在瀑布跌落口上接上柳条编的篮子，篮子里放上长满刺的棘藤，鱼随激流进得去出不来，只有乖乖地被人捉拿。夜晚来临，静静的河滩，老远就听到浣子的哐哐作响，让那时的人们觉得既浪漫又温馨。

硬硬的石子也练就了河边人的秉直和豪爽。当时河两边分属两县，两岸虽有诸多亲戚蛛丝相连，但一遇到点仨核俩枣的事，喜欢恶作剧的毛孩儿们就鹬蚌相争，一起哄随时随地动用的常规武器就是这滚圆的石子，近时手掷相攻，远时就有长绳打成“悠子”，将不大不小的石子放在悠子的结扣上，晃开膀子用力转儿圈嗖地甩出去，二三百米不在话下，打破头碰破脸的事乃家常便饭，大人也就见怪不怪了。

这条河也是条让人畏惧的河。记得我年幼时的一个雨季，连下如注大雨。早上跟大人出村一看，整个河两岸汪洋一片，平时几丈高的河崖都被汹涌的洪流抹平，河面上林林总总的漂浮着些木头、柴火、瓜果等，平时温柔的河一下变成了猛兽，吓得我直往母亲的怀里钻。大了以后，这种状况也是时有发生，直到学大寨时上游修起大坝，才算彻底锁住这条长龙。

听老人说，当年临朐战役时，四野在河北村后设立指挥所，挥师进攻临朐城。或许是国民党的飞机大炮激怒了老天爷，倾盆大雨连下了七天七夜，河水猛涨，解放军进攻受阻，无奈用碗口粗的缆绳联通两岸，勇士们抓住缆绳强渡。人多水涌，不幸将缆绳冲断，连人带绳卷入漩涡之中……

故乡那条河上有一个神奇的湾，就在村口对面河床拐弯处。一到夏天，风和日丽，妇女儿童就在潺潺流水的浅水处洗刷嬉戏，而从不安分的男孩子总是不约而同地聚集到一个最大最深的崖壁高耸的也是最具刺激性的河湾里，他们把这儿当成天然游泳池和高台跳水塔。径直而来的河水在这儿碰到河壁，急转调头，形成了一个巨大的漩涡，人跳下水就会顺着漩涡漂走，即是不会水也会把你卷起来冲下去，绝不会秤砣沉底，所以我们那儿的孩子游泳都是天生的，个个无师自通。

这个河湾我从小跟大人叫“罢职湾”，但从不知道是哪两个字，更不清楚有什么含义。少小离家老大归，直到最近才明白这里面还有一段传奇的村史和故事。据乾隆十五年本村《王氏祠堂碑》记载："吾族旧籍诸城琅琊，自明初迁居于此，立王家庄，生三子焉，乃吾族之所有始也。"还记载清康熙年间，村里出了个秀才叫王日升，字震旭，号裕村，康熙二十五年拔贡，29岁举人，33岁因能在笔杆上写千字，芝麻粒上书"秉公执法，国泰民安"八个字而被皇上破格封为独榜进士。因为他看不惯腐败的官场，执意不做官，也不领赏，四处云游。康熙三十一年曾在沂山东镇庙和百丈崖留下诗篇、立下诗碑。死后朝廷专为其在村头修坟一座，并立一碑。乡亲们就将把他埋葬的地方叫进士林，进士林对面正是这个河湾。几百年了，这儿高耸的河崖均是泥土，虽常年被河流冲刷，但从不坍不塌，有着王日升同样的不屈精神，于是乡亲们给它起了个名字叫"罢职湾"，一直流传至今。

故乡的河啊，神奇而又奔放，粗狂而又温馨，几十年的故乡情结都为这条河神牵魂绕，不能释怀。

发表于《大众日报》"丰收"版2011年6月3日；《山东文学》2014年第5期

悠悠弥河情

每逢我行驶在济青高速稠密的车流里，无论是东去还是西来，只要经过弥河桥渡时，心中总情不自禁地咯噔一下，两眼不由自主地顺着河道由近至远地望去，最后匆匆歪过脖子浏览下它的下游……多少年，多少趟，无一例外。看见它干涸和污染，会有连续几天的郁闷；看到它流水清澈、岸柳吐翠就高兴得孩子似的手舞足蹈……

我的故乡就在青州弥河西岸，与盘龙山隔河相望。远远望去，盘龙山腰间两条青石长龙逶迤盘托其上，山顶有两个龙眼常年积水，灵光闪动。传说这里就是《水浒传》中二龙山聚义的地方。发源于沂蒙山麓的弥河，穿山越岭，坦坦荡荡，玉带般从山脚下流淌下去，与粗犷和雄浑的石河阴阳交汇。登高远望，河床宛如少女的腰际，河水犹如母亲的乳汁，那细软的河沙一片片深不见底。河水掠过沙面，留下道道规则的鱼鳞纹，赤脚走在上面，松松软软的，就如幼时踩在母亲柔和的肚皮上。

在我三四岁时，母亲带我去她外祖母家，母亲的外祖母家就在河东盘龙山下，弥河水深流急，母亲就让我骑在她的脖子上，淌过了齐腰深的河水。顺着河边，走在高高陡峭的山脊路上，路边直下三丈即是一汪清澈如镜的河面，一棵棵碗口粗的柳树一半泡在水中一半映在水面，走在路上，几乎伸手就可捉到树上的知了。蓝天白云映在水里，爬在母亲背上的我畏惧地朝河里望去，弄不清人是在水下还是在天上。太姥姥似乎比姥姥比母亲还要慈善而又威严，活像观音菩萨再世，母亲说她比观音菩萨还灵得多，十里八乡凡是祈雨没她不成，河水肆虐没她不得平息，人称弥河嬷嬷。

早在大跃进的声浪中，这里修起了长长的大坝，于是就有了这座盘龙湖。但见山影倒映，波光粼粼，荷叶碧绿，野鸭、白鹭翔游戏水，湖光山色，旖旎秀美，活脱脱一亭亭玉立的靓丽姑娘。整个湖又似一架古筝躺在姑娘的怀中，或缓或促的清风抚弦柔拨；优哉游哉的白鹭蜻蜓点水般抑扬顿挫，时勾时挑，风情万种，天人合一，共同弹奏出绝妙的人间旋律。白天一般登场的是那典雅激越的《高山流水》，夕阳西下《渔舟唱晚》就悠然自得地上演了，入夜的朗朗月空下，一定是优美动听的《春江花月夜》把这台风华国乐推向了高潮……

去年，我去河东看望老姐姐，走在弥河大坝下面，只见城墙般的河坝，宛如母亲那宽大的胸膛和长长的手臂，似乎随时就会拥抱而来。从大坝顶上垂帘下来的那层薄薄的河水，一如母亲的乳汁白花花甜润润的，又像她老人家飘逸的白发。猛然间竟察悟到里面怎么还掺有母亲的眼泪？禁不住心头一紧，两眼发酸。哦！九泉之下的老人家肯定知道这几年为儿的不易而又动了恻隐之心，可怜天下父母心啊！

这条非凡的母亲河，连它结出来的瓜都和别处迥然不同，具有浓郁的雌性风貌。远近闻名的弥河银瓜早在清代就被朝廷看中钦定为进贡之物。它一身圆滚滚的酮体，白得无半点瑕疵，薄薄的皮嫩嫩的肉，早上还挂着几颗露水，宛如浴后的婷婷玉女。瓜顶部那突出的圆晕，惟妙惟肖如同姑娘的乳头，内行人都懂得这儿是最好吃的也是最让人迫不及待下口的地方，咬一口沁一下，既脆又甜，甜得能让人浑身打战立马牙龈发麻，故有银瓜银瓜龈牙之瓜的说法。然而，这宝贝只在弥河滩的沙土胚胎里才能受孕培植出来。

我岳父当年就是种植银瓜的高手。老丈人的村叫东南营，传说三国时这里是座兵营，因为处在青州城的东南方向故留其名。东南营的银瓜无疑是最正宗的弥河银瓜，大凡卖银瓜的人，都打东南营的招牌。当年，我岳父在世时种的银瓜又称最佳，精耕细作不说，浇水施肥似有秘籍良方，从不上化肥，春天将豆饼什物置于在根下，长出来的瓜皮上似有一层油，细瞅还有毛毛茸茸的一道白膜，看上去就想去咬。老岳父在族门排行第九，人称老九，虽没有多少文化，却心灵手巧，忠厚笃实。他不仅是农活的老把式，手工艺亦堪称一绝。他用高粱秸扎的巨型宫灯，造型优美，工艺精湛，如能留到现在肯定能破威尼斯记录。去年端午节，我含着滚滚热泪找到了新村规划后老岳父家的故院，一草一木，一瓦一石，无不让人感慨万分。我跑到河滩，在内弟的瓜棚里狼吞虎咽般饱尝了一顿，尔后捧起一掬河沙深情地嗅了嗅。干了多年村支部书记的二弟，直愣愣地冒了一句："这些年你们城市里起来那么多的楼房，就是用这老祖宗留下来的沙子加上乡亲们廉价的劳力堆起来的呀!"我从事房地产研究多年，还是第一次听到如此让人震耳欲聋的声音，禁不住猛地一愣，默默无语……

弥河岸畔边这块神奇而又无私奉献的土地，母爱天使的滋润与施舍，使得这里人杰地灵，钟灵毓秀，孕育出了一批批优秀儿女。当年陈毅粟裕率领的华东局就曾驻扎在这里，又从这里走向一个个胜利。著名的华东保育院也是慧眼识真地，看中了这块风水宝地，在弥河之滨创办了极具传奇色彩的保育院，200多个红色后代恰似从弥河里捞出来的孩子一样，在弥河母亲的哺育下喝着弥河水吃着弥河瓜茁壮成长，其中不少还都成了国家的栋梁之材。

泱泱大地心，悠悠弥河情。这片默默无闻的土地，这湾静静奉献的河水，天行健，地势坤，自强不息，厚德载物。

发表于《大众日报》"丰收"版2011年6月24日

风水的悲哀

第一次遇见玄之又玄、神乎其神的风水这档子事，还是在我孩提时的农村老家。

偏僻贫瘠的村落，天高皇帝远。20世纪60年代上演的那灾难加激情双簧戏似乎与这里井水不犯河水。这天，邻居家那即将盖新房的宅基地赶大集一样，熙熙攘攘。被特别请来的远近闻名的风水先生“冯半仙”，肩上总背着装满宝贝器物的用帆布制作的钱褡子，腰际别着一杆长长的烟袋。主人迎天神般的侍奉着，孩子们看把戏一样在簇拥着，他却漫不经心地掏出那圆不溜秋的罗盘平放在地上瞅莫良久，再就是不停地搬弄着手指掐算半天，又拽出一本不知猴年马月的天书翻览起来，几撮山羊胡子不停地撬动，嘴里嘟嘟哝哝地说着些秘籍玄语。不到半天工夫，正房厢房，大门坐落，厨屋栏屋，一应敲定。平面布局到立面造型，内外四至，进深脊高，就像砸下去那几棵橛子一样一概划牢。现在规划局、设计院、勘察队干的活他一人就全办得妥帖停当。末了，饭也不吃，东西不要，收拾起东西扬长而去。孩子们在后面屁颠屁颠地尾随至村头，前面仿佛就是那撑天柱地的神云祥雾，神秘又伟岸，超然又飘逸……

这些年，我踏进建设建筑领域，自然就与风水结下了不解之缘。曾几何时，剑拔弩张的重大建筑项目的招标评审会上，在壁垒森严挂有各类专家标签的大牌评委中，俨然正襟危坐着某研究会副会长头衔的风水大师。而且招标文件规定，凡是不符合风水要求的即一票否决。于是乎，这位风水大师就成了最最吃香的香饽饽，个个孤注一掷、志在必得的竞争大腕们就将大把大把的票子投向他的怀抱。

纵观大凡略有实力的开发商和建筑施工企业，或明或暗大都常年聘为风水顾问，其作用从买地置产，重大活动的时辰地段，小到办公室里外的布置，老板电话号码、汽车号码的选择，一字千金，这些或许都足以能给他们带来鸿运，当然报酬也是令人咋舌的数字。

五年前，我偶然邂逅一个住宅开发项目的开工仪式。整个开工仪式现场俨然就是佛教法场，肃穆庄严，莲花高悬，长明灯亮，烟火缭绕，木鱼声声。当扩音器里传出“嗡—嘛—呢—叭—咪—吽”六字大明咒语时，隆重登场的不是党政高官，也不是行业主管，更不是地头大拿，而是那著名寺院的90高龄的老住持。他身着黄袍，双手合十，引领众徒弟一阵清风般逶迤而来，梵音轻吟：金刚经、般若波罗蜜心经、大悲咒、地藏经……不厌其烦地反复吟诵，参加仪式的也无不纷纷磕头作揖。霎时，工地上紫气法雾氤氲缭绕，身临其境能感受到浓浓的玄秘和怪诞。这位皈依佛门多年的开发商老板不无感慨：今天的高僧与法场，没准儿会使得这儿逢凶化吉，给这个住宅区罩上祥云紫气，以后住在这儿定会福寿康宁。殊不知，这话还果真灵验，建成开盘后不到一天即被抢购一空。

前几年，家人患不治之症，万般无奈，眼看回天无力，经人怂恿，我也曾不合身份地偷偷地求过活佛高僧。偌大一屋个个虔诚的信教徒像缺钙的瘫儿，揣着复杂的心态憋屈着盘腿打坐，精神和身体无不双双扭曲。但见那位藏传活佛则坐在禅床上，挥动着戴着几十万金表的胳膊，用那半生不熟的普通话演讲着难以听懂的天书。一会儿又领头吟诵梵语经咒，实在是苦涩咬嘴，难解其意，味同嚼蜡，加上腰酸腿痛，想想那边家人在医院里尚朝不保夕，本来就急得如坐针毡，那般滋味，无以言状，自嘲不已，事后还着实感到有些啼笑皆非。

近几年，官场风水甚嚣尘上。山东某机关，前几年每逢提拔起来的干部，总要出事，不是贪污就是受贿。倒是给一把手对那些跑官要官的人留下了说道："不提拔就是保护，想害你就是提拔。"说归说，死结不解，总是心病。一天，来自泰安的下属单位领导带一风水先生到了这儿。这位时髦的风水先生打开电脑，只见各种占卜的软件一应俱全，输上几个要素立马显示掐算占卜结果，快之又快，神之又神。略加鼓捣，风水先生直言不讳、信誓旦旦，断言这儿风水严重阴阳失衡，怎么解脱，他欣然献上了一计。风水先生走后，经领导班子集体研究慎重决定，花50万元从泰山脚下买来一块巨型泰山石敢当置放在机关大门内，非要压一压这儿的邪气。可谓点石成金，风水先生着实为泰安老家招商引资做了一件大好事。风水先生不仅得到风水咨询费，还从卖石头那儿捞了不菲的好处。巨石即立，风水自然看好。接连就提拔了两名干部。两位刚履新职，却依然心有余悸，整天如在悬崖边上……此事被行业内一老板揣摩到家，找上风水先生连连给新任领导占卜看八字，经不住巧语花言，阿谀奉承，虽不全信，倒也觉得有几分道理。慢慢细想，这人称不上是完美的风水大师，却实实在在化解了诸多心理屏障，驱赶了积淤在心头上的阴霾，自然首先对这老板哥们感激涕零，事后知恩图报就在情理之中。风水先生的咨询费当然有这老板哥们买单，花这点小钱傍上两位年轻有为的大官，岂不乐哉？

这位风水先生一语道破天机，如是说来：当下多数官员笃信风水，究其原因，久未提拔的盼何时擢升，官场不顺的则去他老家祖坟看风水，贪污受贿的也急来抱佛脚一求平安。无疑是一种极端的功利信仰而已，亦是时下社会信仰危机仰或信仰崩塌之后的一种变态反应。他又坦言，在此之间，我们风水师只不过是官商勾结的帮凶、媒介而已，也是可悲可叹呀！

风水很民间，堪舆很学术。风水在中国已有2000多年的彪炳青史，现在许多大学都开设相关的课程，正式登堂入室，确是一门极具高深莫测的深奥学问。只是如今浮躁的社会加上越发弥漫的铜臭气，有几个真才实学的风水师，又有几多正人君子?就连那些业已出家脱俗的也未必从心境里超然凡尘，连少林寺不是也要打包上市，沦进商海吗？呜呼哀哉！

童年间那背着钱褡子看罗盘的不图报酬的风水师早已不见踪影了，只留下梦幻般的朦胧印象。现在用电脑提密码箱装钱的风水先生却大有人在，随处可见。盖因为风水不仅官场信，社会信，连幼儿园的孩子都会频频点头深信不疑。善矣？福焉？悲哉！

济南老火车站百年祭

呼啸叱咤的高铁倏然而至，气势恢宏的济南西客站也轰然而起。风驰电掣的铁轮已整整碾过了一百周年。真是三十年河东，三十年河西，百年前洋人来给中国铺铁路修车站，现在轮上我们的高铁要走向世界直通欧洲了。岁月的列车一溜烟铿锵驶去之后，伴随着留下的那扬眉吐气，也阴差阳错地撇下了几多悲哀，几多酸痛。触景生情，浮想联翩，这个本应欢庆的季节，无奈那永远也抹不去的心痛却不合时宜的越发在缠绕着，下意识在为一个幽灵默默地祈祷祭祀着。一百年前的今天，济南老火车站它婀娜多姿地揭开蒙头布亮相驻足这儿，一下成了济南的地标景观，成就了一向虚荣的泉城人大半个世纪的荣耀，然而二十年前它却神秘无情地悄然逝去，怎不把人们的心蹂躏的麻花麻花的?

最早听说济南火车站，还是我孩提时在几百里外的老家。结结巴巴的父亲断断续续地在讲述着。1943年，家乡遭受冰灾，加上兵荒，父亲率妻儿老小伙同邻居踏上了闯关东的漫漫路。出门就逃难般地涌到济南火车站，偌大的候车厅活像是一个避难营，成千上万的逃难者在这里苟且偷生。夜晚，拥挤畏缩在连椅底下望着高高的拱形大窗直愣愣地发呆，不时还有日本鬼子来查良民证，连踢带踹，直把人打入十八层地狱似的。好在偶尔钟楼上几声清脆的声响到是增添了无穷的希望和勇气。后来在老乡的帮助下，他们结伙爬上去沈阳的瓦罐车，蛰伏到山海关，才开始艰难之路。或许是火车站那灯塔般钟楼的吸引，在新中国成立前夕他们返回故里。

父亲和叔叔好像对济南火车站有一股特殊的情结，没事就描绘火车站的雄伟和天桥的高大。我们这些孩子总是提出“火车能站起来，天桥在天上吗”这些不着边际的幼稚可笑的发问。酷爱绘画的父亲和叔叔，没事时，他们仅凭想象和记忆，竟能用手中的笔将济南火车站画得惟妙惟肖，活灵活现。父亲在村里一直给人扎纸草，除了纸人纸马，扎的最多的当然是他创作的济南火车站的工艺造型了。还经常说，他百年之后，别的都不重要，但这火车站必须要有，而且要周游世界。在父辈的熏陶下，我从小就对济南火车站产生了憧憬和崇拜。

20世纪80年代，我经常往来于省城之间，每次上下火车总像朝觐一样仰望敬重那巍巍的钟楼高塔，也是在它的指引感召下，我如愿以偿地调济南工作，实现人生一大转折。那年春天，我携妻儿来济南，在火车上同儿子讲述父亲和火车站的渊源故事，儿子略有所悟，下了车，我们便在火车站里外仔细端详。在一个角落找到了它的赫然标记：

设计：德国著名建筑大师赫尔曼·菲舍尔（HermannFischer）；

时间：1908年动工，1912年建成；

地位：它是世界上唯一的哥特式建筑群落，是亚洲最大的火车站，并曾被战后西德出版的《远东旅行》列为远东第一站。

但见这座洋建筑以宽阔的南立面迎接拥抱客人，入口砌以宽大的花岗岩石台阶，与门前孔武有力的柱廊形成匀称、协调的沉实风格，传递给旅人一种笃实、稳定的感觉。候车大厅呈平面方形，拱穹高十几米，上覆双坡瓦屋面。南北两墙上嵌以宽大的拱形高窗，镶嵌着色彩斑斓的欧式玻璃。最引人注目的是候车大厅与辅助用房之间高高耸起30多米的圆形钟楼，堪称全部设计的点睛之笔，如果说它是世间汪洋人海中的一座小岛，那么这坚实而高耸的钟楼宛若指引一叶小舟的灯塔。年幼的儿子似乎也悟出了点什么，直瞅得出神入化。

意料不到的是，我们来济南不久，这座非凡的建筑，我们心目中的人生灯塔竟突然在一夜之间被拆除了，永远消失在人们的视线之中……

那天晚上，我和儿子来到拆除现场，高高的钟楼早已轰然倒塌，往日喧闹的广场上横七竖八地躺满了建筑尸骨，一片硝烟弥漫，废墟狼藉，惨不忍睹。有人悲愤，有人哭泣，有人捶胸顿足，还有人在边上烧香磕头，用当地的习俗葬送这位共同相处了整整80年的洋伙计。或许是眼泪或许是烟尘迷蒙了眼睛，恍惚中感到天地之间陡然失去了支撑，世界又重回到混沌的空间里，漆黑一片，窒息得直让人喘不过气来。忽而又油然觉得原本连接东西方的那条钢轨般的纽带一下变得脆弱不堪，摇摆不定，似乎要将故国打入孤岛之中。

凄凄未了情，丝丝怀念心。济南火车站成了我多年挥之不去的隐痛。每每出国去欧洲，总神牵魂绕的在寻寻觅觅，苦苦寻找我那梦中故情，深知不可能出现奇迹踪影，但仍我行我素，一碰到钟楼和拱形大窗就如获至宝，仔仔细细的观赏，没完没了地拍照。有的猛得看去倒也大差不差，但左瞅右瞧，上下打量，个个却全然没有济南火车站的风韵和气度。一方水土养一方人，正如一个完全融入了一个异地生活习俗后反而不适应自己原本故乡一样，置身本土的欧式建筑似乎缺少了济南火车站那种特有的地气和文脉。无独有偶，我儿子在英国读完书后也鬼使神差地到欧洲大陆去苦苦追寻了一番，也是怅然若失地空手而回。

儿子现在北京工作，火车往来是他抬腿常事。一再提速加快的列车，过去需要大半天的路程现在仅须几十分钟，就像同城坐有轨交通一样便捷高效自不待说，遗憾的是飞速的列车似乎将逝去的人文景观和真挚情感相去越来越远。前几年经常听到有重修济南老火车站的动议，着实为之激动过。如今说得多了，也就听之任之，不以为然了。

从爷爷到儿子到孙子，三代人的情缘；从普列到动车又到高铁，百年间的情怀；从老站到新站到高铁站，空间时间的变化，纵横交错，上下压茬，焦点依旧是永远不能忘却的那座火车站。

也在一百年前，也是生在德国的那位长头发的爱因斯坦发明了影响深远的时间空间相对论，大概是这位科学家额头上缺少了几道人类情感的皱纹，仅用他自然科学的智慧和成就肯定解释不了精神世界上的悲哀。

只有无奈地默默祈祷：安息吧，心中那永远的缺憾！

发表于《齐鲁晚报》2011年7月7日

父亲种烟的斑驳人生

我有时能与朋友把酒喝醉，却从不抽烟。不是我与生俱来有多纯洁，而是当年父亲种烟的景象钉子般砸进了脑壳。在这深深的记忆里，不仅有一摔八瓣的汗水、辛酸连绵的泪水，还有那腥味的血水，黄澄澄的烟竟然命途多舛地演绎了父亲的斑驳人生。故再盛情的敬劝最多也是只吹不吸，委实不忍心、也无法将父辈的那些种烟的艰辛苦难吞咽下去，虽然仅仅只是那一缕薄薄的烟雾。

孩提时，从我家径直朝前就是孤自兀立的烟屋。这个建筑貌不惊人，四周陈砖旧壁，里外两间，外面是烤房，里面为烧炉兼起居室。下沉式的炉膛上面是用木棍支起的床铺，光溜溜的芦苇薄席上只有床油脂麻花的破毯子，进门处卧着一块大石头，上面歪着几把黑污污的茶壶茶碗，几只用麻皮缠绕的交叉板凳散落在裸露的屋地上。

烟屋前搭着吊瓜架，长长的圆不溜秋的吊瓜从架上探头探脑地伸下来。从菜园过去，就是那一望无际的绿油油的烟田了。比人还高的烟秆上，每一棵都错落有致地足足长着十几片蒲扇大的烟叶，一行行一排排整齐地朝远方延伸过去。微风轻吹，晶莹透亮的露珠从叶片上咕噜噜滚下，吧嗒吧嗒摔在下面的叶子上，最后都必定落个粉身碎骨……

我的老家位于十年九旱贫瘠偏执的鲁中丘陵，故人怎么也想不到这儿竟然造就出种烟的风水宝地，繁衍已有四百年历史。坊间培植的烟因其色泽鲜亮，油分充足，香味醇厚而驰名。可过去一直是种晒烟，吃旱烟。民国初年，随着胶济铁路上那一声鸣响，列强开始在铁路沿线建烟叶收购站，推广烤烟种植新技术。上过几年私塾的爷爷带着父亲捷足先登，砸锅卖铁盖起了烟屋，置办了火表、炉条、马灯和煤炭什么的，就开张起来。

寒风刺骨的正月里，爷爷就手把手地教父亲将黑黑的细小烟种放在盆里用温水浸泡，然后装进小布袋里，为保温度和湿度，一贫如洗的家里连炉子也没有，就索性将小布袋用塑料袋套起来扎在自己的厚厚的棉裤腰里，夜里睡觉就搂在被窝中。

过了二月二，地一解冻，爷爷就领着父亲去整烟畦。这活十分精细讲究，先刨地深翻，然后拉上线，沿线调出畦埂，用木棒槌使劲拍打，使畦埂异常坚固。在畦里施上底肥，再翻搅整平。这时，爷们用屁股体温暖的烟种上已经冒出白白的苍蝇卵状的微芽，掺上细细的沙土用筛子均匀地撒在浇透水的畦子里，又小心翼翼地在上面铺盖好毡草，真比女人把扠孩子还要仔细三分。中午太阳高照，爷俩慢慢掀开毡草一角，细心观察并用手轻轻抠抠，尔后对眼一笑将毡草重新整好。很快，畦田星星点点冒出绿色的嫩芽，几天下来便绿成一片，这时就需要间苗了。屁股坐在畦埂上，使劲趔趄着身体用两指将多余的苗连根抠出来，间苗需要好几遍才能最后定棵。留下的烟苗长到六七个叶子，让它在太阳底下好好壮实壮实后，就差不多开始移栽了。移栽时先将畦头挖深大约20厘米，形成一个剖面，然后像切豆腐般将一颗一颗烟垛四四方方地放进篮子。这样，烟苗就带着母体在春暖花开的季节奔向了大田。

到了卖烟的季节，爷爷年事已高，父亲和帮工小顺子各推一辆独轮车装满烟赶卖烟场。那年这一带种烟的扎堆，一哄而上。卖烟要跑60里路到胶济铁路那个站旁去。一路上车子顶车子，光排队就足有四五里路，一连几天都进不了场子。列强把持的烟草公司随意压级压价，时收时停，无端刁难盘剥，好不容易领了号码进了场子，洋人一口价，爱卖不卖，嫌贱再出去重新排队。比他大几岁身高力大的小顺子推着一车烟仗着年轻气盛使劲朝前挤，不料与别的车拧搅在一起，车把被折断，露出斜面锋利的枣木茬子。小顺子将就着攥这半截车把继续向前挤，没想到一阵骚乱推搡，锋利的半截车把一下深深插进了小顺子的肚子里，顿时鲜血如喷泉般涌流，父亲急忙抱着小顺子好不容易拔出车把。车把是出来了，肠子却淌出一大摊，屏住气好歹把肠子慢慢收进去，用自己的白布披肩将伤口包扎起来。人命关天，当然顾不上卖烟了，将小顺子抱到装烟的车顶上，父亲一边哭一边火急火燎的朝医院跑。咕嘟嘟的殷红的鲜血从焦黄焦黄的烟叶上流淌下来，洒满了一路。那黄灿灿的烟叶上有血有泪更有汗。可怜的小顺子终因失血过多夺走了他年轻的生命。

“大跃进”那年，“鼓足干劲，力争上游”的口号快要鼓破耳膜。就在烟刚打完头集中长叶的关键季节，老天一连下了七天大雨，地里进不去人，可打了头的烟棵上层层烟叉子在疯长，如果不及时打掉，地里的养分就全部被它吸走，烟叶就会干瘪失去成色和分量。祸不单行，另外一害更是迫在眉睫，似乎在一夜之间，棵棵烟秆上爬满了烟虫。烟虫个个长长的青青的，在烟叶上一咬一片，然后像弓一样隆起身子，转换到别的地方继续贪婪地啃咬。父亲知道，用不了几天时间，所有的烟叶就会成为筛子底。

情况十万火急，两害不除，百亩烟田即付诸东流。担任生产队长的父亲一方面请求上级支援，一方面组织父老乡亲组成了三个突击队，小孩摸叉，大人抓虫，女人喷药。整整拼了七天，差不多脱了一层皮，才锁定胜局。

孰料大炼钢铁的热潮将正常秩序彻底打翻，烟屋改成炼钢炉，上好的烟叶眼睁睁地被扔进麻湾和枯井里沤成了黑肥。心在流血的父亲，捶胸顿足简直成了疯子。

“卸烟炉噢——”忽如一夜春风来，总算熬到改革开放，种烟人盼来了好日子。每逢听到这吆喝的动静，是村里人最为兴奋的时刻。卸烟炉必定在晚上或者下半夜，卸下的烟需要潮湿后解下收储拾掇。人们从睡梦中被纠集起来，青壮年首先钻进如同桑拿浴的烟炉里，从外向里，一杆一杆将烘烤好的干干脆脆的烟递出来。其他男女老少像击鼓传花一样传递出去，由远到近，一杆一杆整整齐齐地排放在场院里。不一会儿，一片片的烟杆就林林总总的就躺在了地上。朗朗的月亮下面，如黄金铺地，又如银河错落人间。

“解烟喽——”天刚放亮，父亲用手摸了摸烟叶，又跑到另一个地方再摸摸，再拿起一根烟杆整体摇晃了一番，发现已经不是刚出炉那样干脆哗啦了，出现油油的皮皮的软软的感觉，解烟就开始了。这活儿，大姑娘小媳妇是长项，手指利索，动作麻溜地将一撮撮烟从烟杆上解下，一会就积攒成一座座金山。

晴天霹雳，乐极生悲。这天，父亲抱着一大摞烟，或许是感慨高兴，或许是辛劳过度，一个踉跄，重重地摔了一个跟头，金黄的烟叶上沾满了父亲吐出的白沥沥的口沫，他不幸中风血栓，从此瘫倒在床，再没能去抚摸那患难与共的黄烟。金色黄烟里面，谁能知道还有这殷红的鲜血、乌黑的沤粪和白泛的病沫。没过几年，父亲像一片斑驳陆离的烟片永远飘逝了。

我每每去给父亲祭坟，别的都可以忘却不带，但必定会点燃三颗父亲生前从未抽过的过滤嘴香烟……

发表于《大众日报》“丰收”版2012年1月6日；《山东文学》2014年5月期上半月

蒲松龄夜游孟姜宅

一

淄川，简直就是一块心形的红宝石跳动在齐鲁腹地。

驶出淄川城区那条聊斋路，便路过洪山镇蒲家村，一块“蒲松龄故居”的标牌赫然杵在那里，路边林林总总摆满可喜可爱、形神各异的狐怪鬼精旅游纪念品，小精灵在不厌其烦地向行人打着招呼。然而这里并不是我们的目的地，车上几个文人只是朝圣般张望，心弦还是颤巍巍震撼了一下。

汽车顺着一条并不太宽的水泥路继续朝东南方向抵进，像踩在一条传输带上，很快将我们拖进一片逶迤连绵的山脉之中。喧嚣和尘埃戛然终止，迎面扑来的是清新葱翠。跨过一道石门，更是曲径通幽，山泉小瀑、飞线溅珠；小桥流水、金鳞漫游。

路越走越险，然而车子却开得飞快，大家的心不由得吊得紧紧的。豪爽热情的东道主在车上却不断地插科打诨，诉说着那些当地的逸闻趣事：话说一局长的二奶为“转正”告上纪检委，此二奶还吟打油诗一首：“贪官情妇你最酷，帮着纪委来反腐；红颜一怒为转正，史上最牛出齐鲁。编外哪有正式好，茶杯申请当茶壶。最是可怜某局长，欲望如火被烤熟。”随即引来阵阵笑声，一番笑话方使得大家心头放松了些许。

这里酷似如来佛爷手掌，放射状的五条山溜子就是五根修长的仙人指，我们胆战心惊地径直朝着中指方向行进。只见一条小溪飞瀑而下，峰回路转，柳暗花明。在一个三谷会合的山间盆地，犹如一把五颜六色的折扇展开，仿佛是聊斋中鬼狐仙怪惯用的仙术魔法，在绿树红花的婆娑摇曳中，一座古朴典雅、别具一格的宅院突现眼前。抚摸古树老藤，依小桥凭栏，听泉水淙淙、百鸟啼鸣，仿佛步入了天赐的一幅自然古画中。懵然间，又被一同抖落在人间的仙境，习习清风中花香扑鼻，如梦如幻中惬意无比。走石路，下石阶，过石桥，迎面就是那一栋石墙石屋茅草盖顶的北方传统的山石结构的四合院，这儿就是哭倒齐长城的孟姜女的故居。

相传孟姜女原本不姓孟而姓姜，是齐国临淄人，系太公后裔。新婚之夜，夫被抓丁多日未归，姜女日思夜想泪守空房。深秋夜梦夫君在服徭役，修建齐长城，索要寒衣，姜女醒来，连夜整理行囊，拂晓，就迫不及待地出门寻夫急送寒衣。一路历经磨难，辗转来到劈山齐长城下，一个弱女子哪经得起旅途的劳累？在山雨中饥寒交迫，踉踉跄跄的昏死在孟家门前的卧佛石上，多亏孟家夫妇搭救，抬回家中，精心照顾，慢慢康复。姜女为报再生之恩，叩拜孟氏夫妇为义父义母，道：“滴水恩，涌泉报。”并从此冠以孟姓，史称“孟姜女”，由此村也得名“涌泉”，孟姜宅也一代代传了下来。

二

夜色的帷幔在一层层悄悄地掩盖这儿的一切，深秋的冷风一阵阵不时袭来，一轮盆月斜挂在山坡那树荫之后。“山猫野兽多古怪”，此时的孟姜宅金风渐冷侵窗牖，万籁俱寂，天地冥冥。

随着一阵清风仙韵，一位妇孺皆知的不速之客月光般飘洒淌进了这院宅。啊，朦胧中竟然是聊斋主蒲松龄的身影！蒲家庄离这儿咫尺之遥，当年他着实为孟姜女可歌可泣的伟绩感动涕零，曾几何时，他为故乡本土出了这么一位伟大圣女赞叹不已。他笔下的那些善良执着、敢于奉献牺牲的鬼怪狐仙或是许受了这位伟大女性的极大影响。拜谒孟姜女故居也是他柳泉公多年的夙愿。

入得柴门，隐约见的蒲松龄像当年参加科举殿试一般激动，诚惶诚恐，拱手朝孟姜女宅正屋揖步前去。

这一来，可惊慌了世间两个大活人。这两人差不多是异姓兄弟。最为着急的是老弟叫于祖荣，紧随其后的是大哥周雁翔。

于祖荣，标准的山东大汉，身材魁梧，然而却儒雅有加，红膛大脸上横着一架斯文的眼镜。他就出生在涌泉村，自小与孟姜女宅是邻居，孟姜女当村老姑奶奶自然是他无上荣耀。在孟姜女祥云氤氲中，于祖荣少年得志，顺风顺水，从政经商样样得手，最后在特大国有山东新华经贸集团公司总裁的位置上急流勇退，融资一千多万元回老家办起了这个淄博涌泉生态风景区。架桥筑路，修葺恢复孟姜女及齐长城景点名胜三十多处。为不使这儿的一草一木遭到不测，他毅然决然地放弃了原来发展旅游的初衷，调整只做高端的文化休闲活动场所，足见对故乡旧土的款款之情，对历史文化的惴惴之心。今晚，这位极不寻常之客让他局促不安，假如这老先生再将那些鬼狐仙怪一股脑带来，岂不惊扰了里屋她老人家的千年美梦……

于祖荣正欲上前阻拦，一只大手却将他牢牢拖住。此人正是老兄周雁翔。这位共和国的同龄人，当代作家、诗人、摄影家、园林旅游景点设计家，曾任蒲松龄纪念馆馆长、蒲松龄研究所所长，创作编辑蒲松龄的有关杂志、电视剧、白话聊斋志异等十余种。可谓蒲松龄当今世界的知音挚友，聊斋志异的活版字典。此时，周雁翔似乎是说：老弟，干什么？蒲松龄和他的鬼狐仙怪都是亲善友好，大德大爱啊，你真没文化？

于祖荣半信半疑，斜瞅一眼，仍步步紧逼在后。周雁翔怔怔不平，两人互不相让。

但见蒲松龄躬身来到孟姜女塑像前，犹如叩拜康熙老佛爷般的虔诚，用清朝的宫术连连施礼，嘴中好似念念有词：晚生来晚矣，不才怠慢焉！

正屋迎面即是孟姜女的神像，素衣简装，身披遮风挡雨的斗篷，手臂紧挎包袱里的寒衣，瑟瑟秋风舞动着她风尘仆仆的发丝、衣带、斗篷，孟姜女坚毅的目光始终望着前方，虽然她眼神里充满了哀怨，却丝毫掩盖不了孟姜女那眉清目秀丽质天生的仙姿。孟姜女抖动的衣裙中，虚幻着缕缕白云、道道长城、自由飞翔的天禽与对对追寻春天的雁阵。

蒲松龄呆呆地凝望良久，一会点头一会摇头，一会又不知所措。遥想当年，两千年前眼前这位弱不禁风的小女子竟然为寻夫如此铁石心肠，感天动地，哭倒了坚固的长城，当然他迷惑不解的是她哪来这么大的力量。哦，是这块土地上传统女性美德的超乎神奇的魔力所致吧。忆至他那年代，已是世风日下，施耐庵笔下潘金莲式的男盗女娼比比皆是。再看看当今世界，似乎更让他不屑一顾，嗤之以鼻……

站在门外的那两位大活人，此时此刻直觉的尴尬万分，作为当代人在两位历史圣贤面前羞愧难当，丑陋无比。好在月亮刚被一片浮云遮罩，好歹救了他俩一个面子。

远处山上传来几声獾叫。于祖荣下意识地心头一紧：老先生到底与鬼狐形影不离啊。这边周雁翔使劲向他使了个眼色。

“新闻总入鬼狐史，斗酒难消块磊愁。”蒲松龄并不是单纯以鬼狐写人生，而是以鬼狐寄托块垒愁，块垒愁是忧国忧民之愁。蒲松龄可以说是描写女性的“铁笔圣手”，他创造的女性形象个个皆美，《聊斋志异》中的狐狸精，不仅美丽迷人，而且都善良而又肝胆照人，在男人遇到困难的时候，能够撑起这片天空，能力挽狂澜，能够为男人作出奉献，不仅能够自己掌握自己的命运，还掌握男人的命运。《聊斋志异》的红玉就在男人家破人亡的情况下，振兴了这个家族；辛十四娘，男人被冤枉进了监狱判了死刑，是她把他救出来，这些狐狸精在社会当中能够独当一面，都是甘愿奉献、解决问题的能手。

月亮从云彩中钻了出来，朗朗水银透过门窗聚在孟姜女和蒲松龄的身上。孟姜女的眼神似乎既敬佩又疑惑好像还有些忧郁。感佩的是眼前这位后生，“写狐写妖高人一筹，刺贪刺虐入骨三分”，将看似丑陋邪恶的鬼狐刻画得如此仁爱善良，令她惊叹不已。忧郁的是看眼下物欲横流、道德沦丧、尔虞我诈，既要当婊子还要立牌坊，真是人不如鬼，人不如狐啊！穿越两千一百年漫长的时间隧道，蒲松龄和孟姜女心心相印，情景相融，情感相投，今古相合，天人合一。

此时此刻的那两个大活人，又一次无地自容的窘迫不已。

三

忽然，西厢房里依稀传来俚曲音乐声，惟妙惟肖，婉转而又凄凉，一下将蒲松龄吸引过去。

盛唱于三百年前的聊斋俚曲流传在鲁中一带，自清代至今一直为民众喜闻乐见，被誉为“中国明清俗曲活化石”。蒲松龄毕生生活在山东中部的淄博地区，他除将大量精力除用于《聊斋志异》的写作外，还整理创作了三百余万字的演唱作品，在其同时期的举人张元为蒲松龄撰写的墓碑阴面刻着“戏三出，俚曲十四种”，这些演唱作品均以手抄本形式传世。

西厢房那儿，只见一个看管古宅的村妇正吟唱《孟姜谣》俚曲：“姜女寻夫到劈山，千里迢迢路艰难，秋风涟涟风瑟瑟，饥寒交迫晕道边。恩人孟氏来相救哇，姜女再生在人间，在人间。滴水之恩涌泉报，粒米之情满囤还，茅屋留下孟姜女，推磨推碾缝衣衫。劈山传颂孟姜情呀，涌泉长歌孟姜缘，孟姜缘。惊闻夫君修城死，孟姜哭到劈山关，悲痛欲绝肝肠断，泪尽血出呼苍天，山崩地裂雷声响，天河倾盆长城断，天河倾盆长城断，长城断。雨过天晴艳阳天，一道彩虹恋劈山。孟姜化神乘鹤去，留下传说伴涌泉，齐长城下孟姜庙，香火不断代代传。”

这首《孟姜谣》，词曲均属于当地流传的民俗民谣的特征与特点。其中唱词中的劈山，就是矗立在淄川淄河镇涌泉村与梦泉村之间得劈山岭，劈山岭上至今有保存完好的齐长城遗址，梦泉在劈山之阴，涌泉在劈山之阳。唱词中的涌泉，就是劈山齐长城脚下的涌泉村。这里是春秋齐国的屯兵守卫的边防，这里不仅有齐国大将军的演兵场，还有他们驻扎的兵营歇马堂等遗址。相传著名的军事家孙膑就曾驻扎在这里，关于孙膑的传说与遗迹比比皆是。涌泉村基本有两大姓氏，孟姓和于姓祖居于此。《聊斋俚曲》是一部惩恶扬善、醒世救世的通俗演唱之奇书。三百余年来，或传抄于民间，或传唱于市井，深得人民大众之喜爱。它不仅在针砭朝政、鞭挞贪官虐吏、抨击科举弊端、批判封建礼教等方面承袭于《聊斋志异》，更在庶民百姓所关心的日常生活、尤以伦理道德方面有所侧重。除了其故事生动、幻想奇特、语言通俗易懂、诙谐幽默等艺术特点外，在艺术形式上，它又取老百姓喜闻乐见之趣味，融诸种艺术品种之特点，活用传统，大胆创新，为后人留下了宝贵的经验。

“世事儿若循环，如今人不似前，新曲一年一遭换……耍孩儿异样的新鲜。”忽而，一曲俚曲“耍孩儿”乐曲从村妇口中悠然声起。“劝人生莫弄歪，休嫉妒休卖乖，头上自有青天在。万事不由人计较，一生都是命安排，害别人反把自己害。若自己不寻苦恼，那里有苦恼寻来”……

“世间应有大爱博，我辈何以此冷漠？”没想到这村妇转而针对广东佛山刚刚发生的小悦悦事件，用俚曲发出惊异、叹息、愤懑、感慨的内心拷问。哀哀怨怨，凄凄惨惨，每一音符都在呼唤，呼唤每一个人都有责任和义务去用良知的尖刀来深刻解剖人性自身存在的丑陋，忍住刮骨疗伤的疼痛来呼唤社会的道德与良知的警醒。呜呼哀哉，年仅两岁的小女孩竟被汽车碾压两次，十八个过路人竟都冷漠无动于衷，亏得一拾荒老婆婆搭救……

凄凄悲哀中，蒲老先生唉声叹气地随着月光飘然而去，故宅院又回复往日的冷清。月上西山，于祖荣和周雁翔不约而同地辗转反侧，极度失眠。是庆幸自己的一场千古奇观，还是遭遇了一阵千年遗指？是弘扬了灿烂文化，还是倒退了社会良知？困惑得他俩百思而不得其解。恍恍惚惚，是梦是幻，是真是假，连自己也说不清。

清晨，我们几多文人在于祖荣、周雁翔的带领下，结伙爬上劈山高峰。望着劈山齐长城下的姜女台和劈山顶齐长城的坍塌断裂的缺口，瞬间，把一个遥远的传奇故事又复原展现在了眼前，少顷又似乎化作一团霞光飘逝飞散。

凝望着这长城豁口，大家浮想联翩，心腾翻滚不已。当年孟姜女能哭倒巍然长城，靠的是世间仁爱的无穷力量和社会的群体推力。只是叹息如今世风每况愈下，道德沉沦，却德少仁，社会主义的万里长城难保不出豁口，一旦豁口百出，“呼啦啦似大厦将倾，昏惨惨似油灯将尽”，国将不国，家当然也不将家了。

当我们回返再次路过蒲家庄时，禁不住蓦然回首瞭望劈山，只觉得淄川这块古老的土地上，过去似乎曾矗立着两只滚圆挺立的大乳房。曾几何时，支撑起了齐鲁大地那一片历史的天空。

遗憾的是，如今风光不再，在这营养过度的臃肿的酮体上，胸前已不再有挺立与昂然，天似乎就要塌陷而下，直压得人透不过气来。

西山问道

冬至叩门

2011年1月21日清晨。

一股突如其来莫名的末日般的仓皇与挣脱，我如同金蝉脱壳又似雏鸡破蛋般打上一的车，背离着这个最大心脏城市的中心朝着西北方向狂奔。天作之美，车随人意，很快将喧嚣与尘埃甚至世俗与贪欲撇在昨夜的梦魇之中。

冲出五环惊悸地蓦然回首，微微晨曦透过混沌的世界洒在身上，噤若寒蝉中方有了一丝温慰和亮煜。沿着黑龙潭路、温泉路直冲西山逶迤而上。这儿是海淀区西山北部的寿安山(又名聚宝山)北麓。相传这里的山产石黑色，浮质而腻理，入金宫为眉石，所以山亦称画眉山。土人云有黑龙潜其中，故名黑龙潭。相传天旱之年，附近水源干枯，唯独这里潭水不尽不涸。西之又北，金水分行，占据地利之至也。

在西山书院度假山庄下车，顿觉面前一片苍翠山岚与漫天清新空境，霎时浑身电光般被净化了一遍似的。

“夫礼者，忠信之泊也，而乱之首也……”进得里面，一阵阵浑厚的诵经声如同撞钟般蹦进耳鼓，不由得让人吓了个趔趄。这儿是中华国学名家、中华国学公益形象大使熊春锦老师创导的以老子《德道经》为核心、以一元四素为框架、以德慧智教育为灵魂的五德修身养生公益培训班。开班第一天，熊老师的弟子、北京德慧智公司老总周复根，这位当年政府官员、曾经的房地产公司大碗，如今儒雅之至，以老子人法地思想为宗旨有理论有实践系统讲授了太极修身和漏尽通的道理和实践方法。

“故恒无欲也，以观其眇”……“玄之有玄，众眇之门”。众妙之门何所在？众人寻寻觅觅大半生，难见真缘。真是踏破铁鞋无觅处，得来全不费功夫。

晚上练完太极苍龙九式，回到房间已是十点多。这刹那陡然想起马上就是冬至了，瞬间一股热流自天而降。按中国古人的理论，夏至是阳盛极阴至衰的时刻，而阴气正是由这最衰的节点开始爬升，阴升阳降的过程经过后半个夏季、一个秋季、前半个冬季到达极点，就是冬至。

到了冬天，特别是冬至，太阳的照顾到了最低点，似乎最“黑暗”。但是，按照古人“物极必反”的辩证观，在白天最短、黑夜最长的时刻，事物一定会发生变化。到了冬至这天，万物将开始新一轮阳升阴减的生机。先人当然要把它作为盛大的节日纪念。

按照《易经》的解释，冬至为“雷在地中”“复卦”。卦象中上面五个阴爻，下面一个阳爻，象征阳气的初生，即所谓“冬至一阳生”。如果把这个原则扩充到一年的三百六十五天，可以说每天都包含一个小小的“冬至”。按照古人的计时方法，每天都有一个阴消阳长及阳衰阴盛的过程，而夜半子时就是一天中阴盛极而阳至衰发生转化的时刻。

（天景）就在这个冬至之至，子时之子；就在这个金水分行的玄之有玄的美妙之地，我蒙蒙眬眬似乎叩到了、感悟到了众眇之门。

平安夜静

平安夜这天恰逢周末，晚上我进城公干后急忙二进宫回归西山书院。在商业广场酒店门前，一边一棵五米高的圣诞树笼罩在绚丽的灯光下，另一边在模拟着“发光”和“下雪”的惟妙惟肖的圣诞光纤效果，方圆周围氤氲着温馨的气氛。其实里面那硝烟弥漫的商家激烈厮杀正在弱肉强食般残酷进行中。中国式圣诞节更像是一场年轻人的狂欢，阴阳差错倒地为他们提供了一个社交平台，但却生生缺少了西方圣诞节中“团圆”和融的味道。这一洋节如此盛行，中国是否也要设立老子仰或孔子的圣诞节已在报刊上讨论已久，其实老子在《道德经》开宗明义第一句就已点的再明了不过了：“上德不德，是以有德。”

老子五千言尚有明示:“大道甚夷，民甚好解。”……“服文采，带利剑，厌食而齑财有余，是谓盗梼。道梼，非道也！”哗众取宠崇洋媚外的洋节世俗只不过是在身心外寻求刺激的行径，其实是假道顽空，与真教正道大相径庭。

陈咏萍，熊老师的学生、老子学院副院长，简直就是何仙姑下凡。她释儒道全通，古今外皆知。听她讲课，差不多每会都要掉几次眼泪。圣诞节这一天，她给大家讲了“三修一化”，即修心修性修命化因。少顷，她便把大家不知不觉拉回到昨天、前天，去年、前年、往年，青年、少年、童年……旋即又从呱呱坠地到婴儿到少儿，从小学、中学到大学，从上班工作到事业有成……走来时万分感恩父母、夫妻、师长、领导、兄弟、姐妹，回头中无比忏悔曾经的一时一事，一丝一念……人间真情款款有余，慈爱之心悠悠亦足，长长的人生漫道，尤其那尴尬歉疚的几多不孝不忠不和，一时贪欲的私心私利私恶，顷刻被折磨的柔肠寸断，后悔的无地自容。声声句句，震撼心扉，撬动灵翘，催人泪下，课堂上抽泣一片。

西山书院不远有一古刹叫大觉寺。据说当年乾隆爷不知是为了清静无为，还是闭门忏悔，曾专门来这儿剃度了七七四十九天。近代一些文化名人对大觉寺也是一往情深，如北大的季羡林老先生。他发自肺腑的一句话，达了对大觉寺那种清澈明净之感的热爱。大觉，无限深意。清澈，古朴，安静，让浮躁的心灵得以刹那间的涤净和沉淀。芳华易老，心意难存。寄份惬意和无限思恋在这古刹里，我能否与之共存？看过，见过，感悟过，我不虚此生，既往的人事，随着时间和我的记忆也许都逐渐化去。我的操行和修炼见过世上是非总有一天会心神不再惊动，任何事都不俱大小，大不过生死，小不过呼吸，那份感动太可怜，我将无动于衷。也许记忆里最后的那点记忆就是我在大觉寺里缓缓地行，浅浅地笑，那份从容和恬淡会化作我死前的微笑。

佛家为空，道家为静，儒家为中。老子早有定论："趮胜寒，靓胜灵，请靓可以为天下正。"当年乾隆爷来这儿验证的正是"我无为也，而民自化；我好静，而民自正；我无事，而民自富；我欲不欲，而民自朴。"

元旦祈福

当2012年元旦的第一缕似乎有些诡秘的阳光洒射在西山山麓时，这儿却是一如既往地异常的安谧和祥和，尤其是西山书院的上空氤氲着道光紫气，祥云翻滚。我携儿子和朋友一家又来参加五德修行初级班。

在这个元旦之首，人们不由得战栗栗地想起了玛雅文明。这个地处美洲的文明，是人类中神秘而一直未能破解的文明。因其神秘的诞生和神秘的衰亡，以及不可思议、独特的天文、历法、艺术等内容，长久以来，人们一直试图进行揭秘。这些年，玛雅文明关于2012年12月21日太阳下去将不再升起的石破天惊的大预言，更被人们所惊诧万分，并被西方拍成世界末日的灾难片电影，挣了大把的钞票。

这个谜最终还是被一个中国人破解了，这人依然还是熊春锦。

熊老师在热销的书中和公布的讲学中，讲到了人类存在慧和智两种思维体系。自5125年前，地球进入了运行至银河系的一个阶段，类似地球上黑夜的时期（相对于白天）。这段时期，人们慧识处于渐渐封闭时期，智能开始张扬，原本因慧识而具有的道德精神和慧识灵觉，逐渐的下滑和丢失，人类由大慧少智，逐渐过渡到智张慧隐，一直到现代的唯智独尊时代，因为智是大脑皮层所生，受人三心二意中的阴我心和后天妄意主导，充满后天私心贪欲，往往容易远离道德。认丑为美，极易颠倒认知，这就是现在社会乱象的原因。此期间的结束，将发生在2012年12月21号冬至那一天，就将摆脱智能文明的制约，而重新开启慧性文明的朗照时期。那个时候，道德就会逐步崛起，慧智同运的文明就会相应诞生。这个人纪文明之所以在2012年出现这样的改变，与整个太阳系摆脱5125年这样一个能量低迷供应期密切相关。

医生出身的王炳贤老师慢条斯理地给我们讲授了经典诵读原理，“恭、熟、忘、合、灵”似乎神乎其神、玄之又玄。大学专生命科学的年轻老师李吉帅用现代科学的惊异发现，演示讲解了重新校勘的老子“上善治水”这一重要思想论断。来自日本、俄罗斯的科学家的大量翔实的验证，普通的水竟然分辨出不同的文字、声音并出现截然不同的结晶状态，使得人们张目结舌，目瞪口呆，从而无不万分忏悔对水和万物及自身的熟视无睹，熟视无情。“上善治水，水善利万物而有静；民众之所恶，故几于道矣。”上善治水就是以感恩和赞美之心对待包括自身在内的万事万物。身中的水被德善升华，精神净化，从而达到清静无为、无私无欲的崇高境界。

咆哮翻滚的海啸从天而降，席卷人世间万物，房子建筑如同小积木一样风雨飘摇，汽车犹如玩具，人宛如蚂蚁般那样渺小和脆弱之极。这是电影《2012》的恐怖镜头。整个世界应了《红楼梦》“忽喇喇似大厦将倾，昏惨惨似灯将尽”。

据红学家考证，当年落魄的曹雪芹确实来自西山卧薪尝胆。西山这儿有个樱桃沟。小溪潺潺，木桥通幽，茂林修竹，好似一个清凉世界。水源处有一块颇似元宝的大石头，据说这就是《红楼梦》中开头那块补天石的原形。在元宝石上方，有一块大石，石上长有一颗柏树，人称石上松。据说也是《红楼梦》里“木石前盟”的原形。而且在清代时，香山地区出产一种紫色灵芝，《帝京物考志》中记载，樱桃沟、卧佛寺一带的河滩上出产一种黛石，城里的妇女进香回去时都会带上一两块，用来画眉。曹雪芹以此命名了女主人公情妹妹叫林黛玉在《红楼梦》贾宝玉的眼里，到处都是“情”。所谈的“情”皆是“迷情”，众多女子，则多为此迷情。正如第一回里说“其中只不过几个异样女子，或情或痴，或小才微善”。迷情之所以产生，就是因为认假为真，反背离了本真，于是就有了一系列的颠倒梦想。

但要解脱迷情，还是得从迷情这儿下手，借假才能修真。随着小说的进展，女子们往往死的死、散的散，贾宝玉也离家出走，这就意味着后天迷情尽复归先天真性，识转成智，涤尽群阴、返于纯阳了。

识得众生便是佛，《红楼梦》通过“大观园”等舞台，把行人心里的各种典型的众生呈现得淋漓尽致，“知幻即离，不作方便；离幻即觉，亦无渐次。一切菩萨及末世众生，依此修行，如是乃能永离诸幻”《红楼梦》最后落了片白茫茫大地真干净，一场红楼大梦方告醒来。

我命在我不在天！

清明辟谷

清明节快到，这个礼仪的深刻内涵，不仅要祭奠祖先，以清明的身，清明的心，还可以帮助祖先，帮助故人解脱，需提前做，所以提前说。

清明节是二十四个节气中唯一的一个节日，地球绕太阳旋转一周、黄道的气机变化与二十四节气有对应的关系，与24块颈椎骨也是对应的。清明是第几个节气，就和第几块颈椎骨对应，就会有热热的感觉，在这个特殊的时空场，体验人天合一。

冬至后的104天是清明节，一阳初生于地下，阳气经过这些天，达到了一个蓄势待发的状态，万物待机生发。古代要有一个月的寒食，现在是3天。寒食，就是不动烟火，很多人辟谷，体内阴性性体，最喜欢动过火的食物，给他们提供阳性能量，寒食或辟谷是断阴性性体三尸九虫等的粮食，把它们请出体外，做到身清明，浊气减轻。天上的清明节要同步地演示到自己的身体里，像起跑前的下蹲，为的是给未来生机勃发的漫漫长行助力。这是上天造就的一个获得天得能量的机会，污浊的身体，承载不了清爽生机之气。

祭祖活动，敬祖的礼仪，修的是礼德，五德之礼对应五脏之心，清明不仅要身，更要心。将自己的个人内部的道德来一次清明，扩大到整个家庭，以及家族、乡、城市、国家。清明节与寒食节合一，起源纪念介子推割肉救主的典故，他功成身退，宁死不改志，留下遗诗：

割肉奉君敬丹心，
但愿主公常清明；
柳下做鬼终不见，

强似伴君做贱臣；

倘若主公心有我，

忆我之时常自省；

臣在九泉心无愧，

愿证清明复清明。

当时人的道德水平是何等的高尚！对民族、对国家、对君臣的义德，是何等的坚强！哪怕在死之前，还奉劝自己的主人时常自我反省，检查自己的不足，希望他治理国家“清明复清明”。为了纪念这个介子推，晋文公就下令将这一天定为“寒食节”，每年的这一天禁止生火，家家户户只吃生冷的食物。

祖先已经成为隐态存在的无形生命，是很轻很轻的生命体，以一个清明的身体来到祖先的墓前，是对祖先的尊敬，不要用污浊的臭气把祖先熏得皱起眉头。不要让祖先保佑，把自私的心表露，活着为你服务，死了还不放过，要以此为羞耻，提的要求不要没一点儿德行。爱你的祖先，自己内证道德，实践《道德经》对我们的要求，去求证上德上善，用自己本身所具备的道德能量，使我们的祖先获得解放，获得解脱。

著名作家章诒和早有感言，“人到六十岁，应该开始‘清仓’，专心做一件有意义的事！”章诒和曾与一位国民党高官之妻做邻居，这位贵妇得癌症后，子女到家中把她一生收藏丢掉。章目睹“繁华变垃圾”的一幕，彻悟“除了生命和情感，没有其他东西属于你”。六十岁那一年，她将所有物质欲望“清仓”，拿起笔专心创作。

寒食清明文化之乡介休绵山忆介子推

每当寒食节清明节到来之际，我就会联想起山西省介休市和绵山上的介子推墓。前两年的夏天，我曾到过那儿旅游，那儿厚重的文化积淀和历史传说，给我留下了很深的印象。

春秋时期，晋文公重耳为了避害，流亡在外，跟随重耳的忠臣中，有一位叫介子推的人，曾在重耳最饥饿时，割下了大腿上的一块肉，熬了一碗汤给重耳吃，后来重耳发现介子推一瘸一拐走得很慢，一问才知道刚才喝的肉汤，原来是介子推的大腿肉熬的，非常吃惊，十分感动，并且立即让介子推坐上自己的马车继续流亡。

19年后，终于结束了漫长的流亡生活，晋文公立国。之后，晋文公重耳为感谢救命之恩，要封赏有功的人，却偏偏把介子推给忘了，当他想起介子推时，介子推已携母隐居绵山了。其实，介子推也确实不愿意接受封赏，他有功不居，不图富贵淡泊名利的行为，就是希望晋文公清明廉政，励精图治，治理好国家。晋文公得知后，亲自上绵山请介子推出山，不料，介子推和老母亲誓不下山，后来晋文公同意采用烧山的方法逼介子推母子下山，三面放火，只留出一面让他们逃生，但是，介子推和老母亲还是坚持不下山，最终，被活活烧死了。烧山并没有达到请介子推下山受封的目的，由于此法欠缺妥当，事后，晋文公感到十分内疚，悲痛欲绝，为了弥补这一内疚，重耳命随从拾来几块烧过的木头，回去做成木屐，穿上它走路会发出咯噔咯噔的响声，以此表示晋文公不忘介子推曾割肉救主（割股奉君），据说“足下、木屐”就来自这一典故，后来，中国人把最尊敬的朋友就尊称为“足下”了……

第二年，重耳带领群臣登山祭奠，在介子推墓旁死而复活的柳树上折下一枝，编了一个圈戴在头上，这棵柳树还被赐名为：“清明柳”，这一天被定为清明节，人们在这一天将柳枝插在房前屋后，以示怀念。清明前一天，人们不生火做饭，只吃冷食，故名“寒食”。因为“介子推休于此”的典故，山西省的这座城市便被命名为“介休市”，所以介休也被称为：寒食清明文化之乡。

曹雪芹一梦红楼到西山

曹雪芹一梦红楼到西山曹雪芹在《红楼梦》的开头写道：“满纸荒唐言，一把辛酸泪。都云作者痴，谁解其中味？”这可是个高难度的问题，许多人都是过了大半辈子，也都说不上自己是图了个啥？像我这样的凡夫俗子就更不知道了。咱先不管他是荒唐，还是辛酸，还是讲咱的故事吧。

先从村名说起吧。南河滩顾名思义就是香山南边的一片河滩，在村子西北的无梁殿外有一眼泉水，冬夏不减，据说水质甘甜，泡茶最好，可惜我一直没有品尝过，道是每次登山路过看到许多人在取水，心里不免有些担心，这样下去，过不了几年，这眼泉也该像林黛玉的眼泪，该哭干了。南河滩属于门头村，门头村正好位于香山地脉的入口，因此被清朝皇帝封为“永镇门头”，简称门头村。清朝时，门头村与红旗村一样，都是旗人住的地方，当然还有汉、苗、回、蒙古、越南人等居住。现任村主任就是苗族人。红旗村就更好理解了，是红旗人住的营地。八旗是努尔哈赤创立的，他把满洲人分为八旗，平则为民，战则为兵。到了皇太极时候，又增为蒙、满、汉八旗。曹家原籍在河北丰润，是汉人，后入了满八旗，成了皇帝的包身家奴，任江宁织造，专门给皇家制造丝绸。旗人的父母官是佐领，和汉人一样，旗人也有旗籍，生老病死，一生一世都不能脱离旗籍。

从红旗村往北100多米，就在香山南路的旁边。有一处叫团城演武厅的地方。里面有一座高高耸立的碉楼。在香山周围，这样的碉楼共建有64座，现在剩下的不多了。乾隆十三年，四川一带的大小金川叛乱，清军久攻不下。于是乾隆下令在北京西北角也就是现在的红旗村兴建一座与大小金川一样的碉楼，然后指挥八旗军在此演练攻城。乾隆十四年，清军终于攻下了大小金川。于是乾隆皇帝下令在演练场大摆宴席，以示庆贺。事后为了纪念和表功，他还下令在香山的八个旗营修筑类似的碉楼，并且在红旗村修建了松堂。到现在，松堂还有当然植的白皮松及乾隆御笔汉白玉石碑一块。当时八个旗营共修了64座碉楼，每个旗营八座，八座当中只有一座中间是空的，可以上去，其余的都是实心的。因此，当地有“七死八活”之说。据说修建这样的碉楼有三种意思。一是为了纪念表功大小金川之战；二是为了破坏香山地区的风水，让此地不能有王气，否则会危及大清的江山；三是麻痹恐吓旗人，让人觉得大清江山固若金汤，造反是没有出路的。

说完了旗人就该说说香山的由来了。关于香山名称的由来，有两种说法。一说，山势状如香炉因此得名香山。后金代在此修建香山寺，寺因山名。二说是《帝京物考志》中说，香山一带多杏花，花开香满山，因此得名香山。香山道是真有成片成片野生的杏林，每到春季三月中旬，杏花绽放，犹如一片片白雪落在山上，微风吹过，花香满山。明代画家文征明这样形容香山一带的风景。“春湖落日水拖蓝，天影楼台上下涵。十里青山行画里，双飞白鸟似江南。”

从清康熙起，清朝在京城西郊修建三山五园重大工程，三山是香山、玉泉山、万寿山，五园是圆明园、畅春园、颐和园、静宜园、静明园。那时，只要你从西直门出了城，一直到香山，都是旗人住的地方。乾隆还在香山修建了一座勤政殿，用来在夏天的时候接见王公大臣，以示“勤于政务”，因此取名勤政殿。可惜到了1860年，英法联军攻打北京，咸丰帝逃往承德。联军一直打到北京西郊，烧毁了香山的勤政殿和香山寺。

说完了香山，让我们再去北京植物园逛逛。北京植物园除了珍稀花草之外，最有名的莫过于黄叶村，这里是曹雪芹家败之后，在北京居住和撰写《红楼梦》的地方。雍正五年（1728年），曹家的织造官位被罢，曹家举家迁到京师。按八旗制度，曹家虽然被抄了家，但是还可到所在的旗佐领处领用生活费。但是曹雪芹活着就是为了《红楼梦》，穷死不当差，饿死不进画苑，是一个堂堂堂正正的男子汉，宁愿过着“举家食粥”“望山餐霞”“没钱酒常账”的日子，也要游历于香山一带的山水这间。他的好友张宜泉在《题芹溪居士》中这样描述曹雪芹的生活：“爱将笔墨逞风流，庐结西郊别样幽。门外山川供绘画，堂前花鸟入吟讴。羹调未羡莲宠，苑召难忘立本羞。借问古来谁得似？野心应被白云留。”他的另一位好友敦诚在《寄怀曹雪芹》中劝他“劝君莫弹食客侠，劝君莫扣富儿门。残杯冷炙有德色，不如著书黄叶村。”清苦的生活，创造了曹雪芹写下《红楼梦》的灵感与力量。但他的生活更像是一场凄风冷雨。他给周围的穷人用草药免费治病，儿子得了天花，却无力无钱医治，中秋节那天，在团聚的日子里，唯一的爱子死了，从此，他忧郁成疾，于除夕夜，又一个亲人团聚的日子里，离开了香山脚下的黄叶村。

有人说，他们父子二人的死期都很绝，这也许是上天的安排。正像他在《红楼梦》中写道的“好似食尽鸟投林，落得一片白茫茫，大地真干净。”繁华落尽，一切都是一场梦。只有生活是真，可生活又是如此的艰难。离开了黄叶村，再往西北前行，眼前出现一片红墙绿瓦，古柏参天，梵音袅袅。这就是卧佛寺。因寺内有一尊睡佛而得名。早在唐代，卧佛寺就有了香火。雄伟的寺门上书“同参密藏”四个大字。这说明卧佛寺不是一般的寺庙，它是藏经书的地方。山门前有三条路，左边代表升官，右边代表发财，中间保平安。据说，1949年前，每年阴历的六月二十四日是晒经书的日子，这天，城里城外的僧侣都要来诵经，场面宏大。

出了卧佛寺，再向西行几十米就是樱桃沟了。这里小溪潺潺，木桥通幽，茂林修竹，好似一个清凉世界。沿着小木桥穿行在高耸的水杉林中，一直到到头，就是水源头了。这里有一眼泉水，每天都有城里的老人前来取水。水源处有一块颇似元宝的大石头，据说这就是《红楼梦》中开头那块补天石的原形。在元宝石上方，有一块大石，石上长有一颗柏树，人称石上松。据说也是《红楼梦》里“木石前盟”的原形。而且在清代时，香山地区出产一种紫色灵芝，《帝京物考志》中记载，樱桃沟、卧佛寺一带的河滩上出产一种黛石，城里的妇女进香回去时都会带上一两块，用来画眉。这也是林黛玉的影子。《红楼梦》中还提到过一个叫退谷寺的地方，门上有一副对联：“身后有余忘缩手，眼前无路想回头。”因此，樱桃沟又名退谷。史书记载这里有退谷寺，退谷书屋，隆教寺，可我去樱桃沟多次，也示找到这三个地方。也许退谷应该在我们的心中。凡事不要过分地拥有，要想着给自己留有余地，不到等到山穷水尽的时候才想起回头，这时苦海依然无边，回头却已不再是岸。《菜根谭》里说，“恩里由来生害，故快意时，须早回首；败后或反成功，故拂心处，莫便放手。”说的是，在得到恩惠的时候往往伴随着灾难，所以在成功的时候要见好就收；在遇到失败挫折时或许反而有助于成功，所以身处困境的时候不要轻易放弃。

人生如梦，谁能挥洒自如，还是像李白说的那样，且放白鹿青崖间，须行即骑访名山。你也何不乘着五一长假，放下工作，放下压力，放下言不由衷，出去走走，访古探幽。

孝感逄山

一

20世纪那些激情燃烧的年代。

不知打哪而来的滚滚浪潮，打破了故乡逄山石河畔原本的沉睡和寂静，一拍脑袋就要在这里揽坝修水库。

我高中刚毕业但高考却已废止，当兵又不到时候，十七岁的我仅凭着一股子生猛之性，在一个早上突然请缨替父亲出工修水库，推起车子就上了工地。先是在大坝里侧为大坝垒土，每天凌晨披着星星投入到人山人海的车轮喧嚣之中，中午就在工地啃几个窝窝头喝几口瓢儿汤（薄薄的玉米粥汤）。高音喇叭声，打夯号子声，拉车吆喝声此起彼伏，一浪高过一浪。在大坝外侧磐石头砌坡是个重体力活，一车石料少则六七百斤，压得车床吱吱歪歪颤晃着从溢洪道山顶上趔趄着放下来，独轮车须得有灵便可靠的刹车设备，否则极易连人带车从立陡的山崖上翻滚下去。在溢洪道抡大锤打眼放炮是最为危险的活计。一天中午，在我们生产大队作业面附近就曾经发生一场误炸当场砸死一人的惨痛事故，多亏我年轻腿快侥幸逃走且毫发无损，假如是我那腿脚尚已不灵光的老父亲在场就尚难预料了。

无意插柳柳成荫，大概是我这并不自觉地为父代伕的一点点孝行，稍稍感动了那令人畏惧的逄山爷，当年底我就如愿以偿地穿上军装逃离了那富有梦想而又梦魇般的家乡。

我南征北战，东来西往在外几十年，却一直情系着这一汪山水。前些年听说这儿是病库，还不无杞人忧天地为坝下父老乡亲捏出了一把汗。那年清明节回家扫墓后，我和儿子特意去了这魂牵梦绕的水库。

站在大坝上，西面水汽氤氲，烟波浩渺，岸边的垂柳正好拂在湖面上，东面是绿莹莹的庄稼果树，南面犹如一尊雄虎在水一方卧视眈眈。四十年前那人山人海，千军万马，浩浩荡荡的独轮车队伍不见踪影。但见这湖泛泛波澜倒想起那清莹的瓢儿汤，瞥见那垒黑虎山仿佛浮现那一堆堆的窝窝头，难怪有人说当年这大坝是用窝窝头堆起来的。一群白鹭在湖中蜻蜓点水般嬉戏，层层涟漪的勾起了段段思绪。

恍惚之中，水库中央轰然挺立起一尊巨人，浑然一身钢盔甲袍，手持三尺利刀，海市蜃楼般顶天立地……

记得水库中心那个被搬迁的村叫曾家溜。历史上这儿确实出了一个彪炳青史的大孝人物杨骥，令这个村自古就套满了神秘的光环，孰料当年却阴差阳错成了鏖战水库的大战场。“上善治水，水善利万物而有静。”凝望湖中那波光粼粼，冥冥中仿佛感受到他那千古孝风遗韵也一代强似一代地影响波湲着这儿的后裔儿女。

杨骥，逄山下石河畔历练长大，戎马疆场，为殷商屡建战功，朝廷封王嘉奖。但受奸臣排挤，被逼出京。杨王不服，预谋霸业，率旧部驻扎在舅父逄伯陵的昌国内，在自己的家乡招兵买马，屯兵于石河龙头岭，伺机行事。不料，朝廷接到杨骥谋反的情报，暴虐的殷纣王听信谗言来了个一箭双雕的锦囊妙计，偏偏派逄伯陵率军前来平叛，浩浩荡荡，不可一世。几个回合下来，双方伤亡过半。杨骥顿觉惭愧，自感与舅父交战，大逆不道。于是趁夜色转移退守逄山顶峰，凭借天险抵御逄军。没能支撑几日，杨骥又一次孝心大发，为避免再与舅父交战，并免去其纵容甥儿脱逃的口实，于是便来了个“悬羊击鼓，饿马刨槽”虚张声势的妙招，耍了个金蝉脱壳，带领队伍悄悄转移出去。说来也怪，或许是感动于杨骥的孝心，杨军所经之地，本来那丛棘子的弯弯倒钩棘齐刷刷地直了起来，使杨军得以顺利通过。相传是神仙们怕挂烂了杨王的战袍，而让丛棘子直钩的。直到如今，只有这一条山溜棘子都是直钩而没有倒钩，当地百姓叫它“顺王棘”。

二

蜿蜒在石河岸边上的那条沙石公路，与河牵手而行，与山随影而进。

就在这幅永久展开的山水画卷中，当年我每周背着一包袱煎饼沿着这条路步行三十华里西去到王坟七中上学。差不多快要到学校的光景，河那边突兀耸起一座势如刀削的峭壁，这儿就是逄山主峰。万丈悬崖鬼斧神工地清晰地雕印着一尊头戴乌纱、脚蹬朝靴、身着官服的匠人影像，这儿也就是当地人的真神逄山爷。加上那时连续目睹发生的公社书记跳崖、学校老师坠河的恐怖事件，每每走在山下，直愣愣觉得阴森森又凉飕飕，山上似同万丈光芒把人心穿射得通体透明。

又是一年垂柳拂水时，欸乃一声山水绿。适逢烟雨缭绕，我等一行踏着茫茫云雾，神游般从西路叫西翅子的地方跌宕而攀，先是拜祭了逄公祠。空旷略带萧条的山坳里，横竖排放着三两栋堂室，几块残缺不全的碑石相互缩在一隅，正堂里面，逄公正襟危坐，俨然一方山神。逄公，逄伯陵，炎帝后太所出，始封于逄，后改封于齐。任政期间扶重农桑，体恤民众，百姓深为拥戴。只是因其招降外甥杨王未成，跳崖以死报君。因而感动上苍，在石壁上千年留像，昭示天下百代。

四十余年后我再次置身杵在逄山爷前，神像丝毫未改，自己却已为人父，外甥甚至重外甥一大堆。想来当今社会物欲横流世风日下，孝行如东逝水急剧退化。究其根源，其中做长辈的尊道缺失致其晚节不保是个不争之由。砰！逄公以他自己那高尚的德行之手又给我们这些为父、为舅甚至为爷爷老爷的背后猛击一掌！

“好鸡不吃豆，外甥不打舅。外甥如打舅，皇天也不佑。”在下山的路上，一个割草的老人边唱边摘路边的酸枣儿。我趁机向老人家请教顺棘子，长长见识。老人家顺手在棘子棵上掐下一小枝，指着上面的直直的棘子让我们瞧仔细，然后又从他那割草担子上顺便揪出一枝，外观形状无二，仔细瞅瞅，前山那边的棘子个个都是弯弯的倒叉钩，刮在衣服上就像钓住鱼一般死死地拽住不放。

透过莽莽茫茫的山林雾海，感到上苍竟然如此大度慷慨，对人世间这么一点良心孝道即大发慈悲，不惜改变植物习性而来护佑有加。忽而顿觉又颇有偏袒，似乎对品行高端的逄公有些冷落。瞬间，一片浓浓的云雾将山峰周围填充得四平八稳，千韧万豁陡然夷为平地。突然间脑子里冒出一个怪异遐想，当初假如山崖上也能生发出雄壮的倒钩棘，或许会骤然改写逄公的这一千古悲壮剧。

随同前来的王坟镇委刘书记感叹道，历史虽难改，民风却依旧。这儿的百姓受逄山千古孝风的熏陶，王坟镇已是礼仪之邦，孝行之乡，灿若星辰的孝子孝甥以及善爷德舅遍洒乡里，支撑起了两个文明建设的高山巅峰，每年一届的孝文化节办得独到丰厚且有滋有味。

三

南来西进的石河水在逄山下汇流，波涛汹涌地朝东方滚滚而去。站在逄山对面的逄峪村细瞅会惊异地发现，远处的逄山山体呈释迦佛状，眼耳鼻舌身惟妙惟肖，真实不虚。我顿时茅塞顿开，恍然大悟，原来是释佛的以身相佑才使得这一方山河大美人间，一方众生大孝于天地。

或许是佛祖的遣派，当年的杨王时隔不知多少年多少代又托生来到逢山下。不过今生今世的他已非达官贵人，而是普通百姓，也不是七尺汉子，而是娇柔女子。从容跨越上千年，同样演绎了一场撩人心扉的冰清玉洁的孝道故事剧。

不知是其后的哪朝哪代，逄山脚下山坳里有一户人家，家里只一个老汉与儿子相依为命过着清贫的日子。儿子长大成人，老汉张罗为勤学的儿子娶了个贤惠而又白净漂亮的媳妇进门。孰料儿媳妇里里外外一把手，儿子的学业也日渐长进。这一年儿媳妇瞒着丈夫借了高利贷，好让他出外求学。不料天有不测风云，丈夫出外求学后的初秋，突然遭受一场罕见寒流，庄稼颗粒无收，无力偿还银债，债主扒掉了房卷走了一切值钱的物品。公公和儿媳妇只好蜷缩在柴火棚里，邻居匀了一床薄棉被过来，儿媳妇却盖在了公公身上，老人家决意不肯，任凭自己在火堆旁瑟瑟发抖。万般无奈，儿媳妇就央求和公公同盖一床被，公公坚决不从：儿子不在家，可不能让人家戳脊梁骨。儿媳妇说只要心里干净，在一床和不在一床有什么不一样？公公拗不过她，只好一人一头将就着遮风避寒。一时村里沸沸扬扬，不乏好事之徒把脏话吐在儿媳妇的脸上。

从我当年上学的公路上数界碑，这逶迤连绵的自然大佛大约长八百米，而且与逄山影像同处逄山西峰，如同将两张名画同置一室，互为映辉，更引入一种神秘的境界，无不赞叹大自然的鬼斧神工。双重的神灵威力，滋润养蓄着这儿山民的道德五行，弘扬着人间正气。抑或是杨王当年忠孝难两全断然从孝的基因仍在发酵，在儿媳妇身上又一次扮演了弃富贵而奉孝道的不悔抉择。

屋漏偏逢连夜雨。夜里，凛冽的西北风裹着鹅毛大雪阵阵袭来，儿媳妇见公公的腿脚像冰一般刺骨的凉，顾不了那么多忌讳，就索性把公公的腿脚放在自己身上暖和，直到公公呼呼睡着方才罢休。这一幕被一无赖看在眼里，第二天即传遍四里八乡。儿媳妇不知遭了多少白眼，背后吐了多少唾沫星子。

“三月三，上泰山。”儿媳妇在去泰山为丈夫祈求平安中，被泰山老奶奶澄清了自己的清白。老天总有眼，神仙必感动。她不仅感动了逄山神，厚爱有加的逄山神还继而转递并立马打动了泰山之母，泰山神幡然给她从天而降一块通玉石碑，上面赫然书有“冰清玉洁”四个大字。恰逢丈夫考中进士荣归故里，在一片赞扬和尊贵之中，丈夫仿佛觉得并告白于众，唯有媳妇这坚强无比的大孝才是他考中的巨大力量源泉。贤惠的媳妇没有跟他去享荣华富贵，而是一直蛰居寒室将公公侍奉到过世，行尽养老送终的天职。

当年杨王为尽孝放弃霸业，蛰伏于逄山北面一条河溜子休养生息，辅助农耕。因此人们将这条河称之于仁河，所在地称为杨集。杨骥，永记百姓心中。

逄山一隅，如今这块冰清玉洁的石碑景物尚存，只是矮小的平民坟茔几乎被艾艾白刺草所掩盖。奇怪的是这儿却一直香火莹然，四里八乡奉若神明。无独有偶，近在咫尺的庞大的朱王坟却是形影相吊，凋敝不堪。

当年这块人杰地灵的风水宝地，竟然也被皇帝老子所看中。明朱见深皇帝封他的第七子朱祐楎为衡恭王就藩青州。衡王在世选风水墓地时，一眼便看中逄山下石河边这一方钟灵毓秀之地，更看中这一带淳朴民风和善孝故里，就在逄山对面的三阳山动工建造了王坟。使得这一摸酸得倒牙土得掉渣的山旮旯居然沾上了帝王之气。

遗憾的是，生前雍容华贵，乃一人之下万人之上的朱衡王，如今的王墓却孤寂冷清，荒凉萧条，早已就是坟前冷落马蹄稀了。一年到头少见香火，空空然一座巨塚而已。老百姓不无揶揄道：乐善好施、极易感怀的逄神爷为何偏偏对其视而不见、不屑一顾？为何一反常态呈现少见的铁石心肠？

天鼠奔方山

自逄山向南，逶迤相连崛起一座更高的峰岚叫方山。

“逄山高，逄山达不到方山的腰；方山雄，方山够不到泰山的胸。”从这老百姓的口中可知方山的个头和位置。这儿不仅高且陡，三面峭壁，岩径仄曲，举步战栗，唯有西北略可登攀。山顶酷似方形平台，古称砚台山。不知打什么年代竟然叫起了这个俗之又俗的名字——方山。倒是山顶西北端有一鼠状山体向这面作速奔状，人称“天鼠奔方山”。

老鼠，在人们的印象中一直德行不佳，令人生厌，诸如鼠目寸光等褒义词盛行。但老鼠在生肖文化中，象征着聪慧敏捷，晶莹剔透，煞是可爱，特别是狡黠勤奋，能积累财富，以致许多地方竟尊奉鼠为财神乃至鼠图腾的崇拜。

民国十九年，这一带土匪猖獗，当地土匪王二麻子率百十人占方山为王，在此大肆抢夺掳掠。王二麻子原名叫王玉胜，逄山下大峪口人，在家排行老二，因其脸上有一颗又大又黑的麻子而得称。他出身贫寒，目不识丁，从小即桀骜不驯，横行乡里，终因滥砍祖坟上的树木而激愤族门乡里，于天地之不容，无奈闯了关东，阴差阳错受东北胡子拉杆子的影响，带回两把德国驳壳枪，拉起众喽啰落草为寇做起了山大王。一时四邻八乡的居民莫不谈麻色变，唯恐避之不及。临朐县政府曾派当地民团，以至动用县警备团到方山围剿，竟以失败告终。

当年，刚刚订得娃娃亲的12岁的我父亲，不幸也被王二麻子绑了票，劫持到山上落入魔窟。曾祖父那时，我家曾是一方商贾绅士，是村里数一数二的财主。“祸兮福之所伏。”于是乎竟然成了土匪的囊中之物、鼠狗之食。爷爷急忙托人前去说情，不料土匪扔出了一只鲜血淋漓的耳朵说：“再迟几天，那一只也要割下来！”拿回家一看，全家哭成一团。爷爷跺了跺脚，一口气卖了带有祖坟的九大亩旱涝保收的河坡地，白花花的大洋摆了一桌子，挎了两大芫子（筐篮）送进了山寨，方才使父亲完好无损地赎了回来。“福兮祸之所倚。”没想到这一折腾，倒使我家在土改时由至少划为富农骤降为下中农。不然，我这当兵的唯一出路也肯定夭折无疑。

一个周末，我只身一人驾车从省城直奔方山。不知是寻觅父亲足迹的急切还是探秘山寨的向往，竟不顾山高路险，使出了吃奶的力气，终于大汗淋漓爬上了海拔近七百米的方山之巅。只见顶部平展开阔，周围峭壁如刀削斧砍。峭壁下面坡度由陡到缓，呈圆拱土包状，山峰兀立于土包之上，直指天际。山峰由坚硬的石灰岩构成，高度在六七十米之间，远远望去，酷似一座高山城堡，伟岸挺拔。靠的就是这“一夫当关，万夫莫开”的奇特地势，才使土匪有所得逞。王二麻子当年的寨墙、寨房、藏宝房、插旗石的痕迹犹存。

伫立在插旗石上，一锭墨块在心中砚台上反复敲打研磨，浓浓黑汁洒洒灌进了我的心脏，又由心脏嗤嗤流尽了每一条血管……当年，山匪们过得神仙般的日子，大碗喝酒、大碗吃肉，每天面对绵绵的群山、茂密的树林、幽静的山谷，与朝霞夕照、清风明月相伴……可惜他们无缘大彻大悟，良心未发且俗念未了，以致落得个身死寨亡。在当年王二麻子的旗杆石上向西北张望，果然见得天鼠之峰直奔鼻梁而来，憨拙而又狞厉，心底里不由得震颤了许久，心想那些真金白银不仅丝毫没有阻挡反而加速了土匪被覆灭的下场。感叹世间竟无一逃脱“甚爱必大费，多藏必厚亡”的必然结局。

待我踯躅到山顶东南面，天空顿时豁然开朗，太阳将密云撕开一道大大的口子，将万道金光聚集在山顶上。只见方山东面有一座山峰叫笔架山(又叫刺天峰、薄壁山)，远看像笔架，又像一把直刺天空的利剑。山峰东西长百余米，南北宽却仅有数米，一般游人只能望而兴叹。山阳坡前怀依山而居的叫上稍村，是个远近闻名的“秀才窝”，这个不足七百口人的偏僻小山庄竟然考出了近百名大学生。阴面是目不识丁的草莽之夫加万贯不义之财，最终沦为不耻人类的渣滓；阳面乃是雨后春笋风华正茂的莘莘学子，焕发着天地勃勃生机与正气……我顿时恍惚无措、失语无声。万贯财产岂比学富五车？我竟忘记身处山巅禁不住攘臂蹦高，疾呼还应叫回“砚台山”为好。多么吉祥多么文化多富有魅力的名字啊，它与前面的笔架山韵味相连，浑然一体，紫气东来，天地人和。倘若取来笔架山上的神笔，饱蘸砚台山上的灵墨，或许在水洗般的蓝天上描绘出一幅幅精彩绝伦的人间美景。

在方山和薄山的山阴峭壁上各自生有一个天然大洞，名为“阴德洞”。由于特殊的地形，这两个洞一天到晚见不到一丝阳光，洞的左右两侧均是光滑的峭壁，上下左右无论从哪个方位，人都无法进入其内，只有那翱翔天空的野鹰和山燕子偶尔出入。据说王二麻子行将覆灭之时把二十箱金银财宝埋入山中，竟引起多少人无休止贪婪的探求，不乏还有亡命之徒跃跃欲试冒死攀洞，无异于悬崖上玩火。

站在方山之巅举目眺望，东南方的冶源水库波光潋滟；南面的富春山，山色如黛，草深林茂；西面的山峦绵延起伏，层层叠叠，一眼望不到边。这儿展现的多是大气磅礴、蜿蜒曲折和缥缈虚幻；体会的是那种无欲无为的天籁之音和静谧之美。只有在这个淡定的时空中沐浴春风，才会领略到佛教“空”与道教“静”的真谛。当年，那草莽英雄占领方山时惶惶不可终日，自然不会有过一丝一毫的如此感受。

只是那些断壁残垣犹存，偶尔还会冒发出一阵阵凄凉的哀叹。望着东南面的“伟人石”，耳边似乎响起老子那撞钟般铿锵雄壮的声音：“罪莫大于可欲，祸莫大于不知足，咎莫憯于欲得！”

老鼠能在十二生肖中居首，盖因广泛流传的鼠咬天开的神话传说。是说天地之初，混沌未开，老鼠勇敢地把天咬开一个洞，太阳的光芒终于出现，阴阳就此分开，老鼠也成为开天辟地的英雄。而在天地业已清明的当今，纵其老鼠再去无休止咬天，岂不退到黄老先哲最为担心的“谓天毋已清将恐裂，谓地毋已宁将恐发，谓神毋已灵将恐歇，谓浴毋已盈将恐竭”的可怕境地?

黔行不绝齐鲁情

乍到“地无三尺平，天无三日晴”的筑城贵阳，下榻在高耸入云的喜来登大酒店，推窗相望，楼与山比肩，桥与峰牵手，云雾缭绕，唯望唯忽，似有刚才飞机上尚未降落的感觉。但见眼下一条款款的银带逶迤在茂密的楼群之中，想必那就是南阳河了；再仔细端详，一簇古建筑盘桓其怀，又想这恐怕就是闻名遐迩的甲秀楼了。惊喜之中又有些黯然，人说“贵阳有座甲秀楼，半截插在云里头”，在我看来，却整个插进了水里头。

疑惑与敬仰的两翼旋即将我降落在河边宽敞的休闲广场上。顾不上领略河滨风光，疾步径直来到楼下，抬头仰望，果然不同凡响！只见它顶头立地，睥睨苍穹，一副舍我其谁的气概。飞甍翘角，石柱托檐，雕栏环护，屹立江流。甲秀楼始建于明朝万历二十六年，为贵州巡抚江东之所建。清初不幸被毁，康熙二十八年贵州巡抚田雯重建，甲秀楼方以黔中瑰宝呈现世人眼前。

田雯出身山东德州地区的名门望族，该家族在近一个半世纪的时间内，诗书继世、科甲蝉联、一门风雅，诞生了多位清史留名的文化名人；田雯康熙三年进士，曾任湖北督粮道、江宁巡抚、贵州巡抚、户部侍郎等，田雯督学得人、治河有方、治黔有绩，人称“德州先生”，是清康熙名臣，同时也是诗歌名家，与诗坛盟主、山东桓台的王渔洋并称“齐鲁二贤”。田雯一生居官廉正，体察民情，关心民疾，兴利除弊，政绩卓著，深受康熙帝信任和百姓拥戴。当他离任贵州巡抚时黔民“泣送者百里不绝”。

凝望着这玲珑剔透、清颖靓丽的甲秀楼，它经历了四百多年的风雨沧桑，见证了黔中多少悲欢离合，承载了多少丰厚的思想、理念和底蕴，没想到一介孤单的山东文人竟在这云贵高原上留下了不可磨灭的辉煌。齐鲁老乡为之骄傲，黔贵人民暗自庆幸。

然而历史竟又是那么样的巧合和公正，没想到不到二百年，贵州人倒结结实实地把这个情给还上了。到了晚清，一位贵州织金籍的巡抚可谓是清代山东最有作为的地方官。他就是被曾国藩誉为“豪杰士”的晚清“中兴名臣”丁宝桢。丁宝桢做了近十年的山东巡抚，此间创办了中国第一座完全依靠自己技术力量建成的近代兵工厂——山东机器局，创办了近代山东最早的官办书局——山东书局，创办了集学习儒学、天文、地舆、算数于一体的尚志书院。田雯重修甲秀楼，丁宝桢则修筑了著名的障东堤，使鲁西南一带免除了黄河水漫灌之苦。丁宝桢在四川总督任上病逝后，执意来山东安葬。当他的灵柩长途跋涉从成都运抵济南时，被齐鲁百姓争相“郊野吊祭”，一时济南府里万人空巷，可谓惊天地泣鬼神。

从东海齐鲁到大山贵州，从清初到清末，两位巡抚互在异地为民请命，一种反向轨迹拉平了黔鲁那层渊源与情结。如今丁宝桢和田雯这两省巡抚大人的画像都张挂在甲秀楼内贵州历代名人榜里。活着时无法相见，如今天天相处，近在咫尺，比肩而立，相依而睨。

翌日，我们驱车去黔南州的荔波樟江风景区考察。汽车行驶在高山峻岭之上，如同过山车般忽儿爬上几十米乃至上百米的高架桥，一股脑将村寨果园庄稼统统压在车轮之下，氤氲在山崖旁的缥缈烟霭宛如飞机舷窗外的云霞。忽儿又钻进长长的隧道，如同飞机钻进了浓密的云层，与世隔绝，穿越时空，头颅就像染了病毒的电脑，老觉着是一个失衡的天地，恍惚之间贵州与山东，如同天上和地下。黄河如同阳光一样从上天翩然垂直而下，天地相合，已俞甘洛。顿感齐鲁之邦身受云贵高山的阳光雨露由来已久且与日俱增。

晚饭后，徜徉在荔波县城一排排的椰子树下，一条清澈的水春河如姑娘头顶上那中线将老城与新区飘然分为两边。略显窄小的桥面两侧，整整齐齐吊挂着红彤彤的中国结形路灯，似乎整架桥整条路整座城都被染成了红色的世界。

蹚过桥，漫步在浓郁水族气氛的老城街面上。突然，一块标有“邓恩铭故居”指示牌赫然映入眼帘，顿觉热血沸腾，犹如朝圣般的激动在心底里波澜不已。下意识整了整衣服，理了理头发，迫不及待地顺着指示的方位大步流星奔去。

这是一座普通的民房，坐西向东，当街而立。从1905年起，邓家就居住在这里。父亲开药房、挂牌行医，母亲磨豆腐，以此维持家计。邓恩铭在这座房子里，整整生活了12年。1917年，因家境窘困，跋涉万里赴山东投奔做县官的叔叔，翌年考入济南省立第一中学。谁知这是一条不归路，他的家人没有想到，邓恩铭也没有想到，这一走就再也没有回来。

90年前那个开天辟地的重大时刻，当12名中共代表汇聚于南湖那艘篷船上朗朗宣誓时，其中有一位出身于水族的年仅20岁的中学生，他就是邓恩铭。别看他年少，此后却是党内极少数受过列宁接见的人之一，是早期工人运动的重要领导。五四运动爆发后，带着浓重贵州乡音的邓恩铭带头讲演和组织抵制日货。此后，他与王尽美一起在济南建立了马克思学说研究会和共产主义小组。

这个浓重的贵州乡音从此几乎响遍了齐鲁大地，先后在淄博、青岛和铁路组织革命运动。后来邓恩铭不幸被叛徒出卖而被捕。狱中，他在重刑摧残和痼疾折磨下，形容枯槁，仍数次领导绝食斗争。1929年7月，他成功策划了轰动济南的大越狱，终因自己身体虚弱又被捕回。1931年4月，随着位于济南纬八路刑场上一声悲壮的枪声，结束了30岁短暂的生命，然而他却像一把永远燃烧的火炬映红了齐鲁大地。

邓恩铭故居门口耸立着一棵硕大无比的榕树，高逾五楼，阔似展扇，郁郁葱葱，生机昂场，乃荔波古城一景。昏暗低矮的路灯横洒在树的下半身，更显其高大和深不可测。与其说这棵树荫祉了邓家百余年，倒不如是荫庇了山东革命事业近百载。我孑孓而立，痴痴地望着那高不见顶的巨大树冠、深不见底的错综树根和几人不能合抱的粗大树干，仿佛树根连着的就是山东纷繁的先锋队组织。90多年来，这儿似乎正是娘肚里的脐带与先天之气。望着那使劲向上跃起的股股杈杈，其生机勃勃，会使人顿生按捺不住的激动，象征着建党大业蒸蒸日上且不可限量。一个不起眼的小巷里怎能长成如此大树？猛然醒悟，一定是那先烈的鲜血浇灌了它，一定是先烈壮志未酬的豪迈气概支撑了它。

无独有偶，在黔北遵义市新舟镇也有一棵大榕树。这是棵被当地人认为能带来好运气的树，村民们常在树下许愿求助。人们崇拜它不仅是因为它历经沧桑而越发挺拔，还觉得它是遵义新舟这块土地灵气的象征，这儿在历史上曾是“沙滩文化”的发祥地，产生过清朝驻日本大使和许多诗人学者，也诞生了一位中华人民共和国的开国将军，被人誉为文化将军的陈沂。

一个多具有山东特色的名字。其实他原名叫余立平，20世纪30年代初受鲁迅的影响，加入左翼作家联盟，写出了诸多反映劳苦大众生活的作品。1937年，陈沂离开上海，奔向太行山。一边在抗敌前线作战，一边以“陈毅”的笔名发表了许多当时影响较大的文章，以致后来解放军内有大小“陈毅”之说。1942年，他出任《大众日报》社长兼新华社山东总分社社长，还是中共中央山东分局的宣传部长。在那个特殊的年代，在这个富有红色传奇的被誉为“小延安”的风水宝地里，这条从西南大山里走出来的耿直的文化汉子，立马被淳朴而又豪爽的沂蒙山人所认知所感染，血融于水，鱼入深渊，在宣传教育群众中也屡受洗礼熏陶，在戏剧《红嫂》和《沂蒙六姐妹》中都能找到他林林的影子。

蒙山高，沂水长。陈沂或许是因为忌讳与陈毅老总重名，仰或真将蒙山沂水当作至亲至爱并纳入生命，而毅然改之。这位解放军的首任文化部长，2002年他在上海弥留之际，特意嘱托女儿捧一杯家乡的泥土撒在自己的坟墓面前。其女陈晓聪专去故乡遵义，在祖辈的坟前，捧去了一杯热乎乎的久违多年的故土。

女儿多么渴望也到沂蒙山去掬一捧沂河的热土啊。当年陈晓聪刚出生不久，父母亲就要奔赴抗日前线，未满月的她被送到沂蒙山区的老乡家寄养，是吃着玉米糊糊和地瓜长大的，曾记得经常和养母到高粱地里躲避日本鬼子的扫荡。寄养在村里的八路军子女夭折了不少，她却奇迹般的活了下来。直到5岁那年，父亲才找到了她。当亲生父母出现在眼前时，晓聪竟然一头扎进养母、著名的沂蒙母亲王换于的怀中。

“续一把蒙山柴炉火更旺，添一瓢沂河水情深意长……”我默默地久久垂立在遵义红军山烈士碑前，山风阵阵吹来，夹带着阵阵细雨。在呼啸松涛和隐晦天色中，令人荡气回肠，悲壮不已，耳旁仿佛响起《沂蒙颂》那撩人心扉的熟悉的旋律。虽隔千里，齐鲁挚情却无时不在为三黔大地的先烈、先哲们傩戏祭歌、呜咽抽泣。泪雨蒙眬的眼前浮现的只是嗤嗤的蒙山柴火和哗哗的沂河水声，但愿烧得更旺吧，浇得更激吧。

发表于《山东建设报》副刊2014年4月23日

沂山，我的姥姥山

从沂山顶上悄然撇向北方的那条弥河的岸畔是我故乡，而姥姥家则就在沂山脚下。去年清明节扫墓的尘埃中，缅怀母亲的一腔热血凝固成了一篇《悠悠弥河情》，虽颇感慰藉，但每逢顺着这母亲河仰望巍巍沂山时，姥姥的音容笑貌与至善至慈就从尘封记忆的天河中汩汩流淌，直注心底，撕裂着我脆弱的心扉。

姥姥的一生命途多舛。世事不济，老爷又去世得早，孤身一人拉扯母亲姐弟五人，筚路蓝缕、栉风沐雨，在沂山与弥河之间的坎坷崎岖中跌跌撞撞、风雨飘摇了一辈子。从我儿时，她老人家就格外喜欢我，那年我当兵启程时，竟然还老远得踮着小脚攥着两个热鸡蛋眯缝着半瞎的双眼为我这小外孙送行。

多年的大道走成河，多年的媳妇熬婆婆。不知哪年哪月，饱经风霜的沂山孕育出了弥、沂、沭、汶四水之源，一下竟跃居五镇之首！道生一，一生二，二生三，三生万物，万物负阴而抱阳。天地相合，以俞甘洛。沂山只因能成其道，是以执一以为天下牧。沂山一定是顺应了老子在五千言里付诺的那三件宝：一曰慈且能勇。她以母性的慈爱仁披万物，挥洒四溢，因无私无畏而又果敢勇猛。嶙峋的山石，圆成了玉璧；耸峙的峰岚，束成了高高的玉圭。冬日的冰雪没让她低头，却衬托出了少有的勇武。尤其那黑风口上的李和尚，为救母连杀四虎传为千年佳话。二曰检且能广。由其检校收敛，而致广阔博爱。沂山以磅礴之势，屏立鲁中，势盖三县。鼎足三峰之外，又有纵横沟壑一十四条，而六大泉群汇成了四河之源，滋润着禾苗，哺育着万民，浩浩荡荡涌归渤黄两海。三曰不敢为天下先且能为成事长。她始终甘愿屈尊五岳泰山，从不越雷池半步，最多自谓“小泰山”也，因此成就了她的千古大业，至今在北京地坛皇家供奉的牌位中保持着圭臬江山的独特地位。

20世纪60年代那场人所共知的灾难，我所在的平原地区把树叶树皮都摘光剥尽，连屋檐草也所剩无几。危难之际随母亲去了姥姥家，二姨三姨家的也都去了，是姥姥家的果树和沂山上的野菜拯救了我们，是姥姥的仁慈与明光驱赶蒙在心头上沉厚的阴暗。记得回去时姥姥给采了一包袱青杨叶子带上，刚走到村头，就被乡亲哄抢一空。

我当兵直到提干后才第一次回家探亲，特意在驻地的连云港给姥姥买了一副当地特产水晶石褐边眼镜。可一回到家后，只见母亲服着重重的素白单裤，霎时我似乎明白了什么，一时五雷轰顶，天崩地裂。第一反应就是觉得沂山在塌陷而无以阻挡，那种莫名的无助，似乎是使我失去了人世间那最神圣的而又最亲情的观音菩萨。姥姥确实刚刚过世，冥冥之中拉着母亲的手，还不住的声声呼喊我的乳名。在姥姥的坟前，将孝敬老人家的眼镜摆放在供桌上，我想她一定会对这个世界看得真真切切，瞅得明明白白。

是的，当年那个世道确实对沂山对姥姥那代人多有不公不恭之处。这儿拥有历朝历代帝王将相、文魁墨首的碑刻达360余座，据说在山东省仅次于曲阜，属第二位，可惜多数惨遭厄运。且不说风雨剥蚀和战乱摧残，仅大炼钢铁时，砸碑烧石灰，所存碑碣几乎全被摧毁破坏，幸存者也任人搬陂，铺为甬路，砌于墙基。20世纪60年代，竟用石碑修建大关水库。东镇庙现存有元代栽植的银杏树原有雌雄两株，“文革”之前，孰料时任临朐县长一声令下，将雄树伐掉，做了县府礼堂1300只座椅，可见是何等愚钝！这两棵古银杏树，就是沂山姥姥的两绺发髻，人为地剪掉让女人最为珍惜的头发，那又是何等的损颜伤心？

清初，故乡本村祖宗坟上不经意冒了一阵青烟，好歹在康熙年间出过一位进士叫王日升，乃本家祖上唯一的头筹嘉才。据《临朐县志》记载，他曾于康熙三十一年（1692年），岁次壬申春三月下浣之四日来沂山，留下了“游沂山东镇庙、百丈崖寄兴”石碑（编号142）一座。近年来，村里兄弟爷们踏破铁鞋苦苦寻觅，均不得踪迹。怏怏之心，幽忧之情，磕头碰地一万次亦难以联通这天地之隘与阴阳两界。

人的命运和山的命运是一体的，姥姥想着照顾这个照顾那个，山一样背负着一方百姓。姥姥承受过苦难，山也遭过劫难；姥姥温暖过我们的心，山一样季节轮回给人以希望。我每次上山，心情总异常沉重，每走一步都会诚惶诚恐，不敢有任何造次和轻率蛮行，只觉得天地神灵与列宗老祖每时每刻在审视着我们这些不肖子孙。穿行在百丈崖北侧的山顶甬道上，看见一片片的松树枯萎了许多，就像老人稀疏而又残缺不全的头发，顿然萌生凄凄惨惨的怜悯情怀。是啊，她忍辱负重多少年，在沧桑岁月和滚滚红尘中，背负着三厢六地的众多生灵，实不堪重负啊！下到百丈崖瀑布，游人惊叹我独忧，在我眼里，那飘逸而下的瀑布玉挂，其实正是姥姥花白的绺绺愁丝，或许是辛酸的眼泪也未尝可知。

看山亦是看人，想姥姥也是也是读懂沂山。当年行驶在途经县城的公路上，自山上下来的一条条河溪仿佛流淌着沂山鲜红的血液和姥姥洁白的乳汁，一条条道路单向滚动着沂山上丰腴的特产物品与油脂厚膏，就像婴儿的脐带一样须臾不可断离。山上一个导游姑娘的一番话使我茅塞顿开，怪不得老家弥河滩的沙子总是取之不尽，不知曾让多少人一夜暴富，原来是沂山上那肉红色的沂山红岩石不断被雨水冲刷碰撞所致。它们不舍昼夜源源不断地供奉着众生，把城市的高楼托得越来越高，将人们的肚皮撑得越来越大。再仔细瞅瞅，从城镇里流出的却只是那黏稠的污液和腥臭的垃圾，还有那半空中纷飞的塑料袋子。而回报沂山的，恐怕只有那恣意采摘、无端践踏和无休止的索取。

“万古长空，一朝风月。”近日的清晨，临朐县长刘裕斌陪同我们穿越飞瀑流泉、谷底深潭、密林幽谷、峭峰怪岩的九龙大峡谷再攀百丈崖。沂山生态旅游开发战役的总前帅、管委会主任王成德亲临导游。鸟语花香，紫气东来。置身其境，竟判若两地。同一方地竟骤生别样的环境，同一环围又氤氲出少有的欢愉畅和。我再次伫立在百丈崖下，举头仰望，恍惚之中，那高达几十米的长长的瀑带，似乎正在投影一帧帧水幕电影，自上至下演绎着沂山自古及今的沧桑历史：你看，大汶口文化襁褓下的沂山泰礴顶御林河谷，叠加浮现着古人类原始生活的村落，石臼、石碾、陶器和滚动着的先民骷髅，无声地印证着沂山的古老与洪荒;你再看，耀眼的金钩斧钺和面面旌旗组成的仪仗铿锵跃过穆陵关，高车大马上那达官贵吏的恭顺和黄罗伞下那天下至尊的虔诚，高调彪炳着这儿的青史与辉煌；你还看，日寇铁骑、战争炮火一次次的肆虐，自然灾难与人为愚昧一遍遍的轮回，血书骨载着这儿的斑驳陆离和衰败苍凉;你还再看，是新世纪的曙光冲散了所有的阴霾，盛世的钟声轰然回响在法云寺、东镇庙的上空，诸佛百仙毅然抖掉尘埃，重换容光，共同祈愿沂山的璀璨与厚望。

瞬间，水幕屏面上油然清化为一洗白纸。突然从上至下映出一幅巨幅半身像，她与山同体，与山相融，与天同神，与地同根。定睛一看，朦胧雾霭中竟然是我那魂牵神绕的亲姥姥！啊，她依然还是那么慈祥、那么雍容、那么端庄。更为匪夷所思的是，脸上竟还戴着我为她老人家买的那副水晶石褐边眼镜，只是眼睛里透出的是那么沉重的深邃而又慈悲的殷殷期盼。

此时此刻此情此景，近似疯狂而又贪婪的我，恨不能让老天再成全赐我一把，能领略到我那进士老祖宗的那块诗碑，哪怕是仅仅只显现一秒钟！可惜没有，似乎永远也不会有。呜呼哀哉！一失足成千古恨啊！

琉璃王国招虎山

一

仁者见仁，智者见智。一进海阳招虎山，我则以为确实是一个清明透碧的琉璃王国。

初夏一个周末的明媚上午，我随《大众日报》等一帮文人来到这里采风。汽车还没开进山门，一汪巨大湛蓝碧绿的九龙湖闪着淼波早在迎接我们。水蓝得发深，绿得泛青，倒与周边蓊蓊郁郁的山峰相映生辉，相得益彰。“咚锵锵……”刚进琉璃世界的巍巍大门，一阵急促的锣鼓声将我们吸引而去。一群生猛翻滚的红男绿女在湖边搭建戏台的红地毯上正扭胶东秧歌，男女之恋的真诚，君臣之情的精忠，兄弟之义的赤胆，无不被她们的一招一式、一扭一翘演绎得惟妙惟肖，淋漓尽致。这些被太阳晒得黢黑的脸庞与粗大的身骨，在晶莹的湖水映衬下，却似乎将其纯净的心灵显露的光明识然，净无瑕秽，无不令观众感染至深，悉蒙开晓。

幽冥之间，禁不住仰天长叹。忽又觉五雷轰顶，但见苍穹万里无云，天蓝得泛黑，青青碧空中似乎又涂上一层层浓浓的青色，清澈无比而深不可测，无一丝翳，朗照世界。随着天穹的四周下沉，人世间的尘埃渐渐地又在撒布挥就，遂到天地之际，周边的天空又显出那司空见惯俗不可耐的景象了。人的心灵本来都是清净明妙的，只是被颠倒妄想的浮云遮蔽了天空，污垢了明镜似的，一旦心无挂碍远离邪念，不被蒙蔽，立马即消除生死之云，令无有翳。

这儿的山不算很高，却显现无法比拟的俊秀和灵气。苍翠的山岚不时让出几道亮丽的光景，铜褐色的山岩石或大或小或长或短，露出慈祥的笑脸，一尊尊犹如一面面古铜镜伫立在峭壁之上，仿佛要将人世间的美恶善丑映照得分分明明，不留死角。人站在下面，就像站在X光透视仪前，五脏六腑，七情六欲皆呈现众人之前。更为神奇的是，大山中有高达四百米天然而成的观音山峰，形状酷似佛殿木鱼，敲击发声与木鱼声不二的天然木鱼石；有酷似佛祖端坐山间的巨石；有数石组合而成的拈花指，还有药师佛石，达摩祖师石……个个惟妙惟肖。当然，最著名的还有猛虎的化石。据《海阳续志》记载：“邑北之十五里，有山曰招虎，概以虎伏山中，仙家训之，遂化为石，遗迹宛然，故名。”自古以来，山中多梵迹，如同暗夜深深中之朗朗光照，威德炽然，焰网庄严，过于日月。如一座座人生灯塔，开示众生，刺照人心，使得身善安住，普使蒙益。

二

这招虎山要说最为震撼的，当然还是那布达拉宫式的成道佛寺了。它背倚鉴海石，鸟瞰九龙湖，远眺万顷鲸波，熠熠生辉，威震四方。濒临大海，既象征佛法无边，又碧波如镜似琉璃。

大凡诸大丛林之大雄宝殿皆有三佛，中供释迦，其左右兼供药师与弥陀。后两者一个济生，一个度死；一个主东方，一个司西方。自唐宋以来，佛法往往偏重于救度亡灵或临终往生，纷纷涌向弥陀法门而争度西方极乐世界。早年孔老夫子就曾发出过呼吁：“不知生，焉知死；”“未能事人，焉能事鬼？”无疑东方人士还是多向往药师法门，注重现生利益。倘若是听到人念阿弥陀佛，那就知道一定是有人要往生，不是呜呼、也要哀哉了。

当年释迦牟尼王子端坐在菩提树下看到了三世因果十方景象，王子所描绘的东方去此过十殑伽沙等佛土，有世界名净琉璃，乃指东土大唐。中国名东震旦，拥有古圣先贤之道德文化，是谓佛家重往生，道家修今世，恰与药师佛门在这里邂逅相撞。纵观招虎山矗立于胶东半岛沿海最东端，居东方之东方，震旦之震旦，清净之清净，皆与琉璃世界药师法门切切相宜丝丝相扣。

具此慧眼者，乃招虎山国家森林公园的董事长姜灵维、唐溶绩夫妇。这里原有一座东方琉璃世界梦达寺，“文革”时，被破坏殆尽，新世纪初，唐女士夫妇发大愿，要修复梦达寺。他们这一宏愿，得到了宗教部门的支持。唐溶绩夫妇便调动多年信佛、敬佛结下的善缘，请中央美院的大师帮助规划设计寺院建筑，雕塑佛像，开工之际，又请中国佛教协会副主席、少林寺方丈释永信大和尚主持了奠基。佛寺落成后，又请中国佛教界德高望重的大师本焕长老出任开山方丈，一百多岁的本焕长老视察了“梦达寺”，因为在东方的中国竟没有一座药师琉璃光如来的专门道场，提议更名为成道禅寺，音喻“成功得道，功德圆满”，并亲自为成道禅寺开光。

我等拾级而上，进得寺院。顿时如同钻进炽热的桑拿浴房中，佛光将每一根毛孔都洞照无遗。凡夫俗子犹如裸身其中，经受法门的心灵煎熬。

唐代皇家风格的成道禅寺称得上当代寺庙建筑的艺术精品。药师宝殿殿前廊阁有八组双排金丝楠木柱子，大殿内的六根金丝楠木支柱，直径近米粗，高达九米，全部是树龄千年以上的整株树木加工而成，可谓宝物。大殿高阔，装饰华丽而雅致，色彩高雅和谐。此前一直端坐在佛祖一侧的药师佛如今独享这偌大堂殿正中，左手定印托钵，右手举在胸前，莲花手指捏着一粒珠丹，面相庄严、慈爱，身后左右、头上焰网佛光闪耀，光明广大，功德巍巍……药师宝殿内，也是一座佛光普照的大殿，药师佛端坐殿中，两侧墙壁前，一层层、一尊尊闪着金光的佛像，栩栩如生，光明庄严；药师佛的背面，一尊造型优美的千手观音站立门内，神韵生动，仰望，令人顿生敬仰。

如果招虎山是座琉璃翡翠般的殿堂，这成道佛寺就是那殿堂上的悬垂的华灯，这药师宝殿则是华灯上那发光的钨丝，肃然能净化人心，扫除杀盗淫妄，灭除贪膛痴慢，生成慈悲仁恕，把这龌龊秽污的人间建成美丽的乐园。

步出寺门时，但见钟楼上那副楹联像晚钟心中敲响："钟醒迷人出梦境，法动觉者见光明。"

三

或许是姜灵维夫妇的感召，近年招虎山一条鲜为人知的世间少有的百合谷竟然从天而降。

大千娑婆世界，佛家却非要将其分为欲界、色界和无色界。在招虎山，三界重叠，所映现的无一不是内外清澈，光明广大，遍满诸方，荫及一沟一溪、一草一木。

姜灵维带着我们神差鬼使地钻进了西路大峡谷，不知怎的，他显得比刚才在药师佛面前还要亢奋激昂。招虎山山谷狭长幽深，蜿蜒迂回，景色变幻，亦真亦幻，令人神清气爽、荡气回肠，最著名的景点有奇险龙门谷、天然莲花山、龙潭飞瀑、九曲溪流漫水桥……

"那就是青岛百合！"姜总一声惊喜打破了沉静的享受，我们赶紧聚集而来。只见那青岛百合如芭蕾舞者般静站在身边的百草中，静谧却又突出。下层轮生的大叶子一如芭蕾裙子般凸显苗条身材，中层的小轮生叶子似舞者环绕身体的双手，头顶花苞则如芭蕾舞者高高昂起的头，高傲却又美丽不凡。如果你真正认识她时，她又耀眼夺目，同样身着绿衣，她的绿却显眼突出，同样站立，她却挺拔高昂，有着王者般的不屈和高傲。

此次踏访，我们见到了拥有芭蕾舞者气质的青岛百合。它那灵性的洁白和秀挺的风姿，成为山谷上最艳丽的一道风景线。如能以此撬开人们心内一缕阳光，照亮某些暗淡角落，温暖众生多少寒凉事，拂却繁华几处骄躁心，那就成全合道了。而更为巧合的是亚洲沙滩运动盛会刚好就在期间内举行，让世人一睹这千载难逢的美景。

“青岛百合”是1897年德国植物专家在考察小青岛时首次发现的，故命名为“青岛百合”。现代化的浪潮使她完全绝迹了。当人们再也找不到这种花的时候，才意识到它的美丽是不可代替的，它的绝迹是让人无比痛心遗憾的。

一百多年来，令几代岛城植物学家和史学专家们苦苦追寻并非常遗憾的是，他们谁也没有见过“青岛百合”，被认为已经绝迹，2011年7月，青岛市民在崂山白云洞附近发现成片的青岛百合的消息一度成为轰动岛城乃至山东省的新闻，人们奔走相告，为它能不断生长繁衍而感到喜悦。

青岛百合对生长的条件要求特别苛刻，一般只有在阴坡或半阴坡的森林中，并且要具有充足的水分和光照的地方，才能看到它的身影。或许就是因为这样的原因，它分布的范围是非常狭窄的，再加上当今生态环境的日益恶化，所以青岛百合现已逐渐稀少，已被列入国家第二批稀有濒危植物名录。

佛经中记载，药师佛发十二大愿普度众生、消灾延寿、起死回生，其佛力首先竟在这百合花上生发出来了。

当我沿着溪边的小路继续前行的时候，我又发现百合不仅仅是出现在那么一两处，而是连续不断，在溪水两侧的空地上，随处都能看到它的身影。有的时候是三三两两散布在草丛里，更多时候是几十株、几百株长在一起。在一处溪流缓和、谷地空阔的地方，那里密密麻麻地生长着成千上万棵野百合！是的，成千上万棵呐！——看着那壮观场景，它那翠绿的叶子、金黄的花朵、沁人的芳香将会让多少人为之陶醉、震惊！

许多植物学家穷其一生翻山越岭，名山大川都去过，可就是没有我这么幸运！

古往今来，人们为什么对素有“云裳仙子”的百合花情有独钟？原来它的种头是由近百块鳞片抱合而成，古人视为“百年好合”“百事合意”的吉兆。

举世稀有的百合花开了，百岁方丈成道圆寂了，姜灵维夫妇合道成功了，亚沙会不早不晚适时循着花香召开了……当年释迦牟尼家乡的臣民来这东方琉璃王国，不知会有何等感慨？

发表于《山东文学》2014年第4期

烟筒山下觅娘骨

一

车过南杂木，即从高速路上驶入一条省道。

路两边尽是蜿蜒起伏的山岭，一条宽宽的河道如影随形，看不见的河水在厚厚的积雪下静静地流淌。感恩节刚过，在家还是满眼葱绿，这儿已是银装素裹，白雪皑皑的山岭上一片片一层层深褐色的松树，不时看到那莽莽树林中还点缀着一簇簇一丛丛浅白色的树冠，或轻或重，或大或小，活像一幅清雅肃穆的水彩画，那浅淡的一定就是关东榆树了。关东特别是满族人对榆树的崇拜就像关内汉族人尊崇槐树一样，难怪当年清太祖努尔哈赤背负六世祖在内的祖遗骨逃回家乡，被客栈赶出，无奈将将祖辈遗骨挂在了启运山下一棵老榆树上。孰料这一随意之举却奠定了清王朝四百年江山社稷。这棵榆树后被乾隆爷封为“神树”，还作《神树赋》寄语感慨亦无可厚非了。

汽车疾驰在路，半天见不到一个村庄，心急火燎还有些按捺不住的我等坐客没有心思欣赏窗外那一遍遍重复的单调的景色。偶尔路过半拉村庄，倒是睁大眼睛寻寻觅觅，望着一排排低矮的简陋的民居似乎有些失望，只是对家家都有的那圆圆烟筒蒸腾出来的缥缈白烟个个都傻傻地瞅得出神，匪夷所思地猜测着父辈当年是怎样在这种环境中生存。人活一口气，这圆圆的烟筒大概就是人间烟火的载体了吧。

“看，那肯定就是烟筒山！”我大哥手指右前方一座高高的山峰禁不住叫了起来。果然，在河对面出现的一座高耸雄伟的山峰一侧，孤耸着一尊上下一般粗圆滚滚的珠峰，酷似农居中的烟筒，烟筒山无疑。我等兄弟都是第一次踏上父辈闯关东的这块天地，父辈皆已去世多年，儿时老人常常唠叨的描述的就是这烟筒山，心有灵犀一点通，禁不住触景生情，灵感大发。恰在此时，前面带路的车在一座牌坊前戛然停下，牌坊上赫然写着“清皇故里”四个大字。路左边就是我们千里来寻的辽宁新宾县永陵镇西堡村。

西堡村主任佟宝强亲自驾车，镇委赵书记坐在前面亲临督阵，我们弟兄三个挤在后排座，一口气接连访问了三户当年闯关东的老乡和房东，可惜都已年老过世，剩下儿孙都不得而知。几条线索都已中断，陷入尴尬，似乎是山重水复疑无路了。

暮色既晚，汽车拐进一个山溜子，顺着一条小河在崎岖不平的乡路上蹦跶前行，裸露土路上的滑雪不时将汽车横来竖去。猛不丁，一轮圆圆的冷清清的月亮骤然在伴随着我们的节奏穿梭在东边山顶的树梢中。哦，掐指算来刚好是农历十六日，月满朔圆，似乎天作之合，预示马上就要柳暗花明又一村了。

进得一个柴门，较大院落里放置杂乱，一条甬道引进正屋，一个操着浓重山东口音的老人在激动地迎着我们，颤抖的手把客人拉进屋里，进得屋门是两盘锅台，随即拉入东边厢房，让客人炕沿上坐定，自己也急忙坐在上面。老人今年82岁，身体硬朗，记忆如前，当年我家父辈就是冲他家而来。听说我们特地千里迢迢来看他，感恩这位老乡，激动的他老泪纵横，泣不成声地诉说当年情分，诉说先母埋骨的去处……真是踏破铁鞋无觅处，得来全不费功夫。

二

透过烟筒山顶上那云蒸霞蔚，恍惚中仿佛时光倒退到70年前。

1942年，黄河两岸遭受百年不遇灾害，“禾苗枯槁，几濒于绝”，又加日伪烧杀掠抢，瘟疫流行。据临朐县志记载，民众已是十室九空，颠沛流离，嗷嗷待哺，家家“院里长黄蒿，屋里抱狼羔”。家境本还富庶的爷爷也是万般无奈，变卖了家产，眼睁睁地看着19岁的父亲带着前母和刚刚过百日的姐姐并13岁的叔叔加入了浩浩荡荡闯关东的逃难大军。38万人的临朐县，饿死近10万，闯关东下山西的达10万之众，仅剩下8万人，故成了骇人听闻的“临朐无人区”。

父亲挑着孩子和行囊，全家跌跌撞撞，跟头咕噜，辗转往复，经济南爬过瓦罐车，山海关挨过日伪的枪托，离乡背井，含辛茹苦，奔着老乡来到这皇林龙地，在这山沟里落了窝。或许是因为清王朝的气数已尽，日子过得并不轻松。特别是恶劣难忍的酷寒和水土不服，令人举步维艰。很快，未成年的能写会画、聪颖过人的叔叔关节先是发粗，继而就成了瘸子。父亲心急如焚，第三年初冬，卖了自己种的关东拐子烟，带领全家启程重返故里。不料走到山海关，日伪军严把死守，出不去进不来，只好又二进宫，朝着烟筒山那象征希望的福地，重返西堡村。善良热情的众乡亲把原来的农具家什一股脑儿都全拿了回来，端来一碗碗热气腾腾的米饭，抚慰着全家人破损无助的心。父亲打起精神又拼了三年，天有不测风云，这年春节，他们四家合住的一大家共五个女人，年前去世了俩，年后又去世了俩，其中就有我前母。将母亲葬在河对面烟筒山下的乱坟岗，父亲眼泪肚流，愁肠万段。是啊，一家四口死的死，残的残，看着不懂事的女儿，他承受多大的压力和悲伤，他该怎样向祖宗交代？于是乎破釜沉舟，毅然决然地又与乡亲道了别。好歹过了山海关后，父亲用木制独轮车推着一家老小相依为命，步行走了四十多天，才终于回到魂牵梦绕的故乡。真是故土难舍，叶落归根呀！

永陵镇赵书记盛情将我们拉到赫图阿拉城附近的满族饭店，按满族的习俗招待我们这些远方来的故人后代。八碟八碗，瓷瓢喝酒，简直就是满汉全席。几瓢酒落肚，在家当村干部的叔家大弟站起来用山东话道出了肺腑之言：真挚诚谢永陵故乡在极度困苦的危难之际接纳、眷留了我家，掩埋了先母尸骨，使其渡过了难关，延续了宗族香火，大恩大德，载入家史，子子孙孙，永志不忘。激动之下，一连给主人敬了八瓢感恩之酒。

三

翌日一早，我们就来到烟筒山下。

举目远眺，相望对面的启运山龙脉，确是个神奇的地方。埋葬清朝老祖宗的启运山自西部龙头到东头龙尾大大小小共12座山峰，不仅与清朝12帝吻合，连大小高低都十分贴切，西半部分两个最大的山头无疑就是所谓的康乾盛世了，最后那座最矮小的山包肯定喻指末代皇帝。右边青龙蜿蜒，左边凤山翔舞，堂局苏子河玉带环抱，顺治老帝早就将此定位为“天下第一福地”。在永陵看到，泱泱十几代大清帝王，前来拜祭祖宗的寥寥只有四位之寡，其中乾隆最多达四次，康熙和道光各两次，看来他们的感恩孝道与盛世政治似乎须臾不分。

当地老百姓有句谚语：“两山一道杠，代代出皇上；两山一条沟，家家出小偷。”可见皇上和小偷近在咫尺，仅一步之遥。能出皇上者皆是王道，撑国家之栋梁；污垢水沟，下流之辈，只能沦为盗娼。当年父亲他们执意离去，看来既无攀龙附凤的野心，也更无下三烂的堕气。正正直直做人，诚诚实实做事乃一贯家风。

记得小时候，父亲常给我们讲烟筒山一带流传的一个故事。罕王立朝后，永陵对面的烟筒山也封为官山。负责看管的是一个姓张的老头儿。老人为人厚道，看山时开了些荒地，还养了些牲畜。因活儿多就雇了几个长短工，其中有个从山东来的小伙儿，刚干了不到一年，说家里来信父亲得了重病，想回家探望，要求把今年的工钱先支给他。老人没含糊，支给他15块钱让他回家了。结果这小伙一去不回返。有人说老头让这小子骗了，老人只是摇头。过了一段时间，老人夜里梦见小伙披麻戴孝，一身黑衣服，腰系白孝带，说回家后父亲已经病故，料理了后事后自己也得了伤寒死去。今生不能还您的钱，来生托生牛马也要报答您。过了不久，果然从关内捎信来，证实小伙已经病故。又过了一段时间，老人养的黄牛生了一只牛犊。这只牛犊遍体黑毛，在腰上居然长着一圈白毛，大家都说这是那个小伙儿托生来还债了。

我们一行人群过了苏子河桥，朝着烟筒山主峰方向越过几个慢坡，在一个平缓的山坳里停住了脚步。佟主任肯定地说，就这旮子了。四处望去，几多坟塚凄凄，一片蒿草纷纷，娘亲的遗骨果真就在眼前。大哥弯腰在雪地上画了一个圆圆的圈，将一大早两个孙辈特地上街买来的纸和香还有贡品一一呈祭在地。香火袅袅，纸钱多多，孤苦的先母在这儿已经独自熬过了一个甲子轮回，儿孙们频频磕头祭拜，恨不能还清大半个世纪三代人的夙愿。

历史遗产是造化的赐予，文明的积淀，是先人留给我们和这个民族而又由我们传承给子孙后代的瑰宝，我们应以此承诺并向世人回报这份信任，向祖先表达这份感恩，向子孙传递这份文明。父辈的苦难年华，流离失所，家破人亡，同样是这个家族异常沉重的精神财富，是父辈用自己的艰辛和牺牲才换来了今天的幸福和安康。感恩祖辈，感恩时代，感恩社会，感恩所有的包括脚下这一方山山林林，这一带亲民恩众……

末了，掬一把烟筒山土，灌一瓶苏子河水，捧带回家，馈报祭洒父辈坟墓，培育浇灌年幼懵懂的子孙后代。

发表于《山东文学》2012年12月上半月

滩涂，在历史的镜头里

片头语

龙年，有人说是悲怆的。可在齐鲁之邦，却是喜庆的。1988年，潍坊市委为总结“开发北洼南山，努力提高中间”这个战略部署的经验，有关部门协调搞了一个专题系列电视片，以弘扬于内外，留志于青史。作为开发三北滩涂电视片——《沧桑巨变》的撰稿人，随着摄像机的镜头，转遍了三北地区，尽览它的历史与发展……

历史镜头之一

浩瀚的大海。滚涌的潮水翻卷到沿岸——一片寥落凄凉的荒滩废洼。

几颗黄蓿菜在寒风中瑟瑟抖动。数只海鸥刚落下又飞向祖国万里海岸线的中北部，滔滔的海水像一头难以驯服的狮子，在莱州湾南岸任意咆哮了几千年。

世世代代，这里并不是什么“黄金海岸”，也没有享受到莱州湾素有“黄渤海鱼虾摇篮”的恩赐，相反，这濒临海湾的寿光、昌邑、寒亭三县区北部的人们祖祖辈辈却深受其害，在这里艰难地繁衍着。

一望无边的穷滩洼，是个兔子来了也不拉屎的地方。历史上曾有人试图治理过，但都一事无成。

相传曾在潍县干过七年知县的郑板桥临离任时说过：“潍北要想变，田抬田。”在那种社会制度下，这种方略只不过是说说而已，庄稼人未能摆脱这位七品官人笔下描述的“十日卖一儿，五日卖一妇，来日剩一身，茫茫即长路”的悲惨状况。

苦难的三北人们，茅舍褛衣，野菜粗食，挣扎在饥饿线上。曾几何时，多少人离乡背井，闯关东养家糊口。有人总结出这样一段顺口溜：

来了潮，水汪汪；
退了潮，白茫茫。
望着海水渴死人，
守着土地在逃荒。

三北，是个贫穷的地方，又是一块英雄的故土。战争年代，英勇的三北人民抗击过日寇铁蹄的践踏，反击过国民党反动统治的蹂躏，著名的第八支队起义就发生在寿光北部的牛头镇。今天，这些英雄的儿女，面对这恶劣的自然环境，不会再退缩，他们向着这片滩涂宣战了。

金秋十月，寿光北部处处流金溢彩，一片勃勃生机

天高气爽，秋风萧瑟。

这天上午，摄制组向寿光北部滩涂驶去。

车开出寿光县城不远，就见陪同前去的县委办公室副主任武恒祥和宣传部副部长王军这两位“寿光通”指着路两边的东西划了一下

说，这是位于寿光南北中间的咸淡水分界线。

分界线以南的井灌区，滋润出了全国闻名的蔬菜商品基地；分界线以北，就是盐碱地——北大洼。长期以来，这个县如患了“半身不遂”，北大洼成了全县人民的沉重负担。

路旁出现了一片片的条台田，纵横交错的冲碱沟，通过以淡压碱、引淡冲碱的办法，已把盐碱地改良为沃土。摄像机前，条台田上长着粗壮的玉米、高粱耷拉着沉重的“脑袋”，昔日种啥啥不长、十年九不收的盐碱洼，如今成了农林牧并举，粮棉枣结合的聚宝盆。

武主任对着话筒说：“近几年，寿光县每年有几万民工上阵，建设十几万亩条台田，经济效益连年翻番。县委书记王伯祥日夜在现场办公。”

车子驶出植物带，进入盐业、盐化工区。一望无际的盐池和如山似岭的盐垛愈见分明，别有一番天地。突然，眼前出现了奇迹：一座现代化工业城平地拔起。大家还以为是见到了海市蜃楼，原来是刚刚建成的国家重点工程——潍坊纯碱厂。这个厂每年可吃掉原盐90万吨，年产能力达60万吨。

纯碱厂周围星罗棋布地发展起了许多盐场。新规划开发的35万吨岔河盐场，正呈现出一派热火朝天的景象，投产后，全县原盐生产能力达135万吨！啊，北大洼，成了远近闻名的“盐都”。

顺着卤池大堤继续向大海处挺进。镜头里，原来那涨潮汪洋一片，退潮光溜溜的滩涂，如今却被堤坝、水渠像切豆腐一样割成一个个东西长南北宽的长方块，过去放荡不羁的海水如今驯服地按照人的意愿循环流动着。噢，这里就是养虾池！

每个几十亩的虾池上，偶尔有小船在水面上摆动，那是向虾池撒饵料。一个特写镜头拉过来，嗬！密密麻麻的虾在水中成群结队，悠闲自在，不时还冲到水面打个水漂。

王部长不知从哪里拎来一张渔网，双手一抡，圆圆地扣下去。霎时，只见下网处骤然间如热水沸腾，徐徐上升的网里刮起急风暴雨，啪啪作响，无数只虾在里面活蹦乱跳。提上来一兜，足有十几斤。拿起一个仔细端详，虾长已十厘米有余，长得浑厚丰润，全身透光，让人直流口水。

陪同的同志介绍说，1988年全县收虾可获纯利6400万元。道口乡农民孙光聚承包虾池157亩，投资4万元，总收入24万元，纯收入14万元。饱受酸苦的大洼农民，做梦也没想到这自古而然的穷滩洼居然成了聚宝盆。

惊喜之余，善于观察的摄像师韩志坚却对着大堤北侧那一串串猫儿洞似的痕迹“嚓嚓”地录了起来。原来，从1983年后，每年冬天全县十万民工进军北大洼，顶风冒雪，风餐露宿，这一个个的猫儿洞，就是当时农民住的窝铺。

三北的冬天，寒凝大地，冰刀霜剑。白天，干部带领群众顶着刺骨的寒风干在一起；晚上，就在这些猫儿洞里依托着简易的窝棚睡在一起。看到这些不能再简陋的工棚，使人想起老山战场上的猫儿洞和英勇可爱的战士。当时，寿光正在进行整党试点，县委把一些党员都带来现场一看，不少人被这场面感动得哭了。

人们常说无米之炊难做，可三北开发就是白手起家，三北人仅用两只手，靠劳动积累，像母鸡下蛋一样在这里干出了一番惊天动地的事业。他们没有依赖国家的支持，而是立足于艰苦创业，加速开发，创出了投入少、产出多、见效快的高效益产业。

你看，大坝围圈起来后，转过年建虾池，四月放水，五月放苗，十月就收虾。短短五个月，大把大把的钞票就捏在手里。

历史镜头之二

坑坑洼洼的、治理过的荒滩依旧光溜溜一片，一个衣衫褴褛的老人在滩洼地里艰难地蹒跚着。

乌云翻滚，珠子大的雨点砸落在碱洼大地上。

幼嫩而纤细的野蒿子在风雨中摇曳着。

新中国成立后，历届党委、政府都力图摆脱穷滩恶水的折磨。但终未如愿，穷滩恶水仍像幽灵似的紧紧缠绕着三北人民。

20世纪60年代、70年代的学大寨运动，穷折腾了十几年，劳民伤财，使人民群众深受其害。

寒亭区央子镇岭子村，从1964年学大寨，创来创去，十几年没摘掉“吃统销”的帽子。村上140户人家，攒下107条“光棍”。这个村有个叫林佃友的在上坡锄地时编了一段快板书：

学大寨，十三年，

光棍攒了一个连。

现在有娘娘做饭，

没有娘了怎么办?

说得一群锄地的光棍伤心地哭起来。

乌黑的浓云黑锅似地压在三北大地上，汹涌澎湃的潮水使劲拍打着岸堤，激起千层浪花，筑起的大坝被海水无情地冲走。

大海，潮起潮落；治滩，几上几下。挖了平，平了挖，最终没有逃过大自然抗击的折磨。

在巨大的海潮面前，人的力量显得不堪一击，十分脆弱。

学大寨运动，只给三北人民雪上加霜。

10月29日，特大海潮袭击昌邑北部，人民自有回天力

10月下旬，摄制组移师昌邑，赶拍修筑蒲东大坝的沸腾场面。

天刚蒙蒙亮，前不见头、后不见尾的汽车、拖拉机、推土机、民工长龙阵就蝼蚁般向海边蠕动。

当太阳从东海中冉冉升起时，大坝工地已像下饺子的大锅，密密匝匝的人群跃马扬鞭，甩开膀子干得大汗淋漓。

全县22个乡镇争前恐后，自愿多出工，县里规定每乡出三千人，他们至少出了五千人。

工地上，有一个令人瞩目的“娘子军突击队”，就是由夏营镇几百名青年姑娘自愿组成的。看来，她们日后找婆家，也肯定不想离开这盐碱滩了。

秋风萧萧，潮涨潮落。在潮间带修筑大坝谈何容易！既需要高度统一的组织指挥，又要有顽强的争分夺秒的大干苦干。十万大军经过七天七夜鏖战，长达25华里的蒲东大坝巍然挺立。

假如这蜿蜒的大坝是一张伸开的胶卷，也难以计算它摄下了多少感人的场面，录下多少英雄好汉！

谁知，人有旦夕祸福，天有不测风云。10月29日凌晨，猛然间，县城一阵骚动。拉开招待所的窗帘，但见外面狂风大作，雨中夹着雪花猛烈地敲打着玻璃窗。

隐隐约约听说海潮击垮了防潮大坝。摄制组的同志异口同声：“迅速赶到现场！”

车开出县城，驶在公路上，就像走在跑冰场一样，狂风好像要把车子向回倒刮。

蒲东大坝到了。只见身穿绿色大衣、脸上全是雨水的县委书记赵风池早就在现场指挥着。

8级风卷着浓黑的海潮朝工地恶狠狠地扑来了，真是水火无情，浪涛冲垮了大坝，还将一部分民工困在海潮之中，他们随时都有被吞噬的危险。消息很快飞到省城，传到部队。市委、市政府领导带领有关人员赶赴现场组织抢险。在部队的全力协助下，救出了被围困的民工。

县委连夜组织了3.5万人上阵抢修大坝。海潮在坝外翻卷，人潮在坝内沸腾。

这是一场人类与大自然短兵相接的搏斗，人们用热血和汗水描绘出了一幅战天斗地的壮丽画卷!

千磨万击还坚劲，任尔东西南北风。人民自有回天力。一场前所未遇的大海潮终于被征服了。

海潮考验了干部，锻炼了群众，谱写了一曲动人的乐章。

风平浪静了，我们的摄像师还依依不舍地站在大坝上。

据说，有一位新华社记者来参观了这防潮大坝，采访了这动人业绩后，琢磨着笔下文章的第一句话就是：“您见过万里长城吗？”

显然，它不如万里长城那么雄伟壮观，但眼前的这道“万里长城”，锁住了放荡不羁的海浪，阻挡了天灾海祸，拔掉了穷根，保护三北人民早日奔上富足的小康日子。

把画面旋转90°，这绵绵横亘的防潮大坝，全然变为顶天立地的丰碑。

育苗室里，碘钨灯下的母虾在池里悠闲优哉，虾苗如蚁似虫。相比那惊涛骇浪的大坝工地，这里是另一番情趣。然而，他们同样地在向大自然抗争，攻克海虾养殖的道道难关。过去海虾不能过冬，每年春天得费时费力到南方运苗，影响养殖质量。科研部门奋力攻关，一举获得成功。仅此一处，年育苗能力就达15亿尾。同时，又配套上了饵料加工、水产加工、冷藏外贸出口一条龙体系，促进了生产要素的合理流动和组合。真是一棋主动，全盘皆活。

历史镜头之三

雨后天晴，和煦的阳光洒在大地，照在喜笑颜开的老农堆满皱纹的脸上。

党的十一届三中全会，就像万钧雷霆，震撼了三北这块古老的土地。改革的春风给这里带来了亘古未有的生机。

肃静而又紧张的市委常委会议室内，三北开发规划图挂在顶头，市委领导俨然像战役的军事指挥官，运筹于帷幄之中，决战于千里之外。

1984年地改市以来，潍坊市委、市政府通过调查研究，制定了“开发南北、提高中间”的发展战略，并把三北开发列为重点。

这并不是纸上谈兵，而是迈开双腿，获得第一手材料，总结新中国成立后几起几落的经验教训得出来的。

区划部门与科研单位合作，应用遥感技术、卫星信息、航空照片等先进勘测手段，查清海岸带生物资源情况，又运用系统工程方法，通过1分钟运算50万次的计算机反复计算，对农林牧副渔盐6个方面的产业结构进行了优化，从16个设计方案中选出了产业结构最优的实施方案，后经广泛论证，专家鉴定，确定按5个层次进行综合开发，把三北送上富丽辉煌的高堂。

开发规划的蓝图，美好的憧憬，如何变成群众的自觉行动？饱经“大呼隆”之害和已经实行家庭承包责任制的农民，如何再调动他们也已泯灭的开发积极性？

有人把头摇得像货郎鼓。

历史似乎留给他们一个不大适宜的契机。

然而，共产党人到底是唯物主义者，相信只要遵循大自然的客观规律，顺应商品生产的需求，沉淀的民情一定会为之奋起，再度沸腾。市和三县区都专门成立了北部开发领导班子和工作机构，大张旗鼓地干起来了。

“谁开发、谁承包、谁受益。”三县区都制定了优惠政策，提高广大群众的开发积极性。而且还打破乡界、县界、省界，吸引一些机关、部队、学校、企事业单位前来参加开发。

政策有磁力，承包是靠山。1985年冬天，各县区把农民的义务工和基建工捆起来使用，一下子近20万民工奇迹般地出现在建筑大坝工地上。然而，有些人忧心忡忡，依旧不能相信在这废滩上能抱出个金娃娃。市、县、乡各级领导干部一竿子插到底，苦口婆心地宣传开发前景和政策。寿光县大洼镇党委书记索性把大喇叭拴在自行车后座上，手拿话筒，走到哪儿宣传到哪儿。

终于把开发滩涂的火在群众心里点了起来。

11月初，雨过天晴的寒亭区北部
禹王台旁的“光棍村”飞满了凤凰

镜头由远而近，摇到寒亭西线防潮大坝，在老弥河口处定格。

当时建这段大坝，遭到难以预料的困难。几次筑起，都被海水荡涤殆尽，冲击后的旧河道竟达负3米。为了啃下这块硬骨头，合拢大坝，寒亭区委书记连夜打电话组织物资支援。

这天晚上，寒亭镇委书记幺克胜向区里立下了军令状，带着56个村的支部书记摸黑爬上大坝。他们握着粗大的拳头，含着泪水面对大海发了誓：大坝不合拢，誓不回家！

声声海誓山盟，个个铁骨铮铮。他们带领民工用10块10米长的蓬皮裹上草包，不顾冷水刺骨，奋力抢战，终于在大潮前锁住了海水。后来，中央一位负责同志来到这里，高度赞扬了这种“寒亭精神”。

离这不远有条河叫浞河，是因寒浞而得名，寒亭也是由此而起。相传后羿和寒浞见天空中有10个太阳，禾木枯萎，民不聊生，为了拯救世人苦难，历尽艰辛，射落了为害的9个太阳。但因此触怒天帝，后羿被贬为凡人。

如今，浞河仍在，寒浞冢仍存，但为人民除害谋利的功臣不再受到贬斥，相反，他们却感动了人民这个“上帝”，在群众心目中筑起一座丰碑。

随着摄像机再向北挺进，当年为纪念大禹治水留下的“禹王台”依稀可见。遗憾的是，大恩大德的禹王却没有治理好海水和滩洼。

紧靠禹王台的这个村叫韩家庙子，过去穷得叮当响不说，阖村没有个识字的。上级来了通知，村干部就提着一串螃蟹在村头求过路人给念一下。如今可说是天翻地覆，日子肥得流油，甜得淌蜜。村里办起了学校，还出了大学生！

萧瑟秋风今又是，换了人间。开始提及的寒亭区岭子村“光棍连”的现状不知如何？今日的岭子村，可说是今非昔比，这几年通过大搞开发，发展盐田5万亩，虾池3100亩，还修建了草场，饲养大牲畜5400头，年总收入过千万元。村里还建上了幸福院、文化院、澡堂等。

问起林佃友有没有找上对象，他情不自禁地又说了一段快板：

政策暖人心，
遍地是黄金。
梧桐招得凤凰来，
光棍村里满了儿孙。

“龙头蜈蚣”的传说

相传，清朝乾隆皇帝下江南途经潍县小住，突然要看潍县风筝。

白浪河空地临时搭起的瞭望台上，乾隆皇帝中间坐定，伴驾的“宰相”刘庸、知县郑板桥等一字儿排开。

一声令下，多姿多彩的蝴蝶、金鱼、飞燕等式样别致的风筝翩翩起舞，争奇斗艳。只见那边有十几个魁梧剽悍的男子簇拥着一个巨大的“长龙”风筝走过来，气势不凡。

乾隆忙问左右：“此乃何物？”

有人禀报：“这谓大龙风筝。”

“不过是你家乡的一条蜈蚣罢了，何以成龙？”皇帝朝着郑板桥，龙颜大怒。

谁料天不作美，刚刚还呼呼刮着的大风，顷刻戛然而止。

十几个人连放三次，怎么也放不起这条僵死无魂的“干龙”。

乾隆皇上一阵哈哈大笑：“蜈蚣就是蜈蚣，小虫何以变大龙？你小潍县恐也难成大器，跳过龙门！”

不知是被皇帝老子言中了，还是这块古地风水愈渐不济。

这号称为“东省大邑”“东莱首屏”的潍县历尽沧桑、饱患忧伤。曾几何时，“龙头蜈蚣”的幽灵在风筝发祥地的九霄云外飘逸不定，悠忽优哉……

历史的契机

改朝换代，斗转星移。

党的十一届三中全会之后，对外开放的春雷震发了这块风筝圣地的灵气，给潍坊风筝带来亘古未有的天时、地利、人和，祥云、吉雨、福风一起涌来……

天时：淀山湖邂逅遇知音

1983年5月8日，上海淀山湖畔。

湖水碧澄如锁，沿岸烟树迷蒙。在远处按《红楼梦》意境构筑的“大观园”“怡红院”“潇湘馆”等楼阁亭榭的映衬下，岸边植满奇花异卉、古树秀竹。这天，更为壮观的倒不是湖光水色，而是风筝比赛的热烈场面。

潍坊风筝艺人孙永春父子与他们的伙伴们也在这里表演凤凰、蝴蝶等风筝。那边，美国西雅图戴卫·切克列一行在表演飘带式、三角形风筝。原来是上海邀请这些美国客人前来观光，戴卫·切克列提出要在上海交流风筝技艺。上海旅游部门只好特地求助国内闻名的潍坊风筝前来与其表演交流。

9时许，孙永春他们拿出绝招：将50米长的龙头蜈蚣风筝往天上拉去。当时只有二三级风，长长蜈蚣身子并没有完全抬起。孙家父子这边正在惋惜不已，那边却惊呆了大洋彼岸的客人，他们“呼啦”一下围上来，面对这个造型别致、扎制精美、气势磅礴的庞然大物惊喜若狂。戴卫·切克列一手握着孙永春的手，一手竖起大拇指，连连称道：“OK！绝妙！举世绝妙！”

真是天赐良机，潍坊风筝在异乡巧遇来自地球另一面上的“知音”。

在风筝交流会上，美国客人盛赞中国的风筝，尤其是对潍坊风筝更是抱以极大的兴趣，提出即专程去潍坊考察。

潍坊，当时在外国人心目中，是多么陌生、渺小。

是年9月，非凡而又精良的“东方之龙”，果然吸引切克列先生远渡重洋，千里迢迢来到中国潍坊。他知道中华民族是龙的传人，对龙格外崇敬。

潍坊，以其特有的乡俗礼仪，工艺精品，应时佳肴，特别是纯朴厚重的民风，款待了戴卫·切克列先生。在潍坊宾馆的欢迎会上，他和孙永春相聚。老朋友见面，分外亲热。“叮当”……美酒溢出杯子，兴奋难以言表：

“孙先生，我可是为你那只大头怪脑、长长身子的家伙而来的。”戴卫·切克列一杯落肚，殷切地说。

“啊，‘龙头蜈蚣’在潍坊多得很。还有诸多流派哩，有你看的，哈哈哈。”孙永春高兴地告诉他。

果然，潍坊工艺美术研究所、木版年画之乡杨家埠的寻常百姓家以及潍坊风筝世家的风筝铺子，都使这位异国的风筝专家如入山阴道上，应接不暇。

戴卫·切克列先生自小是个“风筝迷”，扎风筝、放风筝、藏风筝、设计风筝，是他几十年苦钻不辍的业余爱好。尽管他的职业是建筑师，但再高的建筑物，也不会展翅翱天，他对风筝，却可以要求凌空飞翔。如今他退休了，专心致力于国际风筝的交流活动，力图推进世界风筝事业的发展。他曾到过许多国家参加过若干风筝放飞、表演，可谓世界风筝事业热心的奠基者。

在一次宴会上，戴卫·切克列就这次来潍的观感直抒胸臆："我曾到过世界许多地方采集风筝，但还没有哪儿的风筝可以和潍坊风筝相提并论。"他的一番衷肠博得在座的阵阵掌声。

就在这时，一个重要的机遇出现了：他和潍坊市有关部门的意见一拍即合，共同建议由潍坊出面，组织潍坊国际风筝盛会。

"如果贵市能举办国际风筝会，我将率美国华盛顿州风筝协会第一个报名参加。"戴卫·切克列话音未落，举座掌声四起，纷纷干杯。

历史在这里凝固，新的乐章从这里开始。

地利：潍州原是小苏州

人云：潍坊国际风筝会是一个偶然的机遇所致；或曰：潍坊国际风筝会是某些人、某些单位发起。

……

对？错？兼而有之。

偶然寓于必然之中，天时须臾离不开地利、人和。

中国是风筝的故乡，而潍坊又是与北京、天津、南通齐名的四大风筝产地之一。在风筝这个大家族中，潍坊风筝又颇具特色。诸如题材的丰富广博、设计的夸张变形、画工的国画技法和年画风格、放飞的力学依据，构成潍坊风筝的乡土气息和独特的神韵，从而使之蜚声于古今中外。

风筝城潍坊又有着悠久的历史。这里物阜民丰，人杰地灵。曾经是个人文荟萃的地方。三国时的孔融曾任北海太守，郡治便是潍坊。明末诗人周亮工，清初诗人赖光表、扬州八怪之一的郑板桥、著名金石学家陈介祺，他们或生在这里，或在这里生活多年，对潍州文化产生了深远的影响，对于潍州民间艺术，尤其是风筝亦或多或少地带来了直接或间接的影响。因而对包括风筝在内的民间工艺品的发展，起了重要作用。

潍坊风筝兴盛的另一原因是直接受了杨家埠木版年画的影响。到清朝乾隆年间，木版年画已到鼎盛时代。看来，潍坊风筝同杨家埠木版年画如同孪生姐妹，相辅相成，珠联璧合，相得益彰。

当年的潍县，被清而透明的白浪河一分为二。在平坦的沙滩上设有若干色彩斑斓的风筝铺子。

寒食到了，桃李艳了。在蔼蔼春日、徐徐和风中，风筝飞天，追日赶云，花红柳绿，载歌载舞，一片红火。这沙滩场面，牵动万户千家，也怡悦了文人雅士，清代潍县县令郑板桥就曾即情挥笔写道：

纸花如雪满天飞，
娇女秋千打四围。
五色罗裙风摆动，
好将蝴蝶斗春归。

这位号称诗、书、画三绝的郑大官人，在潍县当过七年知县，使他动情的还不只这风筝；他还领略潍县农商发展和市面繁荣，在《潍县竹枝词》里发出了感叹：

三更灯火不曾收，
玉脍金赉满市楼。
云外清歌花外笛，
潍州原是小苏州。

几度风雨，几度春秋。潍坊这块风水宝地也屡遭劫难，潍坊风筝亦几经凋敝。

“七七”事变的炮火之后，潍坊风筝那兴盛的时代，就成为过往烟云了。新中国成立后，潍坊风筝方枯木逢春，异彩纷呈。但“十年动乱”，沙滩铺子倒闭，不少风筝都被当作“四旧”焚掉，风筝艺人也被打成“牛鬼蛇神”。

只有风筝的幽灵在白浪河畔上空飘荡。

十一届三中全会后政治的安定，经济的繁荣，带来了风筝的兴旺发达。

20世纪80年代初，白浪河边又呈现出了“暖风十里丽人天”的明媚春光。滩头、河畔、校院、郊野，风筝又“无处不飞”了。

人和：开拓型的“执拐人”

风筝在潍坊飘了千年百载，直到1984年才开始漂洋过海，飘向世界。原因就在于它遇到了一个具有开拓精神的外向型的执掌潍坊和潍坊风筝拐子的智囊团。

1984年的初春，北国春光姗姗来迟。刚刚地改市后的潍坊，那坐落在胜利大街东端的市委、市政府两大院却春意盎然，生机勃勃。细心人敏锐地察觉到，这里的当家人齐刷刷换上了一茬年轻而又有文化素养的改革者。

潍坊和潍坊风筝能否腾飞，就在于这些“执拐人”。

他们果然身手不凡，上任伊始就砍出去了这头班斧：市外事办和美国友人关于举行国际风筝会的建议，很快便得到市委、市政府的支持。

真是快刀斩乱麻、慧眼识真金。

市委二楼会议室里。室外春意盎然，室内热气腾腾。

分管外事工作的市委领导和副秘书长李国中、市外办主任宋作升、原潍坊市委书记邹立桂等人详细研究举办首届潍坊国际风筝会的事宜。

“‘一百四日小寒食，冶游争上白浪河！’国际风筝会就依照传统民俗及季节气候定在清明时节的4月1日。”博古通今的市委领导背了两句清代潍县诗人郭望三的诗后，一锤定音。

大家你一言，我一语，一会儿就把国际风筝会安排得妥妥当当。

1984年4月1日上午，潍坊市体育场上空的一方蓝天大约从未覆盖过这么多不同肤色的人种，从未容纳过这么多千姿百态的风筝。

春风微拂，晴空如洗。场内彩旗招展，纸花如雪。来自美国、日本等11个国家和地区的17个风筝代表队出席了在这里举行的潍坊首届国际风筝会开幕式。

9时整，各国风筝队陆续入场。接着由东道主、潍坊市风筝协会主席邹立桂致欢迎词。随后，美国西雅图风筝协会主席戴卫·切克列代表来宾致贺词。这位半年前就竭力在世界上推崇潍坊风筝，积极倡导潍坊国际风筝会的老朋友，至此如愿以偿，兴奋之情溢于言表。

在万众注目的体育场、在宽阔巍峨的白浪河大堤、在摩崖石窟的驼山之顶，各国风筝手摆开摊子，拉开架子。美国的伞式风筝上天了，日本的三角翼风筝飘起来了，英国的鹰风筝直冲云天……

啊，潍坊的“龙头蜈蚣”如一条长虹，腾云驾雾，扶摇直上。

1984年7月13日，一架波音747客机在太平洋上空飞翔。机舱里，宋希焕、邹立桂、孙立荣、孙永春等六人的心情犹如脚下翻滚的大海，久久不能平静。他们是应邀赴美进行风筝文化交流活动的。

在潍坊风筝的历史上，这大概是潍坊风筝第一次走向世界，到国际上去闯荡，他们怎能不激动万分呢！

西雅图太平洋科技馆里，在西方现代文明的世界中，潍坊访问团展出了40多件富有东方民族特色的风筝作品，并现场作了风筝扎制、绘图、放飞表演，使当地的美国人大饱眼福。

宋希焕一行还应邀参观了美国波音747飞机制造厂和航天科技馆。科技馆长见了中国客人，就像见了飞机的鼻祖一样敬若神明。

西雅图，是世界飞机的诞生地。而世界飞机又是在中国风筝的胚胎中孕育出来的。1903年，美国的莱特兄弟就是在这里发明了第一架飞机。这一人类飞行史上的一大创举，很大一部分要归功于中国发明的风筝，是风筝给了他们启迪，把人类飞行的理想变为现实。

晚上，戴卫·切克列在自己家设宴招待潍坊客人。宋希焕一行拿出自己带来的“景阳春”老虎酒，老朋友频频举杯，相互祝贺。邹立桂激动之情难以言表，酒兴诗兴齐发，当即拈来一诗：

大洋彼岸涛助情，
异乡相会知心朋。
今朝共饮两地酒，
山海情谊立如屏。

年迈的戴卫·切克列极少饮这种烈性酒，几杯下去，高兴得他竟像孩子般手舞蹈起来。

席间，戴卫·切克列郑重向代表团提出一件事：让潍坊参加纽约弗朗西斯、汤普森电影公司正在拍摄的片名为《翼的探索》的大型科技教育片。这部影片，将介绍中国风筝传到国外后，在探索实现动力飞行中给予他们的启发。

他们认为，只有潍坊风筝，才能有资格担当起这个重任。宋希焕当仁不让，毫不犹豫地答应派邹立桂和孙永春参加拍摄。

1984年9月的桂林漓江九马山角下。

清澈碧绿的漓江缓缓流过，水面上一群群鹅鸭在浮游戏水。江中的竹排穿梭着由此岸撑向彼岸；周围一座座奇峰拔地而起，平静的江水映出秀丽的山影。山脚下是一片苍翠的竹林，一艘艘古老的游船载着游客驶过。像一幅表现我国16世纪风调雨顺、国泰民安太平盛世的景象的画卷。

只见江边一位身着宋代服饰的农村风筝艺人带着一群天真活泼的孩子在扎风筝。老人一边扎，一边讲，孩子听得入了迷。一会儿，各式各样的风筝放起来，有苍鹰、蝴蝶、凤凰、蜻蜓、八卦等在空中迎风飞舞，龙头蜈蚣如一条巨龙，在江面上摇头摆尾，上下翻腾……

这是《翼的探索》摄制组在桂林摄制中国风筝的情景。

摄影机一停，但见一身宋服打扮的孙永春、邹立桂和担任该片顾问的戴卫·切克列相互拥抱庆贺。

这部巨片经过两年的时间，走遍了半个地球，把中国古代的风筝同世界各国的飞行动物及各式飞天器一起收录进这部反映人类飞行史的影片中去。

潍坊风筝的拐子，一旦被执在明智开放的人手中，风筝就一发而不可收，冲出国门，登上了世界飞行科技史的殿堂。

真是，天时不如地利，地利不如人和。

开一代旅游先河

风筝旅游谱新篇

或许是造物主过于吝啬、偏袒，潍坊这地方，既没有名山大川，又不濒海岸，也没有高级宾馆，着实难为了当地旅游主管部门。尤其在对外开放的年月里，更是让人急得搓手跺脚。

功夫不负有心人。经过第一届潍坊国际风筝会，潍坊市的主管领导对当地民俗旅游资源经过了一番实际的考察和潜心研究，看到风筝是一种得天独厚的旅游资源，将大有文章可做。

1985年4月1日，第二届潍坊国际风筝会如期举行。会前，潍坊市人民代表大会还确定将风筝盛会以习俗的形式固定下来，把每年4月1日命名为“风筝节”。

这届突出旅游特点的国际风筝会，是由山东省旅游局与潍坊市政府联合举办的。来自世界各地的11个风筝代表团和35个旅游观光团出席大会。

开幕式别开生面，1000多名少年儿童表演了《风筝舞》。刚停，就见隆隆的飞机在体育场上空盘旋，7名扮作七仙女的跳伞运动员，从1000多米的高空乘风而下，表演“天女散花”“普天同庆”“蓝天彩霞”等精彩节目，全场欢腾的热浪一浪高过一浪。

要说高潮，还是在一马平川的潍北海滩放飞场上。中外风筝荟萃，形成一个斑斓的世界。潍坊100多米的龙头蜈蚣是由一辆载重汽车牵引飞起来的，它呼风啸云，喷云吐雾，搏击长空，似真龙下凡。

外国风筝手也不示弱，个个使出拿手高招。荷兰风筝协会主席范得鲁先生放起号称世界风筝之王的方形平式大风筝。它长36米，宽16米，重200多公斤，展开面积达550平方米，起飞前用充气机充气离地，再用十几根鸭蛋粗的尼龙绳系住，经汽车在70名人民解放军战士的协力助飞下，才把它送上云霄。

风筝，它那长长风筝线，成了超越种族、语言、心理障碍而沟通人类感情的纽带，成为跨越时代和国别的桥梁。

1985年6月22日上午10时，荷兰海牙市郊海滨浴场，荷兰国际风筝会在这里举行开幕式。本届大会有13个国家风筝代表队参加，中国风筝代表队一行五人被破格特邀到主席台上就座。在潍坊的老朋友——荷兰风筝协会主席范得鲁致完开幕词后，只见中国驻荷兰大使双手捧着一个瓶盖上系有一只微型潍坊风筝的啤酒瓶，走到主席台中央。一位身着礼服的工作人员上前开启，用瓶中啤酒的泡沫冲力将微型潍坊风筝打上天空。霎时，全场报以热烈的掌声和西方人特有的欢呼雀跃声。

放飞开始，潍坊风筝在放飞场上独占鳌头，放飞人员多少次被包围，被阻塞。尤其是解汇泉扎制的那只龙头蜈蚣风筝，在这英吉利海峡之滨似乎格外富有神韵灵气，一显风筝故乡的雄姿。全场又一次鼎沸，欢呼声如排山倒海。

放飞完毕，荷兰人迟迟不肯离去，争相到潍坊风筝代表队买一只中国风筝，很快，所带风筝便所剩无几。因为代表队还要跨过海峡去英国参加国际风筝会，只留下“龙头蜈蚣”等一些表演风筝。

谁知范得鲁先生为了得到这个“龙头蜈蚣”，专门派两人跟随潍坊代表团去英国。在英国的赛事刚结束，他们就迫不及待地将这只轰动海牙市的“大龙”带走了。

在日本海滩、在花园之国的新加坡滨海城、在泰国帕塔业、在意大利的地中海岸边，在联邦德国的不来梅市，在法国迪埃普市风筝村……潍坊风筝都出尽了风头，倍受青睐。

千里民俗一线连

1986年的初秋，海拔400多米的青州云门山。

山下松柏如海、郁郁葱葱，山上岩壁立，云雾缭绕。

潍坊市副市长宋希焕陪同外国友人从山底拾级而上。曾在这里任过三年县委书记的宋希焕，对这里的一景一物、一树一石既熟稔又有感情。这里的“三山一湖”就是他在任期间重修的。此刻，他站在云门洞上面的东岳大帝行宫中，遥望两边驼山、玲珑山，近在咫尺。也许这里是潍坊境内的一个制高点，就连南面的山旺宝库、临朐八大景观似乎也在眼前……他又瞅瞅外宾手中牵着的潍坊风筝，一个重大决策在他胸中酝酿开了。

犹如散落在各处的珍珠，尽管它再珍贵、华丽，也成不了大气候。如果将他们连成一串，就成了价值连城的国宝。宋希焕及市外办的领导就充当了联结珍珠的能工巧匠。他们将潍坊境内以风筝为龙头的140多个民俗旅游点和名胜古迹连在一起，全长1488华里，命名为“潍坊千里民俗旅游线”。

这不啻是潍坊旅游史上的一次革命，又是世界风筝旅游史上的一次巨大的再延伸。当时这种民俗旅游在国内是首创，谷牧等领导同志曾高度赞扬了这种首创精神。

曾几何时，安丘石家庄的民俗旅游点就已经小有名气，接待过60人的日本青年旅游团等旅游团体。

在筹备第四届潍坊国际风筝会期间，市里聘请专家又进行了充分论证，大胆将游览千里民俗旅游线写在大会日程安排表上。

这条以潍城为起点和终点的旅游线，途中经青州游三山仙境，访两国古贤，又南下看山旺宝库“万卷书”，游“冶源烟霭三冬暖”，东行到安丘石家庄欣赏独特的田园风光，体察乡土民情，而后继续向东便能观赏迷人的高密剪纸、泥塑、扑灰年画“三绝”，回马到寒亭杨家埠年画之乡，一睹这些民族工艺精华的风采，最后到市内观赏陈列了嵌银、布玩具、风筝扎制这些工艺美术奇葩并堪与苏州园林相媲美的潍城十笏园。

这一高明的举动，使潍坊增加了凝聚力，给潍坊国际风筝会注入了新的活力。

4月3日，不少客人争相到安丘石家庄一睹为快。

这里绿树环街，碧桃盈院。一辆辆轿式马车驶来驶去，一只只小风筝，悠悠飘曳。鸡成群、猪满圈，一幅清明平静的田园风景呈现于眼前。

客人分别被乡亲们热情地邀请到家中做客。家家贴的是色彩鲜艳的潍坊木版年画，茶几上摆着双头布玩具，窗玻璃上贴满各种奇异的剪纸画。午间，主人举行欢迎宴会，外国人最感兴趣的是包水饺，当他们在手把手的指导下包出一个个不太正规的水饺时，都大笑不止。吃罢，主客围坐在土坑上一起剥花生、饮香茶、看电视。

情犹未尽，就听得街上吹吹打打，好不热闹。但见两乘花轿，一班吹鼓手，“新郎、新娘”穿戴凤冠、霞帔、乌纱、红袍、朝靴。彩旗前引，唢呐劲吹，两轿并行，一路热闹非凡。来到“新郎”家，鞭炮响、彩花散，一对“新人”头顶蒙头红，由傧相搀扶，涌到正屋前，跪拜叩头。

一块蒙头红，挡住了众人想观赏这对情人容貌的视线，人们着实纳闷。

待得这对伉俪共饮“合婚酒”时，蒙头红一摘，原来却是耄耋之年的戴卫·切克列夫妇。

戴卫·切克列高兴地说：“我今年七十整，重新在中国举行婚礼，潍坊是我的第二故乡啊！”

待到翌年，潍坊国际风筝会又建起了风筝博物馆、杨家埠年画陈列馆、安丘石家庄民俗博物馆，这三颗明珠，使这条千里民俗旅游线更加熠熠生辉。待到1987年，他们又建成了中外合资的鸢飞大酒店，更使这条旅游线进入了一个更高的层次。

东方的“奥林匹克”

把历史的时针倒拨2000多年，在我国春秋战国“墨子为木鸢，三年而成，飞一日而败”“公输班制木鸢以窥宋城”的年代里，地球的另一侧，希腊首都雅典西南约300公里的地方，在湍急的阿尔菲斯河畔有一块丘陵地带。这就是驰名世界的奥运会发源地奥林匹亚。公元776年，第一支奥林匹克火炬就在这里熊熊燃起。2000多年来，奥林匹克的“圣火”在世界各地越燃越旺，四年一度的奥林匹克运动会成为举世瞩目的盛会，“更快、更高、更强”的奥林匹克格言成为世界体坛响亮的口号。

2000多年来，中国风筝艰难地维系、发展，仅仅走出了从玩具到商品、从国内到国外、从东方到西方这一小步。

2000多年后，在中国潍坊，生长在这里的炎黄子孙破天荒地将风筝发展成为体育运动项目并连年进行国内、国际比赛。

潍坊国际风筝会俨然成了东方的“奥林匹克”，潍坊变为今日的“奥林匹亚”。

不知是有意还是巧合，就连潍坊风筝会的会徽也同奥林匹克的五环会徽极其相似。

小不愉快引起的“新纪元”

任何事物的孕育、诞生，要经过十月怀胎，且时而伴随着阵痛。

自第一届国际风筝会后，潍坊风筝会也在国内引起大震动，各风筝产地纷纷自愿前来参加这个空前的大盛会。放飞时，他们同各国的风筝相互竞争场地。这一来，这些计划外的不速之客影响了大会的秩序的进程，难为了大会组织者们，于是发生了一阵小小的不愉快。

当筹备酝酿第三届潍坊国际风筝会时，宽厚而又富于创新的潍坊人，并没有把他们拒于会外。而是从中得到醒悟，因势利导，讨论把风筝发展成为体育项目进行竞赛活动，将自由放飞上升为规范化的比赛。以顺应当今时代的要求和风筝活动的发展规律，担负起开创性的伟业。

1986年2月，胶东半岛上已是风萧萧，冷飕飕，豪华、典雅的掖县宾馆的会客室里，却暖洋洋的。潍坊市政府领导和市体委主持工作的副主任茅树森正在向前来参加全国群众体育工作会的国家体委副主任何振梁汇报潍坊的这一大胆的设想。

何振梁不仅是我国有史以来包括国民党执政时王正廷、孔祥熙在内的四个国际奥委会的中国委员之一，而且是当今我国唯一的国际奥委会执行委员。

这位权威性的国家机关负责人在听取了市长一行的汇报后，对潍坊这种首创精神大加赞赏，对风筝比赛发出指示，要搞好论证和周密的筹备工作。

常言道，没有规矩不成方圆。要搞比赛就必须有章程、规则。风筝竞赛史无前例，章程自然是一张白纸。在宋希焕的主持下，茅树森、杜在海、柴茂智等人组成了研究制定风筝竞赛章程的小班子，昼夜奋战。他们查找了若干古今中外的资料，征求风筝艺人的意见，借鉴各方面的规则办法，对风筝比赛进行详尽的论证、研究，确定将风筝分为硬翅、软翅、板子、串式、桶式五类，每类又分为特、大、中、小、微五个等级，又按扎、糊、绘、放四个环节打分评定的办法。

转过年头，春节刚过，寒流还在华北地区肆虐，宋希焕就带领宋作升、茅树森携带风筝竞赛章程草案，顶着北风进了北京。

国家体委办公大楼里，何振梁一见是潍坊来客，高兴地握着他们的手说："啊，老熟人啦，风筝赛事筹备得怎样？"潍坊来客当即就有关事宜做了详细汇报，何振梁当场拍板，支持潍坊举办全国第一届风筝邀请赛。

在京期间，风筝城来客还得到万里、彭冲、朱穆之等领导人的接见和鼓励。

想到就是成功了一半。敢想敢干的潍坊人大胆设计并着手风筝比赛的各项事宜。

万里在潍坊体育场主席台上连连称道："潍坊风筝会了不起"

1986年4月1日上午8时许，一架专机在潍坊二十里铺机场缓缓降落。旋梯开处，万里、郝建秀、何振梁等从机舱里健步走下来，随后在省市领导的陪同下出现在第三届潍坊国际风筝会暨第一届全国风筝邀请赛的主席台上。9点整，大会执行主席宋希焕宣布大会开始。只见18个国家和地区的风筝代表团和来自17个省、市、自治区的风筝代表队在铿锵悦耳的乐曲中走进会场……

气球、和平鸽腾空而起，万众沸腾。

修葺一新且容纳近3万人的潍坊体育场人山人海，欢呼之声海潮般在场内翻腾，掌声如雷，震动着这块椭圆形的天地。难以想象2000年前的古希腊人是怎样庆贺奥运会的。

体育场西侧的主席台前排中间，国务院副总理万里同坐在身旁的李昌安、王树芳、邵桂芳等省市领导连连称道："潍坊风筝了不起，潍坊风筝会了不起！”

这届风筝会不仅观众群情激奋，就连筹办者们也是激动不已。最激动的莫过于身披“副总指挥”佩带的茅树森。

这位20世纪60年代毕业于北京体育学院的大学生，曾经是全国少年乒乓球单打亚军。1984年3月，组织上把市体委的担子一下压在他身上，他就和国际风筝会结下了不解之缘。请看他的“风筝头衔”吧：中国风筝协会副秘书长、山东省风筝协会副主席兼秘书长、潍坊市风筝协会副主席、潍坊国际风筝会筹委会秘书长、全国风筝邀请赛组委会副主任……

他从北京回来后，一面督促体育场二期施工，一面又培训风筝比赛裁判队伍、设置场地、安排比赛程序……多少个日日夜夜，他都没顾上合合眼。看，他的两眼还像铃铛一样红肿。

梅花香自苦寒来。辛勤的汗水、开拓的足迹……如一把把金钥匙使潍坊打开通往风筝体育比赛这座宫殿的层层大门。

由于筹备得当、周密，一下就吸引集中了全国多数省、市、自治区的风筝代表队，风筝比赛也进行得顺顺当当。

比赛期间举行的风筝比赛座谈会上，各风筝代表队及许多体育界、风筝界的知名人士都对潍坊这一首创有口皆碑。

经过激烈的角逐，东道主潍坊队获得团体总分第一名，天津队和辽宁队分获团体总分第二、三名。国家体委负责人为他们颁发了奖品。

4月2日晚上，在潍坊火车站的站台上，开往北京的311次列车如同一条巨大的“龙头蜈蚣”喷着火光呼啸着驶过来。

刚刚看完潍坊民族焰火晚会的何振梁紧紧握着前来送行的山东省风筝协会主席、潍坊市长邵桂芳的手说：“你们一个中小城市能够举办这样规模的国际风筝会和全国风筝邀请赛，很不容易，非常成功，祝贺你们！”

就在当年的《中国体育年鉴》上，第一届全国风筝邀请赛一事如同第10届亚运会一样被载入史册。

风筝竞赛燎原之火

古代的奥林匹克运动，饱经战争、宗教的蹂躏、羁绊，经历了1000多年的兴衰，才坎坎坷坷地发展起来。而潍坊率先倡导风筝竞赛运动，在改革开放春风的助燃下，以现代化快节奏的速度迅速蔓延国内，燎原四海。

首届全国风筝邀请赛的一举成功，博得国家和全社会的热切关注。1986年8月，国家体委召集各省、市、自治区风筝权威人士在京聚会，以潍坊制定的风筝竞赛章程为蓝本进行研究、定稿，很快以国家体委名义下发各地。

我国有史以来的第一部风筝竞赛章程就这样正式诞生了。

潍坊风筝会一年一届，这个“奥林匹克”是短暂的，可主办者总是赋予它新的内容，把国际风筝会和风筝竞赛推向深入，领导世界风筝活动的新潮流。1987年举行的第四届潍坊国际风筝会不仅继续举办第二届全国风筝邀请赛，还将风筝竞赛扩大到国际风筝会中，在各国风筝代表团中首次进行“世界风筝十绝”评选活动。

难怪有人说：“潍坊人点子就是多！”

1987年4月2日的潍北海滩——广袤无垠、海天一色的竞赛场上搭起了观礼台，坦坦荡荡的海绵状硬地上用白灰画满了纵横交错的道道和竞赛标志。

朝霞还在喷着火，几千辆汽车、几万辆自行车、马车、地排车、摩托车就将20万观众载到这里，围成了一个如同古代兵马交战的壮观场面。

“啪——”一声令枪响，先是全国风筝邀请赛在右侧拉开帷幕。本届有22个省、市、自治区和解放军的代表参赛。在风筝扎制水平上，明显比第一届有长足的进步，各队除保留自己的传统特色外，都注意吸取借鉴了其他地方的优点。看，天津的“麻姑献寿”风筝大方典雅，辽宁的“蜻蜓”风筝小巧玲珑，南通的音响风筝别具一格，那个“双喜临门”是来自内蒙古的风筝。这个队是在没有接到邀请信的情况下，自己找到国家体委，主动要求来潍坊参赛的。风筝竞赛的烈火也烧到内蒙古草原上去了。

潍坊的“蝴蝶”“龙凤呈祥”“龙头蜈蚣”等风筝在其中如鹤立鸡群、技压群雄。这些年来，韩福龄、刘福忠、康立本、康宝忠、曲立秀、杨同科……如同闪烁的明星，使潍坊风筝的夜空群星灿烂，耀眼生辉。

他们是潍坊风筝的脊梁。

他们是中国风筝界的精英。

在海滩的左侧，“世界风筝十绝”的竞赛已杀得难分难解，各出绝技。仰视，在这同一方蓝天下集五洲风筝精英，各式各样的“几何体”异彩纷呈；低眸，这块沉寂数千年的僻壤如一座擂台，容天下不同种族的人竞相争雄。

来自亚洲、美洲、欧洲等14个放飞队的近百只风筝一齐撒向碧空。美国的“降落伞”风筝上下翻飞，日本的连接风筝潇洒飘逸，意大利的“马可·波罗1号”几经挫折后直插蓝天。

看到这个“马可·波罗”风筝，人们自然想到13世纪意大利著名旅行家马可·波罗。当时，他来到中国，曾经带走了中国风筝，并向西方进行传播。没想到“马可·波罗”再次来中国时，风筝的故乡却又向前发展，成为开辟风筝竞赛的“圣地”。

隆重而又热烈的发奖仪式在体育场进行。潍坊市副市长于潮代表800万潍坊人民向获得“世界风筝十绝”和全国风筝邀请赛前六名的单位、个人表示真诚的祝贺。会间，市人大主任于成凤、市委副书记齐乃贵、市政协主席远东、副市长宋希焕、李惠信等领导还分别向获得潍坊国际风筝会荣誉奖的戴卫·切克列先生和香港欧加明先生发了奖品，并向其他获奖者颁发了证书、锦旗。

潍坊风筝竞赛的星星之火，经过短短的两年，就燎原全国。到1988年就出现全国不少城市争相举办风筝比赛的局面。第三届全国风筝邀请赛就是由潍坊和北京两家举办，以两个赛区的形式出现的。发展到1989年，全国有南通、天津、北京等地搞起风筝赛事，打破了潍坊独家搞比赛的局势。

大度的潍坊人丝毫没有感到有任何的失落感、空虚感，反而更自豪、更荣耀。他们为首创的这项事业如火如荼的发展，万分欣喜。

潍坊，有这么多的风筝灵感，1989年又别出心裁地搞起了全国风筝精英大奖赛，把风筝比赛又提高了一个档次。

雄心勃勃的潍坊不仅要把风筝比赛发展成为全国正式体育项目，还要上升为国际奥林匹克运动项目。

啊，小潍坊的大野心就是旨在东方重现一个“奥林匹亚”。

好风凭借力

无意插柳柳成荫

一个地方，假如有一帮愚蠢的人做出一件蠢事，可致株连百姓，贻患无穷。

一个城市，倘若有一些聪明的人干出一桩精明的事，可以惠及各方，得福万家。

有心栽花花自发，无意插柳柳成荫。这句中国人的格言正是潍坊举办国际风筝会的写照。

起初，潍坊人举办国际风筝会，是为了推进旅游事业。殊不知，三届盛会下来，区区小城在国际的知名度骤增。不少客户趁一年一度的国际风筝会前来洽谈生意，风筝盛会吸引了国内外广大客商、财团、企业纷至沓来。

1986年，担任潍坊国际风筝会筹委会主任的宋希焕借题发挥，概括总结出了一种形式（放风筝）三个结合（和经济贸易、文化、体育）的路子。此后，连同“促进开放、连结友谊”一样被作为历届国际风筝会的指导思想。

至此，潍坊国际风筝会在质上又得到一次根本的提高、升华。

至此，潍坊也因地制宜地找到了振兴潍坊，使潍坊腾飞的关节点。

这项英明的决策如同有力的杠杆撬起了三、四、五届国际风筝会的棱角。会间，满城熙熙攘攘，摩肩接踵的人，除了那国内外的风筝精英外，多数是来参加经济贸易的。

风筝会不仅是群英荟萃的大赛，更成了万商云集的市场。

仅第五届国际风筝会期间举办的工业产品交易会、日用消费品交易会、工艺美术旅游产品交易会等6个交易会，其市场成交额就达10.596亿元。

从第三届开始，大会还专门设立了专利部，专门经营广告、专利业务，每年筹集资金近百万，以会养会，为潍坊国际风筝会的长期举办找到了一条自我发展、自我生存的新路子。

正如宋代欧阳修在滁州《醉翁亭记》说的一样："醉翁之意不在酒，在于山水之间也。"近两年，潍坊尤其注意利用国际风筝会，发展沿海经济战略这个"山水之间"。

国际风筝会使潍坊增强了知名度和吸引力，创造了一种无形的价值，为发展外向型经济打下了良好的环境基础。

每年的国际风筝会，都有数百名中外记者云集。为了接待、安排好，宣传部门颇费了一番脑筋，付出了艰辛的劳动。曾连续五届主管大会宣传的副总指挥魏增芳，几次会间都累病或扭伤，但他从不下火线，指挥若定，保证大会宣传的圆满成功。

潍坊知名度的上升是由多少人的付出和牺牲精神换来的。

行春风，下秋雨。

种甘种，得甜瓜。

1988年7月的香港九龙华润招待所。

外面车水马龙，大厅内人流如织，山东省对外经济贸易洽谈会正在这里举行。在潍坊市的洽谈室里，客商盈门，显得格外兴隆而又繁忙。宋希焕、陆鸣人、王天远等昼夜作战，应接不暇。不少外商得知这是"世界风筝都"的使者，都慕名前来洽谈生意。短短的十几天，就接待500多客户，谈成的合同和协议项目达91项，投资总额达8.3亿美元，在全省位居上游。

“风筝都的使者”吸引了海外企业界、工商界，也轰动了香港新闻界。香港《文汇报》记者黄旭东特地访问了宋希焕。7月20日的《文汇报》经济版头条发表配着宋希焕照片的访问记，双边大字号的题目引人注目：“潍坊风筝带来的名与利——副市长宋希焕谈拓展外贸妙计”。

宋希焕，这位分工负责潍坊国际风筝会的主管领导，是这台大戏的总指挥。几年的时间，指挥出了一台名垂青史的威武雄壮的大戏。

宋希焕曾让人根据他走过的脚印刻过一枚图章：

云门山匠

风筝城工

他自谦为治理青州、振兴潍坊的一名普通的工匠。是啊，这是给云门山带来神韵、给潍坊风筝缔造灵魂的能工巧匠，是改天换地、重振山河的能工巧匠。

历史将给他和他的“工友”们、“匠友”们重重地记上一笔。

“潍坊模式”走红天下

1986年4月26日，轻柔的春风吹拂着北京中南海湖滨千万条低垂的柳丝。大概是“春江水暖鸭先知”吧，成群的水鸭在清澈碧透的湖中追逐嬉戏，溅起层层浪花。夜幕降临，华灯初放，潍坊市委、市政府关于举办第三届潍坊国际风筝会的情况报告送到了中央书记处，一次风筝会收入2000多万，并带动旅游业，促进经济贸易发展，十几天内产品成交额达2亿多元。

不久，中央专门发了文件。一时在我国上层领导中广为传阅，引起层层波澜，激起正在探索振兴之路的各地领导人的沉思……

立时，各地前来参观取经者络绎不绝……

潍坊风筝带动经济起飞的成功经验，为各地尤其是一些内地的中小城市的发展，提供可资借鉴的模式。

1988年，在国务院一份文件上称：潍坊挖掘地方文化资源，借题发挥，振兴经济的经验被各地所借鉴，这种“潍坊模式”为一些经济落后地区的发展闯出了一条路子。

一花独放不是春，百花齐放春满园。在潍坊这枝不畏风寒的“标新立异二月花”的催动下，泰山国际登山节、洛阳牡丹会、乐山龙舟大赛、北京端阳节……这一束束绚丽的地方花竞相开放，形成祖国春色满园的喜人局面。

在我国南部的经济特区，“潍坊模式”也被倍加推崇，极力效仿。

1987年8月，雨季的深圳经济特区。一座座拔地而起的摩天大厦构成内地的香港。飞速发展的特区，眼睛盯着香港、澳门、西方先进国家。曾几何时，也盯上了山东半岛上的潍坊。

8月1日，当潍坊市委常委、宣传部长任柏榴、市文化局局长郑金兰率领的潍坊民间艺术展览在蛇口海湾的“海上世界”开幕后，深得特区人民的喜爱。参观者对展出的潍坊风筝、高密扑灰年画、潍坊嵌银漆具等工艺品惊叹不已，流连忘返。也引起特区和港澳新闻界的关注，一周内就有十几家报刊前来采访。更重要的是，他们想通过这些风筝民间工艺品这个由头，来顺藤摸瓜，探索潍坊经济的振兴之路。

8月30日《深圳特区报》二版以大篇幅发表了记者采访任柏榴的访问记《风筝，使一座小城名扬天下》。文章后面，还配有一篇套有花边的评论员文章《潍坊“风筝经济”的启示》。精辟的文字和独到的见解跃然纸上：

潍坊风筝飞出了行业、飞出了国界，并且以小小纸鸢带动了一个市的经济腾飞，其奥秘在于投契机、取其巧、出奇制胜……潍坊工业条件并不优越，就是风筝也非全国独一无二，然而他们能够抓住一次风筝大赛，深入开发……常办常新、进而带动各行各业的生产及贸易。这种“风筝经济”很有启示意义……它超越地域、行业和民族，具有普遍的借鉴价值。希望特区各行各业、各界人士都能像潍坊那样敢于进取，善于创新，使特区经济更上一层楼，并且保持取之不竭的潜力和用之不尽的后劲。

特区人是说到办到的。事隔一年后的1988年7月，笔者有机会去深圳，正好遇上“深圳首届荔枝节”。作为风筝城人，特地前去采访、观赏。但见，在深圳市人民政府关于筹备“深圳首届荔枝节”的红头文件里，就赫然写着“借鉴潍坊国际风筝会的经验，办成像潍坊国际风筝会那样……”云云。

送我上青天

1988年3月31日傍晚，潍坊鸢飞大酒店二楼会议厅里，座无虚席。任柏榴代表市委、市政府向200多名中外记者发布第五届潍坊国际风筝会新闻。

当闪电式的新闻媒介把潍坊国际风筝会和世界人民联系起来的时候，人们预感到这“风筝线”上还有一个大“风筝”没有出台。

果然不出所料，第二天下午，一桩轰动世界的新闻又在这鸢飞大酒店产生了。

这是一个半公开的会议。椭圆形的会议桌上，几盆翠绿欲滴的君子兰和仙客来摆在中间，显得庄重、典雅、富有无限的生命力。

第五届潍坊国际风筝会主席团会议在庄严的气氛下召开。

本会由中国风筝协会副主席、国家体委有关方面负责人郭敏主持。美国、联邦德国、泰国、新西兰、日本、澳大利亚、法国、丹麦、加拿大、英国、中国以及中国香港13个国家和地区的风筝协会负责人或代表参加。

潍坊市风筝协会主席宋希焕向各位介绍了本届国际风筝会的筹

备情况。话音刚落，就见美国风筝协会主席戴卫·切克列先生宣读了《提议潍坊市为“世界风筝都”倡议书》。这位风筝老人盛赞潍坊风筝的悠久历史、精湛技艺和潍坊市对推动风筝作为一种体育、旅游综合项目的发展所作出的贡献。

这位历届潍坊国际风筝会必到的“老知音”，对潍坊风筝研究颇深，由衷诉说，言之凿凿。

“啪——”一阵掌声，会议气氛变得十分活跃。戴卫·切克列的话一停，就博得与会代表一致鼓掌通过，并一一用各国的文字在倡议书上签了字。英国、美国、日本风筝协会负责人还发言表示祝贺。中国风筝协会主席季明焘发表讲话，他说，世界风筝都的建立，将推进国际风筝事业，使潍坊成为世界风筝中心，为人类作出更大贡献。

末了，宋希焕代表潍坊市人民政府向各位代表表示衷心的感谢，并表示将为把风筝这项体育比赛推向全世界作出新的努力。

电波频送，鸿雁传书。这一震动世界风筝界的新闻传遍全球。

美国南达哥州长、依达荷州长特地发来贺电；潍坊的友好姊妹城——日本日向市和联邦德国福来星地区从地球两侧伸来两只祝贺的手；正在新加坡访问的国务院副总理吴学谦，为此专门得到该国元首的祝贺。

……

那是1984年4月1日下午，在红木嵌银漆具布置的市工艺美术二楼会议室里，参加第一届潍坊国际风筝会的美国、日本、荷兰、澳大利亚等11个国家和地区的风筝协会负责人在这里交流风筝技艺。会间，还一致建议在潍坊成立世界风筝组织，把潍坊作为世界风筝活动的中心。并强调潍坊担当起国际风筝组织发起重任是当之无愧、众望所归的。此后，在历届潍坊国际风筝会上，各国风筝协会负责人及风筝爱好者一再酝酿过在潍坊建立世界性的风筝组织，担任起发展世界风筝事业的神圣使命。

随着潍坊风筝在国际的名声和地位的日趋增强，各国风筝界对建议在潍坊建立国际风筝组织的呼声愈来愈高，形成众星簇月之势。

谦逊的潍坊人盛情难却。1987年下半年，潍坊风筝协会主席宋希焕受美国戴卫·切克列、汤姆·凯瑟门、日本风筝协会主席茂出木雅章、荷兰风筝协会主席范得鲁、香港风筝会长欧家明等10人的委托，向世界各国发出成立世界风筝协会的倡议书和章程草案，很快得到20多个国家和地区的回信，表示支持、参与这个国际组织的发起成立事宜。

第五届国际风筝会前，许多世界著名风筝人士特为成立世界风筝协会和确定“世界风筝都”而来。其中，美国戴卫·切克列、英国瓦次豪斯是年过六旬的老人，不辞劳苦远道而来，一心想作为世界风筝组织的一名成员，但未能完全如愿，怏怏而归。谁知，这竟成了戴卫·切克列的终身遗憾，他于1988年下半年在美国因病逝世。这位对潍坊风筝、对世界风筝事业作出重大贡献的先驱，将永远铭记在世界风筝事业的史册上，潍坊人民将永远缅怀他的丰功伟绩！

万事俱备，只欠东风。1988年10月28日，潍坊市委常委会正在研究第六届潍坊国际风筝会活动方案。主持会议的市委书记于潮，激动之情难以言表，他索性解开外衣扣子，双手叉腰，站起来说：“这届风筝会，要办出新水平，翻出新花样。应各国的要求，坚决攻下成立国际风筝组织这个碉堡！”

宋希焕亲自去省委、省政府汇报，并直接发函与世界各国风筝协会负责人联系，主持起草、修改国际风筝组织的章程和成立国际风筝组织的倡议书。

市政府新任副秘书长陈法信，这位原是部队的师职领导，锐气不减当年，在春节前三上北京，与国家和有关部门请示协商成立国际风筝组织事，直到腊月二十七日才携带中央和国务院领导签署的批复赶回。

有关领导在国家体委、外交部的报告上，欣然同意潍坊发起成立国际风筝联合会。

党和国家领导人及国家机关在办理审批成立国际风筝联合会事务时，敏锐地掂出了这份报告的分量：

这是第一个由我国发起、组织并把总部设在中国的体育项目的国际组织。作为体育项目的国际组织，其总部设在中小城市，在我国是绝无仅有，在世界上也是独此一家！

它的成立，是世界风筝事业发展史上一个重要的里程碑，开创了由自由发展到有组织发展的新纪元。潍坊成为世界风筝活动中心，将又一次意味着中华民族崛起于世界民族之林！

腊月二十三小年过后，北京街头“噼噼啪啪”的鞭炮声不绝于耳，春节的气氛愈来愈浓，年关将近，但国家机关一路大开绿灯，破格给予办理，委实是没有先例的事。

破例的事何止这些？春节后，在济南东郊的济钢招待所里，正在这里评职称的省委宣传部副部长鞠茂勤、省电视台台长曾照明，向前来请求省电视台给予实况转播第六届国际风筝会的市委宣传部副部长王海亭、潍坊电视台台长王高宗等人以明确答复，克服一切困难，让昂贵的进口转播车首次出省城给予转播。

王海亭从临朐县委副书记的岗位上调来后，第一次参与并负责国际风筝会的宣传工作，起初心里还一直犯嘀咕，没想到初战告捷，一举实现潍坊国际风筝会有史以来的第一次全省现场转播。

真是苍天有眼，在这龙蛇之年，潍坊风筝彻底焕发出了灵气。

跳过龙门

又是4月1日，1989年。

巍巍的鸢飞大酒店在节日中好似又向上伸长一大截，凌空傲立。

上午9时，又是在二楼那椭圆形的会议室里，一个世界性的历史事件在此诞生。

来自美国、日本、法国、联邦德国、日本、意大利、丹麦、中国等16个国家和地区的风筝组织的负责人在这里济济一堂，他们都是当今世界风筝界的权威人士。

东道主，中国风筝协会主席季明焘在热烈而又严肃的气氛中宣布具有划时代意义的国际风筝组织代表会议开始。随即，中国潍坊风筝协会主席宋希焕向全体代表作了《国际风筝联合会筹备工作情况》的报告。

接着就是选举国际风筝联合会领导成员。经过一番民主程序，国际风筝联合会执委会应运而生。

世界上有史以来的第一个国际性风筝组织终于诞生。它是于风筝在地球上空飘了2000年后才诞生的，历史应将记住这个光辉时刻。

人民不会忘记，历史将会恩赐他们：季明焘、宋希焕分别当选为国际风筝联合会主席和秘书长，法国风筝组织代表热拉尔·克里茫、日本风筝组织代表茂出木雅章、美国风筝组织代表汤姆·凯瑟门分别当选为副主席，陈法信当选为副秘书长。

一阵热烈祝贺的掌声从这里飞到窗外，传到五大洲四大洋……

旋即，联邦德国代表严斯·杰汉克先生、捷克斯洛伐克代表兹拉塔·塞尔内先生先后致了贺词。

大会还通过了《国际风筝联合会章程》和《关于若干问题的决议》等重要文件。

与此同时，在相邻不远的渤海宾馆1号楼底层西侧的几个房间里，（第六届潍坊国际风筝会办公室就设在这里）电话阵阵，声波频频，俨然是一场跨国战役的前线指挥部，一派紧张繁忙的景象。

在最里面一个房间里，风筝会办公室主任刘镇和几员大将——秘书处长、会务处长、后勤处长等人关门谢客，对下午的第六届国际风筝会开幕式在作最后的部署研究。

这无疑是一个精干而又精诚团结的战斗集体，又是一伙打不垮、拖不烂的强者。你看，有的因几夜未睡而两眼血红，有的几顿吃不好饭胃病发作，还有的急得嘴上火生疮……这些天，他们每个人几乎都剥了一层皮。笔者有幸在本届风筝会中担任名噪一时的秘书处长并负责新闻发布，这些日日夜夜是我这具有10余年戎马生涯的人所从未经历过的。

一场风筝会，参与的单位上百个、千余人，动用车辆上万部，各种大型活动10余次，观众达30多万人次……第六届国际风筝会又开始了。入夜，大型歌舞在火树银花的民族焰火中进入高潮。

呼啸而起的礼花冲入夜幕，竞相绽放，万紫千红，一片花和火的世界。这多像潍坊风筝，巨龙腾飞，金蛇狂舞……

啊，当年皇帝老子的话不再灵验，如今小“蜈蚣”的神魂终成大龙，潍坊始成大气候！

“好风凭借力，送我上青天。”潍坊——风筝的故乡，终于跃上蓝天，跳过龙门。

敢放长线钓大鱼

大厦如林、汽车如流的香港，不仅是国际金融中心，而且是国际经济贸易中心，是个资本家、财团荟萃云集的都市。

在这里搞生意，做买卖，就要有同资本家打交道的一套生意经。

要有风险意识

7月21日，昌邑无水酒精项目在香港同美国三亚国际有限公司签订合同后，爆出了全省本次洽谈会最大的冷门，令一些知情人大吃一惊。

说起来，这是经国务院领导批准的投资额过亿美元的大型合资项目。曾几何时，国务院两位领导亲自考察、听取汇报，拍板定案。

7月19日，外方代表方才同昌邑县在深圳签订可行性报告。按正常情况，要正式签合同，还得半年左右。

现代的节奏，怎能按部就班？在省领导的支持下，市县领导打破常规，经过与外商反复洽谈，双方正式签了合同。

为此，记者专门访问了下榻在金川宾馆的昌邑县副县长徐洪龙。谈起这个项目，他深有感触地说："搞外向型经济，首先就是树立一定的风险意识，不能像过去搞经济那样按部就班，怕这怕那。"

就是这个项目，县里主要领导同市委、市政府立下了"军令状”，豁上要干到底，尽快干出名堂来。

在激烈竞争的国际市场上同大资本家打交道，首先从精神状态上就要有这种风险意识，看得要准，看准了就干，干脆果断，毫不犹豫。不然，优柔寡断，办事效率低下，竞争状态不佳，难免错失良机，上钩的大鱼也会跑掉。

胳膊肘向“外”扭

一日，记者在泰山大厦偶遇从美国来的刘新华先生。刘先生系五莲人，至今还操着一口浓重的家乡话。由于年龄相似，彼此一见如故，甚是热情。

可就是这位刘先生在同昌乐县谈捆箱带项目时，对于引进设备价格斤斤计较，一抬再抬，俨然没有了先前那种老乡的情分。其他一些原籍是潍坊的客商，虽是与对方甚有感情，但牵涉投资，却都是讨价还价，不见兔子不撒鹰。我们有些同志在同资本家打交道过程中，最怕人家赚钱，怕自己吃亏。不赚钱，只有傻瓜才来投资。

昌乐县委书记李光信对此就颇具大将风度，敢于胳膊肘向“外”扭。洽谈中，一方面精打细算，一方面又同刘先生作适当的让步，终于在7月12日两方在深圳粤佳宾馆签了总投资为40万美元的协议书。

谈起这件事，李书记感触很深，说道：“同外商打交道不可太精明了，你不让他赚，我们也赚不着，只有人家赚我们才赚，这不失是一种‘胳膊肘向外扭’的辩证法。”

“就是打平也得干！”这是记者在南洋大酒店26楼上听寿光县副县长宋湘洲说的一句更为深刻的话。“是的，就是双方打平了，我们还引进了外方的先进设备，学会了外国的先进管理。”这次寿光县的洽谈成果最为显著，看来他们在这方面有更深的感受。

大鱼小鱼一起钓

“建立巩固的客户关系，大小项目一起谈”，此乃副市长宋希焕回潍坊后向市委常委汇报后博得市委领导赞许的一个明智的做法。市委当即拍板决定由市有关部门分工负责，建立100个巩固同香港及国际重点客户的关系。建立这种巩固的关系，有大鱼钓大鱼，有小鱼钓小鱼，没有鱼，也擎住鱼竿不收线。

澳门侨光有限公司董事、总经理王启翔是潍坊的老朋友。从1985年起他连续在潍坊投资200多万美元，先后合资搞起了鸢飞大酒店和潍坊侨联仿造有限公司。在长期的合作过程中，他对潍坊的投资环境有了充分的认识，潍坊成了他对大陆的重要投资方向。7月15日，王启翔同昌乐县有关负责同志在珠海莲花大厦就合作养兔子、合作生产地毯的项目进行了洽谈。这两个虽说是规模不大，合作条件也尚未完全成熟的小项目，但昌乐县有关负责同志认真地和他洽谈，真诚地欢迎他来投资，在许多方面达成一致的意见，分别签了协议书和意向书，给他留下了深刻的印象。

7月29日，当宋希焕顺道到澳门时，王启翔又热情地为潍坊牵线搭桥，介绍了一批新的合作对象，合作的范围像滚雪球一样越滚越大。

搞外向型经济，不可一蹴而就，一口吃个胖子，要循序渐进，任何事物都是从无到有，由小到大发展。有了今天的小项目，在合作中加强了解，增进友谊，就不愁没有明大的大生意。

国际市场纷繁复杂，竞争激烈，非要做一些基本建设方面的工作，否则是不能奏效的，那种打一枪换一个地方，只贪近功求大利的做法是不足取的。

向知名度再投资

客商的“新大陆”

7月中旬，我市大型画册在香港公开发行，香港《文汇报》以醒目标题大篇幅地发表了副市长宋希焕的记者专访和反映潍坊投资环境的文章。一时，在香港、深圳，工商界引起轰动。没想到潍坊不仅有风筝，还有这么多的资源优势和优惠的投资政策。活像在中国发现了一块新大陆，前来同我市代表团洽谈的客商纷至沓来。

正如古代作战兵马未动粮草先行一样，如今搞对外经济洽谈则是兵马未动，宣传先行。这次洽谈会前，市及各县市区都极其重视对外宣传工作，市有关部门在紧张的时间内，筹备录像片和画册、宣传稿件，潍城、青州、安丘、临朐等县市区也不惜巨资赶制了录像片和精美的画册。我市在香港共接洽500多名客商，其中有100多人就是手持我们的画册慕名找上门来进行洽谈的。

宋希焕一行一到香港，就在百忙中利用新闻媒介，认真回答记者的提问，并借题发挥，把潍坊的投资环境宣传出去，在香港这个国际大舞台上奏出了一串强有力的音符。一些县区也充分利用《深圳特区报》和深圳电视台等宣传机构，扩大影响，提高知名度。7月下旬，安丘、临朐县举行联谊会的消息，就很快在《深圳特区报》和深圳电视台发布，前来洽谈的客商络绎不绝，应接不暇。

风筝都的魅力

在香港、深圳，一提起潍坊，都和风筝联在一块。连宾馆服务员也知道中国有个潍坊，这比相邻其他地市有着明显的优势。

是风筝把潍坊的知名度提高了。

看来，这几年潍坊念的“风筝经”大有成效。

会间，敏锐的香港记者把潍坊国际风筝会比作“开拓外贸的妙计”。去年8月，我市在深圳举行工艺美术展览时，《深圳特区报》记者特地采访了市委常委，宣传部长任柏榴，发表了一篇《风筝带动潍坊起飞》的专访。这次，记者曾多次去该报社活动，他们听说是风筝都潍坊来的，大都有求必应。

就是在深圳这个交通便利、旅游业发达、投资环境得天独厚的新都市里，每年也举办数次类似风筝会这样的大型活动。如荔枝节、文化艺术节、美食节等等，名目繁多，花样不断翻新。

当时，适逢深圳首届荔枝节，该活动从6月18日到7月18日搞了一个月。闭幕那天晚上，在深圳体育场举行有国内外知名人士参加的大型焰火晚会。腾空而起的烟花升腾在高层楼群之中，把城市点缀成群星灿烂、花繁满天的仙境。

记者前去采访，看到就在他们市政府举办荔枝节的文件里，写着“办成像山东潍坊风筝会那样”的字句……

按说，近几年深圳在国内外声名大振，不用再花这个钱出这个力了，可他们依然津津乐道，使劲在知名度上累加投资。

曾几何时，有人对潍坊的风筝会横加指责，评头论足，好像是花钱买累受，花钱买矛盾。现在看，这个钱花得好，花到点子上去了。倘若没有前几年在这方面的投资，这回就没有几亿美元成交额的洽谈成果。

风筝会不是太多，而是还不够。要适应对外经济发展的新形势，还要把这本经念得更响，更活，让风筝都具有更大的魅力。

醉翁之意不在酒

在香港的一次总结会上，省里一位负责同志引用宋希焕的话，对潍坊这次洽谈会给予了高度的赞扬："谈不完的项目，交不完的朋友，做不完的生意。"大家深有感触地说，只要奋力把潍坊的旗帜打到国际舞台上去，就会有做不完的买卖。

会间，市及各县市区的有关同志往往是白天谈、晚上谈，吃饭也谈。老朋友介绍新朋友，新朋友又领来新朋友，可谓门庭若市。据统计，这次共谈成和基本谈成的项目60多个，总投资为7.5亿美元，其中利用外资额3.82亿美元，为全省之首。

做宣传、搞活动，目的并不是徒有虚名。出名是为了得利，是为了以此为阶梯，摘取发展经济的丰硕的果实。发展外向型经济，知名度的高低，至关重要。这就要在知名度上舍得花钱出力。看深圳人搞美食节、荔枝节，也并不是单纯地吃喝玩乐，而是通过这些活动，扩大在国际的影响，吸引外商投资。

潍坊近几年在这方面已经做了一些有益的尝试，迈出了可喜的一步，把每年一度的国际风筝会搞成一种形式三个结合的路子，今年第五届国际风筝会成交额就达5亿多元。既得了近利，又为知名度的提高投下了深远的影响，一箭双雕，不愧为一招高棋。

这次洽谈会，我们对潍坊在海内外的知名度实际作了一下反馈和测试。清醒地看到，这方面虽有一定基础，但尚不够。不少香港人听说潍坊有五六个香港那么大，北部沿海和南部山区各种资源丰富，竟十分吃惊。由此可见，还需在知名度上大做文章，多投资，多花气力，把潍坊在国际的知名度推进到更高层次中去。

伶仃洋在呼唤

徐老先生的感叹

7月14日下午，矗立于深南中路上的兴华大厦三楼舞厅里，金碧辉煌，气氛融融。潍城港澳同胞恳谈会在这里举行。我作为潍城的一个公民，和从香港来的徐先生攀谈起来。这位游荡40多年的海外游子，是潍坊城南徐家人，至今还操着一口地道的潍县话。他拉着我的手告诉我说，近几年大陆开放后，他每年都要回去一两次，老家的发展变化着实使他高兴。谈到潍坊的投资环境，他顿了一下，指着窗外的大马路，深有感触地说："我看，潍坊别的事不干，也要尽快将交通、通信的问题解决。1.2万门程控电话上得太慢，迫在眉睫嘛！外商电话打不通，坐飞机不方便，运输有困难，谁来和你合作？"

在深圳繁华的闹市或大宾馆里，大都设有国内、香港直拨电话，但在国内直拨电话一览表里，却屡屡找不到潍坊的影子。

7月6日，当我们乘坐的中巴奔驰在广深公路时，已是傍晚时分，这长达190公里的公路已形成一条工业经济走廊，珠联璧合，汇成一条灯火的河流。在路旁椰树的掩映下，不时看到用中英文字标注的"欢迎外商来进行经济技术开发、合作"的大幅招牌。与此并驾齐驱的广州至深圳的铁路已建成电气化复线，深圳不仅拥有全天候国际先进水平的直升机场，还正在加紧修建自己的国际机场，海上则有新港、蛇口、赤湾、上步等深水港码头。深圳市已同22个国家签订各种合同5600多项，外资企业达1000多家，直接利用外资约占全国的七分之一。

参加潍城港澳同胞恳谈会的十几名客商，散会后，除了个别继续谈项目外，大都连夜赶回香港、澳门，真是马不停蹄。69岁的徐老先生是凌晨3点才从台湾回港又赶到深圳的，当晚他又须返回参加一个贸易会。在时间就是金钱，效率就是生命的年代里，经济更依赖于交通、通信等硬件设施建设。怪不得精明的深圳人总结了这样一句话：只有路平、灯明、电话灵，才能把项目谈成。

多些支持少些干预

在泰山大厦的一个客房里，记者偶然碰到一位港商在向我市两位贸易伙伴慷慨陈词。从港商那拉着长音的语调里，听得出对我们有些主管部门的工作作风以及办事效率大为不满，还尖锐地批评了一些"大官僚""小官僚"，确实是由衷的倾诉。事后，我了解到，这是与我市一个企业搞的一个合资项目有关。1985年10月就批准立项，但由于部门林立、手续繁杂、作风拖拉等种种原因拖到1987年才投产。一次他们起草了一个报告，上报后，三个部门提了三种意见，扯了大半年的皮，最后还是回到他们原来的方案。没想到投产后，国家有关部门又卡住了产品出口权。这位香港先生是这家合资企业的总经理，这使得他进退两难，骑虎难下。在这次洽谈会中，他穿梭地来往于香港、深圳，直接找省市领导及有关部门反映，还曾想借助舆论机构予以呼吁。省市领导在香港发表讲话后，给了他新的转机。看来，问题的解决已见端倪。

在潍坊，记者也曾采访过亚光电子有限公司、鸢飞大酒店等中外合资企业。所到之处，中外管理人员对行政部门的干预实在是难以招架。记得亚光电子有限公司日方总经理首藤靖先生曾对一些部门频繁的检查、集资、开会等感到无法理解，对那些指手画脚的行政命令，更是厌烦之至。

中外合资企业内部要按国际惯例进行管理，但在外部，也应按国际惯例来对待。要按《中外合资法》《企业法》办事，尊重企业的权力，摒弃旧的官僚主义的工作作风，以新的工作姿态和知识水平对待合资合作企业，在全社会形成一个关心扶持外资企业的风尚：少些干预、多些支持！

法治的磁力效应

我们潍坊代表团初到深圳时，开始个个都睁大眼睛审视这个众说纷纭的花花世界，然而理性认识却告诉我们，这里并不像在家时听说的那样神秘、离奇和不可捉摸。反而相比内地来说，有一种清新、幽雅、向上、安定的感觉，文明用语还比北方多了一个“真不好意思”，社会秩序也十分安定。是日，记者特地拜访了深圳市委宣传部新闻出版处邝处长。他说，前几年深圳在国家整顿压缩报刊的情况下，特地办起了《深圳法制报》宣传法治，增强特区人民的法治观念，以形成良好的投资环境，把外商吸引过来。介绍之中，真觉得深圳人在各方面都技高一筹。

7月17日上午，记者采访了下榻西湖宾馆的青州洽谈组的领队——青州市人大常委会副主任王方仁和副市长宋宝金。赴深圳前，王主任刚刚考察了烟台、青岛等地人大在发展外向型经济中作用的经验，提起这个话头，他颇有些见解：法规的完备和监督实施的情况，对外商投资有着向心力还是离心力的磁效应。人大应协助政府搞一些地方性法规，同时协调司法部门保证外商合同的顺利实施。不然，说了不算，算了不说，谁敢来合作？他还列举了一家企业因没有按法律程序办事，一下损失1000多万元的惨痛教训。

在深圳市，他们专门设立了对外经济公证处，公、检、法各司法部门也专门设立了一些相应的机构。诚然，潍坊不是深圳，但深圳作为经济特区，在前面为我们趟出了一条不可多得的路子。

一个雨过天晴的上午，我们来到位于深圳市区西侧的蛇口工业区，站在由邓小平同志亲手题写的“海上世界”——华明号舰船上向南眺望，伶仃洋波光粼粼，伶仃岛及香港北部沿海遥遥在望。就在这里，著名抗元将领文天祥留下了“人生自古谁无死，留取丹心照汗青”的不朽诗句。在蛇口赤湾沿海矗立着林则徐那铁骨铮铮的铜像，当年抗击英国侵略军的炮台依稀可见。然而，更为壮观的是如今由香港招商局兴办的兀然林立的工业大厦群，显得分外兴盛。历史的浪潮在这里翻涌了几千年，终于像遇上了新的造陆运动，这块土地垫着历史的旧迹迅速崛起了。

踏着深圳这块滚热的土地，眼望香港朦胧的景象，油然想起华夏文明摇篮的齐鲁之邦，不禁感到一种倾斜感：眼前的深圳湾奔腾不息，伶仃洋在呼唤不已。它呼唤着外商，更呼唤着我们迎头赶上来。

留在沂蒙青山的记忆

北中国大平原上的乡村记忆，一望无际的沂蒙山水是最能撩人乡愁和悠长回味的风俗画。郁郁葱葱的夏季，几场骤雨刚刚停歇，一碧万顷的瓜果林木便遮天蔽日笼罩四野，十里稼穑寄寓着胼手胝足人们的愿景与希冀，也烙印着一个时代的欢乐与忧伤。而令沂蒙山人念兹在兹难以忘怀的是，在民族危亡之秋，是谁不顾生死，引领自己跨越沟沟坎坎，走过峥嵘岁月；当抗日军队走进沂蒙山区，他又为寻觅和打造更为坚实宽广的铜墙铁壁，又经历了怎样的隐忍牺牲和奋斗进取？

沂蒙山区的沂水县诸葛镇中心地带有条河，一年四季，水温宜人，常年流淌，人们亲切地唤它暖阳河。暖阳河的发源地是位于诸葛镇西北方向大约8公里的上华村。上华村建于元代，有着悠久的历史、丰厚的文化底蕴和优美的自然风光，是个远近闻名的小山村。村中曾经出过一个货郎，在抗日战争、解放战争中，为党和人民出生入死，做出过非同寻常的牺牲和奉献，被人们亲切地称为“红色货郎”。

他就是优秀的共产党员，忠诚的革命战士，土生土长的沂蒙山人——靳玉瀚。

1903年，靳玉瀚出生在上华庄一个破旧的茅草房里。靳家在上华庄算得名门望族，一直人丁兴旺。但人丁兴旺在那个兵荒马乱、资源匮乏的年代，不一定是好事。靳玉瀚家，就因为兄弟姐妹6个，常常是吃不上饭穿不上衣。靳玉瀚从小最大的梦想，就是将来出去做生意挣钱，让全家人吃饱肚子、有衣服穿。

靳玉瀚从小脑子灵活、胆子大，喜欢做买卖。赶集上店卖东西，别的孩子愁得慌，他不但不犯愁，还以此为荣、以此为乐。

靳玉瀚十几岁那年，家里种的葱吃不了，母亲对父亲说：种的葱吃不了，要不你拿集市上卖了吧，卖几个钱换点柴米油盐什么的，比烂在地里糟蹋了好。

父亲是个老实巴交的庄稼汉，从来没卖过东西，很犯愁。于是说：几棵葱还出去卖钱，我可丢不起那个人。穷死我也不去卖。

靳玉瀚听见了，对父亲说：你不去我去。

靳玉瀚说完，拿起草筐跑了出去。下午，靳玉瀚笑嘻嘻地回来了，对母亲说：娘，咱的葱都让我给卖光了。

说着，靳玉瀚拿出一把卖葱得来的零钱交给了母亲。

从此以后，靳玉瀚做生意就上瘾了。家里只要有用不了能换钱的东西，甭管是黄瓜、辣椒还是青菜，他都拿到集市上卖。

靳玉瀚小的时候上过两年私塾，在当时的小山村，也算得上是一个文化人。他头脑灵活、擅于计算，而且能说会道，每次卖东西不仅卖得快，价钱还比别人的高。

本村有个姓周的，开了一家杂货铺。他看上了靳玉瀚，就请他到杂货铺里当伙计。一段时间后，又给他置备了一副货郎挑子，弄上一堆针头线脑哨子糖果，让靳玉瀚下四乡。

当伙计只管吃不给工钱，靳玉瀚每天都给周家挣不少钱，可没有一分是他自己的。这样下去，怎么能挣钱养家呢？于是，靳玉瀚离开了周家，自己借钱置备了一副货郎挑子单干。

自己干了一段时间，靳玉瀚又不满足了。因为卖些针头线脑，本小利薄，混个吃喝可以，想挣大钱不可能。靳玉瀚瞄准了一些大生意。他发现北方的药材、蚕丝在南方很有市场。于是，靳玉瀚从沂源、潍坊一带贩运药材、蚕丝，从沂河走水路，运到江苏新沂、徐州一带卖。

经过几年的努力，靳玉瀚已经从一个走街串巷的小货郎，变成了远近闻名的大商人了。

走南闯北做生意，靳玉瀚并不是一帆风顺，经常遇到兵痞抢夺、地痞霸市。他的思想也发生了改变，他想到，即使自己再有钱，国家不安定，老百姓的日子也不会好过。可到底怎么改变呢？一时还没有主张。

当地有些进步青年，时常向他灌输一些进步思想。这时候，他看上了共产党，感觉共产党才是为老百姓着想的、救劳苦大众于水深火热之中的那些人。于是，1933年3月，在本村地下党靳士英、靳玉坡的介绍下，靳玉瀚光荣地加入了中国共产党。可是，几个月后，由于变故，靳玉瀚与党组织失去了联系。

那次变故就是“暖阳暴动”的失败。

地下党发展到了一定规模，有人就组织暴动，推翻腐败的国民政府，建立和谐、民主的新政权。只是由于敌强我弱，有些操之过急，暴动失败。

在这次暴动当中，许多革命同志牺牲了，没有牺牲的，大多数身份已经暴露。国民政府开始了血腥镇压，中共沂水县委遭到毁灭性的重创。

诸葛镇一带的地下党组织主要领导人李鸿宝等人被迫远走东北，中共沂水县委主要负责人邵德孚、韩文卿等人被捕入狱。沂水县委特别支部书记谢梅村潜回河南老家，第二年春天被抓捕，后来叛变成了国民党军统特务。

靳玉瀚虽然与党组织失去了联系，但他同其他众多地下党一样，没有忘记自己的责任和义务，更不会停止对革命理想的向往和追求。

他与靳士英、靳玉坡等地下党一起，继续为党工作。他们暗中发动群众抗交国民政府的苛捐杂税，并利用晚上时间到各家各户发送传单，宣传共产党的革命主张。

抗日战争爆发以后，沂蒙山区党组织开始活跃起来。随着一个个革命组织的建立，共产党的革命工作走上了正轨。那些失去联系的地下党终于找到了组织。

1938年秋天，在地下党员李德民、宋永和的介绍下，35岁的靳玉瀚又回到了中国共产党的怀抱，并担任村里的抗日自卫团团长。

这时候的靳玉瀚，已经不再做贩运生意。他和马家河北村村主任王金增一起，以一家染坊为基础，创办了诸葛纺织合作社。并以纺线、织布、印染作掩护，为八路军做后勤物资采购工作，采购八路军急需的药品、粮食、枪支、弹药。后来，又进一步发展壮大，成立了沂蒙山区第一家由共产党领导的供销合作社——沂蒙供销合作社。

靳玉瀚身材高大，力大无穷，说话声音洪亮，为人刚正不阿。他讲义气、重品行，做事大气、公道、吃亏在先，生意做得好、威信也高。无论是在本村还是在附近村，只要是他号召的事，没有不响应的。在他的经营下，沂蒙合作社越搞越大。

1941年，日军对沂蒙山区抗日根据地开展大规模的秋季大扫荡。靳玉瀚接到上级命令，为了保存实力，让他跟随诸葛区的中共“党政机关”一起转移到安全地区。此时的沂蒙供销合作社和靳玉瀚的家人为了躲避敌人搜捕，已经搬到了百谷村（现在叫秀峪村）。靳玉瀚要走了，家人难免要担心，老婆和孩子全都哭哭啼啼、依依不舍。老百姓也流露出担心和害怕。为了鼓舞广大民众的抗日士气，靳玉瀚指着村里的几棵桃树和杏树说：别看小鬼子现在张狂，过了年咱再打回来，一定误不了吃桃吃杏。

靳玉瀚的话，为老百姓壮了胆，对战胜困难、渡过难关，充满了信心和决心。

靳玉瀚并没有食言，他又回来了。但不是在桃杏成熟的时候回来的，而是提前回来了。他是大年三十悄悄回来的。这次回家，并不是享受天伦之乐的，也不是回来过年的，他是带着任务回来的。

靳玉瀚回家，并没有带鱼带肉，只带回来几把花生。几个孩子看到父亲回来，全都扑了上去。靳玉瀚慈爱地一个个抚摸着孩子的脸。然后，靳玉瀚把藏在腰里的几把花生掏出来，给了女儿一把，给了大儿子一把，给了小儿子一把。女儿和大儿子心满意足地吃起来，可不懂事的小儿子却嫌少哭着还要。靳玉瀚于是把腰里的带子解下来一抖搂，说：你看看，没有了。

没想到这么一抖搂，一把手枪掉了出来。小儿子不知是什么东西，上去就抢。

母亲过来了，一把拉过小儿子说：那是火镰，你抢那个干什么？

靳玉瀚回家后，按照当地风俗去祖坟上上坟，磕了几个头，回家吃了一碗象征过年的素馅水饺，便在妻子儿女的恋恋不舍中消失在茫茫夜色中。根据上级指示，他要趁家家户户喜迎新春之际，到刘家河北村召集地下党召开秘密会议，恢复成立中共诸葛乡党委政府，商讨下一步如何反击日寇的疯狂扫荡和如何在敌人的严密监控下为八路军前线搞到尽可能多的急需物资。

会议地点选择在一个秘密的屋子里（地窖），会议议程进行得很顺利。不但商量好了下一步对敌斗争的方案，还选举产生的新一届党委政府领导成员。李树平被选为乡长，靳玉瀚被选为副乡长。可是，正当靳玉瀚一行为会议的胜利召开而欢呼的时候，只听“轰嗵”一声枪响，接着，一群荷枪实弹的国民党士兵像潮水一样围了上来。靳玉瀚没等反抗，就被抓了起来。

这到底是怎么一回事呢？

原来，这些国民党兵属于国民党51军677团特务队。前不久，中共沂北县大队和诸葛区中队与他们在卞山一带有过一次摩擦。这次摩擦是国民党军队企图攻下卞山企图削弱共产党的武装力量。可共产党并不是好惹的，他们不但没有攻下卞山，还被打死了4名国民党军队士兵。国民党军队头目很是生气，发誓要寻求机会报仇。

靳玉瀚他们在刘家河北村开会的事被国民党军队内线知道了。国民党军队51军677特务队听到消息以后，感到报仇的机会到了。于是，他们快速集结了一支部队，悄悄赶来了。靳玉瀚他们听到的第一声枪响，就是国民党军队打的。他们一枪把靳玉瀚他们设立在村头的哨兵打死了。

靳玉瀚、李树平和二十几名诸葛乡公所的人员全部被捕。

国民党军队抓捕靳玉瀚他们，有两个目的，一个是报损失4个士兵的一箭之仇。他们把靳玉瀚他们押到一个河崖下面，活埋了4个乡公所的人员，算是报了仇。可他们还不罢休，他们还有第二个目的，就是让靳玉瀚他们交出藏匿的枪支弹药和军需物资。

枪支弹药和军需物资那是送到前线打鬼子的，怎么能送给国民党军队呢？得不到这些东西，国民党军队就对靳玉瀚他们严酷审讯。

首先，国民党军队把靳玉瀚他们吊起来用皮带抽。然后，灌辣椒水、坐老虎凳，最后，用竹签穿手指。

敌人知道靳玉瀚经营着一个沂蒙供销合作社，也是八路军军需物资供应的主要领导者，手中一定掌握着很多物资装备，对于他的审讯，更加严酷和狠毒。可无论敌人采取多么歹毒的酷刑，靳玉瀚一口咬定自己只是个卖犁头、针头线脑的小商贩，其他什么都不知道。

51军特务队无计可施，便押着靳玉瀚一行离开诸葛镇，准备带到国民党军队防区里，再行审问。

当时的国民党苏鲁战区司令部在沂水的圈里村。51军、57军的很多部队驻守在日照、莒县、莒南以及沂水东北部、安丘西南部一带。

国民党军队先把靳玉瀚一行带到莒县的天宝。可让国民党军队没想到的是，国民党军队677特务队和靳玉瀚一行，连同驻扎在那里的一个团，被扫荡的鬼子包围了。

靳玉瀚他们的遭遇牵动着中共地下党领导的心，营救行动一直在紧锣密鼓地进行。

诸葛镇几个村的庄长和地下党员组成的保释团带着钱物来到了天宝村，找到51军特务队的领头进行交涉。当时正值国共合作时期，国民党军队不想把事情弄得太僵，惹怒共产党。再加上有钱领路，当前形势紧张，这些见钱眼开的国民党军队很快同意放人，保释工作顺利完成。

临行前，有个国民党军队副官出来假惺惺地说：抓你们的人也不能光怨我们。你们的部队和我们搞摩擦，打死了我们4个士兵。今天放你们回去，希望让你们记住，不要再和国民党军队搞摩擦了。

那个副官又说：我们今晚被日军包围了。你们突出去80里路，就不危险了。

靳玉瀚一行在当地群众和地下党的帮助下，顺利地突出了日军的包围圈，安全到达诸葛乡。

靳玉瀚并没有立即回家。他并不是不想家，而是他浑身是伤，衣服全被血液浸湿又被风吹干贴在身上取不下来。这么血头血脸地回到家，一定会把妻子和孩子吓晕的。

靳玉瀚先去了诸葛村六大嫂家。六大嫂在铜盆里放上温水，用手沾着温水在靳玉瀚的前胸后背慢慢拍打，等把血衣全部拍打润湿变软以后，再慢慢把血衣一点点都揭下来。六嫂子找了一件棉袄给靳玉瀚穿上回家了。

靳玉瀚回到家，让一家人悬着的心终于放下来了。可当妻子看到靳玉瀚满身伤痕的时候，不由心疼得痛哭流涕。

靳玉瀚安慰妻子说：你看你，哭什么啊，我这不好好地回来了吗？

1942年秋天，日伪军再次对沂蒙山进行更加残酷的大规模拉网式铁壁合围大扫荡，并对物资流通市场进行全面封锁，目的就是切断八路军游击队与老百姓的一切联系，切断八路军游击队的一切物资供应，把他们困死、饿死在大山深处。抗日形势进入了最为艰苦的时期。

为了打破鬼子的封锁，粉碎敌人的痴心妄想，共产党号召全体革命者自发地行动起来，自力更生，生产救灾。

靳玉瀚在他的沂蒙供销合作社内，针对八路军前线急需大量布匹做过冬军装的现状，率先组织发动群众开展土纺土织。

他自己先学会织毛衣、毛袜，再把技术传授给群众。

为了尽快把生产自救推向高潮，靳玉瀚从高桥村请回来织土布机匠来传授织布技术。

他让只有16岁的大女儿靳庆超和只有十二三岁的大儿子靳士存跟着学织布。后来，又把生活困难的军属和村里的孤儿、寡妇组织起来，建立了织布工厂——抗属工厂。女儿和儿子成了工厂里的师傅。

经过靳玉瀚的不懈努力，短短的几个月时间，他就在诸葛乡一带发展成立了32家纺织社，纺车达到了3500架，织布机290台。

整个诸葛乡一带的群众全都被发动起来了。每一间民房里都有七八辆纺车，每一户都有十几辆纺车在飞速地旋转着，每一个村几乎听不到其他声音，到处传来纺车旋转发出的蜂鸣声。

在纺织社的基础上，靳玉瀚又组织群众办起了运输、医药、生产、生活资料等多个方面的区联社。各个联社在靳玉瀚的带领下，冒着生命危险从敌占区买回棉花，解决纺织社的原材料问题；买回食盐、药品等紧缺物资，解决了抗日军民生活之需；用蚕丝换回军火和军用品，装备日益壮大的抗日队伍。

每一次去敌占区，都是一次生死考验。

有一次，靳玉瀚到淄博购买蚕丝，被汉奸看出了破绽，追着抓他。

五六个汉奸从城里一直追到城外，眼看要追上了。靳玉瀚灵机一动，在一个拐弯处，快速地脱下身上的白褂子，往一个小桥下一丢。迅速跑到在树下乘凉的一个老大爷跟前，给了老大爷一些钱，简单交代了几句，拿起老大爷的破斗笠往脸上一盖，往树下一躺，装着睡着了。

汉奸跑过来了，并没怀疑装睡的靳玉瀚，对着乘凉的老大爷恶狠狠地问：刚才有个人往哪里跑了？

老大爷按照靳玉瀚的交代，向远处树木密集的河沟指了指。汉奸以为靳玉瀚真的向那河沟跑去了，吆喝着追了过去。

靳玉瀚听到汉奸的脚步声渐渐消失了，知道自己安全了，赶紧爬起来，向老大爷道了谢，在小桥下找到自己的褂子，从从容容地抄小道安全归来。

除了到敌占区搞物资，靳玉瀚还在原材料极度缺乏的时候独辟蹊径搞发明创造。用槐米染布，就是靳玉瀚的发明。

棉花搞来了，纺成线织成布，可做衣服的时候费难了：不能全用白布做军衣吧？八路军穿着白军装，那八路军就不是八路军了，成了白衣军了。不过，急需的颜料都被敌人封锁了，用什么染布呢？

一次偶然的机会，靳玉瀚想起了槐米。他在当货郎期间，曾经有人收购槐米，染制绿布匹。八路军的服装颜色，也许就从这里来的。靳玉瀚本着试试的心态，用槐米汁液染制白布，染出来的布匹，简直和八路军军装颜色一模一样。

于是，靳玉瀚组织群众采摘槐米，用碾子碾压，压榨出绿色的汁液，用这些汁液染制白色的土布，给八路军做军装。

单纯用槐米的汁液染制土布，颜色是土黄色。按照标准，这种颜色的布匹做八路军军装，有些不合格。但在那个物资极其缺乏的年代，靳玉瀚的这个发明创造，给八路军过冬解决了服装上的大问题。

搬来百谷村（现在叫秀峪村）后，靳玉瀚的家和供销合作社放在一起。这是租用的王永田家的院落，是一处普通的农家小院。可就是这个普通的农家小院里，靳玉瀚一家与这家主人王永田一家一起，不知掩藏了多少抗日物资和多少名八路军、游击队伤病员。

那么，王永田一家是些什么人？靳玉瀚咋放心把一家老小和那些珍贵的军备物资放在这里呢？

王永田家也是一个标准的革命家庭。家庭成员中有六个坚强的中共党员。王永田老两口最先入党，此后是儿子、儿媳，女儿、女婿。靳玉瀚搬来他家的时候，王永田还是村里国民政府的庄长。实际上，他这个庄长只是个幌子，明着是给国民党做事，暗地里却是给共产党八路军做事。给国民党做事是应付，给共产党八路军做事是真心实意。

王永田家西厢房底下有一个暗室，专门用来藏物资的。西厢房北旁边有一个暗洞，是专门用来藏伤病员的。

王永涛和靳玉瀚两家密切配合、同心同德，源源不断地向前线输送物资和救助伤员。

靳玉瀚创办的供销合作社后来改成了诸葛联社，最后发展为山东省有名的模范联社。当时担任新四军教导队训练处副处长的薛暮桥在华北地区一次财经工作会议上，对靳玉瀚的诸葛联社给予高度评价，他说：山东省沂北县诸葛联社，是全国联社中办的最成功、最受群众拥护的区联社。

薛暮桥在中华人民共和国成立后曾担任过政务院财经委员会秘书长兼私营企业局局长、国家统计局局长、国家计委副主任、全国物价委员会主任、国务院经济研究中心总干事等职，是中共财经界影响巨大的人物之一。他给靳玉瀚的联社评价这么高，可见靳玉瀚创办的诸葛供销联社是多么地有影响力，有着多么辉煌的骄人业绩。

1944年至1945年间，靳玉瀚先后两次出席鲁中区劳动模范大会，被授予劳动模范称号。其中一次的奖品，是一块“劳工神圣”的奖匾。还有奖励给他几架织布机和纺线车，靳玉瀚带回来全部捐给了抗属工厂。

1945年，靳玉瀚又以合作劳模的身份被推荐为山东地区人大代表，参加在延安召开的全国人民代表大会。只是让人遗憾的是，由于形势变化，在行至河南濮阳时，接到上级命令被迫返回，但在他心里，这是他一生的荣耀。

1947年，靳玉瀚调任鲁中沂山推进社副经理。可就在这个时候，一次严酷的考验来了。

刚上任不久，沂源县东里镇一带，就发生了严重的瘟疫。最多的一天，全镇死了一二百人。

情况万分紧急。靳玉瀚接到上级命令，要求他们利用供销社所属的医药合作社，一方面加紧收购治疗和防治瘟疫的中药材，一方面快速组织沂水境内的著名中医，抓紧制定治疗和防治方案，开始救援。

靳玉瀚一面组织中药材，一面组织中医医生。很快，一批药材集中起来了，十五六个著名中医被请到。在这些中医中，刘惠民医术最为精湛。也是这个刘惠民，帮了靳玉瀚一个大忙，控制住了瘟疫的蔓延，挽救了广大人民群众的生命。

刘惠民原名刘成恩、刘德惠，1900年出生于沂水县黄山铺乡胡家庄村一个富裕家庭。他自幼酷爱医学，幼年即拜本村名医李步鳌为师。1920年，远赴奉天，在名医张锡纯先生创办的奉天立达中医院学习和工作。两年后，考入全国名医丁仲祜主办的上海中医药专门学校学习，毕业后回故乡行医，治愈了无数病人，突破了许多疑难杂症的瓶颈，名冠齐鲁。

刘惠民根据瘟疫的特点，结合自己多年的行医经验，精心研究出一个处方，然后，按照处方抓药，配送到各地。

疫区灾民服用了刘惠民的药以后，瘟疫很快被控制住了。为了彻底根除瘟疫死灰复燃，刘惠民又按照处方配备了一批草药，让干部把草药浸泡在各村的饮用水井里。群众只要喝水，就得喝含有药草的井水。这样一来，有病治病、没病防病，从根本上清除了瘟疫。

由于行动快、效果好，短时间里控制住了瘟疫，挽救了万千生灵的性命，上级表彰了靳玉瀚。

这次控制瘟疫，刘惠民帮了靳玉瀚的大忙。但在另一件事上，靳玉瀚又帮了刘惠民一个大忙。

可是，肆虐的瘟疫刚刚控制住，山东大规模的土改运动轰轰烈烈开始了。党内交权给“贫雇团”，一切由贫雇农说了算。在这次运动中，众多拥有土地的地主富农遭到严酷打击。刘惠民家由于土地多，被列入了重点打击对象。

沂水县黄山铺乡胡家庄村的土改工作队派人赶到沂源，要求把刘惠民带回村里接受批斗。

靳玉瀚知道，贫雇农异常仇恨这些有土地的地主富农，很多地方的地主富农在批斗过程中被殴打致死。刘惠民家里是有些地，当他家和那些为富不仁的地主、富农还是有区别的。这么些年来，刘惠民不但没有盘剥老百姓，没有作恶，反而利用他学到的医术，救助了无数性命。这样的名医一旦被打伤或者被打死，将给社会带来多大的损失啊。

想到这里，靳玉瀚冒着犯政治错误的危险，找到了沂北县负责人，以沂源县瘟疫极其严重，没有刘惠民疫区疫民就会大量死亡为由，强烈要求留下刘惠民。县委领导也害怕疫情再次蔓延，就同意了靳玉瀚的要求，刘惠民逃过一劫。

全国解放前夕，靳玉瀚更忙了。八路军节节胜利，可需要的物资装备也越来越多。如何保证好前线将士的后勤保障，支援前线，是摆在靳玉瀚面前的最重要的工作。

每天从早到晚，靳玉瀚和合作社人员奔走在乡间小路上，采购大量的军需物资。然后，源源不断地输送到解放前线。同时，他还要时刻防止和打击那些不法商贩搞投机倒把、哄抬物价，扰乱社会秩序。

靳玉瀚组织起大量的布匹、食盐等老百姓急需商品投放市场，这样既稳定了市场物价，保证了人民群众正常的生产、生活所需，又保证了前方部队的物资供应。

这项工作非常难做。特别是在那个社会秩序尚不平稳、各种物资极为贫乏、各种矛盾凸显的非常时期，尤为难做。靳玉瀚为了做好工作，可以说是绞尽脑汁、倾注了全部精力和热情。

新中国成立以后，靳玉瀚先后担任沂水专社主任，临沂专社副主任，临沂专署商业局副局长、专社主任，中共临沂地委委员等职。

靳玉瀚在担任领导职务期间，始终严格要求自己，清正廉洁。他每次出差，能步行的尽量步行，连自行车都舍不得骑，汽车更不坐。

到基层吃饭，从来都是自掏腰包，绝不接受基层单位的宴请。

有一次，靳玉瀚和一名随从工作人员一起出差，可由于疏忽，两个人只带了一个人的饭费。到了午饭时间，他们来到一个饭店，把饭菜买来让随从工作人员一个人吃。随从不吃，坚持让领导先吃，靳玉瀚撒谎说：你吃吧，我胃有些不舒服，不想吃。

说完，喝了一碗热水起身走了。

随从信以为真，急急忙忙吃完饭，追出来还问要不要去医院。靳玉瀚笑笑说：不碍事，老毛病了，饿一饿就好了。

后来，随从知道实情以后，感动不已，夸赞靳玉瀚是他一生见过的最好的领导。

1964年11月，60岁的靳玉瀚脱离了领导岗位、离开优越的城市生活、离休回到了老家上华庄。由于年事已高，又加上常年征战多次负伤，以及常年操劳，积劳成疾导致多种疾病缠身。但靳玉瀚在家乡并没有闲着，他要发挥余热，给老百姓做点好事。

大儿子当时担任村里的党支部书记，看到村里的山光秃秃的，就要求儿子植树造林、绿化荒山、儿子说村里经济基础差，暂时还没有力量做，等以后有了钱再做吧。

靳玉瀚可等不下去。他组织了一帮人，拿出自己的工资，买树苗，上山植树造林。树栽上了，没有水难以存活。靳玉瀚又拿出钱来，买炸药炸石头、买水泥抹缝，修建水渠。

靳玉瀚为了修水渠，60多岁的人了，照样和年轻人一起搬石头，常常累得夜里尿床。儿孙们于是劝他：不要再干了，既然已经离休了，就要真正地休起来，好好地歇一歇，安度晚年吧。

靳玉瀚对这些话非常反感，瞪着大眼说：一个人活着就要有活儿干才行，整天闲着无所事事，跟行尸走肉有什么区别？况且我是拿工资的国家干部，离休回来只拿钱不干活，我心里感觉对不起党和人民。

儿孙们见劝阻不了，也就由他去了。

水渠修到河边，有一段是要站在水里垒砌。那个冬天天气很冷，河里结了冰，大家都穿着棉裤棉褂和棉鞋，谁都不乐意站到冰冷的河水里去。靳玉瀚一看，二话没说，脱掉棉鞋，挽挽裤脚，说下水就下水了。他毕竟是60多岁的老人了啊，而且还一身病，怎么能和年轻人相比呢？可尽管这样，他还是站在水里，咬牙坚持。

其他村民一看，全都感动了，纷纷脱掉棉鞋走到水里。经过大家的共同努力，那段水渠很快就修好了。

靳玉瀚是个正直的人，看到社会上的一些不良现象，只要让他遇见了，他一管到底。

遇到空闲时间，靳玉瀚总是来到诸葛公社到处转一转、看一看，他来这里，可不是闲逛的，而是来找事的。

他经常去的地方，是他创立的诸葛公社供销社门头和饭店。去门头看一看，服务员的服务态度怎么样。去饭店看看饭菜卫生怎么样，饭菜的价格合不合理。无论在哪个地方发现了不合理或者不满意的地方，他都会马上提出批评，要求立即改正。

有一次，靳玉瀚发现老百姓到供销社饭店里喝开水还要收钱，他生气了，找到饭店负责人说：供销社饭店是人民的饭店，怎么老百姓进来喝口水咋还要钱呢？从现在开始，任何人不准收钱。

从此以后，供销饭店再也没收过茶水费。

靳玉瀚离休回家后，生活一直很简朴，总是吃最简单的饭，穿最破旧的衣服。那时靳玉瀚每月工作100多元，老师的工资才29元。他生活那么俭朴，把余下的钱全部用在了公益事业上了。

靳玉瀚还有一个习惯，就是凡是能自己承担的费用，一律不用国家出钱。

他是离休，吃药看病按规定是全额报销，可靳玉瀚不那么做，很多药费单据都压下来，不让儿女们拿去报销。

有一次，儿子靳俊彦回家，看到桌上有80多块钱的药单子没报销。那时报销药费要去民政局，正好他去那里办事，顺便把父亲的药费报销了。靳玉瀚知道后，接着给儿子写了一封信，信中说：党和人民给的钱太多了，那些药费单子不用报销啊！

儿子已经给报销了，这钱给父亲，父亲肯定不要。想来想去，儿子又添了5元钱，花了85元买了一台收音机给父亲送回去，对父亲说：你看报纸眼不行了，给你买了台收音机，让你听新闻。我还给你搭了5元钱呢。

靳玉瀚这才不埋怨儿子了。

不光药费靳玉瀚不让报销，就连工资，他认为也太高。他多次要求儿子，让儿子找领导给自己降低工资。在靳玉瀚心里，到什么时候，都认为自己做得太少而党和人民给予他的太多。

忠诚是靳玉瀚对党、国家以及人民最大的奉献。因为忠诚，他一路走来，尽管有千难万险，尽管有流血牺牲，他都义无反顾、无怨无悔；因为忠诚，无论在什么时候在什么环境下，他都在默默无闻地为党和国家做着自己力所能及的工作，尽心尽力、一丝不苟。

树高千丈，落叶归根。1970年，67岁的靳玉瀚积劳成疾，走完了他充满艰辛而光辉的生命历程。但是在很多人心里，他还活着，老百姓记得他的点点滴滴，并将他那无私无畏的精神内化为自身学习、生活、工作的不竭动力，矢志不移地开创着一个新的天地、新的生活。调皮的孩子经过他洒下银铃般的歌声，幸福的情侣经过他说着甜甜蜜蜜的话儿，蹒跚的老人经过他回忆着曾经的故事。松涛阵阵，青山陪伴，靳玉瀚的辉煌事迹永在，激励着一代又一代沂蒙儿女继续前进！

英雄时代

1942年4月2日深夜，春寒料峭，古老的沂水县城，四名青年人坐在一家当铺一盏昏暗的油灯下正小声商讨着什么，他们看起来面色消瘦但一双双聪敏的眼睛闪着矍铄的光芒。一位青年人一边聆听，一边奋笔疾书，他手肘下压满了刚才谈话的内容；还有一名青年人一边讨论一边警惕地盯着窗外，外面一有风吹草动，他们就按照原计划赶紧撤退。这四名热血青年分别是：王敬斋、邵德孚、鞠百实、张希周。就在这个寒风习习的夜晚，中共沂水党支部成立了！

当时的社会环境可谓异常恶劣。日本“烧光、杀光、抢光”三光政策蹂躏下的沂蒙山区，到处尸横遍野、血流满地。在这个时候冒着生命危险成立党组织，是谁给了这四位年轻人力量？他们为什么选择在这个时候在沂水成立党支部？而在那个战争残酷的年代他们以后的革命道路又能走多远？

沂水，地处沂蒙山腹地。从秦代置县，到隋朝开皇十六年确立沂水之名，历经2000年。沂水辖区面积一度占据沂蒙山区总面积的五分之二，是一个名副其实的大县、重地。沂水县南与临沂交界，北与临朐、安丘接壤，东与莒县为邻，西与蒙阴、淄川毗连。这里深受齐国重商的影响，也受到鲁国重礼的浸染，同时，由于临近江浙，吴越重文之风多有吹拂，使其历史文化积淀丰厚而多元，从而形成了广大民众好学、上进、朴实、真诚、忠诚、憨厚的性格特点。

但是，在那血雨腥风的黑暗年代，这些优良的传统和淳朴的民风被杀戮和残暴侵蚀得千疮百孔、体无完肤。有压力就有反抗，有暴力就有斗争。从1905年8月孙中山在日本发起成立同盟会开始，就有沂水人响应。最先加入同盟会的是当时正在日本留学的沂水人刘佛缘和周瑞麟。不久，居住在济南的沂水人刘次哲积极响应，率先加入。随后，他又把自己的四个儿子刘彤霖、刘湛霖、刘淦霖、刘溥霖先后带进同盟会，参加革命。

1906年，周瑞麟从日本毕业回国，在家乡沂水县城创办了第一所公学，并以公学学校为活动基地，暗中发展同盟会会员。周瑞麟的活动引起了当地封建势力的注意，学校被捣毁，公学被迫停办。

但周瑞麟是不服输的人，也是一个坚定的革命者。他冒着生命危险继续联络同盟会会员，终于在1908年农历正月，第二所公学宣布成立。

周瑞麟等人在师生中继续宣传同盟会的政治纲领，很快，郑瑞麟、杨宝林、高莜山等二十余名进步师生成为同盟会会员，成立了沂水同盟会，周瑞麟被推为会长。

沂水同盟会的成立，在反帝反封建、争取民族自由的革命道路上，为沂水人点燃了第一把圣火。

1911年，辛亥革命爆发，沂水同盟会积极响应，刘次哲、周瑞麟、刘溥霖、郑瑞麟、高莜山、杨宝林等义无反顾，投身到革命浪潮之中。

1913年，袁世凯复辟，到处抓捕革命党人，周瑞麟、郑瑞麟、杨宝林、高莜山四人身陷囹圄。不久，周瑞麟死于狱中。

1915年，刘溥霖在反袁运动中被捕，次年惨遭杀害、英勇就义。

一连串的变故，沂水县的革命组织元气大伤、损失惨重。但沂水县有识之士追求光明和自由的梦想没有泯灭，革命火种没有熄灭，而且正在积蓄能量，一旦爆发，将会形成燎原之势，势不可挡。

1921年7月，中国共产党在风景秀丽的浙江嘉兴南湖宣告成立。这标志着中国革命进入了一个崭新的历史时期，更标志着灾难深重的中国人，在争取民族解放和民族独立、实现国家振兴的道路上，有了一个凝聚和组织全国革命力量的领导核心，有了一套以马列主义思想为指导的切合中国革命实际的先进的科学理论体系，有了一个能够代表广大人民利益并密切联系群众、组织上坚强有力的伟大政党。

1923年，在上海大学读书的沂水九区人刘一梦，就光荣地加入了中国共产党。他是沂水县乃至整个沂蒙山区的第一个共产党员。

刘一梦是个作家，他同情基层劳苦大众。写过一本书《失业之后》，就是介绍了一些工人失业之后的生活潦倒的悲苦景象。这本书语言新潮、叙事合理、用词准确，是一本难得的好书。鲁迅先生看了以后，给予这本书高度评价。

刘一梦入党，开启了沂水人加入中国共产党组织的先河，而李清漪和王敬斋的相继加入，像两粒火种，在沂水县这块古老而丰厚的土地上，燃起了熊熊烈火，开启了红色革命的新篇章。

李清漪，字泮溪，1902年出生于沂水县下胡同峪村。父亲李祥林，饱读诗书、深明大义、思想开明。虽出身地主家庭，但同情劳苦大众，常以行善为乐。

清朝末年，李祥林带头剃掉辫子，反抗清政府的压迫。民国初年，他贡献家中房产、财物，在本村办起了第一所平民学校。父亲的善举，对李清漪产生了极大影响，也为李清漪以后走上革命道路、成长为一位职业革命家，打下了坚实的基础。

李清漪从小就聪慧过人、机智灵活。在本村上小学时，有一次老师和学生对对子。老师看到桌子上一盆水仙花正开的旺盛，于是随口说出一个上联：水仙花好看。

满屋学生大多抓耳挠腮、不知如何应对。李清漪略一思索以后，对到：山神苗可餐。

山神苗是当地一种野菜的名字，对水仙花，一草一花，堪称绝对。而好看对可餐，可谓恰到好处。

教书先生连连称好。从那次开始，教书先生对李清漪倍加关注，并对李祥林说：你儿子将来一定成大器。

1915年，李清漪以优异的成绩考入进步人士、同盟会会员袁秋溪创办的“下小诸葛高等小学”。在这里读书的两年时间里，李清漪各门学科都名列前茅，而且书法、绘画也颇见功底。他绘制的一幅“打倒列强”的漫画，在校内外引起了极大轰动。

李清漪为人耿直，接受新思想、新事物快。少年时期，心中就充满了旺盛的民族自尊心和强烈的爱国主义情怀，而且有着远大的抱负和理想。

1919年，五四运动爆发。17岁的李清漪考入了临沂“省立第五中学”。一年后，转入济南育英中学。在此期间，李清漪接触了一大批进步青年和爱国人士。对于国家的前途和民族的命运，有了崭新的思考和认识。1923年，李清漪考入中国共产党创办的高等学校——上海大学。

开学后，李清漪先在文学系攻读古典文学。

第二年，转入社会学系。在这里，学校为他打开了一片更广阔的知识天地。在这里，他接触了许多中国共产党早期的革命活动家陈望道、瞿秋白、邓中夏、蔡和森等。在这里，他不仅可以系统地研读马克思著作，亲自聆听中共高层革命家的教诲，参与进步学生开展的革命活动，还在瞿秋白的介绍下光荣地加入了伟大的中国共产党。

李清漪入党以后，一边上学一边参加革命工作。进入全国总工会后，在刘少奇的领导下开展工作。起初担任后勤文牍股秘书，不久被提拔为后勤部长。他的组织能力和领导能力得到了有效发挥，受到刘少奇的极大赏识和高度评价。

李清漪入党的那年冬天，在淄川洪山煤矿一间被煤烟熏染得四壁乌黑的草房里，王敬斋面对中国共产党党旗举起了宣誓拳头。

王敬斋，原名王守信，又名王诚信，曾化名王守三。1902年出生于沂水县城东关街一个小业主家庭里。

1917年夏天，15岁的王敬斋高小毕业，被安排到军械讲习所当学徒。此后不久，转做小学教员。

1921年春天，王敬斋为生活所迫，辞掉小学教员职务，到淄川洪山煤矿做了一名职员。工作中，王敬斋认识了中共中央派到洪山煤矿的特派员王用章。

王用章利用一切机会给王敬斋讲述马克思主义理论，使王敬斋的思想观念有了根本的改变和提升，逐渐从寻求生活的温饱和个人的幸福，转到对国家前途、民族命运的关心和思考上来。从而一步步理解和接受了中国共产党，并树立了为共产主人奋斗终生的革命理想信念。

1924年，在王用章的帮助下，王敬斋发动工友组织起了矿业工会，参加反对日本和中方资本家压榨工人、以此维护工人利益的革命运动，成了矿区工人运动的骨干力量。

王敬斋的能力水平和革命激情，得到王用章的高度认可和信任，1924年冬天，王用章亲自介绍他加入党组织，并任命他为洪山煤矿的党小组组长。

1926年2月10日，主管洪山煤矿的鲁大公司的资本家，以“货多难出手，出手难收钱，营业即亏损”为借口，准备关闭一部分煤矿、裁剪掉一部分工人。这样一来，将有几百名矿工失业，几百个家庭面临忍饥挨饿的困境，而刚刚成立起来的党组织，面临被拆散的危险。

针对这种情况，中共山东地方执行委员会提出了“保持俱乐部之组织与取得群众之信仰之领导地位，联合各界同情援助，写信恫吓厂主”等原则。但由于淄川洪山煤矿俱乐部领导人幼稚胆小，未曾执行党的决定，致使资本家安然无恙地裁剪掉了680名工人。这其中，就有24名中共党员。俱乐部副委员长卢福坦、骨干黄文、党小组组长王敬斋等骨干力量都在被裁减之列，这对下一步开展对敌斗争十分不利。

为了挽回损失，变被动为主动，中共山东地方执行委员会选派刘俊才、李春来亲临淄川洪山煤矿，配合矿区党组织秘密发动被裁减和未被裁减的矿工分别成立“失业团”和“后援会”，同资本家开展斗争。

鲁大公司迫于压力，要求工人选派代表谈判。王敬斋、卢福坦和黄文被推选为代表。三个人慷慨激昂、寸土不让，历经半个多月艰苦斗争，终于迫使长方答应了工人提出的大部分条件。

在这次斗争中，王敬斋的临场应变能力、组织协调能力得到了进一步施展，深受上级党组织的好评。

1926年4月，中共山东地方执行委员会根据中共中央的指示，选派一批优秀党员，到广州参加毛泽东担任所长、萧楚女任教务长，周恩来、瞿秋白、吴玉章、彭湃、邓中夏等同志任教员的农民运动讲习所学习，一直表现优秀、被山东党组织列为重点干部培养对象的王敬斋有幸成为山东地区选派的学员之一。在那里，亲自聆听到了中共高层革命家讲授的有关农民运动开展的各种课程。

1926年9月，王敬斋结束在农民运动讲习所的学习，带着满腔热忱回到了山东。11月，根据革命需要，王敬斋被中共山东区执行委员会派回沂水县从事地方党的建设和革命工作。

此时，王敬斋已经离开家乡达五年之久，对沂水这个生他养他的土地，感到既熟悉又陌生。但他心中一团革命的火焰正在熊熊燃烧，他要将这团火烧遍沂蒙大地，烧掉那些腐败变质的枯枝败叶和芜杂之草，让红色的革命种子在这片古老的大地上生根发芽、开花结果。

就在王敬斋回家的三个月之前，李清漪也回到了沂水老家。

1925年秋天，即孙中山逝世4个月后，国民政府在广州成立，并建立了国民革命军。全国各界一致拥护，并要求北伐，消除各自为政的军阀割据局面、统一全国。次年2月，已与国民党首次合作将近两年的中国共产党在北平召开特别会议，明确当前的主要任务就是促使北伐。

在这种形势下，李清漪受命，随同上海大学校长于右任从上海出发北上，往来于北平、天津、保定之间，负责做国民党军队孙岳、邓宝珊部的联系工作，促其策应北伐。

李清漪经过坚持不懈的努力奔波，工作开展得很顺利，很快达到了上级要求的预期目标，但由于过度劳累，造成身体免疫功能下降，患上了肺结核和中耳炎。

为了保护党的优秀干部，经上级批准，决定让李清漪回山东老家治病休养，等身体完全恢复以后，再回上海工作。1926年秋天，李清漪取道青岛，回到了沂水老家。

李清漪回到家乡以后，并没有安心养病，而是抓住一切时机为党工作。

他从天津带回来一台油印机，同胞弟李清潍一起，创办了一份《农民小报》，自己写稿，自己编辑，自己刻印，自筹资金，把印刷好的报纸免费发放到附近村庄的农民手中，宣传中国共产党的革命主张。

另外，李清漪又自筹资金，和李清潍共同创办了一所农民夜校。通过夜校，教授农民看书识字的同时，大力宣传共产主义理想和信念，发现和培养革命的积极分子、扩大党在群众中的良好影响。

在这个时期，弟弟李清潍帮了很大的忙。

李清潍，字松舟，1905年出生。1921年，16岁的李清潍与徐寿年、刘益生等人考入青州省立第四师范学校。1923年，参加该校进步师生组织的“读书会”，研读《马克思主义讨论集》，开始接受马克思主义思想。是年春末，因参加要求改革校政、提倡学术自由的罢课学潮而被开除。同年8月，考入青岛商科职业学校。11月，在中共创始人之一的邓恩铭、王尽美的介绍下加入了中国共产主义青年团。寒假回家时，因家庭困难无力同时供养两个大学生，他自愿结束学业，让三哥李清漪继续完成学业。

李清潍回家后，从事教育事业。

李清潍在沂水县下小诸葛村教书。他从青岛回来时，带来了一些进步书刊，比如《晨钟》《向导》《中国青年》等等。教课间隙，李清潍把这些进步书刊送给其他教师阅读，利用一切时机，宣传共产主义思想。

哥哥李清漪回来以后，兄弟俩不谋而合，利用《农民小报》和农民夜校，一边教书一边秘密从事革命活动。

李清漪除了联同弟弟利用《农民小报》和夜校宣传共产主义理想、信念，还不忘培养和发现新的有生力量。李鸿宝，就是他最早发现的革命火种之一。

李鸿宝，字善亭，又名纪纲，1903年1月出生于沂水县西北乡埠前村一个进步地主家庭。祖父李振华，为人正直、乐善好施，在当地百姓中享有很高的声誉，在家族中具有极高的威望。

李鸿宝6岁时，祖父便聘请邻村李家营村的晚清秀才李善策到埠前村办私塾，教授李鸿宝等几个富家子弟和外村十几个孩子读书。李善策知识渊博，治学严谨。从启蒙学到“四书五经”，尽心教授，不遗余力。天资聪慧的李鸿宝接受能力强，一点就通，每学一课，过目不忘。十年下来，他“吸干了”老师平生所学，并写得一手好字。

李善策自觉江郎才尽，加之年事已高，执意辞去私塾塾师，回家养老。李鸿宝从此中断了学业，开始游历天下，一去就是5年。当时正值中国第一次革命高潮阶段，李鸿宝从游历中接触到了许多新思想、新观念。

回到家乡以后，他做出了一个令人意外而又轰动乡里的决定：开办庄户义学。

义学招收的对象，不是富家子弟，而是扛活的长工、放牛的娃子、出苦力的汉子、拿针线的妇女。

李鸿宝的父亲李发嵛虽然目不识丁，但思想开化、通晓事理。为了支持儿子办义学，他不仅贡献了自己家中的财力，还仰仗自己的威信，奔走于本族几位兄弟之间，筹措资金。由于父亲的支持，李鸿宝的义学开展很顺利，开学即招收到了100多名学员。

李清漪回家治病休养时，李鸿宝的义学办得正轰轰烈烈、如火如荼。李清漪听说后，对李鸿宝的举动大加赞赏，十分佩服。这样的有志之士加入到党的组织当中来，一定是一个难得的人才。于是，李清漪想尽千方百计，一定要和李鸿宝取得联系。如果把李鸿宝拉过来，沂北地区的革命工作的盲区就能妥善解决了。

李鸿宝对李清漪，可以说久闻大名，只是从未谋面。两个人一见如故，相见恨晚，谈得十分投机。

但是，李清漪并没有马上介绍李鸿宝加入党组织。因为在他看来，选拔沂北地区第一颗革命火种，要慎之又慎，不能单凭表面印象和私人感情，还要站在对党负责的高度，站在培养沂北地区党的未来领导者的大局，进行全面细致地考察和考验，时机成熟后，才能做出介绍他入党的决定。

1927年2月，李清漪经过考察、考验，认为李鸿宝已经具备一个合格中共党员的资格了，才介绍他加入了中国共产党。

在同一时期，王敬斋在沂水城里发展党员、筹建党组织的工作，也进行得比较顺利。

王敬斋回到沂水城以后，马上投入工作。他先通过早年的朋友、同学，秘密联系了一批关心国家前途、积极追求进步的青年知识分子，向他们讲述南方革命形势，通报国民党、共产党共同推进北伐、取得节节胜利的情况，并通过他们到学生、教员、农民中去宣传，帮助建立读书会、小学教员联合会和农民协会。

当时是国共合作时期，王敬斋开展工作都是公开的。另外，他还兼有发展国民党党员的任务，所以，他先发展一批进步青年加入了国民党，吸收邵德孚参加改组后的国民党义和会、互助会，并将义和会、互助会作为农民组织形式，发动农民参加。

邵德孚，1897年出生于沂水县后马荒村。10岁入学，先后在同盟会会员周瑞麟创办的沂水第一公学、沂水第二公学读书。1913年高小毕业后，到织布厂当学徒，后考入沂水县师范讲习所学习。1916年，考入临沂经文教会中学半工半读。一年后，回沂水担任小学教员。

他思想进步、思维敏捷、做事干练，深得王敬斋的欣赏和器重。这也是他之所以能够加入国民党义和会、互助会的重要原因。

1926年12月底，王敬斋经过深思熟虑，从国民党党员中，选择具有共产主义思想觉悟的邵德孚、鞠百实加入中国共产党。1927年4月，又介绍张希周加入中国共产党。

李清漪和王敬斋，一个在农村发展党员，一个在县城发展党员。两个人互不相识，但彼此闻名。但迫于形势，两个人始终没有联系。

1927年2月，王敬斋决定联系李清漪，共商沂水党组织建立大计。

王敬斋带着邵德孚，以走亲戚为名，来到了沂水县西北乡，与李清漪取得了联系。两个人一见如故，有说不完的话。李清漪把刚发展的党员李鸿宝介绍给王敬斋和邵德孚，4个人，在群山怀抱的乡村草房里，对今后党的工作如何在沂水开展，如何建立沂水县党的领导组织，今后工作中会遇到哪些困难和问题，进行了细致的讨论和研究。

李清漪的身体正在慢慢恢复，体力和精力尚显不足，但他心中牵挂着革命工作，决定尽快回到上海，请求组织重新安排工作。这就是李清漪为什么急着把李鸿宝介绍给王敬斋和邵德孚的原因。李清漪回上海，他的工作可以由李鸿宝接入。让李鸿宝和王敬斋、邵德孚接上头，便于以后接受党组织的领导。

王敬斋见到李清漪，可以说受益匪浅。在李清漪的指点下，开阔了工作思路，对党在沂水县未来的前景，也更加充满了信心和决心。

1927年农历三月初，李清漪离开家乡，前往济南，准备回上海。

就在李清漪离开沂水之前的一天深夜，经过周密计划，王敬斋、邵德孚、鞠百实、张希周四个血气方刚的有志青年，在沂水城鞠百实家的当铺里，成立了中共沂水党支部。王敬斋任主要负责人。

鞠家当铺是一家百年老店。从清朝到民国，这家老店遭受过无数次风风雨雨，见证了无数次人世间的沧桑巨变，这一次，又见证了几个年轻人为民族命运、为国家前途、为穷苦百姓寻求民主自由而成立一个组织的场景。

翻开《中共沂蒙党史大事记》和《中共沂水党史大事记》，我们会看到，中共沂水党支部，是沂蒙山区第一个中共党支部。她的成立，标志着中国共产党的革命火种，在沂蒙山区开始生根发芽，为沂蒙山区悠久的革命历史，翻开了崭新的一页。

中共沂水党支部成立后不久，蒋介石发动了上海“四一二”反革命政变，大肆屠杀中共党员和革命群众。

此时的李清漪恰好到了济南，想回上海回不去了，便在同学的劝说下留在济南，担任中共山东区委机关技术书记。

但是，白色恐怖已经席卷全国，济南也不是一个安全的避风港。1927年，山东军阀张宗昌派人到中共山东区委抓人，很多人闻风而动逃离了抓捕，而李清漪由于中耳炎治疗延误留下了耳聋的后遗症，没能听到敌人上楼的声音被捕入狱。

面对敌人的审讯，知道自己身份暴露的李清漪抱定必死的信念，毫不隐瞒自己的身份。面对敌人的严刑逼供，他大义凛然、宁死不屈。他还把敌人的法庭当讲堂，义正词严地怒斥蒋介石和国民党反动派的罪恶行径。

当敌人拿枪毙恐吓他时，李清漪慷慨激昂地说：为全人类的解放，为共产主义事业，即使死在你们的屠刀下，也是无上光荣的。

敌人无计可施，恼羞成怒，于5月23日，将李清漪绑缚在济南南圩子门外，残忍杀害。自此，中国共产党失去了一位好党员，革命道路上失去了一位坚强的共产主义好战士，沂蒙人民失去了一位好儿子。

这一年，李清漪刚满26岁。

李清漪牺牲后的第二天，北伐军攻打临沂。

而在这时候，并不知道蒋介石发动反革命政变的沂水党支部，犯了一个致命的错误，这个错误，几乎让沂水的党组织全军覆没。

北伐军的到来，沂水党支部以为革命胜利的日子来到了，他们立即组织所有共产党员和国民党党员大张旗鼓地筹备欢迎仪式。

党组织从地下一下走到地上，所有人的身份完全暴露在光天化日之下。

北伐军驻沂水的直鲁联军张宗昌部队所属“琅琊队”闻风弃城而逃。

6月下旬，北伐军久攻临沂不克，撤围而退，“琅琊队”重返沂水城。由于缺乏战斗经验完全暴露的国共两党党员受到追杀，中共沂水党支部不得不中断了各项活动。

1927年7月，大革命宣告失败。王敬斋感到沂水县党组织活动困难，为了保存实力，便在沂水县西北乡埠前村召集国共两党党员开会，布置人员疏散。然后，带领张希周赶赴济南向中共山东区委汇报工作。

在博山，二人巧遇山东区委派往矿区开展工运工作的刘俊才，王敬斋把张希周介绍给刘俊才，只身去了济南。

在济南，几经周折，王敬斋找到了中共山东区委负责人，王敬斋汇报了沂水党支部开展工作情况，请示区委领导下一步工作怎样开展。

区委领导肯定了沂水党支部成立以来的大部分工作，对王敬斋公开迎接北伐军的行为提出了严厉批评。并指示，在以后的工作中，不再吸收国民党党员加入中国共产党，只发展工农积极分子入党。

王敬斋离开济南被派往寿光县开展工作，后来，又被派往平原县做红枪会工作。

由于白色恐怖愈演愈烈，革命进入最为艰难和危险重重的阶段。有些共产主义信念不够坚定的党员，因一时看不到光明而对革命失去了信心。王敬斋和张希周在血与火的战斗面前打了退堂鼓，不久即分别脱离了中共党组织。

曾经为中共沂水党支部立下汗马功劳的鞠百实共产主义信念异常坚定，在党组织的领导下继续开展地下工作。1929年，不慎被国民党逮捕，由于没有确凿的证据，1930年被释放。

回到家后的鞠百实并没有被吓到，利用担任小学教员的身份作掩护，继续从事革命活动。

抗日战争爆发以后，鞠百实组织起一支抗日游击队，担任山东抗日游击队第四支队独立营营长。1941年，中共山东省委开展肃托运动，即所谓的肃清党内的托洛茨基派。鞠百实被定为托派分子惨遭错杀。

至此，中共沂水党支部失去了三位主要成员。

但是，红色的革命种子并没有腐烂，她在忠诚的共产主义战士邵德孚、李鸿宝的精心浇灌下，不但生根发芽、茁壮成长，而且开花结果、籽粒饱满。从1927年春到1933年春短短的6年时间里，邵德孚在沂水城关、南部、西南部发展中共党员近百名。建立党支部、党小组几十个。李鸿宝在沂水西北部地区发展党员100余名，建立中心党支部一个，农村党支部8个，党小组十几个。仅仅他老家埠前村，这个不足600人的小村庄，就有共产党员40多人。红色的革命旗帜遍布沂蒙大地，无数优秀共产党员满怀高昂的革命激情投身到争取民族解放和民族自由的洪流之中，用自己的生命和鲜血谱写了一曲曲崇高壮烈的英雄之歌。在那个英雄辈出的年代，这些年轻人前仆后继，用自己淋漓鲜血染红了历史的天空，用英雄壮举成就了一生的传奇。

东山村救护伤员记事

大约在70年前，一个隐秘于两条山峪之间的小山村，村子两侧耸立着两座如刀削斧砍的山峰，似乎在村子两侧外围形成了一道墙壁，被村民称作东山村。村子棋子一样散落在这座偏僻隐秘的山上，这个村当时只有50多户、200多人，因着复杂的地形和纵横交错的河流，这50来户竟被分割成十几个大大小小的自然村。由此，每个自然村多则三五户，少的仅一户。可就是这样一个小山村，在抗战时期，家家有共产党党员、户户有八路军伤员。当时村里每救一个伤员，就要举全家之力、倾全家之财，村民们还要冒着被敌人灭族的风险，但他们从来都不愿舍弃一个伤病员，仅仅从1939年到1942年间，这个名不见经传的山村，就救护了320名八路军伤病员。历史记住了这些英勇无畏的村民，这个小山村也因而在历史上留下了名字，并被誉为“抗日钢铁堡垒村”。

1938年，东山村的村民李晓宝第一个加入了中国共产党。在他的带动下，陆续有多名进步村民加入到党组织。这里，地下党工作积极主动，老百姓民风淳朴。1939年，八路军一支野战医院搬到了这个村。战事紧张，物资困乏，加上由于安全因素不能大张旗鼓地搞建设，医院的病房只好设在各家各户。一旦有伤员送来，村里的中共地下党组织就往各家各户安排，一户最少承担一至二名伤员或者病号，多的一户承担3到4名，村民李光明和李正祥都是西山村中共地下党组织的重要成员，两家也成了掩护伤病员的先进户，先后掩护和护理伤病员达三四十人。

到了1940年，形势一天天恶化，日本鬼子经常从县城下乡扫荡。东山村也成了鬼子扫荡的重要地点。鬼子为了杀一儆百，对于抓获的通共人员或者发现村民家中有八路军伤员甚至家中有八路军的军装，也会把全家人杀光。

为了减少不必要的牺牲，东山村地下党组织全村青壮劳力在山谷两侧的山崖下或者梯田里，挖了大量的隐秘地窖。伤病员来了以后，用花篓抬着送进地窖。白天村民们不敢去探望，怕被汉奸看见，只有到了晚上，才敢偷偷去送水送饭。

有时候遇到紧急情况，需要白天去送饭的时候，都是让小孩子去送。张道满那时还是个光屁股的小孩子，有时候大人安排他去地窖给八路军伤病员送饭，他就提着饭罐沿着河沿走，装着摸螃蟹。没人的时候就往前走，一旦有人走过，就低头装模作样地掀开石头找螃蟹。藏匿伤病员的地窖都被用坚硬的大石头垒砌上了，张道满看看四周没有人，快速地跑过去，把饭罐放在预留的洞口，他拿起一块小石头敲一敲洞口的石头，放下饭罐赶紧跑开。

地窖里夏天潮湿不堪，冬天寒冷刺骨。地窖低矮狭小，伤病员在地窖里不能坐不能躺，只能蜷缩着双腿半躺着。遇到鬼子扫荡，伤病员连续几天几夜不能出来，再出来时，很长时间不会走路，需要很长时间的热敷和按摩才能恢复。

村民都心疼这些伤病员，为了让他们早日康复、早回战场打鬼子，有些胆大的村民夜里把伤病员接到家里睡，白天让他们在地窖外边晒太阳、呼吸新鲜空气和活动筋骨。伤员在地窖里，不能活动不能晒太阳，身体都很虚弱，营养问题就成了亟待解决的大问题。

野战医院前来东山村之初，带来了三头荷兰奶牛，专门给重伤员增加营养。随着环境的进一步恶化，奶牛的安全问题又被提上了议事日程。

地下党组织选择了稍年长的郑一恒和郑广华来管理奶牛。两个人都是老实本分的庄稼汉，也是组织信得过的人。两个人商定，晚上轮流值班，白天轮流放牧。

郑广华还是个光棍，时间宽松一些，郑一恒呢，还有其他事要做，所以，郑广华管理奶牛的时间就要多一些。奶牛目标太大，安全成了问题。白天，他们俩无论谁放牧，都时刻观察这周围的动静，一有风吹草动，马上隐蔽。可晚上怎么办呢？白天牛赶着能走，晚上就不好办了。最后，他们找到了一个河汊子，那里三面环水，一面靠沼泽，四周还有树木遮挡，非常隐蔽。每天晚上，三头奶牛就藏在那里。

奶牛隐藏的很安全，但八路军有三头奶牛的事还是被鬼子知道了。为了找到奶牛，鬼子专门安排了一个小分队，挨村挨户搜查。

有一天，郑广华正要去河汊子牵牛放牧，突然发现那群扫荡的鬼子和汉奸向藏牛的方向搜寻。郑广华知道，一旦有人靠近山那里，奶牛就会叫唤，就会被鬼子和汉奸发现，那样的话，奶牛被掠走，重伤兵员的营养就要出问题。怎么办？只有把鬼子和汉奸引开，才能保住奶牛。于是，郑广华放下自己的安危向鬼子和汉奸走去。他说他知道奶牛藏在什么地方。鬼子和汉奸一听，高兴坏了，跟着郑广华走了。

郑广华牵着鬼子和汉奸的鼻子走，一直走到离藏牛的河汊子很远的南山上了，还是没有奶牛的影子。鬼子们知道上当了，气得叽里呱啦乱叫。郑广华趁机跑了。可郑广华的腿快不如鬼子的子弹快，郑广华被打死在山沟里。

事后，庄长特意请扎纸匠人扎了一个媳妇在他坟前焚烧，掉着眼泪说：郑广华啊，你活着没找上媳妇，这次你掩护奶牛立了大功，这个媳妇算是给你的奖赏，你领回家，好好过日子吧。

鬼子和汉奸屡屡来东山村，肯定对这个地方有怀疑。上级对伤病员的安危很是担心。鬼子和汉奸对东山村的情况到底了解多少呢？他们是否发现这里有八路军野战医院呢？八路军首长于是安排村里的地下党注意收集信息和情报。

东山村有个私塾先生姓刘，被日本鬼子抓到县城干杂物。鬼子经常欺辱和谩骂做工的百姓，到处烧杀抢掠，刘先生看在眼里气在心里。刘先生身在曹营心在汉，在鬼子面前，他装作毕恭毕敬的样子，可私下里，他想方设法地跟鬼子作对。刘先生和鬼子混熟了，可以从鬼子那里知道一些行动信息。为了不让百姓受难，刘先生利用任何机会获取鬼子下乡扫荡的路线，然后想方设法派人去通风报信。村里的地下党时常秘密去找刘先生，了解鬼子对东山村扫荡的计划。但是很长一段时间，一直没有听到去东山村扫荡的信息。上级领导感到奇怪，让刘先生进一步了解。

有一天，刘先生看到鬼子的一张地图上，东山村被画上了一个大红圈。他问鬼子画红圈干吗？小鬼子说，这个地方是重点攻击目标，要炮轰、火烧。

刘先生一听吓坏了，东山村可是自己的家乡啊，那里不但住着他的父老乡亲，而最关键的是，那里还有八路军的野战医院啊。刘先生冒着生命危险把消息传回东山村，引起了八路军首长的高度警惕，立即重新选择转移地点，把野战医院撤离东山村，搬到更安全的地方。不过，野战医院迁走了，东山村里的八路军伤病员并没有间断。

1941年秋冬季节，日本鬼子的大扫荡又开始了。东山村村支书在转移途中被鬼子袭击，一颗子弹从他后腰打入、前腹穿出，当场倒地昏迷。李晓宝从武工队回来，看到一名八路军战士躺在路边，赶紧背回家救治。由于失血过多，支书面如黄纸，说话都没有力气了，如果不及时救治，就有生命危险。可这时野战医院已经搬离，送到那里怕被汉奸发现不说，路上颠簸，支书仅有的一口气就要断。怎么办呢？

李晓宝想到了已经70多岁、白发苍苍的老母亲，小时候上山不小心摔伤，都是母亲用土法治疗。

母亲听说后，不顾年老体衰，颠着一双小脚，漫山遍野寻找败毒草和艾蒿，拿回家来给支书消毒、熏伤。再把烧成灰的牛粪敷在他伤口上。每天重复一次，历经半个月，终于把支书从死亡线上拯救了回来。支书苏醒后的第一句话就是：谢谢大娘的救命之恩，你用土法能把我救活，真是奇迹啊！

鬼子一直在四周扫荡，东山村却安然无恙，村民以为鬼子忽略了这个偏僻的地方，思想上有些麻痹了。麻痹就要出大问题。果然，一天上午，一群鬼子突然偷袭东山村。由于站岗的人大意，等发现鬼子时，鬼子已经到了村西的山冈上了，离村子只有二三里路了。

农救会会长张书正家有5个伤员，当时正在藏匿的山洞外晒太阳。听到鬼子来的警报，赶紧背起一个伤员往山洞里送。当时，张书正的父亲有病卧床，听到鬼子来了，在床上大喊：快把我背走，快把我背走。张书正说：爹，你等一等，我先把伤员背走，马上背你。张书正把最后一个伤员安顿好，这才来背父亲。可刚把父亲背到大门口，八路军医疗所的一名护士被鬼子追着跑了过来。张书正赶紧放下父亲，拉起这名护士跑进了小树林。等把她藏到了安全的地方，再来寻找父亲的时候，父亲已经被鬼子用刺刀刺死在家门口了。

在1941年鬼子扫荡时，李晓宝家也救过一名八路军女战士。

那一天，李晓宝的妻子正在烙煎饼，一名女战士气喘吁吁地跑来了，寻求掩护。李晓宝的妻子二话没说，把自己的衣服脱下来给女战士换上，再把她的头发弄乱、把她脸上抹上锅底灰，让她代替自己烙煎饼，自己却去院子里和丈夫若无其事地扒玉米。

刚弄好，鬼子就冲进了院子。鬼子发现有个女人在烙煎饼，似乎手有些生，就问这是谁啊。李晓宝妻子说，这是俺闺女啊，她有神经病，你可别吓着她啊，吓犯了病，又打人又骂人的。

鬼子听完翻译官的话，又看了看那个女的，似乎真的有些不正常，也就信了真走了。李晓宝妻子的机智沉着，救了女战士的命。

为了打击鬼子扫荡的嚣张气焰，1942年10月，八路军某师机关和独立团组织了一场反扫荡阻击战。战场就在东山村东南二里路远的大东山山顶上。

战争在拂晓打响，双方都投入了大量精锐部队。战争打得艰苦而惨烈，双方伤亡很大。到了晚上，敌人越来越多，八路军寡不敌众，被迫趁着夜色撤离。伤员随着部队顺着东山村西南的一条山梁撤退，有些伤员体力不支或者伤势过重，只好跑到东山村的各个自然村寻求救护。

李晓宝一家收留了7名伤病员，全部藏在山村北边的一个地窖里。有个湖北的八路军副团长，一颗子弹从左腮打进去，从右腮出来，满嘴的牙剩下了没几个，舌头也被打出了一道沟，伤势比较严重。野战医院的医生由于任务繁忙，三天了没能过来救治。李晓宝母亲为了防止伤口感染，顶着满头白发去采摘芸豆叶，捣碎、挤出汁液涂在伤口上。他不能吃饭，老太太做了很稀的米面粥往他嘴里一点一点“溜”。

团长的舌头伤得太重，沾到热粥就疼痛难忍。李晓宝母亲每次喂饭，他都疼得大叫，说不要吃了，疼死了。老人就耐心地劝他忍着痛多吃点，说不吃饭，人就会饿死的，还怎么能上前线打鬼子？

在老太太的悉心照料下，一周过去了，团长的伤口不但没感染，而且慢慢愈合了。

环境越来越恶劣，鬼子汉奸时常来扫荡，伤病员只好天天藏在地窖里。可在地窖里也不安全，有时候还有意外。

李晓宝救治的7名伤病员中，还有一名女军官，叫王志远，是中华人民共和国成立以后，被授予中将军衔的胡奇才将军的妻子。

当时，王志远已经怀孕9个多月即将临产。伤病员身上的血腥味弥漫地窖，有一条大蛇嗅着这种味道钻进地窖，在王志远熟睡的时候钻到了王志远的身下。王志远被蛇的蠕动弄醒了，用手一摸，又凉又滑，知道是一条蛇在下面。王志远吓出了一身冷汗，可地窖外敌人在四处活动，不敢大声叫，只能低声求救。其他人听到了，联手把蛇给掐死了。拿起来一看，是一条大蛇，多亏及时发现，否则后果不堪设想。

1942年10月29日早上，郑大力在村子附近的河滩上，发现了一位披头散发的女兵，看上去像个干部。这时候，鬼子正在东山村搜查，很快就到这里，如果不及时转移，一旦让鬼子发现，女军官必死无疑。

情况万分危急，郑大力赶紧把自己的本家郑玉明找来了，他让郑玉明背在身上，他在后面托着，两个人合力把女军官送到东山悬崖下的一个石棚里。

女军官伤的厉害，可受伤的部位特殊，不方便男人靠近。郑大力没办法，只好回家把母亲接过来，给女军官清洗伤口、敷上草药。晚上，郑大力的母亲又熬了一小盆高粱面糊，一口一口喂给女军官喝。从那以后，天天去送饭、送药。

郑大力的母亲是小脚，晚上天黑路险，摔跤是经常的。在给女军官送饭、送药的那段时间，郑大力母亲身上的伤就没断过。

过了六七天，八路军方面来了两个人，骑着马到处打听。找到以后，把她接到野战医院治伤去了。后来知道，这个女军官叫杨杰。她是一个师的指导员。在一次战役中，她的大腿和胸部受了重伤，而且一只乳房被炸掉了。突围中，在东山她掉队了。看到山下有村庄，这个由于失血过多而站立不起来的女军官，用尽全身力气，顺着山坡滚到山下，可滚到河滩上就昏迷了。

2012年夏天，91岁的杨杰在儿孙的陪同下从北京来到东山村，寻找恩人郑大力，不过，郑大力并没告诉杨杰叫什么名字，杨杰呢，由于伤势过重，根本不能说话。但郑大力的样貌深深地刻在了她的脑子里：20多岁，高大、魁梧。居住的大体方位知道：东山村西边的山腰里。

杨杰一行在东山村到处打听，可这个时候，郑大力已经去世多年，他的儿孙当时又都没在家。问了几个年轻人，都没听说过这个故事。杨杰不知道，淳朴、憨厚的劳动人民，无论做了多么惊天动地的好事，都不会炫耀和宣扬，都会默默地记在心里。他们认为，在别人遇到困难的时候帮助别人，是应该做的。

杨杰找不到自己的恩人，不由黯然神伤。最后，她深情地望了望连绵的群山，在子孙的搀扶下上车走了，再也没回来。

郑一恒曾经也救过女兵，而且一救就是4个，不过，因为救这4个女兵，郑一恒差点被枪毙了。这是怎么回事呢?

在一次战役后，部队被服厂的4名女兵在转移途中迷路，在东山村小王沟自然村的一个山梁下躲藏。村民郑一恒发现后，把她们转移到了更安全的一处山崖下的石棚里，然后，报告给当时的小王沟自然村的张庄长。张庄长便安排郑一恒照顾好4名女兵，保证她们的安全，等联系到部队以后，再把她们送走。

郑一恒毫不犹豫地答应了，并保证一定完成任务。郑一恒每天用瓦罐给4名女兵送饭，并时刻注意周边环境，一有风吹草动，郑一恒随时准备着转移女兵。不过，一连数日，都没有意外情况发生，郑一恒感到异常高兴。可第五天晚上，等郑一恒再提着瓦罐给女兵送饭的时候，却发现女兵不见了。

郑一恒当时吓出了一身冷汗，赶紧跑回村里向张庄长报告。张庄长一听，当时就翻脸了，说：怎么？人不见了？一定是你把她们当礼物送给小鬼子了。

郑一恒辩解说：张庄长你这个说法不对，我的为人你不是不知道，再怎么说，我也不能替小鬼子做事。

张庄长又说：4个女兵由你负责安全，现在失踪了，你就要承担责任。也要枪毙。

张庄长于是安排人把郑一恒抓了起来。

这事被李晓宝知道了。他是东山村第一个党员，在村里很有威望。他找到张庄长说：你怎么随便枪毙人啊。事情没弄清楚就枪毙人，那还了得吗？冤枉了好同志怎么办？

张庄长说：他一定是把4个女兵送给鬼子了。

这不可能。李晓宝说，郑一恒是个信得过的人，也是地下党，他的入党介绍人是1926年入党的老革命。

张庄长说：那就等一等吧，如果过了一天，还没有4个女兵的下落，就枪毙郑一恒。

第二天一早，有两个通信员来了，找到庄长说，4个女兵已经到了野战医院驻地。这是怎么回事呢？

原来，4名女兵自从迷路以后，一直都想找到部队。后来，打听到野战医院驻地有部队驻扎以后，没给郑一恒说一声，就急不可耐地跑走了。

来到野战医院驻地，有领导问你们给庄里人说了吗？女兵说，没说。领导说坏了，你们没经验，咋不给村里说一声呢？赶紧派了两个通信员来了。

4个女兵的疏忽，差点送了郑一恒的命，那个领导的及时补救，才保护了一个忠诚的革命战士。

然而，在抗日战争那个特殊的年代里，为了有效地保护抗日伤病员，不采取一定的严厉措施，谁能保证伤病员不出问题呢？也正是有了较为严厉的措施，从1939年到1942年间，东山村的党员、百姓，掩护、救助八路军伤病员320多名，没有一个出现安全问题。他们宁愿舍弃自己以及家人的性命，也要保证伤病员的安全。

在东山村，救助伤病员只是一个方面的工作，他们需要干的工作还有很多。比如掩护八路军干部的妻子生孩子；比如掩藏粮食和枪支。

据有关资料记载，当时的山东军区副司令员王建安的妻子牛玉清、鲁中二军分区司令员胡奇才的妻子王志远、山东纵队参谋长罗瞬初的妻子胡敬、鲁中军区联办主任马馥塘的妻子付玉珍，都曾在东山村百姓的掩护下生过孩子。

当年王志远快要生孩子的时候，从李晓宝家转移到了张一庆家。孩子生下来没有奶水，张广三的妻子正好刚生了女儿，张一庆于是把王志远的孩子送了过去。张广三也是地下党员，虽然妻子的奶水不是很多，自己的孩子也是勉强够吃，但他还是很痛快地接过了孩子，送到妻子怀里。

孩子送来时，是用一件八路军的军装包裹着的。张广三的母亲怕鬼子来扫荡时发现了，就把军装藏到院墙的墙窟窿里去了。可军装藏起来了，孩子就没有衣服包裹了。那时都穷，没有一件多余的衣裳，张广三的母亲只好把自己的唯一一件上衣脱下来，给孩子包上。孩子在张广三家住了40多天，张广三的母亲就光了40多天的膀子。好在老人年龄大了，不用出门，来往的人也少，不会被外人看见了笑话。

从张广三家接回来以后，王志远母子在东山村张一庆家住了很长时间。鬼子来扫荡，张一庆就安排王志远母子和家人一起藏在一个山洞里。有一次，鬼子在他们藏匿的山洞附近巡山，张一庆的四儿子年幼不懂事，非要出去尿尿。张一庆妻子说别说话，外面有鬼子。孩子被尿憋得哇哇大哭。张一庆妻子赶紧拿起一块毛巾捂住了孩子的嘴。等鬼子走远了，孩子已经奄奄一息了。王志远赶紧施救，孩子才转危为安。

仅仅1940年一年的时间，东山村就为八路军掩藏粮食3万多斤、枪支2箱以及大宗物资。

1941年秋天，鬼子大扫荡，当时有一批文件、军装和马匹要交给东山村地下党安如山掩藏。接到任务后，安如山和儿子、三弟一起，把这些东西藏到了小龙岗。

一伙从西山墙过来的鬼子来扫荡，在虎墩顶遇到一个姓张的才十四五岁的孩子，小名叫顺子。鬼子一句话没说，一刺刀捅进了孩子的肚子里。孩子疼得抱住了刺刀，手上的筋都割断了。鬼子抽出刺刀，孩子的肠子哗啦淌出来了。鬼子以为孩子死了，扔下他走了。孩子把肠子塞回去，薅了一把草堵上，捂着肚子爬回家，三天后死了。

就在不远处，安如山一行三人藏完物资和马匹准备回家，听到了孩子的惨叫声，刚想上去看看，鬼子们就端着枪把他们围住了。

鬼子问他们有没有藏过八路军的枪支和物资，安如山说没有。鬼子不相信，把他们押到山下一个水塘边，开始轮番折磨。

先把三个人摁住头放水里淹，三个人都被淹得奄奄一息。但尽管这样，谁都没有说出八路军的物资和马匹在哪里。鬼子黔驴技穷，气得哇哇叫，把安如山和儿子按在石头上，像杀羊一样杀了。三弟安如平一看吓坏了，挣脱鬼子撒腿就跑。不远处有一个石棚，他想跑到那里去。鬼子举枪射击，子弹打中了安如平的腿，鲜血直流。安如平忍者剧痛爬进了石棚。恰好石棚门口有一块大石头，他顺势躲到大石头旁边。

两名鬼子追来了，看到黑洞洞的石棚口，并没敢进去，而是架起机枪向黑洞洞的石棚扫射了起来。

石棚里没有了声音，鬼子以为安如平早已被打死了，扛起机枪走了。

到了晚上，家人才把安如平找到抬回家治伤。

村民赵龙飞，外号大个子。叫大个子只是调侃，他个子不大。小时候随着大人闯山西，喝了烂树叶子水得了大骨节病，长得腿精短，手卷曲着。小鬼子来扫荡，把大个子抓住了，问他八路军藏在哪里，他说不知道。小鬼子没有人性，开始对这个残疾人戏弄起来。当时山上到处都是柿子树，秋天到了，柿子树上结满了黄澄澄的柿子。由于鬼子三天两头来扫荡，柿子熟了都没人采摘。鬼子于是摘下柿子砸大个子。整整150多个柿子砸在这个身材矮小的残疾人身上，每一块皮肉都被多次击打。到了晚上，全身都肿了，肿得厉害。赵龙飞后来说：就是砸死我，也不会当汉奸。

这就是东山村，这就是东山村的村民。从抗战开始到抗战结束，特别是从1939年到1942年间，东山村地下党和普通群众，包括一些未成年的孩子，都为掩护八路军伤病员和物资装备、武器弹药作出了极大的贡献和牺牲。在此期间，他们始终坚定不移、一心向党、视死如归。他们忠诚可靠、不讲报酬、无怨无悔，哪怕是付出生命都在所不惜。东山村，这个用坚定的民心民意凝聚成铜墙铁壁的抗日堡垒村，将永载史册。

寻找“革命叛徒”的忠魂

在遍地硝烟的革命战争年代，有很多来自社会底层的民族英雄，他们为国家、人民甘愿抛头颅、洒热血。他们在壮烈牺牲后，长眠地下，与青山一样沉默着，静静地注视着这个和平安宁的世界，他们连同他们的英雄事迹似乎已被历史忘却。这些人大多无名无姓，出身贫寒，受尽旧社会折磨和屈辱，但他们还是将自己满腹激情和满腔鲜血洒在了自己挚爱的热土，用自己的忠魂守护着他们深爱的亲人和家园。在这些英雄之中，还有一些人，他们生前为国家民族利益鞍马劳顿，不计生死个人利益；死后却被曲解、被误传、遭冷遇，致使他们的后代一直背负着一个叛徒的恶名抬不起头来。江海亭就是这样的人。

江海亭在异乡为国捐躯后，一直都被冠以叛徒的名头，他的亲人受“叛徒”之名的连累，遭受长期冷嘲热讽，在众人面前抬不起头来；甚至在“文革”期间，江海亭的后人还因此被批斗被欺辱。但他的后人始终相信他的父亲的气节和为人，坚信江海亭不是叛徒。可是，战火无情，当年和江海亭并肩作战的人早已化作历史的尘埃，又有谁能给解开这段历史的真相呢？

一、江海亭其人

江海亭出生于暖阳河畔一个叫西于家河村的小山村里。家里虽不怎么富裕，但一家人衣食无虞，还时常接济周围的邻居和附近的乞丐。江海亭的父亲是个开明人，很注重孩子的教育。江海亭很小就被父亲送去学堂读书，由一个考过功名的老先生教授课业。江海亭年幼十分聪敏，常常一点即通，老先生非常喜欢他。

1928年，17岁的江海亭离开学堂走向社会，在当地地下党的介绍下，思想进步、有远大理想的江海亭光荣地加入了中国共产党，成了一名地下党员。

1931年春，不足20岁的江海亭在父母的操持下，和一个美丽的女子拜堂成亲。1932年，大儿子的出生，给这个家庭带来了欢笑和希望。可是，也就是在这一年，结婚不到三年的江海亭走了，这一走，再也没回来。

江海亭为什么要走？因为暖阳暴动。

二、暖阳暴动

1933年5月18日夜，一群手拿土炮、镐头、镰刀的人，按照预先约定，在山东沂水县西北部、沂河与暖阳河交汇处的河滩上聚集。为了营救关押在沂水县国民党监狱里的中共山东省委特派员马德隆和下古村地下党支部负责人张之爔等几十名中共地下党员，组织一场由万人参加的大暴动。

组织和领导这次暴动的负责人，是中共山东省委书记张恩堂和中共沂水县委委员、沂水县埠前村党支部书记李鸿宝。家住西于家河村的小学教师江海亭也是这次暴动的主要组织者之一。

这是一场准备极不充分、安排极不周密的冒险暴动。由于保密工作没做好，暴动筹备阶段，国民党沂水县党部就获得了消息。虽然他们仍然不动声色，但一张反暴动的大网，已经在沂水城周围悄然铺展开来了。

要是暴动如期开展，后果是不堪设想的。幸好一场突如其来的暴雨阻止了这场暴动，挽救了成千上万革命者的性命。可是，暴动领导者们暴露了身份，国民党残酷的追捕革命党的行动悄悄开始了。

消息通过内线传出来，张恩堂和李鸿宝当机立断，通知所有领导这次暴动的共产党员，当天夜里立即分头行动，以最快的速度离开沂水。

江海亭接到命令后冒雨回到家中与娇妻和幼子作别。

或许他已经知道此去凶多吉少，把自己的印章留给了妻子，并告诉妻子说：我走了以后，可能很久不能回来。将来你可以拿着印章去找我。

但谁都没有想到的是，江海亭这次竟然是与妻子和孩子的永诀。当时，江海亭22岁，妻子刘成臻21岁。

那么，江海亭去了哪里呢？

三、江海亭去向

江海亭逃走以后，先去了青岛，和青岛当地的地下党取得了联系，以画画为生，暗中从事地下党工作。后来去了海阳，继续从事地下党工作。可是再后来，就下落不明了。

暖阳河暴动失败以后，沂水县中共地下党组织受到国民党的血腥镇压，遭到了毁灭性的破坏。中共沂水县委书记谢梅村潜回老家河南，又暴露被捕，然后叛变。沂水县中共党的组织自此经历了长达五年的瘫痪。而那些地下党和地下党的家人，也受到了疯狂报复。

江海亭的三弟江东永去松峰赶集，被国民党警察发现，误以为是江海亭被抓到了沂水城。通过审问，发现不是江海亭而是江海亭的弟弟，可他们仍然如获至宝，让他交代江海亭的下落。弟弟说不知道哥哥去哪里了。敌人根本不相信，施以重刑。他们把辣椒水灌进江东永的肚子里，灌满了，再用脚踩出来。踩出来了再灌。江东永的确不知道哥哥的去向，敌人把他折腾得死去活来，还是说不出江海亭去了哪里。

任何人都不知道江海亭的去向，妻子不担心反倒暗自欢喜。他知道，只要国民党抓不着丈夫，丈夫就是安全的。可她也心怀担忧和思念，也急切地盼望着丈夫能早日安全归来。

五年很快过去了。1938年，中共沂水县党组织重新恢复，大批与组织失去联系的地下党员从全国各地陆续回来了。

刘成臻日夜思念丈夫，可丈夫一直杳无音讯。为了把这种思念化作对丈夫事业的支持，刘成臻在1930年入党的堂弟刘子敏的介绍下，加入了中国共产党。同时入党的，还有那个被敌人折磨得半死，几乎成了残废的江东永。

刘成臻入党以后，很快担任了妇救会会长，天天忙忙活活地带领妇女碾粮食、做军鞋，发动有志青年当兵上前线。

1947年，土地改革运动掀起来高潮。可就在这个时候，江海亭有消息了，可就是这个消息，让刘成臻和江东永一家的命运，发生了根本的变化。江家的噩梦，也从此开始了。

四、江家的噩梦

一天，一个曾经和江海亭一起出逃的人回来了。这个人到底姓什么叫什么哪里人，至今无人知道，江家人至今没见过这个人。但只是听说，这个人参与了暖阳河暴动的领导，是和江海亭在同一个夜晚逃走的。

土改运动开始以后，这个人从外地回来了。有人问他，见过江海亭没有。他说没见，不过听说他投靠国民党了。

就是这么一句不确定的话，让整个江家来了一次大地震。当时群众觉悟高，对党忠诚，党内怎么能存在不纯洁的分子呢？先是撤销了刘成臻的妇救会会长职务，然后把江家打成了反革命。

刘成臻的妇救会工作做得很出色，各项工作都走在全县前列，突然被撤销职务，刘成臻很是伤心。可接踵而来的灾难，更让这个忠诚的革命者完全从天堂坠入了地狱：她和江东永都被撤销职务、开除党籍。

突如其来的变故让刘成臻百思不得其解。自己的丈夫明明是一个共产党员，一个忠诚的革命者，怎么突然变成了国民党了呢？那个从外地带来消息的人是谁？他有什么证据说明江海亭投靠了国民党？她想找那个人问问清楚，可谁也不知道那个人是谁，或许有人知道也不给她说。

她想起了丈夫临行前说的那些话。说将来让她拿着丈夫的印章去找他。于是，刘成臻找出印章揣在怀里，她要把丈夫找出来。可是，她走出家门又犹豫了：大地茫茫，人海无边，丈夫音讯全无，她一个女人上哪里去找丈夫呢？

刘成臻眼睛落到了她唯一的儿子身上。她要好好抚育儿子，让他快快长大，长大后带着印章去找丈夫。

一直没有丈夫的消息，刘成臻和儿子背负着叛徒的枷锁度日如年。原来友好的乡邻见了她们如同见了传染病人似的远远躲开。日子实在无法过下去了，刘成臻想到了搬家。可向哪里搬呢？

儿子江玉早长大了，到了谈婚论嫁的年龄，可叛徒的儿子，谁家的闺女乐意嫁呢？

有一天，刘成臻听到金牛官庄老李家找上门女婿，回家跟儿子商量。儿子不同意，说：上门女婿说白了，就是给人家当儿子。将来生了孩子都得姓人家的姓。

刘成臻开导儿子说：孩子姓谁的姓都是咱的后代。可你不去当上门女婿，谁家的闺女乐意嫁给你？没人嫁给你，你就得打一辈子光棍，那样的话，你什么都不会有。再说了，咱不是早就想着搬家吗？你做了上门女婿，我跟着你去生活，咱不就搬家了吗？

在母亲的开导下，江玉早终于答应了母亲的请求，派人去提亲。

江玉早长得一表人才而且知书达理、勤劳善良，老李家一下相中了。

就这样，江玉早当了上门女婿，刘成臻也跟着儿子搬家走了。

本以为搬了家，离开了是非之地，一家人终于可以过正常人家的日子了，没想到“文化大革命”的到来，江玉早和刘成臻的日子更加艰难起来，就连出身清白的江玉早的妻子李淑芬和无辜的孩子，也未幸免。

江玉早的大女儿江兆荣初中毕业了，这个聪明的孩子学习一直很好，考高中时，成绩很突出，上高中绰绰有余。可就是因为姥爷的问题，不让上。江兆荣一气之下，向江玉早要了20元钱，只身一人坐车去了新疆二姨家，想在那里继续读书。可去了以后才发现，二姨有病在床，家里孩子多，家庭条件不好，根本供不起她上学。实在没办法，过了年，又回到了家乡。

学不能上，没有工作可干。女孩在没有任何出路的时候，就想着嫁人。于是，初中毕业一年后，江兆荣出嫁了。

信用社刚成立的时候，江玉早在信用社里当会计。在全县算盘比赛的时候，他得了全县第一名。江玉早很高兴，干起工作来更有劲头了。可让他万万没想到的是，社里清理阶级队伍，江玉早因为父亲江海亭的历史问题，刚修完水库报完了账，就被清理回家了。

儿子在家不高兴，刘成臻心里不高兴，晚上搂着孙子江锦生睡觉的时候，像有病似的唠叨：我这辈子，叫你爷爷坑了，我这辈子，叫你爷爷坑了。

刘成臻怨恨丈夫，是因为丈夫的失踪，给她，给这个家庭，带来了太多太多的痛苦与磨难，让她经历了那么多孤苦与寂寞。但她的这个怨恨，隐含了一个女人对丈夫的深厚感情和无尽的思念，更包含了对世事无常的无奈与哀叹。可儿媳妇李淑芬的怨恨，那可是真恨。因为江海亭，给她造成了太多的痛苦与麻烦。不过对刘成臻，李淑芬还是很孝顺的。她认为婆婆和她一样，都是受害者。

不过，李淑芬的怨气还是要发出来，既然婆婆那里不能发，孩子那里不能发，只能发在丈夫身上了。李淑芬经常对丈夫发火，甚至大吵大闹。有一次，感觉吵闹不解气，居然拿剪刀把丈夫捅伤了。

江玉早知道妻子的心里苦，从来不和妻子对抗，总是默默忍受。李淑芬骂他，打他，从来不吱声。做任何事，都不会和妻子对着来。他心里也苦，也有怨气。他排解怨气的方法有两个：打鱼，唱京剧。

他一辈子喜欢京剧。只要一出门，走到野外，总是一边走一边唱京剧。他还是打鱼的好手。一网下去，能打到很多鱼。没事的时候就自己结渔网。妻子骂他，他就一声不吭结渔网。

但江玉早知道，只这么默默承受是不够的。妻子的打妻子的骂，外人不会知道。可孩子们怎么办？不能祖祖辈辈背着一个叛徒的黑锅吧。迫切需要解决的，是怎么能找到江海亭，弄清他到底是共产党员还是国民党。

五、漫漫求证路

听说李鸿宝的家属回到了埠前村，江玉早通过他家属去找李鸿宝。当时李鸿宝在昆明，得了痴呆症，问他什么都说不知道。李鸿宝的儿子当了大官，江玉早又去找他作证明，可李鸿宝的儿子为难地说：大兄弟，你家我叔叔的事情我不知道，怎么能作证明呢？这证明可不是随随便便乱开的，得有事实根据才行。这事我办不了。

这条线断了以后，江玉早想到了另一个人：沂水早期的地下党员邵德孚。邵德孚已经是省政协的副主席，江玉早给他写了一封信，说了父亲江海亭失踪以后给家庭带来的一些苦恼。邵德孚很快回了信，信中说：这里准备组织工作组，到青岛去调查，你父亲的这事得办。

可是，时间不长，又收到了邵德孚儿子的信，说“文化大革命”开始了，邵德孚进了牛棚，去青岛调查江海亭问题的事被迫停止了。江玉早已经看到的希望的肥皂泡又破灭了。

线索再次中断，对江玉早的打击很大。但他并不甘心，决定再去外地寻找。

第一次去了南京。他听说刘子敏在南京。可到了南京被告知，刘子敏在淮阴。刘子敏本来是在南京的，后来下放到了淮阴，在淮阴中级人民法院当院长。

刘子敏见了江玉早很客气，但说到让他证明江海亭的清白，他犯难了，说：我是你爹（父亲）的入党介绍人，可后来他在外头怎么干的，我是不知道，你回去吧。

一次次失望和打击，江玉早变得神经兮兮的了，后来干脆不提江海亭的事了，谁提骂谁。

江玉早不再提父亲江海亭的事了，孙子们大了以后，开始想办法寻找爷爷的线索。

江锦生有一次想到，爷爷从沂水走了以后，发生了什么事，谁也说不准。当了国民党也有可能。可当了国民党去哪里了呢？难道去台湾了？

20世纪80年代，大陆和台湾开始往来了。江锦生和弟弟江锦华一起商量，怎么去台湾打听爷爷的消息。正巧，江锦生有个学生，认识台湾一个著名画家，是画虎的。这样的名人，在台湾肯定家喻户晓。

于是，江锦生写了一封信，让他帮忙打听江海亭的消息。结果让人失望，前后找了两次，一点消息没有。

几十年的寻找，江玉早失去了信心，就连江锦生和弟弟，也渐渐感到了绝望。看来，江海亭的黑锅，江家要祖祖辈辈背下去了。

六、柳暗花明

2014年1月，江家来了一次大聚会。聚会期间，谈到了江海亭，说至今仍无下落。这时，江锦生的儿子江峰和侄子江品一说，是不是去网上查一查。大家一呼百应，本着试试看的心态，上网查找江海亭三个字，结果在一篇题为《甘溪散记》的散文中发现了。文中说到，江海亭是一位牺牲了68年的革命烈士。

突然出现的线索让江锦生夜不能寐。他连夜给沂水县民政局长刘长生打电话，声音哽咽而又语无伦次地说：刘局长，我爷爷找到了。

刘局长被他弄得一头雾水，好半天才弄明白他表达的是什么意思。

可激动以后大家又恢复了冷静，那个网上说的江海亭，是不是江锦生的爷爷呢？

2014年春天，沂水县民政局派人和江锦生一起，奔赴湖北省南漳县甘溪村。在当地政府和民政部门的配合下，进行了严肃认真的调查和核实。

南漳是荆楚文化的发祥地，三国故事的源头，和氏璧的家乡。甘溪地处南漳县西南部，史称甘溪老街。始建于明末清初，曾经是区域性政治经济文化中心。从清代到民国，官府一直在此设置乡公所，辖地方圆百余公里。

新中国成立以后，这里曾经设置人民公社，辖十几个村庄。

曾经的甘溪老街极其繁华。据史料记载，这里盛产蚕丝、蜂蜜、木耳、药材，不仅湖北省内客商来往频繁，就连江西、河南、安徽等地的客商也纷至沓来。这些客商为了客居和议事方便，在此建立了很多会馆。像江西馆、河南馆、安徽馆等。

商贾云集，是甘溪成为南漳县八大商埠之一。

也因为如此，甘溪一直是兵家必争之地。抗日战争结束后，这里成了国民党和共产党都格外重视的地方。这里曾经多次发生国共两党的武装冲突。

那么，1933年离开沂水县的江海亭，是如何翻越千山万水来到千里之外的甘溪呢?

七、悲壮的往事

1946年，中共领导的新四军在中原地带遭到国民党军队的围困，其南路部队在王树声、刘昌毅的率领下向西突围。冲过平汉铁路封锁线，强渡襄河，挥师武当山。与此同时，江汉军区部队在罗厚福、文敏生的率领下，渡过襄河，连克6县，直驱川鄂陕边。两部在湖北房县西南胜利会师，并在房县狮子岩召开会议，决定成立鄂西北党委和鄂西北军区，以及鄂西北行政公署。

自此，以武当山区为中心，包括湖北房县、保康、南漳、竹山、竹溪、郧县、谷城、荆门、当阳、远安、兴山、秭归、巴东、宜城、襄阳、钟祥、神农架等地区在内的鄂西北革命根据地得以形成。

根据地内先后成立了5个地委、军分区和专署，6个中心县委和政府，18个县委和政府，100多个区、乡政权组织。虽然存在的时间只有十几个月，但为赢得解放战争的战略全局胜利，作出了重大贡献。

为了掌握国民党在鄂西北的兵力部署和当地民情，早在南路军向鄂西北突围之前，中共中原军区就秘密派出了大量侦察员奔赴鄂西北开展侦查工作，江海亭，就是这个时候来甘溪的。

江锦生来到甘溪，见到了一个叫徐发兵的老人。他是唯一一个曾经见过江海亭就义时刻的人。

老人见到江海亭，看了半天，说：你太像江海亭了。

老人又说：江海亭人很高、很瘦。鼻梁骨起，说话是山东腔。

老人说的江海亭的这些特征，和刘成臻给江锦生描述的爷爷的特征一样。

当地民政部门等多个部门多方确认，甘溪牺牲的这个江海亭，就是江锦生的爷爷。那么，江海亭又是怎么牺牲的呢？

徐发兵老人讲述了那段一直在他心中沉积了几十年的故事：

初来到甘溪的江海亭，穿着一身当地老百姓的衣服，背着一捆柴。走到徐发兵老人的村头上，遇到了站岗的国民党兵。国民党兵端着刺刀让他站住，问：你是哪里人？江海亭说：当地人。国民党兵问：干什么的？江海亭回答：卖柴的。江海亭浓重的山东口音还是引起了国民党兵的怀疑，就把他身上的柴捆打开了，里面藏着一只手枪，被断定是共产党密探，抓走了。

另一个老人郝启明见过江海亭受审的经过。他说：江海亭被押到村中供奉灶王老爷的破庙里继续审问。敌人对江海亭进行严刑拷打，让他交代是谁派来的，与谁接头，这里都有哪些地下党。江海亭非常顽强，誓死不说一个字。实在撬不开江海亭的嘴了，国民党兵使出了最狠的一招。他们在江海亭后背上搁上一个空铁桶，里面搁上炭火烤。越烧越旺的木炭烧红了铁桶，烙得江海亭的后背嗞嗞作响，直冒青烟。血和身上烤化的油脂顺着铁桶流个不停。即使这样，江海亭只是不停地呐喊，仍然没有说出敌人想要的情报。

大失所望的国民党兵已经无计可施，决定杀掉他。大刑之前，让江海亭戴着手铐脚镣，在甘溪老街上游行示众。江海亭无所畏惧、昂首挺胸地走着，滴滴血水在一里多长的石板路上洒成了一串长长的惊叹号。

国民党兵被江海亭的壮举所震撼，临刑前，让他吃了一顿送行的白米饭和一碟小菜。

江海亭端着米饭，蹲在墙跟前，很多群众围过来看热闹。江海亭面无惧色，边吃饭边跟群众谈笑风生。在人们看来，江海亭不是去赴死，而是在吃一顿普通的饭。

吃过饭，敌人押着江海亭，沿着老街往东走，去执行枪决。

徐发兵老人那时只有11岁，母亲担心吓着他，把他关在屋里不让他出去看热闹。可好奇心让他从窗子爬了出去。当徐发兵老人跑到大街上时，刚好看到江海亭被押着走过来了。

江海亭边走边喊：我是山东人，我叫江海亭。我到甘溪来，是共产党、新四军派来解放你们的。共产党万岁，毛主席万岁。

江海亭被押到一片甘溪河边树林里，接着听到啪啪两声枪响，江海亭倒在了地上。

江海亭被杀以后，尸体一直放在原地没人敢动。那时候到处都是特务，老百姓都怕惹火烧身，谁都不敢埋。那时候甘溪河里没有水，尸体不会被冲走。

到了第二天晚上，村里的好心人王大方、殷大洪一起，看着四周没人，悄悄把尸体转移到一个高地方掩埋了。

新中国成立以后，甘溪公社派人把江海亭烈士的遗骨迁移到甘溪烈士陵园重新安葬。

迁移烈士遗骨的时候，韦光成和吴启贵参加了，他们还清晰地记得，江海亭的遗骨中，还有三颗铜扣子。在第一次埋葬江海亭的地方，还有四个新四军战士的尸体埋在那里，被一起迁走了。

迁移烈士遗骨工作，甘溪人民公社很重视。为了纪念烈士，也为了进行革命传统教育，专门建立了一座烈士陵园。甘溪村也很重视，专门排演了一幕戏，领导亲自当主角。

甘溪人民没有忘记江海亭等烈士，每逢清明节，当地老百姓都会自发组织起来，到江海亭烈士墓上扫墓。甘溪小学有个传统，每年都要组织小学生在清明节这天去烈士陵园，给烈士扫墓、鲜花。

有一名青年文学爱好者，他一直在搜集素材，想着有一天，把江海亭烈士的事迹写成一部小说，让江海亭烈士的事迹永远流传下去。他还说，江海亭是一名优秀的共产党员，坚强的无产主义革命战士，山东人的好儿子。他为了解放全中国，为了民族的独立，为了人民的幸福生活，洒尽了最后一滴血，他的伟大事迹，将永载史册。江海亭终于被平反了，他不是叛徒，不是逃犯，更不是反革命，他是一名为国家死而后已的革命烈士。刘成臻终于不再怨恨丈夫了，儿孙们终于可以扬眉吐气地生活了。那个背负着“革命叛徒”之名在地下沉睡了七十多载的忠魂，安息吧！

亳城古道酒乡行

一

暮秋之季，我们“情怀之旅行——古井探秘”考察观光团翩然走进淮北平原亳州，徜徉在涡河之畔。

浓浓的酒糟之香微微飘来，在空中弥漫，把深秋这一幅画卷染得黛色素笺，金黄点缀，红叶连连，红得一串串，一行行，一片片，如同喝多了酒的壮士，彤彤然红满了全身，赫赫乎红透了里外。暮秋的夕阳，也将依依垂柳换了一身着装，金黄色的叶子随风曼舞，在一泓缱绻湖泊静谧里，又把沧桑人生潋滟成陈年美酒。斑驳陆离的河道活像一躯醉汉，趺趺撞撞油然幻化成一条无尽的时空隧道，似乎把人们拖进了那神秘的古道远方……

滔滔涡河滋润出了一代代名君、名人。亳州土地肥沃，气候温润，自古以来交通便利，商贸繁荣，是一个俊才辈出，文明开化很早的地方。除曹操外，老子、庄子、神医华佗，都出生在这里。亳州的酒类生产，至少已有三千年的历史。商代汤王定都于亳，“饮必祭，祭必酒”“百礼之会，非酒不行”。

进入亳城，我们一脚就踏入魏武大道，与一代枭雄曹操邂逅。曹操是三国时期魏政权的缔造者，也是今天亳州人崇奉而又自豪的酒神。在东汉末年的军阀混战中，曹操能击败袁绍、袁术、吕布等军阀，最终统一北方，其屯田政策居功至伟。经过黄巾起义和东汉末年的军阀混战，百姓流亡，土地荒芜，粮食奇缺，甚至有不少人吃人的记载。曹操有诗《蒿里行》云："铠甲生虮虱，万姓已死亡，白骨露于野，千里无鸡鸣。"曹操及时实施屯田政策，结果"百姓大悦"。就在此时，曹操发明九酝春酒，令手下人酿造。亳州九酝春酒，晶莹味美，有祛病健身功效，曹操不禁情有独钟。他在给汉献帝刘协的奏章中特地对这种酒的制作方法做了说明：用曲三十斤，流水五石，腊月二日渍曲，正月冻解，用好稻米，漉去曲渍，三日一酿，满九斛米酿之，若九酝苦难饮，增为十酿，差甘易饮，不病。此事被当时的山东老乡贾思勰在《齐民要术》中进一步解释，酿酒时用米的多少当视酒曲对原米的转化能力而定，"曲势未穷，米犹消化者，便加米，唯多为良"。曹操或称一代奸雄，他无论出于什么样的考虑向皇上进献九酝春，都让这种酒的身价和名声大增，应算是对亳城家乡的一大贡献。

怀着一种探秘的急切心理，来到了那口古井旁。

冥冥之中，我们仿佛看到，1400多年前井的四周还是一片荒地，战火将万物焚烧损毁，风都阴郁了几分，风带着侵骨的凉意呼呼刮过，而环顾四望，独孤信的心比天气比景色更凉更凄厉。一场与南梁的生死鏖战，在这个冬天终于把魏国将军独孤信的自信摧垮了。横刀立马、出生入死，他已一次次将自己的性命和血肉扔出去，扔给骏马啸啸、刀光剑影的战场，虽险象环生危在旦夕，却也总是高擎将旗，奏出凯歌。

独孤信一扬手，一道锐利光在空中闪过，然后是响声传来，声音不大，却是悠长的、幽怨的、悲愤的、无奈的。

像一对拼死保护贞节的烈女，长戟落到了井中，金锏也随即纵身跃下。

从此，那口古井就没有干涸过，且水质甘洌。因此被誉为“华夏第一井”。井旁有一棵百年老槐树在忠实地为它遮风挡雨，站岗放哨。

透过井水的波波潋光，我第一次看到了酒的本质：

酒，法天地自然，集五谷精华，天蕴地蓄，遂为琼浆玉液。白酒其形似水，其性如火，凡阴阳两界，纳金木水火土；天地人化为一体，释、道、儒集于一身。祭天敬神，国事大典，五谷祈禳，皆以酒为礼、为旨、为敬；壮士出征，两军对垒，德师夺胜，无不以酒壮其行、威其势、庆其功；文人雅士，达官庶民，仙人凡界，均把杯飞觞、汪洋恣肆、醉美人生。一杯白酒，尽现中华文化之博大雍容。

二

在古井镇，我们仿佛嗅到了当年曹操打造九酝春的洪荒气息，在曹操地下运兵道里，我们又蒙眬看到了曹操运筹帷幄决胜千里之外的虎虎雄威。然而，我们又在建安七子文学馆里，我们又真真切切地看到了“三曹”巨大的文学成就和地位。

曹操不只是政治家、军事家，还是引领一个时代的诗人、文学家。中国文学史上，曹操及其两个儿子曹丕、曹植合称“三曹”，与“建安七子”的作品刚健清新，后世称之为“建安风骨”。李白诗中有“蓬莱文章建安骨”之盛赞。

只见建安七子文学馆的墙壁上，在月明星稀的晚上，心事悠悠的曹操，举起酒樽，以梨花体的抑扬顿挫朗诵现代版的《短歌行》，只是不知道编剧如何用“梨花体”演绎这样的诗句：

对酒当歌，人生几何？譬如朝露，去日苦多。
慨当以慷，忧思难忘。何以解忧？唯有杜康。

青青子衿，悠悠我心。但为君故，沉吟至今。
呦呦鹿鸣，食野之苹。我有嘉宾，鼓瑟吹笙。
明明如月，何时可掇？忧从中来，不可断绝。
越陌度阡，枉用相存。契阔谈讌，心念旧恩。
月明星稀，乌鹊南飞。绕树三匝，何枝可依？
山不厌高，海不厌深。周公吐哺，天下归心。

我每次诵读《短歌行》，都不禁为之拍案，为之低回再三。梨花一枝春带雨，怎比得这样的沧桑感慨，这样的悠远深情？

曹操死后被追赠魏武帝谥号，足见他戎马倥偬，一生皆在刀光剑影中度过。但他不是草莽英雄，《曹操集》中，令、教、表、奏疏、策，书、尺牍、序、祭文，皆是文采飞扬；遗存至今的乐府歌行，蒿里、苦寒、薤露诸篇，允称诗史，短歌、却东西门行，慷慨悲凉。建安风骨，奠基于此。

曹操那个做了皇帝、号称文帝的儿子曹丕，在《典论·论文》里说过："文章乃经国之大业，不朽之盛事。"枪杆子里面出政权，建国大业不可依恃诗文，但是发抒性情、比兴言志，虽英雄也难免。

《短歌行》更可贵的价值在于这是一首真正的诗歌，它开辟了一个诗歌的新时代，汉武帝罢黜百家，独尊儒术，把汉代人的思想禁锢了三四百年，弄得汉代文人不会写诗，只会写那些歌颂帝王功德的大赋和没完没了地注释儒家经书，文人人格世儒化。真正有感情，有个性的文学得不到发展。直到东汉末年天下分崩，风云扰攘，政治思想文化发生重大变化，作为一世之雄而雅爱诗章的曹操，带头离经叛道，给文坛带来了自由活跃的空气。他"外定武功，内兴文学"，身边聚集了"建安七子"等一大批文人，他们都是天下才志之士，生活在久经战乱的时代，思想感情常常表现得慷慨激昂。正如《文心雕龙·时序》说："观其时文，雅好慷慨，良由世积乱离，风衰俗怨，并志深而笔长，故梗概而多气也。”尤其是曹操，鞍马为文，横槊赋诗，其诗悲壮慷慨，震烁古今，前无古人，后无来者。这种充满激情诗歌所表现出来的爽朗刚健的风格，后人称之为“建安风骨”，曹操是最突出的代表。千百年来，曹操的诗就是以这种“梗概多气”风骨及其内在的积极进取精神，震荡着天下英雄的心灵。也正是这种可贵特质，使建安文学在中国文学史上闪烁着夺目光彩。

三

三曹故里人文渊薮，酒香依旧文脉不断。

厉览中华几千年的文坛，有两种东西一直在流淌着，一个是彪炳青史的黑黑的墨汁，再一个就是这清清的金酿玉液了。

光阴似箭，时光蹉跎。如今的九酝春古井贡，已是九九归一，春光无限。在1963年第二届全国评酒会上，以“香、醇、甜、净”的纯正品格夺得八大名酒第二名，后又连续“四连冠”。眼下的古井贡集团，在董事长梁金辉的率领下，正铿锵有力，愈战愈勇，冲刺100亿，跃跃欲试进入全国白酒行业前三甲。殊不知，报社社长和宣传出身的梁金辉本身也是个大诗人，与当年的曹孟德有着同工异曲之妙。上任伊始他提出“文明经济学”的理念。古井贡的发展不仅靠产品、技术、营销，还要靠文化：那就是亳文化、酒文化、家文化、国文化四化齐动。“文化无国界、感情无国界、美酒无国界”古井人还要把美酒打到国际上去。这情怀，这豪迈，这气魄，恐怕只有常喝古井贡、与曹孟德酒脉相承的人才会独具此秉性。

当天晚上，在我们下榻的酒店里，一个传奇而又神秘的人物来到我们餐桌。他中等身材，一袭平头顶着淳朴与真善，两片厚厚的眼镜后边藏着炯炯有神的慧眼，红里透光的脸庞似乎挂着永远也喝不醉的神色，操着一口与鲁南人一模一样的口音。他，就是古井贡集团副总裁杨小凡。今天，他和古井贡销售公司副总经理董克永一前一后来到我们身边。提起杨小凡，在全国文学圈里早也是大名鼎鼎，蜚声文坛了。

杨小凡在古井贡酒厂从基层员工做到集团领导，一身正气两袖清风，业余潜心文学创作，把笔下文字酝酿得如酒香四溢。在《人民文学》《中国作家》《小说界》《小说月报》等50多家文学刊物发表小说、报告文学200多万字。作品入选《世界华文微型小说选》等50多种选本，并有多篇微型小说被译介到国外；有作品被改编成长篇连播节目和电影。

1999年，当时他的“药都人物”系列小小说已经在全国各地文学刊物陆陆续续发表，到2004年乃结集成书，名曰“药都笔记”。古井贡所在地亳州乃神医华佗之故乡，又是当代最大的中药材集散地，故亳州被称为药都名副其实。《药都笔记》叙写与亳州有关联的人物的故事，名声赫赫的如老子、张良、嵇康、曹氏祖孙、伍子胥、陈抟等数十位，于史无据纯属民间传说的特异人物、引车买浆之流又有数十位。全书像一张巨大的屏风徐徐展开，画面上的人物栩栩如生，绘声绘色如《世说新语》，神异传奇如聊斋，如《阅微草堂笔记》。

杨小凡不仅能写，而且能喝。席间，他给我们表演了一个异常生动精彩的劝酒新方。酒桌上每个人面前早已摆上一套玲珑剔透的酒杯，上面是一个哑铃形状的杯子，下面有个古井形状的底托。主人敬酒，客人应战。主人说，别多喝，反正一杯吧。客人瞄一眼那么小的一两杯一饮而尽，主人却说，没喝完呢，是反正一杯。杯子反过来还有个二两杯。还没完，主人又拿起下面像是井的底托，说，反过来还有一杯，这可是三两啊！主客两方都哈哈大笑，客人觉得，简直是进了曹操的地下运兵道，机关重重十面埋伏啊！

“这是梁金辉董事长的发明，叫作举一反三酒杯，是活跃饭桌气氛增加喝酒趣味的方法。”杨小凡边喝边给我们介绍说。在酒桌上还一个有趣的现象，古井人抿酒干杯的时候大多会发出“嗞”的一声响，声音高亢嘹亮。据说，这也是古井集团董事长梁金辉的发明，目前正在申请声音商标中。

四

齐鲁之邦，礼仪之乡。当年同属魏国的山东人豪爽奔放，历史上不知出过多少煮酒论英雄的侠肝义胆。山东是白酒消费大省，其酒量在全国里排第一。曾几何时，这里有武松三碗不过冈，梁山好汉之遗风，又有当今因莫言笔下的《红高粱》酒文化大戏而家喻户晓。

丙申酷夏，久旱的泉城突降一场甘露，犹如从天浇下一坛浓香型烈酒，直把街街巷巷、楼楼房房迸得火辣辣，土腥四溅。位于济南黑虎泉边的四星级酒店新闻大厦四楼会议厅里，灯火通明，人声鼎沸，山东品质生活方式展在这里隆重开幕。

资深媒体人、品质生活首倡者、新闻大厦董事长支英珉以他那标准的普通话致辞，对这次活动作了诠释：“当下都市生活竞争激烈，压力大，人的身心健康面临着巨大挑战，品质生活方式的倡导，可以让大家从压力中走出来，尤其从时代精神与文化层面倡导品质生活的理念，更能找到真正的幸福感。智慧品质生活的品质产品服务供应将不断联盟优秀企业和产品加盟。”

支总话音刚落，古井贡山东公司负责人耿桢美女就走上讲台，她以近似于专业主持人的风貌甜甜乐乐地娓娓道来：“古井贡历来是山东人爱不释手的心爱之物，因为古井贡的清纯与刚烈，连绵与回香，正吻合了山东人诚信礼仪与豪情爽朗，古井贡一定要进一步为山东人精心打造和热情供应更多更好的精品佳酿，为提升山东人的品质生活再添一份酒力！”一席话，真把台下讲得口水绵绵、酒意大发。

果其然，在新闻大厦餐饮部的每一间餐厅里，都琳琅满目在醒目的位置摆放了各种各样的古井贡酒，已成为许多客户选择来这儿用餐的重要因素。

11月1日，山东品质生活的系列活动之一，“情怀之旅”业已组成，出门第一站就是这“情怀之旅——古井探秘”。支英珉会同一帮大学教授、作家、诗人、书画家等文化名流，一路欢歌，一路激情满怀，铿锵洒脱，嗅着古井贡的芳香，踏着《短歌行》的诗韵，“对酒当歌，人生几何……”沿着当年魏武大帝的车辙一路前来，来到了“情怀之旅”的原点——亳州古井。

精明的古井贡主人，从接待名单上看出了分量，细心的杨小凡还特地上网做了重点查询，决定亲自出面接待这一行富有情怀的不同寻常的旅友。席间，我与杨小凡聊起文学，想不到都有诸多共同的山东和安徽的文友，一下犹如他乡遇知己的人生幸事出现，旋即用梁金辉发明的举一反三红红的酒具与杨小凡喝了一轮你来我往，方勉强为山东人争得了一丝颜面。此时，随团陪同前往的耿桢已在餐厅布置好书案与文房四宝，趁着一股酒力，我信手挥笔写下了一副楹联：

中华古井贡，

齐鲁情怀旅。

天下第一贡，齐鲁情怀人；古道又古井，情怀更情真。站在这个原点与高度的结合点上，我恍惚才品出了沉淀千年的古井贡那流芳不竭的醇香与厚重。

在回济南的返程中，我油然想起斗酒赋诗的大诗人李白。当年李白从大西北来到山东，一住就是20多年。因此杜甫曾把李白称为山东人“近来海内为长句，汝与山东李白好”。李白曾在山东邀约千古明月：

今人不见古时月，

今月曾经照古人。

古人今人若流水，

共看明月皆如此。

唯愿当歌对酒时，

月光长照金樽里。

所感慨的是，今天我们的金樽里已经不缺酒了，然而缺的是古人和月光，还有诗意与远方……

诗墨西沙行

丁酉之初，雄鸡高亢的叫声似乎还没打住，仿佛就被一阵海风把我从海南吹到了南海，送到了西沙永乐岛。

一架波音737客机在年前刚刚开通的海口至西沙航线上，穿过茫茫大海稳稳地停落在永兴岛两头伸到海里的长长的跑道中央。在飞机即将降落的盘旋中，我俯瞰着这一片梦境般的迷幻世界，一首七律诗禁不住脱口而出：

中华版图九段线，
弯弯圈圈两千年。
玉皇娘娘曾挥手，
几串珍珠落海渊。
三亚三沙经脉承，
一带一路定坤乾。
魑魅魍魉觊觎久，
使尽诡计总枉然。

从空中鸟瞰西沙，确实来到了人间仙境。由永乐群岛和宣德群岛组成的西沙群岛宛如两串闪烁璀璨而又迷人的翡翠，镶嵌在碧波万顷的南海上。由几十个形状各异的岛屿、沙洲和暗礁暗滩组成。宣德群岛中的永兴岛是整个南海中最大一个岛屿，约2.8平方公里，新设立的三沙市政府就在这儿，因此这儿是西沙也是整个南海群岛的行政中心。市政府成立后，修建了环岛公路，建起了海水净化站，移植了成片成片的热带植物……

在永乐岛民用码头的立市巨石上赫然嵌刻这样一段文字："浩瀚南疆，岛礁列布，秦称涨海，汉曰七州洋，唐始开辖制，千里长沙石塘隶于琼州，逐渐形成海上丝绸之路之势。"

下飞机后，岛上我朋友的朋友小柳，一个来自河北省的小伙子，开着一辆类似公园里的电瓶车接上了我。我顾不得下榻宾馆，就急不可待地让小柳拉着我从东到西，从南到北，两个多小时整整浏览了岛上所有的古迹景点和重要部位。岛上人很少，几乎看不到汽车，只有一个超市，全岛有一个唯一的食堂，我们进去吃午饭时，只见里面军人、公安、政府公务员以及进岛的渔民都济济一堂，好不热闹。

饭后，我徜徉在一片雪白的沙滩上，痴痴地凝望着自己的脚下和远方……

这儿无边的海水好诡异呀。它不是蓝色的，说它绿也不全是，从淡绿、淡蓝到深绿、深蓝，迷幻多姿，好像一张铺开的偌大的画纸，大自然鬼斧神工天天都在浓墨重彩，描绘人世间最美好的画卷。这儿是名副其实的一半海水一半鱼，鱼在清澈透底的海水里优哉游哉，色彩斑斓的奇异精灵让人目不暇接。如果有机会潜入海底，那里的景色更是让人陶醉。人只需轻轻挥手，珊瑚沙就会随波摇动，曼妙其中。绕过一道道海沟，潜到五颜六色的珊瑚丛中，能看见绿色的鹦嘴鱼追逐着人呼吸的气泡飞舞，斑斓的小丑鱼绕着珊瑚尽情嬉戏，远处一群又一群叫不上名字的花鱼儿互相追逐，热闹了整个海底世界。幸运的话，人们还能发现美丽的虎斑贝、马蹄螺、梭螺、红口螺躲在珊瑚下"开会"的奇妙一景。不仅如此，紫色的滨珊瑚、白色的中华脑珊瑚、红色的笙珊瑚、圆圆的石芝珊瑚、古怪嶙峋的鹿角珊瑚……应有尽有，它们维系了海洋的生态平衡，成为鱼儿等海洋生物生息的乐园，扮靓了西沙的海。

这儿平整的地表植被独特得让人叫绝。进了岛，如同走进了一座热带植物园，植物丛生，四季繁茂。环岛沙堤以内的地区生长着以白避霜花组成的乔木林，靠近岛的中心地带植株较高，靠近海岸的植株较矮。在岛的外围沙堤上，生长的是海岸桐和草海桐等热带乔木和灌木。岛上沙堤至中部干泻湖的低地生长着茂密的羊角树、麻枫桐、海岸桐、银花树、草海桐、木麻黄等稀有树种。像一帧刚刚展开的诗笺，有工整的古体诗，也有长短不齐的现代诗。冥冥之中，仿佛又觉得远处这一片片一排排一簇簇的植物，又好像我童年时代远方的故乡……林丰而鸟聚，西沙群岛上栖息着鸟类40多种，常见的有鲣鸟、乌燕鸥、黑枕燕鸥、大凤头燕鸥和暗缘乡眼等。在整个树林的上层及其上空，海鸟成千上万终日盘旋飞翔，千鸣万啭，自成奇观，真不愧素称为“鸟的天堂”。西沙的云无疑是最精彩的一笔，西沙的云好似一幅巨大的写意，留给人无数的想象空间。很多时候，还没待人想到答案，风就会把画卷扮成了一幅泼墨画，用笔浓淡，错落有致，刚柔并济，瞬息万变。

这儿的夜晚更是梦幻般的感觉，眺望夜色中广袤的南中国海，看皎洁的月光倾洒在波澜不惊的海面上，给西沙披上一层无垠的银纱。硕大无比的天穹仿佛就是一盘巨型的砚池，满满的醇墨，不知要书写出多少彪炳春秋的传神之笔。世界寂静无声。这样的境地里，什么都可以不想，什么都可以忘记。只有风声、涛声、鸟鸣和鱼儿跃出水面拍打海浪的“啪啪”的声响。

可是，来到的第一夜，我还是失眠了。上半夜是因为激动，谁知刚进梦乡，即被窗外驻岛部队早操训练的号声、刺杀声、队列声惊醒，又勾起我的重重往事……

20世纪70年代初，我刚到东海某海防前线当兵不久，似乎也是这个季节，发生在脚下这块热土上的著名的西沙群岛中越自卫反击战就打响了。我们部队上的第一堂战备形势报告会，讲得就是南海局势与我军使命。40多年过去了，当年那种铿锵激昂依然历历在目，依旧热血沸腾。几十年来，电影《南海风云》，浩然的中篇小说《西沙儿女》一直在激励着我，有时偶尔陪朋友去歌厅首先点的歌也是《西沙群岛，我可爱的家乡》……

恍惚之中，我仿佛置身于当年西沙海战的战船上。惊涛骇浪，卷起千层雪。当年南越政权倚仗美国留下的四艘大舰，恣意对我挑衅。瞬间，我方的四支小舰载毫不畏惧，巧妙着周旋，最终英勇反击，轰然击沉南越护卫舰一艘，击伤驱逐舰三艘，果断利索地将其驱赶。继而在邓小平等英明指挥下，又一鼓作气，乘胜收复之前已被南越占领的珊瑚岛等三岛，从此牢牢控制了西沙的整个局势，也为整个南海的稳定奠定了重要基础。这一仗，也终于雪耻了当年发生在山东威海海域甲午战争100多年来的中国海战耻辱史……

醒来之后，一曲《念奴娇》一气呵成：

念奴娇·西沙海战

西沙屏岛，
大涛推，沧海将军英苑，
忆昔四十三整载，
南越跳梁骚乱。
密布阴云，
惊涛四伏，
席卷千重难。
天崩地裂，
一时三海齐唤。

幸哉邓公披袍，
主席钦赞，
挥手行明断。
帷幄运筹、茶饭中，
敌国舰沉军涣。
再鼓兵奇，
连收三岛，
定海神针贯。
甲午雪耻，
百年天国惊叹。

清早，我踟蹰在雪白的沙滩上，抚摸着一块块晶莹剔透的珊瑚石，遥望着天空飞翔的海鸥、海燕，在喷薄而出的海上那滚火轮的映照下，从远方飞来，又向远方飞去。那一刻，我下意识地再次认定，这儿就是我亲爱的远方的故乡，我就是西沙虔诚孝敬的儿女。

岛上有永乐路、宣德路等等，永乐和宣德是明代两个皇帝的年号，我漫步在这些路段上，仿佛与朱元璋、于谦、袁崇焕、瞿式耜、张同敞、戚继光等明朝历史名流在同伍、在切磋、在共谋，又像是在慷慨激昂，声音颤颤悠悠飘向历史的深处……环岛路曲曲弯弯不足十公里，我却一气穿越了大明王朝三百年。

傍晚，我与小柳还有他河北老乡三沙民用飞机场的徐总在永乐渔村大排档露天喝酒聊天，几杯酒落肚，三沙兄弟的肚子里也是酸甜苦辣：岛上人这样描述三沙，来到第一周是天堂，第二周即成人间，第三周就沦为地狱了。我听得瞠目结舌，目瞪口呆。细一想，也是呀，长年高温、高晒、高浪、高盐，岛上没有也不能有任何的娱乐消遣，真比苦行僧还要苦多少倍！为了祖国的繁荣安全，这帮兄弟们却无怨无悔。

一生一次三沙行，三沙三日一生情。返程临登航班前，我深情望着万顷碧浪，挥毫书写下了当今诗人陆地的《西沙印象》：

巨浪无意逐长风，
翻作浅深对碧空。
几处鱼螺归雁阵，
一汀沙雪踏无声。

王筱喻作品集

（中册）

王筱喻 著

CFP 中国电影出版社

图书在版编目（CIP）数据

王筱喻作品集 ：全3册 / 王筱喻 著. --北京 ：中国电影出版社，2017.4

ISBN 978-7-106-04700-9

Ⅰ. ①王… Ⅱ. ①王… Ⅲ. ①中国文学-当代文学-作品综合集 Ⅳ. ①I217.2

中国版本图书馆CIP数据核字（2017）第079307号

责任编辑：贾 伟
封面设计：敬德永业
版式设计：李庆辉
责任校对：涞 源
责任印制：庞敬峰

王筱喻作品集（中册）
王筱喻 著

出版发行 中国电影出版社（北京北三环东路22号） 邮编 100013
电话：64296664（总编室） 64216278（发行部）
64296742（读者服务部）
E-mail:cfpygb@126.com
经　销 新华书店
印　刷 北京万友印刷有限公司
版　次 2017年5月第1版 2017年5月第1次印刷
规　格 开本/710 mm×1000 mm 1/16
印张/48 插页/0 字数/612千字

书　号 ISBN 978-7-106-04700-9/I·1161
定　价 119.00元（全3册）

序 言

——读王筱喻小说集《烟王》

马 兵

有位俄罗斯的风景画家说过，他从来不是在描摹风景，而是在捕捉景色中的灵魂。我以为，对于一位乡土作家而言也当有如此自觉的追求。熟悉乡土文学史的读者都知道，自五四以来，中国乡土文学基本是沿着三个脉络传承衍播的，即乡土批判、乡土抒情与乡土挽歌。而在这些脉络中富有实绩的小说家，像鲁迅、废名、沈从文、萧红、赵树理、汪曾祺等都不仅是乡土风华的记录者、歌颂者，更是与乡民们休戚与共、保持灵魂共振的见证者和分担者，他们的思乡之情有现实的承载和寄托，但更具备人类学意义上的慈悲和感恩。他们的故乡是个人的，但乡愁却是我们所有人的。在这个层面上，王筱喻用小说集《烟王》证明了，他虽然距大师和名家尚有不小的距离，同样是一位扎实的有追求有定力的乡土作家。

与小说集同名的《烟王》曾获得“全国郭澄清农村题材短篇小说奖”，这篇小说通过对鲁中丘陵地带一个老农“老杆子”痴迷烟草种植及烟叶烤制的人生经历的素描，经以时代，纬以人情，在大跨度的时空转换中来传递乡村与人的灵魂之痛。村叫“老庄”，人叫“老杆子”，再加上小说一再提到的“老祠堂”和“老烟屋”，小说对“老”的强调隐含着对精耕细作的传统农业生产方式的一种敬畏和不舍，而作者又明白，情感的依恋无法阻挡历史的理性以及非理性。事实上，对于老杆子而言，无论是一波连一波的“运动”，还是机器化产业化的生产方式，其实都意味着一种不以他的意志为转移的专横的暴力，而当他意识到烟草对青年人身体的戕害时，则更让自己陷入一种价值判断的惶然之中——这是小说中写得最传情也最动人的一幕，一个爱烟如命的老人像毁掉自己的孩子一样毁掉烟田，作者未有过多渲染，那一种悱恻沉挚的哀恸却分明力透纸背。

一般而言，短篇小说不太适合作纵向式的拓展书写，但《烟王》却执意为之，我能理解作者的苦心，为篇幅所限，他宁愿冒着只能对历史事件作仓促的甚至概念化的书写的风险，也要全景地呈现老杆子置身在新旧冲突和特定的极端情境中内心的纠结和由此爆发的戏剧张力——在老杆子身上，围绕“种烟”“烤烟”“毁烟”“复烟”这一关于烟的“历时性轴线”与他作为中国传统农人代表的“共时性切片”的意义形成了良有意味的交织，也使得《烟王》本身成为关乎一代农人命运的隐喻性文本。小说以小博大、寓繁于简的艺术匠心与庄严宏大的主题也构成了很好的匹配。

王筱喻不但能触探到乡民的悲凉疼痛，也能咂摸到属于他们的欢快与善意。集子里的《离你最近的爱情》《玉泉情事》《韵事三重门》《磨合“妻”》《和“死人”结婚》等几篇写的其实是差不多相同的恋爱的事儿。在平淡如水的叙谈中，他让读者读到了那个年代最走心的浪漫。在乡土社会已经发生了本质性解体的今天，读这些三十年前的乡村爱情故事不免让人有恍惚之感。它们让人依稀又回到了尚是青山绿水的二十世纪八十年代的乡村，那时的小伙儿有健拔葳蕤的英气，姑娘的柔婉多情里又有点儿泼辣甚至是迂执；那时改革开放的风潮乍起，人们想全身心地拥抱新生活，又不免忌惮残留的老观念；

那时的乡土社会远未崩坍，故乡的一脉清泉，一道山梁，妻儿的一声叮咛，母亲的一声嘱咐，甚至是柴门前的一声犬吠依旧能让陷入惶惑的乡村青年在清寒的暗夜里找到慰安。

我个人最喜欢的一篇是《磨合“妻”》，虽然这个小说的故事是最简单的，没有复杂的三角恋多角恋，无非是新过门的媳妇和丈夫、婆婆公公围绕衣食住行各种鸡零狗碎的小事儿，但是因为作者对于乡土的熟悉，再加上叙述口气的质直可亲，纯任自然，读来让人觉得宛转有情，尤其夏之秋和文游清那种小儿女的情态，真是如在目前，活灵活现。

说到语言，整部小说集同样给人一种久违的80年代气质。在阅读当下的乡土文学作品时，很多读者都会有这样的感受，即那种鲜明的、朴实的，有草木清韵和烟火情味的语言，似乎随着乡土叙事的结构性转向也渐行渐远。而读《烟王》时，这种感受某种程度上又回来了。小说中的一些华彩段落甚至是可读出声来的，而当我们情不自禁放声读出来时，我们其实也和作者一样，参与了对那个逝去时代的召唤，一种浸润着回忆的召唤。值得注意的是，作者并没有过多使用方言，相比于方言所带来的地域特性，他更在意那种乡谚土语形成背后的那种经验性东西。换言之，即便使用方言，他也不会像别的乡土作家那样选一些特别不好懂的，甚至要给方言矫情地加注，这样的后果其实往往使方言成为一种噱头。他更看重的是语言的真气、活泛和畅茂，而且只要我们稍加体会，也不难发现，作者本人还格外重视语言的文气和诗性，尤其是人物对白之外的叙述和议论的部分。

集子里的另外几篇小说《豪门恩怨录》《扭正乾坤》和《双手合十》等体现的是作家激浊扬清的一种正义立场，但也许因为批判的态度过于峻急，有些意在笔先，读来不若他的乡土题材的作品那么传神有致。不过，我个人觉得更遗憾的是，这本集子里的近作偏少了，如前所述，中国的乡土社会在今天遇到了前所未有的危机和窘境，作为一名有忧患精神的乡土作家，王筱喻理当有对当下的审视和发掘，相信这也是所有读者对他的期待。

是为序。

目 录

烟 王

一

这村并不算大，村南旁那棵七百年的老槐树，树干早已空枯，但盘根错节的树冠就是朝天空使劲撒出去的巨型天网，仿佛要将天地之间的精华皆收于囊中。树杈树枝如同爬满的藤蔓向四周无限延伸着，最是横着朝东面爬出去的那粗粗的树股子，撑出足有几十米，好像要将大半个村庄都掖于怀中。树荫下恰是一个硕大的老麻湾，无论天怎么干旱，总是汪着一湾深水。老杆子还是小杆子的时候，总是和那帮顽童们攀上去，顺着树股子猴一般爬到湾正上方，然后一个个跃起来，喊着号子，青蛙似的跳进水里。于是，平静的水湾就溅起了一朵朵水花。

水湾边上的村子叫老庄，称其为“老”，倒也名副其实。除了这棵老槐树和老麻湾，村里还有两大古建筑，打头的当然是村东头那老祠堂，再就是老麻湾南崖头上的那间老烟屋。但老庄更重要的还应算出了个四邻八乡闻名遐迩的烟王——老杆子。

老杆子在村里辈分最高，出门“爷爷”“老爷爷”甚至“老老爷爷”的被叫个不停。富户衍快，穷家辈大。村里祠堂里的碑上记载着明朝初老祖宗弟兄三人来这儿扎根，怎么几百年的光景，才落下了六七辈？每每寻思起来，他心头总一阵阵发酸，真真感到自己和祖辈的尴尬无能。什么狗屁烟王，全是扯淡！两撇胡子气得一翘一翘的，直发愣怔。他身材魁梧，一张方方正正的脸不苟言笑。他若不高兴，差不多半个村子都不敢吱声。

他的宅子就在老麻湾北侧的高高的石蹬崖子上面，从他家出门下沟，径直朝前就是独自兀立的烟屋。这烟屋自老杆子记事就有，应该是他爷爷那个年代的产物。这个建筑貌不惊人，历经沧桑，已经是陈砖旧壁。里外两大间，外面那间是烤房，里面这间为烧炉兼起居室。下沉式的炉膛上面是用木棍支起的床铺，光溜溜的芦苇薄席上只有床油纸麻花的破毯子，进门处卧着一块大石头，上面歪着几把黑黢黢的茶壶茶碗，几把用麻皮缠绕的交叉板凳散落在裸露的屋地上。老杆子知道，就在这其貌不扬的烟屋里，谁知道烤出了多少上等的黄澄澄的精品佳烟，流入华灯璀璨的城市，流入达官贵人的口中？

烟屋前搭着吊瓜架，长长的吊瓜从架上探头探脑地伸下来，原本细细青青的越长越大，越长越呈褐色，外面还泛着一层浅浅的醭。架子底下，就是烟农们最佳的休闲乘凉的去处。外面那光溜溜的一片就是场院。再往前，那是老杆子家的一片菜园子，菜园过去，就是一望无际的绿油油的烟田了。

比人还高的烟秆上，每一棵都长着足足十几片错落有致的蒲扇大的烟叶，一行行、一排排整齐地朝远方延伸过去。微风轻拂，晶莹透亮的露珠从叶片上咕噜噜滚下，吧嗒吧嗒摔在下面的叶子上，最后都落个粉身碎骨……

二

老杆子心里清楚，他爷爷那才是真正的烟王。

这一方水土好像天生就是种烟的风水宝地，可过去一直种的是晒烟、吃笨烟。民国初年，随着胶济铁路上一声鸣响，列强开始在铁路鲁中沿线建烟叶收购站，推广烤烟种植新技术。上过私塾的爷爷捷足先登，砸锅卖铁盖起了烟屋，置办了火表、炉条、马灯和煤炭什么的，而且一举成功，一百斤烟竟换六十块大洋。那年他种了几亩烟，换成白花花的银子抱回了家。

人怕出名猪怕壮。那时这一带土匪猖獗，还没等过年，才十四岁的老杆子就被西山土匪胡大麻子绑了票。捎出话说，三天内必须送五百大洋去，不然就扔山沟里喂狼。天哪，黄烟一共卖了不到二百大洋，上哪再去弄这么多的钱？爷爷托人去说情，土匪扔出来一只耳朵说，再怠慢两天，那只耳朵也要割下来。捎话人把耳朵拿回家，全家哭声一片，爷爷和父亲走投无路，只好求亲告友，东拼西凑，凑齐大洋后，盛满了两大簸箕端进山里，好歹将孩子平安领了回来。

一到家，全家人抱着孩子的头就哭，可发现孩子两个耳朵竟完好无损，只是头顶上冒出三个铜钱大的疤痕。原来土匪每天用大烟袋锅子在他头上使劲地烙烫，那股刺鼻的油烟味掺着头发和皮肉的焦煳味，伴着钻心的疼痛，让老杆子刻骨铭心，终生难忘，所以他从来是不沾烟的。

爷爷还没等把惨淡的春节憋屈地过完，就开始琢磨种烟的活计。经过这次磨难，年少的老杆子仿佛一下长大了许多，成了爷爷种烟烤烟最得力的小把式。正月里，爷爷就手把手地教他将黑黑的细小烟种放在盆里，用温水浸泡，然后装进小布袋里。一贫如洗的家里连炉子也没有，为保温度和湿度，只好索性将小布袋用塑料袋套起来，扎在自己厚厚的棉裤腰里，夜里睡觉就搂在被窝中。

过了二月二，地一解冻，爷爷就领着他去整烟畦。这活十分精细讲究，先刨地深翻，然后拉上线，沿线调出畦埂，用木棒槌使劲拍打，使畦埂异常坚固。在畦里施上底肥，再翻搅整平。这时爷俩用屁股体温暖出烟种上已经冒出白白的苍蝇卵状的微芽，掺上细细的沙土，用筛子均匀地撒在浇透水的畦子里，又小心翼翼地在上面铺盖好草苫，真比女人把扠孩子还要仔细三分。中午太阳高照，爷俩慢慢掀开草苫一角，细心观察并用手轻轻抠抠，而后对眼一笑重新整好。很快，畦田冒出星星点点的绿色嫩芽，几天下来便绿成一片，这时就需要间苗了。屁股坐在畦埂上，使劲趔趄着身体用两指将多余的苗连根抠出来，间苗需要好几遍才能最后定棵。留下的烟苗长到六七个叶子，让它在太阳底下好好壮实壮实后，就差不多开始移栽了。移栽时先将畦头挖深大约一扎，形成一个剖面，然后像切豆腐般将一棵一棵烟垛四四方方地放进篮子。这样，烟苗就带着母体在春暖花开的季节奔向了大田。间苗、抠烟、浇水、施肥，年轻的老杆子聪颖麻利，心灵手巧，竟然都干得十分老到。爷爷默默地嘟哝："这小子还是块好料！"

种得好，长得自然就好，烤烟更是爷爷的拿手好戏，只要他在烟屋外面打个转，里面什么成色一目了然，火该大该小、该闭该开，眼到擒来，所以他烟屋里出的烟，片片都是金凤凰。

三

等老杆子娶媳妇成家时，这儿已经解放两重天，爷爷却早就忧郁地过世了。农村互助组合作社时期，政府号召发展烟草事业，老杆子总算有了用武之地。一次辟烟比赛中，他左右开弓，眼睛看得准，下手快，每个烟叶都不多也不少地将烟杆上的一块皮自然辟带而下，辟下的烟叠放整齐有序。三个来回，他第一个到达终点，两只被烟油泥沾得乌黑的手接住了一面鲜艳的流动红旗。到年底，他带领的互助合作组不光产量大而且成色好，一举夺得全公社的种烟状元。人逢喜事精神爽，争气的老婆又接连给他生下了一男一女，大小子起名就叫青杆子，小妮子索性就叫辟杈子。

20世纪大跃进那些年，"鼓足干劲，力争上游"的口号快要鼓破耳膜。他和烟农们最大限度地扩大种植面积，发誓非要夺得全县的状元不可。可天不遂人愿，就在烟刚打完头集中长叶的关键季节，老天一连下了七天七夜的大雨。地里进不去人，可打了头的烟棵上，层层烟叉子在疯长，如果不及时打掉，地里的养分就全部被它吸走，烟叶就会干瘪失去成色和分量。祸不单行，另外一害更是迫在眉睫，似乎在一夜之间，棵棵烟杆上爬满了烟虫子。烟虫子个个长长的、青青的，在烟叶上一咬一片，然后像弓一样隆起身子，转换到别的地方继续贪婪地啃咬。老杆子知道，用不了几天时间，所有的烟叶就会成为筛子底。

情况十万火急，两害不除，百亩烟田将付诸东流。老杆子分身有术，一手请求上级支援，一手组织父老乡亲按年龄和性别组成了三个突击队，小孩打叉，大人抓虫，女人喷药。雨一打住，就立马行动。进到地里，比人还高的烟，一行挨一行，密密匝匝，人很快就浑身湿透了。

眼看着还是压不下去，老杆子火冒三丈，已经三天三夜没合眼了。紧要关头，他又抽调了十几个棒劳力，自己亲自带队专攻重灾区，而且灭虫打叉一遍成功。所到之处，手到擒来，人到病除。老杆子一个顶仨，一马当先，累了坐下来喝口水喘口气，爬起来再干；困了，在地头上打个蒙儿，抖抖精神又下手。到底功夫不负有心人，整整拼了七天，老杆子终于锁定胜局。

“咕噶，咕噶，咕噶……”天一黑，老麻湾里的蛤蟆就此起彼伏地叫个不停。这像中午树上的知了、坡里飞的布谷鸟一样，成了这儿人们天然的催眠曲，如果没有了这些动静，兴许还睡不着觉或许睡不踏实。

这天夜晚，老杆子好不容易回家吃了顿舒坦饭，碗还没完全放下两眼就睁不开了，赶紧上床吧，浑身酸痛难忍动弹不得，咬着牙好不容易把两条腿一一搬上床面，上身就像半堵墙倒了一般的沉重，重重地砸在了枕头上。

头贴枕头鼾声起，媳妇心痛地给他盖上一件破毯子。突然，老杆子一个鲤鱼打挺，扑棱爬了起来，异常的麻利，把媳妇吓了个趔趄。

“快，快去叫后街的窑匠老三去烟屋！”说着就急忙向外推还在犹豫的媳妇。媳妇知道他这些天把支烟炉的事耽搁了。

“你不要命了？马上要大炼钢铁了，你那破烟屋还不知道让你用不？”

“他敢！那老子非和他拼命不可！”

说着，就点上马灯，愣怔着身子朝南崖头烟屋走去。当他摸黑打开烟屋烤烟房的门，里面扑棱棱飞出一群家雀，几只从老麻湾上岸的癞蛤蟆不知从哪钻了进来，“咕噶咕噶”地叫着，眼里冒着磷光。下到里面，身上、脸上随即被蜘蛛网缠满。

随着一阵脚步的踢踏声，窑匠张三利索地过来了。他是村里的头号泥瓦匠。

“老杆叔，这么晚了，不让人睡觉了？”

“我估摸着，再有十天八日就要辟烟了，烟屋还没支咋成？”

张三看看里面的薄土坯已备妥，便说：“好，放心吧，交给我了。”

老杆子把他叫到灯底下，掏出当年跟爷爷学烤烟的笔记本，在本子上详细画出了烟筒走向图和具体规格要求。还没说完，老杆子就支撑不住，爬在烟屋动弹不动了。只听他喃喃地重复：“明天动工，三天必须完成，明天动工！”

“老杆叔放心吧，别忘了多记工分就行。”

这一觉，老杆子直睡了个天昏地暗，什么时候把他弄回家的也全然不知。

三天后，老杆子亲自主持两次调试烘干，经过若干次的修修补补，才终于通过他的技术验收。

地里的烟叶已开始泛黄，真是万事俱备只欠东风。他吩咐，先装一炉试烘。他反复琢磨当年爷爷的经验，翻弄当年的记录，研究确定他的烘烤方案。今年雨水大，烟叶水分重，应一改往常的先小火、再中火、后大火，先定色后取水的惯例，应先取水后定色，上来就是猛一阵中火大火，最后再改小火定住成色。老杆子一天到晚泡在烟屋，密切注视和掌控着一切。

别说，真让他一炮蒙准，第一炉的烟成色和韧度俱佳，可把全村乐坏了：那上百亩的大烟该卖多少钱啊！

四

谁也没想到，他们只是猫咬尿泡一场空，到嘴的肉竟然马上就要飞走了。

这天，公社领导带来一班人马，说是响应国家号召，实施全民炼钢，遍地钢铁，须马上改造这口烟炉，立即行动，并且把这儿作为附近一片管区的炼钢指挥部。说完就吩咐人将烘烟炉洞当即捣碎，按照炼钢的要求着手改造。老杆子一下蒙了，两眼一片漆黑，脑袋嗡嗡直响，一会儿又像要爆炸似的。他幻想这是在做梦或者是在开玩笑，当他知道不可阻挡的时候，他的精神到了彻底崩溃的程度。无论讲什么道理都无济于事，他和乡亲们上天无路，入地无门，叫天天不应，叫地地不灵。接连几天时间，老杆子俨然成了一个疯疯癫癫的精神病人，一直围着烟屋无奈地转圈，无助地捶胸顿足。

两天后，老杆子烤心不改，采取逼宫的办法，将成熟的烟叶辟下，摊堆在烟屋门口，以希冀他们能良心发现，回心转意。可老杆子的如意算盘又打错了，炼钢指挥部随即吩咐人将这些烟叶扔进了老麻湾。

很少喝酒的老杆子那天自己空口竖上了一瓶老白干，跌跌撞撞地抱着那棵老槐树号啕大哭，像是受了委屈的孩子在向父母申冤。他是在向老祖宗求救，是在向老祖宗诉说心中无限的冤屈。男儿有泪不轻弹，碎心裂胆的老爷们的哭声，哭得全村人包括鸡鸭狗猫都黯然泪下，哭得老麻湾里的蛤蟆一个个都哑口无声。一会儿他又跑到烟田里，抚摸着一棵棵无辜的烟，像是父母在安慰自己的孩子，又像是在向它们倾诉心中的万端惆怅……

恍惚中，他陡然发现不远处，在公路边，河道旁，平地搭起了星罗棋布的小炼钢炉，人们的喧闹声，废旧钢铁的敲打声此起彼伏，不绝于耳。那长得好好的玉米高粱等庄稼同样被填埋到井里和河里。老杆子呆呆地望着，疑团阵阵，悲愤交集：这个世界是怎么了，人们怎么都疯了，天哪！

五

年景不济，老槐树整天也像霜打的茄子，低头耷拉耳，这是棵极有灵性的宗族之树。据说，明洪武二年，老庄的先祖从琅琊一路碾转来到这儿，看中了这片依山傍水的风水宝地，就在这儿扎了根，落户后第一件事就是栽上了这老槐树。七百年来，它饱经风霜雪雨，有灵性的它见证了宗族发展的兴衰起伏，尤其是饱经沧桑地记录了这儿的风花雪月和人世间的悲欢离合。周边一二十个村都是从这儿繁衍出去的，每年农历六月二十四日，外地的族亲嫡孙就会朝圣一般络绎不绝地前来老庄祠堂祭拜，并无比虔诚地敬拜这唯一生生不息的老槐树。

疯狂的年代到底带来了悲惨的下场。老槐树又一次见证了惨绝人寰的世道。老人纷纷过早地走了，孩子刚伸头露头就断气夭折了，人们仿佛重新回到吃树叶啃草皮的原始社会，老天在无情鞭笞着这一方土地上失去理智的愚民们。

老杆子这些天无所事事，有空就来老槐树下和兄弟爷们儿闲聊，看蚂蚁上树，入夜后，别人都回家了他却傻傻地待着。

一觉睡去，猛然看见爷爷的头颅挂在老槐树上，嘴里还叼着那杆老烟袋，他急忙跑去拥抱，可怎么也靠不上，爷爷反而用烟袋敲打他的脑瓜子。随后，只见爷爷的脑袋在半空中优哉游哉，他在后面紧追不舍，可总是若即若离。突然，爷爷张着大大的血口瞪着冒火的双眼朝他猛撞而来……他打了一个寒战惊醒了。

一个噩梦又唤起了老杆子种烟的痒痒心。可在那个以粮为纲的年代里无疑是痴人说梦。大田里，老杆子插不上手，他就在自己家的自留地里继续那曾让人魂牵梦萦的冤家营生。但只有几分地的烟，尽管长得再好，也没法单独支炉烘烤，再说也没地方去卖呀。无奈，他只好当作旱烟在太阳底下晒干。就这样烟也成了宝贝疙瘩，乡亲们久旱逢甘霖，你一把我一把，抽得津津有味。秋后，地里的庄稼拾掇完了，老杆子自己动手，土法上马，鼓捣起一套制作烟卷的家伙，叮叮当当地干起来了家庭作坊。他把自己的烟重新定名为“老庄烟王”，整整热闹了一个冬天。大年初一，到老杆子家拜年的络绎不绝，有的拜一次再拜一次，因为他这儿有人人喜欢抽的洋烟卷，老杆子总是乐呵呵地热情招待，来者不拒。

这年，嗜烟如命的老杆子在撂荒多年的河滩荒地上开垦了一块烟田，加上自留地，又威武雄壮地大种其烟。收烟季节，他收拾起烟屋，烧不起煤就烧柴草，凭着他那股钻劲和执着，虽然简陋，烘出来的烟叶竟然质量上乘，省广播电台还特地为他这个种烟大王作了专访。一上广播不要紧，立即引来了外地采购商，他的“老庄烟王”烟立即被抢购一空。

这年年五更，一家人围坐在一起乐乐呵呵地吃年夜饭。娘们正在包饺子，老杆子和儿子青杆子还有两个侄子大杆子、小杆子喝茶吃糖果。老杆子漫不经心地从墙框插子里掏出一包东西，抛去外面的塑料纸，原来是一包金光灿灿的极品黄烟，霎时屋里弥漫着浓浓的醇厚香气，直往鼻子里钻，他们个个都傻了眼睛，张开了嘴巴，小杆子的口水就要出来了。

“别动，这可是专门培植的良种，特别烘烤的精品。”老杆子将烟放进碎烟镗里咕噜了几下，随即取出。他拿起一张长方形的卷烟纸，将烟末均匀地在上面撒了长长的一溜。然后两手托起，先将内侧卷烟纸向里卷起，烟末被整个卷在内中，而后右手用食指和拇指紧紧捏住卷烟纸顶端使劲一转，在左手的配合下自然形成一个喇叭状，右手再顺势顺时针掐起一个小节，自然收住了口。这时左边细细的部分出现一个三角形的卷纸，伸出舌头舔上一下粘住，一只卷烟就做成了。老杆子先将这第一支赏给了大杆子，大杆子也不客气，急不可耐地点上。一阵火光后，只见大杆子使劲地吸吮着，大半天没松气，喇叭筒状的烟纸一下烧进去足有两厘米，烟只往里进不见外泄。许久，才见一阵青烟薄雾从鼻子中缭绕而出，大杆子浑身打了一个寒战似的，舒服劲就甭提了。这边小杆子口水已经滴答下来，赶忙夺过来，生猛地连抽两口，全身也瘫了一般。大杆子学着老杆子的样子自己卷起烟来，很快出徒，抽了一根又接一根。青杆子和小杆子试图也要自己卷，可怎么也掌握不住要领，老杆子就一次次给他们做示范。看着孩子们抽得如此激奋舒服，老杆子也感受到了平生最大的成功，似乎更胜过抽烟人飘飘欲仙的享受和欣慰。

六

老杆子第六感觉告诉他，一种莫名的不祥之兆在悄悄接近他。他把心一横，管他个熊蛋，是福不是祸，是祸躲不过。

果然不出所料，转过年头，村里拉起了两帮，一个比一个革命，一个比一个激进，竞相唱起对台戏。先成立的被贬为“保皇派”，后成立的标榜为“革命派”。

一天早上，老杆子开门时突然发现家门口被大字报贴得严严实实、花花绿绿。他用颤抖的眼睛大致浏览一番，差不多都批他是“种大烟的反动权威”“走资本主义的黑尾巴”。老杆子差点晕倒在地，好在被已经长大成人的青杆子和辟叉子架了回家。

批斗大会开始了，老杆子被戴上了高帽子。台下喊声、叫骂声响成一片。造反派又将青杆子、辟叉子和两个堂哥大杆子、小杆子叫上来，让他们当即和反动透顶的老杆子划清界限，迅速投入到革命的行列中来。老杆子的两个侄子大杆子和小杆子铁骨铮铮，透出正直刚强的男儿血性，死活不从。倒是老杆子的亲生儿女青杆子和辟叉子很快就反戈一击，体现出了大义灭亲的豪迈气概。在台上指着自己的亲生父亲破口大骂，遭到了大杆子和小杆子的强烈蔑视和唾弃，老杆子吃惊地望着这一对亲生逆儿女，只能摇头只有伤心。造反派看他们老少三杆子已是顽固不化，就将他们三人死死地关在了烟屋里。

老杆子排行老三，大杆子和小杆子都是老大的儿子，大哥早年死于一场伤寒病，这两个孩子自小也就跟着他长大成人。

爷仨相依为命，在黑洞洞的烟屋里相互照应。老杆子感到非常对不起这两个后生，政治上连累了他俩的前程。这弟兄俩却处处给老杆子打气宽慰，越说老杆子越是激动，他没想到族门里还出了这么两个铁骨汉子，想起他那两个不争气的不肖子女，就气得半天说不出话来。老杆子知道两个年轻人都喜欢抽烟，就爬起来，在烟屋的内墙壁上摸了两摸，掏出一包上好的烟末，这是他在一次试炉后搓揉烟叶查看成色后顺手塞在里面的。大杆子小杆子如获至宝，放在烟袋里拼命地吸起来。

不到两天，老杆子的话越来越少，送进来的饭也不爱吃。是啊，他感叹不已，在一次次咀嚼回味着这苦涩无比的苦果后，他感觉到这世上已经没有他活路的空间了……大杆子打上手一摸，老杆子额头滚烫滚烫的。弟兄俩意识到厄运即将袭来，先是拼命地砸门，大声喊叫，当然无半点响应。无奈，两人索性顺着挂烟的堂梁，一层一层攀爬到顶，大杆子在下托着弟弟，将瘦小的小杆子顶出上面的排气洞，小杆子沿着房顶滑到烟屋边的烟囱边，一个鱼跃，死死抱住烟囱出溜了下来。他拿起块石头，三下五除二，就将门锁砸开了。

弟兄俩搀扶着老杆子跑了出来，家绝对不能回，于是就先把身心交瘁的老杆子安顿在场院的柴火垛里，他俩分头去弄药和食物什么的。等大杆子回来时却不见老杆子的踪影，顿觉不妙，就匆忙悄悄四处寻找。他心有灵犀地想到了老杆子的爷爷，立即飞快地跑向他们祖宗的老林地，穿过一大片阴森森的松树林，只见老爷爷坟旁的松树上，影影绰绰有个人影，大杆子一个箭步冲上去，抱起了刚刚把脖子套进绳套里的老杆子那笨重的身体。这时，小杆子也不约而同地赶到。弟兄俩把悲痛欲绝、求生不能、要死无路的老杆子安抚起来，一步一步搀扶着，默默地抚慰着老杆子的心。爷仨在河边上借着哗哗的河水响震声，相互拥抱着嗷嗷大哭了半夜，然后弟兄俩顶着老杆子越过齐腰深的河水，好不容易蛰到河对面亲戚家安顿下来。

七

忽如一夜春风来，20世纪80年代初，几百年的老槐树竟然在空枯的树干中又冒发出两棵新树，有高人路过说：“此乃怀中抱子，大福大贵啊！”这个意外惊喜使苦寂已久的老庄人个个焕发出意气昂扬的精神面貌，奔走相告，欢呼雀跃。老杆子凑上前来，揉了揉早已昏花的眼睛，将信将疑道：“难道铁树还真能开花不成？天不变道亦不变啊！”

“老杆叔，天正在变呢，您老就等着瞧吧。”大杆子在一旁扯拉着老杆子的手说。

自从十几年前他们爷仨那场生死患难之后，这老少三杆子似乎好成了一个头。老杆子对他那两个不孝子女嗤之以鼻，对大杆子小杆子自然厚爱有加。这些年，虽然种不了大片的烟，但老杆子燥痒的手总也闲不住，每年都小打小闹种植制作一些。特别是他知道这两个孩子烟瘾特大，一般人的烟不过瘾，一般量的烟也不够用。每当看着这两个孩子有滋有味地嗞嗞品尝自己亲手种的烟时，老杆子那份满足和享受，比那姹紫嫣红的烟花还美。

果然时来运转，政府号召调整农村产业结构，传统种烟区要大力发展烟草产业。县里办起了黄烟培训班，专门请老杆子前去讲课传授，还让他在全县三级干部大会上介绍黄烟种植经验。老杆子在县招待所里美美地住了七天，县领导亲自陪同他参观了卷烟厂和烟草研究所，县广播站还实况播放了他的讲话录音。当他大摇大摆地回到村里时，全村人简直就像迎接大英雄一样，都跑出去喝呼喝呼这位全县的黄烟大王。老杆子丝毫没有趾高气扬的架子，反而在众乡亲面前感慨万分，老泪纵横，激动得无以言表……

“嗨！这是怎么了，你在喇叭头子里讲得头头是道，怎么一回来就趴窝了，蔫叶子了？”大杆子挥舞着烟袋锅子，不一会儿就将老杆子扑哧哧逗乐了。

八

一场春雨如同汽车上的雨刷一样将大地擦洗得明亮如镜，北面那龙门崮巍峨清透，前面那条石河潺水见底，明媚的阳光又想起久已忘却的这一旮旯地，半空中的云朵就像有人手持放大镜将难得的太阳光聚焦到这个亏欠多年的黯阴的方位。

老杆子活了大半辈子，第一次找到了做人的真正感觉，说话声音变得洪亮，走起路来也铿锵有力。他带领乡亲爷们连打三年胜仗，一年比一年好，一年比一年规模大，全村的人都成了老杆子的麾下。

“老庄烟王”品牌已在烟草市场上家喻户晓。家里买上了令人羡慕的“三大件”，大杆子他们都骑上了崭新的大金鹿自行车。

“卸烟炉喽——”每逢听到老杆子吆喝这动静时，也是村里人最为兴奋的时刻。因为大家又可以品尝那金灿灿、香喷喷的黄烟，还能一解各人的烟瘾。村里除了老杆子以外，几乎没有不会吸烟的，连小孩子和大姑娘也都加入烟民的行列。老杆子心里想，这都是那些年苦难的辛酸史逼出来的，借烟浇愁，如今日子好了，就使劲地抽呗。

卸烟炉必定在晚上或者下半夜，因为烟需要潮湿后卸下收储或处理。人们从睡梦中被纠集起来，大杆子这些青壮年首先钻进如同桑拿房的烟炉里，从外向里，一杆一杆将烘烤好的干干脆脆的烟递出来。其他男女老少像击鼓传花一样传递出去，由远到近，一杆一杆整整齐齐地摆放在场院里。不一会儿，一片片的烟杆就井然有序地躺在了地上，在朗朗月亮的辉映下，如黄金铺地，又如银河散落人间大地。在不误干活的同时，谁也没忘了一件事，就是先找那最好的烟叶揉搓一下，装满自己身上所有的衣服口袋。人皆共之，这已是公开的秘密了。

“解烟喽——”天刚放亮，老杆子用手摸了摸烟叶，又跑到另一个地方再摸摸，再拿起一根烟杆整体摇晃了一番，发现已经不是刚出炉那样干脆哗啦了，出现油油的皮皮的软软的感觉，解烟就开始了。这活儿，大姑娘小媳妇是长项，手指利索，动作麻溜地将一撮撮烟从烟杆上解下，一会儿就积攒一大堆。过去集体干活时，按杆数计工分，谁也抢不过她们。

这时，男人们就在吊瓜架下歇凉。老杆子烧上炒麦汤，爷们一瓢一瓢地朝嘴里灌着。每逢这工夫，大家最喜欢大杆子和小杆子斗烟表演。今天大杆子兴致极高，连卷三根烟，将两根分别夹在两只耳朵上，嘴里叼上一根。那边小杆子还是用烟袋锅子，又从别人手里借了一只大号的装好烟准备停当。大杆子先点上烟，猛吸两口，只见从嘴里徐徐吐出一个个圆圆的烟圈，像呼啦圈一样在头顶处平行运转。猛不丁对面一根烟柱哧溜穿过，将全部烟圈一网打尽，而且不偏不歪，不长不短。小杆子高兴得手舞足蹈，赢来乡亲们一阵叫好声。大杆子不动声色，又猛吸一口，脸朝上又呼出一串串烟圈，比上次小且多。小杆子早已料到，急忙把他推向一边，蹲下身子仰面脸朝上，吹出一绺细细的抛物状的弧线，将即要缥缈的烟圈悉数穿缀其中……此情此景，最高兴的当然是老杆子，他不知咋好，就顺手摘下两个大吊瓜，一人奖赏一个。

九

这一年，老天爷似乎故意同老杆子作对，三伏天竟然邪了劲不落个雨点。三天一小旱，五天一大旱。已经整整一周不见个水星星了。太阳公公却比任何时候都忠于职守地履行自己的义务，早上一出来就尽情地释放着滚滚热浪，夜里下的那一点点露珠早就无影无踪，继而便弥漫起大地被蒸烤干的焦煳味。烟叶无精打采地耷拉着头，原本宽平大方变得窄小皱巴，整个烟棵也在弯曲坠落。天地之间就是一间正在放大火的烟屋，不仅烘烤着一切有生命的动植物，更在灸熨着人们的心。

井里的水已变成泥浆，河里几乎断流。老杆子喷火的眼盯住了老麻湾。他先是指挥肩挑人抬，实行人海战术，发动男女老少上阵，去老麻湾挑水浇烟，却总是远水不解近渴，解决不了问题。老杆子索性借来抽水机，修起水渠。马达一响，哗哗的清水流进一垅一垅干涸的烟田里，老杆子心里像喝了蜜一样甘甜。一连两天，湾水即将见底。第二天一看，水又不知从哪儿又冒出了许多，把全部烟田饱饱地灌溉了一遍，棵棵烟又重新打起了精神，昂首挺胸，伸展手脚。辟烟时老杆子仔细端详，烟叶似乎比哪一年的都大都厚实。一湾水救活了百亩烟，焕发出前所未有的勃勃生机，让老杆子始料不及。

中秋节那天，一轮皓月挂在老槐树顶上，把老麻湾映得波光粼粼，似乎把这湖水铺了一层金光灿灿的烟叶。老杆子率众子女，在老槐树下和老麻湾边摆上糖果、月饼，烧香烧纸，顶礼膜拜。

这时上级抽老杆子去外地指导种烟，他把家里的活计仔细安排停当，指名让大杆子领头把总，自己放心地去了。

春节前，老杆子搭了辆拉货的车在村后公路边爬了下来。

十

老杆子刚要进村，就见村头上一堆人，好像是在办丧事，急忙上前问哪家老人过世了。有人回道："哪是什么老人，是后街小嘎子，今年还不到三十岁。"老杆子吃了一惊："怎么死的？""病死的呗。"那人说着使劲瞅了老杆子一眼，眼里还有股子怪异的神气。

走在街上，家家户户都在贴春联，老杆子发现好几家贴的怎么都是蓝色的对子。大过年的，脑子里这些不吉利的事他也没过多地思考。

他这次出去考察了云南、贵州的南方烟和吉林的关东烟，叮叮当当背回来一大摞书籍、种子和烟叶样品。他走的地方越多，研究得越仔细，不知怎的，他的心里越发毛，甚至是让他坐立不安。

他所处的鲁中丘陵地带，由于气候和土壤的先天条件，奠定了中国北方"浓香型"烟的天然习性，与云贵的"清香型"烟形成两大派系。浓香型烟因色泽鲜亮、油分充足、香味醇厚而驰名中外。但劲足、烟性大、尼古丁多，各卷烟厂从不单独使用浓香型烟，总是南北搭配，浓清结合，再加上各种添加剂的勾兑骤减，使其中性柔和，最大限度地减少对人体的伤害。令他忧心忡忡的是：他那些常年抽烟的乡亲们，如何能受得了？他盘算着，第二年先拿出一块试验田培植南方清香型烟。

开春不久，小杆子说是患痨病住了院。老杆子开始并没当作一回事，可后来听说病情越来越严重，又过了两天，活生生的人竟然说死就死了。老杆子特地跑到医院抱住这可怜的小杆子久久不能释怀，回家草草办完了丧事，个个又继续鼓捣地里的烟事去了。

这一年，老杆子总觉得大家的心思不大对劲，个个心事重重似的。不觉烤烟的季节又到了，老杆子发现大杆子的脸色越来越难看，稍微干点活就喘不过气来，几次问他，他总大大咧咧地说没事。一天，大杆子还与往常一样爬到烟屋最高处挂烟，一口气没喘上来，打了个软腿，身子一趔趄，倒了下去，亏得下面有人接住，才避免了一场大祸。大杆子虽然幸免于难，但躺在地上久久爬不起来，只是呼呼地张口喘粗气，吐出来的竟然是殷红的血迹。

老杆子把所有的事全停下，招呼几个年轻人推着大杆子就往城里医院里跑。进医院一检查，老杆子吓了一大跳，大杆子已是肺癌晚期！想起"文革"中爷们的生死相交，老杆子无论如何也不能让大杆子年轻轻地就这么走了。他天天在医生办公室里死缠硬磨，希望能找出个救人的办法。医生看他老人家可怜巴巴，就告诉他真是因抽烟过度造成的，要教育其他的后生千万不能再抽烟了——抽烟无异于自杀啊！老杆子强忍心痛，操持着把大杆子的后事料理好。之后，自己一个人拿着一把铁锹就愤愤奔向了自己的烟田。

"抽烟无异于自杀啊！"医生的忠告在老杆子耳边盘旋着。种烟不就是他杀吗？我这个烟王岂不是罪魁祸首吗？

他挥起铁锹将自己家的烟一一砍去。不一会儿，自己家的那一片烟地，已经变为废枝残叶，横尸遍野，狼藉一片。这时许多村民已经围上来了，有人就沉不住气了，大喊："老杆子，你疯了！"

老杆子毫不理会，如入无人之境，继续他的野蛮行为。乡亲们谁也不敢靠前，只好报告乡里。一会儿，一个骑摩托车的民警模样的人火烧火燎地赶了过来。正要上前，只见老杆子一扬脖，将铁锹使劲扔了出去，整个身体就像一根辟完烟叶的光杆烟楂，瑟瑟秋风吹着身上仅仅残留的烟叉和两片猫耳朵似的顶叶子木然痴痴，植物人一般伫立良久。少顷，但见老杆子上身如雷达扫描般，又如GPS定位一样四周摇晃了一圈，又一圈，又是一圈，最后准确地朝着爷爷坟墓的方向猛然向后，城墙一般地轰然倒了下去……

几乎就在同时，老槐树朝东面的那根粗粗的树股子突然随着咔嚓一声巨响，从树干上猝然折断，断裂处也酷似辟烟般将树干撕带下一块树皮疙瘩。庞大繁密的树枝树杈将老麻湾遮盖了个严严实实。

（此篇曾发表于《山东文学》2014年4月号并获全国郭澄清农村题材短篇小说大奖赛优秀奖）

扭正乾坤

1

晚上刚过九点，湖州市的街道就有些冷清了。他站在路边拦住一辆出租车，司机问去哪里，他说绕城转个圈吧。司机愣了一下，第一次遇到这种乘客。司机启动车后，用余光审视副驾驶座上的乘客，发现他把脸凑在窗外，似乎对街道两边的城市建筑很好奇。司机就明白了，乘客一定不是本地人，或许是来出差的。

“哎，别看了，实话跟你说，我们这破城市，没什么好看的。”司机不屑地说。

乘客转头看着司机，似乎很吃惊，说：“破城市？破在哪儿？”

出租车司机大都很健谈，这位师傅也不例外。他摇着头说：“一看你就是外来的，我没猜错吧？要说破在哪儿……哎，这些年，该拆的没拆，不该拆的拆了，那么多的棚户区破烂玩意儿还杵在那儿，当老祖宗敬着，但国内外都竖大拇指的文博馆却扒了，他们也真下得了手！该整的不整，不该挖的挖了，造孽啊！该建的没建，不该修的修了，到处都是违章建筑。有个九州大厦，严重违反了湖山景观规划规定，竖得那么高，最后遭了报应。听说楼内莫名其妙地连死了八人，老百姓都说是得罪了南山上的老佛爷，他们受到了惩罚，活该！”

乘客微微点头，疑惑地问：“老百姓议论的这些话，你们市领导一点儿不知道？”

司机感慨地说：“能不知道吗？这世道啊，乾坤都颠倒了，阴阳混淆了，没法子啊！”

乘客嘴里不由自主地重复司机的话：“乾坤颠倒……乾坤颠倒……把我送到你说的棚户区好吗？”

司机不明白乘客为什么要去棚户区，也没细想，拐了几条街巷后，把车停靠在棚户区里。乘客让司机等候在外面，但司机有些好奇，说：“你想看什么？我给你带路，这里面九曲十八弯，像地道战。”司机锁好车，陪着乘客朝破败不堪的陋巷艰难前行，浓重的臭气从残缺的下水管道里泛起，直往鼻子里钻。道路坑洼不平，路灯却很昏暗，乘客不得不使劲儿弯腰，辨别脚下的路。

后面传来喇叭声，一辆桑塔纳轿车从他身后驶来。巷子窄，司机和乘客急忙侧身站住，用一只手挡住刺眼的车灯光。桑塔纳轿车与他们擦身而过，没走几步突然停下，从驾驶座上跳下一位四十出头的男子，走到乘客面前弯腰打量着，一脸吃惊。

“这不是赵书记赵老师吗？您怎么在这儿啊？”

乘客看清了来人，也有些吃惊。“孙立清？嗨，是你呀，我随便走走。”他笑了，真的没想到能在这儿碰上自己的学生。

司机在一边愣住了：“赵书记？哪来的赵书记？”

“新上任的湖州市委书记赵志刚，你听清了吧？”

司机有些慌了，对赵志刚连连作揖，说：“你就是新来的市委书记啊，刚才我那些话，可都是随便说说，我们这些人没文化，领导不必当真呀！”

“呵呵，谢谢啦，您说得很好啊！”赵志刚给司机付了车费。

司机刚走，孙立清就兴奋地说：“阿弥陀佛。听说您回来了，没想到竟在这儿碰巧相遇，真乃佛祖显灵啊。小倩，下来，快见赵伯伯！”

孙立清抢上几步，打开副驾驶车门，一个十岁左右的小女孩滑下车，低声说："赵伯伯好。"

赵志刚忙去接应，发现孩子胳膊上戴着黑黑的孝箍，这才突然醒悟，对孙立清说："我听你周阿姨说了，节哀吧。"

"赵伯伯，呜呜……"小倩扑在了赵志刚身上哭起来。

"好孩子，不哭，不哭，这不是哭的地方。"赵志刚忙给小倩擦眼泪，整了整她胳膊上的孝箍。

"老师，我们早就盼您回来。阿弥陀佛！只有您，或许湖州市才有希望……"

赵志刚轻轻摆手，制止孙立清说下去。他说："上车吧。"

就在三天前，滨海市委书记钱亦非亲自跟赵志刚谈话，让他接手湖州市委书记一职。钱亦非没有把赵志刚叫到办公室，而是一起驱车到了湖州郊外一山坡上，俯视着湖州城谈话的。

"大禹之水分九州。"湖州位居九州之中，虽是县级市，但位置非常显要。古时，湖州一直是天下名邑、北国水城、郡邦首第，现在也是全国百强县市中的佼佼者。然而最近几年，湖州局势有些混乱，让上级领导很焦虑。去年，因为拆迁引发了群体纠纷，上百市民集体去北京上访，至今还在闹腾。前不久，一场并不算太大的城市洪涝，竟然稀里糊涂淹死了三十六人，成为茶后饭余谈论的笑话。作为上级单位的滨海市委敏锐地觉察到，湖州出问题了，必须立即选派得力的干将去湖州任一把手。因为两年后，湖州要承办举世瞩目的国际文博盛会。

市委经过慎重考虑，最后圈定了赵志刚。

滨海市委书记钱亦非太了解赵志刚了。当年赵志刚从清华大学土木专业毕业后，就分配到滨海建筑大学当老师，工程院所在地就在湖州，对外又叫建大湖州分院。赵志刚最初的梦想，是从系主任到工程院院长，在自己的领域内弄出一点名堂。然而刚当副院长第一年，组织就派他去海边一个县，挂职县长两年，当年的县委书记就是钱亦非。钱亦非很欣赏赵志刚的人品和能力，两个人很快成为好朋友。钱亦非调离的时候，力荐挂职的赵志刚正式担任了县长职务。

钱亦非没看错人，赵志刚确实很有魄力，在县长位置干了四年，顺利接任县委书记。他使一个不太富裕的小县城，一跃成为全省的经济强县。本来这次滨海市换届选举，他成为班子成员考察对象，可没想到在差额选举中，却以微弱的劣势意外落选。

赵志刚心情有些失落。然而就在这时候，组织却要派他去接一个烂摊子，他自然更不痛快。他对钱亦非说："钱书记，我能力有限，你还是派别人去吧。"

钱亦非知道赵志刚在闹情绪，其实有情绪也很正常，他也没想到赵志刚在那次差额选举中败北。当然他也相信，受党培养多年的赵志刚有能力调节自己的情绪。

"湖州市这个摊子，你想接也得接，不想接也要给我接！而且两年内，必须让我看到一个朝气蓬勃的湖州市！"钱亦非觉得自己该说的都说完了，扭头就朝山坡下走，走了十几米远，又转身朝赵志刚喊："出水再看两腿泥！"

看着钱亦非远去的身影，赵志刚一屁股坐在地上，呆呆地看着远处的湖州城。好半天，他才站起身，发现自己手中不知什么时候捋了一把乱草。他将一把乱草狠狠摔在地上，说道："好，出水再看两腿泥！"

2

孙立清开车拉着赵志刚和女儿倩倩，朝湖州市委大院驶去。赵志刚坐在车内，问孙立清："立清，你可是很久没跟我联系了，这两年你忙什么了？"

孙立清苦笑说："不忙，清闲呀，不让我搞城市规划了，给我安了个市政府副秘书长，晒在一边了。"

赵志刚愣了一下，想说什么，最终还是保持了沉默。

当年，孙立清在工程学院读书的时候，赵志刚是他的系主任和研究生导师。他的妻子李香梅，又是赵志刚夫人周海英最贴心的学生。不消说，孙立清跟赵志刚两家的关系，就像亲戚一样。

孙立清毕业后顺风顺水，很快坐上市规划局局长的宝座。然而这几年却不走运，不仅丢掉了规划局长的位置，在前不久的那场洪涝中，妻子李香梅溺水而亡。

赵志刚提前给夫人周海英打了电话，车子刚进市委大院，周海英就碎步跑上来，拉开车门，抱住小倩说："哎呀，我的心肝，我的宝贝！"

在周海英眼里，学生李香梅就像自己的亲女儿，小倩就是自己的亲孙女。两人抱在一起，号啕大哭起来。

"你妈怎么那么笨，洪涝也能淹死她……"

赵志刚提醒赵海英，别在院子哭哭啼啼的，有话回屋里说。赵志刚夫妻刚来几天，也没声张，屋里空荡荡的，孙立清觉得太寒酸了，就要出去给他们采购一些物品，被赵志刚拦住了。赵志刚伸出三个指头，以领导干部惯有的口气跟孙立清交代说："我现在需要你做的，一是尽快处理好李香梅的后事；二是调整心态，打起精神，投入工作；三是为迎接世博会，应尽早研究，拿出加强城市规划建设管理的意见。"

孙立清当即点头。在赵志刚面前，他不需要虚伪。他说自己现在最大的愿望，就是还去干自己的专业："我一定用心去把湖州市的规划建设管理做好。"说着，他从包里掏出最近刚撰写的一篇文章，交给赵志刚，题目是《文明的颠倒——湖州市城市规划建设管理思考》。

赵志刚说：“我会尽快看完，然后再跟你交换意见。”

当晚，周海英就把小倩留在自己身边。孙立清独自回到家中，躺在床上怎么也睡不着。屋子内，李香梅的影子无处不在。

半月前那场暴雨，发生在下午两点。三个小时的暴雨，城市街道变成了河流。当时孙立清就有一种不祥的预感，因为他知道湖州市水系复杂，设施陈旧，特别是近几年龙泉湖下游河道堵塞，污染严重，遇上这种几十年不遇的暴雨，后果不堪设想。他急忙给妻子打电话，问她晚上下班怎么回家，妻子说她已经搭上一位同事的车，走在回家路上。孙立清叮嘱说：“你要注意安全，水深的地方不要走！”

然而半小时后，他就接到了不幸的消息，妻子被湍急的水流冲走了。不熟知湖州城的人听了，会觉得可笑，在城市街道上，怎么会被水流冲走了？

湖州城由东向西是一个大斜坡，由于排水系统的缺陷，雨水大的时候，东边街道来不及排泄的雨水，就会顺着街道向西边奔涌，最后注入西边的湖泊。妻子乘坐的商务车经过西边主干道时，车轮子不慎陷入下水井口，车上的人纷纷下来。不料刚打开车门，正好一股洪流从上面滚滚而下，把几个人打了个趔趄，卡在下水井口的商务车，也被冲出好远。大家从水流中相互搀扶，挣扎着抱住了街道边的树木，才发现李香梅不见了。事后才知，有很多人像李香梅一样被城市街道的洪流冲走了。

月上西楼。窗外丝丝凉风吹进屋子，孙立清知道自己今夜无眠了，他从床上爬起来，去抽屉拿出了一本厚厚的相册，仔细翻阅着……这本相册，记录了他跟妻子李香梅从大学恋爱到走进婚姻殿堂的那段美好岁月。

孙立清长得不算帅气，但他很招女生喜欢，原因很简单，他学习优秀，是学校出名的才子。大学第一个学期还没结束，他身边就有两个漂亮女生，总是用含情脉脉的目光看着他。一个就是后来的妻子李香梅，另一个女孩叫白雪。

白雪天生丽质，性格开朗，模样像是电影明星。由于家境优越，从小受了良好教育。李香梅与白雪全然不同，出身胶东沿海的农村，虽然长得端庄秀气，但却没有白雪那种傲气，孙立清跟她交往时，就显得自然随和，没有紧张感，两个人的关系也就更亲近些。

孙立清的才气其实是赵志刚培养起来的。一天，赵志刚给学生们讲授建筑与景观、建筑与风水以及建筑与社会人文等方面的诸多关系。赵志刚坚持研习易经等国学精粹，特别是对建筑风水、城市风水的研究颇有造诣。恰好孙立清对这方面也很感兴趣，平时就喜欢阅读这方面的书籍，于是在课堂上跟赵志刚对话的时候，孙立清侃侃而谈："从埃及几何学的金字塔建筑，到完美尺度的欧洲文艺复兴建筑，从典雅精致的古代建筑，到前卫大胆的现代设计，都融合了当地的民族文化和自然环境，折射着历史，反映着特定时期的人类信仰及审美观念，同时也直接或曲折地反映了设计师、建设者的思想与情感……"他的分析赢得了同学们热烈的掌声。

后来，赵志刚搞了一次建筑设计竞赛，孙立清很轻松地获得第一名。家境富裕的白雪，为祝贺孙立清的成功，特意组织了一场晚宴，陪同吃饭的同学中就有李香梅。白雪作为东道主，自然紧靠孙立清坐着，又是夹菜又是倒酒，大献殷勤。对面的李香梅看在眼里，急在心里，喝酒的时候就跟白雪较上劲了，两人都破天荒地喝了五六瓶啤酒。后来同学们戏称那场晚宴是一场"梅雪争春"的大拼杀。

白雪酒量不错，只是脸颊微红，醉眼蒙眬。但李香梅却当场趴在桌子上，谁叫她都不应声，显然是醉了。孙立清也喝得有些微醉，但几位男生都说，李香梅是为孙立清喝醉的，孙立清理应送她回宿舍。无奈，孙立清就搀扶着李香梅，磕磕绊绊地往回走。走到学校一条林荫小道上时，李香梅突然靠在孙立清的身上不走了。周围极静，他们能听到彼此的呼吸声。孙立清看着双眼蒙眬的李香梅，很想亲吻她的脸颊。当他闭上眼睛，轻轻垂下头的时候，他碰到的是一张湿漉漉的嘴唇。

他不明白这张嘴唇，怎么如此准确地捕捉到了他。

几年后，孙立清跟李香梅结婚了。结婚后他才知道，李香梅的酒量远不止五瓶啤酒，那晚上李香梅应该不会醉的。他不得不承认，看似憨厚朴实的李香梅，其实比高傲的白雪更有心机。

3

时间一晃，赵志刚到湖州任职两个多月了。这天在市委常委会议室里，赵志刚像前几任书记一样，端坐在椭圆形会议桌的顶端，几位副书记依照排列顺序分坐两边。然后是常委，也是顺序井然，谁也不会坐错了位置。

今天会议的议题是“听取市政府及建委关于迎接世界文博会的意见汇报”，孙立清是主要汇报人。一月前，他被任命为市建委主任。面对着多媒体的大屏幕，他详细汇报了迎接世界文博会的基础设施建设、棚户区改造、龙泉河整治、违章建筑拆除和破旧山体整治等方案。

各位常委都知道，这份方案是根据赵志刚的意见提出来的，因此提意见的时候，只是做了支持性表态发言，不痛不痒。有的还大唱赞歌，说这是上顺天意，下遂民望，真正体现了科学发展观，空前绝后，言辞有些肉麻。轮到副书记、市长吴长功发言时，他也表示了肯定，只是又有弦外有音地提醒大家：拆除违章建筑必须慎重，不要影响社会稳定。吴长功操着浓重的鲁南口音，拖着长腔强调：“志刚书记来湖州市时间不长，表现出非常高的水平，从经济社会的全局出发，从老百姓的利益着手，看得准，想得远。你们这些妈拉巴子的家伙，都要紧紧团结在以赵志刚同志为首的市委周围，无条件地服从，对的要执行，不对的也要坚决执行！”

“妈拉巴子”倒不是什么脏话，是他老家那个地方的集体口头禅。他将老家这一口头禅持之以恒地挂在嘴边。表面上看，他在为新来不久的赵志刚书记树立威信，其实是想用这句话，让赵志刚明白他吴长功在干部中的不可动摇的地位。

赵志刚当然感觉到了，常委里面最让他头痛的就是吴长功。

吴长功在市长的位置上干了四年多，此前还在市委副书记的位置上干了两年，在市委常委、组织部长的位置上干了三年，是常委中的大佬级人物。市里多数干部，都是他栽培提拔起来的，具有深厚的组织班底和干部人脉。他与原湖州市委书记贾建邦关系密切，是贾建邦一手提拔起来的。这次换届，身为滨海市委常委的贾建邦离开湖州，去滨海市担任市委副书记，主管党务与组织人事，在滨海市委坐第三把交椅。据说贾建邦与省里某主政领导有特殊关系，因此钱亦非都让他三分。

贾建邦离开湖州，吴长功原以为自己能坐上湖州市委书记的宝座，不料上面却派来一个赵志刚，让他憋了一肚子窝囊气。目前城市建设的摊子，就是他一手鼓捣起来的，现在要否定过去的城市建设，他肯定极不情愿。尤其是九州集团，与他有着特殊关系，要拆除九州大厦，就等于在他脸上扇了一个大嘴巴。

散会后，赵志刚哪里都不想去，匆匆回到家里，在书房里摊开宣纸。“造化钟神秀，阴阳割昏晓”，赵志刚已多次书写这两句话了，但今天写了三遍都不满意，索性将写好的条幅，统统抛到废纸篓里。

“老赵，这儿是不是很复杂？自己悠着点啊。”周海英看出了赵志刚的烦恼。

“是有些小麻烦，不过不要紧的。”赵志刚宽慰着周海英。

“不行的话，该退就退，退一步海阔天空啊。”

“退？开弓没有回头箭！”

周海英不再说什么了。她知道他的脾气，什么事只要拿定了主意，十头牛也拽不回来。

与赵志刚散会后直接回家不同，吴长功直接去了湖州市南部旅游风景区，在一栋豪华别墅内，会见了大名鼎鼎的九州集团总裁郑丽丽。别墅四周，树木葳蕤，还有小桥流水。

郑丽丽四十多岁了，看上去也就是三十出头，风姿绰约。她穿着睡衣，叼着一支高级雪茄香烟，沉默半晌，她突然将雪茄掐死在烟缸里。

“老吴头，你还是市长吗？你这个市长当得真窝囊！呸！”郑丽丽几乎指着吴长功的鼻子说了这句话。

“妈拉巴子的，你别急，小不忍则乱大谋！”

“还小呀，要炸我的楼，废我的窝呀！”

吴长功不说话，粗粗地喘气。

“你经营这么多年，让一个外来的教书匠治住了？”

吴长功还是不说话。

“你管不了，我可让那帮弟兄们上场了！”

“你别胡来，否则我就对你不客气了！”吴长功站起来，一脸愤怒。

郑丽丽没想到他会发这么大脾气，立即风情万种地拉住了他的手，娇滴滴地说：“哎哟，什么人呀，怎么说火就火呀。”

吴长功没好气地甩开她的手，披上衣裳朝外走去。郑丽丽跟在后面说好话，吴长功佯装听不见，径直钻进一辆停在门口的轿车里，一溜烟地开走了。

坐在车里，吴长功越来越觉得这个女人早晚是个麻烦。郑丽丽是他一手扶植起来的，当年她只是一名宾馆服务员，被吴长功偶然看好后，一步一步扶持到今天。十年前，在吴长功的精心导演下，郑丽丽空手套白狼，顺利地捞到了第一桶金，办起房地产开发公司，后来竟然在湖州市最繁华的地段建起了十八层的九州大厦。

吴长功此时也是懊悔不已。当前形势下，孰轻孰重，他当然清楚。“小不忍则乱大谋”，这正是他的内心独白。按照他的设想，既不要让赵志刚的如意算盘实现，又不能让这个骚女人贻误他的政治前程。

郑丽丽已经感觉到吴长功对她的厌倦，吴长功的车刚离去，她就大骂吴长功忘恩负义，说：“你嫌老娘老了？哼，让我过不去，那谁也别想消停！”

她立即给自己手下几个铁兄弟打电话，让他们速到别墅议事。

4

第二天，赵志刚上班后就给滨海市委书记钱亦非打电话，要当面向钱亦非汇报最近的工作。

钱亦非的办公桌上，正摆放着一份《舆情选编》，这期刊登的是湖州市最近出台的重大举措所引起的网络反响，很多人都直呼赵志刚是青天大老爷，说不破不立，湖州市老百姓终于有了希望。还有部分网民建议湖州市政府应该好好反思一下，既然是违章建筑，当初为何让它建起来了？如此之大的损失，责任归谁？

接到赵志刚的电话，钱亦非沉思了一会儿，决定亲自去湖州。上午十点，他准时跟赵志刚在约定的地点会面了。这是湖州市园林局下属的一家饭店，地处郊区园林区，环境非常优雅。赵志刚详细汇报了两个月来的工作情况，最后话题落到了九州大厦的拆除上。

湖州是一个典型的山水城市，拥有一千四百多年的佛教文化历史，方圆几百里的老百姓，大都相信全天下唯有这儿的老佛爷最灵。“两面莲花两面柳，半城山色半城湖”，就是它的真实写照。为了保持湖光山色的城市景观，湖州市城市总体规划，多年来一直坚持不在万佛岭与龙泉湖之间建高于六层的建筑，防止遮挡湖山景色，阻隔城市山水文脉。令人遗憾的是，这几年在万佛岭与龙泉湖之间，建起了许多违章建筑，特别是高达十八层的九州大厦，把龙泉湖遮挡得严严实实。

钱亦非听了赵志刚的介绍，神色严肃地说："我和滨海市委一定全力支持你的工作，你大胆地去干。不过，你也要审慎决策，确保省城的社会稳定。"

赵志刚点了点头，他心里明白，钱书记这两点意见，其实只是冠冕堂皇的话。大胆与谨慎他都说了，就等于什么也没说。

赵志刚跟钱书记分手后，匆忙返回市委大院。下午是市委书记接访日，市委信访办公室外已经围了很多人，多是因为房屋拆迁问题而来的，情绪有些激动。赵志刚接待了几十名上访者后，正要端起茶杯喝口水，一位老大爷带着自己的小孙女，踉踉跄跄地进了屋，要给赵志刚下跪，赵志刚急忙过去将老人搀扶起来，说道："老人家有话慢慢说，有话慢慢说。"

老大爷掀开自己的上衣，露出肩膀上一块碗大的疤痕说："这是我当年在解放湖州市支前时留下的伤疤。领导啊，现在搞拆迁和棚户区改造，我们一千个支持，就像当年支援前线打仗一样。可问题是政府要让我们住上房子呀！"

老大爷掏出几张照片，摇晃了一下说："我们这破房子早就该拆了，只是按目前的政策，拆了我们的房子，我们买不起价格昂贵的商品房。现在我们孬好还有个窝，真要拆掉了，我们一家老少小难道住大街不成？"

此时已近下班时间，赵志刚决定用车把老大爷和小孙女送回家，顺便去他们家看一眼。

老大爷的家就住在市内最大的那片棚户区内，车子拐来拐去，好不容易才开了进去。老大爷居住的屋子也就三十平方米左右，靠南窗放一张床，外面就是会客室兼厨房，也是儿子和儿媳晚上睡觉的地方。家里除去一台破彩电，再没有任何值钱的物品了。儿子和儿媳都是下岗职工，平时做点小生意，只够维持全家人最低的生活水平，上哪儿弄钱买商品房？赵志刚大致估算了一下，全部家当不足一千元。

赵志刚又去院子邻居屋里看了，情形大致相同，他心里隐隐作痛。新中国成立都六十多年了，改革开放也三十多年了，怎么还有人挣扎在温饱线上？他觉得自己身为为民谋福祉的地方官，对不起这些本分忠厚的老百姓。赵志刚握着老人家的手，说："老人家，放心吧，我们会认真研究，妥善解决的。"

告别了老人家，赵志刚对跟随在身边的孙立清等人交代："要立即调整拆迁补偿和安置办法，要让拆迁户得到实惠，起码让他们住上房子。按此思路尽快调查研究，详细测算，工作一定要慎之又慎，动作一定要果断利索。"

之后几天，孙立清亲自带队到棚户区调查研究，重新修改了拆迁方案。

拆迁工作开始后，《湖州日报》每天的头条新闻都振奋人心：

——拆迁新政红杏出墙，旧城改造全面开花；

——一百多个破损山体改造攻坚战打响，三十万平方米除违章建筑拆除干净；

——龙湖河改造闪亮登场，环城通航美梦成真。

……

这些醒目的新闻标题，让市民们沉浸在高亢激奋之中，对未来翘首期盼。当然人们最期待的，还是九州大厦能够如愿拆掉。

这些日子，在万佛岭的九州国际网球俱乐部内，弥漫着一种惶恐情绪。俱乐部拥有五星级的设施和服务，他们的服务对象基本上是固定的，就是湖州市的显贵们，最重要的一个就是曾经的湖州市委书记、现在的滨海市委副书记贾建邦，只要他一到，一切都围绕他转。

贾建邦大都是每周五下午去打发时光，网球打得接近专业水准，一些公务也是在这里处理的。他还不到五十岁，精神饱满，神采奕奕，并且从政经验丰富，资历颇深，从村生产大队到原来的公社，再从公社到县、到地区，一直走到厅级的高位，足以说明他的聪明。

这天，贾建邦刚下车，郑丽丽就像往常一样迎上前去，又是寒暄又是搀扶。贾建邦稍稍点头示意，径直走到里面。贾建邦不是吴长功，对郑丽丽这号人一向保持距离，连玩笑也不跟她开一句，郑丽丽就特别怵贾建邦。怵归怵，郑丽丽心里有数，过去一路顺利走来，贾建邦帮了不少忙，对她恩重如山。

贾建邦换上衣服连打了三盘，刚进贵宾室喝水休息，吴长功就神秘兮兮地走进来。郑丽丽心知肚明，假装送茶跟了进来。

“妈拉巴子的，去，去，出去！”吴长功对郑丽丽喊。

作为政治上多年的搭档，两个人不需要客套，坐下里就开门见山了，话题自然是赵志刚。等到吴长功的牢骚发完了，贾建邦才不紧不慢地说：“吴长功，你是市长，要讲大局，讲政治，绝不可明火执仗，凡事多动动脑子。”说完，俯身在吴长功耳边低语几句。

贾建邦连连点头：“我明白了……”

贾建邦又说：“你不会打球，以后这个地方也尽量不要来。”

该说的都说完了，贾建邦把吴长功送出了贵宾室，放开嗓门说:“长功啊，当前湖州市形势大好，是我们多年所企盼的，你可要全力配合赵志刚抓好政府的工作呀。”

吴长功立即应答：“请老领导放心。”

临上车前，吴长功对送行的郑丽丽说：“你今后无论什么时候，都不要直接打电话给我，有什么重要的事情就找我秘书说吧，你妈拉巴子的可要记住哦。”

郑丽丽明白，这等于告诉她，他们之间的特殊关系从此画上了句号。

5

贾建邦对吴长功耳语了什么话，不得而知，不过第二天就有三百多名上访者，将市委大门堵了个严严实实。他们人人赤膊上阵，挑着一幅幅大字标语：

赵志刚从湖州市滚出去！

湖州市民与九州大厦同存亡！

誓死捍卫九州集团的合法权益！

……

湖州市委立即启动了维护社会稳定应急预案，滨海市委主要领导也很快作出批示，要求湖州市由吴长功市长牵头，全力协调解决，尽快安抚上访群众，确保社会稳定。

吴长功很快赶到现场，显示出很高的政治水平和应急能力。他手持扩音器，先干咳了两声，随后用他那鲁南普通话向上访群众吼了起来：“乡亲们，即使赵志刚同志有天大的错误，也不能这样进行人身攻击。现在，你们这些妈……”刚要说他那口头禅，感觉不太合适，急忙改口：“马上解散，如果影响市委机关的正常工作，我妈拉巴子的可就不客气啦！”他到底还是一字不少地将他的经典语言端了出来。

“市里为什么要拆九州大厦？”

“你们不给我们活路，我们就不让你们安生！”

“我们要赵志刚出来说话，当什么缩头乌龟呀！”

……

现场一阵躁动。

“这些妈拉巴子的家伙，你们想干啥？敬酒不吃吃罚酒！我吴长功好话坏话说尽了，你们再胡闹，我可就按原则办事了！”吴长功突然对前面站着的一个胖子怒目而视，胖子胆怯地后退。很快，朝前拥挤的人群节节退去，最后作鸟兽散。看热闹的人都忍不住议论，说还是吴市长有威严，能镇得住牛鬼蛇神。

吴长功听了这些议论，心里太高兴了，急着去向贾建邦报告情况。他的车刚在九州国际网球俱乐部门前停稳，郑丽丽就像从地下钻出来一般，第一时间上去迎接他。吴长功一阵哈哈大笑后，轻轻拍了拍郑丽丽的肩膀说："妈拉巴子的郑大老板，好好干，再接再厉啊。"

进去网球馆，他见贾建邦正在和球友打得热火朝天。吴长功明白，别看现在比分交错上升，不分胜负，但最后的结局都一样，场场都以贾建邦取胜而告终。吴长功在场外观看了一会儿，也觉得手发痒，就叫郑丽丽拿球拍，准备上场试试手，不过还没等上去，就被贾建邦叫了下来："看你那一身肥膘，还能跑得动？你打球呀还是球打你？哈哈……"说着就与吴长功一前一后进了贵宾室，关严了门。

"不是不让你到这儿来吗？"

"不来这儿不行啊，离了你这主心骨没招呀！"

"别拣好听的，快，有什么情况？"

吴长功详细汇报情况后，两个人又对下一步行动作了精心策划，之后都会心笑了，似乎一切都在他们掌玩之中。

两天后，一封实名举报信飞到省纪委领导的案头。这封实名举报信罗列了赵志刚数条罪状：草菅人命、主观武断、缺少民主……省纪委领导当即给滨海市委书记钱亚非打电话，告诉他省纪委近日将派调查组，前去调查处理赵志刚的问题。

很快，有关赵志刚的信息就在湖州市传开了，甚至有人证据确凿地说赵志刚被双规了。一时间，湖州市委机关大院也闹得人心惶惶，一些机关干部竟然不知道自己该怎么工作了。

按照滨海市委领导的指示精神，湖州市委召开了常委扩大会，专门讨论九州大厦拆除问题。会议气氛有些特别，赵志刚一走进会议室就觉察到了。往常开会前，大家都忙着说笑话，而今天大家都低头忙着看文件，其实眼睛根本没在文件上。

会上，孙立清就拆除九州大厦的缘由、实施方案，作了较为详尽的汇报介绍。刚介绍完，一名副市长就蹦出来唱反调，说："这么大体量的建筑说拆就拆，造成多大浪费！是不是太武断了？老百姓的财产就这么轻易被剥夺，这是关心群众的作风吗？"

常委副书记也说话了："早知今日，何必当初，一代天子一阵风，我们怎么就改不了瞎折腾的毛病呢！"

会议成了批斗会，火药味十足。

这时吴长功站出来说话了。他的话俨然是在为赵志刚开脱，告诫大家要心平气和，尊重市委书记的权威和尊严，从大局出发，不要意气用事，过去的事宜粗不宜细，不要纠缠得过多。

赵志刚一眼看透了吴长功的表演，严肃地说："不！今天一定把这些问题要彻底搞清楚，一件一件统统讲明白！"

赵志刚坚定的语气和淡定的神态，给了心怀叵测的人很大的震慑，会议又回到了正确的轨道上，围绕九州大厦"当初为什么政府不作为""现在拆除到底对还是错""拆迁节省还是浪费"等问题展开了讨论。

孙立清拿出若干资料，足以说明当初政府审批是极不正常、极其错误的。同时他又出示了上级权威部门针对现在的九州大厦所做的危房鉴定报告。

鉴定的结果是许多人没有想到的。当初由于建设项目匆忙上马，忽略了许多工程施工的基本程序，施工单位偷工减料，致使工程质量问题严重，地基下降，楼梯严重不匀，承重墙已有多处开裂，随时都可能发生不可想象的严重后果。

赵志刚有些痛心地说："同志们，大家看到了吧，我们还有什么理由保持沉默？我们这一届政府不管，还要拖到什么时候？”

会场一阵骚动，显然大家被赵志刚的话打动了。吴长功眼见大好形势就要化为乌有，关键时刻使出一个撒手锏，说道：“同志们，现在党中央高度重视改善和加强社会管理，至少我们应该慎重行事，维持现状，避免与老百姓发生直接冲突，稳定压倒一切！”

他刚说完，信访局长匆匆进来，先向市委常委、秘书长嘀咕了一番，秘书长伸头向窗外望了望，随即过来向赵志刚小声说道：“外面有上百名九州集团的员工，要求见您。”

尽管声音不大，但是在座的人都听到了。吴长功忽地站起来，朝外面走去，边走边说：“我去看看。妈拉巴子的，对这些人不讲点策略，还真不行！”

本来到了举手表决形成决议的时候，吴长功却去处理上访事件了，赵志刚只好宣布休会，以后再议。

大家纷纷站起来朝外走。赵志刚让政法委书记和秘书长留下，简要碰了一下情况，说：“你们去维持好秩序，让他们选出五个代表上来，我会见他们。”

这时候，赵志刚的手机响了，是滨海市纪检书记来的电话，让赵志刚马上去滨海市委，有重要事情。赵志刚听纪检书记的口气，知道事情有些不妙，就喊了一声秘书，匆忙下楼了。

赵志刚没有想到，在滨海市委会议室等候他的，除去滨海市几名主要领导，还有省纪委派来的调查组。坐在一边的钱亦非似乎有些紧张，看到赵志刚走进来，忙给他使个眼色。赵志刚却显得很轻松，就有关问题作了说明，无半点儿搪塞和含糊。最后，他欢迎调查组去湖州走一趟，到群众中了解情况。

省纪委调查组的两位同志，被赵志刚的坦率和真诚打动了，脸上的表情不那么刻板了，钱亦非一颗悬着的心也放下来。贾建邦看了一眼钱亦非，咳嗽了一声，装出语重深长的样子说：“志刚啊，我在湖州工作多年，那儿情况非同别处，任何事不可一蹴而就，要做深入细致的群众工作和思想工作，九州大厦问题要进一步研究，统一思想，达成共识。我建议，在你接受调查期间，暂时由吴长功主持湖州市的工作。”

既然贾建邦这么说，钱亦非也就不好再说什么了，点点头表示同意。

吴长功终于如愿了。他接到通知后，就迫不及待地召开了市委常委会，自己坐在了渴望已久的位置上。这次会议，几乎将原来的决议全部推翻了，孙立清成了批判的重点对象。从这一点上说，其实吴长功在政治上很不成熟。倒是贾建邦非常老道，得知吴长功开会一事，气愤地把他臭骂一顿。贾建邦说：“如今大局未定，宜从长计议，静观待变，切不可操之过急。”

赵志刚被暂时停职后，无官一身轻，也不在滨海逗留，当天就返回了湖州。到家时天色已晚，夫人周海英已经做好了晚饭。她见赵志刚进门，忙去接过他手里的包，偷偷查看他的脸色。赵志刚知道周海英心里替自己担心，于是就咧嘴笑笑说：“看什么？不认识我了？吃饭吧，放心，没什么事！”

说着，还自己抓过酒瓶，斟上了一小杯老白干，吱吱地喝了起来。周海英看到这幅情景，心里挺不是滋味的。她知道，赵志刚是故意做给她看的。

刚喝了两杯酒，孙立清来了。赵志刚说你来得正好，陪我喝一杯，一个人喝酒，太没气氛了。孙立清一肚子委屈要对赵志刚说，看他优哉游哉地喝酒，有些纳闷了：“赵老师，这时候你还有心思喝酒呀？”

“怎么了，天又塌不下来？天要真塌下来，还有高个子顶着呢，喝酒。”

无奈，孙立清接过一杯酒，陪赵志刚喝起来。晚饭后，他们到客厅，赵志刚这才把自己去见省纪委调查组的经过大概说了一下，给孙立清安排了下一步的工作，让他注意把握好策略，特别是九州大厦的事情要快刀斩乱麻，不可拖泥带水。

“细节决定成败！”赵志刚叮嘱说。

6

省纪委调查组真的去了湖州，不过没有大张旗鼓，在单独约见了吴长功等几名干部后，他们开始微服私访了。这天，调查组路过九州大厦，下车在附近随便走走。九州大厦是一座商务写字楼，顶部两层是九州集团的办公室，其他都出租给若干业主，一层和二层是商铺，三层和四楼是餐饮娱乐，其他楼层都是商务办公。虽然处在城市的繁华地带，生意却不兴隆，整栋大楼死气沉沉，缺少活力。

调查组见楼下有家书报摊，就过去买了份《读者文摘》，问摊主：“这儿生意好吗？”

摊主没好气地说：“好什么，饭都吃不上了。”

“为什么？”

“这地方风水不好，谁来谁赔！”

“风水？”

“你们肯定是外地人。当地都知道，这是违章楼，听说新来的市委书记要把它炸掉，早就该炸了！”

这时候，一位来买报纸的人插嘴说：“当初就不该建！”

几个人正议论着，一辆面包车停在九州大厦门前，孙立清带着一个精干的工作小组走下车，他们要来与集团和业主代表洽谈拆迁补偿和安置事宜。然而刚刚走进楼内，就被一伙身份不明的人围堵上来，为首的一个咧开大嘴叫道：“你就是孙立清吧？”

“我是孙立清，你们要干吗？”

“干吗，当初就你批准建的，现在你又要炸掉，这么瞎折腾还叫我们老百姓活命吗？”

没等孙立清再作解释，几个人就冲上来对孙立清拳打脚踢的。孙立清根本没还手之力，三两下就被打倒在地，很快不省人事。跟随孙立清一起来的人员，想去解救他，也被围堵追打了。这伙歹徒感觉事情不妙，纷纷逃离现场。

调查组在一边充当了观众，他们意识到事情不好，立即打电话报警。等到警察赶来后，那伙不明身份的人早已逃散。

此时，赵志刚还在家中悠闲地练习书法，得到消息后，他立即和夫人周海英赶往医院看望孙立清。看着面目全非的孙立清，周海英禁不住泪流满面。政法委书记和公安局长都在医院病房内。赵志刚心如刀割，他对政法委书记和公安局长说：“尽快破案，我倒想看看，是谁有这么大的胆子，竟如此疯狂！”

自从调查组跟吴长功谈话后，吴长功心里总是忐忑不安。调查组尽管语气和蔼，但一些反问句，让吴长功有些坐立不安。这两天，他大多数时间都是一个人待在屋里，一遍遍回想调查组对他的反问，越想越觉得恐慌。就在这时候，他的电话响了，是郑丽丽打来的。自从上次跟她说不要随便打他的电话后，这妈拉巴子的小娘们还真听话，一次也没打过。今天怎么了，他想一定是发生了什么重要事情。

电话接通后，郑丽丽气喘吁吁地报告了刚刚发生的事情。吴长功一听就急了，骂道：“成事不足，败事有余，你妈拉巴子的脑子进水了！”

郑丽丽胆怯地说：“只是想教训教训那臭小子，没想到弟兄们出手太重。”

“你妈拉巴子的把事情闹砸了，谁也救不了你！”

不等郑丽丽再说什么，他就把电话扣了，匆忙开车去见贾建邦。今天是周末，吴长功知道，一般这个时候贾建邦肯定会待在家里研究他的古玩字画。

果然不出他所料，贾建邦正在他的书房里，摆弄他的那些宝贝玩意。贾建邦有这个癖好已经多年了。他的书房，几乎成了一间历代玉器和陶瓷博物馆。

吴长功进来时，贾建邦正在和两位朋友研究一块明代万历年间的玉玺。“来了长功，快来见识一下这宝物。”吴长功嘴上答应着，可心里特别焦急，哪有心思欣赏宝物，只是匆忙浏览一眼。

贾建邦知道吴长功无事不登三宝殿，很快就收摊送走了两位朋友，与火烧火燎的吴长功做下来谈事。还没等吴长功说完，贾建邦就拍了桌子：“简直是荒唐至极！一帮窝囊废！”

贾建邦意识到了问题的严重性。由他担任总导演的这场戏，很可能要砸台。戏唱砸了，其实对他的政治前程并没有多少影响，但毕竟九州集团是他一手扶持起来的，他不能坐视不管。于是，他又对吴长功耳语半天，让他尽快亡羊补牢。同时，他心里打定主意，要亲自找调查组的人了解情况。

当晚，赵志刚就接到政法委书记和公安局长的电话报告，几个主要的闹事者已捉拿归案，据初步审理，此事与九州大厦有联系，负责指挥的是九州集团一名中层干部，已不知去向。

赵志刚放下电话后，心情久久不能平静，铺开一张宣纸，蘸了浓浓的墨汁，挥笔写下了八个大字：“庆父不死，鲁难未已！”

7

两天后，滨海市常委以上的领导干部，都聚集在市委会议室里，听省纪委调查组通报赵志刚的情况。根据调查组掌握的材料，针对赵志刚诸多问题的举报信，属于不实之词，甚至是恶意中伤。调查组宣布完调查结果后，会议室爆发出了一阵掌声。

贾建邦不等会议结束，就忧心忡忡地退出会场。

孙立清躺了不到一周，就坚决要求出院。出院的时候，他头上还裹着厚厚的纱布。眼下他最放心不下的，是九州大厦拆除的事情。出院后，他日夜奔波，组织大厦内人员撤离，清理大厦周边的环境。一切细节都安排妥当后，他才去向赵志刚做了汇报，请示赵志刚何时实施爆破行动。赵志刚听完汇报后说："走，现场看看。"

现在的九州大厦已是人去楼空，喧嚣了多年的建筑仅剩下一具骷髅，形影孑立。执行拆除任务的爆破公司正在忙碌着，公司技术经理向赵志刚汇报了实施定向爆破的技术手段和防范措施，还在电脑上演示了定向爆破的模拟视频。经理说："书记，您只要命令一下，按动此扭，九州大厦顷刻就化为灰烬。"

赵志刚出神地望着这按钮，陷入沉思。这座违章建筑，早已让群众深恶痛绝，不仅破坏了城市规划和城市景观，还阻绝了政府和人民的血肉联系。此楼一除，就等于搬掉了压在群众心口上的一块巨石。于是他当即决定，明天一早实施爆破拆除行动。

第二天早晨五点，睡梦中的人们还没有醒来，赵志刚摁动了按钮，随着"咕隆"一声闷响，十八层的九州大厦轰然倒下，整个过程不到一分钟。

尘烟淡淡散去，湖州的天空顿觉豁然开朗。听到声音的周边市民，纷纷从家里涌出来，围着坍塌的九州大厦载歌载舞，许多人还点燃了鞭炮祝贺。

半年后，市民们载歌载舞的地方，变成了一片绿地广场。为了留住历史，铭记教训，市政府经过征求市民们的意见，将这个地方仍旧命名为"九州广场"。

（此篇原题《文博馆》，曾发表于《当代小说》2014年10月号）

离你最近的爱情

1

白皙娇小的面庞，小巧的鼻子，略向上翘起的嘴唇，圆而光滑的下巴，漂亮的一双大眼睛一眨一眨，却流露出不属于这个年纪忧郁的光……镜子里的食品厂工人张瑞霞，一张干净澄澈的娃娃脸，却面色忧愁。张瑞霞现在本该在轰隆作响的车间跟其他女工一起整理纺线梭子，可她此时却有些烦躁地坐在梳妆镜前。一把梳子麻利地将一头茂密的黑发拢成一个高高的发髻，她本想弄个成熟发型，不成想这让自己看起来更加孩子气；她不满地重新解开头发，又心慌意乱地简单梳成一个马尾。梳子重新放回原来的位置，张瑞霞看着镜子里的自己，闭上眼睛重重叹了口气，心中似有千军万马飞奔：一连三个多月都不见面，杜广彬是把我给忘了吗？还是压根儿不在乎我这个未婚妻？这门亲事是双方父母定的，奈何落花有意流水无情，那我是不是该离开他？不，我既然铁定心跟他在一起，我就不能任由他对我不理不睬，我绝不能老老实实坐在这里，我抽空得回去一趟，至少我得主动去见他一面！

张瑞霞所在的工厂有二十来名女职工，都是些二十出头的少女。论年龄，张瑞霞最小，还差半年就二十，论长相，张瑞霞也算不上什么绝色美人。可谁都没料到，第一个找对象的竟然是她，而且还找了一个帅气的大学生（因为那时候考学的人少，中专生也都称大学生）。更令人羡慕的是，小伙子杜广彬有一份不错的工作，在某公办学校担任教师，而且看起来还蛮帅气，踏实稳重，实在叫人嫉妒。

可美中不足的是，杜广彬似乎对张瑞霞这张娃娃脸不太热情。自从他来车间见过张瑞霞一次之后，一连几个月，张瑞霞都没能见到他的踪影。世间哪有这样谈恋爱的？厂子里的小姐妹在下了班的空档就喜欢围在一起，叽叽喳喳，你一言我一语，不知谁先说到男人这个话题，就像撕开了一道泄洪口，人的好奇心总需要靠他人的臆想来纾解，“杜广彬和张瑞霞”的话题就这样传播开了。有的说凡是长得帅的小伙子，大都不老实，外面藏着人哩。还有的说，就算碰上个一心一意的男孩，条件不错大家都看得见，你不主动，别人也会主动，现在这世道人心啊，你压根儿捉摸不透！这么说来说去，流言就像生了脚，不知不觉就跑到张瑞霞的耳朵里。于是，不免就有好事人提醒她：“张瑞霞，你怎么不主动去找找他，万一姓杜的变了心怎么办？现在像杜广彬这样人品好、学历高、长得又帅的男孩可真是太少了，你可千万别让别的女孩子钻了空子！”说者无心听者有意，张瑞霞知道自己这个未婚夫曾经退过婚，那个退婚的女孩叫杨丽琦，听说她一直没谈过其他男孩，这还不明显么？听说他还有个叫郑小朵的女同学，两个人青梅竹马从小一块长大，都这么大了也不避讳，很明显这俩人的关系也不一般。

张瑞霞是个不善言辞、性格偏内向的女孩，跟杜广彬“处对象”这么久了，杜广彬不主动来找她，从未谈过恋爱的她却从来没想过杜广彬会不要她。张瑞霞从骨子里就认定婚姻大事向来由不得自己，一直都是父母做主。但这么长时间杜广彬不跟自己联系，是什么原因呢？是工作忙吗？可学校星期六星期天该没什么事吧？是回家帮忙干活去了？现在是夏末，家里好像也没有什么庄稼活要做啊！她想起了当初举行定亲仪式时杜广彬一脸的冷漠，她恍惚间就有些担心了。难道他真的没有看上自己吗？还是说他身边有了别的女孩？

张瑞霞一想到这些问题，本来就不善言辞的她显得就更沉默了，她一个人关在屋里唉声叹气。工友们不便去打扰她，那些曾经羡慕她的姐妹们，心理上也有了平衡，私下叽咕说：“找对象可别找多么好的，一般人就行，像张瑞霞找了个帅哥，整天提心吊胆的，真是折磨人，到什么时候是个头啊！”

终于，张瑞霞坐不住了。她腾地一下从椅子上站起来，几乎是跑着出去了。她迫不及待地推开车间经理的办公室，随便扯了个不得不回家的理由就跟经理请了两天的假。她不知道自己怎么从车间经理办公室出来的，因为她脑海里满满的都是一个想法：自己要去找杜广彬，当面锣对面鼓地问个清楚。

2

张瑞霞或许忘了今天是周六，老师下午都不上课。她骑着车子，绕过镇上一条小河，再经过一片树林，经过两个小时的飞奔，便来到杜广彬所在的某公办中学。她首先想到杜广彬可能在学校备课或批改作业，张瑞霞现在正推着车子焦急地往校园里面瞧。和杜广彬一个宿舍的徐老师正好出校门，他看到张瑞霞长得嫩生，个子不高，一张娃娃脸，以为是个贪玩的学生，学生放学贪玩不回家，徐老师就把脸拉得足够长，脸上堆一层让人敬畏的严肃，说：“什么时候了，还不回家？我看你这个学生又是个贪玩的学生。快回家吧，杜老师早走了。”

张瑞霞听说杜广彬走了，也没跟徐老师解释什么，骑上自行车就往杜广彬的家里赶。身后徐老师感到莫名其妙：“现在的孩子真不像话，初中生弄了个烫发头，穿得洋里洋气的，打扮得像大人。放学不回家，不知道想干什么。”

徐老师遇见不满意的事特别喜欢到处说。到第二天，整个学校就传开了，说杜广彬老师最近正在和一名初中生谈恋爱，学生趁星期六星期天没人的时候经常来找杜广彬。徐老师还神秘地说："要不是我亲眼所见，我也不会说。"经过徐老师添油加醋地那么一说，其他对杜广彬有些看法的年轻老师更是神乎其神地铺排开了。这些人对杜广彬都有点羡慕嫉妒恨，他们找对象比战争年代找革命党还难，可杜广彬却不断有姿色绝佳的女子主动送上门来。徐老师说的初中生，更是花样纷繁地传出了多种版本，有的说是镇初中的，也有的说是杜广彬他们村联中的。杜广彬由于好静不好动，也很少和别的老师交流，外人怎么说他，他一概不知晓。可学校的校长褚世华听说后受不了了，他这个一向把学校荣誉看得比生命还要重要的老校长要行动了，他不能眼睁睁地看着自己苦心经营的先进单位葬送在杜广彬手里。

那天，徐老师上课去了，杜广彬自己一个人在办公室里备课。校长褚世华和教导主任李政达进来了，杜广彬连忙让座。

校长环顾了室内一周，带着苦笑说："我们学校条件实在差啊，你看你到现在还没有专门的办公室和宿舍。"

杜广彬忙说："不要紧，也不错。"

"不过呢，"校长话头一转，端着校长特有的一本正经的姿势和腔调说，"不过呢，虽然我们条件差点，可我们是正规的国办中学，比下边的联中的条件还要好很多啊。"

"是啊，是啊。"杜广彬唯唯诺诺。

校长接着又说："杜老师，你一个中专生刚毕业就能分到国办中学教课，不是谁都能做到的啊，你要珍惜啊。"

"是啊，是啊。"杜广彬继续唯唯诺诺地答应。

这时候，教导主任李政达耐不住了，他是个干脆利索的人，他对校长的拐弯抹角有些不满。既然是过来跟老师谈话的，直来直往就完了，何必那么支支吾吾、拐弯抹角的。于是他抢过了校长的话说：

"杜老师，我们直说吧。我和校长今天来是有事情的。"

杜广彬瞪大了眼睛。

"最近，有人说你的行为对学校的影响不好。"主任继续说道。

杜广彬有些迷茫了，难道学校里知道了他照顾郑小朵洗澡的事？他和郑小朵从小一起光着屁股长大，虽然都成年人了，但有时还那么随便。郑小朵骑车把胳膊摔伤了，非要让杜广彬帮着洗澡。杜广彬毫不犹豫地承担了这个任务。可现在想想，尽管他们俩心里没什么，可外人不这么认为啊。不过不可能啊。他每次去郑小朵那里都是在没人的晚上，在屋里把窗帘遮得严严实实的，没听说有人知道啊。更何况，两个学校距离近二十公里，怎么会传到这里来呢？再说了，不就是帮忙嘛，又没做见不得人的事，干吗那么大惊小怪？

正当杜广彬胡思乱想的时候，主任又开口了："有些老师说你和一个很小的初中生谈恋爱。作为一名老师，教书育人是根本，可不能干不道德的事情。

杜广彬被主任说得一头雾水，连忙说："没有啊，的确没有。我都定亲了，我怎么和初中生谈恋爱呢？"

一说定亲了，校长和主任面面相觑，都愣了，忙问："那上个星期六骑自行车来的那小女孩是谁？"

"我又没见！是我对象也说不准，她就在辛紫镇食品厂上班，她回家的时候就走我们学校门口。"

3

等张瑞霞赶到杜广彬家的时候，杜广彬父母、弟弟、妹妹四口人正准备吃饭，一家人见张瑞霞风尘仆仆地赶来，热热闹闹地赶紧给她让座。

张瑞霞不好拒绝，便接过杜广彬妹妹递过来的一个板凳坐下，一边喘息一边说："爹、娘、弟弟、妹妹，你们吃吧。我骑车有点累，现在不想吃，一会儿再说。"说完了，她漂亮的大眼睛便从人群中寻找杜广彬那高大的身影，见杜广彬不在，张瑞霞就有些奇怪地问："杜广彬干什么去了？他怎么不吃饭？"

"广彬那孩子一直没回来啊。"杜广彬父亲感到很纳闷，他把筷子放在桌上，迷惑地看着张瑞霞，说："他都三个多月没回家了，还以为他去找你了，怎么孩子，他没去你那里吗？"

"没有啊，爹，"张瑞霞也感到事情有些严重："我也三个多月没见他了。我以为他回家来帮忙干活了呢。"

"没有，没有，他也没回家来。这个小狗东西，肯定是又和他同学到处去溜了。这个小狗东西，家来了我非骂他一顿不可。"

听杜广彬父亲这么一说，他母亲也跟着发狠，张瑞霞的心稍微宽松了一些。于是就对杜广彬的父母、弟妹说："你们吃吧，我回东村了，我这也还没到娘家呢！我也三个多月没回家了，我先家去看看。"

张瑞霞走后，杜广彬父母在一起盘算开了：这个小孩干什么去了？什么事再重要，难道比刚定的媳妇重要？就不怕将来对他不好？难道有别的事情？没听说有什么啊，还能是真没看上张瑞霞，又和别人谈了？不会啊，杜广彬是个听话孝顺的孩子，他既然已经答应父母的事情，不会有什么变化的。

但当父亲的还是有些心慌：就怕儿大不由人啊。虽然儿子从小都乖巧听话，但大了，有自己的思想了，听不听话就很难说了。最后杜广彬父亲说："不行，这次坚决不能再听他的。上次我就一直感觉对不起人家老杨家。杨丽琦那么本分的孩子，他二不言三，就偷偷地退了。老张家更是万里挑一的好人家，我们说什么不能再亏了人家。不行，趁明天张瑞霞在家里，就去学校找他，看他在不在。在，就叫他们先把记登上。登了记不结婚，有绳牵着，他就不敢胡来了。"杜广彬父亲边说边露出兴奋的表情，对自己的想法很满意。

张瑞霞回到娘家的时候，已经黑天了。家里父母和弟弟妹妹们都已经吃完饭了。她母亲赶忙给她准备饭，她说她吃过了，从西村过来的。她母亲以为在她婆家吃了，也就没说什么。只是看着女儿无精打采的样子，以为是累的，也就没多问。倒是弟弟和两个妹妹见了久违的姐姐，都亲热得不行，叽叽喳喳地去她的房间疯去了。

第二天一早，杜广彬的父亲就步行来到了杜广彬的学校。学校里只有看门的在，其他人都回家了。于是，他去了镇政府。他的妻侄在民政所里当工作人员，问问他，看能不能让儿子先把结婚证拿了，到了腊月再举行婚礼。

他妻侄一口答应，他说只要把杜广彬和张瑞霞的合影照拿来，男女双方能来一个，他就能给办结婚证。因为有些有特殊任务不能按期登记的人，也可以特事特办，但前提是双方都同意。像杜广彬和张瑞霞这样的，也能给办。不过，因为他们两个过了今年十月份才到法定年龄，登记的日期不能填现在的，得填十月份。现在给他们发了证，到了十月够法定年龄后，才能举行婚礼。而且不能叫领导知道了，否则，他的饭碗可就砸了。

杜广彬父亲于是回到东村，和张瑞霞的父母商量。她们家就说最好叫杜广彬来了再说，可杜广彬的父亲坚持要先去办结婚证。

于是，张瑞霞找了两张她和杜广彬订婚后一起照的纪念照，拿去给民政所里的亲戚看了看，说能行。正巧，那天是星期天，镇大院里也没大有人，就这样神不知鬼不觉地把结婚证领了。男女双方的手印都是张瑞霞自己摁的。这一切，杜广彬都蒙在鼓里。

杜广彬这天在哪里呢？他在郑小朵那里。

4

经过三个多月的恢复，郑小朵的伤基本好了。除了右胳膊拿东西还用不上力外，其他皮肉伤都已经全好了。杜广彬不在的时候，她自己已经能照顾自己了，像打饭、上厕所什么的，都能自己解决。即使洗澡，她自己也能洗，但洗不干净，因为右胳膊不敢用力弯曲。今天杜广彬来了，她要让他给她洗个痛快澡，便装作还没好利索的样子躺在床上。

杜广彬拿来热水把水兑好，然后走到郑小朵的床前，小心地把她扶起来，让她坐在木凳上，把衣服给她脱下来，放到床上，然后回过身来去拿毛巾端水。可等到杜广彬把水盆放在郑小朵脚前，一抬头，惊得坐在了地上：郑小朵一丝不挂地坐在木凳上，一堆白嫩的肉像雪崩似的向他压了过来。他的心跳加速了，他的眼睛瞪直了，他的思维紊乱了，他有些不知所措，也有些惊吓过度，结结巴巴地说："小朵，郑小朵，你，你，你这是干什么啊？"

"怎么了？"郑小朵好像什么事没发生似的，像迎接客人的主人端坐在那里，泰然自若地说，"不是洗澡吗？有什么不对吗？洗澡不就得脱衣服吗？"

"那我出去，你自己洗吧。"说完，杜广彬爬起来，就像逃难似的往门外跑。

郑小朵一把抓住杜广彬的手说："大哥，我都不怕，你还怕什么？都这么些天了，我的哪块肉你没摸过，没碰过？不要当回事，你快点给我洗洗，我浑身痒死了。下星期就不用你了，我自己差不多能行了。"

杜广彬的腿有些哆嗦，像刚洗过桑拿似的四肢无力，望着郑小朵的胴体，他犹豫了，但嘴里还是说："小朵，我觉得不合适吧，你要嫁人的，你要把你身体最隐秘、最纯洁的一面送给你最爱的人，让我这么看着，你不怕将来你的那个他知道了不高兴？”

“哎呀，你怎么那么婆婆妈妈呢？你不快点给我洗洗，时间长了想不让别人知道也难。快点吧，你这么像做了贼似的跑出去，真让看门的人看见了，没事都能整出事来。快点洗吧。”

杜广彬经她这么一说，又看了看郑小朵大大方方的神态，不由心里嘀咕起来：难道在郑小朵心中，我们两个还是小时候那种纯洁的感情？要真那样，是自己想多了、想歪了吗？要是她真那样想，我也不再多想了，就给她痛痛快快地洗个澡。

杜广彬没再说什么，也没再想什么，而是心安理得地给郑小朵洗起澡来。

郑小朵的胴体真让他无比震撼。他们在一起这么长时间，特别是给她洗澡洗了这么长时间，没想到只是覆盖着那么几点服饰，去和留，给人感官上的差别是那样的大。他的心快跳出来了，他的脸红得像红布，喘气也越来越急促，浑身燥热难耐，就像长途跋涉在沙漠里，身体已经到了崩溃的边缘。而躺在眼前的郑小朵，就像一碗热气腾腾的开水，很想端起来一口喝进去，又怕水太烫。他用毛巾胡乱匆匆擦了几下，就拿来干毛巾给郑小朵擦干，接着就毛毛糙糙地去给她拿衣服，想赶紧给她穿上，终止尴尬局面。就在这时候，郑小朵趁杜广彬站立不稳，一下子把他推倒在床上，像一只灵巧的小猫似的窜到床上，骑坐在他身上，双手抱着他的头，温暖的嘴唇一下子堵住了他的嘴唇，让他不但不能说话，连呼吸都有些困难。郑小朵突如其来的一番猛攻，杜广彬屈服了，任由郑小朵怎么摆布，他像小绵羊一样顺从。啊，貌似强大的男人，如果遇到了热情似火的女人，他的精神防线再坚固，也会很容易决堤。从那一刻开始，杜广彬清楚地知道，一个正常健康的男人，在这种特殊的环境里，不犯点错误，实在是太难了。

激情过后，他们两人坐在床上。杜广彬不怎么紧张了，倒是郑小朵感到有些后悔，她担心自己的矜持、要强、清纯的美好形象在杜广彬的脑中变得一塌糊涂。她怯生生地说："大哥，对不起，我是不是吓着你了？"

杜广彬看了看楚楚可怜的郑小朵说："小朵，不要紧，也是我愿意的。我总感觉我们是亲兄妹一般，不会走向夫妻的路。经过这段时间的接触和思考，我感觉，我们在一起会是幸福的、快乐的。我下星期就回家，先把我和张瑞霞的亲事退了。到时候，我去你们家求婚，我们名正言顺地做夫妻。"

说到这里，郑小朵哭了，晶莹的眼泪像一个个伞兵，从她幽深的眼里有节奏地跳了出来，她哽咽着说："大哥，有你这句话，即使我们做不成夫妻，我也心满意足了。今天我和你的这件事，是我自己愿意的，你不要放在心上。即使我们做不成夫妻，我也早有准备。但不管怎么样，我一直想把我的第一次留给你。你和张瑞霞的事，你也要谨慎，因为她毕竟和你定亲了。作为女人不容易，一旦你不要她了，就会影响她一辈子的幸福。别人会闲言碎语地说，她是别人不要的，肯定有缺点和毛病，否则人家不会不要她。你以前影响过杨丽琦，听说到现在介绍了好几个了，都还没成。要不是你当时糊涂，和她定亲，像她那样的家庭、那样的工作、那样的长相，早就被人家抢走了。大哥，我们都不是小孩子了，以后我们做事，一定多考虑考虑，因为我们代表的不只是个人，还有亲戚、朋友、单位、社会。大哥，今天的事，你知我知天知地知，千万要叫别人知道。你也千万别当回事，千万别放在心上。以后我们见了面，我们该怎么着还怎么着，千万不要叫别人看出什么来。"

郑小朵这么大度，这么通情达理，杜广彬更觉得离不开她了，于是反反复复地说："放心，我一定要娶你。"

5

人这一生要说很多话，要做很多事，说过的话都想实现，做过的事都想成功。但是造化弄人，环境会变化，时间会推移，结果往往就有变化。

实践证明，刚才杜广彬在郑小朵面前说的话，做的事都错了。他说和做的时候，不是意气用事，也不是空穴来风，他是经过深思熟虑后才说的，才做的。但都错了，因为他忽略了所处的环境。

郑小朵的伤已经基本好了，也已经开始上课了。生病期间，杜广彬作为哥哥来照顾妹妹，无可厚非。可人家已经好了，还经常泡在那里，会有人说闲话的。何况，杜广彬去的时候，郑小朵房间里经常房门紧闭，窗帘遮掩，更给好事人留下了发挥的余地和想象的空间。郑小朵阳光靓丽的形象，被他们描摹得一团乌黑。平常很要好的女教师们也和郑小朵不大来往了，说话的口气变得阴阳怪气。难得和郑小朵多说一句话，恐怕别人说近朱者赤，近墨者黑。郑小朵装作没事人一般，照样上班、讲课，进进出出，该说的说，该唱的唱，该开玩笑的开玩笑。她对生活充满着梦想，充满着希望，至于别人怎么看她，她视而不见。

即使有一星期杜广彬没来看她，她也天天兴高采烈，无忧无愁。因为杜广彬的名字已经深深地刻在她的心里了。这三个字，就是她幸福快乐的源泉，有这三个字在，她的幸福和快乐就永远存在。

中秋节放了三天假，杜广彬回到了老家。郑小朵也回去了，虽然他们住在一条胡同里，但并没见面。杜广彬和张瑞霞没定亲的时候，郑小朵每星期都回家，杜广彬每星期六下午都会在学校门口等她。可自从有了张瑞霞，郑小朵回家就不那么经常了，杜广彬也不再等她。

杜广彬很长时间没回家了，他的父亲很是生气，一见面就批上了："我当是失踪了呢，都想去登寻人启事了。到底有多大的事啊，三个多月不回家？你心里还有没有你父母老的了！"父亲的脸气得像紫茄子，惯有的春光满面已荡然无存，标志性的"哈哈"声也不知哪里去了。

杜广彬自认为理亏，就赔着笑脸说："爹，你别生气。一来呢，我寻思着，夏天家里也没什么大事。庄稼地里以前得锄草，现在都打除草剂了。二来呢，我有个同学的确受伤了，她家是外地的（他没说是郑小朵），没人照顾，我和她靠得近，她让我去帮忙，只好去了。这都是帮忙的事，谁没个病没个灾的？要是你，也会去的。"

生气归生气，既然回来了，一切就都过去了。何况是给同学帮忙，不是胡搞乱搞。杜广彬还给爷爷奶奶和叔叔们每家都买了东西，一家一家地去送。给父母和弟弟妹妹也买了东西，一家人都欢天喜地。

聊了一会儿家常，杜广彬看着父亲的脸由阴转晴了，脸上又出现了他固有的微笑，他感到机会来了，就对忙完饭菜，坐到饭桌前的父亲说："这些日子，我感觉，我不能再继续坑张瑞霞了。我不喜欢她这是事实，与其拖一段时间给她说明，不如现在就说了好。早说了，人家会早找对象。我看上了另一个人了。"他说得很平淡，就像多吃块饼，多吃口菜那么简单。

杜广彬一说，刚才还晴空万里的一家，一下子变得阴云密布，大雨倾盆。首先是父亲，他浑身哆嗦，脸蜡黄，猛地从板凳上站了起来，接着像地震来临前的蛤蟆一样，从屋里跳到院子里，到处蹦，蹦了一会儿，一下瘫坐在院子中间的槐树底下，双手拍着地，流着眼泪，边哭边说："你是想叫我死啊……你这是把我向死路上逼啊……我的老脸朝哪里搁啊……我是造的哪辈子孽啊……我怎么就生了你个不争气的玩意儿啊……我们老杜家，世世代代都老实本分，怎么就出了你这个坑人鬼啊……老张家是多么好的一家人啊，我可怎么跟人家交代啊……我们多少年的交情啊，就断送在你的手里啊……”

他边说边哭，边双手拍地，拍得啪啪响，似乎要把手摔烂似的。

杜广彬母亲一直以来都对儿子百依百顺，对儿子的所作所为从来都不说一个“不”字，她总认为儿子长得帅，有文化，有教养，孝顺懂事，可看见丈夫那么痛苦那么伤心，对儿子的行为也有些不满了。于是对着吓成木鸡的杜广彬说：“你看把你爷气的，你真想气死他啊。赶紧说，你刚才是说着玩的。”

杜广彬这次是动真的了，不想再隐瞒了，也不想再糊弄了。都是他一个劲地隐瞒、糊弄，才使得事情越来越复杂，越来越糟。他于是坚定地说：“爹，娘，结婚是我一辈子的事，我不想糊弄。如果你们硬逼我，将来倒霉的不光是我，还有张瑞霞，因为我们的确不是一路人，根本聊不到一块去。我想自己选择，即使选择错了，我也不后悔。”

父亲见儿子还是不顾及父母的脸面，执意退婚，就更火了。他一下从地上跳了起来，指着杜广彬的鼻子大骂道：“什么叫不是一路人？什么叫聊不到一块去？我和你娘结婚前连面都没见过，这不也过得好好的吗？只要不憨不傻，能过日子就行，还管其他的干什么？”

“你说那些都是过去的事了，现在讲究生活质量，爱情也是如此，草率找不到恒久的爱。”

不管父亲怎么说，杜广彬就是不松口，父亲气坏了，大骂道：“你真是个狼心狗肺的东西，你的良心叫狗吃了。你同意也好，不同意也好，只要我不死，你就别想退婚。实话对你说吧，你想退也退不了了，我已经托人给你办了结婚证了。”

父亲的话，让杜广彬懵了。他转过身来问母亲：“娘，俺爹是不是疯了？噢，我不在就能办结婚证？糊弄谁啊！”

“真的，”杜广彬母亲说，“是你舅家的大表哥给办的。当时说你有事不能来，你爷领着张瑞霞去的。不信，我拿给你看看。”

杜广彬狐疑地看着母亲去里间翻找了一会儿，拿出来了两本红皮的东西。他拿过来打开一看，果然是他和张瑞霞的结婚证。合影照是他们定亲后照的。看到儿子面对结婚照沉默了，杜广彬的父亲露出了得意的表情，虽然习惯性的“哈哈”声没出现，但脸上常有的微笑出现了。看来，刚才的演出白演了，一开始就该把结婚证拿出来的。

拿着结婚证，杜广彬不知所措。父母亲哪里知道他和郑小朵的事？他如果跟张瑞霞结婚，那郑小朵怎么办？她可是把最宝贵的东西都给了他啊。如果跟郑小朵结婚，和张瑞霞的结婚证怎么办？重婚罪可是要犯法的啊。何况人家郑小朵也不会同意。他痛苦极了，像一头被棍子砸懵的猪，一头扎到自己的床上，发出了猪临死前低沉的嚎叫声。那么可亲可爱、高大威严的父亲，在杜广彬面前一下子变成了一个张牙舞爪的怪兽，那么可憎可恨。

杜广彬父亲倒是很得意，只要和张家的这门婚事别黄了，儿子怎么样，他是不管的。他坚信用不了几天，儿子会好起来的。他更相信儿子将来会感激他的，因为老张家的这门婚事，是天下最好的。

6

杜广彬对张瑞霞的冷淡，张瑞霞早有感觉。但杜广彬像是自带光环了一样，深深吸引着她，于是在感情的天平上，她不自觉地选择了忽视这份怀疑。有传言说杜广彬不要她，又找别人了，她也选择不相信。即使杜广彬那么长时间不去看她，她的内心像多了一层壁垒，也没往心里去。

中秋节，张瑞霞单位放了两天假。她骑车来到杜广彬学校门口的时候，已经快黑天了。她照样去看了看，幻想着杜广彬还没回家。如果那样的话，他们可以甜蜜地一起走，边走边聊，像千千万万的恋人一样。虽然那种情景在他们身上几乎没出现过，可她也很迷恋那种情景，向往那种感觉。

看门的老王还仍以为是初中没回家的学生，在门口拦住了张瑞霞，脸拉得长长地说：“你是哪个班的学生？怎么下午了还不回家？快回家吧，人家别的同学都走了。”

“我是来找杜广彬的。”张瑞霞用甜甜的声音柔柔地说。

老王像看一个怪物似的看着张瑞霞，奇怪地问：“你是他什么人？你找杜老师有什么事情吗？”

“我是他对象，我看他没回家的话，我们一块回去。”张瑞霞本不想说，但她还是想知道杜广彬走没走。

“啊？！”老王睁大了眼睛，那本来就大的眼珠子向外挤得更大了，像两只牛眼。他又仔细看了看这个怎么看也不过十三四岁的小女孩，难道是杜广彬的对象？他以为是冒牌货，就像大人吓唬孩子似的粗声问：“嗯，哼哼，你多大了，居然敢冒充杜老师的对象？你说你是谁，到底想去学校干什么？不说实话，就不让你走。”

张瑞霞一看老王认真的样子，看来不说明白真不让走了，于是羞答答地说：“真的，大爷，我真是杜广彬的对象。他今年快二十二了，我也快二十了，我们定亲快一年了。你说他走没走啊？他要走了，我得赶紧走，不然回到家就大黑天了。”

老王摇了摇头，还是有点半信半疑，冷冷地说了一句：“早回家了。”等张瑞霞走没多远，又扔了一句：“这个也说是杜广彬的对象，那个也说是杜广彬的对象，也不知道杜广彬有多少对象。”

老王的声音虽然不大，但张瑞霞听得真真切切，这句话像一把匕首插入了她的心脏，胸口剧烈地疼痛起来，手脚有些颤抖，脑子也乱了，嗡嗡响，眼睛看东西有些模糊，好像还看到了满天星星。

张瑞霞加快了骑自行车的速度。这个速度是长这么大从来没有过的，有几辆三轮车都被她甩在了后面。路上行人都奇怪地站在原地，眼睛追着她走，一直追到她消失了，才如梦方醒似的议论：“这女孩疯了吗？”

可是，有谁知道张瑞霞的心情呢？她不想再沉默下去了。她要找杜广彬问个明白，就在今晚。

7

实际上，老王的话不是没道理，那不过都是些巧合罢了。

杜广彬刚分到学校不久，他原来的对象杨丽琦来找过他。杨丽琦是和她们单位的一个女同事来的，因为不知道杜广彬在不在，在什么地方办公，就先来到了传达室。

当老王问她们是杜广彬的什么人时，那个心直口快的同事说：“她是杜广彬的对象，娃娃亲。”当时杨丽琦还嗔怪地拍了那女孩一下。杨丽琦皮肤黑点儿，长得像当时日本一部流行电视剧的女主角山口百慧，老王是个电视迷，所以印象很深。

快放暑假的时候，又有个杜广彬初中的女同学找过他。这女同学叫魏彩霞，一开始的时候，学习还算可以，可后来不知怎么了，跟一个整天调皮捣蛋的男生谈起了恋爱，学习成绩急转直下，到考学的时候，不但没考上中专，连高中也没考上。毕业后不久，那个男生因为偷盗被判了五年徒刑。她没地方去，只好回到娘家。她父母亲很生气，嫌她好好的学不上，谈什么恋爱，并且还谈了个让他们丢脸的男孩。父母的抱怨，加上她自己心理压力也大，时间不长，她就得了神经病，也不在家里了，到处去找同学、亲戚。不管见了谁，她都自称是某某学校的中专生。魏彩霞听说杜广彬毕业分到了国办中学，就过来找他。那天学校正开大会，不让外人进来。魏彩霞就给老王说是杜广彬的对象。魏彩霞个子很高，很苗条，和那个“山口百慧”根本不是一个风格的。这两个人，老王印象都很深。没想到今天又遇见一个白得像雪的娃娃脸，老王真是被现在的小青年弄糊涂了。一年不到，就有三个对象找上门来，那再过个三年两载的，对象还不得用火车拉？

张瑞霞带着疑惑急匆匆地回到东村，放下东西，跟父母弟妹们简单说了几句话，就摸黑去了西村。她母亲说让她带上手灯，她也没听见。

杜广彬家里可真热闹！屋里、院子里的电灯都亮着，站了满院子的人，大门口也挤满了人。张瑞霞好不容易挤进去，倒把她吓得又缩了回来。只见一个长得黑乎乎的，但很苗条很漂亮的女孩，拿着一把菜刀在院子里挥舞着，边挥刀边说："杜广彬，你今天就必须给我个说法，我们算什么，我们的事到底怎么解决？你光说那时候年龄小不想谈恋爱。现在我们都大了，你也快二十二了，我也快二十了，马上就到了法定年龄了，我们该谈谈结婚的事了。你要不给我个说法，你就过来，我这里有刀，你把我的头砍下来。我活是你杜家的人，死是你杜家的鬼！"杜广彬父母亲都吓坏了，目不转睛地看着拿刀的女孩，脸上流露着惊恐、无奈和伤心。有个邻居想过去夺女孩的刀，叫女孩赶开了，她边挥舞着刀边说："你别过来，别过来，谁过来我砍谁！"那邻居退回来了。站在大门口的一个中年妇女悄悄地说："这个杜广彬怪老实的一个人啊，怎么办这样的事啊！人家杨丽琦也不错啊，除了黑点儿，人长得还是不错的。在银行里工作，家庭条件也好，杜广彬怎么就不要人家了呢？"一个男的插言说："你知道什么，我估计杜广彬还是想和郑小朵好。他们俩从小在一起，谁不说是天生的一对啊。我估计八成是又和郑小朵好上了。"另一个男的过来打岔说："嘿，你们说的都不对。杜广彬和东村老张家定亲了。就是原来在我们村站门头，长得很白净，说话细声细气，脾气很好的老张。"许多人几乎齐声说："啊，是吗？那可是个好人家。听说他们家的人都在外边当官当工人。"听见夸自己的家人好，张瑞霞很高兴，可看到杜广彬家这么复杂混乱的局势，张瑞霞伤心极了。她又联想到这几个月来的情况，她的两眼湿润了。

杜广彬现在就在他卧室里，可门被母亲反锁了，他出不去。他一会儿躺在床上把头蒙住，一会儿又在床前走来走去。他知道罪孽深重，没想到会有这么严重的后果。不但自己名誉上受损，而且还连累了家里人。

杜广彬母亲在杜广彬的卧室门前守着，手里拿着花生心不在焉地择着。她一边观察着杨丽琦的一举一动，一边还听着儿子房间里的动静。她既担心杨丽琦会拿着菜刀冲进儿子的房间，给儿子带来伤害，又怕儿子在卧室里经受不住压力出什么意外。

客厅正中间摆着一张八仙桌，上边摆满了鸡、鱼、月饼等过节的食物。杜广彬的弟弟和妹妹怯生生地依偎在一边。杜广彬的父亲双手抱着头坐在门口。他气得浑身哆嗦，已经说不出一句话。

郑小朵回到家已经是晚饭时候了，父母家人几个月不见她，都对她亲热得不行。父亲看着争气的女儿回来高兴得眉飞色舞，母亲却嗔怪她忘了爹娘。

“你个死丫头。”郑小朵母亲先开口了，“你心里还有你爹娘吗？啊，这么长时间也不回家来看看，俺就不信你就那么忙！”

弟弟妹妹们也抱怨：“就是就是，肯定是谈恋爱去了，把家里人都忘了。”

郑小朵连忙解释：“哪能呢？我再怎么着也不会忘了你们啊。我实在是离不开。你们想想，一星期就一天半的休息时间，我又得洗衣服，又得收拾房间，根本就余不下什么时间。离家那么远，我星期六回到家就快黑天了，星期天早上吃了饭就得往回赶，晚上还要上晚自习。就在家里住一晚上，什么忙都帮不上，还给你们添麻烦，回家来干什么？”

她全然没有把自己受伤的事情说出来，她怕父母知道了担心。

"俺不是想你嘛！"她母亲插话道，"俺们又不能去看你，那么长时间见不到你的人影，你爷天天晚上都念叨你，还以为你出什么事了呢。有好几次，你爷都想去看你。可你爷不会骑自行车，步行恐怕走一天也走不到，也不知道路，就没去看你。你以后可不能这样了啊！"

"知道，知道，以后不这样了，我每星期都回来，行了吧？"郑小朵笑着说。她是想叫父母高兴，父母高兴了，她才好意思提起和杜广彬的事情。

她们一家人边聊天边吃饭，不知不觉已经到了黄昏。郑小朵吃完饭，心里很是不安，杜广彬说回家后就来提亲的，怎么还没动静呢？莫非又有什么变化了？有人说，男人大多都口是心非，特别是对爱情，更是三心二意，难道杜广彬也是这样的人吗？怀着忐忑的心情，郑小朵走出院子来到大街上。他们家和杜广彬的家在一条胡同，相隔也就有七八间房子，她想看看他在干什么。

她一出大门，就听见有人吵闹的声音，像是从杜广彬家的方向传来的。果然，杜广彬家的大门外站满了人。她三步就作两步走，急切地赶到杜广彬家，就听见院子里有个年轻的女子的声音："你还装正人君子，我们定亲两年多了，你连手都不拉一下。你从来不上我那里去。八辈子去一趟，还离八丈远，就好像我有瘆人毛一样。没想到你是心怀鬼胎，早有预谋。年龄小不考虑婚姻，现在我们都大了，该谈了吧？你不要我，你不要我你当初别答应啊！不给我个说法，你想过安稳日子，没门！"

郑小朵用力挤了进去，只见杨丽琦拿着菜刀站在杜广彬的院子里，她一下全明白了。

正当郑小朵在想什么的时候，只听见有人喊了声："不好了，大叔昏过去了。"只见杜广彬的父亲急火攻心，一下子休克了。五六个大人忙着去急救。

8

杨丽琦慌了，站在那里呆若木鸡。两个妇女跑了过去，一下子夺下杨丽琦手中的菜刀，连拉带拽地把她拖走了。

人们的注意力都在杜广彬父亲身上，即使有认识张瑞霞的，也都没在意。张瑞霞站在人群外待了一会儿，看见杜广彬的父亲被人救过来了，她谁也没说，悄悄地回东村娘家了。她回到家，什么话也不说，径直走向自己的卧室，一下瘫倒在床上，掉起眼泪来。任凭母亲怎么问，她始终一句话不说，只是哭。

杜广彬父亲苏醒过来后，痛哭流涕，拍着胸脯骂自己该死，后悔养了个不争气的儿子，让他老杜家丢了脸。

郑小朵不见杜广彬出来，到处找也没见人。她偶然发现杜广彬的卧室门锁着，她恍然大悟，于是趁混乱时把门打开，把杜广彬放了出来。杜广彬见了郑小朵，先是一愣，后又尴尬地苦笑着说："你过来了？唉——"郑小朵见他唉声叹气的样子，规劝道："别的别多想了，看怎么和你爷娘交代吧。"刚走了个闹事的杨丽琦，面前站着郑小朵，还有个张瑞霞，杜广彬的脑子要爆炸了，一句话说不出来。郑小朵又安慰了他几句，提亲的事情也没必要提了，就回家去了。

八月十五过成这样，杜广彬一家人心里都不是滋味。母亲在床前看着父亲。弟弟妹妹饿急了，在吃月饼。杜广彬不知所措地来回走着。母亲爱惜自己的儿女，对杜广彬说："别在那里站着气人了，快热热菜和你弟弟妹妹吃了睡觉吧。"过了一会儿，又加了一句："事都是你作下的，愁也没用，什么事明天再说。只要死不了，就得吃饭睡觉。"杜广彬把菜热了热，照顾弟弟妹妹吃饱，他自己也没有胃口，只简单的吃了几口，就睡觉去了。

杨丽琦被邻居拉出来后，在半路上遇见了她的父亲杨霖。杨霖六十多岁，长得高挑白净，像个文人。他常年在外做干菜生意，现在已经做得很大了，附近三个县的银耳、木耳都由他一个人供货。每年他在东北的时间，要比在家的时间多。以前中秋节，正是上货的时间，他总是不在家。可今年他上货比较顺利，提前几天回来了。他高高兴兴地回家来，想和家人高高兴兴过个节。没想到刚一进家门，就见妻子在哭。他以为由于自己不在家，过节的时候妻子想念他难受，于是就上前笑嘻嘻地说："老婆大人，哭什么呢？想我了？"

抬头看见丈夫，妻子哭得更厉害了，边哭边说："你个粗鬼可回来了。你整天在外不知道疯什么，家里的什么事你也不管，孩子都那么任性，早晚会弄出什么事来。这不，大十五的你回来给你闺女收尸去吧。"

一听这话，杨霖吓坏了，忙说："怎么回事？快说！"

"丽琦下班回来，不知道跟谁喝了一顿酒。听说杜广彬回来了，拿了把菜刀说去和他拼命去了。她一拿刀，把我吓得腿都软了，到现在还站不起来。"

杨霖还没等妻子说完，拔腿就往外跑。在半路上，只见杨丽琦被她表姐和弟弟拉着回来了。看来酒还没醒，走路还是东倒西歪的。看到女儿的丑态，杨霖气坏了，上去就给女儿一个嘴巴，说："你多大了，还小吗？你知道丢人值几个钱吗？"

杨丽琦被打了一巴掌，还是没看清是谁，说："你谁啊？打我干什么？我又没做错事，杜广彬做错事了，你去打他。"

她表姐和弟弟看杨霖生气了，忙把杨丽琦护起来。弟弟哭了，表姐忙说："舅舅，你别打她，她喝酒了，心里难受。她一会儿酒醒了就好了。"

表姐怕舅舅再打杨丽琦，就把她扶回自己的家去了。在表姐家，杨丽琦还是迷迷糊糊地说胡话，一会儿杀这个，一会儿杀那个，一直闹腾了大半夜，才昏昏睡去。

杨霖虽然生气，但毕竟是自己的亲骨肉。他只有一个儿子一个女儿。由于妻子结婚多年不怀孕，他到了四十才有了杨丽琦，所以一直把她视为掌上明珠，从小也没舍得戳她一指头。今天，他还是头一次打女儿。他在家待了一会儿，就赶到姐姐家，看见女儿那痛苦的样子，也不由得掉下了眼泪，一直到女儿安静地睡了，他才回来休息。在家里，他和妻子恨恨地说："明天，我非找杜广彬那小子算账不可。"

张瑞霞回家来就哭，什么话也不说，父母亲都又生气又担心，到底怎么了？她母亲对她爸爸说："我看着可能有什么事，不行明天你去西村问问吧。"

杜广彬家里房门比以往开得都早。先出来的是他母亲，天还没亮。她开着灯把屋内的卫生打扫了一遍，又出来打扫院子。从院子里到大门外，都被昨天看闲的人弄得乱七八糟。天渐渐明亮了，她打开鸡笼，看了看熟睡的老母猪，洗了手洗了脸，把昨天晚上的菜端到厨房热一热，又烧了一锅瓜干饭。这时候，杜广彬的父亲起来了，杜广彬、弟弟和妹妹也都陆续起床了。于是一家五口人坐下来吃饭。吃饭的时候，各人在考虑各人的事，谁都不说话。正当他们各自想心事的时候，院子里有人来了。

来人是杨霖，他一进张家的院子就喊："大兄弟在家吗？"他比杜广彬的父亲大很多，论庄乡，他们是平辈。

听见是杨霖的声音，杜广彬母亲的手抖动了一下，一只碗差点掉在地上。杜广彬父亲一猛站起来，由于起得过猛，一个趔趄差点没站稳。最紧张的是杜广彬，他愣愣地坐在板凳上没一点反应。

杜广彬父亲忙向外迎，杨霖已经踏进了门。"吃早饭的啊？"他一进来就笑眯眯地问。杜广彬父亲忙点头哈腰地回答："是啊，刚吃完。大哥什么时间回来的？"杨霖回答说："我昨天下午回来的。"杜广彬父亲接着回问道："大哥你吃了吗？没吃叫你弟妹弄点在这里吃。”

杨霖还是笑眯眯地说：“吃了吃了，我习惯了，吃饭早，每天天一亮我就吃饭。”杜广彬始终没说话，他以为杨霖来肯定是来算账的，进门一定会大发雷霆，没想到他笑眯眯的，好像正常串门一样。他紧张的神经放松了许多。他于是讨好地站起来，对杨霖说：“大爷，进来坐吧，进来坐吧。”说着，把家中最好的马扎子搬到杨霖跟前。杨霖看了看杜广彬，显然眼睛里有一种怒火。杜广彬吓得打了个寒战，低下头退到了一边。杨霖坐下来，杜广彬父亲也坐下，他母亲去泡茶。杨霖照样笑眯眯地说：“大兄弟，昨天晚上的事，我也听说了，实在对不起了。都是孩子不懂事，她同事结婚，非让她喝酒。她哪会喝酒啊，又太实在，全喝醉了，给您家惹麻烦了。”杨霖如果进来骂几句，杜广彬的父亲还觉着痛快些，毕竟自己的孩子不对。可他一个劲儿地道歉，倒弄得他不知所措了。杨霖说话，他就一个劲儿地赔罪：“哪里，哪里，都是杜广彬的不对。杨丽琦那孩子懂事，心里不好受。要不是杜广彬，她哪能那样呢！”接着又对杜广彬大声吼道：“还不给你大爷赔不是？你站那里像个打愣的模样干吗？”杜广彬忙点头哈腰地说：“大爷，都是我不对，那时候小，不懂事，办事毛糙，伤了我妹妹的心。您打您骂我都听着。”杜广彬说话，杨霖的脸马上由晴转阴：“你办事毛糙，你识文解字的，什么不懂？我看就是拿别人的事当儿戏。你想想，人的终身大事是小事吗？你想好就好，想散就散。你想过你妹妹的心情吗？像你们家，连间像样的房子都没有，我们图的啥？不就图老亲世邻在一起多少年了，知根知底，知道你们祖辈上都是老实本分的人家，不然的话，我们图你什么？我们要工作有工作，要人物也比人家差不了哪里去，要家庭也比你们家强一百倍。我们哪里配不上你了？也是杨丽琦瞎眼，那么些领导的小孩都看不上，也不知道哪根神经出问题了，就迷上你个白眼狼。在家里从来不干活，可为了你，又是学做饭又去学炒菜，还没白没黑地给你纳鞋垫，这种花样那种花样的纳了一大摞。并且说为了拉近和你的距离，自学了高中的课程，函授了中专课程。她对你那么痴心，怎么就打动不了你呢？你真是个狼心狗肺的东西。”任凭杨霖怎么骂，杜广彬和他的家人都一句不吭。他们知道，事情要想圆满解决，还是各让一步比较好。各说各的理，都说自己的孩子好，别人的孩子孬，不但解决不了问题，还会使问题越来越严重。杨霖发了半天火，也感觉累了。毕竟都在一个村多少年了，都是不错的关系，以后还要见面，有些话也不能说得太狠太绝。最后，为了缓和气氛，杨霖站起来对杜广彬父亲说：“行了，我还有事，我得走了。”又转向杜广彬说：“解铃还须系铃人，你妹妹还想听你一句话，你得给她说明是什么原因，她哪里做错了。她是个很较真的人。你去找找她，别叫她再伤心了。”杜广彬为难了，去怎么说呢，怎么能说清楚呢？可看着杨霖严肃的眼神，他还是跟着去了。

杨丽琦醒来的时候，已经迫近中午。姑姑烧好了鸡蛋汤，表姐给她端来，在床上喝了几口。经过一番折腾，她看上去既憔悴又疲惫，衣服不整，头发散乱。

9

杨霖押着杜广彬来到姐姐家。杨霖去了客厅，杜广彬去了杨丽琦休息的地方。一看见杜广彬进来，她表姐就退出去了。因为当时是杨丽琦托表姐给她和杜广彬当的媒人，弄成这个样子，她也很尴尬。

杨丽琦抬起她那对水灵灵的大眼睛，看了看表情复杂的杜广彬，冷冷地说：“你来干什么，我们不是没有任何关系了吗？你走得远点，我永远都不想见到你。”

“对不起，我伤你的心了。”杜广彬小心翼翼地说。

杨丽琦哭了，她哽咽着说：“我那么喜欢你，知道你家穷，定亲没用你家的一分钱。我知道我脾气不好，可我对你从来没发过脾气。对我父母都没对你好。你让我学什么我就学什么，你叫我怎么样就怎么样，难道听话、对你好还有错吗？"

"都是我不好，"杜广彬说，"都是我一时糊涂，年轻不懂事。你还年轻，家庭又好，工作又好，长得也漂亮，一定会找个比我强的对象，你就忘了我吧，以前的事就不要去想了。我们这辈子没有可能了，俺爷已经把我和张瑞霞的结婚证办完了。"

说到这里，没想到杨丽琦火了。"以前的不去想！"她大声说道，"能不想吗？我可从来没有真心爱过什么人啊！你滚吧，我不想见你了！"说着，把枕头狠狠地扔向杜广彬。

杜广彬也没躲闪，任枕头重重地砸在身上，掉在地上。然后，他又拾起枕头，放回床上，转身走了出去。望着杜广彬远去的背影，杨丽琦号啕大哭起来。听见杨丽琦哭，她父亲、姑姑、表姐跑了出来，正遇见被枕头打出来的杜广彬。他不好意思地低着头，没敢看任何人的脸，只说了一句："你们劝劝她吧，我走了。"说完就往外走。

表姐赶上来，问："你们到底怎么回事啊？弄得我在中间受气。"

"没什么。"杜广彬快速地逃走了。

杨霖来到女儿房间，看到女儿痛不欲生的样子，很是难受。于是轻声对女儿说："人要想开，你那么好，他不珍惜，是他没有那个福分。他有什么好，还看不上咱们，咱还看不起他来，他家那么穷，也没有什么后台，他也就当一辈子老师。你放心，我托人再给你介绍个更好的。"

"不，"杨丽琦坚决地说，"我就等他，他一天不结婚，我一天不找对象。我就看他找什么样的。如果他找不到合适的，什么时候同意我，我什么时候跟他。"

"你这不是有病吗？"杨霖生气地说，"他到底哪里好啊？你那么迷！”

杨丽琦停止了哭泣说：“我就是咽不下这口气。我哪里不好，他凭什么看都不看我一眼啊？定了亲这么长时间，他连手都没碰过我。我就那么差吗？我得大麻风了吗？”

“傻孩子，他没碰你是你的福气，你那是遇见好人了。如果把你怎么了再不要你，你那才苦呢，到时候想再找个对象都难。正好，你们什么事没有，将来再找个更好的，气死他。”

“他如果是对我没感觉，那是我的魅力不够。但我不服。人家我们单位的小王，定了亲就在一起住了，年底就结婚。当初，杜广彬要是和我同居的话，说不上我们就不会这样了。”

杨霖听不下去了，打断了女儿的话说：“你别在那里胡说八道了，你们定亲的时候，他十七你十五，知道什么，还同居。说到底，还是你太任性，不听话，不该定那么早。以后不能光依着你自己的性子，大人的话也得听。明天我就托在县委工作的你三姨夫，叫他给你找个县里工作的干部。”

“你省省吧。杜广彬不结婚，我就不找对象。谁说也不行。”

“你说说，这不明摆着是个神经病吗？”听了女儿的话，杨霖无奈地说。

10

从杨丽琦那里回来，杜广彬愁眉不展：杨丽琦的事可以不去管，可郑小朵和张瑞霞的事怎么办呢？在这个节骨眼上跟父母提退婚的事，那不是火上浇油吗？可不说，郑小朵那边怎么办呢？

明天又开学了，要想和郑小朵再次见面，又要等到下一个星期六。何况如果学校里有活动，星期六还不一定能见面。杜广彬在自己的房间里边拿着红红的结婚证犯愁，突然，他想起了一件事情，让他眼前一亮：领结婚证的时候，他不在现场，没有签字按手印，这在法律上好像不能算。他又看了看结婚证，发现毛病更多。明明现在才九月份，结婚证上的日期却是十月。原来，根据婚姻发规定，女二十周岁，男二十二周岁，才能正式登记结婚。达不到法定年龄结婚，属于违法。而杜广彬和张瑞霞都是十月份才够法定年龄。他父亲为了叫他们早拿到结婚证，叫杜广彬的表哥提前办理了登记手续，提前颁发了结婚证。虽然手续是提前发了，但是档案却不能提前入。必须到了时间，他表哥才能给他们正式入档。这么说来，民政所那里他和张瑞霞的婚姻还没有正式生效。他心里盘算着：怎么样去找表哥把结婚证交给他，取消他们的婚姻呢？一定去找他，说什么也不能叫他入档。必须在十月份生效时间前，把事情处理干净。想到这里，杜广彬情绪一下子高涨了许多，紧锁的眉头也逐渐舒展开来。因为这样的话，他和郑小朵的事就会柳暗花明。他想立即去找郑小朵，给她父母挑明他们之间的事，可刚想出门，又犹豫了。

他突然想到，和张瑞霞的事情还没了结就去找郑小朵，他父母知道了会要他的命的。昨天杨丽琦的阴影还没散去，再弄个郑小朵出来，当父母的还活不活？他决定，一切都悄悄进行。

吃过中午饭，杜广彬父母要去地里收庄稼了。父亲对杜广彬说：“你要是没什么大事，就随我去地里干会儿活吧。”本来他也想去帮忙的，可想到郑小朵可能要早回学校，如果不跟她说几句话，怕她不高兴。但又不能去她家，就想着在他的学校门口等她。因为他们学校门前的大路，是郑小朵回她学校的必经之地。他于是说：“我就不去了吧，明天就要开学了，高一二班的班主任请了半年的病假，校长让我接替他担任班主任，我想早回去一会儿熟悉熟悉业务。”实际上让儿子跟着去地里，当父亲的是怕他自己在家里胡思乱想，既然说要回学校，父母亲欣然同意了。父亲说：“你有事就走吧，反正地里的活也不多了。既然领导器重你，一定好好干，做事情稳当的，别再像个没长大的孩子。”杜广彬满口答应。父母亲走后，杜广彬拿好结婚证，骑上车匆匆走了。

张瑞霞很晚才起床。哭了大半夜，眼肿得像铃铛。母亲劝她吃饭，她也就象征性地喝了一碗汤。父亲问她话，她就是一个字不说。父亲气得直跺脚，她眼皮都不翻一下。到了快中午的时候，她父亲急了，说：“你到底怎么了？可急死我们了。好，你不是不说话吗，那我去西村老杜家问问去。”父亲要往外走，张瑞霞开口了，说：“你不用去，我们没有事。我昨天去的时候没见他。他以前的对象正在那里拿着刀闹事的。”原来这样，她父母全明白了，张瑞霞是生气杜广彬办事情拖泥带水，那么长时间了，怎么还没处理好？她父母也不再问了，只要女儿没受委屈，他们老杜家的事，他们不关心。可他们哪里知道，这中间的事都与他女儿有千丝万缕的联系。

杜广彬一直等到天黑，也没见郑小朵的身影。

其实，郑小朵早走了，她吃完早上饭就走了。她先去了她舅舅家一趟，把节前没来得及送的东西送去，也让舅舅舅母放心她的伤。她之所以没把杜广彬承诺的事放在心上，是因为她看到杨丽琦以后，决定不再和杜广彬来往了，她怕再给张瑞霞造成伤害。实际上，很多时候都是女人给女人造成伤害，许多女人，为了自己的幸福，不惜伤害另一个无辜的女人。郑小朵觉得，通过伤害另一个女人而得到的幸福，是不道德的，她不会做。她爱杜广彬，杜广彬是她快乐生活的唯一源泉。但为了另一个女人，她甘愿放弃。她要把对杜广彬的爱，深深地埋在心底，直到永远。这样想了，自己也就放松了。她不再想杜广彬，杜广彬的一切事都已与她毫无干系。在她舅舅家，她快乐得像一只小鸟，和表妹苗苗在院子里飞来飞去。迫近黄昏，她才吃了舅母包的饺子，骑自行车回学校。

没等到郑小朵，杜广彬有些失望。但当他无精打采地要回宿舍的时候，张瑞霞骑自行车过来了。

11

张瑞霞不想在家里待，因为父母亲总是问这问那，本来还有一天假的，她也不待了，就谎称单位有事提前走了。她看见杜广彬在学校门口，就下了车，把自己这段时间钩织的满满一包毛衣和饰品放到他怀里说："给你织点东西，也不知道你喜欢不喜欢。"见了张瑞霞，杜广彬想起了为了摆脱她制定的种种方案，感觉很是不好意思。本想跟她说说分手的事，可到嘴头的话就好像被什么堵住了似的，光张嘴却没有声音。最后，他张了几下嘴说："进去坐坐吧，我有话对你说。"张瑞霞也不知道杜广彬葫芦里装的什么药，看他吞吞吐吐的样子，也许不会有什么好话。于是迅速地骑上自行车，说了声，"不啦，快黑天了，以后再说吧"，飞也似的走了。张瑞霞虽然不爱说话，但她考虑问题却很有数。她深知杜广彬对她不怎么热情，但她喜欢杜广彬，不想失去他。她相信两个人的感情随着时间的推移是会变化的。现在他们接触的少，还谈不上什么感情，可如果结了婚，她细心热情地对他，他们的感情会好起来的。张瑞霞之所以不想放弃杜广彬，是因为她看中了杜广彬的人品。他是个人品好、守承诺的人，张瑞霞报定这个信念，无论杜广彬对她怎么样，她都不在意，都会无怨无悔地跟着他。

杜广彬拿着张瑞霞留下的大包回到宿舍。打开一看，简直是万宝囊，里面什么都有：毛衣、毛裤、手套、鸭舌帽、袜子、脖套、茶杯套等等，林林总总，一应俱全。每件东西都编制得密实巧妙，花样新颖，精美绝伦。特别是两个茶杯套，更是精致，严丝合缝地套在茶杯上，还用七彩线编织上花朵和小动物，栩栩如生。杜广彬万万没有想到，不善言谈的张瑞霞，却有那么巧的手，那么丰富的想象力。和这样的人在一起生活，她一定会把家收拾得像花园一样，现在就对自己那么细心那么周到，将来一定会更好。他又想到了娇气任性的杨丽琦，也想到了事业型的才女郑小朵。他觉着，杨丽琦适合做情人，她任性霸道，但很痴迷；郑小朵适合当挚友，她睿智、多才多艺、有事业心；张瑞霞很适合当妻子，她勤劳善良、细心周到、能忍能让。但郑小朵怎么办？他们已经做了超过挚友界限的事情，如果离开她，将来她怎么办？虽然和张瑞霞领了结婚证，但没有肌肤接触。他不能对不起郑小朵，她那么好的女孩，不能因为他杜广彬一时的糊涂，影响她一辈子的幸福。想到这里，他匆匆收拾起张瑞霞的礼物，放在墙角。不管张瑞霞多么好，他也要离开她，他不能同时葬送两个女人最宝贵的青春。杜广彬又拿过来结婚证，仔细研究它存在的丝丝漏洞，想着怎样去找大表哥处理好这件事。

郑小朵铁了心和杜广彬断绝来往，她想重新谈恋爱。学校里有十几个青年老师，都还没对象，天天有人跟在她屁股后边献殷勤。她虽然都没什么感觉，但还是想着矬子堆里拔将军，在心里一个个地权衡。可时间不长，他们大都不那么热情了。并且看她的眼光也有一种异样的感觉，原因是一个老教师的一句话。这个老教师叫鲁华，现在不带课了，负责上下课打钟。他看见小青年都围着郑小朵转，就一个一个地提醒他们说："你们可要小心啊，郑小朵可不是一般人。她从小就和她表哥在一起吃住，好像夫妻一样十几年了，什么事都做过了。前不久郑小朵受伤，每到星期六星期天，她表哥都会来，在一间屋子里吃住。你想想，大夏天的，赤身露体地在一起，还拉着窗帘。要不是亲密到一定程度，会那么样？我看你们还是小心点。"

经过他这么一说，许多小青年都吓跑了。但还有一个叫陆征的老师对她一往情深。从郑小朵受伤那段时间，陆老师就经常关心她。给她买这买那。尽管风言风语说郑小朵和她表哥的种种传闻，也看到星期六星期天杜广彬来的时候，他们亲密无间地说笑，但他好像并不怎么在意，还是经常围着郑小朵转。郑小朵呢，对他总是不理不睬的。

星期六下午，陆老师临回家前给郑小朵送了一件东西，打开包装一看，原来是个精致的铁火盆。郑小朵看着火盆，有些不解地问："陆征，你真是滑稽，这还在秋天里，买这么个玩意儿干什么？"

陆征眯着眼。他因为胖，脸上的肉成堆，笑也看不出笑来，但只要看他眼睛眯成一条缝了，就知道他在笑。只见他笑着说："你的伤虽然好了，但完全恢复需要很长时间。冷的时候，下雨刮风的时候，你会有感觉的。我给你买个火盆，你只要一感觉不舒服，就生上火烤一烤，对你的伤有好处。"

听到这里，郑小朵眼睛湿润了。女人总是无私地细心照顾男人，她们不图什么报酬，只要他们在乎她们，说一句热心话，给一个温暖的眼神，做一个关心的动作，送一件不值钱的小饰物，她们都会感动得痛哭流涕。

杜广彬虽然对郑小朵不错，却没有陆征那么细心周到，杜广彬虽然对郑小朵很关心，但没有陆征那么痴情那么执着。郑小朵想起了杜广彬对她若即若离的样子，想起了他和张瑞霞的婚事，想起了他和杨丽琦的纠葛，又看了看眼前其貌不扬但温顺听话的陆征，她不由得犹豫起来：难道说我真的要和眼前这个看上去让人作呕的男人生活一辈子吗？每天看他没有表情的脸，听他那公鸭嗓子，晚上睡在他那一堆肉山旁边，听他如雷的鼾声，她真不敢再想下去了。

陆征在郑小朵沉思的一刹那，变戏法似的弄来了一堆木炭。取了一点放到火盆里，边生火边对郑小朵说："今天咱先示范示范，看好用不好用。"木炭一点就着，红红的炭火散发着温暖的光。

"你过来烤烤啊，很暖和的。"陆征对坐在床沿上的郑小朵说。为了感谢他的好意，郑小朵也蹲在了火盆边。陆征看到郑小朵的纤纤玉手，不由得一把抓住说："郑老师，你的手太美了，比达·芬奇画上的还要美。"郑小朵被他突如其来的举动惊呆了，不好意思地边向回抽手边说："你干什么啊。别这样，你自重点，像什么样子。”“我太喜欢你了。”陆征仍攥着不放，干脆跪了下来，还苦苦哀求说：“我们交朋友吧，我会对你好的。”就在这时候，杜广彬进来了，看到眼前的一幕，惊呆了。郑小朵也抬头看见了杜广彬，也愣了。杜广彬没说一句话，转身就走。

12

杜广彬去学校等郑小朵没等到，遇见了张瑞霞。但他经过一夜的思想斗争，还是想对郑小朵负责。他就想着把张瑞霞的事情先处理清楚。

星期一他去接手高一一班的班主任。开了班会，点了名，大体相互认识了一下。又开了班干部会议，把班级管理强调一遍。课间休息时间，到男女生宿舍查看，对发现的问题进行了处理，对值日分工进行了重新安排。刚刚上任，情况不熟，责任重大，需要掌握的事情很多。一直到了晚上，他跑前跑后的，没有一点空闲。晚上快八点了，他总算有了点儿空，于是拿上结婚证，去镇上找表哥。

可找了几次没找到，最后听到了坏消息：表哥由于非法拘禁并致人重伤被群众告发，连分管的副镇长一起被逮捕了。杜广彬呢，更无奈了，表哥被抓起来了，取消结婚证该去找谁呢？

13

星期六放了学，杜广彬照样像往常一样向郑小朵学校赶。这次去的目的，一是把因为杨丽琦中秋节闹事没去她家提亲的事解释清楚；二是和郑小朵商量商量下一步的打算，特别是他和张瑞霞结婚证的事，也给她说说。领结婚证完全不是自己的意愿，不要有什么误会。快到郑小朵学校的时候，突然下起大雨，杜广彬猝不及防被淋了个落汤鸡。浑浊的雨水一下把他明亮的双眼蒙住了，就像镶上了一层毛玻璃。迷迷糊糊地来到郑小朵宿舍门口，杜广彬把自行车一扔，也没看屋里有人没人，就猛地闯了进来。一进郑小朵宿舍，就看见了她和陆征的那一幕。

郑小朵看到杜广彬走了，知道他误会了，赶忙冲了出来，追上杜广彬说："大哥，下这么大的雨你上哪里去？你误会了，不是你想象的那样。"可杜广彬呢，他脑子里别的不想，就只相信眼前。还想到当初郑小朵刚受伤的时候，一开始就脱光衣服让他洗澡，就是那次，也是她主动勾引的他。这时候杜广彬偏执地相信，郑小朵是个水性杨花的贱女人。对他只是虚情假意，根本没有真爱。他要离开她，快速地离开她，永远不再见她。所以，无论郑小朵说什么，他就是听不进去。只是说："你们忙吧，我还有事，得赶紧回去。"在雨中争执了半个多小时，杜广彬去意已决，硬着头皮冒雨骑自行车走了。

郑小朵浑身湿淋淋地回到宿舍，陆征还在那里。见郑小朵回来了，他立即跪在了她面前，哭着打自己的耳光子，边打边说："我该死，我该死，我太激动了，太爱你了，做了对不起你的事情。"郑小朵心灰意冷地看了看陆征说："没你的事，你不用自责。"接着又问了一句："你真觉着我有那么好吗？你知道我的过去吗？""我是真心喜欢你，你在我心中就是太阳就是月亮，我一天不见你，就会茶饭不思。无论你过去做过什么，我都不在乎。只要肯跟我好，我会爱你一辈子的。""好吧，我同意。"郑小朵淡淡地说，就像把几片纸屑抛向风中那么漫不经心。陆征高兴极了，连忙站起身来，帮着郑小朵脱衣服。"快把湿衣服脱下来，我给你烤干。你去床上暖和暖和，小心感冒了。"陆征关切地说。

郑小朵去帘子后边脱了湿衣服，交给陆征烤干。她身心疲惫、心如死灰地躺在被窝里，一会就迷迷糊糊地睡着了。睡梦中，她感到呼吸越来越困难，睁开眼一看，只见陆征那一堆肉死死地压在自己赤裸的身上。她愤怒了，用力把陆征推向一边，大声说："你这是干什么啊？"陆征于是站了起来，穿上衣服说："我们早晚要成为夫妻，怕什么。反正你也不是第一次了。"

郑小朵一切都明白了，趁自己熟睡当中，她被陆征糟蹋了。但一听到陆征恬不知耻地揭她的短时，她愤怒了，哭着说："我不是第一次，怎么了？以后你不要来见我，我脏。"陆征嬉皮笑脸地说："你别说傻话了。你以后就是我的人了，希望你不要再和任何男人有什么不当行为。"说完，就走了出去。郑小朵没想到他是这样的人，刚才还那么低三下四，没想到过了一会儿，阴谋得逞以后，就原形毕露了。可又怎么办呢，都愿自己一错再错，只好自作自受了。

杜广彬在大雨中艰难地走着，雨太大了，自行车只能推着。快黑天的时候，才走了一半。去哪儿呢，郑小朵在他的眼前已经变得一无是处，去张瑞霞那里，再有二十分钟就能到，可去了怎么说呢，就说去找郑小朵回来的时候晚了，走不了了？哎，还是回学校吧。他便继续冒雨前行，直到晚上九点钟，他才回到学校。他已经在雨中整整走了四个小时。回到宿舍，把自行车一扔，把湿外套一脱，一头钻到床上去了，就感觉浑身发冷，神志不清，一会儿就什么也不知道了。

14

陆征整理好衣衫，像一个叫花子捡到了黄金似的，带着诡秘的满足的微笑走了。郑小朵披散着头发呆坐在床上独自落泪，眼前总浮现出陆征那张馊肉一样奸诈狰狞的脸。她后悔自己为什么会犯这样的低级错误，难道这就是命？突然，一声炸雷在头顶响起，她不由得想起了杜广彬，不知道他回学校没有？现在自己的身子已经被陆征玷污了，和杜广彬长相厮守的可能性不复存在了，但对他的牵挂，对他的思念，已经深深印在脑子里，就像一根藤蔓缠绕在身上，越缠越密，越捆越紧，使她几乎要窒息。她要去看看杜广彬，看看他到底怎么样了，否则自己寝食难安。找到他，把真相告诉他，希望在他的心目中，自己永远是他引以为豪的纯洁可爱的小妹妹，永远是一心一意爱着他的人，不是个随随便便的人。

第二天一早，雨还下着，但已经很小了。细小的雨滴被风一吹，形成纱巾一样的薄雾笼罩大地，就像郑小朵的心情一样飘忽不定。郑小朵谎称去医院复查，向校长请了假，坐上客车去看杜广彬。

不到一个小时，车就停在了国办中学的门口，她像一个做了坏事的孩子，犹犹豫豫不敢进去，在门口徘徊着。看门的老王过来了，问："孩子，找谁呢？"

"找我表哥。"

"你表哥是谁啊？"

"杜广彬。"

"又是杜广彬。这个杜广彬怎么回事？来一个是小姑娘，来一个是小姑娘，到底想干什么呢？"老王边咕哝边背着手斜眼审视着她。

"进去吧，正昏迷呢。"老王冷冷地甩了一句，转身向值班室走去，走了几步，又把头硬生生地别回来瞥了郑小朵一眼。

老王的话看似平常而调侃，却像一块石头一样沉甸甸地砸在郑小朵胸上，她一个趔趄差点摔倒，接着，像离弦的箭一样向杜广彬的宿舍跑去了。

郑小朵上气不接下气地径直跑到杜广彬宿舍门口，见很多学生来来往往地忙碌着。她叫住了一个学生模样的女生问道："同学，你们都慌慌张张地干什么呢？"

那个学生看了看她，有些奇怪地望着她说："这事你都不知道？杜老师病了，不知道得的什么病，光迷迷糊糊地说胡话，就是不清醒。从昨天夜里到现在，卫生室的护士正给他打针，我们几个同学轮流着过来帮忙。"

郑小朵走进了杜广彬的宿舍，一个护士正在给他换吊瓶，三个学生和两个老师也在场。郑小朵向他们点了点头算是打了招呼，然后说："我是杜广彬的表妹，就在前边村里住，听学生说表哥病了，过来看看。不知道他得的什么病？"

"初步诊断为重感冒。"护士并没有抬起头来看说话的是谁，而是边摆弄输液管边说。

"不知道是怎么得的，他身体不是很棒吗？"郑小朵装作什么不知道的样子轻声问。

旁边站着矮个子老师指着站在门口的另一个中等个、胖胖的老师说："你问徐老师吧，他们一屋住，了解情况。"郑小朵看了看徐老师。

徐老师也看了看她，然后指着门外的雨说："昨天夜里，他不知道干什么去了，九点多才回来，淋得水兔子似的。进门一句话没说，脱了衣服，钻被窝里就睡了。我怎么喊他都不吭声。我以为他累了，没去打扰也睡了，谁知道到了下半夜被他闹醒了，他一会儿哭一会儿笑的，还喊一个什么人的名字，好像是叫郑小朵啊，还说不应该什么的话。反正是胡话，也听不清。我喊他起来喝水，他也不答应，快天明的时候，还是喊，我就到他床前推他，没想到一摸他的身体，火炭一样的热。我慌了，起床喊来校医，一量，四十点五度，把我们都吓坏了，赶紧给他挂了吊瓶。这一会儿平静了，不喊了，可还是神志不清。该不是受了什么刺激吧，好像很伤心的样子。"

徐老师说完，郑小朵明白了，杜广彬还是很在乎她的。但在乎她有什么用呢？她已经不纯洁了，已经被陆征玷污了，她是不能把脏身子给他的。他们已经永远不可能了，但她想为他做点什么。于是，她对在场的老师和学生说："要不你们都去上课吧，这里有我呢。该换药的时候，我去喊医生。"

那个矮一点的老师（后来才知道，那是校长）说："也好，你们也都忙一头午了，现在杜老师睡了，你们就各忙各的吧。”然后对郑小朵说：“那就麻烦你了，有什么事喊一声就是了，学校卫生室就在房子后面，那里有值班的校医，推开后窗一喊他们就听见了。”边说边用他那枯树枝一样干瘪的手指向后窗外指了指。

郑小朵羞涩地笑一笑，礼貌地向每个人点头致意。

15

他们陆续出去了，杜广彬的宿舍一下清静起来。郑小朵看着杜广彬因为发烧而涨红的脸，看着被子和脚上的泥，不由得心疼起来，这么些天来发生的事情像昨天的大雨似的在她的脑海里肆虐，接着，她趴在杜广彬身上痛哭起来，但又怕哭声惊动了门外走过的老师和学生，便憋着不哭出声来，身体剧烈地颤抖着，像是被电流击中了似的。她自责当时不该让他走，他不走，不会有这么一场病，自己也不会叫陆征钻了空子。可一切都晚了，后悔也没用。哭了一会儿，好像好受些了，她想着为杜广彬做些什么。她掀开被子，发现他身上的衣服有些潮，被子也被弄得湿漉漉的。她于是关上屋门，把杜广彬的衣服都脱下来，端来一盆温水，像擦拭一件珍玩似的慢慢擦洗他的身子。

杜广彬健壮的躯体，有弹性的皮肤，像一桌丰盛的饭菜摆在她眼前。这桌饭菜本来是属于她的，是她一辈子都品尝不完的美味。她本可以每时每刻随心所欲地去慢慢品尝，细嚼慢咽，可现在都过去了，他成了别人口中的美味。郑小朵细细擦拭着，眼泪模糊了她的眼睛，她不断地用手拭去泪珠，使自己的眼睛尽量保持明亮，在稍纵即逝的美好时光中尽可能多地欣赏已经属于别人的美餐。郑小朵擦洗完，又翻箱倒柜地找来了干净的内裤和被褥给杜广彬重新换上。然后她又把门打开，把他的脏衣服全部洗净晾上。

郑小朵给杜广彬擦洗身子没有人看见，但她给杜广彬洗内衣很多人都看见了。看着郑小朵那么漂亮的女孩拿着杜广彬满是泥土的脏兮兮的内衣认真细致地洗涤，大家都羡慕得掉泪。特别是韦老师，已经结婚多年了，老婆从来不给他洗衣服。他流着泪看郑小朵给杜广彬洗内衣，回来对同教研室的同事说："哎呀，太感人了。杜广彬真是福气啊，就连结婚的妻子也没几个像她那样给男人洗内衣的啊。哎呀，想起来我那口子啊，连双袜子都不给我洗，我真活得没劲啊。"

其他老师没他那么惨，纷纷说："大凡善良的女孩，都会给钟爱的男人洗衣做饭，把家收拾得像皇宫似的，这是她们的美德。像你媳妇那样的母老虎，毕竟是少数。"

"可这个女孩是杜老师表妹啊，不是妻子啊，杜老师真是有福气。"韦老师还是羡慕嫉妒恨。

郑小朵洗完了衣服回到宿舍，看着吊瓶里的药水像她的伤心泪似的一滴两滴慢慢滴着，杜广彬安详得像个孩子，偶尔眉头也会皱一下，也许是梦中遇到了什么。郑小朵的眼睛随着吊瓶滴泪，可吊瓶里的药水滴完了，她的眼泪还在滴，杜广彬还是不醒，郑小朵擦了擦眼泪去喊医生换药。校医过来看了看杜广彬说："这回是真的睡着了，等再醒了，就没什么事了。"

郑小朵还是不放心，可眼看着末班车就要过去，再不走就要耽误明天的课了，只好恋恋不舍地走了。临走还多次问医生："我表哥真没什么事吧？"

郑小朵这次来，本想将满肚子里的委屈向杜广彬倒一倒，可杜广彬一直昏迷不醒，只好以后瞅机会再说了。

一直到了第三天早上，杜广彬才苏醒过来。他又渴又饿，学生连忙去伙房要了一大碗鸡蛋面。吃了饭，他感觉精神了许多，但还是身体酸软、眼光浑浊，看什么东西都恍恍惚惚的。

徐老师上课回来，见杜广彬醒了，高兴地说："哎呀，谢天谢地，你可醒了，整整睡了一天两夜啊，吓死我了。你真有个三长两短，我可怎么向你父母交代啊。”

杜广彬苦笑了一声，忧郁地说：“死不了，真死了可就什么都没有了。”

“怎么说这样的破气话呢？好好的怎么能说死呢？是遇到什么烦心事了吗？”

“没什么。”杜广彬还是忧郁地说，“得谢谢你了，徐老师。我这两天肯定没少给您添麻烦。”

“我倒不要紧，关键是惊动了你班的学生和校长，他们跑前跑后的很辛苦。”

“校长也来了？”杜广彬问道，“你说这多不好意思。如果校长问起来我该怎么说呢？”

徐老师笑了笑，知道杜广彬有难言之隐，也不便细问，就想岔开话题，说些杜广彬感兴趣的高兴的事，想到来给杜广彬又洗又擦的女孩，于是说：“校长知道也不要紧，还怎么说，不就是雨淋的吗。关键是你表妹，你得好好谢谢她。她又给你洗脸，又给你洗脚的，还给你洗脏衣服。长得天仙一样的小女孩，那么不怕脏不怕累的，真少见。”

“表妹？”杜广彬脸上的皮用力地向中间挤着，两眼中间挤成一个疙瘩，目光飞到徐老师脸上来回划拉，边划拉徐老师的脸边疑惑地问道：“她长得什么样啊？”

“很漂亮，稍微胖点，但胖得好看，和电影明星任冶香似的。”徐老师绘声绘色地描述着，沉浸在对女孩那一道亮丽风景的迷恋当中。

杜广彬还是没想起来是谁。他表妹倒是有四五个，各个长得天仙似的很漂亮。也有瘦的也有胖的，但像任冶香的，还真没这么个人。是谁呢？眼前偶尔闪过郑小朵的身影，但他认为绝对不会是她。

“她也许正在快活呢，她会来看我？”杜广彬恨恨地想。

16

不知不觉又到星期天，学校里准备开个国庆节庆祝会，要求各班都报节目，每个班级最少两个，而且要求形式多样，不要只局限于唱歌。杜广彬他们班准备了个三句半，词是杜广彬写的，找了四个很滑稽的学生，利用下午自习课和晚上自习课的时间练习。再叫学生报个节目，就是没有报的。杜广彬为难了，他想到刚当班主任，就完不成校长交给的任务，校长肯定不高兴，怎么办呢？没办法，他自己出了个节目，是先笛子独奏，后来段霹雳舞。杜广彬的笛子吹得不错，霹雳舞也是经过专业老师指导过的，很有功底。稍微一琢磨，就能上场。

国庆节那天，秋高气爽，学校里一派喜气洋洋的景象。会场布置得很华丽，到处还插满了彩旗。学校还请了镇里的领导来观看，更使这场庆祝会增色不少。

杜广彬他们班的两个节目都不错。特别是他的节目，更是受到热烈的欢迎。他笛子吹得音质优美，一会儿如山涧流水，一会儿如春风拂面，一会儿似万马奔腾，一会儿又如百鸟朝凤。但最让大家难以置信的是他的霹雳舞，真是叫绝。他的身体像风中的杨柳一样，弯到这边又飘到那边，把大家都看呆了，一直到他演完走下台了，大家才回过神，报以热烈的掌声。镇里的领导看了以后，握着校长的手感叹道：“哎呀，学校真是藏龙卧虎之地呀，没想到地理老师比专业的音乐舞蹈老师还出色，以后镇里有什么活动，一定叫他参加，你一定支持哦。”校长看到镇里领导高兴，他也高兴极了，头点得像鸡吃米，连忙说：“一定，一定！”

那次杜广彬出名以后，许多学生都找他。有的想学笛子，有的想学霹雳舞。他刚从感情的旋涡里走出来，也想多搞一些活动，把以前的不愉快尽快遗忘掉，于是就都痛快地答应了。没想到，就在这件事上，他又惹出了不少麻烦。

杜广彬这段时间很忙，除了上课，还要管理班级。当班主任不是那么容易的事，什么事情都要问，哪里想不到，都可能出问题。这不，他们班的两个学生谈恋爱，晚上不上课，躺在操场上亲吻，正好让巡逻的校长抓住了。校长很恼火，对杜广彬说："自习课班主任都去巡视，你杜老师干什么去了？考虑你人实在、敬业、有活力，给你个班级当班主任，你要珍惜校领导给你的机会，可不能再马虎了。你想想，他们高一就在那里亲嘴，那到高二高三还不抱个孩子出来？他们都小，社会经验不足，都是看武侠小说看多了。你当班主任的不能不管。"被校长骂了个狗血喷头，杜广彬自知理亏，没敢吭声，唯唯诺诺地一个劲儿点头说："是是是。"杜广彬自从当了班主任后，很珍惜难得的机会，很努力很敬业，从不敢麻痹大意。不过，由于国庆联欢会后，许多学生都来找他，男生找他学笛子，女生找他学跳舞，他都是利用自己休息的课余时间教授。今天情况特殊，晚自习课快下课的时候，高三的两个男生和四个女生过来了，他们想排练个节目，就是两个人吹笛子，四个人跳舞。杜广彬对学生歌舞结合的创意很是鼓励，就把他们叫到离教室比较远的宿舍看他们的排练。这不，一排练就忘了时间，致使学生出了这么一档子事。

从此以后，杜广彬在管理班级上不敢有任何的懈怠，有学生来找他学习笛子和舞蹈，也放在课外活动时间或节假日。

中秋节过去了两周，还是不见杜广彬的面，张瑞霞坐不住了。她知道，要想叫一个人注意你，单单给几件小礼物是不够的，必须见人。俗话说：日久生情。长时间不见面，怎么能生情呢？"既然你不找我，我就去找你，时间长了也许会好起来的。"张瑞霞想到。于是，国庆节后的一天，她趁不很忙的下午，跟厂长请了假，去看杜广彬。

张瑞霞下班已经很晚了，但她挂念着和杜广彬的事。她晚饭没吃，就悄悄地骑自行车去学校找杜广彬。她到学校的时候，杜广彬和徐老师都去坐班了。张瑞霞放下车子，就去收拾杜广彬凌乱的床铺，然后又把他的脏衣服取出来，借着屋内的灯光，在门前的水管前洗起来。高二的一个女生来找杜广彬学舞蹈，杜广彬不在，却见一个年轻漂亮的女孩在洗杜老师的衣服，猜想一定是杜老师的对象了。她返回教室，给其他同学悄悄地说："我想找杜老师再学几个舞蹈动作，他不在，他的对象在给他洗衣服。你们不知道啊，他对象太年轻了，好像比我们都小。而且太漂亮了，比电影明星还漂亮，你们看看去吧，真没见过这么漂亮的，起码我们学校里没有比的。"

经她这么神乎其神地一宣传，无论男生女生都动心了，都想看看杜老师的女朋友到底多么漂亮。于是，三三两两的学生，以找杜广彬为借口，陆续到杜广彬宿舍来了。一开始是高二一班，后蔓延到二班，又从高二到高三，从高三又到高一。张瑞霞开始不动声色地洗衣服、拖地、收拾房间，到后来感觉不对劲，就什么不去做了，关上门，拉上帘子，坐在杜广彬床上面向内织毛衣去了。早来的学生看过之后，回去发一通感慨，后来的学生看不到正面了，就悄悄趴在后窗子上，透过窗缝向里看。不一会儿，窗子后边就长出了长长的尾巴，像蛇一样地蠕动着。

杜广彬坐班回来，老远看见自己后窗外聚集了很多学生，他们在向他宿舍里看着什么，就从远处喊了一声："你们不上课看什么呢？"学生们回头一看杜老师来了，都像受惊的麻雀似的一哄而散。学生走光了，杜广彬也趴在窗子上从窗缝里向里看了看，模模糊糊看见一个女孩坐在自己的床上织毛衣。再细细观看，才发现是张瑞霞。她怎么会来呢？杜广彬皱起了眉头，像一个吊唁的人来到亲人坟前默哀一样站在那里想了一会儿，很不情愿地甚至有些反感地走到门前，稍微犹豫了一下，鼓足了勇气似的扬起头来，迈步进屋了。

他们见面的气氛依然很平淡，只是礼节性地互相问候一下。张瑞霞还没吃饭，杜广彬去伙房买了点剩菜饭，想回来在徐老师的煤球炉上热热，给张瑞霞吃。路上遇见了刚下课的学生，有几个调皮的学生追着杜广彬明知故问地说："老师，你屋里那女的是谁啊？"杜广彬故意装出生气的样子说："不知道。不好好学习，操那些闲心干什么？"学生于是边跑边笑着说："是您亲爱的吧。"

吃完饭，已经九点多了，徐老师也已经下课回来。见张瑞霞还是没有要走的意思，徐老师知趣地走了，对杜广彬说："小张，孙老师回家了，叫我去看家，我去他家住了。"又对张瑞霞笑了笑说："我走了。"张瑞霞忙站起来，不好意思地点了点头。

17

杜广彬对沉静寡言的张瑞霞说："你今天就睡我的床吧。前边蔡老师那里有个空床，我一会儿过去睡。"

张瑞霞没吭声，也没表示什么动作。杜广彬知道她的意思，大凡登了记没举行婚礼的情侣，一般都住在一起。他和张瑞霞已经领了结婚证，即使住在一起也不会有人说什么。但他不想这么样，他要把两个人的秘密保留到最后。张瑞霞见杜广彬一直和她保持着距离，丝毫没有想亲热的样子，不由得想起了杨丽琦的那句话："他连手都不碰我一下，当初就没安好心。""我的手他都不碰一下，难道对我也没安好心？"张瑞霞胡思乱想起来。正在这时，杜广彬说话了，口气有些歉意："你先洗脚睡觉吧。我们宿舍没有门闩，你睡下后我给你在外边锁上门。"

杜广彬坐在办公桌前拿起一本书看，张瑞霞打了水洗脚。杜广彬瞥了下她的脚，一下子把他给迷住了，只见白嫩娇小的脚掌上端长着五个大小适中的小脚趾，很像一串葡萄，晶莹透彻。两条白皙的腿露半截，像镀了一层锡膜，闪闪发亮。一低头，长长的睫毛更加突显，天然的柳叶眉比加工过的顺眼多了。精致的鼻子，似乎有个小小的弯钩，两个耳朵隐约于略微发黄的毛发中，两腮微红，像两朵盛开的桃花。嘴微张着，里面露出了一排细密整齐的牙齿。一颗颗牙齿像是银做的，而且经过了细致的打磨，闪着月光般荧荧的柔光。难怪学生们都夸张瑞霞是天仙女，仔细端详，的确长得不同凡响。最美的人往往就在你身边，你没发现，那是因为你没去关注。在杜广彬看来，杨丽琦周到，什么事情都关心你，什么事情都问你，在一起生活三天两天，感觉很温馨，可时间长了，就会有蹲监狱般不自由的感觉，感觉失去了一切自由和秘密；郑小朵活泼好动，天天曲不离口，跟她在一起，会很快乐充实，但时间长了，脑子的神经经常在超负荷中运转，容易疲劳和厌倦；现在看来，过日子还是张瑞霞最好，她温顺听话，不多言多语，高兴了，可以多交流，不高兴，她也不会惹你烦，她就是一湖碧水，你很想跳进去畅游，可又怕打破她的平静。你可以站在她的岸边，感受她涟漪的轻吻，目睹她湖水的清澈，享受她清风的凉爽。和张瑞霞在一起，那才叫生活，因为生活，就是安稳和平静。

杜广彬看得出了神，张瑞霞一抬头，闪了一下她那对水汪汪的丹凤眼，杜广彬就像魂被勾去了一样，身体不由得颤动了起来。他不好意思地转过了头。放下书，手忙脚乱地说：“来，我把洗脚水给你泼了，你睡吧，我走了。”还没等张瑞霞反应过来，杜广彬飞快地端起洗脚水泼出去，把屋门锁上，他那单薄的身影消失在墨一样的夜色里，像一块黑纱巾被风吹进了墨池里，一眨眼工夫，就什么看不见了。

张瑞霞睡不着，开着灯看书。到了午夜时分，她听见门锁响，不由得紧张了起来。难道遇见贼了吗？接着门开了，杜广彬回来了。

他见张瑞霞还没睡，苦笑一声说：“蔡老师不讲信用，说好了叫我去他那里睡的，可就是使坏不开门。我在外边转了半天，实在冻坏了，只好回来了。那什么，你睡吧，我用办公桌顶上门，在徐老师床上睡。他有时候来了人没地方睡也经常睡我的床。”说完，杜广彬洗了脚，顶上门，关上灯，爬上对面徐老师的床。

空气里弥漫着一股暧昧的气息，听到杜广彬在隔壁床上辗转反侧的声音，不知为何，张瑞霞心中暗暗得意。她虽然不识得几个字，可她知道，爱情和婚姻是两码事，那些虚无缥缈的爱情再美，人到最后不还得兜兜转转，绕不过去那些柴米油盐酱醋茶嘛。这世上所有东西，都有保质期，坏了就是坏了，你无论再怎样绞尽脑汁想要弥补，都回不到过去。有时候，你努力很久，就是没有鱼丸没有粗面，有时候，柴米油盐就是生活中最牵绕你脚步的那点留恋。婚姻也好，爱情也好，最后都大不过一个家。是谁掰扯的，没有参与感的婚姻，最难过？可我张瑞霞现在就觉得很快乐，最起码有个活的男人此时此刻就被我攥在手里！过了这一夜，看谁还敢说我们的闲话？谁又还有什么闲话可说？虽然这本就是我张瑞霞铁板钉钉的事儿！

想到爱情，张瑞霞满脑袋想到的都是生活里那些琐碎的事儿。可她现在不愿去想那么多，也不愿去憧憬明天的生活。明天？将又会是新的一天，此后她还有无数个要跟杜广彬一起面对的明天。眼下她只想过好今天，守着心爱的人，守住这一分一秒的安静，哪怕对面那个人对自己不言不语，对自己没个好脸，她也觉得心甘情愿，心满意足。窗外的月光皎洁而温柔，张瑞霞闻着杜广彬被子上干净清爽的肥皂味，还有一股说不出来好闻的味道，不管怎样，她都认为这一夜自己做得很值：她的到来对全校师生来说无疑是最好的宣传，她就是要让大家都知道，自己才是杜广彬名正言顺的妻子；她和自己的丈夫同居一室处了一夜，虽然没有什么出轨行为，但最起码能说明杜广彬对她并不反感，甚至把她当成自己人了。至于感情嘛，就像爹和娘所说的，以后自己顺着他，两个人再慢慢培养就是了！拿定主意的张瑞霞顿觉天朗气清，于是，她安心地、甜美地、拥着杜广彬的被子很快就进入了梦乡……

玉泉情事

1

又是一个阳光灿烂的日子。玉泉水从连绵不绝的群山中缓缓流出，水清澈见底，水底的鹅卵石像一颗颗美丽圆润的珍珠镶嵌在河底。不知名的鱼儿在水中游来游去，荡起圈圈涟漪。远处高高低低起伏不断的树林就像这片走不出的山石河川，清风拂来，林间涛声如浪。小鸟像欢快的乐符，从一棵树飞到另一棵树，啾啾地唱着愉悦的歌儿。山脚下有一群村妇，正在玉泉水边有说有笑地浣洗着衣裳。

沂蒙山区风景秀美的小山村玉泉村，因其村东头这条永远不知疲倦、脉脉流淌的天然泉水“玉泉”而得名。村名和泉名相同，村民和泉水似乎也就相通了。见了玉泉村人问“你是哪里人”时，他们会自豪地说是“玉泉人”，那情景让人很难分清到底是在说自己是人还是泉，给人的感觉好像玉泉村人不是爹娘生的，而是像玉泉水一样从地下汩汩流淌出来的。玉泉村人给人的印象，像玉泉水一样清澈透明、勤劳平静。

“你们看哦，苏长风又趴在泉池边瞅了，你说他瞅什么呢？”竹竿一样瘦高的村妇眼尖，她看到了正趴在小溪旁观看水中鱼儿的苏长风，她稀奇而又尖声怪调地说。

大家的目光像激光一样齐刷刷地射向泉池边一俊美的男童身上。

男童叫苏长风，他像一尊石雕卧在光滑的泉池边上，对着泉水发愣。

“他在等仙人出门吧，听老人们说泉里住着一个仙人，每逢初一十五都要出来。”一红衣村妇说。泉水里有仙人，只是个传说。相传远古时期，有一个犯了天条的龙王被玉皇压在蒙山底下。龙是水龙，原来在天上行云布雨，现在闲着没事干，就想起了老本行。可再到天上去行云布雨，那是自投罗网。于是，它在蒙山山底下凿开许多洞，让洞与洞相连，它在里面行云布雨。水在洞里到处流动，时间长了，就有些水沿着石缝溢出地面形成了许多天然泉眼。玉泉就是这样形成的。据说这条龙的老巢就在玉泉下面，有人还听到它在洞里搅动水的哗哗声。龙每天做完功课就变成一个仙人，在里面打坐修炼。如果仔细看，从泉水里还能看见仙人的倒影。不过，关于仙人的说法，大家是都知道的，并没有多少人相信。所以对于红衣农妇的说法大家并不赞成。

“什么仙不仙的，我猜他八成是因为泉水里有大姑娘吧？”就在大家争吵不休的时候，一矮胖村妇说。

那红衣农妇马上反驳说：“他才多大啊就知道那事？你以为是你呢，从三岁就知道情爱！”

胖女人撩起一把泉水砸向红衣村妇，红衣村妇趔趄着躲闪。其他村妇哈哈大笑起来，那干净爽朗的笑声像在蓝天白云、青山绿水间久久回荡。从地下脉脉流出的天然泉水是大自然创造的精灵，被赋予了生命。泉水像人从母体里出生似的从泉眼里流淌出来，也像人一样，不知路在何方，不知命运如何。但泉水还像人一样义无反顾地向前走，无论前方是顺利的美好幸福的坦途，还是崎岖的荆棘纵横的山路。大自然孕育的泉水流动着生命的意蕴，吐纳着人杰地灵，也会发生或曲折跌宕，或凄美惊艳的令人魂牵梦绕的动人故事。

玉泉清凌凌的水世世代代养育着这一方生灵，玉泉人把泉水当作自己的生命一样精心呵护。玉泉掩映于一片苍松翠柏当中，背靠一座葱郁精致的小山包，面前是一块平坦肥沃的黑土地。玉泉周围很早就有人石砌了一个方形池子，每天早上，人们带着一夜的温馨和对美好生活的憧憬，说笑着、调侃着站在池边汲水。清泉日夜不停地流淌，泉水永远干净新鲜。泉池下有三个相通的水池，第一水池为洗菜池，池子相对较小。泉水下游是全村人的菜地，每天早上，人们在菜地里拔出新鲜的菜蔬，到洗菜池里清洗完后，回家直接炒了吃，方便、干净而味道鲜美。第二个水池为洗衣池，池子相对较大，早饭后，总有三三两两的妇女结伴在此洗些轻便衣物，棒槌的敲打声和妇女的欢声笑语就弥漫在泉水的上空。第三个水池为清洗马桶等脏东西的池子。人们在池子里清洗马桶，马桶里的残渣顺着泉水溜进下游的菜地里，等于给蔬菜追了一次肥。玉泉村人沿袭着祖辈留下来的传统，安分守己地过着闲适平淡的丰腴日子。

苏长风就出生于这个村，他像泉水一样汩汩叫着降临人间，长得像泉水一样清秀空灵，他的脑子像泉眼一样内涵丰富，而又神秘莫测；他的性格像冬天的泉水，迷蒙虚幻，而又曼妙轻盈。苏长风是个从小不爱言语但爱钻研的孩子，凡事都想亲力亲为，但有个喜欢把儿子当傀儡的强势爸爸，苏长风几乎什么事都不用做主，也不能做主，父亲就给做完了，他因此也养成了说话拖泥带水，做事黏黏糊糊的毛病。他平常最喜欢去的地方是玉泉池边，把两只幽深的眼睛投到幽深的泉水里，随着汩汩流淌的泉水的律动，从那一股股精灵般的泉水里寻找他对美好未来的感知和想象。长大以后，苏长风变成了一个彻底的理想主义者。无论做什么事，首先像一个谋划师似的制定好完备细致的实施方案，然后按照方案按部就班地行事。以至于对于爱情也是如此，总想象理想中对象身材什么样，说话什么嗓音，行走会做什么动作，具备什么学历。特别是身高，要求更严，一定在一米五八到一米六〇之间。

苏长风之所以对身高要求这么苛刻，缘于初中一年级时见过的一张图片：一穿着整齐、高挑挺拔的帅男和一戴着眼镜、打扮入时的靓女面对面站在绿油油的草坪上。女孩脚尖着地，身体向上伸展，像一个芭蕾舞演员。两手抱着男孩的腰，头微微后仰，嘴唇稍稍张开，像一只张嘴觅食的雏鸟。男孩一手轻轻柔柔地托住女孩那纤细的后背，头向下低，弯成一根豆芽，嘴唇慢慢奔向女孩的嘴唇。两人眼睛相对，含情脉脉，情意绵绵。这张照片，让苏长风非常痴迷，他想象着将来谈对象，一定找这样的女孩，没事的时候，也领着心爱的人到草地上复制这样一幅图画，享受图画中那让人春心荡漾的感觉。经过细致考察测算，要想达到图片上效果的先决条件，是女孩体态不能太胖，男女之间身高差要恰到好处。苏长风身高一米七八，女孩若和他身高相近，缺少起伏，过于平淡；过高，太过张扬，自己有压抑感；过低，又有些屈尊，落差太大。比较来比较去，身高在一米五八到一米六〇之间的女孩，和他身高是绝配。他在选择对象时，也认定了这个黄金数字。

十七岁，他还是一个青涩的小瓜，可在父亲眼里，他已经是籽实饱满清香诱人的甜瓜了，就张罗着给他成亲。父亲是个老封建，总想早点抱上孙子，看着自己的同龄人抱着孙子出来逛街，他的眼就发直，他还曾悄悄地跟苏长风母亲说："苏长风看上去软儿吧唧的，像个长不开的生瓜蛋子，可他长了个大个子，真给他找个大姑娘，说不上明年就给咱造出个胖孙子来。你勤打听着点，看哪里有合适的姑娘，就给他划拉一个。眼看着初中就要毕业了，一毕业就给他定亲结婚。"

"现在什么社会了，不到年龄人家不给登记。"母亲投射出轻蔑的眼神，用嘲讽的口气说，"你以为还是我呢，十七岁就胡儿马哈地嫁给了你。"

"哈哈——"父亲有些得意，用他那惯用的高嗓门说，"公家不给登记咱不会偷着办吗？一旦孙子生出来了，公家还能给掐死不成？

刘三家的大小子十六岁就领家去个大姑娘，今年才十七岁，不就当爹了吗？”

二十世纪七八十年代的山区农村，人们的思想还很落后，很多青年十七八岁就结婚了，他们说的刘三家的大小子就是其一。当然，说是结婚也就是偷偷地举行结婚仪式，结婚证是没有的，场面也不能太张扬，一旦让乡里知道了，要罚款的。刘三家这孩子从小就不正干，可以说是五门不干干六门。谈恋爱有本事，从十三四岁开始，就不停地向家领女朋友，到了十六岁，居然和女孩同居了，今年刚十七岁多一点儿，就当了孩子的爹了。苏长风父母亲知道后有些着急，他也想着苏长风早一点儿给他领个儿媳妇来，早早地抱上孙子。可苏长风让父亲失望了，他不但不想着找什么对象结什么婚，还以优异的成绩考上中专。在远离强势父亲的中专学校里，他像一只羽翼刚丰的小鸟，自由自在地在天地间展翅飞翔。可是，没想到的是，他的好日子时间不长就结束了，就在他开学的第二个星期六的下午，他老想把自己的意志强加给儿子的父亲就不再让他到处自在地飞翔了，把他刚展开的翅膀拴上绳子，硬生生地拉回了家。晚上，一个清纯得像泉水一样的大眼姑娘走进了他的视线。他并不认识她，即使在一个村里已经一起生活了十几年，他眼里似乎就没有过她的影子。

父亲和女孩的父亲谈笑着。苏长风从父亲那像喝了酒似的涨红的脸上，就看出他是那么的兴奋和满足。他又偷偷地瞥了一眼女孩，女孩正巧也在看他。四只眼睛突然猛烈地相撞，把两个人的脸都撞红了。苏长风赶忙低下头去，女孩的眼光好像还在他身上乱戳，戳得他浑身别扭。他对女孩似乎没什么感觉，因为她不是画上的那种。

女孩父亲是个文静书生一样的商人，不想包办孩子的婚事，于是，趁着苏长风父亲不再“哈哈”的间隙说：“问问你家孩子觉着怎么样？”

苏长风刚想说“我还小，不想谈对象”，可话没出口，就被父亲一句“我家孩子没意见”的话像狗皮膏药一样地糊在了他的嘴上，苏长风干张了几次嘴，一个字也没说出来。女孩羞涩地点了点头，看着苏长风想说“问问对方什么意见”，可又被苏长风父亲一句“小熊孩害羞了”像炸雷一样的话给吓回去了。苏长风父亲似乎有些忘乎所以，看着瑟缩得像一只受惊的猫似的苏长风，说了一句“滚一边玩去吧”，苏长风像受惊的野马似的窜了。父亲的那句“就这样定了”的话，追着苏长风跑了三里路，苏长风才把它甩掉。

父亲对像女孩一样腼腆的苏长风从小就关爱有加，无论什么事，苏长风都是傀儡，一句话不说，父亲就替他办好了。可对于爱情这件事，父亲还真有些太把自己当回事了，他不知道苏长风已经不是小孩子了，对于爱情已经有了自己的想法和标准了。

给苏长风介绍的女孩叫刘艳丽，那年十五岁，也是玉泉村人。年龄不大，已经隐瞒了年龄，被他神通广大的父亲托人招工当了工人。

刘艳丽父亲是个商人，也是玉泉村首富，是个远近闻名的有钱有势的场面人物，乍一看上去文绉绉的像个书生，但说起话来掷地有声，很有威慑力。玉泉村只有两姓，就是刘家和苏家。刘家人口最多，有钱人也最多。苏家若能攀上刘家，就等于在村里站稳了脚，是个很难得的事情。可由于苏家人都老实本分，世代都是农民，刘家商人居多，不乏有官职的人员，所以刘家的姑娘一般都看不上苏家的小伙子。刘艳丽居然能主动找上门来，当自己的儿媳妇，苏长风父亲感到是天大的面子，从此腰杆也挺起来了，所以两人只见了一面，老人们就武断地替他们举行了简单的定亲仪式。

苏长风虽有些抵触，但不知道说什么，就稀里糊涂地有了女朋友。女孩长相虽然不怎么出众，但身高体重很符合他的要求。唯一让他感到不快的是她的脸，上面很均匀地长了几粒雀斑，就像烧饼上撒了几粒芝麻。每每看到那里，就像端着一只有几处瑕疵的白瓷饭碗吃饭，食欲大打折扣，心里总疙疙瘩瘩的。

女孩好像没看出苏长风感情的游离，像珍视心爱的包包一样珍视这段感情。年龄虽然比他小，但成熟稳重，知书达理，懂的事情比他多一些，经常给苏长风超越朋友界限的一些关心和照顾。只是她初中没毕业，文化程度受限，写信时老写错别字，苏长风有些不快。苏长风是个理想主义者，幻想另一半应该和他一样博学、严谨。

发生这样的事，认为女孩从知识结构和细节掌握上不用心，已经令他不满意。这时，学校外语班有个叫宋琳的女同学像一条蛇一样钻进了他的心里，搅得他日夜坐立不安。

宋琳的身高、体重、长相，和画上的女孩儿几乎一样，戴一副近视眼镜，脸总是微微上扬，似乎是按照苏长风的感官要求精细测量、设计，然后精雕细刻制作出来的：该凸起的地方打了垫层，该凹陷的地方作了牵引，皮肤似乎经过了打磨抛光，光滑明亮、洁白无瑕；皮肤颜色适中，在黄皮肤中是最白的，在白皮肤中属于微黄的；手脚纤小，走路手脚有规律地摆动，跑的时候，身上好像装了弹簧，一跳一跳的，很像一头小鹿，马尾辫在脑后有节奏地左右一甩一甩的，很是迷人。

让苏长风最难忘的是一次晚饭后，他在校门外散步，宋琳和另一女生来了，说了一句“快跑，我们看他们是怎么割麦子的”，从苏长风身旁跑了过去。

当时，宋琳那娇小的身材，无邪的笑容，甜甜的声音，天真的语言，小鹿一样的动作，一下把他砸蒙了。他站在那儿，脸颊僵硬，心跳加速，浑身颤抖，像刚从暖室里出来，迎面被一阵冷风吹了似的。心也就更像一片秋天的落叶，不知飘落到什么地方去了。脑子一片空白，像是走进了一道空旷无人的山谷，四周寂静无声，只有一条小溪向山下流去，那叮叮咚咚的声音，就是宋琳欢快的笑声。

从此，宋琳的影子像一阵雾似的飘荡在他眼前，挥之不去，赶也不走。其他女孩已经不能进入他的视线了，那已经和他定亲的刘艳丽，和宋琳相比，相差太远了。她没有宋琳的学识，没有宋琳的皮肤，没有宋琳的声音，没有宋琳的动作，更没有宋琳的身材和长相。从那天开始，苏长风开始关注宋琳、跟踪她、研究她，观察她的一颦一笑、一举一动。

他有些走火入魔了，意识有些混沌。上课时回答老师提问驴唇不对马嘴，下课出去活动走错了方向。可反馈的信息让他大失所望：宋琳已经名花有主了，对象是一名牌大学的高才生，父母都是高干。她们是邻居，从小青梅竹马，感情至深。尽管这样，苏长风还是决定和刘艳丽分手，他相信宋琳没有了，类似于宋琳的女孩会有的，经过努力，他一定会找到的。他的脑海里已经打上了宋琳的烙印，将来即使找不到真品，他也会找一个高仿代替。苏长风认为，人生在世不会久长，在爱情这件影响一辈子的事情上，绝不能为一时迁就或冲动而遗憾终生。

苏长风于是瞒着家人悄悄给刘艳丽写了分手信。

2

刘艳丽这个单纯得像一张白纸似的女孩，看着苏长风用白纸写的退亲信，脸色苍白，像一张白纸。她一心一意精心经营的爱情梦被突然打碎，像一个无辜的孩子瞅着一地碎片，目瞪口呆。苏长风不愿意伤女孩的心，只谎说年龄都太小，不知道将来会怎么样，现在谈恋爱为时过早，怕耽误了她追求更美好的幸福。这个苏长风自己都难以相信的理由，刘艳丽更不会相信。刘艳丽说理由不充分，还说不管什么原因她不去追究，但会一直等他，等到他结婚。他一天不结婚，她就不找对象。苏长风在爱情上的理想化和犹犹豫豫、模模糊糊的态度，像一股流入小溪的污水，污染了自己也损害了别人。

二十岁，苏长风中专毕业了，像一只孤雁飞到陌生的国办中学当了一名地理老师。三年师范生活，那幅画和宋琳这个名字，一直像染色剂似的在他脑子里浸染，似乎脑子里的角角落落都染上了它们的颜色。他曾努力地去用热情和智慧画那幅画和寻找高仿的宋琳，但最终还是以失败告终。“人不能两次踏进同一条河流”，画家不可能画出同一张画，世界上也不可能出现完全相同的两个人。残酷的现实像一把锤子砸在他的头上，砸得他头晕目眩，糊里糊涂。

当那个痴情的刘艳丽再次不计前嫌托人找他的时候，他有些心动，刘艳丽从一个有些大大咧咧的假小子似的农家小妞，经过时间的改造和人工刻意的雕琢，已经出落成一个楚楚动人的大家闺秀了，脸上那几粒让苏长风印象深刻的黑芝麻，也变淡变少，几乎看不见踪迹了。但苏长风要命的面子像一堵墙一样还是把她挡在了心的大门之外。苏长风没有直抒胸襟，只是谎称和她的学历有差距，聊不到一块儿去为由拒绝她的好意。来人说刘艳丽一直很努力地学习，现在已经自学完高中的课程，报考了中专函授。他还是没同意，也许冥冥中，还有一个长得更接近宋琳，更能诠释那幅画中情景的女孩在哪个地方等着他，他也开始了拉网式的寻爱行动，亲戚朋友和同学同事都加入到这个行动当中。

可时间过去了两个月，眼看到年底了，那个他渴望的女孩还是没出现，他有时很郁闷地想：难道说造物主在制造人类的时候，就定制了宋琳一位女孩吗？不是出品了一批吗？哪怕多制造三两个也行啊。刘艳丽一直像幽灵一样在暗处观察着苏长风的一举一动，偶尔还会到他家附近炫耀似的说上几句话，最常说的也是最掷地有声的一句话是“我就看他找个什么样的”。好像是赌气、幸灾乐祸、讽刺挖苦，也好像在烘托造势，达到独自占有的目的。苏长风为了不耽误刘艳丽的幸福，也让她不要把精力都用在他身上，让她死心，尽快找个合适的对象结婚，就决定先找个女孩谈恋爱。正巧，他学校的一同事给他介绍对象，他满口答应了，自己心里想：反正是闹着玩的。于是对同事说：“行啊，你看着办吧。你说行就行。”并表示，不用看人了，给对方说同意谈就行了。同事无论如何要走程序，非得让他亲自看。

女孩叫冯巧巧，刚刚十八岁，长得很漂亮，方脸盘，皮肤白皙，身段苗条，五官安排得恰如其分：长长的睫毛下一对水汪汪的大眼睛，像碧草下隐藏的一泓清泉；一对规规整整的耳朵，像两轮弯月，耳垂很大，两个耳环在上面荡来荡去，像两个调皮的孩子在悠闲地打秋千；鼻子细嫩光滑，没有毛孔的痕迹，很像雪山立在脸的中央；小巧的嘴和脸颊一样，显现出天然的红润，像是化过妆的新娘。只是个子不高，媒人说一米五七，看上去还要矮。但苏长风有些动心，他是对她那雪一样的皮肤和秀色可餐的长相动心了。他想到，个少一厘米就少一厘米吧，人长得好也就弥补了。但他嘴里没说好，想接触接触再说。

女孩倒是很害羞，不知是被苏长风俊秀的长相迷住了，还是被他潇洒的气场惊呆了，反正自从见到他，就满脸通红，说话语无伦次。他说什么话女孩好像总听不清楚，一直是答非所问。

苏长风感觉有些尴尬，不想再聊下去了，看了看低着头、红着脸、不知所措地摆弄自己衣角的冯巧巧说：“要不今天就这样，行吧？”苏长风说话有个习惯，经常在话语的最后多说两个字“行吧”。冯巧巧太紧张了，以为苏长风问她婚事“行不”，不由得脸更红了，身体紧张得有些哆嗦，惊恐地抬起头来说：“你看着行就行，听你的。”苏长风无奈地笑笑，起身走了。等听到自行车铃声响，女孩家里人出来看，苏长风已经走远了。

回家后，苏长风没事人似的跳着蹦着去邻居家打扑克去了。到了下午，没见苏长风有回音，冯老师急了，骑车去玉泉村打听。也真是巧了，问路的时候，遇见了苏长风的父亲。苏长风父亲和冯巧巧的父亲是多年的好朋友，一听给儿子介绍了好朋友的女儿当媳妇，高兴得手舞足蹈，眉开眼笑，一口答应，说绝对让儿子同意。冯老师临走，还不放心，一定让老人问清楚了尽快给回信，女方家里正等着。

回家吃晚饭的时候，苏长风发现父亲在院子中间的槐树下蹲着，像冬天穿着单薄衣服靠在树上的叫花子，两手抱在胸前，头像一只葫芦耷拉在膝盖上。苏长风走过来，侧身看了一眼父亲。父亲听见脚步声，把头抬了起来，像遇到了仇人似的狠狠地翻着白眼。苏长风见父亲在生气，连忙跑进屋里，问正在忙晚饭的母亲："娘，怎么了？你又和俺爹闹架了？"

"没有。"

"没有？那我爹生谁的气？"

"你的。"

"我的？"他懵了，"生我的气？我怎么了？我一天没见他的面，没跟他说一句话，也没做错什么事，干吗生我的气？"

"你今天做什么事了吗？"母亲阴阳怪气地说。

苏长风鼻子里哼了一声，撇了撇嘴，不屑地说："不就打了一会儿扑克吗，也至于生气？岂有此理！"说完，愤愤地去找吃的。

树底下蹲着的父亲开口了，像有人抢似的大声说："我怎么不生气？你什么事情都瞒着我，什么事都不跟我说！还有我这个当父亲的没有？"

苏长风更摸不着头脑了，转身叉在门口，气呼呼地问："我又瞒着你做什么了？啊，你说吧。"苏长风是个本分善良的人，从没有什么不良嗜好，他自以为没做什么出格的事，所以说话有些激动。

父亲站了起来，像一只好斗的公鸡，冲着苏长风大声地说："你没瞒着我，我问你，你今天一整天都干什么去了？"

"干什么去了？今天是星期六，我头午上完课，玩了一会儿，就回家来了，吃过午饭又去后边鱼贩子家打牌了，刚回来。"

"我没问你这些。"他父亲说，"你还干什么去了？"

"没干什么。"他斩钉截铁地说。

父亲更生气了，问："你没干什么，你难道没去东村吗？"

这回他惊呆了，他去东村相亲的事，是不打算让家人知道的，父亲怎么知道了呢？何况刚过去两三个小时，消息怎么传得这么快呢？他于是不解地悄声问母亲："娘，俺爹怎么知道的？他去东村了？"苏长风以为父亲可能去东村办事碰巧遇上了熟人，知道了自己相亲的事。

"媒人来过了，什么都跟你爹说了。"母亲淡淡地说。

苏长风有些讨厌冯老师，平常看上去蛮实在的一个人，怎么今天变成了一个多嘴多舌的长舌妇了呢？心里怎那么藏不住话呢？不过逢场作戏的一件事，他怎么当起真来了呢？父母既然都知道了，苏长风也不再隐瞒，满不在乎地把自己的想法告诉父母："只是谈谈看看，又不真的想成亲，所以没跟你们说。"

父亲大怒："不真的成亲，不真的成亲你去相人家干什么？你是不是又想坑人家？你到底安的什么心？你上次把老刘家坑了，你这次还要坑冯家，你到底是想成亲还是想坑人？我给你说明白，冯家可是老实本分的好人家。我和她父亲是几十年的好朋友了，她父亲是个很好的人，你要敢坑他们，我可不答应。你说吧，这门亲事是成还是不成？成就说成，不成就说不成，一句话。"

听了父亲的话，苏长风有些激动，他总感觉父亲对他的婚事干涉过多。和刘艳丽的纠葛，要不是父母擅作主张、乱点鸳鸯，不会有今天的结果。苏长风心里乱糟糟的，也有些烦躁。他心里很明白，在这种情况下，如果说不成，那将会发生一场惊天动地的战争。

他很早听父亲说过，东村有个他的好朋友，关系非同一般，父亲以前家里穷，连件像样的衣服都没有，相亲的时候，要不是借用了朋友的衣服，也许至今还打着光棍。即使结婚以后，父亲的这位朋友在很多地方都给予他很多的支持和帮助。这样的关系，父亲是不会允许儿子对他们有一丝伤害的。可真的答应这门亲事吗？他心里又不甘。

女孩与宋琳相比，在感觉上还是有许多差别的，他不想就此放弃寻找他理想中的宋琳和那画上的感觉。

思来想去，为了不和父母亲再吵下去，心里也单纯地想：我暂且答应下来，先谈着。过一段时间，等刘艳丽找了对象，再说不合适，散了，到那时，父母也不会说什么的，因为这次毕竟和上次不同，这次是谈恋爱，上次是定亲。定了亲再退亲，程序有些烦琐。可谈恋爱，谈成谈不成，那是两个年轻人的事。他于是说："你发什么火啊。成就是了，明天我去给媒人说。"苏长风说的"成"，是确立恋爱关系，可父亲想歪了。

孩子答应了，父亲心里的石头落到了地上，刚才脸还阴沉沉的，好像天要塌下来似的，现在已经是风和日丽，春暖花开了。他晚饭也顾不得吃了，揣着满怀的激动、兴奋和幸福，在茫茫黑夜中沿着崎岖的山路步行去了东村。他要把这天大的喜讯尽快地告诉让他景仰了几十年的老朋友。他总觉着这一生受到朋友的恩惠太多了，无以报答。现在成了儿女亲家，他会像对待亲生闺女一样地对待儿媳妇。他也总觉着他们之间的差距太大了，现在居然成了平起平坐的儿女亲家，就像一块馅饼突然砸到他头上似的意外。

苏长风父亲回家的时候，已经很晚了。夜幕像一个黑色的罩子，把整个大地罩得严严实实，人们被罩子罩着，反应迟钝、举止缓慢，似乎只有睡觉一种选择。可苏长风的父亲例外，他好像注射了兴奋剂，回到家还是两眼放光，精神振奋，滔滔不绝地跟妻子说："我去找着孩子的父亲了。他让我吃饭，我说吃过了。一说咱孩子答应了，他很高兴。哎呀，太好了，那可是一家子好人。她父亲原来在我们庄站门头，人长得白白嫩嫩的，人品好，脾气也好，从没见他发过火，整天笑嘻嘻的。父亲是个脾气好、本分老实的好人，女儿保准错不了。我给他们说了，等孩子到了年龄就结婚。"

苏长风已经躺下，正借着灯光心不在焉地看书，听到父亲的话，他后悔了。他太理想化了，怎么就那么沉不住气呢？婚姻可是一个人一辈子的大事，不应该那么信口开河啊。弄不好，不仅是葬送了一个人的幸福，甚至是几个人，几家人的幸福。怎么办呢？悬崖勒马，现在就悔改吗？父亲正在兴头上，当头浇上一盆凉水，那不是要他的命嘛。还得从长计议。那女孩也不错，和宋琳比有些差距，但找个和宋琳一模一样的人实在太难了，除非去找本人，否则换作任何人，都难以达到毫厘不差。于是，苏长风听从了父亲的安排，在婚姻问题上暂且投降了。他不再去想宋琳，也不再去想那幅画的感觉，他要从另一个崭新的人身上寻找更为实际，更为完善的幸福。父亲像得了一个大宝贝似的天天乐呵呵的，他比苏长风要高兴得多。

苏长风父亲高兴的理由，除了和女孩父亲是好朋友外，还有女孩的家境。她父亲是个老干部，父亲的兄弟姐妹以及子女都是脱产干部，可以称为官宦人家。苏长风家只有他一人在外工作，其他都是地道的农民。所以，父亲因为找了个家庭那么好的儿媳妇而感到非常自豪。这与那个家里只有钱的刘艳丽家相比，显然要更加荣耀。他经常跟别人说："咱一家子土庄户，冯家一家子工人，咱能说什么呢？何况儿媳妇白得像面团一样，脾气也好，从不狂言诈语的。他们不嫌弃咱就不错了，我们能有什么不满意的呢？"对于苏长风的想法，他一概不问，反正他认为，苏长风已经当了他二十几年傀儡了，再当一次也不要紧，况且也是对儿子好。

经过一段时间的接触，苏长风的想法和父亲有了越来越多的分歧。一是苏长风还没做好找对象的准备，他想广撒网、多网鱼，多交朋友，不想遇见窝头就把肚子填饱了，再遇见山珍海味干眼馋；二是他发现女孩性格太过内向，内向得有些孤僻，这样的人和性格开朗，能歌善舞的苏长风在一起，生活只有沉闷和无聊，不会有丰富多彩；三是文化程度也不高，聊不到一家去；四是身高不够，他了解了女孩的身高，只是一米五七，离他身高要求的最低限还差一厘米。虽然冯巧巧皮肤白嫩无比，身段也数一流，但与他想象中的“宋琳模式”差距更大，特别是女孩没有宋琳的小鹿一样的动作和眼睛。可父亲很热，苏长风父命难违。

过了有一周，父亲就通知苏长风领着女孩去买衣服，订婚。苏长风满口答应，可真正到了那天，他却像一滴水见到了太阳似的，从人间蒸发了。

3

苏长风是故意玩失踪的，他有他的想法：定亲时苏长风不露面，女孩家肯定要生气，他们生气就会不同意这门亲事，只要他们先提出来了，父亲就不会埋怨他了。苏长风想象着事情的发展过程，自己还美滋滋地带了一包食品，顺着风景秀丽、清幽僻静的紫荆河优哉游哉地郊游去了。

紫荆河下游有个三条小河沟交汇的地方。这里河面宽阔，流水不断，冲积成了一片沙洲。沙子黄澄澄的，好像镀上了一层黄金，太阳一照，金灿灿的。

靠沙洲的东侧，有一个半封闭的水潭，据说那是个很深的大水坑，坑底有只千年的老鳖趴在里面。虽然望不见潭底，但潭水很清澈，四周杂草丛生，阴森恐怖。潭水附近并没有黄沙，据说都是大老鳖所为，有冲来的黄沙，都让老鳖抛得远远的。人们一般不敢靠近水潭，怕里面的老鳖精咬着。也有不怕的，敢到潭水里去，不过也只是围着潭边捉黄鳝、泥鳅或螃蟹，并没发现有人沉到潭底去捉老鳖。沙洲是游玩的好地方，不但有柔软的黄沙，还有生长的茅草和野生芦苇。苏长风就在这里驻足，虽然是深秋了，河水有些凉爽，但还是有几个孩子在玩耍，他们光着屁股洗完澡，有的在沙滩上追逐嬉戏，有的在清凉的河水里打水仗，头上是蓝天白云，四周是绿油油的庄稼，那情、那景、那情趣，真让人永世不忘。

苏长风越看越痴迷，越看越不想长大了，他多么想像这些孩子似的嬉戏打闹呢！不过，想归想，他还是想到今天，不知他不在家，和冯巧巧的定亲仪式怎么样了呢？是不是冯家一生气，早早地跑回家了呢？也许父亲正气得蹲在槐树底下吹猪呢。

可是，苏长风的如意算盘落空了。父亲是个豪爽的讲义气的血性汉子，他又是个包办了苏长风二十几年大事小情的包办大户，虽然因为找不到苏长风他很生气，但定亲仪式他操作得有板有眼、天衣无缝，定亲必备的程序也按部就班、毫厘不差。他安排苏长风叔家的弟弟当代表，去接待女方来人。最让苏长风感到意外的是女方，她们居然在苏长风不在场的情况下照样去县城买衣服首饰，并还在县城吃了一顿饭，吃饭买衣服花了四百多元钱。女孩家里富裕啊，四百多元钱还是女孩考虑男方的家庭条件有意识少花的。可苏长风家里穷啊，四百元钱是他不吃不喝一年的工资，他实在心疼极了。

既然逃离订婚现场没有引起她们的反感，那我就从你们的所作所为中鸡蛋里挑骨头。苏长风找到他的同事——那个媒人，故意气呼呼地说："冯老师，这个亲事就到此为止吧。你想想，光订婚就花了四百多元钱，那到以后结婚还不知道要多少东西呢。我们家庭条件差，我们可养不起她。你给她说吧，我不同意了，买的东西也不用退。"冯老师一听，慌了，连夜回家，把女孩以及她们家人劈头盖脸地批评了一顿。女孩家的人也有点慌了，她们不了解男方的家庭条件，嘱咐着少买东西，没想到还是超出了男方的承受范围。他们都是知书达理的人，看上的是男孩身高、学历和人品，不想在钱财上达到什么目的。到了第二天，女方安排专人买了几乎同等价值的物品给苏长风家送去了。去的人还一个劲地赔不是，弄得苏长风父母丈二和尚摸不着头脑，一脸的茫然。当来人说是他儿子给媒人说要退婚的时候，才恍然大悟。苏长风父亲赶紧客气地说："不要紧，不要紧，他不懂事，你们不要放在心上。婚已经定了怎么能随便退呢？花钱不多，谁家订婚不花钱啊，咱们是花得少的。人家订婚都要三转悠（即手表、自行车、缝纫机），我们买不起，你们也没要，已经很照顾我们了，我们怎么能嫌花钱多呢？都是那小孩子不懂事，想起一出是一出，你们别往心里去。”

客人一走，父亲就对母亲说：“这小熊孩不知又闹什么样了，看来还是没看上人家啊。哼，别管他看上看不上，这次说什么也不能依着他的性子来。咱这样的家庭，要能攀上刘家的亲就不错了，可他偷偷地退了。现在有了老冯家，那更是万里挑一的好亲事，他还不同意，也不知他想什么。”

“甭管他想什么，咱不能光依着他，他年龄小，不懂事，挑花的挑瓣的，最后挑个没皮的。到了二十四五还找不到媳妇，非打一辈子光棍不可。”母亲也担心。

“就是，”父亲说，“就他那黏黏糊糊的性格，就不是个痛快人。哼，反了他了，等他再回家来，我非好好教训教训他不可。”

“是得好好说说他。”母亲也同意。

星期六回家，苏长风让父亲劈头盖脸地批了一顿：“你胆子不小，背着我和你娘要跟冯家退婚。你以为你是什么了不起的人物吗？你以为你是大款还是高官？不就是个当老师的吗，还想找什么样的？像我们这样的家庭，有人跟也就不错了，还挑三拣四的，烧包！”

苏长风也没让，理直气壮地说：“那是我找对象，想找什么样的我自己有数。我看着那家人并不是多么得好，也不说话，个子也不高，也就是脸白点，别的我看没有一点好。”

没等苏长风说完，父亲怒了，吐沫星子像剑雨一样射在他的脸上，戳得苏长风一个劲地往后退，声音几乎要把屋脊顶穿。

“人家这不好那不好，就你好！你不就多上了几年学吗，别人都不如你强啦？也不撒泡尿照照，自己是什么东西，好像多么了不起似的。以前的那个刘艳丽你嫌人家这不好那不好。现在这个多么好啊，你还嫌人家不好。不能光依着你，就是这个了，行也得行，不行也得行，板上钉钉的事，谁也变不了。我已经答应人家了，到年底就结婚。”父亲拿出了自己二十多年积攒起来的霸气和勇气斩钉截铁地说。

“门都没有！”苏长风彻底变了，从一个柔弱得像泉水一样的少年，已经成长为一个敢和一直压制着他、左右着他意志和行为的强势父亲顶嘴了，没等父亲把话说完，苏长风就愤愤地打断了他的话。这在历史上还是第一次，都把父亲一下镇住了。父亲那标志性的“哈哈”声偃旗息鼓了，挂在脸上的意气风发的昂扬斗志也销声匿迹了，剩下的只有意外、惊恐和哑口无言。

爷俩吵得不可开交，母亲过来了，小心翼翼地说：“您爷俩吵什么啊，还有完没完？你们就不能吃完饭慢慢地说吗？一见面就吵，也不知道哪辈子积下来的怨仇。”母亲说完，苏长风不说话了，父亲看到苏长风脾气也上来了，怕真闹僵了不好收场，也不说话了。

一家人各怀心思地吃过晚饭，母亲把女孩家回送的东西拿了出来，如数家珍般一件一件地翻给苏长风看，边看边说：“咱花的钱不多。人家二柱子成亲，花了三千多，女方还这事那事的。老冯家这家人就是不错，人家那么有钱，家里条件那么好，什么都没说。就是咱买的这些东西，女孩也不愿意买，都是他婶子出的馊主意，说买点东西好做个纪念，还得回礼，何况买的也不算多，谁家成亲不花点钱买点东西？毕竟是一辈子就那么一次，留点想头。什么都不买，反倒叫双方都不放心，买点东西才能体现出彼此诚意来。再说了，你给人家买，人家也给你买，就是俗话说的礼尚往来嘛。这不，今天人家不就回送来了吗？给你买了衣服，买了帽子，还给你买了皮鞋，说是也花了四百多呢。咱花的那点钱就都回来了，人家女方成次亲，还倒贴了钱，你还嫌人家这个那个，真没良心。”

父母亲都一直劝他，苏长风孤掌难鸣，不知所措。但心里一直对这门亲事又无奈又厌恶。实际上，苏长风并不是对女孩要求有多么高，而是他根本就没想和她有什么结果。他之所以去相亲，主要目的还是为了前面的那个女孩刘艳丽。他是个善良的人，不想因为自己而损害了别人。他想着先让刘艳丽死心了，找到对象了，他再考虑成亲问题。他以为男人到二十五岁以后再考虑自己的婚事也为时不晚。到那时候，身体长壮了，事业固定了，经验丰富了。然而，苏长风的想法太理想化了，他不知道他生活在一个关系复杂的社会网络中。他做的每一件事都会牵连着许许多多的事，说的每一句话都会惊动千千万万的人。他精心设计的思路被打断了，他的充满鲜花的美丽理想破灭了，他理想的宋琳似的女孩和画上的爱情搭配难觅了，他陷入了这个婚姻的泥沼里不能自拔。他的言语已经不再有人听，他的行动已经没有了自由。他为了影响，为了孝道，为了早日结束这让人头昏脑涨的无休止的纷乱，他不负责任地对父母亲烦烦地说："好吧好吧，一切听从你们的安排，我什么都不说了，你们怎说怎办吧。"

父亲面对苏长风的所作所为，有些失控了，他没想到在他面前一直绵羊似的儿子，变得那么不听话。对于苏长风刚才带着怒气的一番话，是相信还是不相信，他有些拿不准了。于是，怕苏长风再变卦，就想再仔细问一问，可苏长风头也不回地跑了，把茫然贴在了父亲的脸上。

4

苏长风把婚姻大事像垃圾似的装进记忆的回收袋里扔得远远的，没事人似的天天若无其事地去上课，课余时间和学生们打球聊天。有些男生给女生写求爱信，同学中好事的就偷出来拿给苏长风看。晚上有时候几个光棍一起在宿舍里打够级，苏长风有时候也参加，但他更多的是看书。他把学校图书馆的书看完了以后，就借学生的书看。金庸的小说那时最流行，他几乎看了个遍。

冯巧巧有时候歇班也来看他，她总是羞怯地闪烁着宝石一样亮晶晶的眸子，静静地等着苏长风说些什么。苏长风因为不怎么喜欢她，交流不多，可冯巧巧是他对象这个不争的事实，就像秃子头上的虱子，清清楚楚地摆在那里，你承认也得承认，不承认也得承认。每次见面，他们就像外国使节来访似的礼貌地点点头，打个招呼。有时候一起吃顿饭，有时候冯巧巧坐一会儿就走了。没有海誓山盟，没有浪漫温馨，有的只是平淡似水。许多见过女孩的人都说："苏长风眼光不错，找了个俊媳妇。脾气又好，长得很匀称，特别是皮肤白皙健康，让人很羡慕。"可苏长风就是不满意，没感觉，就感觉自己理想中宋琳似的女孩不是这个样子，感到和冯巧巧在一起难以达到画上的那种效果。怎么办呢？苏长风一直犹豫不定。有心不要她吧，又找不出她致命的缺点，要她吧，总缺乏某种感觉。这时候，他想到了几个要好的同学，俗话说"当局者迷，旁观者清"，在自己举棋不定的时候，也许同学能指点迷津。于是他写信通知了几个同学，约他们星期天到他宿舍集合。到时候他再约上冯巧巧过来，让他同学给参谋参谋。

一共来了三个男同学和一个女同学。男同学是郑青、李达、建国，女生是华淑丽。郑青是个心理学家，长得一表人才，学识渊博，他可以通过言语捕捉人的个性，了解人的内心。李达粗壮憨厚，是个老实本分的人，平常不善言辞，但对事物的分析判断能力很强，他总是不先说话，瞪着眼听别人说，可一旦他说起来，往往让人十分信服。建国长得眉清目秀，娇小灵活，虽然是男的，但永远像个长不大的小女孩。他很有女人缘，从上小学的时候就开始谈恋爱，初一就开始海誓山盟了，到了中专更是爱得惊天动地，可惜一个没成功。毕业后不久，他又谈了一个，已经到了谈婚论嫁的地步了，他对谈恋爱可以说是轻车熟路、经验丰富。女同学华淑丽是个很有主见的女孩，中等个，大眼睛，皮肤白皙，举止优雅。他们也是一个村的人，在一个胡同住，从小是很好的小伙伴，从小学到中专，他们都在一个班，在中专学校上学的时候她还是苏长风的组长。这个比苏长风还小一岁的女孩，总是像大姐姐一样悉心周到地照顾着苏长风。但苏长风一直把她当成一个永远长不大的活泼好动的小妹对待，感觉就是一家人。苏长风叫她过来，是想让她从女人的角度评判一下冯巧巧。

冯巧巧姗姗来迟，因为她在单位担任出纳，得等到把领导安排的应该支出的现金从银行提出来以后才能走。她提完钱，交代给会计，就骑车往苏长风这里赶。她的单位离苏长风的学校有一个半小时的路程。苏长风没给她说有人要来相看她，是怕她不肯来，而是给她说星期天有几个要好的同学到他这里玩，伙房不开火，叫她来用办公室的煤炉子炒菜招待他们。为了怕耽误事，冯巧巧在路上急赶。半路上为了躲避车辆，还摔了个跟头，裤子磕了几个小洞，膝盖磕出了血。尽管这样，她来到学校的时候，已经中午十一点多了。她又累又羞，浑身是汗，满脸通红，一进门就尴尬地带着歉意说："实在不好意思，领导急等着提钱出发，来晚了。"说完，弯折莲藕一样的双臂就要去洗手炒菜。苏长风忙过来制止说："先坐下喝口水歇歇吧。我们怕你有事，先准备了几个菜，已经炒完了。你喘口气一块吃就行了。"于是一一介绍了来的同学。冯巧巧一一点头微笑，忽闪她的大眼睛，优雅地开合着樱桃小嘴，露出发着银光的贝齿，始终不说话。

冯巧巧一直很矜持，其他同学都不好意思开玩笑，都像吃了哑巴药似的木在那里。苏长风为打破僵局，就说："来，吃饭，边吃边聊。"

那时候条件差，吃饭很简单。炖了一锅豆腐，炒了一盘辣椒，买了一包榨菜和一打煎饼，就算是待客盛宴了。虽然很简单，但他们都吃得又香又甜。冯巧巧不说话，饭量也小，只吃了一个煎饼，卷了点辣椒和榨菜，就坐在苏长风的床上看书。几个同学好像又回到了学校一般，全然不顾冯巧巧，边吃边嘻嘻哈哈地闹。不一会儿，把桌上的饭菜风卷残云般地吃得精光。

苏长风见有冯巧巧在跟前，大家都不自在，更别说对她评头论足了。好不容易大家聚一聚，想多说说话。冯巧巧收拾完餐具，整理完卫生，苏长风就想撵她走。

“冯巧巧，你路远，回去还有事，就先走吧，我们再玩一会儿。”苏长风试探着客气地说。

冯巧巧没说什么，冲大家笑了笑，脸上飞着红晕，拿上自己的手套和围巾，又冲大家腼腆地笑了笑，似乎酝酿了好久才从牙缝里挤出了几个沉甸甸的字来，她说：“那你们玩吧，我先回去了。”

大家礼貌地站起来，几乎是异口同声地说：“要不住下来，明天再走吧。”

冯巧巧的脸更红了，头弯得更低，手足无措地说了一句“不了”，就像躲避一群流氓似的惊慌失措地飞出了门。

来玩的几个同学带着坏坏的笑送出屋门来，用目光在她全身上下乱抓，力图尽量多地抓住她身体的形状和行走的姿态。苏长风礼貌地跟在她自行车后面，一直送到学校大门口。

苏长风一回来，屋子里立即像麻雀队伍炸了营，大家都肆无忌惮七嘴八舌地开了腔，那冲天的声浪几乎要把房顶吹走。

最先说话的是建国，他站在苏长风面前，背着手，那双小眼睛用力地向外挤着，就像相马似的围着苏长风巡视了一圈，最后又像看一个长相怪异的外星人似的看着他的脸，笑眯眯地说：“呵，你小子行啊，找了大美女啊，可真够漂亮的啊。没想到你老苏还真有艳福啊。平常看上去老实得像头牛，不哈不吭的，没想到你的本事比谁都大啊。”他滔滔不绝地一个劲儿地夸赞，忠厚木讷的李达插话了：“光看着是漂亮，脸也白，腰也细，也没让她炒几个菜看看，不知道家务活怎么样。要是不会做饭洗衣服，光长得漂亮有什么屁用？找媳妇又不是养花。”一直不说话的华淑丽说话了，她赞同李达的意见，忽闪了一下眼睛，噘着嘴，好像有些不服气似的说：“你说的那个，也避不住，能干的不一定漂亮，漂亮不一定能干。”看态度，唯一的女性代表好像不怎么支持。

华淑丽比苏长风小一岁，他们从小在一起长大。华淑丽的家和苏长风的家在一条胡同里。小的时候，他们胡同里一共有三个年龄相仿的小孩，一个女孩两个男孩。没成想有一年夏天发大水，除苏长风外的另一个男孩去河边玩的时候，一不留心失脚掉在河里让洪水冲走了，连尸首也没见。附近只剩下了苏长风和华淑丽两个小孩在一起玩。家里老人怕再出事，不让他们到处去。于是每天不是苏长风去华淑丽家就是华淑丽来苏长风家。他们在一起玩好像亲兄妹一般，从来没闹过仗。老人们有时候很纳闷，就问他们：“你们整天在一起玩，怎么没看见你们闹仗啊？”他们总是天真地歪着小脑袋回答说：“俺们不闹仗，俺们要是闹了仗就没人玩了。”华淑丽对苏长风的依赖更强，一天不见他，就无精打采的。每当她父母看见华淑丽不高兴了，不想说话，不想吃饭了，就知道一定是苏长风有事情出门不在家。就是上学，他们也是一天上学，一个班上课。那年苏长风到上学的年龄，华淑丽还差一岁，她就哭着要求父母亲去报名。学校有规定不同意，等苏长风上学的时候，华淑丽抱着板凳跟去了，坐在苏长风的一边。没有课本，她就和苏长风两个人用一本。老师过来撵她，她说什么也不走，有时候实在撵急了，她就大哭。老师没办法，把情况反映到校长那里。正巧有一名学生报了名订了课本，生了重病不能上学了，于是就把他的课本给了华淑丽。能和苏长风一起上学了，她高兴得眉开眼笑。他们两个人天天在一起，一起上学，放学也一起回家。学习上互相帮助，俩人的成绩一直不分上下，一直是全班前两名，也是全校前两名。到初中毕业的时候，他们俩又以全镇前两名的成绩考上了师范学校，并且又分到了一个班。

由于长期和女孩在一起，苏长风有些女性化，遇见生人就害羞，喜欢低着头走路。买了新衣服也不敢穿，怕别人看，总是套在旧衣服里面穿一段时间，直到看上去有些旧了，再穿在外面。所以，苏长风做事情总有些被动、犹豫、黏黏糊糊，凡事都要和华淑丽商量。而华淑丽呢，因为长期和男生在一起，性格有些男性化，她考虑问题简单，做事风风火火、敢作敢为。苏长风经常去找华淑丽商量事情，华淑丽有什么解不开的疙瘩也总找苏长风说说。华淑丽经常给苏长风送吃的，平时对苏长风格外关照，如果有人欺负苏长风的话，她拼死帮忙。

放假回家的时候，那时公车少，座位少，很少能抢到座。他们回家坐车得走三个多小时，如果没有座，站一路，等回到家就累得像得了一场病，更何况他们下了车还要走十多公里的路。苏长风腼腆，不愿意去挤。华淑丽不管三七二十一就朝车上挤，每次她都是前几位上车的。她一上车就找一个双排座坐下，她坐一个座位，行李包占一个座位，如果有人过来就说有人了。苏长风总是最后一个上车，上车后就到处找，这时候，华淑丽总是带着胜利者骄傲的笑容招呼他。上学期间，同学老师都认为他们俩是情侣，很多同学都因为羡慕他们而开始谈恋爱。但在苏长风心里，华淑丽永远是小妹妹，从来也没朝爱情上想。华淑丽虽然对苏长风很依赖很关心，对他的一言一行、饮食起居都关怀备至，但也没明确表示过爱情。后来苏长风才明白，华淑丽是爱他的，虽然要强不肯说出来，但她一直把自己当成苏长风的人。而苏长风呢，是个傻小子，一直不向那方面想。苏长风找对象让她当参谋的时候，华淑丽总是横挑鼻子竖挑眼，再好的女孩都能挑出一箩筐毛病来，从没真真正正地夸赞过哪个女孩。有时苏长风都不明白，华淑丽到底怎么了？都说文人相轻，难道漂亮女人也相轻吗？不过，他从没细问过，也没多想。

这一次来，华淑丽看到冯巧巧后，脸上一直不高兴，目不转睛地盯着冯巧巧的脸看，好像在商店里挑选商品，为了砍价方便，一定要找出点毛病似的。冯巧巧走后，大家开始评论，都说冯巧巧长得好，脾气好。华淑丽一对黑亮的大眼睛像两粒黑铁球，在他们眉飞色舞的脸上滚来滚去，可再怎么滚，也滚不走其他同学的兴奋表情；再怎么滚，好像从长相上也挑不出什么东西来。最后，华淑丽只好从家务活上做文章了，因为她自己就有切身体会，凡是上班女性，大都不愿意多干家务。冯巧巧很小就在外工作，家务活肯定不好。

“我就看着她不像是会干家务活的人。”华淑丽对自己的判断底气十足地说，“你看她的手，细皮嫩肉的，哪像干过活的？饭盘没刷干净，地扫得不彻底，干起活来慢慢腾腾的，一点不出活。我看啊，怕是个中看不中用的摆设。”

一直呈思考状的郑青发话了，他说话总是有板有眼而且富有哲理：“看人吧，不能光看一方面，要综合考虑。人无完人，再好的人也有缺点，再坏的人也有优点。秦桧坏，还有几个铁心朋友呐。老苏嫂子，总起来说不错。人长得好，身高、腰身、线条、五官都属于上等。从长相上，没得说。工作也不错，在食品站，工作轻松，待遇高，环境固定，福利好，比我们当老师强多了。听说人品也不错。据我观察，她人善良、淳朴，一说话就脸红，不是那些不要脸不要腚的人。脾气好、文静、内敛、不张扬，很难得。女人好说的比较多，像她这种不善言辞的真是尤物。我认为唯一美中不足的是她太不爱说话，给人的感觉就是冷，不热情。也可能是我们不熟的缘故。”

郑青一个劲地夸，华淑丽不高兴了，又过来泼冷水：“叫你说女人好说不好，我说好说好。什么事情都闷在肚子里的人，那才叫阴险哩。我们好说，但肚子里没什么。有什么说什么，实实在在，光明磊落。我最看不中城府很深的人，我感觉这样的人最阴险。”

大家继续讨论，可无论其他人怎么说冯巧巧好，华淑丽始终没说过一句好，就连最平常的“可以”这样的词都没用过，上来都是否定加不足。建国不满意了，有点生气地说：“华淑丽你什么意思？你安的什么心？难道不想叫苏长风找对象吗？难道你想让他打一辈子光棍吗？我给你说，将来苏长风如果真找不着对象了，就拿你当媳妇。”

华淑丽并不示弱，硬气地说：“苏大哥如果真找不到对象，我就伺候他一辈子，还怎么着？”

苏长风捺不住了，看他们越说越离谱，赶紧过来插话说：“别在那里胡说八道了。越说越不着调啦。丽丽你别和建国一般见识，他的嘴漏粪。”

小时候，华淑丽总叫苏长风“大哥”，苏长风叫她“妹妹”。大了以后，怕别人误会他们是亲兄妹，华淑丽改口叫苏长风“苏大哥”，苏长风改口叫“丽丽”。

苏长风总向着她，这让华淑丽很满足，听到苏长风过来给自己争理，脸上立刻阳光灿烂，她笑着打趣建国说：“大哥说的对，你嘴里就是漏粪，还是我的观点最正确，女人最懂女人。”

正在他们开玩笑的时候，门外闪过了一个人影，好像有人偷听，所有的眼睛都惊恐地追了出去。难道是冯巧巧？华淑丽有些紧张，苏长风赶紧去看，原来是家属院里几个调皮的孩子。

5

仲夏的下午还是没有一丝风，天气闷热得让人窒息。知了聒噪地一个劲儿叫，不远处紫荆河里的青蛙，也在少气无力地喊着“呱——呱——”好像在期盼凉风的到来。

同学们在一起玩了一天了，人也看了，讨论的也差不多了。太阳瞪着恶狠狠的白眼，边看着喘着粗气的人们，边挪动着笨拙的身子慢慢向西天退。明天都还要上课，各自学校都在十五公里以外，骑车最少要一个小时，该走了。于是，李达说：“今天我们来，饭吃了，大嫂子看了，时候不早了，我们该打道回府了。”苏长风看天色已晚也没再挽留，笑着说：“好啊，今天照顾不周，下周你们再来。”“怎么，下周还有备用的大嫂子来吗？”爱开玩笑的建国说。“你开什么玩笑？下周来吃饭，看什么大嫂子？哪有那么多大嫂子看？”苏长风说着，拍了建国一巴掌。大家说笑着，打闹着陆续走了。华淑丽的学校也很远，回去也有一小时的路程，但她说她不走了，想去她舅舅家住一宿，明天一早走。她舅舅家就在苏长风学校旁边几百米远的小村子里。

同学们都走了，苏长风又把卫生重新打扫了一遍。他们学校是国办中学，但规模不大，只有六个高中班和三个初中班。苏长风教初中部三个班和高中一年级两个班的地理课。高二高三是一个叫甄运的老教师教。他们的办公室是一个套间，两个办公桌并靠在北窗下，门口旁是一个大口煤炭炉子，靠里边墙角放了两张单人床。由于没有宿舍，苏长风和甄老师就在那两张床上住。甄老师家在农村，平时为了剩钱，很少去伙房买菜吃。他捡拾了一个学校弃用的大口炉子，平常捡拾些木片和树枝，再从家里带来厨房用具和煎饼，再带点白菜萝卜的，自己炒着吃。几个亲戚的孩子在这里上学，也经常过来改善生活。今天同学们来，苏长风用了甄老师的锅灶和生活用具，还把地板弄得脏兮兮的，他要重新洗刷和清扫一遍。

正当苏长风干得满头大汗的时候，华淑丽骑着自行车又回来了。

6

听见有人过来的声音，苏长风并没多在意，以为又是哪个住校的老师或学生路过，只漫不经心地瞄了一下继续扫地，可突然又像受惊了似的站起身来，放下手中的笤帚，眉头紧蹙，然后带着微笑和疑惑轻声说："哎，丽丽，怎么又回来了？怎么回事？你舅舅家没人，还是有东西落这里了？"

"都不是，"华淑丽表情平淡，像一位来视察的领导似的大模大样地站在那里，一本正经地回答说，"我舅舅家包了水饺，让我来请你过去吃。"

"那怎么好意思，何况我又不认识你舅舅他们。"苏长风最怕和生人打交道，虽然现在当老师，经过锻炼好些了，但他还是不想去，说完，继续低下头收拾房间。

华淑丽有些生气，不由分说，上去一把夺下苏长风手里的笤帚用力地扔到地上，气呼呼地说："你看你那些事啊，怎么婆婆妈妈的！叫你去你就去呗，你还想三想四地干吗！不就吃顿饭吗，又不是叫你上杀场，至于吗？我已经答应了，去也得去，不去也得去。走，锁上门。"苏长风只好像一个去相亲的腼腆的姑娘似的，跟在华淑丽的身后，磨磨蹭蹭地走了。

华淑丽舅舅家是个干净的四合院。房屋很破旧，但都很整齐干净。围墙上都爬满了米豆，丝瓜也在他们房顶上结了果。一条狗用一双警觉的眼睛瞪了苏长风一眼，把苏长风吓得哆嗦了一下。但很快他就不怕它了，因为由于天热，那条狗懒洋洋地趴在地上，猩红的舌头挂在嘴上，好像在说："天热不干活，生人来了也不咬。"华淑丽站在狗的旁边护着苏长风走过。他们一进家门，就看见华淑丽她舅舅和舅母在院子里的灶旁忙活。锅里的水翻滚着冒热气，好像开了很久的样子。风箱上放着满满一盖顶的饺子，小巧的饺子有规则地整齐排列着，像列队出操的士兵。看华淑丽和苏长风进来，华淑丽的舅母满脸堆笑地说："你们可来了，水早就咕咕叫了。快上屋，我这就下饺子。"华淑丽的舅舅去拉风箱烧火，他边烧火边把脖子扭成麻花追着苏长风看。他仔细打量了一圈苏长风，又把头别过来，缓了口气，又别过去带着满意的笑容对他们说："是啊，是啊，就等你们了，快进屋吧。”

这时候，天已经上黑影了。昏暗的草房里已经点上了煤油灯。进门是一张黑乎乎的梨木饭桌，桌上一碗已经调好的蒜泥，桌子下几个散乱放着的木板凳，桌子里面的墙角是土坯垒得一米多高的粮囤，里面堆满了瓜干，一个斜坡上去，靠近屋墙的墙角的瓜干几乎触到了屋檐。里间是一张木床，床上放着两个枕头一床薄被。床头的北侧并排放着两口放细粮的大泥缸，泥缸上堆放着杂七杂八的衣物和日常用品。这是一个不穷不富的平常家庭，但从屋内屋外都收拾得干净有序来看，这家的女主人一定是个勤快能干的人。

吃饭的时候，苏长风还是有些放不开，低着头不说话，也不敢抬头看人。华淑丽舅母倒是个心直口快的人，边吃饭边让苏长风和华淑丽多吃，还问这问那。当问到苏长风成家的事情的时候，苏长风说：“刚成了一个，也定亲了，女孩在食品厂工作。”一听这话，华淑丽舅舅惊呆了，看了看妻子，看了看低头装作没听见的华淑丽，最后把两眼盯在苏长风脸上说：“怎么，定亲了？哎呀，我一直以为你和华淑丽最般配，你们小的时候我就见过，你们俩一直很好，你怎么不找华淑丽？华淑丽多好啊。”一说这话，能说会道的华淑丽低下头成了哑巴。苏长风吓坏了，惊慌失措地看了看华淑丽，急急忙忙地说：“叔叔，你可别开这样的玩笑。华淑丽我一直当亲妹妹看待，可没想过和她成亲。更何况华淑丽妹妹长得那么漂亮，人品又好，人又聪明，我可配不上她。”华淑丽还是不说话，眼睛里还好像有亮晶晶的东西在闪烁。舅母也是个快言快语的直爽人，抢过苏长风的话说：“定亲怕什么？结了婚还有离婚的呢！小苏你条件这么好可不能找个工人，赶紧退了，找华淑丽，咱华淑丽既漂亮又通情达理，还是个干部身份。”苏长风脸更红了，不好意思地转过脸来对一直默默不语的华淑丽说：“丽丽你别往心里去啊，叔叔婶婶开玩笑的。”“俺不生气。”华淑丽声音压得低低地说。心直口快的华淑丽好像已经语尽词穷了。

吃完饭，他们又在一起聊些别的，天全黑了，苏长风便起身告别回学校。

华淑丽去送他。黑暗像水一样淹没了大地，只有几只灯像渔火一样发着昏黄的光。两个人走得很近，彼此能听见急促的喘息声和咚咚的心跳声。他们像两条鱼儿在黑暗中游着。快到学校了，华淑丽放慢了脚步说："苏大哥，我舅舅和我舅母的那些话你别往心里去，他们不知道我们的关系，乱说的。"

苏长风没说什么，似乎笑了笑，可他的笑是那样的无声无息，让华淑丽不知道他在想什么，仿佛对华淑丽的话充耳不闻似的。

"可反过来又说了，"华淑丽顿了顿又接着说，"我们从小在一起，形影不离，就像一家人，我真不想有另一个女人和你过一辈子，我真想和你一辈子不分开。"苏长风还是沉默，他似乎没想好应该怎么说。他总是这样惜话如金，凡是拿不准的事，你怎么问他，他都不会轻易表态的。

华淑丽笑了笑，笑的声音不大，但在这个寂静得让人惧怕的夜晚却异常响亮。笑过之后，华淑丽又说："你看大哥，我又在说胡话了。你想想，你长得那么高大英俊，又那么有才华，而我呢，又笨又丑，脾气也不好，你怎么要我这样的媳妇呢？"苏长风还是没说什么，一直快到学校门口了，苏长风才说话，但他还是没表态，只是说："妹妹你回去吧，我到学校门口了。不然回去太晚了我不放心。"

"不放心我就跟你去学校住去。"苏长风不知道华淑丽说的是真的还是开玩笑。

"那哪行啊？今天是星期天，女老师都不在，你跟谁住？"

"跟你住啊！"华淑丽又说。

苏长风拍了一下华淑丽的肩膀说："别说胡话。都这么大了，说话还那么随便可不行。叫别人知道了，传出去，我看你还能找着对象不能。”

“找不着拉倒，”华淑丽狠狠地说，“没人要我就不找了，永远跟着你。等你和嫂子生了孩子，我给你看孩子。等我们老了，我们和嫂子一块过，人多了热闹。”

“你别胡说八道了，赶紧走吧。”苏长风拽着华淑丽向后走了几步，又向黑暗中推了一把说。

苏长风目送华淑丽远去了，他站在原地久久不愿意离去，他的心就像上潮的海水，一些往事一浪接一浪地向上冲，这一浪一浪的潮水就是苏长风和华淑丽在一起时的一些日日夜夜。不一会儿，心里就被这陈年往事的潮水灌满了。他这才知道，他们的感情太纯洁了，太真挚了，太深厚了，他们要是永远在一起该多好啊。难道他们之间的友情真能转化成爱情吗？不会吧。然而为什么他看所有的女孩都没什么感觉呢？为什么看所有的女孩都不满意呢？为什么和别的女孩在一起就感觉不到快乐呢？为什么和华淑丽在一起就那么快乐，那么舒服，那么充实呢？难道华淑丽就是他一生追求的给了他画上感觉的那个宋琳似的女人吗？难道是华淑丽能给他一生的真爱吗？他迷茫了。

回到宿舍，已经夜阑。苏长风辗转反侧，不能成眠。一个身影，像夜幕下的一束亮光一直在他眼前飘荡，那就是华淑丽。

他看见了他们小的时候，一起出双入对。一起玩过家家游戏，一个当爸爸一个当妈妈。他们拾了很多石子，那是他们的孩子。每次都是苏长风负责和泥垒灶，华淑丽负责照看孩子和拣柴做饭。苏长风还喜欢垒房子，华淑丽就给他打下手。他们自己和泥，自己脱坯，自己设计，自己搭建。他们在盖好的房子里放上家具和人。有时候华淑丽生病了，苏长风就去华淑丽家，在她床前陪她说话。苏长风生病的时候，华淑丽就去苏长风家，躺在苏长风的旁边陪他说话。长大以后，他们都懂事了，往来没有那么随便了，可由于他们一直是同学，还是形影不离。

长这么大，他们没有真正分开过。工作以后，他们的学校离得远了，可每到星期六下午放学以后，苏长风都留在学校里等华淑丽。因为华淑丽的学校离家远，但回家时要经过苏长风的学校。每次苏长风都要等一个多小时，等华淑丽来了，他们再一起回家。

他们太默契了，他们太熟悉了。一个眼神、一个动作、一句话，彼此都心领神会。

他也曾经有过和她白头到老的念头，但这念头只是一闪而过，并未停留多长时间。因为他们的感情已经发展成亲情了，两个亲人怎么能成夫妻呢？何况有个老教师曾经给他说过这样的话：苏长风啊，找对象是人生最大的一件事，绝不能马马虎虎，随随便便。一旦选择错误，将是一辈子的痛苦。第一，不能是太过熟悉的人。因为你们很熟悉，一些缺点、错误你们相互都知晓，在一起就有所顾忌。特别是人不可能一生不做错事，以后再有错误，对方就会把以前的错误叠加起来，在他们的心目中，你就是个老犯错误的人，形象就大打折扣。如果选择一个不很熟悉的人，在两个人的心目中，对方都是一张白纸。他们可以在生活中发现对方的缺点，在生活中享受彼此的优点，整个人生就在好奇、摸索、发现缺点和包容缺点的过程中延续。等到真正完全了解一个人的时候，两个人都已经老了，有什么缺点和错误已经不怎么重要了。第二，不要找同行。俗话说，“同行是冤家”，因为是同行，对自己所从事的行业都很熟知，没有什么新鲜感。特别是文人和文人在一起不好，一方面是文人相轻，文人之间不能相互欣赏，只会相互诋毁；另一方面，文人都爱看书，书本上的东西都是生活的提炼而不是生活的全部，看书看得多了，对事对物的要求就会理想化。他们说一句话，就想听到他们预想的一句话，如果得不到，他们就会很失望。他们做一件事，就在做事前想到事情应该有的结果，但事情的发展不是一成不变的，人只能去努力做什么，但你不能控制发展过程和结果。如果两个文人结婚，他们生活会分工很明确，他们也许不怎么谈话，交流的方式也可能只限于留言和书信。当他们发现有更好的生活方式的时候，就会对当前的幸福不满，而想尝试新的生活，就会动摇或瓦解他们之间的感情。最好是两个不同类型的人结合。一高一矮的人结合，高的会欣赏矮的娇小可爱，矮的会仰慕高的高大威猛；一胖一瘦结合，胖的会羡慕瘦的苗条灵活，瘦的会依赖胖的心宽体胖；一白一黑结合，白的会看中黑的阳光健康，黑的会羡慕白的细皮嫩肉；一文一武结合，文的会感叹武的威武雄壮，武的会崇拜文的满腹经纶。不同喜好，不同类型的人生活在一起，生活会在互相羡慕、互相崇拜、互相学习和互相依赖中前进。他们会充满坎坷、充满激情、充满希望，也会充满成功。

这位老教师的话对苏长风影响很大，他以前介绍的有几位也是当老师的，因为是同行，他都一口回绝了。可一想到华淑丽，那就更不能结合。他们不但是熟人，还是青梅竹马、两小无猜的熟人；他们不但是同行，而且是有着共同爱好、共同职业的同行。这样的两个人，怎么能在一起生活一辈子呢？

7

苏长风已经几个月没回家了，父母亲都忧心忡忡，他们担心苏长风的婚事，怕再有什么闪失。苏长风越来越不像话了，总是背着他们耍花样，真有些怕他了。父亲这个说一不二，整天到处“哈哈”着替苏长风张罗这事张罗那事的强硬派也没有了脾气，整天躺在床上绞尽脑汁想办法，可他那文盲脑袋怎么想也想出什么好办法，来对付那个上了十几年学现在又当了老师的儿子。这个曾在跟前像绵羊一样总是言听计从的儿子，变得像脱缰的烈马似的随性自由；这个曾让他自豪和骄傲的聪明伶俐的孩子，变得让他头疼；这个曾让他在全村人面前赚足面子的能娶上刘家女孩当媳妇的儿子，让他像个罪人似的脸面扫地。有个邻居的话更是让苏长风父亲惊出了一身冷汗。邻居是苏长风本家一个大哥，他开着一间小卖部，每天都有无数个故事像他仓库里的货物似的挤满了他那间小屋。一天他像做贼一样把苏长风父亲拉到一边，鬼鬼祟祟地左右看了看，神神秘秘地对他说："大叔，我听说我苏长风弟弟不同意老冯家的婚事了，他们说他又找了一个，老冯家正生气呢。"

传言不知道从哪里来，也不知会到哪里去，它们会像一阵风似的很快吹遍人间的角角落落。不知道发布传言的人是什么目的，也不知道发布传言能得到什么好处，可听传言的人往往非常认真，不管传言是与自己有关系的还是没关系的，大家都对传言非常感兴趣。苏长风父亲听得最认真，听完这传言，就像一个炸雷响在他头上，震得他晕乎乎的有些找不到北，等他稍微清醒，知道与自己的利害关系后，他害怕了，吓得脸都变色了。真是想谁不见谁，怕谁遇到谁。他怕儿子做出对不起冯家的事，他还真做了。当初成刘艳丽的时候，他也很高兴，没想到过了一年，这小子谁也没说，就偷偷地给退了，弄得双方父母都没法见人。

"可恶的孩子啊，你就不能让老的省省心吗？这次坚决不能叫这小子自己当家。"苏长风父亲对他母亲说，"光依着这小子，他还不一定要做出什么事来。不行就叫他们结婚，结了婚，他就不会再胡思乱想了。"

"我看老冯家也不错，虽然闷点儿，不爱说话，但长得不错，家庭条件也好，工作也好，是个居家过日子的孩子，不行就叫他们结婚。"苏长风母亲也同意。

第二天一早，苏长风父亲就急急忙忙地去东村找冯家商量婚事。冯家对苏长风一直很满意，感觉孩子老实本分又有文化。对苏长风家人也很欣赏，老冯和苏长风父亲是多年好朋友，知道他的为人。实际上，他们两家都看中了对方的人品。但自从定亲以后，苏长风的态度一直很冷淡，冯家也有些气愤。他们那么好的家庭条件，挺不错的女儿，他怎么就不热心呢？特别是定亲时玩失踪，和其他女孩藕断丝连，冯家都是有耳闻的。他们也曾经商量过，断了这门亲事，可思来想去，还是没下决心。冯家不担心自己的女儿找不到好婆家，但找这么个知根知底的，人品、工作、个头都这么好的也不容易，他们不愿意放弃这个机会，所以对于苏长风不温不火的态度，有些过火的做法，沸沸扬扬的传言，不去过问，不去相信，也不去过多追究，只想着经过时间的考验后再做打算。苏长风父亲今天一说明来意，冯家两口子一口就答应了。他们也想让两个孩子尽快地走到一起，怕夜长梦多。

苏长风父亲从东村出来，没有直接回家，而是又拐弯去了南村。南村里有个半仙，叫卞二才，由于他姓卞，好像卞家都办事毛糙似的，又由于他在家排行老二，所以都叫他卞二才。他不但会装神弄鬼看阴阳宅，还会打卦算命查日子合婚。苏长风父亲去找他，是想叫他给儿子算算婚，看看两个人划得着还是划不着。从定亲到现在，他就感觉着两个人有什么问题，难道是缘分不到吗？人就是奇怪，明明看上去是郎才女貌的一对鸳鸯，可到头来非得劳燕分飞；看上去并不般配的两个人，却相濡以沫一辈子。整天卿卿我我、爱得死去活来的一对夫妻，几天后就成了陌路；那些天天要死要活、战争不断的夫妻，却能白头到老。他们家邻居就是如此，老夫妻俩到死都不合适。丈夫先死的，临死的时候对儿子们说：“我这一辈子都在恨你娘。”几年后，妻子也去世了，咽气前对儿子们说：“我死了，你们把我烧成灰，撒到大河里算了，千万不要和你父亲埋在一起，这一辈子我跟着他，可受够气了。”当然，儿子们不一定按照老人们的意图做。可就是这样的到死还在闹还在恨的一对夫妻，却养育了七个生龙活虎的儿子。男的活到八十九岁，女的活到九十七岁。今天苏长风父亲找卞二才，就是让他给苏长风和冯巧巧算一算，看划着划不着。如果划不着，是半路夫妻，趁早算完；如果划得着，看什么时间结婚合适。即使是冤家夫妻，只要能长久在一起，给他生一窝孙子就行。

二才见了苏长风的父亲很客气，因为是临村，相互都有亲戚。特别是苏长风的村，差不多一半的人都姓苏。虽然苏家和刘家不能比，刘家是名门望族，但苏长风的父亲名头很大，是他们苏姓家族德高望重的族长。他们家族的大事小情，比如妯娌不和、婆媳纠纷都少不了他。如果外庄去走亲串友或做生意、联系人，也都少不了让苏长风父亲出面。因此，苏长风父亲不但在本村苏家是个呼风唤雨的人物，在外村名声也很响。二才经常去他们村活动，牵扯着苏姓家族的事的时候，也经常需要苏长风的父亲替他关照。一看他来了，二才格外亲切，比遇见亲人还要亲，又让座又敬茶还上了一盒高级香烟。

苏长风父亲说明来意，报上二人的生辰八字，二才赶忙戴上眼镜，又翻书又掐手指，拿龙捉虎地算起来。舞整了半天，二才开口了，信心十足地说："从生辰八字上看，他们不算上等婚姻，但也还划得来。中等偏上吧，也算好了。如果结婚嘛，占六腊月。"他还呜呜呀呀地说了一通，苏长风父亲也没听清楚。但他说能结婚，结婚的日子占六腊月，他是听清楚了。现在已经五月下旬了，事不宜迟，夜长梦多，就定在六月结婚。人家找二才都得送烟或给钱，苏长风父亲去，不但没要烟和钱，办完了事，喝完了茶，临走还给了两盒好烟。苏长风父亲不要，二才硬塞给他，还说："大叔，你必须带上。你成儿媳妇，我也高兴，算我贺喜的。等结婚的时候，我去喝酒。"

苏长风父亲从南村回来，又去了村会计家，给儿子拉条子登记。

会计是个灵活得像麻雀，热情得像炉火的瘦高个子男人。见了苏长风父亲这样的在村里德高望重的贵客，头点得像鸡吃米，眼睛闪得像霹雳。苏长风父亲说明来意，会计利索地拿起一本稿纸，旋开笔帽，就要开介绍信。可当苏长风父亲把儿子儿媳妇的年龄一说出来的时候，会计停住了手中的钢笔，挂着一脸的无奈说：“大哥，不行啊，不能开，开也没用。你儿和儿媳妇的年龄都不够法定结婚年龄，民政不会给登记的，到年底才够。”

“你开了我去试试啊，说不上人家给办呢。”苏长风父亲不死心，让儿子快点结婚这件事，像一只调皮的猴子趴在他心上到处乱挠，挠得他心里乱糟糟的。

“你看你啊，大哥，我还能骗你吗？不够法定年龄谁也不敢办，谁办了谁犯法。”会计可是个说一不二的人，在村里得罪谁也不敢得罪会计，就像在食堂不敢得罪伙夫一样。苏长风父亲的话显然惹得他不满意了，于是有些不耐烦地说。

一听说犯法，苏长风父亲就不再要求了。他是个本分忠厚的农民，也是个守法的公民。违法的事情他不会干，也不会叫自己的家人和家族的人干。

回到家，他给老伴说：“六月是结不成了，腊月一定叫他们结婚。”

这一切，苏长风都蒙在鼓里。几个月没回家，他也没去冯巧巧那里，他除了教课，星期六和星期天干什么去了呢？

8

那天晚上华淑丽回去以后，舅舅舅母把她狠狠地批评了一顿。她舅母说：“你个傻丫头，你看苏长风多好个人啊，又英俊又有才还实在。你们从小在一起，近水楼台先得月呢，你倒好，眼睁睁地看着别人把月亮弄走了，你还在那里暖乎乎地睡大觉。我给你说，过了这个村就没那个店了，趁现在他们刚刚定亲，还没培养出感情来，赶紧给他说你喜欢他，叫他赶紧把亲退了，和你结婚。”

舅舅也像一个城府很深的情场老手似的说：“你舅母说得对。

人这一辈子不容易，特别是女孩子，能找个贴心好对象很难，既然你们从小就在一起，感情很深，就不要放手。我看得很清楚，你对他有意思。他呢，对你也很关心，是个善良的孩子。不过，他看上去是个被动的人，也是个没有主见的孩子，好像不想伤害任何人。如果你主动一点，和他聊聊你们的过去，说你离不开他，我相信他会改变主意的。孩子，终身大事，你可要想好了。”

华淑丽一直不声不响，但眼睛里却闪着无奈的泪光。她心里很明白，她何尝不想着近水楼台先得月呢？可苏长风就是个死心眼，他不说，我当女孩的怎么能先说呢？也许古人说得对：有花直须折，无花空折枝。好东西都看着好，谁主动谁先得。

过了很久，华淑丽才有些无奈，有些委屈地说：“我一直以为他心里只有我，我也离不开他。可没想到他是那么愚蠢，那么可笑，他把我当妹妹，不把我当恋人。这种事，人家都是男生先开口的，哪有女生先开口的？我张不开口。”

“张不开口，不会暗示他吗？你个傻孩子。”华淑丽舅母说道。

“我暗示过，我同学也暗示过，”华淑丽愤愤地说，“他刚退第一个对象刘艳丽的时候，我就让我同学米淑华提醒过他。那时还在学校里，我和米淑华是一个宿舍的好朋友。苏长风给我说他偷偷把对象退了，还说永远不能和没有知识没有文化的人在一起，说连写信都写不好的人，以后怎么能交流啊。我于是说‘大哥，要不你就别找对象了，我跟着你算了’，他还说‘行啊’，我们就各自回宿舍了。后来我就把我的想法跟米淑华说了，叫她抽空再跟他说说，看他是什么意思。米淑华还开玩笑地对我说：‘你想得美，苏长风是我看中的。’后来米淑华有一天找过他，跟他说：‘啊，苏长风，问你个事，你感觉华淑丽人怎么样啊？’他说：‘当然好啦。我们从小就在一起，我最了解她了，她是女生中最漂亮、最能干、最聪明的。’米淑华生气地说：‘噢，你守着我这个大美女你夸别人好，你不怕我吃醋啊？’

他还理直气壮地说：‘好就是好嘛，我守着谁都这么说。’米淑华又问他：‘那你以后就把她当老婆啦。’他当时就恼了，气呼呼地说：‘开什么玩笑？那是我妹妹，你听说谁家的哥哥和妹妹结婚的？’米淑华又问他：‘你们又不是亲兄妹。’他笑着说：‘不是亲兄妹，胜似亲兄妹。’说完，就走了。他就是一根筋，怎么说他都不听。”

华淑丽和舅舅、舅母一直聊到很晚，也没想出个什么办法来。

第二天一早，华淑丽就骑车回学校了。可第二天就因为吃东西不小心引起了肠粘连，动手术住进了医院。

苏长风知道华淑丽动手术的消息，已经过去了一个星期。那天是星期六的下午，苏长风正准备骑自行车回家，华淑丽的舅舅匆匆来了，慌慌张张地对苏长风说：“小苏，你回家吗？华淑丽受伤了，已经住了一星期的院，现在回学校了，还不能下床，需要人照顾。周一到周五学校里安排学生轮流照顾，可星期六、星期天学生都回家带饭，老师们也都想回家，就没有人照顾了。她捎信说让我们家的女儿去陪她两天，可我女儿正巧出麻疹，不能出门。你看你回家给她娘爷捎个信，让她娘爷找个可靠的人去照顾吧。”

苏长风一听说“肠粘连”和“手术”几个字，脑子一下子变成了空白。也不知道华淑丽舅舅怎么走的，也不知道自己说了些什么。只有一个念头在他脑子里盘旋：我要去照顾她。

盛夏的下午照样骄阳似火，人们都早早地吃过晚饭拿着大蒲扇跑到河边去了。小孩子们更是脱得一丝不挂地漂在水上，像小鸭子似的弄出一河水花。苏长风穿着背心和短裤，骑着自行车急慌急忙地飞驰在尘土飞扬的大路上。太阳用它那毒辣的手指在他裸露的皮肤上抓着，他的身上很快就被抓得红彤彤的，像肿了似的。热浪像一道道屏障，堵住了他的去路，他每走一步都要经过和热浪激烈的搏斗，他累得大汗淋漓、气喘吁吁。但他没有停下，还是急急地向前赶，心里只一个念头：我要不惜一切代价，尽快见到我华淑丽妹妹。

本来一个多小时的路程，苏长风用了不到一个小时就到了。

华淑丽的学校里静悄悄的，全然没有了平日的喧哗。树木静静地站在那里，有几只小鸟在树荫里谈情说爱，对于突然进来的陌生人，好像有些惊恐，一只鸟腾的一声飞走了，剩下的那只斜眼看了看苏长风，也飞走了。小草被太阳染黄了，像冬天的枯草，苏长风走上去，感觉有窸窸窣窣的声响。

一直沉浸在人声鼎沸的环境里，乍一到寂静的地方有些不适应。苏长风找了个水管洗洗了脸，又把胳膊和腿上的尘土简单地清洗了一下，就急急忙忙地来到了华淑丽的宿舍。

华淑丽静静地躺在床上，一个女学生端了一杯开水喂给她喝。感觉有人进来，女学生吓了一跳，手哆嗦了一下，碗里的开水溅到了华淑丽脸上。华淑丽睁开眼，见是苏长风，她蜡黄的脸上露出灿烂的微笑，少气无力地说："大哥，你怎么来了？"

"来看看你，看伤的怎么样啊。"

"没事，"华淑丽淡淡地说，接着又转向床前的女学生说，"郑小华，你回家拿煎饼去吧，这里不用你了。这是我哥，有他照顾我就行。"

女学生走后，苏长风坐在华淑丽的床前，抚摸着华淑丽的脸，关切地说："怎么那么不小心，吃什么了？"

苏长风的到来，使华淑丽好像一切伤痛都没有了似的，她愉快地看着苏长风的脸，两只眼睛放射出灿烂的光芒，带着一些娇羞的神态说："你耳朵怎么那么长啊？谁告诉你的？"

"你别管我耳朵长不长，我问你，到底怎么了？"

华淑丽照样是带着灿烂的笑容说："没怎么，就是那天从你那里回来，肚子有些饿，吃了几口凉大米饭。"

苏长风嗔怒地说："凉米饭咋能随便吃呢？"

晚上，苏长风买来蚊香，在华淑丽的床前搭了个地铺。他们先是聊天，聊得兴高采烈。后来华淑丽说要唱歌，让苏长风伴舞。华淑丽的嗓子很好，在师范的时候，她是文娱委员，经常组织同学们唱歌。每到学校或班级开联欢晚会的时候，华淑丽都是独唱演员。她的声音不是很高，当唱起歌来，嗯嗯啊啊的，似小溪叮咚，似小鸟呢喃，似春风荡漾，似细雨飘散。而苏长风呢，他身材好，柔韧性好，劈叉劈得很好，没事的时候，经常在自己的床上练功，总是把双脚放在脑后，在床上滚。他舞跳得好，跳起舞来很投入，很飘逸、洒脱、舒缓。

既然没有别人，苏长风和华淑丽，一个在床上轻声唱歌，一个在床下曼妙跳舞。跳舞是个力气活，又是大热天，跳一会儿就出汗。跳累了，苏长风再吹笛子。笛子也是他的拿手好戏，一根短短的竹子就挖了几个洞，在他手里就成了宝贝，他可以让它发出鸟叫虫鸣，可以让它发出山呼海啸，可以像人一样窃窃私语，也可以似兽一般嘶鸣咆哮。他们又跳又唱又吹，好像生活在梦中，快乐极了。

苏长风的一切烦恼忧愁都在曼妙的舞姿中烟消云散。一直困扰着他的那个理想中的女孩，原来就在眼前。那个冯巧巧，似乎离他越来越远了。

华淑丽的伤痛和失意，也随着她的歌声飘散远去。

听到华淑丽优美的歌声，苏长风感到很快乐。而华淑丽呢，只要看到苏长风那憨厚阳光的笑脸，就感到幸福。就这样，苏长风每到星期六下午去，到星期天下午回来，寸步不离华淑丽。华淑丽在苏长风的关心照顾下，伤好得很快。苏长风上课的时候，常常走神，因为华淑丽的身影老是在他眼前晃动，他老是担心没有他的日子，没人给她买饭送水。恍然间，他的心目中时常会产生一种感觉：宋琳似乎就该是华淑丽这种样子，而华淑丽就是他心心念念的宋琳。没有苏长风的日子，华淑丽也像丢了魂似的，整日恍恍惚惚的，吃饭没有食欲，见了人无精打采。

老师们都担心华淑丽是否把脑子摔坏了，校长也怕出意外，三番五次地劝她去住院。可他们哪里知道，她是个身体和精神都受伤的人。她不去住院，就是想着星期六和星期天那难得的快乐时光。她不知道这种快乐和幸福到底是昙花一现还是地久天长，但她决定试一试，为了永久的幸福，只要有一线希望她也要去试一试。尽管她并不知道，苏长风心目中一直都住着一位梦中情人，既不是刘艳丽，也不是冯巧巧，甚至更不是她自己。但她华淑丽知道“男追女，隔座山；女追男，隔层纸”，只要她努力，只要她主动，一切事物都不会是一成不变的。于是，这个可爱而执拗的姑娘啊变得不再犹豫，不再彷徨，也不再羞涩。为了追求一生的幸福，人是可以抛弃一切的。

玉泉村那条不知疲倦、永不停歇的玉泉水啊，始终唱着悠悠的歌流向未知的远方，声音永远是那么舒缓悠扬，清脆悦耳。泉水叮咚叮咚，水草纵横舒展，不知明天的玉泉水，又将停歇在哪一株水草边，又将在何处山脚流连撒欢？

韵事三重门

1

秋高气爽，洁白的云朵在蔚蓝的天空中自在穿行，教室窗户外松涛阵阵，又是一个难得的好天气。可中学教师孙建业却无心看风景，此时他心里烦透了：他刚在家人的安排下和吴晓娜定了亲，本来也算人生一大美事。但从小就跟他一起长大的表妹楚依云就在这时来找他，义正词严地说他们年小时，家里大人就已经给定了娃娃亲。结果是两家人搞得不欢而散。这件事还没理清楚，一个叫玉青的女学生又找来了，口口声声咬定自己搞了她那位如花似玉的姐姐。玉青的姐姐，他倒是见过几次面，是个很漂亮的女生。漂亮的女生固然赏心悦目，可不好看的女生同样也是自己的学生，自己作为一名优秀教师，一门心思只想着怎么教好课，教育好学生，从来没有想过要偏向过谁，更不可能做出这种下作事。一想到自己一个本分老实的授课老师在别人眼里竟然干出这种龌龊事，孙建业顿时感到既气愤又哭笑不得。

那天正是孙建业的语文课。孙老师不光长得好，讲课也好。每次讲课，总是深入浅出、侃侃而谈，学生都听得入了迷。可今天这堂课他发现有个女学生的表情不对头，不好好听课，一直对他投来诡异的目光，孙建业有些生疑。

这个女学生叫玉青，长得又黑又胖。学习还不错，就是穿着打扮上有些让人受不了。总是喜欢穿红裤子，绿褂子，给人感觉像个鹦鹉似的。脸上经常擦点珍珠霜什么的，并且擦很多，弄得脸上一层白霜，可脖子黑乎乎的，对比非常鲜明。所以，学生们都叫她“妖精”。果然，下了课，从来不找孙建业问问题的玉青破天荒地找他去了，还神神秘秘地拉着孙老师找了一个没人的地方。

孙建业疑惑地问：“玉青，什么问题你赶紧说，我一会儿还要上课。有什么事要弄得这么神秘？”

玉青一脸怪笑地看着孙建业，突然开口道：“你要有麻烦了，老师。”

孙建业愣了一下，不解地问：“什么意思？你好好说。”

“我姐找不到很久了。”玉青说。

“真是开国际玩笑，”孙建业说，“你姐找不到了与我有什么关系？”

“我姐就是玉翠。”

孙建业像见了鬼似的瞪大了眼睛，惊讶地看着玉青。令孙建业惊讶的不是因为玉翠是他初中同学，而是两个人的长相。玉翠高挑白净，妩媚动人。可玉青呢，又黑又胖，行为另类。这么大的差距，一定不会是亲姐妹。

孙建业于是问：“是你表姐还是堂姐？”

“是我亲姐姐。”

孙建业的眼睛睁得更大了。

玉青似乎并没看出孙老师表情的变化，依旧慢条斯理地说：“自从她从你这里走了后，就一直没回家。一开始我爸妈不知道，就一直找啊找，就是找不到。后来听别人说来过你这里。算了算时间，正巧是在你这里走了以后才不见的。我爸妈怀疑人让你拐了叫你卖了，最近就要来找你算账。”

上初中时，玉翠是个校花，很多男生都对她爱慕有加，只是玉翠都不为所动，专心致志地学习，但对孙建业是个例外。那时玉翠和孙建业不是同桌，但是邻桌。孙建业同桌也是个女孩，矮矮胖胖黑黑的，由于身上肉多，走起路来浑身哆嗦。最有特点的是她的嘴，又大又扁，而且下嘴唇比上嘴唇长出一大截，像一个黑乎乎的铲子悬在下巴上。她是个泼妇级人物，动不动就撒泼、发疯，骂人骂得很难听，同学们都敬而远之，孙建业也不去招惹她。这人不识趣，都不理她，她认为都怕她，常常趾高气扬，自以为是。课桌不大，她身量宽，占去了一大半，写作业时又故意把胳膊肘伸到孙建业这边。孙建业不注意碰着她，女孩会大骂："你瞎眼吗，没看见我胳膊在这里吗？是不是想吃我豆腐？狗熊。"

孙建业总战战兢兢地说："你看你把桌子都占了，我用什么？"

"就占，就占，公家的东西谁先占谁占，怎么了，怎么了？"说着，带着刺鼻大蒜味的大嘴推土机似的铲了过来，孙建业赶紧躲闪。

孙建业写作业时，没有桌子可用，只好把课本放膝盖上，作业放桌子角上写。玉翠在孙建业右边，就腾出一块地盘来让给孙建业。那女孩不乐意了，就说玉翠和孙建业谈恋爱。有时还故意在人多的时候大喊："哎呀，看呀，玉翠和孙建业小两口多亲密呀，来来来，斗个嘴（方言：亲吻）看看。"

到了初三，孙建业突然长高了，初一排位一般在二排，到了初三他成了最后一排。不和"泼妇"一位，孙建业感到很轻松。可玉翠好像不高兴，自己主动要求调到孙建业旁边。下午晚自习前，孙建业总要出去背书。孙建业经常去的是一个荷塘边，夏日傍晚，夕阳西下，荷塘里粉红的荷花在夕阳的照射下格外妩媚妖冶。田田的荷叶，像皇帝的华盖，高高低低地摇晃在碧水里。有些荷叶上有几滴珍珠似的水珠，随着荷叶的摇摆在荷叶上来回滚动，像一光屁股的孩童在绿莹莹的地毯上撒欢。孙建业总是看着满眼的绿色，嗅着淡淡的荷花的清香低声背诵。

玉翠总像影子似的在不远处。孙建业来，玉翠就来；孙建业回去，玉翠也回去；孙建业不来时，玉翠也不会出现。荷塘边这一道亮丽的风景立即成了学生们街谈巷议的话题。那个“泼妇”，更是羡慕嫉妒恨，大骂玉翠：“就是个骚娘们，整天围在孙建业屁股后边转，人家孙建业学习那么好，考学走了，啰啰她？”

有些爱搞怪的男生也煽风点火，在孙建业和玉翠课本空页上写词写诗。最常写的就是：

俏玉翠，俊建业。
你恩我爱人人夸。
明年生个小宝宝，
日子过得顶呱呱。

还有的这样写：

玉翠真苗条，
建业最潇洒。
两人成一对，
生个大地瓜。

玉翠不以为然，还有些沾沾自喜。孙建业心里不痛快，就警告玉翠不要跟着他，离他远点。玉翠问孙建业：“你难道看不上我吗？”孙建业气呼呼地说：“玉翠你想什么呢？我们是同学，以学习为主，怎么能想那些乱七八糟的东西呢？我根本没朝那方面考虑过。”

玉翠有些伤心，把课桌从孙建业旁边搬走了，很长时间不和孙建业说话。方力乘虚而入，两个人很快打得火热。初中毕业以后，孙建业考上了高中后来又上了大学，关于玉翠和方力的事，再也没听说过。

前些日子，玉翠却突然出现在他眼前。当时还未开学，孙建业正在收拾房间。玉翠骑着一辆打扮得花里胡哨的自行车来了，进门就喋喋不休地吹嘘自己。她一会儿说自己考上中专了，正在上学。孙建业问是什么学校，她说是坑南县中专学校。孙建业没听说那里有什么中专学校，就问在那里学什么。玉翠开始说学师范，后来又说学技术。她一会儿又说，她姨夫是银行行长，打算让她去银行上班。孙建业说："你不是正上学吗，怎么能上班呢？"玉翠又说："想边上学边上班。"孙建业又提起方力，问她们俩定亲了吗？玉翠却斩钉截铁地说，她和方力压根没关系。

聊了一会儿，玉翠脱了衣服歪在床上就要睡觉。孙建业感觉玉翠情况不对，找了一个理由，把她赶走了。

"害怕了吧。"看到孙建业不吱声，玉青又说，"老师您赶紧把我姐找回来吧，不然麻烦大了。"

"真是可笑。是她找的我，又不是我找的她，那么大的人了，丢了还找我？想要赖人也得分情况，胡搅蛮缠。"孙建业说完，一甩手，把玉青晾在一边上课去了。

2

校长室里，一男一女两个中年人怒气冲冲地跟校长谈话。男的说："你就是校长是吧。你赶紧把你们的好老师叫什么孙建业的叫来。我闺女被他拐走了，到现在好几个月了，生不见人，死不见鬼。有人见过，她来过你们学校，还在孙建业的房间里睡过觉。睡完觉就不见了，肯定是孙建业做了见不得人的事了，怕出事，不是把俺闺女卖了就是给祸害了。今天你就叫孙建业过来，叫他把人交出来。不然的话，我们就去教育局。反正不把我闺女交出来，我们绝不罢休。"

校长一直对孙建业老师很器重，但去年他老婆想把娘家侄女嫁给他，孙建业不同意，从此以后，校长对孙建业的态度就来了一个一百八十度的大转弯，不但不对孙建业好了，私下里还造个谣什么的。

今天有人上门闹事，校长不但不去制止，还有些幸灾乐祸了。玉翠来的那天，校长在学校里，见到一个女孩骑着车朝孙建业宿舍方向去了，以为是附近村过来练车的，就没多关注。现在想来，肯定是孙建业骗来的了，不由生气了，赶紧派人去喊孙建业。

孙建业下了课，正想回宿舍。路上遇见了他的好朋友——教数学的苏正平老师。他对孙建业很好，平时有人说三道四的，苏老师从来不相信。刚才他没课，在办公室办公的时候听见了校长室传出来的声音。他不相信孙建业会做那样的事，那两个人肯定是无理取闹。但真叫孙建业过去，双方都在气头上，难免会发生冲突，就想让他避开。于是他就想了个法，就谎称孙建业家里捎信叫他赶紧回去一趟，有急事。孙建业一听有人捎信，就知道家里一定有什么大事，因为小事父母不会惊动他的。苏老师早已把他的自行车推来了说："你赶紧走吧，我去校长那里给你请假。"

孙建业回到家，父母弟弟妹妹都很高兴。但看到家里没什么事情，孙建业倒是生气了，问："到底什么事，还非得捎信让我家来？"

父亲也茫然了，说："没人捎信啊，谁给你说的？"

孙建业不知道缘由，以为是有人恶作剧，故意戏弄他。学校那么多事，开这么无聊的玩笑，实在可恶。母亲给他做了他爱吃的油煎豆腐条，他吃了两个煎饼，在太阳刚落山的时候，又匆匆向学校赶去。

孙建业走后，苏老师去了校长室，对校长说："校长，孙老师家里捎信叫他回去一趟，他让我来给他请假。"

来人一听说孙建业走了，更来劲了，说："是吧，做贼心虚吧，肯定是他把俺闺女怎么了，不然他跑什么？跑了和尚跑不了庙。只要他死不了，就能找着他。走，明天我们再来。"

苏老师一听不高兴了，说："你们不要诬赖人。孙老师干不上来那样的事。他是真有事，他也真不知道你们来。他要是知道你们来，他说什么也会过来说清楚的。他我了解，是个热心肠，坑人的事绝不会干。我以我的头担保，要说孙建业人品不好，我头都不要。”

玉翠的父母觉着也没有什么证据，听了苏老师这么一说，也就不说话了，两口子对了下眼色，就走了。

孙建业匆匆忙忙地向回赶，快到学校的时候，发现路边围了很多人。有人说：“哎呛，真是可怜啊，看样子是冻得啊，浑身哆嗦。”另一个说：“像是饿的。”还有的说：“谁家的姑娘啊还是媳妇，也不出来找。”还有的说：“不行报警吧，放这里一夜准能冻死。”

孙建业是个好心肠的热心人，遇见有人落难，不论认识与否，他都会鼎力相助。于是他拨开人群，见一个女的蜷缩在那里，蓬头垢面，衣服脏乱，就问她：“你是哪里的，怎么不回家啊？”

孙建业一喊，那女的突然说了一句：“孙建业！”

她怎么知道自己的名字？孙建业上前仔细一看，不是别人，正是玉翠。看起来，她病得不轻，衣服单薄，瘦得皮包骨头。他于是对众人说：“她是我初中的同学，得神经病了，你们帮忙扶我车上，我把她带学校去，明天捎信叫她家里人来领。”

之所以说找人捎信，是因为他知道玉青在学校里，她说过家里人到处找姐姐。他给找到了，他们会感激他的。

孙建业推着玉翠回到学校，给她买了饭。玉翠好像很久没吃饭了，看见了饭，抓起来就往嘴里塞。看着她吃饱喝足后，看她冷，又找了件自己的旧衣服给她穿上，然后就去找玉青了。白天的事情，玉青也知道，但她也知道老师的为人，不相信姐姐的失踪与他有关系。可没想到到了晚上，他居然把姐姐给带回来了。难道这些日子，姐姐真的是被老师藏起来了？

白天的事孙建业不知道，可老师同学们大都知道。事情就那么巧，人家来找孙建业要人，他还真给找回来了。最惊讶的是校长和苏老师。校长的疑问明确了，可苏老师实在太尴尬了，他是拿自己的人头做的担保啊！没想到孙建业会办这样的事，真是知人知面不知心哪！

玉青见到了姐姐，眼泪掉了下来。活泼的姐姐变得木讷呆滞，干净的姐姐变得脏乱不堪，漂亮的姐姐变得苍老憔悴。她把姐姐领进自己的集体宿舍，给姐姐洗了洗头，洗了洗身子，换上自己的衣服，睡在自己的床上。第二天，她请假把姐姐送回了家。

做了一件好事，孙建业很高兴。下午放了学，孙建业的屋里又热闹起来了。他虽然是语文老师，可喜欢音乐和舞蹈。课余时间，他的宿舍就成了业余剧团，干什么的都有，有吹笛子的，也有跳舞的。孙建业兴高采烈地一会儿示范动作，一会儿又指导节奏，忙得不亦乐乎。

突然，一阵吵嚷声，进来了一男一女两个凶神恶煞的人。后边跟着两个女孩，一个玉翠，一个玉青。

两个大人，男的长得像玉翠，女的长得像玉青。孙建业停止指导，瞪着一对迷茫的眼睛，眼珠子都快瞪出来了，他不解地问玉青："怎么回事？你怎么又把你姐领回来了？"

"怎么又领回来了？"长得像玉青的女人说，"你做的好事。今天我们领着玉翠去医院查了，玉翠怀孕两个月了，你说怎么办吧！"

孙建业纳闷地问道："她怀不怀孕该我什么事？"

"该你什么事，你说该你什么事？"长得像玉翠的男人说，"她怀了你的孩子，你难道就不管了吗？人家说了，这些日子你就把玉翠藏在碧流泉旁边的破庙里了，把肚子搞大了，你想饿死她。多亏了有人看见，不然今天都活不了，你说怎么办吧！"

孙建业急了，在屋里像一只蛤蟆似的跳来跳去，说："我要是希望她死我还会救她吗，你问她自己是怎么回事？"孙建业指了指玉翠。玉翠父亲于是低下头去，拍着玉翠的肩膀问："闺女，你别害怕，慢慢说，你说，你肚子里的孩子是谁的？”

“孙建业的。”玉翠说，接着嘻嘻傻笑了起来。

“你看，是吧。”玉翠母亲说道。

孙建业真是有口难辩了，气得一脚把椅子踢开，一屁股坐在床上，由于用力过猛，那张陈年老木床疼得“吱嘎”一声。

玉翠父亲像逼债的黄世仁似的逼近一步说：“我们问了，她疯成这样不能生育，流产和治病需要一千多块钱，你得出。治好了病你得娶她。我们一个黄花大闺女，被你弄成这样子，你得负责到底。”

孙建业更愤怒了，说：“你别说那没用的。你们想赖我，没门！我做好事还做错了吗？”

看闲的不知谁说了句：“肚子都搞大了，这好事做得值。”

短小精悍的校长搅动着两根粗短的小腿，像鸭子一样晃过来了，见了孙建业愤愤地说：“丢人啊，弄成这样，小孙，我真不知道说你什么！”

孙建业心情有些激动，像革命英雄似的挺起胸膛，瞪大了眼睛说：“我就是没做，我不管他们说什么。”

“你就是嘴硬，”校长咬着牙，声音从牙缝里出来，压抑得有些变形，“满院子里都是人，他们怎么没赖别人呢，怎么偏偏赖你呢，你是憨啊还是傻？你就那么好赖吗？怎么没人赖我呢？别的不要说了，先拿钱治病吧。不然肚子里的孩子一天天大了，到那时更麻烦。”

孙建业装出死猪不怕开水烫的姿态说：“你们爱怎么着就怎么着，让我出钱，门都没有。我一个月四十多元钱，不吃不喝两年都攒不够一千元。何况，又不是我的事，我凭什么出钱？”

一直争执到半夜，也没争出个里表来。最后，校长说：“我说两位家长，看这样行不行？你们先回去，孩子的病该怎么治就怎么治，别耽误了。至于钱嘛，孙建业不出钱，我们学校先垫一部分，然后慢慢再从他工资里扣。”

“我不同意。”孙建业跳了起来，都最后，校长还把责任推到孙建业身上，他有些受不了。

校长并没去理会孙建业，眼睛看着玉翠的父母说：“就这样定了。至于其他事，等给孩子治好了病再慢慢商量。”

孙建业还要说什么，被其他老师拉走了。

玉翠父母同意了校长的意见，说：“那好吧，俺听您领导的，但这样的老师您要是护犊子不处理，俺和你们没完。”说完，领着玉翠走了。临走，还回过头来向着孙建业离去的方向狠狠地瞪了一眼。

3

孙建业像摔跤选手一样在校园里蹦跳着，他感到异常委屈和气愤。万万没想到的是，做好事做出了麻烦。而且这个麻烦，是让他名声受到极大损害的麻烦。苏老师看到孙建业这样，知道肯定被误会了，感觉自己这里面也有责任，就过来说：“孙老师你别激动，风言风语的，我也有些懵了。但事情没有水落石出的时候，我们还是好朋友。你听好朋友说句话。这事你不要激动，你想好了再说。俗话说：‘干牛屎抹不到身上。’‘不做亏心事不怕鬼叫门。’别管他们怎么着，你一定咬紧牙关。你还没结婚就弄出这样的事来，叫谁能受得了？你心里有气，我也理解。”

孙老师看了苏老师一眼，想说什么，但张了张嘴又闭上了。

甄老师阴阳怪气地过来了，贼眼呱嗒呱嗒地忽闪着说：“对，孙老师，就不承认，死不承认，他们就拿你没办法。反正那女孩是神经病，神经病打死了人都不负法律责任，说的话更不能算数。”

孙建业听出来甄老师话里有话，瞪着眼问：“甄老师，你什么意思？听你的意思，我孙建业真做过那些伤天害理的事了？”

孙建业斗鸡似的站在甄老师面前，甄老师吓得一溜烟跑了，边跑边说："我哪是那个意思啊！"

苏老师把孙建业拉进宿舍，坐在一起说："这事呢，我有责任，开始就面对面，不至于这么个结果。我也曾对你的人品怀疑过，可从你刚才的气愤程度，我知道你是被冤枉的。不过呢，你也不要太激动，气伤了身子犯不上。天狗吃不了日头，有水落石出的那天。现在要紧的是把事情原委了解清楚。她到底是什么时候来的，以前来过你这里几趟，怎么弄成这样子的？"

听到苏老师的话和想到玉翠那可怜的样子，孙建业的心渐渐平静了许多。他感觉到，真要能帮着玉翠做点什么，有些麻烦也是值得的，像她那个样子，以后可怎么生活啊。孙建业一旦想到了别人，就把自己的事全忘记了。等孙建业清醒过来，一些现实的问题又明明晃晃地摆在眼前：声誉暂且不提，别人爱怎么说怎么说，可钱怎么办，上哪里弄一千块钱呢？另外，真传出去了，家里人怎么看他，吴晓娜怎么看他？

果然，从那以后，孙建业的美好形象被抹杀了，人们看他都用另一种眼光。老师们不再约他打够级了，学生不敢找他谈心、学东西了。特别是女生，像躲避瘟神似的远远地绕道走，即使碰巧遇上了，也会尴尬地苦笑一下，接着逃难似的拔腿就跑。虽然自己知道"不做亏心事，不怕鬼叫门"，可没有确凿的证据，怎样能洗脱自己的罪名呢？

孙建业有个表妹叫楚依云，在工商银行工作。最近银行调整人员，她被调到了离孙建业的学校不远的分行上班。本来楚依云是在农行工作的，因为她爸爸在工商银行存了五十万，银行为吸引住她爸爸这个大客户，同意把楚依云调到工商银行。并且楚依云已经算老职工了，业务能力很强，也是他们需要的人才。

楚依云从小就很喜欢这个表哥，姨妈曾经开玩笑说，长大了让她嫁给表哥。那时楚依云刚懂事，但姨妈的话却牢牢记在了心里。可表哥总说两个人不合适，姨夫还早早地做主，给表哥找了一个吴晓娜。

尽管这样，楚依云一直不找对象。她对好友说过，表哥不结婚，她不找对象。

楚依云在新单位上班的第二天，她就听说了孙建业的桃色新闻，传得有声有色、沸沸扬扬；有的还经过了艺术加工，添枝加叶，让故事变得扑朔迷离、曲折生动。但楚依云不相信是真的，她预感到孙建业是被冤枉的。平常那么多有姿色、有地位、有钱的女孩他都无动于衷，怎么会对一个神经病感兴趣呢？她决定帮他，就像一个善良的人被欺负，有人打抱不平似的，楚依云就想替孙建业打抱不平。至于什么目的，自己能得到什么，她没去考虑。至于有什么负面效应，或能不能帮好，帮忙的过程有多么艰辛，她都没去考虑。她从自己银行存款里取了一千块钱，去医院送给了玉翠的父母。玉翠贪财的母亲看着天上掉下来的一千元钱，并没表现出高兴来，疑惑的表情像瀑布一样挂在脸上。

楚依云不屑地看着他们，声音像小钢炮似的对他们说："我是孙建业的妹妹，我哥是好人，你们赖错人了，我哥不会办那样缺德事的。我现在给你们一千块钱，赶紧给你闺女治病。治好了病，别再去打扰我哥了。我给你们钱的事也不要和我哥说。"

说完，转身就走。可走了几步，又转过身来说："我给你们说明白，钱是给你闺女治病的，你们要是用别处去了，我要让你们加倍归还，你们想过利索日子就按我的意思办。"

玉翠被眼前的这个美丽但又有些泼辣的女孩镇住了，始终没想起来该说什么话，就连玉翠那个有些赖皮的母亲，也全然没有了往日的威风。玉翠的父母很听话，从那开始再也没去打扰孙建业，楚依云给的钱，除了给玉翠治病，一分一厘都没敢挪用。后来，经多方打听，的确是孙建业救了闺女。没把他当救命恩人，反倒让他受了委屈，就想过去道歉，再把孙建业妹妹送来的钱还回去。但自己没钱给孩子治病，也只好先用着，以后找到害玉翠的那个人了，要来钱，再去找孙建业还钱和道歉。可他们哪里想到，他们这样做，给孙建业带来了多么大的伤害啊。

楚依云去医院送钱回来，接着去办第二件事：她要查清祸害玉翠的凶手是谁，彻底还孙建业一个清白。工商银行下边有代办点，那里有她很多要好的小姐妹，她一个人一个人地打招呼，让她们留意谁遗弃了有神经病的对象。以前农业银行，下边也有代办点，代办员她也都认识，也让他们给自己帮忙。以前，孙建业和楚依云的事，很多人都知道，她的同事更是清楚。现在楚依云不落井下石，不在一边看看哈哈笑，戏弄一下这个陈世美，还居然去帮他洗脱罪名。许多人都不理解，说楚依云傻，说她有病。可楚依云并不在意别人怎么说，乐此不疲地帮助孙建业。功夫不负有心人，经过半个多月的调查，终于了解到了事实真相：那个丧尽天良的衣冠禽兽，原来就是玉翠那个刚刚出狱不到半年的恋爱对象——方力。

吴晓娜是孙建业父母包办的未婚妻，她听说了孙建业的传闻以后，也感到不可思议。吴晓娜是个长相俊美的女孩，在食品厂工作，是厂里有名的厂花。定亲一年多了，孙建业从来都对她没有过亲密的举动，怎么会对一个神经病感兴趣呢？吴晓娜于是装作没事人似的照样有空就来看孙建业，对于救玉翠惹的麻烦事，她一句话没说。既没说孙建业做得对，也没说做得不对。看得出来，别人对孙建业怎么评价，甚至孙建业在外边做什么、怎么做，她一概不问。

她所关心的只有一件事，就是她和孙建业的关系。在她的思想深处，只要这个男人能和她在一起和和美美地过日子就行，至于其他的，她没什么反应，也不去关心。不管这个男人对她什么态度，也不管这个男人做了什么对不起她的，或对不起家里人的事情，她都能默默承受。

孙建业就是她人生的必需品，当她需要休息的时候，他是舒适的被褥；当她需要吃饭的时候，他是可口的饭菜；当她热的时候，他是习习的凉风；当她冷的时候，他是温暖的棉衣。她是个实际的人，没有过多的要求。但孙建业很痛苦，很失落，整天闭门不出，心灰意冷。吴晓娜看到他这样，也很同情，就经常过来看他。

当然，他们照样保持着正常的纯洁的同志关系，客气地微笑打招呼，客气地互相推让着吃饭喝水，没有缠绵悱恻，没有卿卿我我，更绝不越雷池一步。有的老师见了都说："怎么看也不像是谈对象，像是走亲戚的。"

4

苏老师总感觉对不起孙建业，本来想帮他忙的，没想到帮了倒忙。如果不是他把孙建业骗回家，他绝不会在半路上遇见玉翠，遇不见玉翠，就不会有那么多误会。

下午放了学，孙建业正在给一名学生辅导吹笛子。苏老师像个做错事的学生过来了，见了孙建业，面露愧色地说："孙老师，真对不起，那天为了不让你见玉翠的父母，是我故意撒谎把你骗走的。没承想事情就那么巧，偏偏你回来又遇见了玉翠，使误会再误会，太不好意思了。"

孙建业见好朋友进来，忙张罗着让座。听他这么一说，孙建业微笑着看着他的脸说："你怎么能这样说呢？你做了一件好事，大好事。要不是你骗我走，说不上玉翠早冻死饿死了。你让我救了一个人的命，我得感激你。至于她父母对我有误解，那也是正常的，自己好好的闺女变成那个样子，谁都会心痛的。早晚会有真相大白的时候，你放心，将来他们会感激我的。"接着，孙建业沉思了一下又说："我差点忘了，不知道玉翠治疗得怎么样了，抽空我得看看去。"

苏老师忙拦住他说："你可别再惹麻烦了，好不容易消停了几天，你再去找她，不又得惹一肚子气啊。"

孙建业并没把苏老师的话放在心上，第二天一早，他向学校请了假，在玉青那里要了她姐姐住院的地址，去看玉翠了。

经过治疗，玉翠好多了。虽然说话还是那么够不着天捞不着地的，但思维基本趋于正常。孙建业去看她，她还知道害羞。不过很高兴，一直目不转睛地盯着孙建业的脸看。孙建业看到玉翠有些清醒，和她聊了一些事，玉翠都像正常人似的回答。最后，孙建业试探着问："玉翠，你说实话，你肚子里的孩子是谁的？"

玉翠迷茫地看了看孙建业，痛苦像洪水一样冲进了她的脑子里，她有些反常，眼皮耷拉下来了，嘴唇像两扇门紧紧地合上了。孙建业知道说到她的痛处，连忙用别的话岔开。可玉翠的神态并没改变，痛苦地表情还是挂在脸上，摸了摸自己的肚子说："没了，流了。"

母亲接过话头对孙建业说："孩子由于营养不良流产了。"

"那您没问问她是谁做的孽吗？"

"还是原来的那个小粗鬼。"

她嘴里的"小粗鬼"就是方力，他和玉翠共同的同学。方力因打架和偷盗进了板房，刑满释放一出监狱门，就到处找玉翠。找到后，他们就同居了。没想到玉翠的病越来越严重，不但什么活不能干，还到处窜。他们家怕治病花钱，就无情地把她赶出去了。

那时候玉翠已经怀孕了，方力不知道。玉翠在外边饥一顿饱一顿地流浪了半个多月，就在走投无路的时候，冥冥中想到了孙建业，就去学校找他。学校白天人多没敢进，就躲在学校附近碧流泉旁边的破庙里。由于好几天没吃东西了，到了下午再想去学校找孙建业的时候，身体里仅存的一点能量也消耗殆尽，走了几步路就昏倒在路边。要不是孙建业及早发现，玉翠有一百条命也没了。

事情终于水落石出，孙建业感觉这趟医院没白来。医生让病人多休息，孙建业就告辞走了，玉翠父亲出来送他。在医院门口，玉翠的父亲站住了，头像一只葫芦挂在胸前，愧疚地说：“小孙啊，对不起了，你是个好人，差点叫我们冤枉了。您放心，给玉翠治好了病，我们全家一起去给您赔罪，向学校领导老师们给您请功。”

孙建业忙说：“不用不用，这都是小事，没必要那么当回事。”

玉翠父亲接着又说：“至于你的一千块钱，我们先用一用，等有了立马就还您。”

孙建业懵了，他没给他们什么钱啊。于是不解地问：“我当时不是没给你们钱吗？我正想问一问你们治病用钱的事呢。”

玉翠父亲说：“你是没给，是你妹妹给的一千元。她还反复交代，不要给您说，可我们想了想，怎么能不给您说呢？”

“妹妹？”孙建业更犯嘀咕了，说，“你们肯定弄错了，我妹妹还上初中，她哪里有那么多钱啊。那人长什么样？”

“很漂亮，眼睛很大，皮肤有点黑，瘦高个，说话办事都很利索。”

“难道是她？”孙建业突然想起了楚依云，“她不是在十多公里外的双台镇上班吗，难道她也知道了？他们已经很长时间没见面了，他也不想再和她有什么关联，可如果真的是她，怎么去落实呢？”

从医院回到学校，孙建业总挂念钱的事情。他为了让表妹早点找对象，曾发誓不再和楚依云见面，可不弄清一千块钱的来路，他寝食难安。孙建业是个乐于助人的人，无论帮助过多少人，他从不记在心上，并别说想得到什么报酬了。但对于别人的帮助，哪怕是一点一滴，他总念念不忘，并且会想方设法，尽其所能去回报。

于是，孙建业为了弄清事实真相，他冒着被楚依云奚落的风险，趁一个无课的上午，骑上自行车战战兢兢地去双台镇农业银行找楚依云。

5

双台镇农业银行经过重新装修显得气派多了。正值上午十点，银行里人来人往很是忙碌。孙建业惶惶不安地向楚依云的柜台前张望，没有。又向别的柜台前寻找，也没有。孙建业知道，双台镇是个不大山区镇，农业银行的业务量不是很大，平常营业员只有三个人。可今天，其他那两个营业员还在，唯独楚依云不见了。楚依云常待的柜台前变成一张陌生的女孩脸。

就在孙建业像刚进大观园的刘姥姥一样东张西望的时候，一个营业员似乎认出了他，直起身来，远远地喊道："孙大哥，你有业务吗？"

孙建业吓了一跳，身体抖动了一下，接着把投向陌生女孩的目光收起来，投向那个主动搭话的女孩，支支吾吾地说："我……我……我不办业务，我想问楚依云干什么去了？"

他把楚依云三个字说得声音很小，就像从牙缝里硬挤出来似的，并且还红了脸。旁边的另一个营业员抢着说："你还找人家楚依云干什么？"

孙建业说："我是他表哥，找她问点事情。"

早先的那个营业员对着孙建业说："小楚调走了，去双台镇工商银行了，在东台，离这里有三里路，噢，对了，就在你们国办中学不远的地方。"

孙建业说了声"谢谢"，兔子一样逃走了。银行里那个营业员的声音像一声汽笛一样追了出来："别忙走啊，玩一会儿吃了中午饭再走吧，哈哈哈哈……"

孙建业赶到工商银行的时候，已经到了中午快要下班的时间。营业厅里只有三三两两的人，显得空旷而冷清。楚依云在一个窗口里坐着，桌子上放了一桶刚泡好的方便面。孙建业缩头缩脑，又想进又不想进的样子，让值班的大堂经理看见了，经理迎上来，礼貌地点了点头，大声大气地问："你好，先生，您需要什么服务吗？"

一听有人来，楚依云习惯性地抬头瞥了一眼。眼光扫过去，漫不经心，可突然间又扫过来了，并且还瞪大了眼睛，不由自主地站了起来，好像有些紧张似的。接着，支支吾吾地说道："大……大哥，你……你想办什么业务？来，我给你办。"

孙建业不紧不慢地走了过去，趴在柜台上，像地下党接头似的喘着粗气，左右环顾了一眼，见没有人注意他，便回过头来，低声说道："我不办什么业务。我是想问问，玉翠家的钱是你送的吧？"

"是……"楚依云好像有些失望，似乎这不是她想要的内容，情绪低落，无精打采地慢慢坐下来，心不在焉地用小叉子搅着方便面，一股热气"腾"的一下冲到了空中。

"谢谢你了，"孙建业红着脸说，"有了钱我会还你的。"

"用不着。"楚依云冷冷地像有人抢似的快速地说，"你不办业务就先走吧。我们有规定，上班时间不能聊天。下午五点半以后我有空，你方便的话我去找你，不方便的话你来找我，到时候有什么问题咱们慢慢谈。"

孙建业苦笑了一下，直钩着眼看了看楚依云，沉默了一会儿说："你去找我吧，有几个学生去我那里学吹笛子，我得辅导，一时半会儿地离不开。你去，我可以边辅导边聊天。"

经过这几个月的思考，孙建业感觉楚依云理智了许多，不再有小孩子气了，但还是有些赌气。他想和她好好聊聊，消除之间的误解，敞开心扉，迎接未来。也许这样，能够使各自的人生观、价值观有些质的突变。

晚饭后，陆续有几个学生来请教吹笛子。孙建业一个个悉心教导。怎样握笛子，怎样站立，怎样摆姿势，都手把手地教。楚依云过来很长时间了，看他正忙，远远地站在一边，从窗子里张望，一直没好意思进去。大约快九点的时候，孙建业终于空下来了。只见他看了看表，喝了几口开水，向门外张望，似乎是等什么人。楚依云知道他是在等她了，这才进了门，孙建业连忙出来迎接。

楚依云进了孙建业的屋，后窗外有个人看得清清楚楚，谁呢？校长庞殿。这些日子，孙建业老是给他办一些头痛的事，因此，每到晚上，他习惯性地去孙建业的后窗监视，看他屋里经常是哪些人，在干什么。特别是像今天晚上，在同宿舍的甄老师请假回家的情况下，他更得看仔细。晚饭后，他围着校园转了一圈，大约八点半钟，他照例过来了。一开始都是学生进进出出，没什么异常。当看见有个女孩一直站在窗外远处既不进又不走的时候，让他警觉起来。等到学生都走了，那女孩进了屋，他认为好戏要上演了，必须有打持久战的准备。于是他毛毛地回家喊来妻子，轮换着在窗外偷听孙建业和那女孩说些什么，做些什么。

不过，真叫他猜着了，今天晚上孙建业和楚依云还真打起了持久战。

6

孙建业把宿舍里灯都点亮，屋内一片通明。他们像办公一样分别对坐在办公桌前。孙建业坐自己的，楚依云坐甄老师的。

这几天甄老师家里老人有病，他天天回家。他们对坐了很久，都没说一句话。平时好像有千言万语，见了面却都哑口无言。最后还是孙建业打开了尴尬局面。他站起来给楚依云倒了杯开水，重新坐下来开口说：“那一千块钱的事，谢谢你了。我将来存了钱一定还你，现在恐怕不行。”

楚依云回说：“还不还都行，你知道，我爸不差那点钱。实际不是钱的事，我主要是对他们的无理取闹生气，你是什么人我还不清楚吗？我不相信你会做出那样可笑的事情来。给他们钱是想稳住他们的情绪，别再来打扰你。那样的人家，没有钱治病，他们不会放过你的。我把钱给他们了，他们也就安心了。后来我又通过关系，了解到了事情的真相。实际上，女孩婆家也不是故意丢弃她，是因为女孩经常犯病，什么活也不干，还经常毁坏东西，就撵她回娘家。没想到她还真走了。因为出来好几个月了，也没给家里打招呼，就这样回家肯定挨骂。当初她找了个小偷当对象，父母就很生气。刚出监狱就又跟去了，并且招呼也不打，父母会更生气。她不敢回家，又犯了病，在外流浪了半个多月，就不像个人样了。就在生命的危急关头，她想到了你，就去找你。也许她命不该绝，真又遇见了你，被你救了。后来我也去找过她父母，他们也感觉很后悔，说要向你道歉，有了钱就还。所以说，钱的事你也不要挂在心上，反正我也不缺钱用。”

听楚依云这么一说，孙建业更是感激不尽，忙说：“哎呀，没想到让你操那么多心。我真感激你，要不是你，下一步还不知道会发生什么事呢。”

他们聊完了玉翠的事，又开始聊他们之间的事，实际上，他们之间的事，才是楚依云最关心的、最困惑的。在此之前，楚依云想象了上千种原因，但等到孙建业说出来，没想到却是那么简单，那么可笑。孙建业说：“我们之间的事，并不复杂。咱们是近亲，不适合结婚，无论怎么说，我是不会同意的。”

“可我姨妈亲自对我说过，让我长大了嫁给你。”

“那都是玩笑话，你怎么能当真？”

“我不管。从那时开始，我的心就在你身上了。”

“妹妹，你别再傻了。小时候的事就让它过去吧。现在咱俩都不小了，都懂事了，可别再说些不着天地的外行话了。我再给你说一遍，咱俩不合适。再说了，现在我和吴晓娜已经定亲了。而且自从见了吴晓娜之后，就想着好好对待她。和你比较，你们完全不是一类人。她戴眼镜，你不戴；她皮肤偏白，你偏黑；她说话声清亮，你声浑；她走路蹦蹦跳跳的像小鹿，你走路不拘一格很随意。你在我心里，就是一个不折不扣的好朋友，怎么能当恋人呢？”

孙建业说到这里，楚依云露出了惊讶迷茫的表情。孙建业于是接着说：“因为你曾说过，我不结婚你就不找对象，看我找个什么样的。你是个好姑娘，我不想耽误你的幸福，即使我找不到对象也不能耽误你的青春。同意吴晓娜的婚事，完全是为了让你死心，好尽快找对象。虽然当时对吴晓娜印象不是很好，但接触一段时间发现，她是个不错的女孩。而且我爸爸妈妈都很喜欢她。人活在社会上，并不是为自己而活，也不会依自己的想象而活，而要牵扯许许多多的人。我也不想再折腾了，怎么还不是一辈子？你呢，赶紧找个对象，别再让父母亲操心了，该结婚就结婚吧。”

楚依云一声不吭地听孙建业的劝说，说到这里，孙建业顿了顿，又把话题转向了楚依云。

“至于你呢，”孙建业说，“你其实对我也不是很了解，我们也没有推心置腹地交流过。你之所以对我穷追不舍，是你的虚荣心在作怪，你不服气，不服气我为什么看不上你。像你的条件，说实话，在全镇也得数一数二的。你这么好的条件，我却不当回事，你当然会愤愤不平。但赌气成不了爱情，我们的脾气以及家庭的生活环境、生活方式、生活态度都不一样。即使在一起，也不会幸福的。”

“你说得不对，”楚依云哭了，哽咽着说，“我一开始就看上你了。虽然我们在一起时都还小，不懂事，彼此了解不是多深，但我知道你的为人，知道你家的为人。我也欣赏你的才能，我没本事考学，实际上我渴望知识，我相信我们会有共同语言的。我现在已经函授了中专学历，下一步我准备考大专函授。我一直想拉近我们之间的文化差距。”

楚依云说着说着，不由泪流满面，泣不成声。

孙建业赶紧安慰她说："别哭了，都是我不好，我考虑问题过于理想化了。错都在我，希望你找个更好的。"

哭了一会儿，楚依云好像好多了，擦了擦眼泪，看了看孙建业说："哎，说什么都没用了，你都登记了，但我有个要求。"

孙建业忙问："什么要求？说吧，只要我能办到，我义不容辞。"

"就是你以后无论去了哪里，都得经常去看我。"

"这，这……"孙建业有些为难了，毕竟是男女有别，又有过比较轰动的几次事件，将来再联系，对双方的家庭都不好，传言也会更多。于是说："这条不行，说别的吧。"

可楚依云斩钉截铁地说："就这一条，别的没有。"

孙建业反复想了想，最后说："那好吧。"

孙建业和楚依云坐在床上，楚依云把手放进孙建业的手里，两个人互相对视着笑了。楚依云说："哎，咱们是怎么回事呢？真是可笑。"

孙建业说："这样不更好吗？"

"不知那些恋爱不成的恋人都怎么样。"

"一部分头破血流，一部分反目成仇，还有一部分阴阳两界。"

"没怎么严重吧？"

"还没那么严重，当初你不就拿着菜刀找过我吗？"

孙建业说完，楚依云笑了，笑得声音很大。她就是这样的人，敢作敢为，但做完就忘。她笑完后说："就是，如果我当初不冷静的话，我们也许头破血流，也许反目成仇，也许阴阳两界啊。"

接着，他们又聊了一会儿其他事，天就快亮了。孙建业拿上手灯，送楚依云回单位。他回来和衣睡了一会儿，天就亮了。

这一夜的事，校长和他妻子看得清清楚楚。他们怕出什么丑事，轮换着穿着大衣在后窗外监视，凛冽的北风故意过来捣乱，一会儿顺着他们的脖子向背上钻，把大把大把的热量掏走，一会儿又去撩拨他们用以御寒的大衣。经过大半夜的折腾，他们差点冻死，一直等到楚依云走了，孙建业也没做什么出格的事情的时候，他们才放心回去睡觉。从那次开始，校长就不再怀疑孙建业的人品了，也不再监视他的行动了，认为他是个不错的人，起码人品能站住脚。

7

总是怕夜长梦多，孙建业父母和吴晓娜父母就合计着，想赶快把他们的亲事办了。老人们还是老人们的旧观点，也没向子女们征求意见，就什么事都定好了。实际情况也是如此，孙建业不再和父母有什么分歧，他们辛苦一辈子不容易，儿女顺从他们，让他们安享晚年也是应该。虽然老人们有些事情先斩后奏，他也没说什么。

到了腊月，孙建业父亲就忙着到处查日子。腊月初七是黄道吉日，媳妇就定在那天过门。听说孙建业要结婚，楚依云送了礼物，是一对带红牡丹花的高级不锈钢暖瓶和一对玻璃花瓶。孙建业很珍惜。暖瓶一直没舍得用，花瓶也没舍得摆。全部用旧衣服包裹好，珍藏在一个木箱子里。

结婚那天，家里来了很多人。因为孙建业是老孙家长子，这是他们家第一个大公事。所有的远近、新旧、老幼、男女亲戚都来了。从预备结婚的头几天，就陆续有来的亲戚。亲戚太多，需要住的地方太小，孙建业家以及邻居家的仓房、灶房都住满了人。每天都能吃光两大筐馒头。真正到了结婚那天，光帮忙的就来了六十多口人。吴晓娜家的陪嫁多，用了五辆拖拉机和一台货车。不但陪送了手表、自行车、缝纫机，而且还有大衣柜、小衣橱、书橱、菜橱等，林林总总，铺的、盖的、吃的、用的、看的、玩的，一应俱全，这在西村历史上还是头一个。孙建业新房是一间草屋，显然是放不下了。只好朝堂屋里放，还是放不开，就放到了仓房里，实在没地方放的，就堆在了一起。

等到客人散尽，他们都感到很疲惫。晚上，吴晓娜脱去棉衣，穿上薄如蝉翊的睡衣先躺下了。透过那薄薄的睡衣，看着吴晓娜美丽雪白的身体，孙建业忘记了过去的一切。他心中既感到既甜蜜又觉得有一丝慌乱。看着吴晓娜娇羞的脸，那一刻，他想不再寻求什么波澜壮阔的生活，他也不再追求什么惊天动地的事业，也不再奢求什么理想爱情，他就想过平静的日子。吴晓娜就是个平静的人，他相信他们会平静地生活下去的。又香又软的吴晓娜像小鸟一样依偎在孙建业宽厚的胸前，孙建业拥着她，感到她有些发抖。怀中有佳人，孙建业感到那么惬意，那么平静，那么舒心，他觉着吴晓娜小巧玲珑，那么瘦小，那么惹人怜爱，这更让他觉着自己就像一棵参天大树，他觉着自己有义务去庇护她，同时孙建业也感到自己的责任越来越大。

窗外的云散了，露出这个夜晚的清净明亮，就像他心头累月驱之不去的阴霾，如今也一一散开。孙建业觉得未来并不像自己想象中那样迷茫：他暗暗决心修身养性，培养自己的潜能，使自己长得更加枝繁叶茂，给家人抵挡一切狂风暴雨，遮蔽所有炎炎烈日，使他们在任何时候、任何地方都不会受任何伤害，永远都这样安全、幸福。

磨合“妻”

1

雪后的玉泉山村素简得像一幅国墨山水画。连绵起伏的山峦静静地眠卧在玉泉村东侧，被山峦雾气环绕，宛若仙境。树木尽管沧桑萧索，却能在山间自由舒展。石头砌成的小屋覆盖一层白雪在旷世间兀自沉默着，像一个个迟暮的老人顶着满头风霜睁眼翻阅世事。河水被寒冷俘虏了，结了一层厚厚的冰，有几个贪玩的孩子早在上面玩起了溜冰。小鸟箭头一样在天空射来射去，惊扰了林间漫不经心的雪花，“簌簌”铺地，拖泥带水似的引起相邻枝杈一阵骚动。几枝傲人的红梅笔直地伸向天空，那娇艳妖冶的色彩像一串串温媚的太阳。

山林中间袅袅地升腾着白色的炊烟，这是一个不大不小的村落，村落东头有一户人家，昨天刚举行了婚事，其中有一间装饰喜庆的婚房：大红的蜡烛烧了一夜还未燃尽，大红的喜字贴在窗户上，红色的橱柜，贴着大红喜字的桌椅，一张一米来长的小床上大红的被子裹着两个人。新郎官在床边上睡着，新娘枕着新郎官的胳膊朝里面睡得正香。

晨起的阳光照耀在新郎官韩水正的脸上，韩水正餍足地睁开惺忪的眼，这一夜他睡得格外惬意格外舒服。从今天起，他就已脱胎换骨成长为一个顶天立地的男人了。

想到这里，他那挂着微笑的脸上又堆满了满足和享受。他微合上眼，脑子飞速地旋转起来，同时眼前出现了婚后生活的一幅画：天刚蒙蒙亮，漂亮的妻子就起床了。她悄悄地穿衣下床，临出门还柔情地亲一下他熟睡中的脸颊。简单地梳洗完，妻子就去厨房忙活起来了。烧好稀饭，炒好菜，收拾完屋内屋外的卫生，再把一家人的脏衣服泡上、洗净、晾晒好。一切收拾停当，她来喊韩水正起床，然后再喊父母和弟弟妹妹起床。等大家都坐在饭桌前的时候，柳清艳会给每个人盛上饭，热情招呼大家。一家人其乐融融地围在一起吃饭，气氛祥和温馨。吃完饭，柳清艳会抢着收拾碗筷，那迅捷的速度，潇洒的动作，就像秋天的风一样，不一会儿，桌子上、地板上变得光滑而洁净。等韩水正上班的时候，她会早早地推出自行车，含情脉脉地送他上班，一直送到玉泉边。柳清艳会停下来，像画上的女孩似的翘起脚尖，噘着小鸟一样的小嘴，头微微上扬。韩水正右手揽住她的细腰，头络络下压，给柳清艳深情的一吻。然后，柳清艳站在原地深情地招手，韩水正恋恋不舍地骑着自行车缓缓离开。

韩水正正为自己想象的美好生活感到高兴的时候，感觉自己的胸前有什么动了一下。低头一看，一堆雪似的柳清艳还像小猫一样蜷缩在他胸前呼呼沉睡。结婚第一天早上就那么懒，让婆婆公公和其他人怎么说啊！

韩水正便推了推柳清艳说：“哎哎哎，什么时候了，还睡，快起快起。”柳清艳侧过身去，不耐烦地推开韩水正的手说：“干什么啊，你想起你起，管我干什么。”

柳清艳不乐意起床，韩水正也没起。看到柳清艳雪堆一样的肌肤，心中又荡漾起来，像一只恶狼见到了食物似的扑了过去。柳清艳用手挡住韩水正的胸膛说：“一夜都三回了，还干吗？耕地也不过耕三耙四。”

韩水正觍着脸说：“耕完地不还得揽回头嘛。”

韩水正的话音刚落，听到“扑哧”一声，后墙外传来了一个人的笑声。柳清艳说了句“有人偷听”，本能地用小脚踢蹬了一下。

这张只有一米二宽的老式木床上躺着两个人，利用率够高了。里侧的人紧靠着墙，像睡在山坡上。外一侧的人靠近床边，像睡在悬崖边上。柳清艳这轻轻一脚，睡在外边的韩水正措手不及，滚落到悬崖里。韩水正像一块石头落在了地上，只听着“咔嚓”一声，好像什么器具碎裂的声音，接着，传来韩水正调小音量的“哎呀哎呀”的叫喊声。

2

门外父亲听到了器具碎裂的响声，像割了他身上一块肉似的心疼，立马停住手中的动作，像木头人似的伫立在那里，向着新房急切地问：“怎么啦？”

韩水正连忙收住呻吟声回答说：“没，没什么，不小心把尿罐踢碎了。”

尿罐虽是泥土烧制的，并不结实，可碰一下就碎了还是有些夸张。不过父亲信了，生气地说：“长眼喘气的吗，大天明了还看不见那么大的东西？”

父亲心疼那五角钱，因为买一个尿罐要五角钱。

柳清艳感到自己有些过分了，忙伸出头来看着韩水正问：“怎么样？不要紧吧。”

韩水正扶着床板站起来，瞪了她一眼，去找衣服，可用手一摸屁股，不由又“哎呀”了一声。柳清艳又问：“怎着了？”

“尾巴根子疼。”

柳清艳披上袄，跪在床上，仔细看了看说：“没什么，就是有点青。”

“我怎么感觉着蛰蛰辣辣的。”

柳清艳又看了看，说：“有点秃噜皮，红晕晕的，像是破了，死不了。”说完，柳清艳又躺下了。

韩水正想起自己这几天为准备婚礼忙前忙后疲惫的样子，猜测柳清艳这些日子也肯定很辛苦，心想睡就睡一会儿吧，也没再强求她。自己穿上衣服去收拾尿罐碎片。好在里面东西不多，打扫起来不费多少事。

天地间白茫茫的一片。不知什么时候，一场大雪把整个世界都染白了。雪花是冬天粉白的精灵，好像是天池中洁白的荷花瓣的碎片。它们漫天飞舞着，悠闲自得、自由自在，似乎能嗅到淡淡荷花的清香。落满雪花的山坡，斑斑驳驳，乍一看，像一只只春蚕在慢慢蠕动，头微微翘着，山顶上的青松，或许就是它们渴望的桑叶。

不远处的天然清泉带着山村人的热情汩汩地流淌着，在冰天雪地里冒着缕缕白烟，像婀娜的女子在茫茫雪原上轻歌曼舞，那柔美的身段、优美的舞姿、轻盈的动作，让人赏心悦目，浮想联翩。

大地出奇的宁静，静得听得见雪花的碰撞声和跌落时的呻吟声，静得听得见风的歌声、影的咆哮。

雪后的玉泉村更显得雅致、古朴、魅力飞扬，就像一幅精致的水粉画。

母亲在草垛旁取柴准备早饭，柴草垛很结实，她用力撕着，不时还用抓钩挠几下。扫院子的是父亲，厚厚的积雪扫起来很费劲，他累得满脸流汗，但院子才扫出一小块。雪还在纷纷扬扬地下着，刚扫的地面，一会儿又落了薄薄的一层雪，父亲边扫前边的，还不忘把后边的偶尔扫几下。白皑皑的积雪，发出刺眼的亮光，照得韩水正睁不开眼。弟弟用一双冻得红红的小手在门前堆雪人，人型有了，就差镶鼻子安眼了。勤快漂亮的妹妹在灶房里帮母亲生火做饭，她是母亲的翻版，从睁开眼的那一刻起，就想着做事，虽然年龄不大，但她的精力却异乎寻常的充沛。只是下雪天柴草潮湿，刚点着的柴火又灭了。妹妹趴在灶口把腮帮鼓成两个气球，把小嘴聚成一粒樱桃，身体一前一后晃动着，像打瞌睡似的向里吹火。由于她技术不过关，总吹不到点子上，几次还把刚要燃起的火苗吹灭了，弄得满灶房浓烟滚滚，脸也成了花猫。

韩水正父亲是个很节省的人，几分钱一盒的火柴都舍不得多用，每次做饭要求只用一根火柴。为了省钱，他从不吸烟，招待客人的烟，都是九分钱一盒的花卉牌烟。一旦遇到有人丢弃的三角八一盒的金鹿烟盒，他会拣拾家来贴在墙上。邻居来串门，看到墙上的烟盒会很惊讶地问："大叔，你什么时候也买金鹿烟吸了？"这时候，他会表现出很有面子但又很遗憾的表情说："咳，前几天来人，我买了一盒，没留住嘴，都吸光了。哪天再买了，一定给你留几根。"实际上，邻居明白他这个连火柴都舍不得用的人，怎么会买那么好的烟吸呢。他边扫雪边看正生火的女儿，唯恐她多用了火柴。见弄了半天还没生着火，就生气地说："你死心眼吗？不会去对门你嫂子家引火吗？"他们家的灶房很矮，透过屋顶，能明显看见对门家的烟囱里冒出了袅袅炊烟。

韩水正看见花脸猫似的妹妹拿着柴火去引火，就喊住她说："来，你别去了，我去吧，你看锅。"

看见韩水正起来了，不见儿媳妇，父亲脸色不是多好看，边扫院子里的积雪，边阴沉着脸说："你别去了，快叫她嫂子也起吧，起来把床调正，一会儿客人要来告别了，我们都得送送。"

3

农村结婚有个风俗，新婚之夜的婚床不是南北方向放置，而是东西方向放置，并且要放在靠近门和窗的地方，好像是故意给听新房的人提供方便，要求新人新婚之夜要文雅肃静，注意影响。韩水正不知道还有这些事，看到乱糟糟的喜床有些慌张，不再去管生火的事了，小跑着回屋，把柳清艳死拉硬扯地弄起来，两个人一起手忙脚乱地整理床铺，把一些见不得人的垃圾归拢到一起，把床调整为南北方向，再把尿盆和垃圾拿出去。

刚把新房收拾完，客人踩着咯吱咯吱的积雪陆续来告别了。

先来告别的是韩水正的同学建国、肖华和李达。年前他们要做的事很多。建国结婚了，肖华也订了婚，他们要给丈人家送年礼。李达要回很远的老家过年，也要准备点过年的东西。韩水正看着漫天的大雪说："再住一天吧。你看雪下这么大，连路都封了，怎么走？何况就这样走，回到家衣服不都湿透了。"

建国、李达拿出了雨衣，肖华摆了摆手中的塑料布，几乎异口同声地说："我们都有雨具。"

他们来的时候，天就下起了小雪，所以提前就有所准备。

肖华还打趣地说："我们不住了，你在这里有新娘子搂着，热热乎乎怪舒服，我们几个大老爷们住在一起，尽闻臭脚丫子味了。何况人家建国还有人等。"

李达也说："不了，老韩。你们也忙活几天了，该休息休息了。我们不打扰了。"

随后是一群亲戚，扶老携幼，前呼后拥轰轰隆隆来了。走在最前面的是一个老妇人和一位高高壮壮的漂亮姑娘。韩水正看到姑娘似曾相识，就问："哎呀，没发现啊，还有这么漂亮的亲戚？"

老妇呵呵笑了笑说："孩子，你怎么不认识了？这是你表姨红子啊，小时候她还搂着你睡过觉呢，哈哈哈……"

韩水正似乎有点印象，脸红了，看了她一眼，表姨也矜持多了，羞涩一笑。

那一年他不过两三岁，去一远房姥姥家串门时困了，睡在那里。

小表姨大他一岁，看到韩水正那么可爱，也爬到床上搂着他睡着了。家里人看见了，夸赞韩水正表姨说："看啊，这么小就知道疼孩子，长大了一定是个好母亲。"

不过，小表姨一直不把他当孩子看，而是当小伙伴。这么些年不见面了，韩水正没想到小表姨长这么高了，而且还那么漂亮。

母亲已经把剩菜剩饭热好，来客中年龄较大的在堂屋坐了一桌，建国、肖华和李达一人盛了一碗菜拿着馒头，在新房里边和韩水正、柳清艳边吃饭边聊天，其他的年轻人和孩子，有的在灶房吃，有的在过道里吃，实在没地方的，就干脆在院子里冒着雪吃饭。早饭不那么重要了，又赶上天公不作美，大家都匆忙吃一点，就告辞各自回家了。

一直忙到接近中午，韩水正一家才吃早饭。柳清艳无论多么忙，人无论多么多，她都坐在新房里像块木头。就是有人过来打招呼辞行，她也没有什么表示，充其量抬起头，睁开水汪汪的大眼睛看一看，那就是很大的礼数了。很多客人是带着笑脸进门，没想到热脸遇上了冷屁股，出来的时候，都拉长了脸。

对儿媳妇第一天的表现，一家人显然不怎么满意。吃饭的时候都神情严肃，一声不吭，看上去不像刚娶了儿媳妇，倒像刚死了人似的。倒是从柳清艳的脸上看不出来什么，她总是一种表情，看不出她是高兴还是不高兴。不和任何人说话，也不去照顾别人，也不管别人是怎么看她，好像饭桌前就她一个人吃饭似的，自己盛了一碗稀饭，就着咸菜，细吞慢咽，满桌子的剩菜她一口不吃，喝完稀饭，又吃了点煎饼，招呼不打，起身就回自己的新房了。

韩水正担心柳清艳没吃饱，关切地追过来，急切地问她："你吃饱了吗？"

柳清艳微微翻了翻美丽的大眼睛，轻蔑地说："废话，吃不饱还饿着吗？"

“那怎么一桌子的菜你都没吃一口呢？不好吃吗？”

柳清艳没抬头，低声说：“俺不想吃。”

他又想了想说：“豆腐、豆腐皮不错啊，你怎么也没吃呢？”

柳清艳显然对韩水正的有些啰嗦的关心烦了，不高兴地说：“那个我不吃。”

韩水正的关心反而讨了个没趣，悻悻地出来了，

韩水正忙乎了一天，累得像折腿蛤蟆似的。没想到结婚是那么繁琐。迎来送往、请客送客，一会儿笑脸相迎，一会儿要点头哈腰，直把韩水正折腾得心里暗暗发誓：将来再结婚，坚决喜事简办。

晚上，柳清艳早早地吃过饭睡下了，韩水正帮着父母收拾了一会儿东西，和本家户族的老人们聊了一会儿天，也回房睡觉。

柳清艳似乎睡着了，韩水正进门时没听见。可韩水正刚脱了衣服钻进被窝，柳清艳就醒了。

“都拾掇完了？”柳清艳说。

“你也不帮着拾掇拾掇，就知道睡，都累死我了。”韩水正抱怨说。

“你这么早睡干吗？”

“这么冷的天，睡觉热乎。”

韩水正的手伸过去，柳清艳一下推开了，说：“哎呀，你的爪子像冰棍似的向哪里伸？拿一边去。”

“哎呀，没事，没事，一会儿就热乎了，来。”韩水正说着就去抱柳清艳。

“去，你又干吗？”柳清艳心烦地说。

韩水正坏坏地笑着说：“你说干吗，新娶的媳妇猛一搂，开始工作呗。”

“去，一边去。”

正在韩水正像无赖似的纠缠时，柳清艳突然说：“快，快起

床。”

韩水正有些愣，问：“怎……怎么啦，刚躺下还没热乎窝呢，怎么又起来？”

柳清艳悄声说：“我听见有人在屋后听墙根子，估计还是早上那个人。”

韩水正纹丝不动，淡定自若地说：“听就听啊，他只要不怕冻死了，听一夜才好呢。来，开始工作。”

“不行。”柳清艳说，“你不去看看是谁，我罢工。”

“刚上一天班就罢工，你这个工人是不是有点过分？”

“刚上一天班你就让连着加班，是你过分还是我过分？”

韩水正没办法，只好穿上衣服，拿着手灯出去。

敞开屋门，一股凉风吹到韩水正脸上，就像几把刀子在脸上胡乱划拉，那疼痛的滋味非常难忍。抬头一看，那黑黢黢的远山黑白相间，斑斑驳驳，像一堆骷髅，让人不寒而栗。韩水正长吸了一口气，像敢死队的战士得到了命令似的，冲了出去。

韩水正家小院在一山梁上，四周都没有人家，最近的一家是右前方十几米远山坳里的一户刘姓人家。韩水正家大门前是一条小石渠，父亲在玉泉下游打了一个小拦河坝，清冷冷的玉泉水被引到石渠里，韩水正家一年四季都有汩汩流淌的泉水用了。洗洗涮涮、喂牲口，夏天还可以洗澡，非常方便。韩水正家西侧是猪圈和几棵枣树，秋天枣子成熟的时候，韩水正边喂猪边摘枣吃，猪吃饱了，他也吃够了。家东侧是一片苹果园，春天花枝招展，秋天硕果累累。家后是一条蜿蜒小路，再向后是嶙峋的怪石。夏天他们都是躺在怪石上纳凉，冬天有怪石阻挡，他们家暖和多了。

韩水正悄悄来到屋后，躲在墙角伸出头去观看，朦朦胧胧的，好像有个黑影在墙根晃动，韩水正吓得赶紧缩回头来，浑身的汗毛都竖起来了，就像一下掉进了冰窟窿，浑身哆嗦，上下牙还在打架。

“谁？”韩水正定一定神，壮着胆子大吼一声。

没有声音。他把头又伸出去，黑影还在晃动。

堂屋的父亲听见了，提起他的高嗓门问：“谁啊？黑天瞎火地在那里咋呼嘛？”

“我看着屋后像是有个人。”韩水正哆哆嗦嗦地回答。

“你又睡莽撞了吧。大冷天黑灯瞎火的，谁有病啊，上那里挨冻去？”

韩水正没说什么，有父亲的声音壮胆，似乎不怎么紧张了，底气十足地又大喊一声：“谁，谁在那里？不出来我用石头砸了啊。”

4

韩水正在屋后喊了几声，黑影没有回音，不由纳闷了：是谁这么大胆，来人了还不动弹呢？韩水正想起了狼，据说山上有过狼，狼胆子很大，人少了它不害怕。韩水正又开始紧张了，心里在打鼓：难道真是狼吗？真是狼就麻烦了。现在跑不是，不跑也不是。跑，万一狼扑上来怎么办？不跑，怎么把狼吓跑呢？他想起了人们说过的一句话：“狗怕下腰、狼怕蹲。”狗看见人下腰了，以为是拿石头打它，吓跑了；狼呢，怕枪，人蹲下，它以为是打枪瞄准的，就吓跑了。韩水正侧身跳到屋后，接着蹲下了，嘴里还“嘿”了一声。可那个黑影并不怕，还在那里慢悠悠地晃。

韩水正一会儿喊，一会儿不出声，一会儿又猛“嘿”一声，柳清艳不知韩水正在搞什么把戏，在屋里大声问：“有人没人？没人赶紧回屋吧，别冻着。”

“看不清呢。”

“你傻吗？是谁不是谁，拿手灯一照不就看清了吗？就知道瞎咋呼。”

经柳清艳一提醒，韩水正才想起来手里还有手灯，真是“人慌无治”啊。

韩水正赶紧打开手灯，向黑影照去，一照，韩水正乐了，原来是自己吓唬自己。屋后并没有什么人，那个看似晃悠的人是屋后一块大石头的倒影。倒影像是人形，旁边一棵小树，被风吹得摇晃，小树的影子投到了石头影子上，看着石头的影子好像也在摇晃。

韩水正赶紧向屋里汇报：“没有人，是石头影子，看花眼了。”

柳清艳没再吱声，父亲说了一句：“石头不石头还看不清吗？深更半夜地找挨冻。赶紧睡吧，明天还要去回门。”

结婚第三天早上，他们一家人都在准备回门的事。父亲去准备礼物：一对鸡（一公一母），一条鱼（大约三斤重），一刀肉（十斤重），三斤粉皮，这叫四色礼。鸡是家养的，挑一对漂亮点的就是，其他三样也是事先准备好的，但都要加工。父亲取来一捆麻皮，用小腿撮了三根细绳，用洋红染成粉红色。一根绑住鸡腿，一根穿在鱼嘴上，还有一根把猪肉上头的猪皮穿个洞，拴在上边。回门的时候，扁担一头用提篮装四色礼，一头是一垸子馒头。一切准备停当，韩水正去喊挑担子的和陪同的。母亲在忙着收拾东西，把剩菜归拢到几个大盆里。来来回回给帮忙的各家送家什，不管是用人家的什么，都要回一大碗剩菜和四个馒头当谢礼。弟弟妹妹都在帮忙，唯有柳清艳什么不问，歪在新房里打瞌睡。

按照农村的风俗，新媳妇回完门，就算正式融入新的家庭了。什么活都可以干了，可柳清艳还是原来的那样，什么活不干。每天睡到九点多才起床，早饭不吃，话也不说，门也不出，窝在新房里搞编织。家人问她什么话，高兴了“嗯啊”一声，不高兴“嗯”都不“嗯”。

韩水正是个急脾气，这样生活，与他理想中的生活相差太远了。虽然他不会苛求柳清艳像他想象得那样多么能干，多么知理，多么周到，起码正常家务还是要做吧，一般的感情交流还得有吧。可柳清艳什么不做，什么话不说，并且一遇到不顺心的事还立即表现出不高兴，嘴噘得能挂暖瓶，脸气得像红布，大眼睛忽闪忽闪的像打闪。

卧室更乱了，柳清艳不但不叠被褥，还到处乱扔东西。韩水正看不下去了，他要做柳清艳的工作，使她尽快适应新家庭，融入新家庭。于是，有一天早上，韩水正过来问她："柳清艳，你今天早上想吃点什么啊？想吃什么就说。你不会办我给你办，反正我也没什么事情做。"

一连问了几遍，柳清艳就是一声不吭。韩水正接着说："你不能这样，咱们已经结婚了，就是一家人了，有什么事情向别人不说，我们之间总应该交流吧。你也不要光窝在屋里，平时跟着咱娘做做家务，没事了出去串串门。在一个地方生活，邻居百舍的关系都得搞好。"

韩水正说了半天，柳清艳一直一声不吭。韩水正感到事情交代得差不多了，想听听柳清艳的意见，于是试探着问："怎么样，我说的话你明白了吗？有什么不如意的地方吗，你说说？"

韩水正一连问了几遍，柳清艳就是不吭声。

"那你想好了再说也行。"韩水正看着木头人似的柳清艳说，"先去吃饭，你想吃什么，我去给你弄。"

柳清艳还是不吭声，而且还是面无表情地一动不动。韩水正气坏了，没想到看上去那么文文弱弱的柳清艳却是脾气如此古怪的人，不由得大发雷霆，像一头发怒的狮子似的指着柳清艳的鼻子骂起来："你到底怎么回事？你是哑巴吗？你是聋子吗？问你半天话你不吭声，到底想干什么？是我对不起你还是我们家对不起你？你觉着不合适，爱滚哪里滚哪里去，没人请你来。"

韩水正一发火，柳清艳吓坏了，像一个受惊吓的孩子，缩着身子，瞪着两颗又圆又大的眼珠子，浑身颤抖着，怯生生地说："俺不想吃早饭，俺要是想吃不早去吃了吗？俺怎么你了，你发那么大的火？”

韩水正真想给她两拳，可拳头举起来还没落下，柳清艳就吓得蜷缩成一团，像一只惊恐的小猫向墙角躲去了，他只好向无辜的门走了过去，把所有的火气发泄到门上后，走出了院子。

5

听见房门撕心裂肺的尖叫声，父母亲都像房子着火了似的着急地跑过来了。父亲见儿子气哼哼地出来，知道两口子吵架了，他那大嗓门又上场了，对着儿子大声吼起来：“你发那么大火干什么？小小的年纪哪来那么大的火？才结婚几天就吵架？你不怕别人笑话我还觉着丢人呢。”他说出的每一个字都像鼓槌敲在鼓上一样响亮，把韩水正的火气几下就敲光了。韩水正低下头不说什么了。

父亲故意大声说，好让柳清艳听见，意思是让她别生气。

接着，父亲又指着韩水正的头说：“从小看大，三岁看老。你从小就不是个省事的孩子。你说说你这些年都做了些什么事？狗吃了都吐出来。你还摔门使性子，我看你好日子过多了，想不利索了。你看看他嫂子多好个人啊，老实本分实在，从不诓言诈语。你说说像你这号人，能找这么好的媳妇，还不知足，我看是吃饱了撑的。”

父亲一直对韩水正大吼大叫，韩水正开始还默默承受，时间一长受不了了，于是说：“这能怨我吗？你看看她，天天钻屋里，不干活不说话，就像个木头似的，什么东西。”

父亲的话照样像打机关枪似的打来了：“你好，你什么都好。干活，干什么活，冬天有什么活可干？不说话，不说话也算缺点吗？你想叫她到处扯舌头拉板子的给你惹事去？你别在福中不知福。”

母亲是爱儿子的，无论儿子说什么做什么，当母亲的都高兴。对儿媳妇就不一样了，她毕竟是外人。柳清艳刚过门，婆婆就看着不顺眼，老是横挑鼻子竖挑眼。今天丈夫尽说儿子的不是，不提儿媳妇的错，当母亲的不高兴了，对丈夫刚才的话不以为然："媳妇说话少点是优点，可不说话就不好了，成天就像个哑巴似的，俺觉着愁人。"

"别在那里掺糠使水了，没人把你当哑巴。你还嫌事情没闹大是吧？快一边去。"父亲是个独断专行的人，对母亲的不同意见，有些反感。

小两口处在磨合期，性格脾气上有不对路的地方难免要掰扯几句。母亲总爱向着儿子，这样就会火上浇油，使事态越来越复杂。婆媳关系出问题，都是各自站的角度不同造成的。父亲是一家人的主心骨，他的想法要比母亲的想法理智得多，全面得多，合理得多。他想的是整个家庭的安定团结。

母亲是个爱面子的人，被父亲守着一家人奚落了几句，感觉面子上有些挂不住，虽然她没再反驳，可对儿媳妇的怨愤却与日俱增。她总是想着，一定找个合适的机会，狠狠教训教训这个不懂事的儿媳妇。不然的话，自己宝贝儿子会受一辈子气的。婆婆对儿媳妇不满意，多数是不满意儿媳妇对儿子照顾不周到。在婆婆看来，娶的儿媳妇，就要像自己照顾儿子一样地照顾自己的丈夫。如果该给儿子洗脚、洗衣服的时候没洗，认为该给儿子做饭的时候没做，甚至做的饭不符合儿子的口味，她都不高兴。平常总看到韩水正跑前跑后地忙乎，柳清艳却无动于衷，婆婆的怨愤情绪达到了极致。到了大年三十那一天，终于爆发了。

6

过年是农村人最大的节日，无论身在天南海北，哪怕远隔千里万里，人们都要想方设法回家过年。

年夜饭，也是一年当中最重要最丰盛的一顿饭，往往是倾其所有为一餐。因为一年中难得一家人欢聚一堂地坐在一起吃顿饭，它既是对一年的总结，也是对明年美好生活的祝愿。

三十早上天一亮，除了睡懒觉的柳清艳，一家人都忙乎起来了。韩水正要去玉泉里挑水，那里的水最甜、最干净。他要把水缸挑满，再放进去大蒜和辣椒，挑满水是因为初一不能出门挑水，放上大蒜和辣椒是为了消毒。父亲忙着劈柴，他要准备足够几天用的木柴，因为要油炸东西，要烤火，还要下水饺炒菜。劈完柴还要炸炸货，他选出了一坛子新花生油。炸完炸货的油是热的，要充分利用。把豆腐放进瓷盆里，再把热油舀进去，让热油的余温把豆腐炸成豆腐干。油锅里有残存的油，也不能浪费，可以用来炒一锅白菜。接着要杀鸡，杀的鸡要先用来祭奠祖宗。这些都做完再确定准备哪些菜，他总是一遍遍地检查。菜要准备十大碗，十全十美的意思，而且必须有鸡、鱼、肉、蛋四个菜。菜的量要准备得正好，少了不好，多了浪费。每盘菜要满，但不能多。所以择芹菜的时候，他一棵一棵地择，再一棵一棵地切完放碗里。过年，时间是宽余的，但东西是珍贵的。

油炸的炸货是不能随便吃的，过年要用，祭天要用，一直要用到正月十五。过了十五可以多吃一些，但还要留一点儿到农历二月二用。不过，弟弟妹妹可以例外，只要他们能帮忙干活，平时可以偶尔吃几块解馋。特别是年三十那天，他们甚至可以吃饱。母亲在和面，和好的面用来晚上包水饺。弟弟和妹妹则忙着打糨糊、贴春联。春联是头天晚上韩水正自己写的，虽然不很好，但比起其他人写的，也算不错了。一家人忙得热火朝天。

柳清艳到了十点钟才起床。她又洗脸又洗头，磨磨蹭蹭到了中午还没鼓捣完。

母亲那针尖一样锋利的目光从柳清艳起床开始，就没离开过她。即使干着活，也一边干一边瞟她。看着柳清艳一副若无其事慢慢腾腾的样子，脸上就没开过褶。好像柳清艳的一举一动都像刀子一样扎在她身上，柳清艳每做一件事，她的身体就被刺痛一次。

大年三十中午一般不吃饭，只烧一锅鸡蛋汤，大家喝一碗垫一垫，说是留着肚子晚上吃好的。鸡蛋汤是用新打的泉水烧制的，里面放了鸡汤、鸡血、虾米和上好的白面，加上佐料胡椒粉、葱花、姜、盐、酱油和醋，味道非常鲜美。

柳清艳早饭没吃，中午饭又没准备，她有些失落。烧好的鸡蛋汤味道很好，但好像不符合她的口味，摇摇头走开了。脸上挂着一层薄薄的阴云，小嘴噘着回到新房。

母亲始终不吭声，父亲看出来了，知道儿媳妇饿了但没找到可口的饭菜，于是对着柳清艳的背影说："儿媳，要不你自己下碗面条吃吧，少吃点，晚上我们早开饭。"

柳清艳没吭声，径直走回新房。母亲对父亲的多管闲事不满，狠狠瞪了他一眼。父亲的好心没换来一个吭声，也感到不快，阴沉着脸干活去了。

正在给父亲打下手的韩水正对柳清艳的态度感到不满，不管怎么样，父亲说话了，你吃不吃也得说一声啊。想过去说说她，可手里有活，又赶上大过年的，闹起来不好，也就把火压住了。

妹妹烧了一锅开水，把堂屋里的暖瓶都装满了，又去嫂子的房间拿暖瓶。回来的时候，悄悄对母亲说："俺嫂子在屋里吃饼干。"

弟弟听见了，两只小眼突突乱转，馋得往嘴里填手指头。父亲听见了，心疼得直瞪眼。饼干是好东西，不是他们那样的家庭能吃得起的。不好好吃饭，吃那么贵的东西，韩水正父亲在心里大骂："败家子。"

年夜饭很丰盛，一家人都兴高采烈地坐下来。特别是弟弟妹妹，一年来难得有这么好的饭菜，都很兴奋，眼睛一眨不眨地盯着桌子上的鸡鱼肉蛋，像上战场的士兵似的，拿着筷子摩拳擦掌，就等着父亲的一声令下，好来一个歼灭战。

但柳清艳迟迟不来，年夜宴迟迟不能开。韩水正去叫了几次，她都像病猫一样慵懒地歪在床上不起来，推脱说不想吃。韩水正回来说：“咱甭管她了，咱们吃咱们的，她什么时候饿了什么时候吃。”

“年夜饭是一家人团圆饭，怎么能缺一个人就吃饭呢。”父亲的大嗓门开始营业了，瞪了韩水正一眼说。

7

父亲有些不高兴，脸黑得像大门外的胡同，但在这么喜庆的时刻，他作为一家之长不想发火，以免影响过年的喜庆气氛。可他的大嗓门似乎没起什么作用，柳清艳在房间里没有动静。韩水正又去叫了几次，一次比一次气愤，可还是请不来柳清艳这尊神。

母亲看着儿子一趟趟像牵布似的来来回回跑，心疼极了。嘴紧紧地用力抿着，像是要把两片嘴唇压在一起似的，眼睛像一把钩子，看那架势，如果不是有墙阻隔，她敢把柳清艳硬生生地给钩过来。

终于，母亲耐不住了，像一根弹簧一样从板凳上蹦了起来，跑到新房门口，大声训斥起来：“你到底想干什么？大过年的你闹什么样啊？一家人等着你吃饭你不吃，你到底想干什么？刚过门，什么都不让你干，像敬天神似的伺候你吃伺候你喝，难道还伺候出罪来了？你有什么意见你就说，你这个样，不哼不哈地不是想憋死人吗？为了叫你吃饭，韩水正腿都快跑断了，你还是不来。难道要我和你爹三磕头九叩首地来请你吗？”

母亲大声训斥着，霸道的父亲这时候也不再说什么了。

母亲说了一会儿，柳清艳终于出来了，只说了一句“我不想吃，俺没嫌您什么”，懒洋洋地过来，打着哈欠坐在韩水正旁边，也没管别人吃不吃，自己拿起筷子吃了几口青菜，说了声“我饱了”起身又回新房了。

弟弟妹妹摩拳擦掌已经很久了，也没管其他人的情绪，两个小孩大快朵颐地吃起来。

韩水正强压着怒火，什么话也没说，他不想在本来和和美美的春节里闹得一家人都不开心。但他心里有一种念头，就是过完春节，一定要和柳清艳离婚，这种日子实在是没法过了。

夜里刚过十二点，韩水正和弟弟就忙着去放爆竹。父亲点好香，拿来已经打好的火纸，准备敬天。

父亲把八仙桌靠墙安放在堂屋门与西堂屋门中间。里面中间放一香炉。香炉是用升做的，里面放上小麦、绿豆、谷子、高粱、豆子五种粮食，代表着五谷杂粮。点着三根香，插在里面。插香有讲究，底端是一束，上面就是三根。香炉前依次摆上三碗菜，有荤有素。妹妹在灶前拉着风箱烧水，母亲端着已经包好的素馅饺子准备下锅。等水饺熟了，先端出三碗放在香炉前，每碗水饺上都要放一双筷子。

水饺一下锅，就可以放鞭炮了，放完爆竹，就要举行敬天仪式。先是到处烧纸、贡肴。父亲挎着一篼子叠成元宝形的火纸，床前、灶前、门口两侧、厕所、猪圈和十字路口都要烧一包，韩水正拿着一碗水饺在后面贡肴。一碗水饺要贡肴很多地方，每个地方都放一点水饺和饺子汤，当然都是象征性地点一点，最后贡肴完，一碗水饺还剩大半。之后开始磕头行礼了，韩水正把和衣睡在床上的柳清艳拉起来，她迷迷糊糊地有些不情愿。

看到柳清艳懒洋洋地起来，全家人都有些不高兴。柳清艳好像没事人似的，粘在韩水正身旁。韩水正上哪里，她就跟到哪里。什么活不干，什么话不说，只管袖着手跟着。

磕头行礼仪式开始，一家人在父亲的指挥下磕头敬天。其他人都很虔诚地磕头，只有柳清艳怕弄脏了衣服，不愿意下跪。父亲露出不高兴的神情，韩水正忙一把把柳清艳拉倒在地上。柳清艳本想烦的，可看到其他人都毕恭毕敬的，也就没再说什么，学着家人的动作也像木偶一样做起来，尽管每一个动作都不规范、不到位，但也算马马虎虎。

睡觉的时候，韩水正一声不吭侧过身子睡下了，柳清艳注意到丈夫不高兴，为缓和气氛，她脱了衣服悄悄钻进了韩水正的怀里。韩水正看到小猫一样弯在怀里的柳清艳，满脸的怒气消失了大半。有什么办法呢，他们已经结婚了，不就是刚开始不会干家务活、不爱说话、脾气怪吗？其他也没什么大毛病。也许是她家的环境与自己家的环境不同的缘故吧，人都有适应新环境的过程，也不能对她太苛刻了。随着时间的推移，她的许多缺点会慢慢改正过来的。她是个心灵手巧的人，一切会好起来的。想着想着，韩水正要离婚的念头逐步淡化了，搂着玉人似的柳清艳甜甜地进入了梦乡。

母亲是个心直口快的人，找了个惜话如金的儿媳妇感到很不高兴。

邻居是个快嘴媳妇，没事时，母亲总去她家聊天。

过年清闲，看着儿媳妇就来气，母亲总不想在家里待，一吃完饭收拾完家务，母亲就去邻居家串门。这天，韩水正母亲又去了，一进邻居门，快嘴媳妇就开腔了："大婶子，你好福气啊，找了个漂亮的儿媳妇，像雪花一样白。结婚那天，你看她那脸，嫩得像没皮的鸡蛋一样。那两个腮帮，怎么长的啊，粉嘟嘟的，红扑扑的，像滴着水的荷花瓣。哎呀，您说说，怎么长的啊，简直太好看了，和长在画上的一样。哎呀，你真好福气。"

韩水正母亲不怎么高兴，阴沉着脸说："儿媳妇长是长得不错，可有什么用呢？连句话都不说，像个哑巴似的。打从进了门，就没听她叫过爹娘。养个小猫小狗见了面还叫唤两声，她连小猫小狗都不如。要不大年间的，我上这里听你叨叨吗？"

"哎呀，大婶子，你可别身在福中不知福啊，摊上个我这样的，天天吵得你头脑子疼，你就不嫌儿媳妇不说话了。”

“也是，像你似的，整天呱呱呱地没个完，不累吗？”

“你看，你看，让我说着了吧，真能啰嗦了你又烦了吧。哎呀，你呀，刚当上婆婆，事还不少呢。哈哈……”

吴国华母亲说：“一家人在一起不就得有点人气儿吗？这个一言那个一语，多热闹多喜庆！就是吵架，也是人多了才吵啊，那些光杆子、寡妇娘们，一个人在家想吵还没人吵呢。”

“也是。”快嘴娘们说，“人多了，说话多热闹。”

“你看你，谁见了你都嘻嘻哈哈的，多好啊。到你家里来，听你说话，就和听大戏差不多，过瘾！”

快嘴娘们哈哈笑了，说：“你只要不嫌我啰嗦，你就经常来。”

母亲也笑了，说：“是得经常来。韩水正娶了个哑巴媳妇，有些不适应。你哆啰归哆啰，咱娘们在一起聊聊天也怪好。听你叨叨惯了，一霎不听，心老是觉着没地方放。”

邻居是个长舌妇，马上把她们的对话说给柳清艳听，还装模作样地说：“你以后啊，得学着多和你婆婆交流。生分了，怎么在一起过日子？”

柳清艳听后更不说话了。不管谁问她话，她都装作没听见，扭头就走。一家人的关系越来越紧张。母亲就怨父亲找个哑巴儿媳妇，父亲就抱怨母亲不会当婆婆。就这样吵吵闹闹地过了正月，父母亲就给他们买了锅碗瓢勺，把家分了。虽然分家了，可由于房子紧张，他们还是一个院住，共用一个锅灶。只是吃饭的时候，各人吃各人的。韩水正虽然感觉有些别扭，但父母已经决定了，也没法。另外，他也想锻炼锻炼柳清艳持家过日子的能力。

柳清艳什么都不会做，连简单的饭菜都不会。韩水正急了，就问她：“烧鸡蛋汤应该不难吧？把水添锅里，烧开，把面和稀了放锅里搅一搅，再把鸡蛋打碎放锅里，再烧开就行了。”

柳清艳出去一会儿，又回来了，说："水不多了，很脏不能用。"

韩水正生气说："凉水不多了，不是有开水吗？你把开水当凉水用，不也一样吗？"

韩水正生气出去了。他挑了一担水回来，发现鸡蛋汤还没做，柳清艳正坐在屋里瞅着半盆开水愣神呢。韩水正很纳闷：倒在盆里的开始都快凉透了还没点火，不浪费吗？于是看着像打愣的鸡似的柳清艳，问道："水都凉定了，还在那里愣？不是给你说怎么做了吗，怎么还不去烧啊？"

"开水还没凉透呢。"柳清艳委屈地说。原来，柳清艳是想把开水凉透了，再当凉水用，去烧鸡蛋汤。韩水正哭笑不得，看上去不怎么笨的一个人，没想到在做饭问题上，简直就是白痴。也别难为她了，还是自己做吧。

为了教柳清艳炒菜办饭，韩水正真是煞费苦心。他先给她买了两本菜谱，可她看都没看就丢一边了。又教她蒸馒头包饺子，学是学会了，可每次和面蒸馒头，面不是没发好就是发过了。碱也放不合适，蒸了几次，都不能吃，全扔了。实在没办法，韩水正还是自己动手。

柳清艳不会做饭，韩水正做；不会炒菜，韩水正炒；不给洗衣服，韩水正自己洗。但就是在一起不说话，韩水正受不了。

他们一般一个星期见一次面。韩水正对柳清艳很关照，每次都是做好饭炒好菜等着她。可柳清艳呢，却不领情。有时在单位吃了再回来，有时去她娘家吃了再回来，每次都叫韩水正白等。

韩水正有时候就埋怨她说："我饭菜都准备好了，你不回来吃，到别处去吃。"

柳清艳呢，有时不吱声，有时还很烦："谁叫你等的？活该。"

有一次柳清艳先回来了，韩水正见她在灶房里弄得烟雾缭绕的，以为她在做饭，就在房间里看书。可等了好一会儿，柳清艳回到房间，韩水正问："饭做好了？你吃了吗？"

"废话，不吃还饿着吗？"

"怎么不喊我一块吃呢？"

"凭什么喊你，爱吃不吃。"

韩水正火了，说："难道我吃不吃饭你都不问？"

柳清艳说："各人管各人。"韩水正气坏了说："你到底是傻还是憨？古人怎么说的？男主外女主内，作为一个女的，不做饭洗衣服，那男人找媳妇干什么？你要深刻地反思反思。"

对于柳清艳喜怒无常的古怪脾气，韩水正实在是忍无可忍了。说完这些话，韩水正骑上自行车回学校了。整整两个多月没见面。到了农历二月初八，韩水正去了镇司法所，交了手续费，要求调解离婚。然后去东村，给岳父岳母说明情况。他们知道女儿的脾气，对韩水正的决定，没说同意，也没说不同意，只说了一句："结婚不是儿戏，离婚更要谨慎，你们都要想好了。"

离婚的事看来是家里人给说了，到第三天下午，快黑天了，柳清艳来到韩水正的宿舍。那天甄老师回家了，韩水正和几个老师打够级打到半夜，回来洗了脚就要上床睡觉。他进门只忙着洗刷了，没看床上。当他一掀被子要睡觉的时候，发现被子里一个女人赤条条地躺在那里。他吓了一跳，仔细一看，是柳清艳。

韩水正于是给她盖上被子，和蔼地说："你来得正好。离婚申请已经送司法所了，手续费也交了，最近就给我们办离婚。"

柳清艳没动弹，眼也没睁，干净利索地说："我怀孕了，你看着办吧。"话不多，但掷地有声。韩水正一愣，又听柳清艳软软地说："我以后听你的还不行吗？你说叫我怎么办，我就怎么办。我改，咱们别离婚。"

柳清艳的话是韩水正想要的。是啊，韩水正多么希望柳清艳像结婚前一样温柔、内敛、勤劳、干净啊。

女人温柔的话就是硫酸，即使是钢筋铁板遇到它，也会瞬间化为乌有。韩水正的心软了，他想道：“只要柳清艳听话，好好过日子，怎么会和她离婚呢？何况人无完人，再找一个还不知道会怎么样。关键是现在她怀孕了，人家也不会给离婚的。即使离婚了，将来孩子也是难办的事。”

于是韩水正试探着说：“你说话算数吗？你真改吗？”

“我真改。”柳清艳坚定地说。

不知道什么原因，柳清艳没回来。父母亲对他们俩的事总很关注，看到只有韩水正自己蔫拉拉地回来了，父亲瞪着眼不说话，母亲上前关切地问：“没和他嫂子一起回来吗？”

“没有。”

“回来得这么晚，我以为一块回来的呢。”

韩水正似乎不想说话，只恹恹地说：“学校有事，晚回来了一会儿。”

母亲让韩水正吃饭，韩水正说不想吃，早早地睡下了。

到了星期天，柳清艳也没回来。韩水正有些纳闷：“说好的以后好好过日子，怎么刚过去一星期就食言了？不回家连个招呼也不打！”

父亲是个见多识广的人，提醒韩水正说：“要不你去看看吧，该不是单位有什么事？”

虽然知道柳清艳就是那种脾气，说话做事按自己的性子来，但听了父亲的话，韩水正还是有些不放心。星期一下午只有一节课，上完课，就悄悄骑上车去找柳清艳了。

食品厂厚重的铁质大门像睡着了似的关闭着，几个人像等着什么好消息，伸长了脖子看着门口。韩水正问一个中年人：“怎么回事呢，怎么大白天关门了？”

韩水正车把上挂个大提包，中年人以为是来买东西的，就说：

“想买东西啊，这几天不行了，公安局的正调查呢。”

“出什么事了吗？”

“一女孩上星期五夜里出事了，上面派人正调查呢。”

一听这话，韩水正不由倒吸了一口凉气：“难道是柳清艳出事了？她不回家就因为这？”

8

韩水正想抓紧见到柳清艳，希望听到她安全无恙的消息，就迫不及待地去敲门。看门人认识他，知道是柳清艳的对象，就微笑着打开门，说：“哎呀，今天不是周末啊，怎么来了？”

“大爷，我听说厂里出点事，是真的吗？”

“你的耳朵够长的啊，是出点小情况，这不上边正来人调查的嘛。”

“是谁呢？”这是韩水正最关心的问题。

“呵呵，”看门人好像不好回答，顿了顿说，“正调查呢。呵呵……”

韩水正更紧张了，侧着身子往里闯。看门人一手抓着门，一手推着韩水正，把大门弄得叮当乱响说：“你别急，我问问让进不？”

厂长听见动静出来了，远远地问：“老王，你叮当地在那里干吗？不会小点动静？”

“有人想进来，我没让。”老王显出工作很认真的样子说。

“谁？”厂长有些生气。

“小柳的对象，想进去。”看门人说。

“哦，小韩啊，不是外人，进来吧，进来吧。”厂长态度来了一个一百八十度的大转弯说。

食品厂里气氛有些凝重，但已经解除了禁严，三三两两的人在院子里走来走去。有的在运原料，有的拿着账单突突地跑，还有几个在墙角像贼一样叽叽咕咕地说话。韩水正进去了，并没有人拦截。

韩水正急慌急忙地跑到柳清艳原来宿舍门口，几个公安提着包出来了，对厂长说："今天就到这里吧，有事再联系。"

其中一个韩水正认识，是同学的哥哥。看到韩水正过来，笑眯眯地问："弟弟上这里来干吗？"

韩水正忙说："我对象在这里上班。"

"哦，是吗，是哪个？"

韩水正红着脸低下了头。厂长笑着说："就是那个小柳，白得像雪的那个。"

"噢，是吗？那就是弟妹啊，好漂亮啊。"

韩水正一看他那高兴样，就知道柳清艳没事。真是柳清艳，他会说："噢，是吗？是她，噢，噢。"然后匆匆离去。看到他这种态度，韩水正放心了。

两个人又客套了几句话，韩水正就窜进了房间，他还是惦记着柳清艳。

房间里乱糟糟的，铺盖都搬走了，只剩下几张空荡荡的木板床。里面一个女孩没有，只有几个男职工在收拾东西。

"柳清艳哪里去了？"韩水正问道。

因为都互相认识，其中一个职工说："都调整宿舍了，两个人一屋，我们也闹不清谁和谁住哪里。要不你上前面找找吧，都在那一排，好找。"

韩水正来到前排房前，还没开始问，就看见柳清艳在屋里收拾。

柳清艳的宿舍在这排房子的最西头一间，西墙外就是一条大路。房间里的一个小窗和墙外通连，透过窗子能看到墙外的车来人往。

她和会计方依依一屋。方依依父亲是村里的支部书记，家境不错，可由于长得又胖又黑，脸上还长满了青春痘，今年二十五了，还没有对象。她是本地人，家离的不远。出了事以后，虽然重新安排了宿舍，但她还是每天都回家住。柳清艳这几天自己住，夜里都睡不着，床头上放上斧头和匕首，夜里只要一有动静就起来，拿着斧头或匕首，两眼瞪着屋门。脸色看上去憔悴多了。看到韩水正来了，就像受到了莫大委屈似的，呜呜地哭起来，说了近期的一些事。

柳清艳和其他五个女孩原来同住一个宿舍。上星期五晚上，有两个女孩在加班，早睡的人给她们留了门。但怕风把门吹开了，在里面挡了一把椅子。到了半夜，一个黑影悄悄推门进了房间。睡梦中，其中的一个女孩小刘感觉呼吸困难，一摸，是一个男人，她吓得大叫起来。叫声惊醒了其他三个女孩，包括柳清艳，可她们都吓傻了，蒙着头筛糠，不敢起床也不敢拉灯。那人夺门跑了。听不到动静了，几个人才拉亮灯，看到小刘披头散发地在那里抹眼泪。知道出大事了，找到厂长，又报了案。柳清艳没回家，是在配合公安调查。由于夜黑和紧张，罪犯的模样谁也没看清。小刘只是感觉那人个子很高，很壮实，没看清脸面。这几天厂子里的所有人员都配合谈了话，取了指纹，但案子还是没有一点线索。

韩水正感到不可思议，那么多人在屋里还怕什么，问道："为什么不拉着灯呢？"

柳清艳叹了口气说："你就是说。小刘的叫喊声像鬼哭狼嚎，当时我们都吓傻了，什么都不知道了，就知道拿被子蒙头。现在想想，我们真没用。"

夜里，下班的一走，食品厂里冷冷清清的，给人的感觉就好像到了墓地一样。有韩水正在，柳清艳放心多了，刚一黑天，就睡着了。韩水正呢，睡不着，但又不忍心打扰柳清艳的梦，就两眼望着黑乎乎的屋顶胡思乱想。到了夜里十一点多钟，韩水正困了，迷迷糊糊地进入了梦乡，可突然，他被什么声音惊醒了。他以为是柳清艳发癔症了，赶紧侧起身来。柳清艳静静地躺在那里，均匀的呼吸声像大海的波涛轻吻金色的沙滩。韩水正慢慢躺下了，脑海中出现了海子的诗：“面朝大海，春暖花开。”

可在这时，声音又响了，是从西窗传来的。有人用手指在敲西窗的玻璃。

韩水正警觉起来，一张罪恶的丑脸顿时像鬼影一样出现在脑海里。

韩水正微微抬起头来，透过照在窗玻璃上微弱的星光，看见窗缝里伸进一只黑手，窗外还传出来呜呜哇哇的鬼叫声。韩水正有些纳闷。对于鬼怪，他并不相信，可这是演的哪一出？韩水正想到了柳清艳的人品。难道在他不在的日子里，她还有别的情况吗？这人是故意吓唬人呢，还是在发信号？

这时候柳清艳醒了，吓得浑身哆嗦，悄悄地说：“鬼来了，我怕。”说着藏在韩水正的怀里。

韩水正知道怎么做了，推开她小声说：“别怕，别出声。”

9

韩水正慢慢摸出枕头下柳清艳为防不测准备的斧头，蹑手蹑脚地下床，小心翼翼地走向窗台前，缓缓举起斧头，狠狠地向那只黑手砸去。

韩水正从床上下来，似乎弄出了什么动静，就在他斧头落下的一瞬间，那只黑手突然抽走了，斧头重重地落在窗台上，发出了刺耳的响声，在这寂静的夜晚里显得非常不和谐。

窗台很高，一般人很难够得着。韩水正个子大，伸手就能够得着，但要看清窗外的东西，只有踩在凳子上才能看得见。他迅速地踩上一只方凳，趴在窗台上向外张望，想看看那人什么样，但墨汁一样的黑夜把一切都淹没了，什么都看不清，只看见一个黑影像鬼影似的飘远了。

“经常有吗？”韩水正从凳子上下来，问道。

“就从昨天晚上。”

“公安的不是有人吗？”

“晚上人家就走了，白天才来。”

“也够大胆的。”韩水正自言自语道。

看来食品厂真是个不安全的地方，那些不三不四的社会青年盯上了如云的美女，夜深人静的时候过来故意吓唬她们。

第二天早上，韩水正到很晚才起床。折腾了一夜，快天亮时才睡，睡着睡着就睡过头了。饭也没顾得上吃，胡乱抹了一把脸骑上车就跑。

星期六下午，柳清艳回家了，韩水正问：“这几天夜里有什么情况吗？”

柳清艳微笑着说：“自从有了你那一斧头，这几天什么动静都没有。”

韩水正放心了，说：“在外不是在家里，一定多加小心。”

星期天分别后，韩水正怕柳清艳再出意外，只要没有晚自习，他都要去柳清艳那里过夜。

有句话叫：“近了臭，远了香。”一点不错。随着韩水正和柳清艳在一起的时间越来越多，两个人的关系越来越不融洽。当初一周见一次面，见面后都忙忙活活地收拾家务，相互了解情况，有些事情还没交流明白呢，又该分手了。

现在不同了，三两天见一次面，夫妻间的新鲜感和互敬互爱的思想渐渐淡薄了，开始互相指责对方的缺点了。

韩水正对柳清艳的不良习惯，越来越看不惯。柳清艳爱干净，每天都要洗头洗澡洗袜子洗工作服。不过，内裤也是天天换，但一星期只洗一次，平常换下的内裤满床头扔。被子也不叠，卫生也不打扫。床头上一张放衣服的桌子，她常用的那段很干净，可不用的另一段却积了一层尘土。晚上睡觉的时候，韩水正洗完脚把袜子和鞋放在床前，柳清艳会过来，一手捏着鼻子，一手用两个手指头捏着袜子和鞋，放到离床很远的屋门后，从来不想着给韩水正洗衣服鞋袜。最让韩水正生气的是，有一次他把一件外衣落在她那里了。等再去的时候，见被柳清艳叠得板板正正的用报纸包着，放在了床头的桌上。韩水正很高兴，心想柳清艳终于给他洗衣服了。没成想过了一个多月，他把衣服拿回家的时候，闻着有霉味，打开一看，发现衣服上的污渍在霉菌的作用下全部氧化分解了，变成了一簇簇软绵绵、毛茸茸、色彩斑斓的东西。原来衣服当初根本没洗，她只是给叠了一下就包起来。

在老家，母亲最不能容忍的也是柳清艳不做家务，嫌她做完饭炒完菜从不刷锅，盘子碗筷用完了也不及时洗，一直等到把干净的都用完了，才去洗脏的。有时候该吃饭了，找不到一个干净的碗筷，这才想着去刷。而且做事拖拖拉拉，哪怕再急的事，柳清艳做起来总是慢慢吞吞。

10

柳清艳懒，韩水正已经领教了，一天两天改变不了，只好慢慢改。可突然间，柳清艳变得神经兮兮起来，动不动就生气使性子，而且有时还疑神疑鬼。

有一次，柳清艳在洗她自己的一件上衣，韩水正回家的时候，她眼皮没翻，却停下揉搓，两眼直直地愣神，两手捏着衣领就像考古专家捧着一件稀世珍宝似的。

韩水正没打扰她，悄悄进屋，在床上躺了一会儿。过了大约有半个小时，韩水正出来，发现她还是当初那样，手里端着衣服在愣神，不由得有些好奇，随便问了一句：“你看什么的呢？都快一个钟头了。”

柳清艳并没有马上回答他的问题，而是歪了歪头，斜着眼瞥了他一眼，又端详了一分钟，这才把衣服重新摁进水盆里，盆里接着就像沸腾了似的咕噜咕噜冒起水泡来。

韩水正并未离开，也没吱声。柳清艳似乎忘记了刚才的事，专心致志地搓洗衣服。偶然一抬头，瞥见了韩水正，她眨了眨眼睛想了想，说道：“没看什么，我在想一句话，该不该跟你说。”

费了这么大劲换回来这样一句没头没脑的话，韩水正有些无奈。但还是想知道她到底要说什么，于是，和颜悦色地说：“我以为什么呢，不就一句话嘛，也不是金子银子，都结婚这么长时间了，还那么磨叽干吗，说吧，什么事？”

柳清艳又忽闪了一下眼睛，低下头说：“嗯，哎，还是算了吧，我还没想好。”

韩水正愣了一下，不由心里嘀咕起来：柳清艳不是说把心里的事都掏出来了吗，还有什么呢？他于是以商量的口气说：“说吧，有话就说吧，可别压在心里，对身体不好。”

柳清艳好像在思考，过了一会儿说：“以后再说吧。”

韩水正气得差点跳起来，说了声“哎，你这人啊”，转身走了。

两口子过日子就怕这样。柳清艳的脾气就像没长大的小孩子。遇到事了，哭鼻子抹泪，说话也总是神经兮兮、半含半露，让韩水正很是反感。两个人不能开诚布公地敞开心扉，说话做事都提防着对方或瞒哄着对方，时间长了非出问题不可。

在家务问题上，母亲对柳清艳特别不满意。只要柳清艳不在家，母亲就在韩水正面前唠叨：“你就这样惯着吧，我看能惯到什么时候。你看看，你看看，吃完饭两手一推，拍拍腚就走了。拾掇拾掇、收拾收拾就累死了吗？不知道做饭，不知道洗盘子、刷碗，用完的家什一放七八天，到处弄得长毛烂掉，看着就好受？”

韩水正为了缓解两人的矛盾、改善关系，经常忍辱负重。为了不让母亲啰唆，韩水正都是提前把脏碗筷洗干净。自己的脏衣服都在学校洗，一般不拿家里来。

星期天下午，柳清艳去上班了，韩水正才开始打扫卫生，清洗盘子和碗筷。母亲过来，看到后心疼地说：“你也不让她干，什么都你自己干，你就这么惯着吧。你说有这样的吗？不洗衣服不做饭也不收拾房子，找这样的媳妇有什么用啊！”

韩水正总笑嘻嘻地说：“娘，这赖我吗？当初我不想愿意的时候，你不也帮着我爹说话吗？百人百性百脾气，只要我不嫌弃，你们也不要说什么了。过了磨合期，慢慢会好的。”

“俺怎么知道她这么懒啊！”母亲还在说。

“哎，我就这命，认了吧，多干点也累不着，闲着也是闲着。”

“就是这个不说话，急人。和你也这样吗，说半截子话？”

“和谁不这样啊。”

韩水正想起了昨天晚上突然冒出的那句话，就问：“娘，昨天她跟你说什么了吗？”

母亲想了想说：“就问了我一句，说这几天有来找你的吗。我说你平常很少回家，一般不会有人找。我问她有什么事吗，她说没什么。她说话经常神神秘秘的，我也没细问，反正问也问不出什么来。还不如个哑巴，人家哑巴还知道指手画脚地咿里哇啦呢。”

“她不和您和邻居百舍的闹仗就不错了，你看看现在的媳妇，哪个不是懒得皮疼啊，还出古。柳清艳算好的，你知足吧。”韩水正说。

母亲于是不说话了，愁眉苦脸地走了。韩水正收拾完家务，就到了日落时分，他赶紧骑上车回学校了。

韩水正走了，母亲去翻找柳清艳扔的垃圾。柳清艳偶尔也打扫卫生，但每次打扫，韩水正父母亲都要心疼很久。柳清艳娘家家庭条件本身就不错，加上她父亲弟兄姊妹五个，她是家族里的第一个孩子。在娘家的时候，柳清艳是个衣来伸手饭来张口的人。三个姑姑都早早上班了，下班回家争着给她买东西。衣服是旧的没穿坏，新的就一堆了，这也就养成了她不爱惜东西的毛病。衣服不想穿了，随便一扔，也不洗，时间长了，长毛了，就扔垃圾堆里。最常扔的是袜子，好好的袜子，说扔就扔。母亲经常检查柳清艳的垃圾，把里面的衣服、鞋袜，通通捡回来，洗净了给女儿穿。每次母亲都对父亲唠叨："你说怎么办啊，娶了个败家子，有多少东西也不撑这样糟蹋啊。我看来，韩水正挣钱再多也没用，有这个漏勺，家里不会攒下一分钱。咱孩子不会有什么好日子过了。"

父母担心归担心，韩水正却看不出什么来，照样在学校里忙着。

11

又到星期六回家，韩水正照例收拾卫生，做饭炒菜。柳清艳呢，照例洗自己的工作服、吃饭，然后脱光衣服，把内裤随便扔在床上，在床前洗澡。

以前柳清艳洗澡韩水正都出去，今天他坐在屋里看书。书上的字没看清，他看清了柳清艳的肚子。看着她起来坐下站着蹲着的动作，没看出来她肚子和原来有什么变化。

柳清艳看到韩水正呆呆地看她，纳闷地问："你看什么呢，这么长时间了没看够？"

韩水正不说话，继续看。柳清艳鄙夷地噘着嘴，说了声："贼样。"

又看了一会儿，韩水正才慢悠悠地说："明天早起，我们去趟医院。"

“谁病了？”柳清艳像受惊了似的停下手里的动作问。

“你。”

“我没病啊。”

“你不是怀孕了吗，去查查胎位。”

韩水正说完，本来热情洋溢的柳清艳耷拉下了头，不吱声了。

韩水正又问：“你是不是没怀孕啊？”

柳清艳还是不说话。

韩水正又说：“没怀孕你说什么怀孕？害得我到处显摆，几乎全世界都知道了。”

柳清艳还是不吱声。

韩水正有些烦了，粗声大气地说：“你是不是有什么事瞒着我啊。你到底怎么了，你说啊？”

柳清艳看到韩水正急了，想了一会儿，低声说：“是，我真没怀孕。”

12

韩水正一听柳清艳没怀孕，一下火了，这么大的事瞒了他这么久。真想揍她一顿，可看到弱小的她像做了错事的孩子，怯生生地瑟缩在墙角，紧握的拳头慢慢松开了。他想大声呵斥一顿，或指着鼻子骂一顿，但顾及隔壁的父母和弟妹，还是忍住了。

韩水正像缺氧的登山运动员刚刚戴上了氧气罩，大口喘息起来。喘了好一会儿，感觉心中的浊气排放得差不多了，他眼里闪烁着无法遏止的怒火，压低声音说：“你啊你，你知道在干什么吗？你没怀孕就没怀孕，干吗说怀孕？到底跟谁学的，怎么还撒起谎来了？你觉得这样做有意思吗？真不知道你到底想干什么。”

韩水正说完，像陀螺一样在原地转起圈来。

“对不起，我不该骗你。”柳清艳柔柔地说。

“你这一骗，整个世界几乎都知道你怀孕了，父母亲属都兴高采烈的。这倒好，狗咬尿泡空欢喜，叫我怎么有脸见人？怎么跟父母亲戚交代？”

“对不起啦。”

“一句对不起就能解决吗？你到底是怎么回事？不会真有神经病吧？我给你说，也就是我，二下旁人你敢这样，一天揍你三次还不黑天。”韩水正的话也越来越难听。

“我知道，”柳清艳还是慢吞吞地说，“结婚以来，我的脾气时好时坏，你都能忍受，我很感激，搁在别人身上，真不知打我几次了。”

“一家人过日子，哪能没点性格脾气？谁家也不能因为性格脾气不好就打人。但人的忍耐是有限度的，谁说话做事也不能太过火。”

“实在对不起。”

“你看，你看又来了。我不是光听你说对不起的，你说，你到底为什么骗人？”

“我也不是有意骗你，我只是不想和你离婚才撒的谎。”柳清艳说，“我脾气不好，你受不了，可我不想离开你。我脾气不好也想改，可就是改不了。这种性格的形成不是一天两天，想改也不是一时半会儿，需要时间。”

韩水正被柳清艳的话说得如同在云雾里，火气似乎没有了，静静地看着柳清艳问：“你怎么说话神神叨叨的，家里以前有过神经病史吗？”

柳清艳瞪了他一眼说：“没有。”

“那是什么？”

柳清艳又不说话了，很久，她慢声细语地说：“是有原因的。”

“什么原因？你说！”

柳清艳还是慢条斯理地说："你不用急，也别生气，我把一切都告诉你。但你不要生气也不要发火。听完我的话，怎么办你拿主意。可有一条，我是真心喜欢你，愿意伺候你一辈子。"

韩水正静静地看着她，眼睛一眨不眨，好像真要从她身上看出什么故事似的。

柳清艳接着说："我是个不干净的女人。我很小的时候就失了身，身体受了伤，可能影响生育。"

韩水正气呼呼地瞪了一眼柳清艳说："可你知道撒谎会带来什么后果吗？纸里是包不住火的，早晚有水落石出的那一天。到时候，后果也许比你想象得要严重得多。"

"我知道，你是善良的人，只要你不在气头上，你不会和我离婚的。当时就是这样想的。后来也想着找机会跟你说清楚，可每次话到嘴头又咽下去了。我怕真说出来，就像你说的那样，后果更严重。我还幻想着早一天能怀孕，只要怀孕了，我的谎言就不会揭穿了。"

韩水正用厌恶的眼光看着她说："对于善良的人，你就不应该欺骗。如果当初你把话说明了，也许就不会有事了。你居然欺骗我，就别怪我不客气。明天我们就去离婚。"

13

韩水正最不喜欢别人说的一句话就是"你不实在"，他最厌恶的人就是爱撒谎的人。柳清艳居然撒谎，而且还撒谎撒了这么久，实在气坏了。没想到看上去这么善良的柳清艳心中却那么险恶。韩水正也许忘记是黑夜了，起身向外走。柳清艳一把把他拉住了，问："黑天半夜的你去哪里？再怎么着也得天明了啊。"

"我不想和你在一起多待一分钟。"

柳清艳紧紧抓住韩水正的手不放，说："我刚才不是早就说了嘛，无论说什么你都不要生气。听我的，别出去，让老人们安安稳稳睡个觉。咱俩是咱俩的事，不要惹老人们生气。”

柳清艳的话，让韩水正的火气消了很多，情绪稍微稳定了一些。是啊，黑更半夜的，吵吵起来，弄得一家人都不自在。何况一旦传出去了，影响不好。俗话说：家丑不可外扬。还是忍一忍吧。

看到韩水正情绪有些好转，柳清艳又说：“你们都是忠厚人家，娶了个我这样的问题儿媳妇，我总感觉对不起你们家。人都说好人有好报，你那么优秀，有那么多好人家的女孩子想跟你，你却选择了我。我是块臭肉，就不该硬塞进你们家的好锅里。”

“从这几句话上看，柳清艳并不是个十恶不赦的女人。人都有追求好生活的权利，柳清艳也不例外。她隐瞒自己的缺点和错误，也是情有可原的。现在她既然那么开诚布公地对我，我怎么就不能绅士点呢？”韩水正想到这里，缓缓地坐在床上，斜靠在墙角休息，他似乎有些累了。

柳清艳挪动了一下身子，尽量和韩水正靠得近一些，说：“事情就是这样，我的确是个不干净的人，但我想伺候你一辈子，咱不要离婚好吗？”

见韩水正无动于衷，柳清艳又说：“你如果不甘心，你可以随便在外边寻花问柳，我绝不干涉。”

韩水正猛地坐起来，怒目圆睁说：“你把我韩水正看成什么人了？我是那样的人吗？你要明白，我最受不了的是你有事瞒着我，而且还那么多事。”

在韩水正眼里，似乎假怀孕的事不是什么大事了，倒是结婚前的那些事，更不应该隐瞒，韩水正对于贞操观还是很在乎的。

柳清艳并不承认，有些狡辩说：“我没瞒你。这些事情你没问过我。新婚之夜，你为什么不检验呢？是什么情况，一看不就知道了吗？”

韩水正又想笑，还是忍住了，淡淡地说："我一直对你很相信。"

"你就是这样的人。"柳清艳似乎逮着理了，口气有些强硬地说，"看到穷人就想帮，可你帮都帮出什么来了？还不是帮出一身麻烦？就是那些谣言，我问过吗？我在乎过吗？我也和你一样，相信你的人品和为人。现在想想，你相信我，我身上有那么多毛病。我相信你，你身上难道也有毛病？"

几句话，倒把韩水正问住了。韩水正仔细想想，柳清艳的话也有道理。是啊，自己不是也有很多故事没跟柳清艳说吗？比如宋雅。

韩水正沉默了，他在想一些问题：看上去柳清艳是个风光无限的公主，实际在她心里，也是个苦命人啊。男人的一时冲动葬送了自己的一生也葬送了女人的一生，并且往往女人受的损害最大。他想到了宋雅，不就是由于自己的一时冲动，葬送了她一生的幸福吗？要不是因为他，宋雅也不会找个年龄比自己大一倍的丈夫。自己也是个罪人啊，和迫害柳清艳的男人一样应该被人唾弃。他又看了看柳清艳，柳清艳说自己不干净，可韩水正自己就干净吗？韩水正是主动伤害了一女人，柳清艳是被动被人伤害。既然柳清艳能原谅自己的过错，甚至能容忍将来的过错，他怎么能抛弃比自己好上多少倍的人呢？

于是，韩水正拍了拍哭成泪人似的柳清艳的肩膀，拿来毛巾让她把眼泪擦干，说："既然你以诚相待，敢把你的过去全说给我。我不会辜负你的信任，我们会继续过下去的。以前的事情一张纸翻过去，谁也不要再提。但你的生活习惯要服从我们家的习惯，认真学习做家务。当然我有时间也会做，但还得以你为主。古语说'男主外，女主内'，男女是有个大体分工的。对待父母要孝顺，要经常和他们沟通，来人要热情。孩子的问题以后再说。"

柳清艳擦了擦眼泪，哽咽着说："改，一定改。我的性格孤僻任性，是生长环境所致，一时难以改变，我会克制，你也经常提醒，慢慢会好的。从小我妈就没让我干过家务，我不会做。但我会学，你常提醒我。我不说话，那是赌气，因为婆婆跟别人说我是哑巴，我曾赌气说，一辈子不和婆婆说话。这都是我的错，以后我改。孩子我们得要，我正治疗着。真治不好，我们再离婚，你再找一个。到那时我也不改嫁，等你们有了孩子我给你们当保姆。”

他们一会哭哭啼啼，一会唧唧呱呱，到了夜深了，还没停下。隔壁的父亲耐不住了，披衣出来，站在窗前说：“什么时候了，还不睡觉，有什么事还没明天了吗？”

14

父亲的一声呵斥，像开关一样把韩水正和柳清艳的嘴给关上了。他们不再说话，相继睡了。

心事是一种沉甸甸的精神存在。人一旦心事多了，行为能力和思想观念都会有大的变化。开朗的可能沉默，积极的可能消极，先进的可能落后，阳光的可能黑暗。人只有把心事都放下来，才能轻装上阵、战无不胜。韩水正和柳清艳都有心事，他们在一起都被心事所累，而不能过正常的生活。现在两个人都把心事掏出来了，特别是柳清艳，她掏得最彻底、最干净，她的心态也变得最平和、最正常。从此以后，她将变成另一个人。

第二天早上，天刚蒙蒙亮，柳清艳就起床了。她担着水桶出去挑了一担水。第一次那么早起床到野外，柳清艳感到一切都那么陌生，好像刚到了一出新地方。白天见到的景色，在朦朦胧胧的晨昏里变得缥缥缈缈、隐隐约约，像处在仙境中。柳清艳好像仙女，走起路来也感觉轻飘飘的。

一只飞鸟“扑棱”一声从树上飞走了，把柳清艳吓了一跳。抬头一看，在一棵百年古树上，一个大鸟窝像山洞一样悬在半空。这是一种很勤奋的飞鸟的窝，一般都在村庄附近的大树上。这种鸟一年四季不离窝，长年累月，鸟窝越建越大。这种鸟每天早上都早早起床，在村庄周围叫着“担水——担水——”以前人们听到鸟的这种叫声，就知道该起床担水了。

柳清艳放下担子，靠着扁担喘着粗气。她累得满头大汗，浑身都冒着热气。她抬头注视着大鸟画作空中的一个黑点，她想起家中老老小小，还有家中那个热切等着她的男人。于是，她又将扁担轻轻揽上肩头，坚定而结实地走在白雪覆盖的小路上。天地苍茫，白雪松软的土地上只留下她那一串歪歪扭扭、深深浅浅的脚印，伸向远方的日子……

豪门恩怨录

一、门口的疯女

快看，那疯女人又在我们门前转悠了！水塘北岸一个别墅区，几名女仆望着门口一个衣衫褴褛精神恍惚的中年女子交头接耳道。这名中年女子为何屡屡会出现在这里？她为什么会发疯？听她嘴里还小声嘀咕着什么，难不成与这家主人有什么恩怨？保安室两名保安面面相觑：驱赶吧，走了又来；不赶吧，人家又看笑话。这事还真是伤脑筋！

撇开这个疯女人，还别说，这栋别墅所在之处还真可谓风水宝地！别墅背靠着连绵群山，门前不远处一条清丽的小溪，泉水叮叮咚咚地流着，汇入一小池塘。池塘四周绿树环抱、碧草连天、花团锦簇，美不胜收。水塘里的水晶莹剔透，清澈见底。这栋大气磅礴的别墅，在夕阳的照耀下熠熠生辉，显得端庄秀丽、富丽堂皇。

远远地一辆奔驰悄然驶进别墅的大门。气派的轿车驶来吓得疯女人赶紧回避。车子刚停稳，保安跑上来，利索地打开车门。一只穿着一尘不染、锃光瓦亮的高档名牌皮鞋的脚伸出来。接着这位高大威猛、气宇轩昂、举止优雅的帅气中年男子从车上迈步走下车。

一位漂亮的姑娘箭一样地从客厅里跑出来，利索地接过男子手中的包，低头让路，轻声细语地说："宋经理，您回来了。"

男子迈步踏上台阶，厨房里的厨师像一枚炮弹似的滚了出来，点头哈腰地说："经理，您晚饭在家吃吗？"

"还不一定，杜经理说有个饭局的，不知准不准，他老是放空炮。"被称作"宋经理"的男子说。接着，他迟疑了一下，停下脚步，歪着头对毕恭毕敬的"炮弹"说："你烧点稀饭吧，不出去吃饭的话，晚上喝点稀饭行了。"

楼上一名打扮时髦、长相俊美的高个中年女人穿着睡衣出来了，趴在二楼的栏杆上，向下探着头说："老公，你回来啦。"

中年男子退后几步，仰着脸看了看楼上的女人，低下头说："大白天的穿着睡衣干什么？"

"哎呀，头午收拾房间，有些累了，吃过午饭睡了一觉，睡着睡着，就睡过头了。听见你们说话，把我给惊醒了。怎么今天回来的这么早啊。"

"开了一上午的会，中午喝了点酒，感觉头晕晕乎乎的，想早回来一会儿，休息休息。杜经理还约了晚上的饭局。"男人说。

男人叫宋方明，是一私营企业的老总。他师范大学毕业后当了几年的老师。一九九二年集体企业改制的时候，他贷款五百万，买下了一破产的机械制造厂，生产木材加工和大理石加工机械。经过二十年的打拼，他现在已经成为资产超亿的大型加工企业的老总。原来的生产规模只是小打小闹，经营范围窄小，经营品种单一，利润不是很好。近几年，由于市场的扩充，经营范围越来越广，产品不但销往全国各地，而且还销往世界十多个国家，企业规模也越来越大，现在已经发展为占地几千余亩，职工两千余人，年销售额十几个亿，年纳税过亿元的大型企业，他还是全国人大代表。

妻子叫姚雅婷，是他的大学同学，在大学时就是校花，受万人吹捧。也是他们有缘，毕业以后，分到同一所学校任教。在宋方明的穷追不舍下，一直正眼都不看他一眼的桀骜不驯的校花，终于被他驯服。随着宋方明业务的扩大，特别是一双儿女出生后，家里的事物多了起来。姚雅婷支持丈夫的事业，辞掉了公职，当了一名全职太太。现在，儿女都上大学去了，家里有保姆、保安，还有厨师，她平常就没什么事了，除了吃饭睡觉，就是玩儿。今天上午，她心血来潮，自己把他们楼上的卧室和休息室整理了一遍。保姆和保安来帮忙，她不让帮。可由于多少年没干活了，身体有些僵硬，整理完房子，吃了午饭，就感觉浑身像散了架似的难受，洗了个热水澡，躺在床上休息，不知不觉地睡着了

保姆、厨师和丈夫刚才的对话，才把她从睡梦中惊醒，赶紧跑出来和丈夫打招呼。

宋方明知道情况后，急速地跑上楼来，关切地搂着妻子，心疼地抚摸着她的手，嗔怪地说："干吗那么辛苦自己呢？家里有保姆、保安，有什么事让他们干得了，还用你动手吗？"

妻子回身望着丈夫的脸，把头钻进丈夫的怀里喃喃地说："我不是想干点事情嘛，整天闷在家里无所事事，感到很乏味。好像我是个多余的人似的。"

"怎么会呢！在我们家，无论谁多余，你也不多余，你是这个家的大总管啊，没有你寸步难行啊。"

"别说好听的，嘴上说得花似的，说不上背地里不知怎么说我呢。肯定说，人老珠黄了，没利用价值了，恨不得一脚踹到海南岛去。"

"哪能呢，想想咱这个条件，到什么时候也是被人羡慕嫉妒恨啊，你这点自信还没有吗？"

"也倒是。"姚雅婷脸上堆满了得意的笑容。

"你感到无聊，就让司机开着车各处去转转啊！"

"转什么啊，该买的保姆都买了，想去的地方，全国各地都去了，何况到哪里都啰啰唆唆的，也懒得出门了。"姚雅婷说。

"要不你去台湾看看吧。去阿里山。"

“不啦，等你有时间，我们一起去。”

宋方明不说话了，轻轻地抚摸着妻子柔顺的黑发，目不转睛地欣赏着妻子俊美的面庞，他感到很幸福。年轻的时候，家庭条件不好，特别是创业当初，年年都被巨额的债务压得喘不过气来。可只要一看到妻子那张脸，他一切的烦恼和忧愁都烟消云散了。宋方明总说，妻子的脸是张名画，不但她本身是无价之宝，而且她的魅力无穷。无论谁，只要看见她，就会有灵感产生，就会平生无穷的力量。

夕阳的余晖散在他们身上，两个人依偎在一起，那么的惬意，那么的舒心，那么的幸福。突然，姚雅婷的一声惊呼打破了这一宁静：“快，你看，那疯女人又在我们门前转悠了。”

宋方明顺着妻子的手向远处看。就在他们别墅门前，一瘦弱的女子，蓬头垢面地徘徊于门前。嘴里念念叨叨的，不时地向他们别墅张望。

“小黄，小黄。”宋方明向楼下喊。

保姆小黄如离弦的箭一样跑了出来，仰脸向楼上问：“宋经理，您喊我？”

“你拿二百块钱，出去给那个要饭的神经病送去。”

姚雅婷不乐意，说：“等等。”

小黄站住了，怔怔地望着楼上。

“怎么啦？你不是很同情穷人嘛。”

“她是神经病。”姚雅婷说，“给她拿点吃的算了，给她钱，她知道上哪里花去？”

宋方明觉着有道理，于是说：“还是你想得周到。”又对楼下一直站着的小黄说：“听你婶子的，给她拿点好吃的，让她走吧。”

小黄出去了。宋方明和姚雅婷相拥着去楼上休息室休息。

过了一会儿，小黄回来了，气喘吁吁地跑上楼来说：“给她吃的她不要。”

姚雅婷有些懵，宋方明笑了，说："我说是吧，肯定是来要钱的。现在这样的人多了去了，打扮得脏兮兮的，神经兮兮的，出来要饭，实际上他们什么病没有，都是健康的好人，是专门吃这一碗饭的。据说有个'讨饭村'，全村人男女老少长年在外讨饭，什么活都不干，讨饭还要出了小康村呐。到过那里的人说，那里楼房林立，环境优美，就像富人区的别墅群。"

"哦，是这么回事，那就给她二百块钱吧。"姚雅婷说。

小黄跑出去了，姚雅婷又担心起来，说："我总感觉不是很妥当，别是图谋不轨的人来踩点的吧？"

"你不要担心。"宋方明说，"像我们家，过来踩点打主意的不良分子不是一个两个。这么些年，打我们家主意的人很多，但我们自己有保安，家里平常不断有人，那些人再大胆，也不会明目张胆地来以身试法。何况这些年，社会治安一直很好，你不要胡思乱想。"

正在这时，小黄又回来了，气喘吁吁地说："她钱也不要。"

"不要管她。"宋方明说，"说不上就是附近谁家的疯女人。你做你的去吧。"

小黄出去了。姚雅婷说："不对啊，我们在这里住了五六年了，没听说谁家有疯子啊。"

"不刚建成个小区嘛，新住进来的什么人没有？"宋方明说，"好了，不要管她了。要不我们今天晚上出去吃饭吧，很长时间没和你一块出去吃饭了。"

"出去吃还不如在家吃，现在饭店里都弄些什么啊，血脖肉、地沟油、辣椒素……什么都有，真不敢吃了。要不在家里吃吧，让厨师炖上条花鲢，炒几个青菜，咱们喝杯红酒。"

"好啊。"

正在这时，宋方明的手机响了，是杜经理约他出去吃饭。宋方明说："不了，不了，我不去了，刚才跟你嫂子商量好了，今天在家吃，搞个烛光晚餐。”

“哈哈……”手机里传来杜经理的笑声，他说，“我们是心有灵犀一点通啊，我们和你们的想法一致，我们就是准备的烛光晚餐，在我家里。今天下午不是约好的请市委柳书记嘛，想让你作陪，柳书记省里有事，不能参加了。我就和你弟妹商量了，你说我们好不容易才请你吃顿饭，没想到又泡汤了。正巧，你弟妹老家的弟弟捎来了一条大花鲢，有二十几斤重，我就让厨师片好了，准备了几样青菜，我们两家搞个烛光晚宴。我这里还有一瓶法国葡萄酒，法国的客户捎来的，一直没舍得喝。来吧，来吧，和嫂子一块来吧，我们乐呵乐呵。”

二、夜宴

杜经理的家和宋方明的家相比，就差远了，但跟一般人家比起来，还是不错。他们住在一个环境优美的公寓里。房子很宽敞，一百八十平方米，布局合理、设施齐全、装饰豪华。

杜经理办了个包装厂，最大的客户就是宋方明。他们俩是一个村的，从小光着屁股一块长大。杜经理原来是搞印刷厂的，近几年网络文章盛行，看书买书的人越来越少，再加上印刷行业鱼龙混杂，恶意竞争激烈，利润越来越低，经营举步维艰。宋方明发达以后，杜经理来找他，在宋方明的资助下，建起了包装厂，产品主要供给宋方明。宋经理每年都需要大量的包装材料，用别人的也是用，不如用杜经理的，都是老熟人，互相都信得过。经过几年的努力，杜经理的厂子规模逐步扩大，效益越来越好。现在，产品除了供应宋方明外，还供应市内外的十几个大型企业。有些业务还做到了国外。但无论发展到了什么地步，他都忘不了宋方明，要不是他关键时刻拉他一把，说不上他早成了沿街乞讨的叫花子了。所以，只要有时间，就约宋方明和他妻子去他们家聚餐。

奔驰车箭一样地驶出了大门。

“你看，那疯子还在那里转悠。”姚雅婷突然尖叫起来。

通过车的反光镜，宋方明看见一脏兮兮的女子瑟缩着站在他们门前旁边的一棵大树后边，顺着他们车的方向张望。

“不要管她。”宋方明说，“哪里都有这样的人，没什么大惊小怪的。”

“可她老是在我们门前，不合适吧。”

“哦，也是。回来让保安赶走。”宋方明淡淡地说。

杜经理和三婚的娇妻笑吟吟地迎出门外。

按宋方明的话说，杜经理什么都好，就是作风不好。杜经理今年四十七岁，比宋方明小一岁。虽然是五短身材，贼眉鼠眼，但他眼皮活，嘴皮子利索，很得女人们欢心。年轻的时候，女朋友就换了一个又一个。有些长得比他好得多的年轻人找对象都很难，而其貌不扬的他，经常因为女孩赖在家里不走而犯愁。邻居们都说，现在女孩真是瞎了眼了，好人不找，单找这样的下三烂。他真名叫杜云影，由于他好色成性，人们都习惯叫他杜风流。他和结发妻子结婚不到五年就离婚了，唯一的儿子由他抚养。离婚后，找了个年轻的小护士。没想到护士太过于随便，不但跟院长关系暧昧，而且还和病人发生了关系。特别有戏剧性的是，杜经理有个客户也和她有染。在一次饭局上，那名客户眉飞色舞地说：“哎呀，没想到得了个重感冒交了个桃花运。”

杜经理是见腥味就想上的馋猫，一听有这好事，马上瞪大了眼睛，凑上前问：“什么情况？说来听听。”

那人笑了，说：“你小子啊，就好这口。是这么回事，我前几天去光明医院治病，遇见了一漂亮的小护士，长得很漂亮。她去查房的时候，我说‘哎呀，你长得太漂亮了。谁有福气娶了你，死也值了’。我就是说着玩的，没想到她淡淡地一笑，说‘有那么严重吗’，于是我就和她胡戏八闹。很快，我们成了无话不说的熟人了。

后来，我约她出来吃饭跳舞，她欣然前往。有时候我装醉做一些搂搂抱抱的过分动作，她不但不恼，还很高兴。这样，没用几天工夫，她就跟我开了房间。”

那客户眉飞色舞地说着，杜经理不由地陷入沉思，他想到了妻子，她也在光明医院当护士啊，怎么和他勾引妻子时的情景一样呢。于是问：“你别糊弄人了，你说到手了，你能说出她名字吗？连名字都不知道，肯定是假的。”

“董晓雪。”那人不假思索地说。

杜经理傻了，董晓雪是妻子的名字啊。

回家后，杜经理雇了个私人侦探一了解，果不其然，妻子董晓雪不但和他客户有染，还和多个男子有联系。一气之下，他们离婚了。

现在的对象比杜经理小二十六岁，今年刚二十一岁，是他远房姨奶奶的孙女。女孩父亲，也就是他表叔，曾在他厂子里打工，听说表侄又离婚了，就托人把自己的女儿说给了他。起初，杜经理不同意，他感觉两个人的年龄差距太大。可女孩愿意，而且通过几个月的磨合来看，女孩很实在很能干，对于丈夫的年龄问题，她似乎不怎么在意，就是天天像个孩子似的没心没肺，看来只要过得舒服就行了。

几个人走进了杜经理家的客厅。不一会儿，晚宴准备好了。

老杜拿出一瓶红酒来，边开瓶边说：“宋哥、宋嫂，今天你们能来，简直使寒舍蓬荜生辉。这些年来，宋大哥对我太好了，如再生父母。要不是宋大哥，哪能有我杜某人的今天呢？”

“别整没用的。”宋方明说，“你不是说有瓶好红酒吗，拿出来我看看。”

“这不正开着的嘛。”杜云影把手中的红酒举到宋方明脸前说，“这可是法国的朋友给我捎来的纯正法国红酒，市场上根本就没有卖的。你想大哥大嫂来，我得把我最好的东西拿出来啊。别说一瓶红酒了，只要你们乐意，想吃我的心，我也会掏出来炒了给你们吃。”

“行了，行了，行了……”宋方明忙打断杜云影的话说，“越说越离谱，哈，你把心给我炒吃了，你还能活着？你命都没有了，你还巴结我有什么用？咱是从小光屁股长大的，谁几斤几两都清清楚楚，别来那些虚三套。你还把心给我吃，我不了解你的，你恨不得把我的心挖出来炒吃了。”

“那哪能呢！”杜云影说，“我还指望靠你的大树好乘凉呢。”

“拉倒吧。你现在翅膀硬了，有我没我你照样飞得高飞得远。”宋方明说。

“翅膀再硬，也比不了你的铁家伙硬啊，真撞到你身上，有多少翅膀也都断了。”

他们两个人没完没了地说，别人都插不上嘴，杜云影的年龄小，不知怎么说，坐在一边笑嘻嘻地听。姚雅婷受不了了，大声地插话说：“你们还有完没完？一屋子人尽听你们俩打嘴仗了，饭还吃不吃？不吃就走，天都黑了。”

宋方明不说话了，笑着起身去餐厅。杜云影忙赔不是说：“好的，好的，不说了，不说了，我们吃饭吃饭。哎呀，光顾我们说话了，倒把我们的美女大嫂子给冷落了，小徐，你也不陪嫂子说说话。”小徐就是杜云影的第三任妻子，刚满二十一岁的徐幼芽。可无论杜云影怎么说，小徐就是笑嘻嘻地不说话。

菜上来了，很丰盛，环境布置得也很温馨。杜云影拿起酒瓶要给宋方明倒酒，宋方明把酒瓶夺了过来，仔细审视着酒瓶上的商标说：“我总感觉不怎么对头。法国我也去过，法国的葡萄酒我也喝过许多种，怎么就没见过这种呢？你别拿瓶假酒来糊弄我吧。你要真喝不起真的，我车上有，让司机拿一瓶来。”

杜云影一把夺过酒瓶，端起一只酒杯，边向里倒酒边说：“你看看你呦，大哥，你怎么就不相信我呢？我糊弄别人行，可打死我也不敢糊弄您和大嫂啊，咱俩什么关系？”酒倒满了，放到宋方明胸前说："你尝尝不就知道了嘛。"接着又拿起姚雅婷的酒杯，倒了一杯酒，放到她胸前，然后坐下来，边给自己倒酒边说："我大哥就是这个毛病，总是对人有戒心。"

姚雅婷笑着说："你大哥让人给骗怕了，一辈子尽和小人打交道了，干什么事都遇小人，有些杯弓蛇影。"

妻子一说有小人，宋方明脑子里出现了疯女人的身影。于是说："你说也奇怪了，今天有个疯女人跑我们家门口来了，给她吃的，吃的不要，给她钱，钱也不要，该不又是哪个小人使坏想给我找麻烦吧？"

"怎么回事？说来听听？"杜经理睁着狡诈的小眼睛好奇地问。

姚雅婷于是把今天遇见疯女人的事说了，还说他们晚上出门的时候，那疯女人还在那里。

"哦，是这么回事啊。"杜云影听完，好像很明白似的说，"一定是红眼一族。"

"你净整新名词，以前听说有红眼病，没听说有红眼一族。"姚雅婷说。

"一回事儿。"杜云影说，"现在有部分女人，从小不干活，只知道享受，结婚有了孩子以后，没钱花，也不想出去挣，就整天羡慕有钱人，时间长了，神经就出问题了，什么也不能干了，整天出去看人家的好车子、大房子。那人你们不要担心，肯定远不了，就是附近谁家的媳妇。"

"哦，是这么回事啊。"宋方明说，"怎么会有这样的人呢？谁的钱不是辛辛苦苦挣来的？谁也不是生下来就是富翁啊。像我们两家，现在是有些钱了，日子也好过了，可谁知道我们当初创业的艰苦啊！当初我买机械厂的时候，贷款五百多万，想想真吓死人啊，人家银行不愿意贷啊。我到处求哥哥拜姐姐的，说破了嘴，跑断了腿。买下厂子后，开始不景气，资金运转困难。一到年底就心惊胆战的，就怕要账的上门。银行经理也担心，一听说我有病，立马带着礼品来看望。我遇到困难想不开，说想死，他们听说后也跑来了，开导我，和我聊天。看他关心我的那样，比关心他父母老的还周到。可我心里明镜似的，他哪里是关心我啊，他们是关心他的钱。怕我一闭眼死了，贷款没人还。有些人看着我们现在有钱了，风光了，羡慕起来。他们不知道我当初死的想法都有啊。”

“是啊，好像是买机械厂的第二年吧，技术掌握不好，出了次品，赔得一塌糊涂，天天像得了神经病似的，光说不能活了。要不是我一个劲地劝，说不上早死了。”姚雅婷说。

宋方明接着说：“是啊，那一年我太倒霉了，刚接了个大订单，可交货期到了，一检查，技术出了问题，加工的尺寸少了两毫米，辛辛苦苦生产的二百多台机械一台都不能用，而且还搭进去了几个月的人工费、材料费和电费、水费等等几十万元的费用。本想挣一笔的，没想到又增加了几十万元的债务。眼看要年关了，贷款要归还，人员工资要兑现，各种税费要上缴，当时急得啊，脑子一片混乱，别人跟我说话，我都听不见。也多亏了你嫂子，她临危不惧、遇事不乱，替我周旋客户、协调银行、对付债主、安抚职工，使我渡过了难关。多亏了你嫂子啊。”宋方明深情地望着妻子说。

杜云影也沉思起来。整个桌子上一下子鸦雀无声。

“怎么那么多疯子呢？我们村就有两个，好好的女孩，出去打工，回来就疯了，还抱着个孩子。”一直不说话的小徐打破了平静，大家又活跃了起来。

首先又是杜云影，他好像是百事通，别人说什么，他似乎都知道一些。“肯定让别人骗了，想不开疯的。”杜云影说，“我厂子里老王的闺女就是这种情况。出去打工，认识了一个男孩。男孩能吹能拉，说家里有这个有那个，老子还是百万富翁，他出来打工是为了锻炼学经验什么的。女孩都傻啊，她就相信了，上了他的当，租了间小屋就同居了。后来女孩怀孕了，要生了，男孩却跑了。等孩子生出来，去打听男孩的下落，怎么也找不到。好不容易找到了他老家，一问才知道，男孩是个孤儿，一直跟着爷爷生活，家里别说是百万富翁了，就连吃饭都吃不饱。女孩受不了啊，精神崩溃了，最后就疯了。家里人好不容易找到她，把她带回家，带回来还不是个累赘嘛，什么活不能干，还得派一个整人天天看着。要不然，老王六十多了，身体还有病，是不会出来打工的了。这样的事不出奇。”

他们边吃边聊，一直晚上九点多，他们才吃完饭。又吃了一会儿水果，宋方明和姚雅婷才告辞回家。

奔驰车在流光溢彩的马路上疾驰。由于兴奋，也由于喝了酒，姚雅婷把头靠在宋方明的肩膀上唱起了歌。

“甜蜜蜜，我笑得甜蜜蜜，就像花儿开在春风里，春风里……”

“哎，停车。”正当姚雅婷沉醉的时候，宋方明突然喊了起来。

姚雅婷吓了一跳，生气地推了他一把说：“干什么？一惊一乍的，把我的魂都吓掉了。”

“你看，疯女人。”宋方明指着车窗外说。

顺着他手指的方向，姚雅婷看见白天的那个疯女人在她家大门旁的树林子里。初秋的晚上有些凉，她似乎在发抖。

“管她干什么？我们又不认识她。”姚雅婷说。

“咱得问问是什么情况，不然真死在我们家门口可就麻烦了。实在不行，我们就报警。”宋方明说出了他的担心。

他们下了车，向疯女人走去。疯女人怯生生地向树后面缩，但眼睛却直勾勾地看着宋方明的脸，嘴里还絮絮叨叨地说：“悔死了，悔死了，悔死了。”

由于她说得很快，声音很低，宋方明和姚雅婷没听清，以为她做生意亏了，说，“亏死了，亏死了。”

于是问道：“你是做什么买卖的，怎么亏的？”

那疯女人不回答，还是说：“悔死了，悔死了。”

姚雅婷好像听明白了，说：“她是说悔死了。”

宋方明“哦”了一声，又问：“你家在哪里？怎么一人出来的？你说，你家在什么地方，我去送你，天黑了，家里人找不到该担心了。”

疯女人还是不回答，嘴里照样念叨：“悔死了，悔死了……”

正在他们不知所措的时候，远远地传来了一个老太婆的声音。

“该死的小妮子，打天摸地的找，找了一下午，就是找不到，原来跑这里来了。”那老太婆说着走了过来，上去扯着疯女人的胳膊说，“别在这里丢人现眼了，还‘悔死了，悔死了’，现在悔死了，当初你干什么去了？”又回过头来，对宋方明深情地看了一眼，又看了看漂亮的雍容华贵的姚雅婷说：“对不起了，对不起了，给你们添麻烦了。”

“要不，让司机送你们吧。”宋方明说。

“不啦，谢谢啦，不用麻烦。我们就住在你们后边的小区里，也就几百米远，一会儿就到家了。您忙吧，您忙吧。”老太婆千恩万谢后，牵着疯女人走了。疯女人边走边留恋地回头张望，嘴里还是说着“悔死了，悔死了。”

事情也许就这样过去了，可一连几天，疯女人天天去宋方明的别墅门口。他们不由得纳闷起来，这到底是个什么人呢？他要探个究竟。正巧，后面小区里有个远房亲戚，宋方明让司机去他家打听打听，看知不知道疯女人的情况。

他亲戚是个精干的热心老头，儿女都在外地工作，老婆去世了，自己一个人住。没事的时候，经常到处转，所以对于小区里发生的大事小情了如指掌。司机去找他，他不但知道情况，而且了解得很透彻，立马跟着司机来了。宋方明忙迎了出来，充满歉意地说：“哎呀，表姨夫，就问句话，倒叫您老人家跑一趟。”

“这有什么！反正家里就我自己，在家闲着也是闲着，过来唠唠嗑，也参观参观我大外甥的豪宅。”老人说。

“还什么豪宅啊，就是个窝呗。”宋方明笑着把老人让进客厅，保姆摆上水果，倒上水。老人谦让了谦让，就开口了。

“那个疯子的事啊，你找我算是找着了，我最了解，就是我后楼上的，刚来没多少日子。”老人滔滔不绝地说，“疯子姓唐，叫唐雨。后楼上住的是她娘家。她爸爸叫唐好嘴。”

“还有这个名吗？”宋方明说。

“哦，是诨名。这人很会说，还曾经当过高山镇的党委书记，真名不知道叫什么。”老人接着说，“哎，你不就是高山镇的吗？还在那里教过书，该认识他啊。”

“不认识。没听说过。”宋方明说，“那时我们当老师的，就知道教书，孤陋寡闻。根本不知道镇里的领导是谁，也根本没机会认识。”

“可你听说九个闺女拾个儿的那个人吗？”老人问。

“十九个孩子？那可是富户，没听说过。”宋方明摇了摇头。

“不是十九个孩子，”老人笑了笑说，“唐好嘴不是很会说嘛，也爱开玩笑。他妻子生九个闺女，没生出儿子，没办法，就抱养了个儿子。你们那地方，管抱养不都叫‘拾’吗，就是捡拾的意思。可他爱开玩笑，人家问他几个孩子的时候，他都说‘九个闺女拾个儿’，每次都让人议论半天。这样的名人你们不知道吗？”

“没听说过，真没听说过。学校附近有家是九个闺女一个儿子的老百姓，倒是听说过，当领导的还养这么多孩子，真稀罕。”宋方明和姚雅婷异口同声地说。

“老唐很幽默，给孩子起名也很有意思。大的叫唐蕾，二的叫唐风，三的叫唐云，四的叫唐雨，五叫唐溪，六叫唐水，七叫唐江，八叫唐河，九叫唐湖，抱养的儿子老十叫唐海。连起来就是：雷风、云雨、溪水、江河、湖海。”老人说。

宋方明笑了笑，对着姚雅婷说："也多亏了他老婆能生，不然真还连不上呢。"

"呵，人多了说是好事，人丁兴旺，可在那个年代，也是负担啊。"老人接着说，"九个闺女，一个儿子，家庭负担重啊，虽说老唐在镇里当书记，可那时工资不高，人也诚实，没有敢贪污受贿的，不像现在。那时孩子吃不饱，向家里多弄点粮食都不敢。孩子多，工资少，吃穿都不好。几个闺女都长得灰头土脸的。到了找对象的年龄，条件一般的也就凑合了。就这样，大的，二的，三的都出嫁了，但是找的女婿都不是多好，结婚以后整天闹架。老四该找对象的时候，老两口就盘算，一定好好选选，可不能像前几个闺女似的，马马虎虎就过去了，就经常给老四灌输'该找对象了，可要刹住眼啊，别像你几个姐姐似的，找个没本事的，吃吃不上，喝喝不上，整天唧唧着闹'这样的思想。唐雨倒是沉住气，二十二了还没找。那时女孩二十二岁不找对象，就算大龄了。母亲于是提醒她说，也别太挑了，有正式工作、能养家糊口就行。不久，有人给她介绍了个老师，教地理的，人也看了，家庭也了解了，双方都还满意，到了准备举行订婚仪式的地步了。可过了几天，女孩招工进了城，眼眶子高了，就把那个老师晾了。后来，经人介绍，找了个在城里学校教学的老师。那个老师家也是农村的，在学校当出纳。唐家开始对这门亲事也不怎么热情，以为男孩家在农村，每月几十块钱的工资还不如唐雨挣得多。既然原来的那个老师都不愿意了，就别再找老师了。可和唐雨交往以后，男孩看上了唐雨和她的家庭条件，天天泡在唐雨家里，唐家人对他不冷不热的，他也装作看不见。为了留住唐雨，为了高攀，男孩开始了冒险行动。他先说有个亲戚从台湾回来了，给了不少钱。他买了许多贵重礼品，去唐家拜访。时间不长，把唐家给收买了，同意了他们俩的婚事，举行了定亲仪式。男孩为了显示他们家的财力，选择了县城最豪华的酒店，定制了最高规格的宴席，唐家人可以说是赚足了面子。一场定亲仪式，男孩就花去了一万多元。你们想想，在一九八六年，一万块钱什么概念啊，天文数字啊！那时的万元户全县也没几个啊，可他就敢花一万元定亲。年底，他们就举行了婚礼。婚礼更是奢华，足足花了两万多元钱。第二年，他们女儿出生后，男孩又举行了盛大的仪式，花费几千元。男孩这么大手大脚地花钱，引起学校领导的怀疑。他们悄悄去了男孩的老家，一打听，吓了一跳，他哪里有什么台湾的亲戚啊，就是个地地道道的老百姓。家里也没什么大收入，父母亲靠种地过日子。一年的收入，也就刚刚够吃饭穿衣的，根本攒不了几个钱。儿子一年花费三万多元的事，他们根本不知道。定亲的时候，亲戚去大饭店吃饭，回来都当呱拉了，父母不知他从哪里弄来这么多钱，就问他，他谎说是丈母娘家出的费用，还说老丈人是当大官的，家里有的是钱。他订婚、结婚的费用都是丈人家出的。他父母亲戚朋友都羡慕得不行，教育孩子的时候都还说，‘你看，你大哥多有本事啊，上好了学，找了个有钱的媳妇，整天吃香的喝辣的。’学校领导回来后，感觉事情严重了，就报告给了检察院。领导也孬种啊，你问问他是怎么一回事不就得了嘛，干吗上告啊，这不一上告，出问题了，男孩所有的花费，都是挪用的公款。男孩锒铛入狱，被判刑十年。”

“男孩也太天真了，公家的钱难道没数？他不知道纸里包不住火的道理吗？”宋方明感叹道。

“这也许是爱情的力量吧。”姚雅婷接着说，“有些人被爱情冲昏了头脑，为达到某些目的，是不择手段的。他也许认为，只要把唐雨弄到手，将来一旦有什么事情发生，岳父岳母不会袖手旁观的。没想到学校的校长做事那么绝，一下捅到了检察院。”

“也不能全怨人家校长。”老人说，“校长发现异常后，曾找男孩谈过话，可男孩背着驴头不认赃，说他那里绝对没问题。实际上，男孩存有侥幸心理。他挥霍的钱，大都是各年级主任交给他的学杂费。那时候没有现在这么正规，一般都是出纳去收钱，然后再向会计报账。年级主任交给他，他也不给会计报账，自己也不记账，揣在腰包里当自己的钱花了。他想得太简单了，人家年级主任交给他钱的时候，一般都有他的回条，尽管都是些白条，但有他的签字，那就是证据，想抵赖也抵赖不了。当然也有吃亏的，就有个年级主任交了钱没要回条，最后自己把一千多元钱补上了。”

“他这个德行，男孩蹲监狱了，唐雨没和他离婚吗？”姚雅婷问。

“唉——”老人叹了口气说，“发生了这么大的事，唐家一家人简直是脸面扫地。你想想，一个领导的女婿为了自己的闺女成了贪污犯，他的脸向哪里搁啊。离婚的事想过，一是判刑十年，闺女不能等这么长时间；二是像他们的家庭不能要一个贪污犯做女婿吧。可后来一想，又感觉不合适。毕竟男孩是为了自己的闺女才出的事，在这时候一脚把人家蹬了，于情于理都说不过去，就打消了离婚的念头。不过，唐雨压力很大。上班的时候，经常有人指指点点地说，‘你们看啊，那就是唐雨，钻进钱眼的女人。为了满足她的要求，他对象贪污学校的公款，被判了十年徒刑。要不平常打扮得妖里妖气的，原来是用贪污的钱买的啊。这下好了，对象抓起来了，我看她靠什么烧包。’唐雨每逢遇见别人议论她，她都躲得远远的。平常大门不出二门不迈，天天在家里以泪洗面。时间不长，她的精神就崩溃了。班也不能上了，还到处跑。男的出狱以后，听说妻子患了神经病，自己一句话没说，连女儿也没看一眼，就去南方打工了，至今音讯全无。”

说到这里，宋方明和姚雅婷都感慨万千。是啊，人生就是如此。爱情就是赌博，像赌石一样。赌石的人看到一块石头上面露出了让人欣赏的颜色，可里面到底怎么样很难说。有时候，露出的地方和内里是一样的；有时候，只有露出的地方是那种颜色，而里面，是乱石杂色。遇到了内外一色的石头，人也许会一夜暴富，而遇到内外差别很大的石头，赌石的人往往会倾家荡产。爱情也是如此，那些花言巧语、道貌岸然的人，往往是个绣花枕头，外面花哨内里糠；而那些其貌不扬、默默无闻的人，往往是难得的玉石，将来一旦被发现，将会前途无量。爱情就是赌博，是拿自己一生的幸福下赌注。赌赢了，一辈子幸福；赌输了，一辈子痛苦。可无论输赢，都得赌一把，不能在世上白活一场啊！

老人说了这么长时间话，也累了。姚雅婷和宋方明安排厨师炒菜，让老人在他们家吃饭。老人稍一推辞，也就客随主便。

在饭桌上，宋方明说："表姨夫，你抽空找疯女人的娘谈谈，让她看紧了，别老在我们家门口待着。穿得邋里邋遢的不说，一旦她窜来窜去地被车撞了，有个好歹，您说在我们门口，多不吉利啊。"

老人面对一桌子的美味佳肴，有些忙不过来，他一个人在家，吃喝尤其简单，有时候连菜都不炒，烧点稀饭就对付了。今天能吃上这么丰盛的饭菜，饱口福的机会来了，他狼吞虎咽地吃着。对于宋方明的问话，他机械地答应着。

"嗯，嗯，我知道我知道。"老人两手抱着一只猪蹄，弄得两手两腮都是油，已经不怎么全乎的牙齿用力地撕扯着蹄筋，含混不清地说，"我去给她说过了，我说以后别让你们的疯孩子去我亲戚家门口转悠，人家经常有贵客临门。"

"他们同意吗？"姚雅婷经常自己在家，最怕惹麻烦，所以她最关心这事。

老人终于把那根又滑又有弹性的蹄筋征服了，没怎么咀嚼就咽了下去，拿起一张餐巾纸，边擦着嘴上和手上的油脂，边说："她娘倒是同意，天天看着疯子，不让她出门，可疯子一有空就往外跑，跑出来就到你们家门口站着。她娘还说，你们家的男主人原来是她的第一个对象，她当时嫌他在乡镇当老师，没愿意，现在后悔了。"

"谁，这家男主人？除了我还有另一个人吗？"宋方明瞪大了眼睛。

姚雅婷看了看宋方明，坏坏地笑着说："呵，当初你说我是你初恋情人，没想到也是假的啊？"

"你别打岔，"宋方明说，"问明白了再说。"又对老人说："表姨夫，他们该不是胡说八道吧。"

"是啊，我也这样想的。"老人说，"要不我开始没说呢。可她娘一口咬定是真的，说当时都看人了，过了年就要定亲了，她女儿招工进了城，就死活不愿意了，老两口还一直觉着对不起人家。她女婿出事后，知道你成了大老板，住上了别墅，老两口曾唠叨过。没想到女儿生病以后，老是说'悔死了，悔死了'，就经常来看你。"

说到这里，宋方明似乎想起了什么，感叹道："哦，我想起来了，原来是她！"

三、难忘一段情

宋方明大学毕业后，和姚雅婷一起分到了高山镇高山中学任教。姚雅婷是校花，是许多同学追逐的对象。可惜的是她名花有主了，在她很小的时候，就由父母做主，和表哥刘华定了亲。表哥从小对她关心照顾，两家亲同一家。姚雅婷懂事以后，也曾想取消这段婚事，因为表哥有肺病，整天病恹恹的，而且常年吃药打针。可由于成亲十几年了，两个人的感情还不错。最主要的是亲戚朋友都知道他们的事，一旦她提出分手，以后所有的亲戚朋友都不能见面了。他们会说："嫌弃表哥有病。现在嫌弃了，当初干什么去了？"怕落一个薄情寡义的恶名。她不想因为自己，而失去那么多亲戚朋友。也不想为了追求自己的幸福和自由，而伤害了那么多关心爱护过她的人。所以迟迟没有下决心。

宋方明虽然和姚雅婷分在了一所学校，但知道她和表哥的故事，近水楼台不能先得月，一块肥肉不能吃，他感到很遗憾。就在这时候，有人给他介绍了个对象。

那是个阳光灿烂的秋日下午，宋方明下了课去图书馆查资料。女物理老师张鸳鸯领着一女孩进来了。宋方明连忙打招呼："张老师也来查资料了？"

"啊，是啊，你早来了，宋老师。"张老师也应着。

那个女孩不说话，却两眼一眨不眨地看宋方明。他被看得有些不好意思，抬起头来匆忙上下打量了一眼，礼貌地点点头，转过脸去看书去了。

大约过了五分钟，张老师随意抽出一本书来，向宋方明晃了晃说："我找到了，宋老师，我先走了。"

宋方明又抬起头来，笑着说："好的，好的，我再待一会儿。"

女孩又回头望了望，正好与宋方明的眼光碰在一起，两个人都羞涩地低下了头。

事情似乎就这么过去了。可过了一会儿，张老师又回来了，在图书室窗外喊宋方明，还笑嘻嘻地神神秘秘地用手指勾他。宋方明一头雾水，靠在窗口，探着头问："张老师，有什么情况吗？"

张老师左顾右盼，像地下党接头那么小心翼翼，把她那小巧的嘴靠在窗棂上，用双手做成一个喇叭放在嘴上，说："你出来一趟，上我宿舍，有好事。"

说完，张老师走了。

宋方明站在那里足足怔了有十分钟，他不知道张老师是什么意思。难道想和他有什么意外情况吗？不能啊，张老师是个很正统的人啊。何况张老师已经结婚了，对象也是教物理的，姓李，他们一个教研室。那时学校宿舍紧张，他们结婚后住在物理教研室旁边的一间宿舍里。课余时间，李老师经常回宿舍喝水拿东西，一天回去几十次。难道还是其他事情？从张老师喜气洋洋的神情来看，也不是什么孬事。

宋方明怀着忐忑不安的复杂的心情，悄悄走进张老师宿舍。李老师不在，张老师笑嘻嘻地站在门口迎接。宋方明一进门，张老师接着把门关上了，临关门前还神神秘秘地左右张望了一圈。宋方明更紧张了，眼睛一眨不眨地看着张老师的一举一动。

张老师见他有些紧张，一巴掌拍在他肩膀上，他被拍了个趔趄，一下坐到一张椅子上。

“你有好事了，”张老师扭动着身子，坐在另一张椅子上说，“要交桃花运了。”

宋方明一直疑惑地瞪着眼。

“我给你介绍了个女孩，人家看上你了。”张老师说。

原来如此。宋方明悬着的心终于落下了。他身子放松，靠在椅背上，笑了笑说：“我以为什么事呢，整得这么神秘。好啊，说吧，哪里人，干什么的，什么时间见面。”

“今天见面的那个女孩就是，人家相中了，等你表态。”

“谁？”宋方明不解地问。

“就是图书室见的那个女孩。”

宋方明努力地回忆着：个子不高，皮肤稍黑，头发自然卷曲，乱糟糟地像鸡窝，身材瘦弱，像是有些营养不良，站在那里，像冬天荷塘里的荷叶，叶柄还算直挺，但叶片却被霜打得卷曲起来，乱糟糟的。

“怪瘦噢，看上去好像不怎么健康。”宋方明说。

“你的眼光不行。”张老师说，“她是搞中长跑的，身体不行？瘦是上学的时候跑步累的。现在高中毕业不上学了，在食品厂干临时工，你放心，用不了几个月，保准长得又白又胖。”

“是临时工啊。”

“临时工怎么啦？临时工和临时工可不一样，她全家是吃国库粮的。”没等宋方明说完，张老师就抢过去说，“人家父亲还是高山镇的党委书记，用不了几天，保准就是正式工人。那样的家庭，还愁没正式工作吗？人家条件没得说，你觉着行呢，就谈谈，不行呢，我好给人家回话。我觉着不错，人家眼眶子可是很高的，能看上你，不就看着你长得好嘛。她说了，不图男方多么尊贵，只要老实本分，会过日子就行，挣钱多少都无所谓。”

宋方明是农村出身，也想着找个干部家庭的孩子，既然人家送上门来了，机会难得，就一口答应了。

张老师高兴了，说：“我就说嘛，像我们老百姓出身，能找个干部家庭的对象，很难啊。人家一开始架子怪大，不想找农村的。我就给他们说，‘宋老师是个难得的人才，不但长得好，人实在，而且很有经济头脑，在大学里就贩卖过电子表，四年大学，没问家里要一分钱，都是他自己挣的，将来一定前途无量。’我又说了很多好话，她才同意来见的，没想到你很给力，一见面，人家就相中了。女孩说了，回去就给爸妈说。”

“就是啊，还没跟她爸妈说，爸妈不同意怎么办？”

“这你不用担心。”张老师说，“她爸妈都是干部，很通情达理，对于孩子们的事，都由孩子们决定，绝不干涉。女孩已经同意了，这事就算定了。”

宋方明很高兴，从张老师宿舍出来，就好像插上了翅膀似的，感到走路轻飘飘的。在爱情面前，每个人都有忘乎所以的时候。

第三天，又传来了好消息，女孩回家一说，爸妈还通过熟人对宋方明家进行了了解。经了解，宋方明父母忠厚老实，在村里德高望重，女孩爸妈非常满意，一致同意他们的亲事。只是年关了，年前就不再举行定亲仪式了，因为按照农村风俗，一旦定了亲，逢年过节就要送礼。考虑到宋方明家是农村的，经济条件不是很好，把定亲仪式拖到年后可以给他们节省送节礼的费用。对于女方善解人意的态度，宋方明是很感激的，暗地里称赞他们是通情达理的好人家。可他没想到“夜长梦多”这个成语。果然，刚一过年，县城一大型企业招收工人，女孩在父亲的安排下，顺利地通过了一切关卡，成了国有集体企业的一名正式工人。环境变了，想法也就有了变化。想着自己在城里工作，找个乡下的对象，感觉有些亏。在他们还没举行什么仪式，也没有很深的感情的情况下，唐雨决定不再和宋方明来往了。考虑到见了宋方明无话可说，就一声不吭地把他甩了。不久又遇见了那个出事的男孩，整天被男孩忽悠得如堕雾里，更是把宋方明这个穷小子忘得一干二净。

宋方明知道真相以后，情绪非常低落，天天闷在宿舍里唉声叹气：不愿意就不愿意啊，说一声不就完了嘛，又没结婚，即使结了婚也有离婚的啊，可她一句话没说就算完了，自己实在不能接受。宋方明几次发狠想去县里找她，找她们的领导。可反过来一想，又打消了这个念头，你去找她，怎么说？人家既没跟你结婚，也没跟你定亲，只是相了一次亲，一分钱东西没买，找人家干什么？但这件事，在宋方明心里留存了很长时间。只要一想起唐雨，气就不打一处来。

就在宋方明情绪低落的时候，姚雅婷那里也出了情况。表哥的病越来越重，眼看就不行了。姑妈感到不能害了姚雅婷，就主动提出来解除婚约。姚雅婷开始也有些情绪低落，对于这桩婚姻，她是又留恋又反感。留恋的是她和表哥的感情，毕竟从小一块长大，青梅竹马；反感的是把亲情转化成爱情，她有些不适应。

那时在学校里，姚雅婷和宋方明都是新人，和其他老师之间的关系还不是很熟。遇到一些感情问题，只能他们之间推心置腹地交流一番。姚雅婷退婚的事，宋方明是第一个知道。但宋方明的事，由于时间短，没张扬，姚雅婷一概不知。时间不长，两个都备受感情折磨的年轻人，就走到了一起。有了姚雅婷，宋方明把甩他没商量的女孩唐雨忘得一干二净了。心中的那个结，也被比唐雨漂亮多少倍的姚雅婷完全打开了，他们形影不离，过着比蜜甜的日子。今天要不是老人提起，宋方明是不会想起那件事的。因为宋方明是个干大事的人，他对于高兴的事，总是牢记心怀，而对于伤心事，忘得很快。

“也多亏了那个女孩没看上我啊，要不然，我怎么会娶到这么漂亮、多才多艺又通情达理的妻子呢？”宋方明说着，深情地看着姚雅婷的脸。两个人都会心地笑了。

这时候，他们又听见大门外疯女人的声音：“悔死了，悔死了。”还有老妇人的抱怨声：“悔死了你找谁？当初要不是你钱迷心窍，被那个小鬼吹捧得找不着北，能落到现在的地步吗？你以为钱是大风刮来的吗？走，回家，别在这里丢人现眼了。悔死你活该。”

娘俩的声音越来越远越来越淡，在风中吹散了。

老人看了看宋方明和姚雅婷，又看了看他们皇宫似的房间说：“这就是命啊。”

四、治病

又过了几天，疯女人还是不时地跑出来，老妇人又把她拉回家。宋方明看到这种情景，不由得陷入沉思。一天下午，疯女人又出来了，老妇人跟在后边。老妇人年龄大了，又是小脚，走路摇摇晃晃的。宋方明总觉着心里难受，于是对姚雅婷说：“雅婷，要不我们去老妇人家看看吧，看她们家到底是个什么情况。”

雅婷坏坏地笑着，开玩笑说：“怎么，你旧情复燃了？”

“哪里的话啊，再怎么说，我也不能看上一个疯女人啊。”

“是的，我这点自信还是有的。”雅婷说，“不过，咱和她无亲无故，干吗去找麻烦呢？”

“我也说不清，就是想帮帮她。”

“你是对那段没结果的感情念念不忘呢，还是对她现在的遭遇幸灾乐祸呢？”

“不知道。”

“你不是一直恨她吗？”

“反正是一种很复杂的情感。要说依恋吧，倒不是依恋，应该是一种不甘心。无名被甩，怎么能甘心呢？要说恨吧，的确恨过她，而且恨不得要杀了她，她伤透了我的自尊心。可现在她这种情况，爱，不可能；恨，没必要。想帮她，只是出于一种本能。我们平常接触两种人，一种是我们爱的人，一种是我们恨的人。但无论我们爱的人还是恨的人，他们都是人啊。我们人啊，生存于社会，是很短暂的，都要有一颗善良的心。只要是人，遇到了困难，我们都要去帮助。以前，日本人对中国人烧杀抢掠，无恶不作，他们是我们恨的人，可当日本人遭遇大地震的时候，我们不还是去救援吗？”

宋方明说到这里，姚雅婷说：“你说的我懂了。别管那疯女人与我们有没有关系，有没有瓜葛，我们帮助她就是做好事是吗？”

“我就是这个意思。”宋方明说。

吃过晚饭，宋方明和姚雅婷来到了小区表姨夫家，让他领着去探望疯女人唐雨。

这是一座很老的楼板楼。楼道里杂乱无章，墙壁上涂抹得乱七八糟。

唐雨住在二楼。敲开门，老妇人看见宋方明夫妇，不好意思地堵在门口，迟疑地说：“您说说啊，您说说啊，家里脚尖插不进来啊，您说说啊。”

“不要紧。”姚雅婷说，“我们也都是农村出来的，从小在土里滚，没什么，您不用客气。”

老妇人终于放他们进去了。

唐雨看上去很老实，怯生生地躲在一旁，两个大眼睛骨碌碌地看着宋方明。嘴里不唠叨“悔死了”了，好像有些羞涩。

“刚吃了药，好点了。哎呀，一天不吃药，就疯疯癫癫地到处跑。”老妇人抱怨说。

他们坐下来，经过了解，才知道老妇人实在不容易。她丈夫去世了。九个闺女和一个儿子都成了下岗职工，现在都出去打工了，全国各地都有。唐雨的丈夫一直音讯全无，女儿在武汉上大学。家里就剩下老妇人和唐雨，靠每月几百元的遗属补助生活。

“怎么不去医院好好地治疗呢？她看上去又不是多严重。”雅婷说。

“不是没钱嘛。”老妇人说，“我们娘俩就靠几百元的遗属补助生活，吃饭都成问题，别说住院了。”

雅婷看了看宋方明。自从进来后，宋方明一直没说话，好像在思考着什么。也许，他曾经耿耿于怀的女人到了这种地步，他还是很痛心，尽管那是他曾经痛恨的女人。雅婷看出了方明的矛盾心理，于是说：“方明，要不我们帮帮她们吧，反正你厂里每年都有帮扶任务，帮谁不是帮啊。”

“我也是这样想的。”宋方明说，“我怕你有想法，所以没敢说。没想到老领导的家是这种情况，真没想到。我认识很多在乡镇当过党委书记的，子女都安排得很好，自己也有几套房子几辆车。”

说着话，宋方明从包里掏出一万块钱，递给老妇人说：“我也是高山镇人，唐书记应该是我们的地方官，现在他不在了，家里有困难，我们帮助帮助是应该的。给您一万块钱，先给唐雨去治病，不够的话，到时候我再让人送去。”

可就在老妇人感激涕零地去接钱的时候，门外突然闯进来一位胖乎乎的衣着朴素的中年妇女，夺过老妇人手中的钱，一下摔到宋方明怀里说：“你是什么意思？可怜我们吗？用不着。”

宋方明和姚雅婷被这突然的变故惊得目瞪口呆。老妇人忙说：“这是老五，唐江。”

宋方明指了指唐雨说：“我们没别的意思，就想帮帮她。”

“你想帮帮她，用不着。要不是你，她能得这病？”中年女人唐江气急败坏地说，“你有钱就有钱吧，还专门找人在唐雨面前显摆，故意刺激她的神经，要不是你们找人刺激她，她好好的怎么会得病？”说着，哭了起来。

宋方明愣住了，说：“没有啊，我最近才知道她的情况的啊，在这以前，几十年了，我根本就不知道唐雨的下落，怎么会找人刺激她呢，你弄错了吧。”

“一点儿没弄错。”唐江说，“我姐夫出事的第三年，你的一个表妹，叫徐丽的那个，和我四姐是工友，一天，见了我四姐，对我四姐说：‘唐雨，你个傻帽儿，当初不嫁给我表哥，现在后悔了吧，我给你说，我表哥现在可厉害了，是我们机械厂的老总，天天上电视，可风光了。’从那时开始，只要看着你在电视上出现，她神态就有变化，后来连电视都不敢让她看了。住了几年医院，好不容易使病情稳下来了，知道干点活了，孩子也考上大学了，就让她来跟我母亲做伴。一天，也巧了，又遇见了你表妹，她又领着唐雨去看你家的别墅。还指着你的奔驰车说：‘唐雨你看你，现在过得人不是人，鬼不是鬼的，要当初跟着我表哥的话，别墅和奔驰不都是你的吗？’从那时候开始，她病情又严重了，天天去你别墅看，嘴里老说：‘悔死了，悔死了。’你说你们有钱就有钱吧，朝我们穷人显摆什么？”

一席话，把宋方明和姚雅婷都说愣了，他们两个人大眼瞪小眼。宋方明说：“没有啊，我哪里有什么叫徐丽的表妹啊。”

这时，一直不说话的宋方明的表姨夫神情紧张又惶恐地说：“徐丽就是我家您小表妹丽丽。”

宋方明恍然大悟，是有这么个表妹，从小就知道叫丽丽，不知道全名叫什么。

“可我从来没让我表妹说什么啊。”宋方明一脸冤屈。

宋方明表姨夫说：你表妹啊，就是个多嘴多舌的人。

一场误会，宋方明又把钱递给老妇人，唐江还要推辞，老妇人说：“人家也是一片心意，谁让咱家穷呢？治好了病，让你四姐打工还给人家就是。你看整天到处跑，你们都忙，我这么大年纪了，说不上早上晚上的就走了，到时候谁问她啊。”说着，老妇人掉泪了，唐江也没再坚持。

当天晚上，宋方明就让司机把唐雨送进了精神病医院。

五、疯女人出意外

奔驰车载着老妇人、唐雨、唐江在马路上飞奔。唐雨坐在宽敞的豪华车里，兴高采烈。一会儿摸摸这里，一会儿摸摸那里，就像一个好动的孩子。老妇人阻拦着她，不耐烦地说：“到处摸什么？老老实实的，别给人家弄脏了。”

老妇人一说，唐雨生气了，挣扎着要下车。老妇人和唐江把她死死地夹在后车座中间，不让她动。唐雨还是不老实，挣扎当中，突然猛地向前扑了过去，一头栽到方向盘上。司机被突如其来的变故惊了一下，本能地用胳膊向后推唐雨，方向盘向左歪了过去。司机赶紧去扶方向盘，可意外发生了，一辆大货车迎面撞了过来。奔驰车在原地打了几个转，撞到电线杆上才停了下来。路上行人打了120，四个人被送进了医院。

宋方明和姚雅婷听说了，紧张起来，两个人面面相觑。

“我们要有麻烦了。”宋方明说。

姚雅婷哭了，说道：“我们刚过上几天安定日子，又出事了，我们的命怎么那么苦呢？”

四个人躺在医院里。司机受了重伤，唐江和老妇人昏迷不醒，唐雨呢，抢救无效死了。

宋方明的脑子一下子大了。他赶紧通知出纳，连夜送来三十万元现金，对伤者全力抢救。

宋方明和姚雅婷一夜没合眼，精神紧张地打听着手术室里传来的消息。快天明的时候，手术终于做完了。宋方明和姚雅婷焦急地迎上前，问："怎么样？手术很成功吧？"

主治医生疲惫地摘下口罩，说："你是她家亲属吗？"

"不是，我是她们邻居。"宋方明说。

"哦，她们家亲属没来吗？"主治医生又问。

"她们家没别人，有什么事给我说吧。"宋方明说。姚雅婷没说话，一直眼睛睁得大大地望着医生的脸。

"是这样啊。"医生说，"你得赶紧通知她们家亲属。除了死去的那个，其他两个的手术做完了。年轻的那个没生命危险，就是有些脑震荡和皮外伤，神志不清，可那个年龄大的有些麻烦，即使死不了的话，也是植物人。"

一听这话，两个人一下瘫倒在地上。姚雅婷哭了，宋方明低头不语。

太阳出来了，宋方明夫妇相搀着起来，刚想向外走，就看见在医院大厅门口，唐家人像是从地上冒出来似的，叽叽喳喳地涌了进来。他们堵住宋方明，有个人指着他说："他就是宋方明，电视上经常见他，就是坐了他的车出的车祸。"

也真是巧了，宋方明的车出车祸的时候，老妇人的邻居晚上出来散步，看见出了车祸，就过来看热闹。120过来的时候，他看见从车上抬下来受伤的人是老妇人和她两个闺女，他赶紧给老妇人的儿子唐海打了电话。唐海又给几个姐姐打了电话，他们连夜赶了过来。

"你们是唐雨的亲戚吗？"宋方明说，"我是宋方明。"

一群人七嘴八舌地喊了起来。"我是她大姐！""我是九妹！""我是她弟弟！"就像一群麻雀，宋方明听见了声音，没认清谁是谁。

“你们谁是她丈夫？”因为唐雨死了，他想先解决唐雨的事。

一片寂静。过了一会儿，有人说：“我姐夫没在家，我是她弟弟唐海，有什么事给我说吧。”

宋方明把唐海拉到一边说：“我给你说说情况，你一定要沉住气，别让你的姐姐太激动。”

“你说吧，怎么回事？”

“是这样，我本来想着帮着你唐雨姐姐去治病的，没想到路上出了车祸，你唐雨姐姐死了，你唐江姐姐受伤了，你妈可能要成植物人。”

“哎呀，我的苦命的姐姐啊。”唐海没等宋方明说完，立即回转身跑向那群人，痛哭着说，“我四姐死了啊……五姐受伤了啊昏迷不醒……咱妈成了植物人了啊……”

接着，一群人像是炸了锅般的，哭声、喊叫声形成一股洪流，几乎要把医院冲走。宋方明被他们紧紧围在中间，推搡他，抓挠他，大姐唐蕾还狠狠地捶打他的后背说：“谁叫你多管闲事的，谁叫你多管闲事的？我们好好的一家人，全让你给毁了。”

三姐唐云大声地说：“不能让他走，不能让他走，让他赔。”

姚雅婷看不下去了，大声喊了声：“你们这是干什么？你们不问青红皂白就闹，还有没有良心？”

二姐唐风过来了说：“你谁？有你什么事？”

“我是他爱人。我们是想做好事的，你们别诬赖好人。”雅婷说。

“也不能让她走了，她也不是什么好东西。现在的有钱人有几个好的？”一直不说话的唐湖站出来说。

宋方明和姚雅婷被这伙人软禁了起来。手机也没收了，来人也不让见面。

宋方明拉住唐海的衣襟说：“你们这样不行，不问青红皂白，就把责任都推给我们。”

“不推给你给谁？”唐风说话就像抢东西，“坐在你的车上出的事，就找你，谁也不找。”

“我们也是受害者。一百多万的车都还报废了呢。”姚雅婷气坏了，大声说，“你们应该找货车司机，他有责任。”

“人家有什么责任？人家有责任也少，人家是正常行驶。都是你那个司机，跑到人家的车道里了。”唐云说。

“别管谁的责任，自有公断，你们这样做犯法。”宋方明说。

一群人出去了，叽咕了一阵子又回来了，唐海说：“那好吧，咱就先给受伤的治病，但我们没有钱，费用你先得给垫上。”

“这没问题，我已经预交了三十万押金了。”宋方明说。

宋方明和姚雅婷走出了医院，正想打车回家，手机响了，是厂长简宏图。简宏图是他本家一个侄子，大学毕业后跟着他干。他为人和善，技术精湛，管理水平很高。机械厂有他在，宋方明一百个放心。平常宋方明只管跑外，厂子里的事一般不过问，侄子也很少给他打电话。突然打电话来还是第一次，难道是厂子出问题了？还是担心医院里的事？

“叔叔，不好了。”电话里传来侄子急促的声音。

“怎么回事，慢慢说。”宋方明说。

“外贸的打你电话没打通，找到厂子里来了，他们说有条货轮在太平洋失事沉没了，我们那批去欧洲的货就在那条船上，让您赶紧去呢。”侄子说。

宋方明脑袋都大了。真是“福无双至，祸不单行”啊，医院里一团乱麻还没理清，业务上有出来问题。宋方明对妻子说：“雅婷，你先回家，我赶紧去外贸。那批货很要紧，弄不好我们的损失会很大，那可是接近一个亿的货啊。”

“我也跟你去吧，多个人多份力量。这几天你也没休息好，恍恍惚惚的容易出纰漏。何况和外国人打交道我比你有优势，毕竟我的英语比你的好。”

“也好。”宋方明说。他们立即打的去了外贸局。

屋漏偏逢连夜雨，宋方明的货物纠纷也很棘手。他是通过另一家全国知名的大型企业出口欧洲的，沉船上的货主不是宋方明。保险公司不和宋方明打交道。不打交道也无所谓，只要保险赔付给那个厂，那个厂再把赔付金转给他也就了了。可事情偏偏又出了情况，和宋方明签协议的老总也在那条船上，随着货物也沉入海底了。而接手厂子的是他儿子，死活不承认船上有宋方明的货。

就在宋方明焦头烂额的时候，手机又响了，是侄子急促的声音：“叔叔，怎么办？唐家一群人拥进您家去了，保安拦不住，劝也不听，赖在那里不走，要不我调集几百工人把他们轰出去？”

“有多少人啊。”

“差不多四十口吧。”

“怎么那么多？”

“老妇人的几个孩子和他们的对象，还有她的外孙女、孙子孙女，以及七大姑八大姨都来了。”

“你不要乱来啊，先稳住他们，管他们吃住，有什么事等我回去再说。”

为了避免打扰，宋方明和姚雅婷关闭了手机，断绝与外界的一切联系，专心致志地和他们交涉沉船货物的赔偿问题。

经过几天的交涉，事情终于出现了眉目，宋方明夫妇才拖着疲惫的身躯回家来。

刚到大门口，就感觉不对头。保安出来了，满脸无奈。

“您可回来了。”保安说，“您手机也打不通，去厂里找，知道您出发了。这几天可把我们给折腾坏了。”

“怎么回事？”姚雅婷问。

“你们走了没几天，呼啦来了几十口人，一下子把院子站满了，哭着喊着找您，还说您怕事躲了。接着把一个死人抬来了，用冰棺冰着放在院子里，我们汇报给了简厂长，他让我们打110，可110来了，问了问情况又走了，说等联系上您以后再说。可就是联系不上您。”保安无奈地说。

宋方明和姚雅婷同时掏出手机来一看，两个人的手机都停电了。他们才知道，这些天来，一直在和那个厂长的儿子交涉货物赔偿的事，手机开没开都忘了。

“怎么办？要不报警吧，告他们私闯民宅。”保安说。

“算了吧，他们都在气头上，也不能怪他们激动。这事摊在谁身上，也冷静不了。”宋方明说。

姚雅婷好像想起了什么似的问保安：“不知那两个病人苏醒了没有？真醒过来了，她们会说清楚一切的。”

“还没有。听说那个年轻点的倒是有知觉了，能吃饭喝水了，可就是失忆。那个老人一直没知觉。”保安说。

他们边说边走进大门。院子当中摆着一口冰棺。燃烧的纸钱像黑色的蝴蝶，满院子里翩翩起舞。

“姓简的回来了。”突然，一声刺耳的尖叫，吓了他一跳。接着“呼啦”一声，人像是从地下冒出来似的站满了院子。楼上还探出来无数个头来。随后，声嘶力竭的声音一下把他们夫妇团团包围，他们耳中不再有任何声音，只有震耳欲聋的噪音。

“你这回可回来了，我们等你多时了。”

“你还想跑啊，跑得了和尚跑得了庙吗？”

“想充孬种啊，门都没有。”

更多的声音是：“拿钱，拿钱。”

等到他们喊累了，宋方明开口了，他说：“你们能不能让一个人说啊，到底是怎么回事啊。”

唐海站了出来，说："大姐、二姐、三姐、六姐、七姐、八姐、九姐和各位姐夫、外甥们，你们先不要吱声，咱先听听简大人怎么说。咱们妈成了植物人，四姐尸骨未寒，五姐神志不清，我们一家人死的死，伤的伤，他不管不问，领着老婆出去游山逛水。"

"我们是去处理业务了，我们可不是游山玩水。"宋方明说。

"我们不管你干什么去了，弟弟说的这些事你看怎么办吧。"唐蕾作为大姐发话了。

宋方明还没说，姚雅婷受不了了，说："该怎么处理怎么处理，你们不能把死尸抬我家里来啊。"

"不抬你家抬哪里去？"一群人又炸锅了。

宋方明和姚雅婷受不了那些噪音，退到了大门外。

"不能让他们走了。"有人喊。

"让他们走，我看他们能跑哪里去。"接着有人喊，"反正在这里有吃有喝有住，处理不好，我们就常住沙家浜了。"

六、宋方明的整个世界

宋方明和姚雅婷被吵得晕头转向。他们不知道下一步该怎么办。一连串的事故，使他们的脑子里一片糨糊。他们默默走在沿河路上，想让沿河的凉风吹去他们心中的阴霾，给他们一个清醒的头脑。

"我们错了吗？"走在河边，姚雅婷皱着眉头说。

宋方明苦笑着看了看她，说："没有，我们没有错。"

"是不是不该帮助唐雨呢？"

"该帮。因为她需要帮助。只是没想到会出事故。"

"以后再遇到这样的事你还会帮吗？"

"会的。"

"为什么？有这一次你还嫌不够吗？"

“人的本能吧。”宋方明说，“大凡有良知的人，面对弱者，都会义无反顾地伸出援助之手的。但我也有些后悔。”

“你后悔什么？”

“后悔没能把唐雨治好病，让她过上好日子。我也悔死了。”

姚雅婷不再问了。这几天，她脑子曾有过一个念头，就是宋方明不该过问唐雨的事，不问的话，她们家会一直过着富足、平静的生活，不会有这么多的麻烦。但宋方明的一席话，她的想法有了改变。是啊，人不能因为怕出问题，而放弃做好事的机会啊。毕竟做好事的人还是成功的多，失败的少啊。如果都怕出事故，怕惹麻烦，那有谁敢去做好事呢？

这时，一个算命先生引起了他们的注意。

咱们去算一卦吧。宋方明说，“我们怎么那么倒霉呢，让算命先生给算算，也许他能指点迷津。”

“活该我们有此一劫，算命先生都是忽悠人的，有用吗？”姚雅婷不怎么赞成，也没坚决反对，两个人向算命先生走去。

就当他们快要走到跟前的时候，一个人抢先蹲在了算命先生跟前。宋方明站在他们一边，想听一听算命先生怎么说。

那人递上二十元钱，算命先生开始说话了。

“你有个儿子。”算命先生信心满满地说。

“没有，我只有一个女儿。”那人说。

算命先生不慌不忙地说：“我是说你命里有个儿子。”

“我和妻子都马上五十了，上哪里再有儿子呢？何况就是我们年轻能生，可计划生育政策也不允许啊。”那人说。

“现在没有不要紧，你放心，大风刮也会刮个儿子给你的。”算命先生说，“你是个实在人，不偷不抢，不歪不坏。”那人脸上有喜色。“但是你身边有小人。”那人紧张起来。“不过，你是个有福之人，小人作怪奈何不了你。”那人面带喜色。“你最近遇到些麻烦。”那人点了点头。“买卖亏了。”

那人疑惑起来，纠正说：“我不是做生意的。”

算命先生有些窘，但很快转移话题说：“当官也是做买卖，领导对你不是很重视，仕途不顺。”那人睁大了眼睛。“不过领导不满意也不要紧，知道你是个实干家，年底就会有转机，官运就要到来。”

那人又疑惑起来说：“我有什么官运啊，我是个老师。”

“老师也有官运啊，当个班主任什么的，都是官嘛。”

“我现在不教课了。”那人说，“我嗓子不好，领导照顾我，在后勤烧锅炉。”

算命先生无话说了，烧锅炉的还能当官吗？于是问：“你到底想算什么？”

“我算算我闺女明年高考怎么样。”

“那你把你闺女的生辰八字报上来。”

算命先生于是合上眼，嘴里嘟嘟囔囔地算了起来。

“一定高中，一定高中。”算命先生突然睁开眼说，“名牌大学，非本科不上，非本科不上。”

“可她现在就知道玩，就是不喜欢学习，学习成绩在班里垫底，恐怕连专科都难。我是想让您算算，怎么样才能让她喜欢学习。”那人哭丧着脸说。

“你多虑了。孩子还没开窍，过了年，保准有变化，半年用功，一定高中。你女儿很聪明，聪明的孩子不需要用功。”接着又叽里呱啦地说了一通让人似懂非懂的话。

“关键是现在不知跑哪里去了，半个多月音讯全无了。”那人又说。

“哦。”算命先生似乎第一次遇到这么棘手的问题，但他照样不慌不忙地合上眼掐着手指，嘴里嘟嘟囔囔一通说：“这就对了，这就对了，她是出去找教训了。保准半个月有信，回来就知道学习了，明年一定高中，一定高中。”

那人听后转忧为喜，面带喜色地走了。

算命先生看着宋方明夫妇在那里犹犹豫豫地站了一会儿了，大声喊道：“先生，太太，算一卦吧，不准不要钱。”

宋方明说：“咱们算一卦吧，让他给指点指点。”

“不算了，他已经给指点了，”姚雅婷接着说：“刚才给那人算命的时候，算命先生是牵着那人的鼻子走的。算命的一旦算不准，再用别的话搪塞。我们之所以落到现在的地步，我们就是让别人牵着鼻子走的。我们没有错，为什么让人牵着鼻子走呢？我们要相信我们好人有好命。”

“那下一步该怎么办？”

“第一，我们要想法治好唐江的病，让她清醒起来，说出真相；其次，我们有法律。法律会给我们一个公断的。”姚雅婷一边说，一边冲他自信地笑笑，眼角露出了不再年轻的细纹。

姚雅婷说出了宋方明内心的想法，他为夫妻这么多年来相濡以沫，心有灵犀的默契既感动又欣慰。其实，宋方明这一生中曾经遇到过很多困难，有的比今天的困厄还要艰难，可从来没有一次能像今天这样能让他深深感到：关键时刻还是爱人给足他支撑和力量。他不自禁地吻了姚雅婷的眼角的细纹，奋斗了这么多年，从白手起家到今天小有成就，单靠自己是达不到的。宋方明挽起姚雅婷的胳膊，眼睛放射出明亮的光芒，他想到今后就算他自己一无所有，只要有她在身边陪伴，他还是会鼓舞勇气，充满信心地走下去。更何况这件事情还没有那么糟糕。他们携手走在一处阳光充足的草地上，慢慢坐了下来，阳光洒在姚雅婷的恬静美丽的脸上，还像当年年轻时天使般模样，宋方明顿时又充满了自信和力量。宋方明紧紧地抱着姚雅婷，看着天空中明媚的蓝天，仿佛他怀抱中这个永远不离不弃的女人就是他的整个世界。

和“死人”结婚

一

真正让七十二岁老太王筱艳下定决心嫁给七十岁老汉丁加书，缘起于她的孩子们为自己举办一场的“丧礼”。

寒冬的天醒来的迟。但这天天还没亮，丁家庄老光棍丁加书家就传来刺耳的哭声。很快，这间不怎么宽敞的农家小院里就挤满了前来看热闹瞧光景的人，看着眼前黑色的灵堂，听着尖锐的哭号声，大家在议论纷纷。

“丁加书死了？”

“丁加书不是好好在那儿嘛！谁知道谁死了？”

“那不是在哭娘吗？”

“他娘不就是王筱艳嘛，昨天我还看着跟丁加书出去过，怎么今天就死了？”

“谁知道什么情况？”有个中年人回过头来，不耐烦地说：“管他娘死的谁，干吗？有热闹看就看呗。”

堂屋门西侧摆着一张小方桌，上面摆着香炉、祭品和一张女人照片，照片四周被黑纱围绕。两男四女六个中年人跪倒在供桌前，虔诚地磕头。最前面一年龄最大的男子边磕头边叨念：“娘啊，您安心走吧。俺爹走了五十多年了，在那边啊，肯定也扎下根了，您到那边啊，去享福吧。”

大门外挤进来一小伙子，提来一捆火纸，放在供桌前。那个正念叨的男子抬头看了看小伙子，跪着向前挪了挪，解开火纸捆，掏出火机，点着一张火纸，烧了起来。

“娘啊，您孙子给您买来了一捆火纸，我这就给您烧上，这都是钱啊，让您到那边和我爹有钱花。”那男子一边说，一边一张张烧起来。

丁加书是谁？死的人是谁？这一伙又磕头又烧纸还哭哭啼啼的人是谁？

二

丁加书是个苦命人。因为家庭成分不好，父母亲“文革”期间受不了红卫兵的折磨，双双自杀身亡。那年丁加书二十四岁，哥哥二十八岁。

因为家穷，成分不好，父母双亡，没有女孩愿意嫁给他们，兄弟俩每天晚上都对着冰冷的墙壁发呆。一天夜里，哥哥实在受不了这么冷清的生活，悄悄逃走了。

丁加书也想走，可他走了，丁家就没有人了。虽然家里只有几间破草房，不值什么钱，可有人住着，别人还知道有这么一家人。

丁加书一个人更加孤单，每天都盼望着哥哥回来。可几年过去了，并没有哥哥的丝毫音讯。就在丁加书以为哥哥已经惨遭不幸的时候，传来了哥哥的消息。哥哥不但活得好好的，还当了工人成了亲。

原来，哥哥从家里逃走后，一路沿途讨饭来到了东北，当了一名煤炭工人。因为离家远，举目无亲，哥哥在工作之余，经常帮助矿区附近的老百姓干农活。一来二往，和当地的一个女孩好上了。只是女孩刚十八岁，而哥哥已经三十多岁了，比她大十几岁。由于年龄差太大，女方父母不同意。女孩似乎铁了心要跟着哥哥，居然偷偷和哥哥同居了，而且还怀了孩子。

为了不让女方父母找到女孩，哥哥干脆把身怀有孕的嫂子送回老家住。

嫂子回家不到三个月，就给丁家生了一个闺女。丁家没有外人，整个月子里，里里外外全都是丁加书打理。不过让丁加书受不了的是，嫂子经常对他眉来眼去。丁加书开始装看不见，嫂子于就用言语挑逗他。丁加书感到不自在，侄女刚一满月，他就不再登嫂子的大门。

可嫂子年轻漂亮，是个耐不住的女人。在孩子满月不久，她很快就与村里的几个男人勾搭上了。哥哥常年不在家，嫂子并不寂寞，几乎每天晚上都有男人陪。嫂子在回家住的四年里，甭管哥哥在家还是不在家，每年都生孩子。

第一个孩子是女孩，长得又黑又胖，活脱哥哥的样子。第二个孩子也是女孩，和民兵连长的女儿长得一模一样，又瘦又小。第三个孩子是男孩，白白胖胖的，简直就是村党支部副书记的影子。第四个孩子是男孩，不白不黑是个红脸，是小队长的种。

丁加书见嫂子这样，哥哥回家的时候，经常告状，可哥哥并不怎么在意，还无奈地说："别在乎那么多了，只要孩子姓丁，管他是谁的干吗。像我们这样的家庭，能找个媳妇成一家人就不错了。你嫂子就是那样的人，要不她怎么会跟我呢？凑合着过吧，等孩子大了，她会收心的。"

哥哥不管不问，丁加书总感觉心里疙疙瘩瘩的。心里有疙瘩归有疙瘩，因为哥哥不在家，有些事情还得找嫂子商量。

一天，丁加书趁午饭时间去找嫂子商量事，来到哥哥家门前，见大门紧闭。丁加书用力推了推，门从里面闩上了。丁加书以为嫂子在休息，就在门外等，没想到过了一会儿，大门一开，出来的不是嫂子，而是村里的一个光棍。丁加书进屋一看，嫂子正在床前整理乱发。丁加书一下明白了，于是对嫂子说："嫂子，我哥不在家，你以后少跟那些不三不四的人来往。现在孩子一天天大了，让外人说三道四的不好。"

嫂子很淡定，不慌不忙地说："这能怨我吗？你哥一年回来一次，我不能在家里守活寡吧。我不管那些，别人爱说什么说什么，反正我每天晚上没有男人陪着我睡不着觉。"说着话，嫂子走出来，找了个板凳坐下，又嬉皮笑脸地说："你要嫌我找男人丢您老丁家的脸，你晚上来陪我睡觉吧。"

丁加书没想到嫂子说出这样的话来，吓得兔子似的跑了，本来是找嫂子商量事的，也全都忘了。

不过，过了几天，丁加书还是和嫂子睡在了一起，并且第二年，嫂子还给他生了个闺女。嫂子过着一女二夫的生活，丁加书也有了家的感觉，日子就这样过了下去。可是，这种平静的生活被哥哥的升迁打破了。

拨乱反正以后，不再唯成分论了。哥哥由于干得好，被提升为副矿长，还分了一套住房。哥哥把嫂子和孩子都接走了，包括丁加书的女儿。丁加书又成了光棍一人。

这时候，丁加书已经三十六岁了，虽然不论成分了，可年龄这么大，家里又穷，也没人操心，自己又老实，没有姑娘愿意嫁给他。村里曾有几个寡妇，他也曾心动过，可他老是犹犹豫豫的，等他下定决心找媒人的时候，人家却被别人娶走了。

为了生计，丁加书开了个理发铺。可由于村子小，另外还有一家理发铺，而且那个理发的是年轻漂亮的女青年，村里人都去她那里理发，来找丁加书理发的人很少，偶尔来一两个，也都是些老年人，有的给钱，有的不给钱，理发的收益很差。丁加书只好担着剃头挑子走村串巷。

三

漂泊了大半辈子，眼看丁加书由年轻帅小伙变成七十来岁干巴巴的老头，村里强壮劳力都外出打工了，家里的人越来越少，他的生意也越来越差。没办法，丁加书只好担着剃头挑子赶集。也因为赶集，遇见了王筱艳，两个七十多岁的老人，又平生出了一段故事。

那天是黑河集，丁加书照例去出摊。可走到经常出摊的地方，却发现地方被一卖花盆的人占了。守摊的还是个老太太。于是丁加书说："大妹子，能不能腾出点地方，给我安个摊啊。"

老太太看了看丁加书说："是我儿子弄的，我说了不算啊，等我儿子来了再说吧。"

老太太儿子来了，死活不让，还说："集场子那么大，你干吗非在这里出？"

"我每集都在这里出摊，来找我剃头的都是熟人，我挪到别地方，怕来找我剃头的不好找。"丁加书可怜巴巴地说。

老太太见丁加书不急不躁地说话，知道他是个实在人，就劝儿子让一让。儿子起初不同意，在母亲的再三要求下，才给老丁让出一块地方。丁加书很感激，在老太太儿子不在的时候，只要没活干，他就帮老太太的忙或跟老太太聊天。通过聊天，丁加书才知道，老太太也是个苦命人。老太太叫王筱艳，七十二岁，比丁加书大两岁。后来见了面，丁加书改称她大姐，王筱艳称他大兄弟。

王筱艳十六岁和丈夫结婚，到二十四岁就生了两男四女六个孩子。在最小的女儿出生后的第二个月，丈夫突发怪病，不治身亡，把六个嗷嗷待哺的孩子狠心地扔给了她。

最初的几个月，她死的想法都有。她担心单靠自己的力量，难以喂饱六张嘴。她也想改嫁，可一说家里有六个孩子，男的就吓跑了。

过了一年，终于有个男的愿意娶她了，可王筱艳又打了退堂鼓。原因是那个男的家里有四个孩子，两家加在一起十个孩子，十二张嘴，日子会更艰难。

从此以后，她打消了再嫁的念头，一个人撑起这个家，既当爹又当娘，含辛茹苦地把六个孩子拉扯大。她就像暴风雨中的一根小草，吃了多少苦，受了多少罪，实在是没法说。

家里没有劳力，没人挣工分，分的粮食少，要是敞开吃，秋天分完粮食，等不到年关，粮食就没有了。为了节省粮食，她从未让孩子们吃过一顿饱饭。一年都头，顿顿都吃菜团子、糠饼子。

孩子从会走路开始，就得帮着大人干活。小点儿的烧火做饭，大点儿的挑水、推磨、轧碾。她白天去生产队干活挣工分，夜里给孩子们缝补衣服、做鞋做袜、蒸菜团子、贴糠饼子。

孩子不了解家里的情况，一直对母亲有意见，说母亲对孩子不好，舍不得给吃给喝，虐待孩子。以至于孩子们都成家立业了，没有一个孝顺的。由于年轻的时候日子艰难，经常犯愁，老太太学会了吸烟。一到晚上，总是咳嗽，两个儿子都嫌母亲咳嗽影响休息，两家虽然都盖了楼房，可谁都不让住。老太太只好住在离村庄五里多路的大儿子苹果园的看管房里。看管房离村远，儿子不让老太太回家吃饭，也没人给送饭，只能饥一顿饱一顿地凑合着吃点。

年轻的时候，身子骨硬朗，夏天拾麦穗，秋天捡地瓜、花生，不缺吃不缺喝。可这几年年龄大了，行动不方便，孩子们还是不问事。说说他们，他们就说："满地里都是能吃的东西，还能饿死你吗？"

于是，地里有什么，老太太就吃什么。地瓜刚长到手指粗细她就扒出来吃，一直吃到秋天。秋天苹果园里有落下的烂苹果，她用刀把坏的地方割掉，吃苹果。吃不完的，用刀切成片晒干放起来，预备着春冬吃。因为冬天和春天，二儿子让她跟着看摊卖花盆，中午管一顿饭。早上和晚上饿的时候，她就用苹果干充饥。

最难熬的是冬天的晚上，没有电，屋内屋外都黑洞洞的，并且北风肆虐地拍打房门。老太太又冷又怕，往往整夜整夜地不睡觉，蹲在火盆旁吸烟。让她最伤心地是过年，儿女们都不让她回家，也不给买年货，就让她一人在苹果园里孤零零地过。

有一年，村里看着老太太可怜，给了她十元钱的扶贫款，让她割肉过年。老太太拿着十块钱，走了半天来到集市上，看看鸡鱼肉蛋都很贵，就买了两颗白菜回来。卖白菜的人看着老太太可怜，没要她的钱。可就是那十元钱，后来让大儿子知道了，还要了去，并且还指责老太太丢他的脸。二儿子做生意，家境不错，也不问老太太的事。原因是老太太自年轻的时候，就替大哥看果园，从未帮他干过活。按照二儿子的说法，既然年轻的时候母亲替大哥看管果园，现在年龄大了，不能干活了，也应该由大哥照顾。并且大哥是老大，父亲去世的时候，是大哥顶的老盆，家里的老宅子也让大哥拆了建了新房，老二什么都没有，母亲就不该他照顾。两个儿子都不问，女儿离得又远，老太太一旦有个病有个灾的，根本没有人知道。四个闺女，老大叫大桂，她在六个孩子中最大。

一天，老太太找到大女儿大桂说："要不你跟你两个弟弟说说吧，把我扔荒山野岭里，我实在害怕，平常连个说话的人都没有。"

大桂说："我可不敢说，我是嫁出去的闺女，如同泼出去的水，回次娘家还得看他们的脸色。我真去说他们，说烦了，将来不让我进门怎么办？我可不敢说。"

大闺女不说，其他三个闺女都小，更不敢说。老太太实在憋急了，就壮着胆子找大儿子说："我白养你们了，你们连口水都不给我喝，你们到底有没有良心？"

大儿子却说："娘，你知足吧，苹果三四块钱一斤，你一年得吃我们多少苹果啊，还挑三拣四的，怎么就没个好呢？"

老太太说："你们要让我说个好也行，你们得问我的事，我也不要求天天大鱼大肉地吃着，只要你们给我找间小屋，有人每天送桶水，送些瓜干煎饼能吃饱就行了。你们要再让我住在果园里，我就去告你们，你们要是都不怕丢人，我也不怕丢人了。”

大儿子一看母亲要动真的了，就和弟弟商量，最后，两兄弟达成协议，共同抚养母亲。夏天和秋天，母亲给大儿子看果园，吃喝由大儿子管；冬春季节，母亲帮二儿子赶集看摊，生活由二儿子管。不过，二儿子只管吃喝，让母亲还是住在果园里。尽管老太太不怎么满意，但毕竟有人管吃喝了，不至于饿死没人问，也就不再闹了。两个儿子开始一年还不错，没缺了吃喝，虽然吃喝得不怎么好，但不至于吃了上顿没下顿。现在又不行了，给大儿子看果园的时候，大儿子把她扔果园里就不问事了，吃不吃、喝不喝，他一概不问。大儿子那样，二儿子也学。帮着二儿子看摊的时候，二儿子只管中午一顿饭，早上晚上也不问。

一说到伤心处，老太太总唉声叹气地说：“哎，像我似的，死不死活不活的真难受啊，真想一根小绳吊死算了。”

这时候，丁加书总规劝她说：“好死不如赖活着。再者说了，儿女也有老的时候，随着年龄增长，也许他们会良心发现的，好日子早晚会来的。”

不过，回到家后，老太太令人同情的遭遇在丁加书的脑海中挥之不去，他常常为老太太感到伤心。自己没有家室，有个女儿还不敢承认，自己够苦的了，可他毕竟生活上还算过得去，从没挨饿受冻，没想到老太太比自己还要苦。另外，他很难想象，一个女人怎么把六个子女抚养大的，真让他丁加书养，他都没有信心，对老太太的崇敬之心油然而生。每逢大集，丁加书总早早地去出摊，等老太太来了，再帮着她卸花盆、摆花盆，为的是腾出更多的时间和老太太聊天。很久没有人对她这么好了，每次和丁加书聊天，王筱艳总免不了潸然泪下。有几次被二儿子看见了，不高兴了，把老太太叫到一边问：“又怎么了？是不是又和那老头败坏我们弟兄俩了？我给您说，你老老实实地看你的摊子，别和外人胡说八道。你老是说我俩这不好那不好，我们也没不管不问你吧，也没打你骂你吧，也没饿死你吧？知足吧，娘，我们姊妹六个，当年跟着你，吃的什么你不明白吗？想想你怎么对我们的，现在给你吃的，比你当初给我们吃的好多了。”

“那时候不是穷嘛，我们家又没劳力，一年就分那么点东西。可我就是再累再饿，我都先让你们吃饱了我再吃啊。现在你们可好，一家人吃香的喝辣的，让我一个人吃糠咽菜，还不如要饭的吃得好。”老太太说。

“那谁知道？生产队里分的粮食，我们就没见过一点，最后也没有了，你没偷着吃，也送人了。”二儿子说。

“天地良心啊。”老太太伤心欲绝，说，“那些粮食，不都掺在菜里、糠里让你们吃了吗？我送人，我送给谁啊。”

这时候，丁加书总想过去劝一劝，可老太太二儿子像狼一样的眼睛，又让他胆寒。每当老太太二儿子抱怨母亲的时候，丁加书心里如刀绞一般难受。他怎么也想不通，儿女都是母亲身上掉下来的肉，怎么会有人不孝敬母亲呢？

四

一天黑河大集，丁加书像往常一样去出摊。到中午了，丁加书感觉有些饿，正好有个朋友过来，两人聊了一会儿，相邀去一小菜馆要了两个菜，喝了二两酒，边喝边聊，一直到集市散了他们才走。等丁加书醉醺醺地走到老太太住的果园旁的时候，天已经黑了。他习惯性地向老太太住的小屋张望，并没有灯影，他不由纳闷起来：难道她儿子连蜡烛也不给买了吗？他于是又走回村里，到小卖部买了两斤煎饼、一包咸菜、一包蜡烛。他回来的时候，老太太还是没点灯。

"肯定没有蜡烛了。"丁加书想到。于是，他拿上买来的东西，来到老太太房前，轻声喊道："老姐姐，老姐姐，在干什么呢？睡了吗？"

喊了几遍，并没有人应声。难道没回来吗？被她儿子接走了吗？丁加书想着，就去推门，他想把门推开，把买来的东西放进屋里。就在这时，丁加书脚下被什么东西绊了一下，差点摔倒，打着火机一照，吓了一跳，只见老太太直挺挺地躺在地上一动不动。他吓坏了，怕老太太真死了他脱不了干系，撒腿就跑。可跑了几步，一种出于本能的良心让他回来了。他想到，万一老太太没死，自己跑了，让她自己在冰天雪地里过一夜，肯定活不了。即使她死了，她儿女想赖他，他一个光棍，也没什么可赖的。不如过去看看，真能救她一命，也算自己积德行善了。

丁加书想到这里，把老太太抱进小屋，放在床上，盖上被子，点着一根蜡烛，接着出去找了一捆干柴，把火盆烧旺，烧开了一壶水。他去床前摸了摸老太太的额头，感觉还是热的，试了试鼻孔，还有微弱的呼吸，知道老太太还没死。他凉了一碗开水，掰开老太太的嘴，灌了几口，老太太都咽下去了。过了一会儿，老太太苏醒了，看到丁加书在屋里，有些惊讶，少气无力地说："大兄弟，这么晚了，你怎么会在这里？"

丁加书见老太太醒了，忙上前来说："哎呀，真悬啊，我看你屋里没亮灯，以为你没有蜡烛了，就给你买了一包送来。你怎么躺在门外的？当时像死人一样，可把我吓坏了。"

"哎呀，你怎么不让我死了呢？"老太太说，"我真活够了啊。"

"可不能这么说。"丁加书安慰她说，"到底怎么了？你不是和你二儿子一起回来的吗？"

"别提了。"老太太哭着说，"中午你收摊早走了，我二儿子也走了。到快散集的时候才回来，看他那样，肯定去赌博了，而且肯定赌输了。我问他中午怎么没给我买饭，他气哼哼地说，‘就知道吃，难道一顿不吃就得死吗？’我看那样，没敢再要。回来的时候，我就感觉浑身没力气，走路一步挪不了四指。您想想，我一个七十多岁的老太婆，一天粒米没进，滴水没喝，能有多大的能量？走到门前，就摔倒了。要不是你来了，这么冷的天，用不了俩小时，我就成冰棍了。”

丁加书又给老太太倒了一碗开水，看着她吃了两个煎饼，时间差不多到了下半夜。丁加书于是说：“我看你也好了，那你就睡吧，我该走了。”

老太太不让走，说：“你可不能走，你听，外边的风嗖嗖的，像刀子似的，天又黑，抹黑走那么远的路我可不放心。我的小屋虽然小，可有火盆，还暖和点，今天夜里你就别走了，在这里凑合一夜吧。”

“我怕别人知道了说闲话。”

“说就说吧，咱们都这么大年纪了，还怕那些吗？”老太太说，“我看你也是个好人。我的这几个子女都靠不住，要不我跟你过吧，我实在受够了，不想再在儿子跟前看他们脸色讨饭吃了。我还能种地，你能理发，你也让我过几天正常人的日子吧。我这一辈子，前半生都为子女活着，老了反而成了人见人烦的累赘了，我也想为自己活几年。”

丁加书对老太太的话感到有些突然，一时难以接受。丁加书成家的想法一直没变，又舍不得难得的机会。稍微一犹豫，丁加书说：“我倒是同意，就怕你的孩子们不乐意啊。”

“管不了那么多了。”王筱艳说，“没有你，我的命早没了，从现在开始，我就是你的了，你要呢，我好好伺候你，你不要呢，我也不活了，喝药也行，上吊也行，跳河也行，反正我的苦日子是受够了。”

就这样，丁加书和王筱艳住在了一起。王筱艳的大儿子和二儿子知道后，并没干涉，母亲不用他们管吃管喝，他们乐得清闲。村民也有议论的，说王筱艳的孩子不孝顺，母亲那么大了还找老伴，丢人现眼等等。王筱艳的两个儿子并不在意，还狡辩说：“毛主席都说，‘天要下雨，娘要改嫁，由他去吧’。你们说什么也是瞎说。”

在王筱艳那里，丁加书也不是常住，他还要赶集挣钱。平常，他都在家里住，只有赶黑河集的时候，才在这里住一住。丁加书之所以这样，也是王筱艳的意思。有一次丁加书想让王筱艳去他家住，他们登记结婚，光明正大地过日子。王筱艳不同意，对丁加书说：“大兄弟，不是我不相信你。一来呢，我孩子再不孝顺，真到我不能动了，他们不会一点不问的。二来呢，我和丈夫是结发夫妻，还有六个孩子，我死了还想和他埋在一起。”尽管这样，丁加书每次来，都给王筱艳备足一桌的饭菜。王筱艳过上了衣食无忧的生活，丁加书也有牵肠挂肚的人了，两个人都乐此不疲。

可是好景不长，一场变故搅乱了他们平静的生活。王筱艳大女儿大桂，嫁给邻村老周家，生了一男一女两个孩子，虽然不是多富裕，但还能过得去。可就在母亲和丁加书同居的第二年夏天，她十八岁的儿子去河里洗澡淹死了。算命先生过来说，是大桂的父亲作怪。父亲二十几岁就去世了，一直盼着妻子百年后能和他团圆，没想到丁加书从中插了一杠子，白白让他在地下痴痴地等了接近六十年。父亲痛恨孩子没不去制止，任由母亲改嫁。特别是年龄最大的大桂，对母亲连一句责怪的话都没有，气愤之余就把他疼爱的外甥先叫走了。听完算命先生的话，大桂来找两个弟弟了，一定要两个弟弟把那个丁加书赶走。王筱艳的两个儿子就在丁加书再次带着饭菜来到看管房的时候，像两只恶狼似的扑了上去，一阵拳打脚踢，把已经七十岁的丁加书打得血肉模糊，趴在地上不能动弹。王筱艳过来阻止，被大儿子一把推倒了。他们打累了，看到丁加书躺在地上，怕出人命，大儿子说了句“你要是再敢来，非砸死你不可，今天先给你留一口气。”说完，扬长而去。

王筱艳把丁加书拖进小屋，喂他喝了几口水。丁加书缓慢地睁开了眼睛，问：“他们没伤着你吧？”

王筱艳哭了，没想到丁加书伤得这么重，首先想到的还是她。她边哭边说：“大兄弟啊，让你受罪了，没想到这两个狼心狗肺的东西下手这么重啊。”

“只要没伤着你就行，我身体硬朗。”丁加书说，“可惜我们以后不能来往了。哎呀，我一个人苦一辈子了，遇见了你，和你过了几天舒服日子，也值了。”

“我们还会过下去的。”王筱艳坚定地说。

“可他们……我再来他们真敢要我的命啊。”丁加书有些后怕。

“我上你那里去。”王筱艳说。

丁加书眼睛亮了，身上的伤也好像好了，一下坐了起来，说：“真的吗？你不是还盼着不能动的时候，让他们照顾你吗？”

“真的，天亮我们就走。这几个孩子，我看是靠不住了。”

五

王筱艳的两个儿子刚起床，大桂就来了，一听说两个弟弟把丁加书打了，怕出事，就把两兄弟叫在一起说：“昨天把姓丁的打了，别打死了吧。”

“谁知道啊，我哥下手有些重。”大桂二弟说。

“你别把罪都安在我一人身上啊。”大桂的大弟对二弟的话有些不满，说，“姓丁的真死了，你也肃静不了。”

“要不咱们去看看吧。趁着别人还都不知道，他真死了，咱们挖个窝埋了算了，反正他是个光棍，整天赶四集，回家不回家的也没人关心。”大桂说。两个弟弟也同意，三个人于是胆战心惊地来到了母亲住的小屋。眼前的情景让他们肺都气炸了：小屋屋门洞开，凌乱不堪，屋内值钱的东西全都不翼而飞，就连一床破被子也不见了，只剩下一些破烂扔了一地，猛看上去，好像刚被小偷洗劫过似的。三姐弟明白了，丁加书不但没死，还把母亲拐走了。

“找姓丁的算账去。”王筱艳大儿子说。

不过大桂和二儿子没说话。过了一会儿，大桂说：“咱娘是铁了心了，我们找回来她的人，也找不回来她的心。”

“那也不见得。”大儿子说，“我就不相信咱娘看不出哪头轻哪头重。这边是我们姊妹六个，那边是个老光棍。过几年她走不动了，咱娘还不得靠我们？我去说说，她一定会回来的。”

“咱对咱娘也的确不怎么好啊。”大桂说。

二儿子头也低下了。

只有大儿子，好像母亲还欠他们似的，气哼哼地说：“摊上这么没数的娘，真丢人啊。”

三姐弟又说了一会儿话，各自回家了。

第二天，在大桂的带领下，王筱艳的两个儿子、四个闺女、两个孙子、三个外孙，还有两个孙女、六个外孙女一大帮人，浩浩荡荡地来到了丁加书家。丁加书吓得跑了，王筱艳坐在客厅里的板凳上。

大儿子和二儿子一进门就磕头，跪在地上不起来，大儿子抱着王筱艳的腿哭着说：“娘啊，跟我们回去吧。你看看我们一大家子人多好，干吗到这里冷冷清清地过日子呢？以前我们弟兄姊妹都忙，没能照顾好您，从今以后，您想上哪里住就上哪里住，想吃什么我们给您买什么，您说什么我们都听。您就跟我们回去吧。”

王筱艳面无表情，一声不吭。二儿子也过来了说：“娘啊，您要是答应回去，我家的小楼，您想住哪间就住哪间。”

四个女儿也过来，哭哭啼啼劝说。孙子、孙女、外孙、外孙女也轮番上阵，但王筱艳始终不答应，到最后，王筱艳等所有人说完，缓缓地说："你们都起来吧，也别哭了，留着眼泪给您爹上坟的时候再掉吧。你们都大了，也都有了一大家子人家了，我呢，按理说该知足了。"

"那您愿意跟着我们回去了？"大儿子说。

"我是不回去了。"王筱艳说，"你们几个孩子啊，都缺乏教养，这不怨我，怨你爹。你爹死得早，你们都成了有娘生无爹管的孩子，从小养成了只想自己不管别人的性格。也不能全怨你们啊，那时候我们家穷，没有吃的，谁抢着算谁的，抢不着的就得挨饿。也是我们家的条件造成了你们不团结、不孝顺、不善良的品性。我自己的孩子什么样我是知道的，你们劝我回去，还是怕我在这里邻居百舍的说三道四，你们脸面上不好看。实际上我真回去了，你们没有一个人会问我的。你们别在这里哭哭啼啼地弄样了，快都回去吧，我既然来了，就不打谱走了，你们就当我死了。"

母亲态度异常坚决，子女们无计可施。最后，大桂说："今天，就是抬也得把咱娘抬走。"

大桂说完，其他三个妹妹上来了，还过来了几个外孙女、孙女，她们七手八脚地把王筱艳抬上车拉走了。

丁加书回家来，看到杂乱不堪、冷冷清清的房间，不由黯然神伤、潸然泪下，安度晚年的希望骤然成了泡影。

可第二天天刚亮，王筱艳又回来了。丁加书又欢喜又担心地望着她。王筱艳说："我就知道，这几个兔崽子不是好东西，把我弄回家，还是把我扔果园里没人管。"

"你来他们不知道？"

"不知道。"王筱艳说，"他们排了班，轮流监视我。我装作很安心的样子，在屋里睡觉。到了下半夜，我一看监视我的人走了，就摸黑回来了。哎呀，天太黑了，路又不熟，摔倒了好多次，差点没把我摔死。不过，我想来，我就是死，也得死在你门口。”

丁加书很感动，赶紧把王筱艳扶进屋里，给她准备吃的。

六

一连几天，王筱艳的大儿子和二儿子天天来骚扰。可王筱艳藏到别人家了，两个儿子来没找到母亲。他们赖在丁加书家里不走，还要打丁加书，邻居过来打抱不平说：“你找你娘，关丁加书什么事？你娘是带腿的，她想上哪去上哪去，你们当子女的都问不了，丁加书更问不了。”

因为是在外村，两兄弟也没敢怎么动粗，无可奈何地回去了，可还是天天来闹，一直闹了五天，到了第六天，王筱艳的子女、孙子、孙女、外孙、外孙女都来了，摆上灵堂、供桌，给王筱艳送葬。

原来，王筱艳的两个儿子和大女儿回去以后，把亲人叫在一起开了个家庭会议。母亲铁了心要改嫁，当儿女的已黔驴技穷。对于不孝顺的他们来说，母亲改嫁，除去了他们的累赘，他们乐得自在，可人言可畏，村里人都说因为他们不孝顺母亲才走的。特别是自己的孩子都大了，大儿子的儿子快三十岁了，一直没找到对象。曾经有人介绍过几个女孩，可一打听，村民一提起这两家人，都说这两家人可不怎么样，亲娘都不管不问，人家女孩扭头就走了。还有老二家的两个孩子，也到了谈婚论嫁的年龄，可没有人给操心。还有算命先生说的话，他们还怕自己的孩子也向大桂的儿子一样遭灾。

会议开了一天，没有好办法。最后，王筱艳的大儿子说：“咱娘这个做法，咱们姊妹弟兄的名声是臭了。臭就臭吧，也没什么办法，反正现在个人顾个人，别人说三道四也没用，我们也不去管他们。对于咱娘，咱不能让她肃静了。咱明天就去丁加书家，就全当咱娘死了，给她办个葬礼。一是和咱娘断绝关系，二是也等于让咱娘和咱爹合葬，咱爹也不能怪罪咱了。”

大桂有些担心，说：“这样能行吗？咱娘活得好好的，咱给她举行葬礼，人家不更笑话吗？”

王筱艳的二儿子出来说：“咱对外就说咱娘突然死了，该报信的报信，该怎么举行仪式的怎么举行仪式。反正丁加书家离我们这里有三十多里路，等把消息传到咱村，咱什么事都办完了，他们再说什么也晚了。”

于是，六个不孝子女一致通过了这个让人啼笑皆非的馊方案：对外称母亲嫁走以后，突然抱病身亡，他们要给母亲办一个隆重的下葬仪式。这样一场给活人送葬的仪式就在丁加书家里上演了。

大儿子边念叨边烧火纸，一捆火纸烧了一多半了，还在唠叨：“娘啊，您走吧，去和我爹团圆吧。我爹啊，在阎王那里等着您都等了六十年了，他在那里肯定什么都准备好了，住的准备了，吃的准备了，铺的盖的也准备了，就等着您去享福了。娘啊，我们当子女的，多给您烧点纸钱，您都带上，在那边和我爹不缺钱花。娘啊，您走吧，您安心地走吧。”

火纸烧完，几个子女都叨念完，送葬仪式就算结束了。棺材铺老板送来了一口棺材，有人把子女给王筱艳做的送老的衣服铺里面，子女们又哭哭啼啼一番，棺材被运走了，王筱艳的子女和其他亲属都走了。丁加书狭小的小院里只剩下一地纸灰、遍地纸屑和那让人难受的供桌。

子女们给她送葬，王筱艳坐在屋里始终没动一动，也没吭一声，只是看上去异常痛苦，眼泪在眼圈里打转却没流出来。

七

王筱艳的子女们都走了，丁加书去厨房忙了一阵子，给王筱艳下了一碗鸡蛋面，端给王筱艳，说："老大姐，您吃点东西吧，都闹腾一天了，您水米没沾牙。"

"不想吃，也吃不下。"

"那怎么行？身子骨要紧。咱们这个年龄，都是熟透的瓜了，可不能马虎大意。再怎么说，不吃不喝的怎么行？"丁加书劝她。

面对眼前的丁加书，她感到无比的温暖。活到这把年纪，王筱艳从没享受过这样的待遇。即使有一年她摔断了胳膊，也没有哪个子女把一碗热汤热水端到她跟前，都是靠她自己，用一只手烧水做饭。今天能有人给她端来一碗热腾腾的鸡蛋面，她感动得浑身颤抖。一直在眼里打转的眼泪，就像决口的湖水喷涌而出。她抽搐着说："大兄弟，你先放那里吧，你越是对我好，我越是感到愧疚。你是多么好的人啊，因为我，家里成了灵堂。"

"这怕什么？"丁加书说，"咱都是黄土埋到脖子的人了，还忌讳那些吗？我就感觉到啊，咱俩是一路人。自从见到你的那天起，我心里就有你了，幻想着能有一天和你在一起舒舒服服地过几天日子。你在我这里住了这几天，我太高兴了，我就感觉，我即使现在死了，也不枉在世上走这一遭了。"

王筱艳听了丁加书的话，更激动了，号啕大哭起来。过了好一会儿，她才逐渐平息。王筱艳说："老弟啊，有你这几句话，我就放心了。我也就再也不怕子女玩什么把戏了。我现在什么没有了，我还怕你万一不要我了，一脚把我踢走，那我只有死路一条了。你既然那么在乎我，我也铁了心地跟你过了。有件事我得跟你说清楚，原来呢，我想着，自己一个人过很孤单，和你在一起过几年，等走不动了，再回到子女身边，孩子再不孝顺，他们不会眼睁睁地看着我饿死，不管不问吧。可没想到他们会弄这么一手。现在我的葬礼进行完了，什么不怕了，我们登记结婚吧。我想要个名分，到死，我们也在一起。”

“我也是这么想的。”丁加书说，“我怕你还想着你孩子的爹，一直没敢和你提结婚的事。既然你同意，你放心，我会把婚礼办得体体面面的，让年轻人都羡慕。”

转眼就到了农历腊月二十四了，是农村辞灶的日子。年前操办婚礼有些仓促，但丁加书有些迫不及待。他召集全村丁姓人家几个德高望重的人商量，让他们给出主意操办婚礼。丁姓是村里的大姓，丁加书在村里的人缘也很好，大家都乐意帮忙。于是，全村丁姓在家的所有成年人都调动起来了。丁加书拿出了自己所有的积蓄，在村民的资助下，有买家具的，有租车的，有买菜做饭的，有装修房间的，有查日子的。丁加书和王筱艳在农历腊月二十五那天就去县民政局办理了登记手续，结婚的日子就定在腊月二十六。

结婚那天，村里帮忙请来了乐班，天刚亮，丁加书家小院里就响起了喜庆的音乐。王筱艳和丁加书在婚纱店里精心打扮，王筱艳穿着漂亮的婚纱，丁加书穿着笔挺的西服。十辆宝马婚车也装扮一新，良辰吉时一到，车队停在丁加书门口，新娘子缓缓走下车，丁加书挽着新娘子的手，随着喜庆的音乐缓缓踏上红地毯。锣鼓彩绸铺天盖地，司仪、主婚人、证婚人、嘉宾代表就位。一切按照年轻人结婚的程序进行。

晚上，客人都走了，王筱艳捧着丁加书的手，眼含泪花，颤抖地说：“老弟啊，咱今天是不是有点张扬了？”

丁加书深情地望着王筱艳笑着说：“我就要让全世界都知道，你王筱艳，是我丁加书的媳妇了。我们老年人虽然时间不多了，可我们也需要浪漫的爱情和幸福的生活。”

“不过你胆子也太大了，敢和我这个死人结婚。”王筱艳娇嗔道，丁加书搂着王筱艳幸福地笑了。

款款燃烧的红烛映红了两位老人幸福的笑脸，大红的双喜字给这间简陋的房子增添了无比的喜庆。他们的日子还有多久，没有人说得清，但两位老人可以笃定的是，这一生他们尽管历经千辛万苦，但日后他们一定会很幸福。老天爷也在眷顾着他们呢！往后啊，他们一定不会再像之前那样孤苦无助，因为生命中有了另一半，生活就有了依靠，这日子哇，也就有了希望。

双手合十

1

那是一个明晃晃的中午，那天的太阳很高，阳光刺目耀眼，当地的场景都变得影影绰绰，父亲的音容笑貌似乎也越来越模糊，批斗的脚步声凌乱杂沓似乎也已飘出很远。不过，钱正康没有忘记，就是那天他失去了父亲。

那年，钱正康才刚刚五岁。那天中午，母亲照例把绿绿的新鲜麦粒炒熟后，熬成香喷喷的淡汤，一手挎汤罐一手领着他，就径直奔向公社，给做泥瓦匠头的父亲送米仁汤去了。离家前，门前老槐树上的老鸹莫名嚣叫起来，母亲心烦意乱，双眼像钉子一样刺向老鸹，心中却不料一场灭顶之灾正悄悄袭来。还没等走到工地，正巧赶上造反派头子硬逼父亲戴高帽去游大街，一阵躁动，父亲脚下蹬滑，简陋的脚手架将父亲甩到三层楼下。父亲惨叫了一声，倒在血泊里，他的脸空前白净，两只血红的眼鼓得滴溜圆，满手灰浆的手还使劲攥着那把瓦刀，看来实在是难以丢舍苦命的老婆和年幼的儿子。

母亲痛苦地哀号一声，拖着儿子倒是第一时间扑了过去，钱正康紧紧撕搂住父亲，嗓子却一时堵哽哭不出声来，他怔怔地看着父亲没有知觉的尸身，心中首先想到以后父亲再也不用挨斗，不用再戴手铐脚镣，少顷他不知怎么地竟在心中双手合十，凭空憋出一句“阿弥陀佛”，随即趴在父亲身上哇哇大哭，父亲这才安详地闭上了眼睛，撒手人寰，那把瓦刀随之滚落一边。

钱正康珍藏了沾满父亲血迹的瓦刀，也将父亲悲惨的容貌牢牢烙印在脑子里。多少年过去，当年的惨事早已沉寂成陈年的记忆，但钱正康始终难以忘记脚手架下的那一汪汩汩流淌的血泊，母亲当年扯着父亲没有知觉的身子，声嘶力竭的哭号，他更忘不了父亲身后那未竟的建筑，就像他丝毫不敢忘记此时他身上肩负的责任和使命一般。只是多年来，让钱正康始终不解的是，他为什么会在那样绝望的环境中不自觉地蹦出人生的第一声“阿弥陀佛”。

2

钱正康能够考上大学，执意选择建筑学这门专业，归功于母亲那一双辛劳而又苦命的手，或许还有父亲留下来的那把锈迹累累、血迹斑斑的瓦刀的指引。进了大学校门，他想好好修修建筑学这门正儿八经的学问，特别是遇上了偶像般的清华高材生林书品。

中等个黑脸膛的钱正康长相并不够帅，却有着与生俱来的女人缘，无论哪个阶段身后总有几个女孩屁颠屁颠地围着他转悠。初中高中不乏少女粉丝。到了大学第一学年头学期还没结束，钱正康身边就有两个漂亮女生几乎同时向他抛来了爱情的橄榄枝。一个就是后来成为他妻子的李乃静，另一个是叫郑梅的女孩，她其实更为喜欢他。郑梅天生丽质，长得亭亭玉立，肌肤细腻白净，嗓音如铜铃般清脆，性格也开朗，活泼大方，简直就是电影明星，让人一看就知道从小就有良好的教养和优越的生活环境。李乃静与她全然不同，出生于胶东沿海美丽的农村，倒也端庄秀气，知书达理，含蓄温柔。钱正康在男生中也是一呼百应，铁哥们一大帮，因为他不仅是学习上的尖子，琴棋书画，无一不晓，还有他仗义执言，让那些个别不太服气的男生也只能敢怒不敢言。

这天班主任林书品老师沉着脸夹着教案来上课了。他讲的是建筑与景观、建筑与风水以及建筑与社会人文等方面的诸多关系。学生们知道，林老师坚持研习易经等国学精粹，特别对建筑风水、城市风水的研究颇有造诣。钱正康脑子活络，不断向老师请教国学学问，还找来一大摞书啃个不停。当别人还未弄明白时，他已经能提出一连串问题，与老师对话了。

今天的课程是搞一次设计竞赛，林老师布置的题目是以所在街区为背景，重新对对面那座写字楼进行设计。钱正康略加思索后，信手拈来一个点子，一会儿就轻松搞定。李乃静和郑梅却蜷曲在一隅憋得委实难受，想找钱正康帮忙，又怕丢了大家闺秀的面子，特别是两个人都还在提防着对方，里里外外都还得要面子，实在是左右为难。还是郑梅打破了这僵局，跑过去将自己的草图拿给钱正康看，钱正康扫了一眼，咬着郑梅的耳朵半开玩笑地说了一句话："这可不是幼儿园里摆积木啊。"羞得郑梅脸红一阵白一阵。然后，钱正康拿起笔给她勾抹点缀了几下，聪明的郑梅幡然醒悟。那边李乃静坐不住了，也顾不了那么多的矜持，忙不迭挤过来，也将草图递给钱正康，钱正康没看图，先认真地瞅了她一眼，这一瞅，把李乃静差点击倒。郑梅将这一瞬间看得仔细，也领会得真切，越想越发毛。她知道女人开始起了嫉妒之心，大概就是爱情的开始吧。

她们为感谢钱正康，在学校门口外一家小饭店拥钱正康为上宾，围合而坐，郑梅紧靠钱正康，又是夹菜又是倒酒，大献殷勤。那边李乃静看在眼里，急在心里，却干瞪眼没办法。喝起酒来，郑梅和李乃静你刚我强，你一我二，两人都破天荒地喝了五六瓶啤酒。那天晚上，后来被同学们戏谑为上演了一场"梅静争春"的残酷大拼杀。

3

建大校园里那唯一清澈的不算很大的湖叫鲁班湖，湖畔假山一侧本来移植了四棵粗粗的银杏树，两雄两雌，不知何时何因，边上一棵雄树枯死了，现在只剩三棵相依为命，两雌将一雄紧紧包围，却也长得郁郁葱葱，张力十足。

一次林书品出发去兰州，带回来一本叫《真气运行法》的小册子，不知为什么给了钱正康。钱正康出于好奇，与郑梅、李乃静按照书上所说的五步法做了起来。令钱正康万万没想到的是刚一开始做，他就体验到一种气沉丹田的感觉，浑身飘飘欲仙，很快便打通任督二脉。李乃静则毫无反应，郑梅倒是能紧随钱正康的步骤，亦步亦趋。

鲁班湖畔上那三棵银杏树上的叶子渐渐变黄，黄得晶莹，黄得纯正，黄得把秋天的凉爽提前洒满人间。

转眼间，钱正康他们已到第四学年，实习后便可准备论文。

毕业实习开始了，钱正康和李乃静、郑梅为一个组，分派到市建筑设计院。因为院里刚刚接了一个重要任务，就将他们三人也全派去了。当他们知道这个具体任务时，三个人包括设计院所有的人都傻呆了。

原来市里确定，将湖阳市的唯一标志性建筑——德国人建造的文博馆拆除，在原址上重新建新馆。他们的任务就是尽快拿出新文博馆的设计方案。听到这个消息，整个湖阳市人都快疯了。市里有关方面唯一的解释就是，文博馆那圆圆的钟楼顶部，像当年希特勒部队的钢盔，是法西斯侵略的象征，应尽快拆除重建。

这哪儿跟哪儿？有理也讲不清，有理也无法讲，讲了也白讲。

钱正康他们扛着测绘仪器来到文博馆现场，放下家伙，就开始在文博馆里外仔细端详，在一个角落找到了它的标记：

设计：德国著名建筑大师赫尔曼·菲舍尔；

地位：它是世界上唯一的哥特式建筑群落，是亚洲最大的文博馆，并曾被战后西德出版的《远东旅行》列为远东第一馆。

这座洋建筑以宽阔的南立面迎接拥抱客人，入口砌以宽大的花岗岩石台阶，与门前气势雄伟的柱廊呼应，形成匀称、协调的沉实风格，传递给人一种笃实、稳定的感觉。展览大厅呈平面方形，拱穹高十几米，上覆双坡瓦屋面。南北两墙上嵌以宽大的拱形高窗，镶嵌着色彩斑斓的欧式玻璃。最引人注目的是展览大厅与辅助用房之间高高耸起三十多米的圆形钟楼，堪称全部设计的点睛之笔。如果说文博馆是世间汪洋人海中的一座小岛，那么这坚实而高耸的钟楼宛若岛上指引一叶小舟的灯塔。李乃静和郑梅似乎也悟出了点什么，直瞅得目不转睛。

不久，这座非凡的建筑，人们心目中的人生灯塔果然在一夜之间被拆除了，永远消失在人们的视线之中……

那天晚上，钱正康和两位女生来到拆除现场，高高的钟楼早已轰然倒塌，往日喧闹的广场上横七竖八地躺满了建筑尸骨，硝烟弥漫，废墟狼藉，惨不忍睹。有人悲愤，有人哭泣，有人捶胸顿足，还有人在边上烧香磕头，用当地的习俗送别这位共同相处了整整五十年的洋伙计。或许是眼泪，或许是烟尘迷蒙了眼睛，恍惚中感到天地之间陡然失去了支撑，世界又重回到混沌的空间里，漆黑一片，窒息得直让人喘不过气来。忽而又觉得原本连接东西方文明的那条坚韧的纽带一下变得脆弱不堪，似乎要将故国遗留在孤岛之中。

钱正康又一次不由自主吟诵起了那六字宏名，当年老父亲倒在血泊里惨叫的景象如电影般在一幕幕放映……

凄凄未了情，丝丝怀念心。当天晚上，钱正康回去饭也吃不下，跑到宿舍取出二胡，一遍又一遍的反复拉《二泉映月》，将悲愤、控诉、挣扎与绝望系于两弦之间一弓之上，悲悲戚戚，殷殷切切。钱正康还不无感慨地嚷道：当年阿炳是瞎子，可现在我们都是看得清楚明了的瞎子，实在是残忍无比，无法忍受！

突然感觉到两位美女也在陪他忍受精神上的煎熬和心灵上的折磨，还没有吃晚饭，索性将二胡往地上一扔："走，我请客，为刚刚倒塌的文博馆送行，为我们心中永不倒塌的文博馆祈祷！"

大多数饭店都关门了，他们来到一个叫银杏馆的饭店。这儿的服务人员都是清一色六十岁以上的长者，连门口迎宾的也是一位穿着西装打着黑色领结的近七十岁的老师傅，腰板却挺得溜直，见了客人点头哈腰，笑容可掬。入内坐下后，一位近八十岁的长者随即拿来菜单侍奉一旁。钱正康他们总觉得坐不住，老想站起来，因为这些长者差不多都是爷爷的辈分。老将老矣，他们却个个精神抖擞，活力十足。啊，年迈的人尚且如此，那本应凝固的艺术之典，怎么就说毁就毁，荡然无存了呢？钱正康不由自主的嘟哝了几句"阿弥陀佛"。

还没等菜上来，钱正康就一杯接一杯地喝起啤酒来了，他既不劝别人也不等别人劝，拼命只朝自己嘴里狂灌，好像要把自己彻底麻醉，彻底不省人事才算过瘾。一会儿他如诗人一样如痴如醉地朗诵，一会儿又似政治家一样声嘶力竭地激情演说，一会儿又像受委屈的孩子一样哇哇直哭……

月光下的那三颗银杏树，更加巍立而紧凑缠绵。老鸹窝高高悬于树上，几只老鸹绕树三匝，犹豫了一下，又扑棱棱飞走了。

郑梅慢慢收住了脚步，她被眼前这个小伙子的真诚执着的魅力彻底征服了，趁李乃静不在，冷不丁扑过去将钱正康紧紧抱住。此时的钱正康竟然像文博馆矗立的灯塔一样岿然不动，失去了感知，活脱脱就是一堆无血无肉的钢筋水泥的混合物。少许，钱正康突然一百八十度大转弯，猛烈地反扑过来，想要狂拥郑梅。郑梅道："钱正康，你还知道我是谁吗？"

"知道，你是我心中永远不倒的、不朽的文博馆！"

4

在银杏树吐翠欲滴的季节里，钱正康三人默立在三棵银杏树下告别了这个学校，无可奈何地收起了年少轻狂的虚无缥缈的所有梦想。

毕业后，钱正康凭借良好的条件顺利进了湖阳市规划局，李乃静进了湖阳市规划设计院，郑梅则去了市建筑设计院。阴差阳错的是，钱正康与李乃静的婚恋关系越来越明朗。郑梅到底是大家闺秀，自然得体地来了个华丽转身，充当了钱正康和李乃静的红娘，表现得波澜不惊，而且极其尽心尽力，让李乃静和钱正康既意料不到，又好生感激。

钱正康和李乃静结婚的那天，最忙的当然是郑梅了，她不仅是伴娘，还是婚礼现场的总监、总指挥。跑前忙后，里里外外，一直将钱正康和李乃静送进洞房。那刻，郑梅突然觉得异常的空虚，空虚得令人浑身打战。她跑到鲁班湖边，傻傻地蹲坐在银杏树下，一块块月光砸向她，直刺心底。凝望天边那闪耀的群星，她感慨不已。

洞房里，钱正康和李乃静都被酒精熏得微微似醉，顾不上洗浴水还没擦干，就相互拥抱，狂亲热吻起来。一阵史无前例的颤抖与冲动之后，两人实现了天人合一的心心相印。丝丝疼痛后的快感令李乃静销魂迷醉，几乎死过去一般，得到了人生的浴火重生，她激动得无以言状，兴奋就要哭出声来，此刻她无疑是世界上最幸福的女人。随着那一阵躁动与痛感，下部丝丝初夜血点点滴滴地洒在了身上，李乃静急忙拿纸去擦，钱正康制止住了她，而是自己用右手的食指，轻轻地蘸上李乃静的初夜血和着自己身上排泄出来的东西，在李乃静的小腹上洋洋洒洒，顷刻勾画出了一幅似曾熟悉的哥德式建筑：啊，红红的外立面上面是紫色的盖瓦，乳白色的拱形大窗，特别是那刺破天穹的高高的钟楼如点睛之笔，李乃静那圆圆的肚脐正是曾被人唾弃的圆形钟楼的核心结构……

是的，在这特殊的时刻、特殊的节点上，钱正康在用他所学的一点佛法道义为死去的文博馆祈灵转世，负阴抱阳，生生不已。

李乃静激动得半天没舍得洗擦。她知道钱正康的情感所系。她赤裸着身子跑到客厅跟郑梅打起了电话，并把刚才的一切都告诉了郑梅，和她最贴心的女友分享这份幸福和奇遇。两人各在电话一头，各有各的心事和情结，特殊的环境和特殊的节点，禁不得触动心扉，双双都内心澎湃。

5

钱正康回到家中，李乃静的影子无处不在，举手投足间仿佛都有她的音容笑貌相伴，心灵无时不在煎熬，精神无处不在饱受折磨。什么是生死相依，什么叫生不如死？本来两人亲似一体，突然间天各一方，生死两界。这令人无法忍受的人间最大的痛苦，钱正康正在一点一点地品尝和一分一秒地经受。世事的残酷和自己说不出的内疚双重交轧，使肉体与精神上几乎难以承受这番打击。他感到李乃静比自己幸运十万倍，悲惨难熬的是他自己。

半月前那场暴雨发生在下午三时许，闷热难耐了大半天后，突然电闪雷鸣。天空像一口硕大的黑锅一次次被电焊般的雷电疯撕狂咬，一次次被飓风强扒爆裂，瞬间这口大黑锅如掀掉底一般，倾盆如注，使尽淫威肆虐了两个多小时，整座城市似乎变成触礁的泰坦尼克号，巨浪的撞击无处不在，恍惚中不知雨斜还是楼歪，湖阳市这一艘风雨飘摇的残船破坞，岌岌可危。比其他人敏感的钱正康似乎看到了一种不祥之兆，因为他知道这个城市的软肋。湖阳市水系复杂，设施陈旧，特别是近几年龙泉湖下游河道堵塞，污染严重，遇上这样几十年不遇的暴雨，后果不堪设想。可令他一万个没想到的是，灾难的无情棒在悄悄地径直砸向他自己的头顶……

刚刚和妻子通了电话，李乃静说晚上要和同事们一道参加个应酬，马上就上车。钱正康惴惴不安地反复嘱托注意安全，早去早回。可不到半小时，就接到她单位传来的令人无法接受的噩耗。

她们乘坐的商务车走到一个叫蹚水坡水流湍急的地方，南部山区冲下来的洪水都从这儿进城，然后再排泄出去。滚滚洪流已将道路和排水沟拉平，车行驶到低洼处时，刮雨器即使最大转速也只能看到前面车的朦胧的尾灯，方向盘已不再听使唤，车体随着激流直朝排水沟里倾斜过去，好在侥幸被一个硕大的铁制垃圾箱挡住了，大家便纷纷下车涉水逃命。李乃静就坐在司机后面，拉开车门下去就万无一失。可她猛然回首，看到车后面还坐着单位的王大姐，她正慌张无措，老母猪筛糠般紧张得站不起身，就赶快爬过去搀拉，刚刚将王大姐推出车外，商务车和她就被洪水冲进滔滔的排水沟之中……

当钱正康不顾一切地飞奔赶到时，人们才冒险把李乃静从下水沟里打捞上来，他抱着她痛苦欲绝，哭得撕心裂肺。可李乃静已是软面条般的奄奄一息了。

钱正康学佛多年，他知道生命是阴阳的一种聚合，是灵与肉的一种聚合。死亡便是阴阳的一种分离，是灵与肉的一种分离，也是灵对肉的一种出离。此时此刻，对她最大的临终关怀不是别的折腾，而是灵魂的呼唤，是发菩提心，一心专念佛号。正如《往生论》里所说：“一法句者，谓清净句。清净句者，谓真实智慧无为法身。”

钱正康抱抚着无知无觉的妻子，念兹在兹地恍惚着执着着。他与妻子差不多已是生死两界，连接两界的只是李秀梅似即若离的灵魂和那尚未落凉的躯体。

6

月上西楼，群星暗淡，窗外丝丝凉风直往人的心里灌去。李乃静尸骨未寒，又邂逅刚刚空降到泉湖市任市长的林书品老师，使得本来就连续失眠的钱正康彻底睡意全无。

钱正康还是在学校时受林书品的影响而喜欢国学国粹，热衷于研究儒释道的，或许也是早年父亲临死时那一声惨叫长鸣于心，使他自己开始修这净土法门。他深信佛陀当年在讲说《无量寿经》时曾预告天下的那番话，这是能为众生所找到的也是最后一个法门。

常言道：“一觉如小死”，“日有所思，夜有所梦；生有所行，死有所往。”正是在这里，在这个入口处，钱正康知道佛法为了帮助人们摆脱苦厄，才教人们念“阿弥陀佛”，教你用这样的办法来扼住命运的咽喉，为你自己做主。在那万分紧要的一刻，要是你的心思有这样一句佛号升起来了，你也就有一个依靠了。在踏上这个起点之后，阿弥陀佛的清净佛土，就会像一个好梦一样在你的心里显现出来，你也就有希望进入到那样的心境里去。

钱正康为了做到这一点，他习惯在睡觉的那一刻进行死亡演练，临终十念“南无阿弥陀佛”，跟着这六字宏号，心灵像程序一样展开而来，便立马明心净性，进入一个清净的世界。他认为平时入睡时能够养成一个习惯的话，那么到了最后的那一刻，或许才会是有希望的，或许才会是临危不惧的。

钱正康因建筑学的逻辑思维，对任何事物非要把它立起来看，所以，他对佛家“瞬间三世”的因果概念十分合辙扣丝。除此外，他还从城市规划、建筑设计中学到把着重力放在节点上。他认为人生最大的节点莫过于生和死。所以死是需要用一辈子的精力来认真研究和对待的。

他确实下功夫研究过死亡，曾看过一本叫《濒死体验》的译本，书上综合了一百五十例濒死的经历，描述了人们死亡的过程。这个过程最早是昏迷，然后是沉落在黑暗的甬道；不久穿过这个甬道，就会看见光亮；在最后的光亮之中，你一生里经历过的许许多多的景象便显现出来。不过再往后，就没有哪一个活过来的人有所继续的经历了，当然这些成果已经非常重要了。佛法就把死亡的一瞬间光明称为“死地中有”。按照前人的发现，此时你若不惊慌，不畏怖，让你的慧心安住在这一片光明之中，与这光明融为一体，你就能够回到生命的本源上去，由此而出离三界，摆脱轮回。在那万分紧要的一刻，如果你的心思里升腾这样一句佛号，也就有了一个依靠。

7

郑梅今天异常兴奋，因为她又独立接了一张大单，还要以她为主实施设计，这对一个年轻的设计室主任来讲是多么重要。郑梅确实也很有这方面的才华和天赋，去年参加全国一级注册建筑师考试一次通过，令全院的同行仰慕不已。毕业十年来，她也是风风雨雨，坎坎坷坷，人生之路走得并不轻松。情感世界里依然孑然一身，有事无事就朝钱正康和李乃静家里跑，好像他们生活在一个共有的家中一样，女儿苗苗整天也跟着她喊她郑妈。

钱正康一毕业就被列为省委组织部的选调生进行跟踪培养。他发挥了上学时的优势，又与时俱进地博采百家、吸收时兴的新潮做法，凭着对建筑和城市规划的执着和痴迷，以及对事业的热爱和敬重，他事业有成，已是规划局副局长，并全面主持局里工作。

当郑梅彻底知道这个项目的背景后，像吞了一只苍蝇一样恨不能立即吐掉，那一颗原本像热罐子般的心一下透心凉。拿到的这个设计项目是高达十八层的九州大厦。项目开发公司老板甄聪明将她叫去，如此这般地先跟她交了一番底。

她当然知道，湖州是一个典型的山水城市，为了保留湖光山色的城市景观，湖州城市规定在万佛岭与龙泉湖之间绝对不得建设高于六层的建筑，否则会将山水文脉彻底堵死。

郑梅知道甄聪明官场上的厉害，苦恼于自己陷入了一场生与死的博弈。她觉得坠入了歧途，与林老师教诲的方向反其道而行之。这天，甄聪明不由分说，以年薪五十万元聘她为集团副总裁，主抓设计开发，同时还让她与市里两位高官一起吃了一次饭，让她亲眼见识一下甄聪明的人脉实力。

无奈之下，她就带着几个助手关在屋里闭门造车，像特务一样见不得阳光，见不得同学老师。偶尔去钱正康和李乃静家，也是支支吾吾，说不所以然来。他俩还以为是郑梅在热恋呢，就不多追问。

纸里是包不住火的。此事还是很快被李乃静发觉了。

“你这是背叛，背叛老师，背叛学校，背叛了自己的良知！”钱正康在咆哮、在指责。

郑梅自然感到十分沮丧羞愧：“我也是没办法，盛情难却呀！”

“什么盛情难却，你还不是为了那点臭钱吗？”钱正康越说越激动。

钱正康要她把设计图纸给他看，她犹豫了一下，随即从手提包里取出设计小样递给了钱正康。钱正康打上眼一瞥，当场就感到被什么东西猛烈刺激了一样，干咳嗽了两声，紧接着大吐起来，将刚才吃的东西全部喷了出来，肠胃绞痛不已。郑梅和李乃静急忙开车送到医院急诊室，打上吊瓶。

8

那天郑梅从钱正康的病房出来后，只身一人去了机场。原来，她姑姑在美国开一家建筑设计事务所，姑姑年龄大了，一直想让她过去帮助打点，可郑梅总是下不了决心。这会儿她是山穷水尽，只有逼上梁山了。对甄聪明这边，可以说是不辞而别，什么年薪什么汽车她概不顾及，但她临走还是给钱正康和李乃静写了一封长长的信，深深诉说了他们的友情，表达了她的过错和愧疚，以及精神上的扭曲与窝憋，唯一的选择就是逃避与忏悔。

郑梅虽然将她的设计图纸带走了，可甄聪明通过郑梅的助手硬是将九州大厦的设计搞起来了，设计图纸上竟然赫然标明国家一级注册建筑师郑梅的名字，并盖上了她的有效印章。

甄聪明拿着市里主要领导的亲笔批示，找钱正康办理九州大厦规划审批的诸项手续。钱正康仔细查看这些资料和领导的批件，脑袋立马膨胀，胀成一顶大大的干枯的树冠，不小心被什么东西触及了一下，树叶哗啦啦顷刻间掉落遗尽，只剩下干瘪的枯枝在风中摇曳，五脏六腑也已纤维化，没有任何灵性。他彻底迷懵，就要崩溃坠落了。

他只觉得他个人的力量太渺小，丝毫无法应对强大的顶头权威和强势企业的联合进攻，只能感叹正义的力量竟如此微弱，邪恶势力竟如此猖狂。面对这场悬殊的较量，失败和缴械是没有任何悬念的结局。

无奈，钱正康只有选择弃权。他向市政府郑重提出辞去市规划局长的请求。但很快传下指示：就是辞职，也要将九州大厦的手续办完。经过一段时间的软缠硬磨，后来还是在钱正康不在机关的空当，甄聪明将所有的审批手续全部办理，在签章处依然显示的是钱正康的名字。

匪夷所思的事情还在后面呢！大楼从开工之日起就一直遭群众的唾弃，刚一封顶，就立即引来了全市人民的激烈反对。在那年的市“两会”上，许多人大代表和政协委员对此事联合提出质疑，要求现场给予答复。市政府还是推出钱正康为替死羊，上去被审讯了一番。

此后不久，市委、市政府又为了遮人耳目，公开宣布免去钱正康市规划局长的职务。困惑中的钱正康曾去学校找他崇拜的林书品老师，可林老师已经去胶东海边挂职做县长了。

他就这样回家，当上了待业人员。

9

到底是自己的老师知根知底，林书品举贤不避嫌，钱正康又官复原职，就任市建委主任。上任后最重要的使命就是尽快将人们深恶痛绝的九州大厦炸掉。

这天，钱正康带着一个精干的工作小组来到九州大厦集团，与集团和业主代表洽谈补偿和安置协议事宜。钱正康将市政府制定的政策向大家宣读，并现场回答他们诸多疑问，整个会场气氛一直平稳有序。后又分成几个小组具体商量有关签订拆除补偿安置协议的事项。这时，现场来了为数不少的不三不四的人，而且气势汹汹，问急了还骂骂咧咧的。钱正康感到事情蹊跷，正准备打电话向政府领导汇报。

这时这伙人向他围拢上来，为首一个咧开大嘴叫道："你就是钱正康吧？"

"我是钱正康，你们要干吗？"

"干吗，当初就你批准建的，现在又是你极力炸掉，这么瞎折腾还叫我们老百姓活命吗？"

没等钱正康再做解释，上来三五个黑社会模样的家伙，抡起有文身的粗胳膊，架起拳头就朝钱正康劈头打来。

这伙暴徒不管三七二十一，一顿拳打脚踢后，钱正康无招架之力，只觉眼前发黑，鼻子眼睛全是鲜血，身体像一堵厚厚的墙垛重重地倒下，随即就不省人事昏了过去……

10

钱正康躺在医院整整三天了，还是没有任何反应，年迈的老母亲拖着病弱的身体在一边团团转，老人家已是三天三夜没合眼了。

辛苦一辈子的母亲，忍受着人间的悲怆与凄凉。媳妇刚刚没了，儿子又弄成这样，死不死活不活的，她羸弱的身子怎能承受得了，整天以泪洗面，长吁短叹。

在这个节骨眼上，郑梅竟然神神秘秘地回来了，一下出现在钱正康的病房里。

郑梅去美国姑姑那儿转眼已经数年，如今出脱得就是一朵艳丽的洋玫瑰，比过去更显得时尚和前卫，成熟和持重。她在姑姑的事务所里发挥了顶梁柱的作用，很快博得了姑姑和同事们的好评，她还在美国耶鲁大学修完了建筑学博士全部课程，获得了全校屈指可数的奖学金荣誉，并且参与和主持了国际上许多颇有影响的建筑工程设计。

然而，故乡情结在她的精神世界里一直挥之不去。湖阳虽小，在她心目中却无比高大，这儿有她太多太多的情感和人脉，是世界上任何地方都不能替代的，也是无法遗忘的。最近听说林书品老师到湖阳市工作，又听说李乃静被洪水淹死，更得知湖阳市要设计建筑世界一流的文博馆。是啊，她和钱正康一样与这个文博馆有着太多的感情，当年经典老馆的殉殇和新馆的夭折带来的伤口似乎还在洒洒流血。于是乎就再也按捺不住自己，毅然决然地告别了姑姑和同事，从地球那一面归心似箭般地飞了回来。

一路上她一直在想如何给钱正康一个天大的惊喜。万万没想到日想月盼的老同学竟会成这么个样子，她抱着苗苗哭得就要晕过去。看看他们一家，老的老、小的小、病的病、死的死，走遍全世界恐怕也找不出这样不幸的家庭，怜悯和责任占据了她那本来全属于建筑空间的心。

冥冥之中，钱正康似乎跌落到万丈深渊，继而是无边无际的似乎永远也穿不透的无底洞。不知过了多久光景，多远距离，突然前面如苍龙出海，逐渐呈现一片光明。蒙蒙眬眬中他看到一帮好似熟悉的又似乎毫不相干的人在劳作、在玩耍，其中竟然还有李乃静的身影，似乎还有老父亲惨叫的声音。他随即去追赶和拥抱，可他们谁也不理他，争相将他从高高的山峰往下推，他用力挽住了李乃静的胳膊……

郑梅懂得佛法为了帮助人们摆脱苦厄，才教人们念阿弥陀佛的，正是在这里，在这个入口处，用这样的办法来扼住命运的咽喉。在那万分紧要的一刻，要是人的心中有这样一句佛号升起来了，也就有一个依靠了。在踏上了这样的一个起点之后，阿弥陀佛的清净佛土就会像一个好梦一样在心里显现出来，进而才有希望从这个关隘上跨越过去。

此时此刻，郑梅，也只有郑梅知道得一清二楚，她正在全力吟诵那个非常佛号。

慢慢地，钱正康的嘴唇似乎在微微启合。

“阿弥陀佛……”隐约听到有个熟悉的声音在吟诵他最为熟悉的佛号，就一起圆融附和，一遍、二遍、三遍……

钱正康眼睛慢慢启开一条缝，然而幻觉旋即又将他拉回。因为他耳边传来了像李乃静一样遥远而又熟悉的呼唤。他苦苦寻觅李乃静的身影，希冀得到她的确认和热拥，去和她团聚。眼睛又几近眯合……

这边，郑梅又加大频率，调高音量。她多么希望能去亲吻他，恨不得用自己的全部身体去感温他。

像是一场势均力敌的拉锯战，钱正康在生死的边界上打起了穿梭战。郑梅和李乃静争夺钱正康的激烈战斗厮杀得天昏地暗。

“称兵相若，则哀者胜矣。”关键时候，远古的老子早有定夺之言。慢慢地，最终钱正康还是苏醒过来了……

“正康，正康，醒一醒，我是郑梅呀。”

一时，钱正康搞不清是在天堂还是人间，是在梦里还在现实，喃喃地语无伦次：“阿弥陀佛，乃静？啊，怎么是郑——梅？”

“啊！是郑梅！”钱正康不仅没有任何庆幸，反而显露出怅然若失的极度失意。

见钱正康醒了，妈妈和苗苗都扑了过来，郑梅也抓住了他的手。大家一直在品尝着人世间生离死别的苦苦涩果。

这时林书品老师前来看望钱正康，郑梅殷切地对他说：“老师，快把九州大厦炸了吧，那是全市人民的障碍，也是我人生上的耻辱柱啊！”

郑梅说到做到，湖阳市文博馆设计国际招标一发标，她就第一个报名竞标。随后，拉起队伍，摆开阵势，正式开始了一系列战略组织工作，为发起文博馆中标的总攻做足准备。

11

“咕隆隆……”一声闷闷的震响，十八层的九州大厦轰然倒下，强烈的火药和楼体倒塌的后坐力，激起的巨大的蘑菇状烟尘腾空而上，楼体朝着预定的方向永远地倒下了。

尘埃落定，烟尘随着这幕不该发生的历史逐渐散去，天空豁然开朗。突然，南面的万佛岭上，奇迹般地出现一道犹如雨后彩虹一样的光环，映照得整个城市南部金光闪闪，美轮美奂。

成千上万的老百姓走出家门、走出办公室、走出工作间翘首观看，见证这个非凡的时刻，不少年龄大的居民见佛光浮现，纷纷说老佛爷显灵了，连连磕头作揖。附近居民不知从哪儿弄来爆仗，还噼噼啪啪地放了起来。

此时此刻，两个命运截然不同的女人在现场不同方向的楼上，仔细观察着这儿的一举一动，这儿肯定与她们的命运息息相关。正西方一个楼上，甄聪明忽而似热锅上的蚂蚁，忽而如失魂落魄的落汤鸡，神情呆滞地凝望这个曾让她大红大紫的地方，那爆炸声就像炸在自己的胸膛里一样。她想起红楼梦里那句话："忽喇喇似大厦倾，昏惨惨似灯将尽"，大有世界末日来临的感觉。这个失去理性的娘们穷兵黩武地在制订着实施报复的几步蛇毒计划……

在东侧一栋高层写字楼上，郑梅在她新入住的宽敞现代的设计事务所办公室里，眼看着大厦顷刻之间化为灰烬，她的心激动得简直就要跳了出来，这个曾让她蒙羞的带来诸多麻烦的建筑终于灰飞烟灭，竖在天地之间的那根耻辱柱总算永远地拔掉了，真是"山重水复疑无路，柳暗花明又一村"。她兴奋地不顾一切地给钱正康拨打着电话。

半年后，这儿建成了一片绿地广场，为了留住历史，铭记教训，索性就叫"九州广场"。还特意在广场的中间矗立一个不算高的碑座，四周无一个字，仔细端详却极像九州大厦的模型，不少居民经常将鲜花供奉在上面。

人们每当在这里散步锻炼，向南可直眺莽莽万佛仙岭，朝北即俯仰沧沧龙泉湖，天地相应，乾坤相谐，万物相顺，一派生机勃勃。

12

郑梅如愿以偿地中标拿到了文博馆的项目。根据市里的安排，由钱正康带队去欧美著名建筑现场详细考察，争取创出世界一流精品工程。郑梅当然也在其中。

第一站来到悉尼。李乃静的姐姐移民澳洲多年，年老的母亲就住在她家。钱正康下了飞机便径直过来看望老岳母，他知道老人家平时喜欢喝点高度酒，特意捎来了两瓶国酒茅台。

钱正康触景生情，既缅怀李乃静，又愧对老母亲的双重情感在心中翻涌，什么语言也显得干瘪无力，只是一个劲儿给老人家一杯一杯地敬酒。老人家心情先是阴雨连连，而后多云转晴，一转晴酒劲上来了，钱正康却有点儿招架不住了。随同而来的郑梅看着钱正康的样子着急，故连连替钱正康代酒说情。老人家见此场面，越发高兴，把那些悲伤的事一股脑儿都撇在了脑后。

郑梅陪钱正康打车来到酒店。在酒精的作用下，钱正康又陷入沉痛之中。平时钱正康只要喝多了酒，他就特别容易伤感，有时竟一个人打车去墓地，在李乃静的墓前哭个不停，一次在外地出发竟抱着一棵树大哭了半天。郑梅今天在场，他有所遏制，但一种纠结还是隐隐作痛。郑梅将钱正康安排进房间就退了。钱正康洗完澡披着浴巾从卫生间出来时，发现郑梅穿着睡衣正躺依在自己的床上，他愣怔了一下，赶紧慌忙去找衣服。这时郑梅上来把钱正康紧紧地抱了起来，钱正康张了张嘴又合上没说什么，也没什么表情，任凭郑梅在折腾。

他知道郑梅的心思。钱正康迷迷糊糊站立不稳，被郑梅摁到床上，小声地说：“正康，我现在都还为你留着初夜血，相信不？”

钱正康仍然不语，只是瞪了她好一阵儿。郑梅赤裸身子，仰卧着伸出双臂，意思是说“你今天也该给我画幅初夜血图了”。

钱正康只是喃喃地：“阿弥陀佛……”

念叨着就将郑梅的身子摆正。啊！像她的名字一样，胴体晶莹剔透，曲线优美，肌肤光洁滋润，凭良心讲要比活着时的李乃静不知强多少倍。钱正康还是急忙将睡衣把她的下身盖起来，又顺手拽过一个薄薄的洁白的枕头把她胸部那两堆圆挺挺的东西遮挡严实，他觉得看一眼都是罪孽。再美丽的外貌，再优雅的外立面，只能是外在的，而钱正康孜孜追求的依然是那广阔天地、微妙玄达的内在空间，特别是那心灵清净的空间，包括对方当然更包含他自己。

钱正康用力咬破右手食指，在郑梅细润白皙的腹肌上勾勒出了一尊鲜红端庄的阿弥陀佛，陀佛右手莲指垂洒，左手腹前捧一朵莲花，郑梅那圆润的肚脐正是莲花的莲心。优美造型。而后在其下方工工整整地血书六个大字“南无阿弥陀佛”。血还在洒洒地流，索性在其左侧、右侧和下方分别各点画了三个感叹号！

啊！三三见九，又是一个十颂佛号。不知意味着他和她的爱情已到尽头，还是预示将要浴火重生凤凰涅槃？醉意迷蒙，他自己也悠忽不解。

此时此刻，郑梅全身极度渴望，在使劲地抽搐抖索。看着她那泛着润韵的性感的双唇，钱正康只觉一股真气从下丹田直入会阴穴，而后又经命门上至天门穴，旋即直进口中，嘴里积满了津液，他还是毅然决然地将其吞进自己的肚子里去了。郑梅全身已是如火山爆发，又如大坝决堤，趵泉突突。尤其胸部的那两团肉滚滚，一起一伏，如波涛汹涌的大海，激情四溢，浪花翻滚。然而，钱正康的双手却始终纹丝未动。

郑梅几分伤感加十万分的尴尬难堪，无以自持，恨不能钻到地底里去。她并不是一个坏女孩，此刻她只求心上人能给她一个微微的吻，一个轻轻地抚或者是一紧紧地拥抱，她就足矣，甚至是死亦足矣。

可是，无动于衷的钱正康令她失望极了。

少顷，郑梅“哇”地哭出了声，用手使劲捂住嘴，披好衣服，趔趄着身子跑回了自己的房间。

或许是他们被悉尼歌剧院、英国白金汉宫、法国凡尔赛宫等世界顶级建筑典范彻底震撼了，很快将这点儿女情长遗忘殆尽。

回国后，郑梅充分吸收其他方案的优点和出国考察的成果，大幅度地做修改和深化完善，最终取得了各方面的一致认可。

项目在一片欢呼之中破土动工。

13

第六感觉使钱正康感到事情并不会如此顺利简单。果然，一场浩劫又在悄悄地向钱正康逼来。

这天晚上钱正康有应酬，发了个短信告诉女儿照顾好自己，可等钱正康回家后却不见苗苗的踪影。一种不祥之兆立马袭上心头，急忙打电话，可总是不通，越发意识到问题的严重性。一线希望寄予郑梅那儿，可郑梅也是一无所知。

他和郑梅各自驾车跑遍了学校、网吧、电影院等地，差不多深夜时分，他俩不约而同地想起文博会施工现场。

老远就觉施工现场一反常态，居然一片漆黑，如死寂了一个世纪一般。他们从工棚里叫醒值班人员，睡眼惺忪的民工一问三不知，懵头转向。钱正康一边迅速查看现场，想法接通电源，一边径直朝施工大楼主体靠去。

文博会主体施工已过十层，黑黢黢的庞大的主体结构罩在脚手架和外部围挡中，显得格外压抑和恐怖。一抹细细的月牙斜挂在天边，晚风忽高忽低地阵阵淫吹着，把人的心都提到了心口眼上，呼吸似乎也被凝结了一样。

敏锐的郑梅突然觉得高高耸立的塔吊架顶端上似乎有什么动静，急忙拉钱正康走进底下仰望细观。透过夜空，果然似一个人影在上面蠕动，钱正康急忙喊了一声“苗苗”，上面动静变大，还有“呜呜呜”的喊不出来的动静。一下，钱正康他们全明白了，顾不上骂那些没良心的惨无人道的畜生。

没有电源，上不去，下不来，犹如笼中之鸟。钱正康急得直跺脚，一边嘱咐上面不要动，沉住气，一边回身再去查看调度电源。这时只见郑梅将外衣脱下扔在地上，索性顺着塔吊立架一步步摸索着攀登而上，一层、二层、三层……郑梅细润的手勒出了血，轻薄的衬衫上划破了多处。她渐渐看清了苗苗，嘴里堵满了什么东西，上身被捆绑在吊塔顶端长长的横向吊臂上，大半个身子悬在空中，摇摇晃晃的脚手架将苗苗杵得岌岌可危，随时会像秋后的树叶随风飘落坠下。

郑梅看在眼里，越发急在心里，使尽吃奶的力气不顾一切地攀升，身上有血有汗，还有白天施工残留的灰浆。

“郑梅，小心！”钱正康知道他这副身子是干瞪眼没法子。

郑梅终于爬到顶端。急中生智，顺手拽了根绳子捆在腰际作为保险。可是，在黑暗的高空中要解救苗苗可并非易事。因为接近悬空中的孩子难，松动绳索解救孩子更是难上加难，稍有不慎就意味着巨大的危险。她只好慢慢蠕动着靠近苗苗，摸索着轻轻地将她上提，向里挪动。

就在这时，电源终于追回来了，工地的灯光刹那间齐刷刷瓦亮一片。

“赶快开塔吊上去救人！”火急火燎的钱正康在大声命令着。

“不要开，塔吊千万不能开！”郑梅近乎声嘶力竭地朝下面叫喊起来。

原来，郑梅猛然发现苗苗身上捆绑的绳索连着塔吊上面的立架，一旦塔机转动，苗苗身上的绳索就会自动解脱，后果不堪设想。很快大家都看了个明白，都在咒骂那些机关算尽又十恶不赦的歹徒。

郑梅已经精疲力竭，她咬紧牙关，一点一点地向苗苗接近，一步一步地拼搏着。好不容易靠上去了，她首先趔趄着身子费力将苗苗嘴里的东西抠出。又折腾老半天，苗苗身上的绳索终于解开，但孩子离塔吊主体立架还有一步多距离，郑梅站起身，将自己的那根保险绳扔给了苗苗，叫她扎紧。自己像一名高空绝技演员凭空在引领和牵拉。啊，在场的人都惊叹她在悬崖上滑快冰呢！

钱正康等人在下面干着急，帮不上忙。一时，下面站满了黑压压的人，个个都紧张得喘着粗气，大家的心都已经飞出去了，飞到了那高高的塔吊上面。

突然，郑梅猛得一用力，苗苗倒是安安全全地跨过来了，她却脚下一滑，身子一下失去平衡，如同塌了半面墙般朝着大地径直跌落下去。天哪，垂直往下是那空空如也的大地。

“哎呀，啊——”苗苗禁不住惨叫了一声。“阿弥陀佛！”这一声惨叫，在钱正康的耳朵里听起来，与当年的父亲可谓异曲同工。

只见郑梅坠落到半空，不料被脚手架伸出的水平钢管扣件一下弹向了另一侧，继续飘然向下跌落。

或许是阿弥陀佛的佛力，苍天有眼。巧的不能再巧的是，郑梅最后竟然被现场的安全防护网稳稳地接住了。像渔网捞到了一条大鱼般重重地砸沉了本来近似平整的防护网底部，郑梅烙烧饼一样在上面横竖扑打滚了个，而后躺在上面一动也不动了……

钱正康已经顾不上女儿了，让别人开塔吊上去解救苗苗，自己指挥一帮人不顾一切搭救郑梅。

一阵紧张的折腾之后，郑梅和苗苗几乎同时被解救到了地面。

女儿只是担惊受怕，却毫发无损。

郑梅却是奄奄一息，钱正康在学校的急救课目比赛中曾得过名次，没想到今天竟派上用场。他轻轻地将郑梅平躺在地上，用手试了试鼻息，连续掐了掐人中穴，果断地开始实施人工呼吸。

只见钱正康毫不犹豫地拉开郑梅的上衣，两手使劲地按压她那丰满的胸部，一起一伏，一起又一伏。随即伏下身子索性用自己的嘴对准郑梅的嘴，一吸一呼，一吸又一呼……

此刻，钱正康当然没有忘记那十颂宏号。

一遍下来，郑梅似有反应。钱正康再接再厉，当第三遍做下来时，郑梅已经慢慢地睁开了双眼。

啊，她到底还是在这一场人生最后的遭遇之中穿越回来了。

突然郑梅抓住钱正康的双手，使劲压在她那厚厚柔软的双胸上，旋即又移动双手疯狂地死死搂住钱正康的脖子。四片嘴唇横向交织在一起，两条舌带纵向缠绕成一线，钱正康来自命门、天门的进而溢满全嘴的津液如同甘泉一股脑儿滋养给了郑梅。

暗淡的灯光下，钱正康却看得真切，郑梅刚刚还是苍白如纸的脸竟然奇迹般泛出红晕，露出灿烂的微微一笑。她庆幸自己大难不死，她更庆幸自己得到了自己想要的那一切；就算此时此刻就是真的死啦，她也可以毫无遗憾了。

14

一年半之后，文博馆在东部訇然然屹立，当外包装自头至脚一件件彻底脱光后，人们近似疯狂地争相一睹为快，争相领略这座城市新坐标的艳丽风采，它无可争议地被定为湖阳市的标志性景观建筑。

这儿和谐康宁，那些为人所不齿的歹徒早已遭到应有的惩罚，湖阳已是“柳暗花明又一村”了。

大功告成，命途多舛的钱正康则急流勇退，坚决辞去了建委主任的职务，执意去市规划院做起了一般技术人员。他自知他的信念与职务不符，为了那神圣的宏业和自己的执念，钱正康是丝毫不会犹豫动摇的，哪怕是回家重操老父亲的旧业，哪怕是也从高高的脚手架上摔下来，他也会义无反顾。

德国人莱菲尔先生今年七十多岁，当年湖阳市的文博馆，他就是设计者和见证者。他一下飞机，就径直来到这儿，里里外外、正转倒转，瞅摸得细致入微，渐渐地，表情由挑剔、审慎、怀疑到认可、默许，似乎还有些敬佩。

第二天，钱正康和女儿苗苗的手机上同时收到郑梅的一条短信：“我要回美国了，你们多珍重！”

钱正康驾车拉着孩子飞速狂奔机场，脑海中只有一个念头：不要走，郑梅！哦，郑梅，不要走！郑梅！钱正康心中止不住呐喊，他的车开得更快了，他感到自己的心痛楚着，握方向盘的手焦灼而紧张。疯狂地开到飞机场，停下车，急忙拉着女儿的手来到前台，得知飞机准备就绪，马上就要起飞了。站在广大的机场，望着川流不息的人群，钱正康渴求着上苍，希冀自己还能再见到郑梅一面。可事与愿违，他双手抱着头有些颓然地蹲在地上，眼神苍老而忧伤。正在此时，小苗苗突然兴奋地大声喊着："爸爸快看！"只见一望无际的飞机场，郑梅乘坐的班机正从跑道上起飞，顺着一条斜线呼啸而起。小苗苗两手呈喇叭状朝着眼看就要消失于天际的飞机声嘶力竭地喊着，喊声刺破天穹。

钱正康望着已经高飞远走的飞机，泪盈于睫，突然他双手合十默默地祈祷着："阿弥陀佛，你要保重！"飞机终于看不见，钱正康望着晴朗的天空，眼神不再落寞忧伤，他仿佛听到妻子在耳边催促自己快去呀，钱正康！他终于开了窍似得了某神启一般，抱着小苗苗来到飞机前台，定了两张去往美国的飞机票。他亲了亲小苗苗，声音里有一丝颤抖，也有一丝幸福的憧憬，他对小苗苗坚定地说：我们要乘坐下一航班去把你郑阿姨给找回来！

王筱喻作品集

（下册）

王筱喻 著

CFP 中国电影出版社

图书在版编目（CIP）数据

王筱喻作品集 ：全3册 / 王筱喻 著. --北京 ：中国电影出版社，2017.4

ISBN 978-7-106-04700-9

Ⅰ.①王… Ⅱ.①王… Ⅲ.①中国文学-当代文学-作品综合集 Ⅳ.①I217.2

中国版本图书馆CIP数据核字（2017）第 079307号

责任编辑：贾　伟
封面设计：敬德永业
版式设计：李庆辉
责任校对：涑　源
责任印制：庞敬峰

王筱喻作品集（下册）
王筱喻　著

出版发行　中国电影出版社（北京北三环东路22号）　邮编 100013
电话：64296664（总编室）　64216278（发行部）
64296742（读者服务部）
E-mail:cfpygb@126.com

经　　销　新华书店
印　　刷　北京万友印刷有限公司
版　　次　2017 年 5 月第 1 版　2017年5月第1次印刷
规　　格　开本/710 mm × 1000 mm　1/16
印张/48　插页/0　字数/612千字

书　　号　ISBN 978-7-106-04700-9/I · 1161
定　　价　119.00元（全3册）

尼山重光

——序王筱喻报告文学集

李炳银

王筱喻还是一个部队的新闻干事的时候，就已经开始新闻作品的写作，并因写作而立功。在20世纪80年代以后，他又开始文学写作，走向报告文学创作的道路，算起来已有30多年报告文学写作的历史，是这个战线上的一员老兵。他当年的报告文学《红楼弦外音》曾发表在《报告文学》杂志1989年第9期上。但我与他的交往还是前几年的事。

2013年，王筱喻退休后，一个偶然的机会，他得知了尼山书院建设的情形，深知此事非同一般，就用半年多时间深入国学研究传播一线，与一帮痴心于国学传承教育的老知识分子打成一片，经多时对多人的直接现场采访，写出中篇报告文学《尼山重光》，将在山东尼山兴学的不少钟情儒学研究推广的很多人的事迹最早给予真实传扬。作品中十分真实具体地描绘了王殿卿、陈洪夫、牟钟鉴、田志锋、丁冠之、赵法生、刘示范、颜炳罡、金英涛、张践等许多人在尼山书院筹备建设和开展学术业务活动中，珍爱传统文化，全身心地投入弘扬儒学精神的生动感人故事。作品在《时代报告·中国报告文学》杂志

2014年第5期头题发表。尔后，《齐鲁晚报》用两个月时间进行全文连载。《建设报》等报刊做了选载、摘登。山东省里不少领导同志都在认认真真地竞相阅读后，给作家的选择写作以充分肯定。为此，山东省委宣传部和《光明日报》还在尼山圣源书院共同举办了山东乡村儒学现象研讨会。曾经给中央政治局集体理论学习讲过课的著名新儒学大家、中央民族大学教授牟钟鉴先生看过之后在他的博客上说：看了《尼山重光》非常振奋，作者有思想家的境界和眼光，又有文学家的激情和风采，把尼山圣源书院蓬勃的文化生命力展示给社会，将有力推进中华文化复兴。

王筱喻的这部报告文学集子，大部分收录的是他在20世纪八九十年代写作并发表的作品，时光虽然转过了30年，这些作者积极投身现实生活，文学式地观察感受各种社会人生对象的作品，依然富有一种生活气息和主观的激情，表现出一种建设文明正义和社会富足的力量。虽然，时间轮转，今天读来，或许有物是人非之感，但他那朴实的文风和正直的秉性，依然让人心有所动，感受不少……

2013年6月中旬，我到泰安开会，再次参观曲阜“三孔”之后去了尼山的圣源书院。初到这儿，只见尼山之麓，有一群灰瓦白墙排列有序的建筑，庄严肃穆，直觉山风习习，空气清新，四野宁静。在见过王筱喻《尼山重光》中的诸位主人公后，我深为书院创办者和许多文化学者对发扬传统文化的精神和行为所感动，更对王筱喻这种执着的文学社会责任感到钦佩。临行之时，主人索墨，我虽拙于书写，但有感于此行，随书留念：

泗水扬波洗心地，
尼山开馆道问学。

是为序。

2017年3月于北京

别样的清新和芬芳

冯德英

我和王筱喻并不十分熟悉，确切地说，只有一面之交。但他的诸多篇报告文学作品，却给我留下深刻的印象。

王筱喻是位勤奋的作家，也是一位有着敏锐政治嗅觉的作家。这几年文坛上时兴的是“远离政治”，王筱喻的作品却是篇篇和时代、社会脉搏、政治生活紧密相连的。一个真正的报告文学作家，如远离了时代、政治和人民，除了编造神话或是无中生有，再不就是对善良的人们进行恶意中伤，凭主观臆想去否定一切，还能创作出什么样的作品呢？这样的人和作品文坛上数不胜数，正由于此，王筱喻的作品才有着别样的清新和芬芳。

王筱喻在部队和地方从事新闻工作十几年，新闻这一行是最能锻炼人的笔力、开阔人的视野的。因此，在王筱喻的报告文学作品中，既有大跨度、全景式、场面恢宏的国际风筝会实况，又有描写细腻的闪烁在企业界、文化、教育、卫生、科技等领域平凡岗位上的普通人；既有樱桃园宾馆崛起的“小溪流”，又有渤海滩涂开发的“大漩涡”。作者对生活对笔下的人物，融进了自己全部的热情和才智，他怀着真诚的爱去讴歌时代的各类风云人物，赞美有着高尚情操的普通人；也怀着无比的恨、毫不讳言地去抨击社会尚存的种种卑劣和龌龊，以辛辣而又尖刻、客观而又冷酷的笔锋，拷问着一些肮脏的灵魂。只有爱得深，才能恨得切；只有爱憎分明的报告文学作品，才能感染人、感动人。王筱喻的作品之所以能在读者中产生反响，之所以能有今天的结篇成集，恐怕与这些是分不开的。

在王筱喻报告文学作品结集出版之际，我衷心祝愿他在报告文学的创作中，取得更大的成就！

此文乃1989年12月为王筱喻报告文学集《低谷中崛起》一书作的序言

崎岖路上的奋进

——王筱喻笔踪纪实

王光明

“奋进”！

在王筱喻简陋的书房里，醒目地悬挂着他自己书写的这遒劲的条幅。从连云港到南京，从南京到潍坊，从部队到地方，这条幅一直跟随着他。

奋进，奋进，永无休止地奋进。

这是在平展展的方格纸上的奋进，又是在崎岖蜿蜒路上的奋进。

他并不像一些人那样出身于书香门第，也没有赶上进正儿八经的名牌大学的机会。然而，王筱喻却和同龄人一样，遭受了动乱的磨砺，经历了荒废学业、摧残灵魂的峥嵘岁月……正是这逆境，磨炼出了他自强不息，奋进不已的性格。

货郎摊上换来的“天书”

富庶、广袤的鲁中平原，像一轮玉盘横亘在山东半岛的西部。

从泰沂山脉斜刺里冲出了清澈的弥河。弥河中上游，一条分支——石河，毫不客气地将益都和临朐分为两边。在差不多要汇入弥河的石河水北侧，有一处不足百户的村落，它有一个老气横秋的名字叫王家老庄。

1970年夏，淅淅沥沥的雨下个不停。雨水使得村南部呈“8”字形的两个偌大的麻湾再也难以容纳四面涌来的水流，于是，麻湾的水便潺潺溢出，东进并入石河激流之中。

夜幕悄悄地降下。习惯于把阴雨天当作“星期日”的人们都开始进入梦乡。唯有麻湾旁两个院落中夹道小北屋的窗口上透出微弱的煤油灯光。

这窄小破旧的小偏房原是盛放猪饲料的，如今稍加收拾，靠西墙安置一张木床，临窗搁着一张没有抽屉，桌面上裂着大口子的条桌。窗台上、床上、桌上堆着一摞摞书籍。

村里第一个高中生王筱喻，在油灯下默默地捧着一部《创作问题漫谈》，如痴如醉地读着，活像得到一部天书。这书，倒也有一番来历。

几年前，当他极不容易地考上益都第七中学，背着一大包袱煎饼步行30多里去王坟公社驻地求学时，“文化大革命”的冲击波已经把学校涤荡得七零八落。在家乡，造反的热潮也是一浪高过一浪，连他曾当过社队干部的父亲和三叔也未能幸免于难。

面对这人妖颠倒的混世，王筱喻初生牛犊不怕虎，跃跃欲试，要拿起笔记述这人间的不公，抨击那魑魅魍魉。

他写了，但写得连自己也不满意，倒像一本流水账。

为此，他在课余、在家里拼命地看书。无论走到哪里，书是第一宝贵的。一次放学后父亲让他到村西公路上去接到西山拉柴回来的哥哥。他去了，但是揣着厚厚一本小说去了，在岔路口上蹲下，潜心看起书来。不少行人从身边而来，都诧异不已。就这样，他读了《钢铁是怎样炼成的》《野火春风斗古城》《青春之歌》《苦菜花》《红旗谱》等长篇小说。

越读，他的手越痒，思想越羁绊不住，什么也想写，结果什么也不得要领。

“拿头发来换针噢！”一个偶然的机会，村里来了一个收破烂的货郎。王筱喻提起几只破鞋要去换铅笔。猛然，他发现货郎的破烂篓里堆放着一堆旧书，便信手翻阅起来。其中有一套书，竟然是冯德英、峻青、赵树理著的《创作问题漫谈》等一类的书。这对他来讲，简直是如获至宝。他铅笔不要了，说要换这几本旧书。货郎把头摇得如货郎鼓一样，说啥也不肯。无奈，他回家，偷着把母亲攒了两个月的准备买盐打油的一瓢鸡蛋端出来，这才实现了这笔物物交换的买卖。

哗哗啦啦的雨，似乎比先前更急猛了。透过一个个的方格窗棂，借着暗淡的灯光望去，夹道西侧的屋檐草上，雨水连成线，拉成片，如盆泼缸倾。他满脸的才思、抱负也随着这雨水一并汇入湾河江海……

夜深了，他仍旧在如饥似渴地读这部“天书”。东边正屋里不时传来母亲的呼唤：“多晚了，别再熬油了。鸡蛋都让你折腾光，过几天，全家都得摸黑……”

后来，他辗转来到弥河高中上学。当时的弥河高中正在筹建，他们这批首届学员，挖井烧灰大战红石岭，抗洪救灾搞宣传，奏出了一部铿锵的创业曲，学业却是荒芜了。值得庆幸的是，他跟随刚从北京体育学院毕业、多才多艺的茅树森老师编排节目，到处演出，摔打出了一身写写画画、吹拉弹唱的文艺细胞。

1971年底，18岁的王筱喻高中毕业回到农村广阔的天地。在那部“天书”的驱使下，他以自己为模特，写了一篇题目叫《李瑜》的反映高中毕业生回农村搞技术革新，兴修农田水利的短篇小说。稿子发出后，不久便收到刚刚复刊的《山东文艺》编辑部的来信。尽管没有首发命中，他还是欣喜若狂，夜不能寐……

南征北战志未酬

呜——

1972年12月7日，古青州火车站的一声汽笛载着王筱喻他们这些新兵踏上了加入人民解放军这所大学校的征途。他如愿以偿，告别了自己的亲人，告别了这块贫瘠但又给他带来理想的土地。他那新发的黄挎包里，只有三样东西：那部“天书”和还没有修改完的短篇小说及母亲给他的五元钱。

火车转了几个弯后，沿着陇海东线直达黄海前哨连云港。开始他被分到步兵连火箭筒班当战士，在所谓的“批林批孔、研究《水浒》、学专政理论”的运动中，王筱喻出墙报、写诗歌、编稿子、施展才能，崭露头角。不久就被连云港守备师政治部调去搞通讯报道，刚去就独立在《解放军报》等报刊发表文章，一时成为全师的知名人士。

独特的工作，使他获得了优越的工作环境。王筱喻经常奔波于远离大陆的黄海深处的“前三岛”、郁郁葱葱的云台山顶上的哨所，足迹踏遍连云港、灌云、赣榆、日照等海防沿线。所写的消息、通讯、散文常见于军内报纸和电台。

组织上为了锻炼培养他，有意识把他放到最艰苦的连队去担任班长、排长等职。在传说是孙悟空的诞生地花果山西侧的孔望山（因孔夫子曾在此望海而得名），王筱喻带领战士们历尽艰险打了一年的坑道，继而又到新浦市北农场种水稻，搞生产，到教导队搞军事训练……为他全面熟悉、体验这些训练、生产、施工等基层生活，提供了不可多得的素材。

1977年，王筱喻重新调到师政治部正式担任新闻干事，写出的文章逐步更富有深度、力度。他写的散文《连云港巨变》在《人民前线》报发表后，曾收到很多战士的来信，并得到报社的奖励。在这年，他的长篇通讯《木棍引起的变化》，深得南京军区领导的赞赏。

1979年，南京军区举办新闻训练班，王筱喻被点名抽去担任江苏省军区学习班班长和辅导员，并受军区委托，带领12名学员去上海、杭州、京兴、绍兴、宁波等地采访实习。学习班结束时，他的学习体会文章《绝知此事要躬行》一文在军区《新闻学步》刊物开辟的“军区新闻训练班采写体会”栏目被当作范文首篇发表。

至此，王筱喻已在南京军区小有名气。军区宣传部要调他，新闻单位也早有此意，负责对台宣传的联络部门也急需他，这着实难为了一阵负责组织人事工作的干部部门，干部部门决定哪边也不给，自己留下。就这样，随着一纸调令，王筱喻被阴差阳错地调往南京，放下手中的笔，在被人看来是十分吃香的干部组织部门中撞钟当和尚。

人各有志。不久他就厌烦了翻档案、填表、起草任免令那种机械性的工作。唯一使他富有收获的是，王筱喻跟随着考察干部的行踪，跑遍了江南、苏北各地，游览了名胜古迹和领略了历代文人墨客的风采。在苏州虎丘塔下、在无锡梅园的太湖岸边、镇江金山寺中、扬州瘦西湖畔、淮海战役烈士纪念塔……他都压抑不住感情的奔发，忙里偷闲写下了一篇篇脍炙人口的游记、散文。

1982年8月，魂牵梦萦的昌潍大地召唤他，文学和新闻呼唤他。王筱喻毅然放弃了人们普遍认为体面、实惠的军队高级机关的工作和升迁的机会，跨军区调到潍坊军分区继续担任他没有干够的苦差事——新闻干事。

养育他、培育他的齐鲁大地，使他如鸟投林、如鱼得水。一回来他就发挥出自己在写作方面的优势，很快在《解放军报》《大众日报》《中国民兵》《山东民兵》《前卫报》发表了一篇篇文章。尤其是反映昌邑夏店河西能源的《能源村新事》和潍坊东风商场周学信照顾孤寡老人的《悠悠母子情》。文章在报刊上发表后，受到读者的好评，他每年都被各级新闻单位评为优秀通讯员。1984年底，王筱喻第一次在全省为潍坊军分区摘取了报道工作的桂冠，山东省军区对他进行了通令嘉奖。在嘉奖令中，他被列为一等奖第一名。军分区特地为他记了三等功。

就在这时，组织上见他业绩斐然，分区政治部主任刘常宜（现潍坊市人大常委会副秘书长）找他谈话，要他到县市区去提升科局级干部。不少人羡慕他，甚而有点嫉妒他。可这与王筱喻的思路却大相径庭，他婉拒了领导的好意，冷不丁地提出转业，要到地方这更大的天地里去感受时代的脉搏，奋笔讴歌。许多人对他的举动疑惑不解。有的说他脑子里缺少一根“官弦”，有人说他写东西写成了癖瘾……

经过一番曲折的过程，王筱喻终于“四进宫”，到潍坊市委宣传部端起他的老饭碗。

樱桃园里聚文奎

1988年6月21日中午，潍坊樱桃园宾馆“鸢飞厅”里，举座全是省一流著名作家，王筱喻和樱桃园宾馆总经理高洪华做东招待。

冯德英等近20名作家济济一堂，市委常委、宣传部长任柏榴听说冯德英他们来了，也急忙赶来。

席间，在这么多的作家老师面前，王筱喻一下显得口讷了。他举杯走到冯德英跟前，恭敬而又虔诚：“冯主席，我从小就读您的书，如今能走上这条路，也是由您指引，感谢启蒙老师。”

“哈，哈哈……后生可畏！”冯德英一饮而尽。

“您给樱桃园写的这篇报告文学，出手不凡啊！”王筱喻又向其他作家敬酒，大家却反守为攻。

饭前在休息亭里等候的那一时刻，樱桃园宾馆总经理高洪华见缝插针，忙将1988年第4期《当代企业家》刊有王筱喻《哦，樱桃园》的刊物发给大家，有的虽已看过，这回身临其境，面对作者、主人翁，却别有一番领略。

临上车，冯德英、左建明、王光明等握着王筱喻的手，再鼓励叮咛他多写，多创作，多为改革开放鸣锣开道。

这篇报告文学是1987年10月深化改革形势下的产物。王筱喻扑下身子，深入采访，步入角色，和樱桃园人交朋友。他几次去村里深入座谈了解，并和前任支部书记、高洪华的父亲高立印成了忘年之交。

在对村里老人的采访中，王筱喻无意中发现“雄鹰腾飞”的古老传说，在写作中便以此为开头，首尾呼应，文章富有韵味，栩栩如生。

本篇报告文学问世后，先后被两家出版社收进报告文学集子中。颇有名望的文学评论家、昌潍师专教授刘芳泽和主任编辑、潍坊日报社副总编辑韩春圃两位老先生看到后，不禁拍案称绝，欣然命笔，主动为该文写了一篇评论文章，登载在1989年1月30日的《作家与企业家》报上，文中称：“从神话的鹰到现实的鹰，让历史与现实结合，使时间与空间交互，这就给读者一个感受的空间和思索的启迪。”“文中关于‘两栖人’的墨笔，很使人注目回肠。由于诬告，在大楼施工中，奇怪地组成了‘专案组’‘审查’高洪华所谓的‘贪污’事件，长达六个月的‘审讯’，使高洪华成了‘两栖人’一方面是工程总指挥，一方面是‘被告’，出入于专案组办公室。这种戏剧性的遭遇，呈现出主人公磊落的胸怀、顽强的毅力和改革的步履。”

王筱喻首次正式写报告文学，便初战告捷，于是乎便一发而不可收。转过年头，党中央提出实施沿海地区经济发展战略，他的笔端又触向合资企业先后到中外合资的亚光电子有限公司和潍坊鸢飞大酒店，采写了《沧海横流》《鸢飞三月天》两篇报告文学，并很快在省里刊物发表。

深圳国贸大厦上的晨曦

1988年7月6日17时，青岛流亭机场。

一架波音747客机缓缓升起，径直朝广州方面飞去。山东省对外经济技术合作洽谈会在深圳、香港举行，王筱喻作为随团记者一同前往。

南国的旖旎风光和快节奏的工作生活频率陶冶着初来者。王筱喻他们在深圳泰山大酒店下榻后，一方面参加各种活动，一方面挨个采访散住在各处酒店、宾馆的县市区代表团。晚上回房间，奋笔疾书，迅速将消息发回去。

一下他成为全团最忙碌的人，想方设法参加各项活动，直接获得第一手材料。在泰山大酒店，他以记者身份采访了前来洽谈的美国联合企业有限公司执行总裁刘新华先生、意大利伯特兰集团营业经理方元顺先生；在兴华宾馆，他又以潍城公民的身份参加潍城港台同胞恳谈会，同居住台湾、香港、澳门等地的潍城籍人热切对话，宣传大陆开放政策，共叙友情，增进友谊；在西湖宾馆，他又以青州籍人参加了青州同泰国、香港合作项目的洽谈；在临朐代表团驻地，他又以潍坊国际风筝会办公室的名义同香港著名文化人士、新泰山影业公司总经理刘恋女士洽谈了风筝电视片问题……

处处留神皆学问。王筱喻似乎要把这地方看个透，无论何时何地，无不在审慎地调查研究，琢磨问题。就是在大街上散步，他也留意市面上的市场状况，人的精神状态；在房间里看电视，他也在对香港、深圳、澳门等地的广播电视进行研究，积累资料，同国内做比较，看优劣。

短短的20天时间，王筱喻马不停蹄，一口气发回了11条消息、3篇通讯、2幅照片，同时还在香港《文汇报》《深圳特区报》《深圳电视台》发表稿件10余篇。

同时，王筱喻又一鼓作气写出了《花花世界》等两篇报告文学。《花花世界》发表后，还被华东地区广播电视专业报评为二等奖。

一日，他特地起了个大清早，登上号称中国最高的深圳国贸大厦顶端旋转餐厅，映着初升的红日，他在眺望时隐时现的高楼如林的香港九龙和碧波汪洋的深圳海湾时，耳畔仿佛响起了百年前鸦片战争的枪炮声，想起文天祥在此写下了“人生自古谁无死，留取丹心照汗青”的千古绝唱。

20世纪，中国首先从这里沦为半封建半殖民地，可100多年后，中国又从这里开始驶向现代化。看到香港、深圳的繁荣，王筱喻下意识朝北方望了望，想起中国的文化发源地齐鲁之邦。似乎中国大地失去平衡，他的心理也失去平衡。作为齐鲁之邦虔诚的儿女，他多么希望大地迅速向北倾斜，向古老的文明倾斜，感慨之下，一篇散文式通讯成竹在胸，他急忙赶回酒店，铺开稿纸，直抒胸臆，向自己的故乡发出了“伶仃洋在呼唤”。

这些年，潍坊靠风筝打出了知名度，借风筝做了诸多文章。王筱喻自然和风筝结下了不解之缘。

连续几届国际风筝会，他都抽空去参与筹备工作，并利用手中的笔向国内外宣传。

1989年春节的除夕，“噼里啪啦”的鞭炮声响早已将风筝都笼罩起来。各家各户，纷纷传来剁猪头、切肉馅的声音。而在王筱喻的家里，在他的书桌上，却是大摆龙门阵，一摞摞、一沓沓的风筝资料林林总总地摊在面前，摊开的稿纸上，密密麻麻的蝇头小字填满了格子。

此时，他正在洋洋洒洒地写一篇力作《风筝魂》，首次系统地将潍坊国际风筝会的发起、发展、影响和评价写成一部中篇报告文学。

他刚吃完春节饺子，放了一挂鞭炮就又拿起笔继续写作。从腊月二十八直到正月初五上班前，一草一稿共计4万字的报告文学迅速脱手，每天平均5000字！

“人家都在走亲串友，你却还在爬格子，一年到头爬不完。”在中学当教师的妻子刘福俊不满意地说。

“越是过年过节，越是写作的黄金时刻。”王筱喻漫不经心地回了一句。是的，当时第六届国际风筝会已紧鼓密锣，他负责风筝会秘书处工作，春节一过，诸事缠身，这报告文学岂不泡汤了？

梅花香自苦寒来。几年的奋进，王筱喻也着实富有收获。他写的报告文学《快车畅曲》《花花世界》等在省以上获奖；和他人合写的新闻《温厂长不堪摊派之苦投书市委》一稿在《大众日报》发表后，在1988年山东省好新闻评选委员会上，一致被认为写法上有重大突破，是全省近年来难得的新闻佳作。投票时，以最高票数获得1988年山东省好新闻一等奖第一名。1988年底，中国作家协会山东分会主席团讨论决定，吸收王筱喻为该会会员。很快，他又被潍坊市作家企业家联谊会接纳为常务理事。

尽管创作之路崎岖不平，但王筱喻奋力攀登，坚韧不拔地去摘取险峰上的灵芝。

唯事实为上帝

这几年，王筱喻栽了不少花。潍坊打得响的风筝会、资助电视剧《红楼梦》、滩涂开发等他都竭力褒扬，一些企业家、文化卫生界的能人也在他的笔下熠熠发光。在此声名之下，直接或间接地找他写文章的人愈来愈多。每当爬格爬累了时，他就有一种作茧自缚的感觉。

有人觉得他有些傲慢。是的，王筱喻头脑里有一个明确的标准，这就是以事实为尺度。故弄玄虚、任意拔高的文章他决不染指。

在他栽的花当中也不乏蔷薇、玫瑰和仙人掌。王筱喻的报告文学也曾捅过"马蜂窝"，鞭挞过社会上的种种歪风邪气，在描写正面典型的同时刻画了一些卑劣、龌龊的众生相，辛辣而又尖刻、客观而又冷酷地拷问着一些肮脏的灵魂，他的目的却是为了背后一击，促其猛醒。一篇《风云治喘星》，他就猛烈地抨击了压制人才的不正之风。为此，王筱喻曾招惹一些人的威胁，有的还托人捎信提出恫吓。然而，他刚正不阿，不向权势妥协，仍毫无顾忌地继续"一意孤行"。

王筱喻的一些朋友见他文笔泼辣、秉性耿直，直把好言相劝："把笔锋磨钝一些。"他却尚嫌尖刻得不够！

近年来，他写过几篇全境式报告文学，对潍坊国际风筝会、滩涂开发、香港深圳贸易洽谈会等作过全面描写。场面宏大、人物繁多、时间之长、许多矛盾难以处理，不少人望而却步。但王筱喻迎难而上，坚持以事实为标准，以谁干的就写谁的原则，仗义执言，申明大义。不该写的，他决不因权势而去凑合；该写的，他也不因有人调走或失势而蒙昧自己的良知，抹杀有功者的业绩，做出欺世盗名的缺德事来。他深知，今天的篇章就是明天的史诗，要对历史负责，对人民负责，任何假情私义都不能进入自己的作品。

作为一个潍坊人，他把提高整个潍坊知名度看得至高无上，一切为了这个大局，安排他的写作计划。

人所共知，潍坊近年知名度的提高，一是靠国际风筝会，再是一部电视连续剧《红楼梦》，把潍坊的名字映入亿万观众的眼帘。然而对潍坊知名度作出过巨大贡献的潍坊康乐公司却恰恰被潍坊人贬得一无是处；有人说它是偷税漏税的皮包公司，有的说它到处赖账，甚至还有人说它的经理已被逮进去了……

熟知康乐公司总经理陈增友的王筱喻，感到这太不公正。作为一个潍坊人，真有愧于陈增友。于是，他于1988年秋用了3个月的业余时间，在陈增友已将公司移交他人的情况下，多次找他采访，为这个已经辞去公职而且在潍坊没有任何势力，到北京去涉足清贫的科教事业的陈增友树碑立传，洋洋洒洒写出一篇2万字的报告文学。

1989年第9期《报告文学》以《红楼弦外音》为题发表了他的文章，王筱喻拿着这本杂志，原有的遗憾方得到慰藉。

在北京的陈增友看到这篇文章后，激动万分地写来一封信：

筱喻：

您好！

大作即读，激动之情，难以言表。

我的事微不足道，能得潍坊人的如此公正的评价，感激不尽。你我过去不熟，如今我又一直在外，虽则萍水相逢，却深知您正直的秉性和遒劲生动的文笔。您的文章，使我更热爱潍坊，感激潍坊！

您代表潍坊给我写出了真实事业之传，我向您并请您向潍坊人民转达我真挚的谢意！

敬礼

安好

陈增友于北京

1989年10月15日

奋进，奋进！王筱喻将奋勇迈进在九曲回肠的山路上，跋涉在泥泞的河道里，走向新的境地，在低谷中崛起！

目录

尼山重光

引子

沉浮在翻滚的红尘中，蹉跎在苍凉的暗夜里，我国百余年来儒学史上不乏志士仁人，他们矢志不渝、可歌可泣的群像，如同星河，却总未打破那万马齐喑的沉闷。就在最近，一颗耀眼的星光在尼山悠然腾升，使得世人刮目相看。

由三位年逾古稀的老学者发起，并拖着尼山圣源书院这辆一无资金二无证书三无政策的穷马车，两手空空，怀里只揣着儒家的“四书”和凌云之志，义无反顾地向着心中那久逝的精神家园走过来了，是朝着曲阜“三孔”？不！是朝着尼山，认准尼山那个世界上唯一仅存的儒家原生态的文化根源，进发来了。旋即，上百位海内外年富力强的骨干学者纷至沓来，无怨无悔、无私无畏，他们对历史赐予的这个机会倍感珍惜，默默无闻地簇拥在三老旁边，前拉后推中间拱，梯山航海，筚路蓝缕，大有当年老夫子“道不行，乘桴浮于海”的颠沛流离的悲壮气氛和“天之未丧斯文也”的浩然正气。孔子在我心中，我就是孔子，我就是七十二贤，还有后面那三千，哦，已经是三万、三千万的弟子大军……仅仅五年时间，不可思议地实现了从“扎根当地”到“面向全国”再到“走向世界”的三级连环跳，成功举办尼山世界文明论坛，并一举成为永久会址。

他们的举动竟然受到了中央和所在省市县党政领导的青睐，在国学和传统文化领域刮起了一阵阵旋风，国际上也激起了层层波澜，引起了西方政要和学者的垂青。印度尼西亚前总统、匈牙利前首相等政要前来参与活动或亲笔题词，亚洲、美洲、欧洲的一流专家学者接踵而至，成了一道亮丽的风景线。他们做到了一般大学都做不到的事，如举办世界级文明论坛；他们也做了一般大学都不屑一顾的事，如开设乡村儒学讲堂。

不少人都在赞叹他们高尚的心灵与情怀，其实这是远远不够的。或许常人想象不到，他们是在用生命偿还着什么，守望着什么，殚精竭虑地用极其有限的生命资源实现人生中的最后一搏。三老中年龄最大的丁老，毅然将自己最后三年的全部心血无一保留地洒向这里，80岁的他不幸倒下，再没起来，直到临终前也没能看到书院建成后的样子。“山长”牟老因过度劳累，体重从160斤骤降到106斤。最早发起人王老是个枢纽式人物，也是沥血抽髓，书院邮箱中一半以上的信件是他写下的，五六年竟跑了近百趟。丁老逝世后，一位刘老紧接着顶了上来，近50年的讲台生涯熬得他已经不能进一点盐分，却又正在为书院抛洒出淋漓汗水。

在他们的身后，不仅留下了一串串踉踉跄跄的深深脚印，还泼洒下了一摊摊殷红而又稠状的鲜血……

尼山，位于山东省中南部的曲阜、邹城、泗水交界处，那神圣的坤灵洞，又叫夫子洞，就在这山脚下。尼山五峰环峙，山之东麓，小沂河自东、吴家河自北两条宽大的河床夹杂着时有时无、若隐若现的河水蹒跚而来，继而南流汇入圣水湖。以孔子母亲颜徵在命名的颜母山独耸东禺，戚戚然与尼山隔河相望了两千多年。

然而，近百年历史的沧桑变幻，使群峰环绕、郁郁葱葱的尼山也历经了一个波涛浪涌、变幻莫测的非常时代。每当夕阳西下，黝黑而深邃的夫子洞口直面东方广袤无垠的旷野，吐纳阵阵晚风，融入长长暗夜。般般然乎，无疑在悄悄等待着破晓时刻从东方射出去的那第一缕亮丽的阳光。

似乎就在一夜之间，位于夫子洞以东，沂河与吴家河三角地带那既古香古色又极具现代韵味的建筑群轰然兀立，在绿树掩映中透出几分神秘和威严，只见正面大门上嵌刻着叶选平题写的六个遒劲的大字："尼山圣源书院"。更让人感到不可思议的是，从里面传出来的铿锵有力的钟铎声，伴随着当地百姓的真心，牢固着中国的文化自信，呼唤着"美美与共、世界大同"的地球梦。

第一章　激圣源之活水

登上尼山，将镜头对准笔直无斜的沂河。此时，被挖沙运动剜得千疮百孔的河床，正背对着尼山向东似多诺米骨僵尸般地铺开去，直直地铺开去，一铺就是十余里。

昔日，这儿流传着"三里直河出皇上，二里直河出娘娘，十里直河是圣乡"的美丽传说，如今，她又在见证着"三十年河东，三十年河西"的沧桑变律。

或许是这些年转换了风向，或许是乾坤顺时以民，当下的圣域之乡，洙泗之滨，为有源头活水来，重新滋润了河流山川，使得尼山脚下的圣水湖波光粼粼，美不胜收，焕发出从未有过的生机活力。

5年前，牟钟鉴、王殿卿、丁冠之三位生于20世纪30年代国难时期的儒学老者，期至晚年，适逢盛世，于是乎来到尼山振臂一挥，共协忘年之力，引领一帮帮海内外文人儒客，来这儿甘舍老命，创业维艰，风生水起，用他们的全副身心与满腔热血，迸发出一湾湾清泉，汩汩喷涌而出。

1. 王殿卿站在当年老夫子望川处突发豪语："如倒退十年，我要重新崛起这座尼山书院。"

光阴似箭，如白驹过隙，转眼就是两千五百多年。

2006年的阳春三月，鲁中南的山水草木似乎也枯萎了两千年，才在人们殷切的盼望之中渐渐抖落了身上藓苔般尘封的故土，慢慢睁开了千年醒一回的懵懵懂懂的老眼。

这天，尼山上出现了一位身材魁梧、谦谦君子、悠悠学风的老先生的身影，在一行人的簇拥下跨进了古柏森横、寂静空灵而又紧闭的山门。看到这里到处是断壁残垣、破烂不堪，老先生喟然叹之。在一块刻着"大明尼山书院"的石碑前，他默默杵立良久，只是下意识地瞅了瞅那个破败的四合院落，就无可奈何地郁郁而去。

他叫王殿卿，乃当今中华美德教育专家。先看看他名片上的头衔：北京东方道德研究所名誉所长，国际儒学联合会普及委员会副主任……

或许是由于自己大半辈子从事道德教育与儒学推广，对老夫子有特殊感情，他刚刚在邹城参加完中华母亲节研讨会后，就迫不及待地专程过来拜谒尼山孔庙，朝圣般地顶礼膜拜，就差一步一匍匐了。

其实，他来这里还有一个重要的原因，就是尼山所在的泗水县有一位忘年之交，即时任泗水县教育局长的陈洪夫。两年前在北京举办的县市教育局局长德育培训班上，陈洪夫被王老先生的学识和情怀所打动，俩人一见如故，一拍即合就粘到了一起。共同的情怀，共同的志向，虽然相距千里，虽然年龄悬殊，俩人却很快成了莫逆之交，亲如兄弟。用王殿卿调侃的话说，他在泗水县的情结，一是孔老夫子，二就是这"陈小夫子"了。

说起陈洪夫，在泗水县可以算是个不大不小的人物。他曾经干过两个乡镇的党委书记，又到县里干过三个部门的一把手。每到一地，威信素著，政绩凸显。百姓是杆秤，七邻八乡的老百姓这样评价他：

陈洪夫不能说是“前无古人”也差不多是“后无来者”了。一位曾在济宁市政府工作过的领导，亦同样表示：“如果泗水县只有两位贤人的话，一位是当年孔子的学生子路，另一位就是陈洪夫了。”

他，温文尔雅，文质彬彬，说话带笑，操着一口泗水味的普通话，浑身都散发着仁爱慈善，使人怎么也难以将其与“坐着吉普车，穿着黄大衣，张口就是一街痞”的乡镇书记联系在一起。

在陈洪夫的陪同下，王殿卿拾级而上，如同翻开一页页泛黄的史书，走进金戈铁马，战车简策的春秋时代。在刀光剑影的杀伐征战中，在车马奔腾的黄尘古道旁，在幽深静谧的林泉鬼谷里，依稀还能望见手持竹简，峨冠博带的先贤，这令他感叹良多。望着斑驳陆离、藓苔满地的书院和太庙，一派的冷清空寂，一样的肃杀无情。耳旁响起五四运动砸烂孔家店和“文革”批林批孔的狂啸，眼前又现出如今浮躁而功利的教育乱象，向往起老夫子最早创办的私塾书院，一阵悲哀，几多伤怀，令他唏嘘不已。

最后，王殿卿来到孔子当年的望川亭，如今映入眼帘的并非不舍昼夜的滔滔河水，只有一野干瘪瘪的河床直挺挺地躺着。他却仿佛看见了奔腾不息的这条历史长河，更看到了可怜的老夫子，叹他生前辗转于动荡不安的诸侯列国之间，死后仍要奔波于天堂与地狱之间，正是冰火两重天，欲中庸而不可得，致忠恕而不达。那个就是在西方会士眼中也是极为聪明，极是伶俐的夫子，又何尝能想到今日？

“如果倒退十年，我定要重新崛起这座尼山书院！”大半天没说话的王殿卿突然高声放语，竟然像孩子般振臂跳跃。

香港和内地两帮随行的人们都傻眼了，大多怅然而不知所措。中午吃饭时问及此事，他只是心猿意马地打趣道：“哈哈哈……哈哈……哈……老夫聊发少年狂而已，不必在意。”他那拖着长腔的独特而又爽朗的笑声是如此豁达。有人似懂非懂，有人似清醒似糊涂。只有陈洪夫看在眼里，明白在心里，眼神里透出点头之后还是点头的默契。他已猜透王老意在通过它，把孔子诞生地这份文化资源重新激活，成为接续儒家文化的唯一珍惜的清泉。

2. 北京国谊宾馆20颗鲜红的手印

的确，王殿卿并非心血来潮。

不仅是陈洪夫，凡是了解他的人都知道，这是他的肺腑之言，是他持之以恒的追求与梦想。

当年王殿卿6岁上学时，中国正处在抗日战争的硝烟之中，学校里高高挑着膏药旗，大人小孩统统不让讲汉语，全是“库伊依其哇”的东洋鬼话。一年半后，爷爷死活将他从学校里拖了出来，送进了叔叔的私塾学堂。在这里，他每天敬奉着“至圣先师”的牌位，儒家的传统启蒙教育如丝丝泉涌灌入了他那幼小纯洁的心灵。

20世纪90年代初，一个历史性的机遇落到了他的头上。1992年年末，为落实邓小平南方重要讲话精神，国家决计开展对“亚洲四小龙”的两个文明协调发展的课题进行考察研究，刚刚从首都师范学院调到北京青年政治学院担任常务副院长和北京市德育研究会秘书长的王殿卿牵头开展了这一千载难逢的重要课题。在新加坡、韩国、马来西亚、菲律宾、泰国和我们的台湾、香港等地区，他惊奇地看到，这几个不同的国度和地区分别都以不同的形式，做着一件与我们有极大反差，同时又是令中国人极为尴尬的事情，那就是将中国的传统儒学列为中小学校的规定内容和必修科目，形成社会广泛认可的道德伦理规范。这使刚刚改革开放的大陆之客异常吃惊，当然也无疑带给王殿卿极大震撼。

在香港新亚书院，在台湾孔孟学会，在马来西亚孔学研究会，在韩国孔子学会以及一百多家书院和数百家乡校或者叫忠孝礼教育馆的缩影里，身处异国他乡的王殿卿找到了多年梦寐以求的精神家园，似乎也隐约看到了中国教育的远景。

回来后，王殿卿就在北京市领导的支持下，策划成立了北京东方道德研究所，紧接着就与香港新亚书院合作，连续12年举办“中华美德教育行动师资培训班”，每年从全国1000多个教育实验学校当中选择50位校长或教师，免费到香港中文大学培训。1999年他组织八位文科博士分别编写了“八德”《大众道德》丛书。他是那样乐此不疲地奔走呼号，坚定不移地努力了一年又一年。

就在当时“文同根，书同文，行同伦”的首尔，王殿卿巧遇韩国举行隆重的全国性祭孔活动。他作为孔子家乡唯一的代表，经过一番事先训练，身着礼服，相隔60年之后又一次亲手持起了“至圣先师”的灵牌。然而这一切却是在与中国隔海相望的异国他乡实现的，这委实让王殿卿酸楚不已。

2007年6月10日，坐落在车公庄大街上的北京国谊宾馆，昔日辉煌的国务院，今天又迎着初夏的朝阳，似乎又焕发出了勃勃生机。在国际儒学联合会举办的“儒学普及工作座谈会”散会后，当天晚上，王殿卿邀请出席会议的骆承烈、陈洪夫、周桂钿、郭沂、于建福等20多位学者，到迎宾楼第四会议室召开建设尼山圣源书院发起会。王殿卿详细叙述了他的初步想法，经过一番远比白天会议更为热烈踊跃的讨论，众学者很快形成一致的意见。随后，20颗鲜红的手印就一一盖在了具有历史意义的见证纸上。

大家怀着激动而又兴奋的心情纷纷离去，王殿卿最后离开，他走到宾馆总台，掏出票夹，自费缴纳了1200元的会议室费。

3. 孕育在香港新亚书院的曙光

一个月后的南国香港，纬度位置的变化引起热度急剧上升，这儿已经是夏日炎炎了。坐落在九龙湾畔的新亚书院，云遮雾绕，似乎氤氲着一派神秘的气息。王殿卿已经是这儿的老朋友了，这些年来过多少趟，连他自己也记不清。然而这次与众不同的是，他破例把陈洪夫也带来了。

说起新亚书院，它确实是个富有传奇色彩的地方。20世纪40年代末，著名大师钱穆、唐君毅、张丕介等在极其艰难的困境下，竟然靠一种武训行乞办学的精神，一步一趔趄地继承绝学，沟通中西文化，力求挽救中国文化的危机。

中国书院源于盛唐，毁于晚清，宋代岳麓书院等四大书院标志着书院教育的发展程度，明清时期仍然达到繁荣和辉煌。可惜到20世纪初的1901年，清政府仓促改制，将在中华文明史上延续了1300多年的书院，全部改为新式学堂。从此，中国教育进入全盘引进欧美教育的新纪元。

王殿卿和新亚书院教授刘国强先生不约而同地感叹道：中国书院教育已消失百年，欧美教育在中国也时兴了百年，强势文化对中国文化已冲击百年，中华文化亦断裂百年。

“哈哈……哈哈……哈……”在湘江之畔又响起了王殿卿那特有的爽朗的笑声。

虽然做过几年教育局长，眼前这一幕，仍令陈洪夫措手不及，把他的视野从一个县域拉向海外，自当下穿越到1000多年前的悠悠历史时空。

面向新亚书院对面那波光粼粼的海湾，王殿卿的思绪像拧开了水龙头一样，洋洋洒洒又胸有成竹地描绘着他对建设尼山圣源书院的大致构想和基本思路。陈洪夫与他心有灵犀一点通，很快就默契地领会了他的精髓，并起草了《关于创建尼山圣源书院的初步构想》，就书院立意、选址、建院规划、体制与运行机制这四个方面，进行了阐述和论证。

5年后，香港中文大学新亚书院刘国强教授感慨万分地说，尼山圣源书院是新亚书院在大陆坐胎孕育降生的一个幸运儿，从骨子里传承着新亚书院的艰难曲折的基因和顽强不屈的抗争精神。

回来后不到一个月，他们就在泗水县圣源大酒店召开尼山圣源书院创设论证会，初步形成论证报告。会上，正式组成了以专家教授与当地政府相结合的书院筹建班子。

4. “山长”出山——第二位老者呼之欲出

古人习惯称书院的主持人为“山长”，谁来出任尼山圣源书院的“山长”呢？王殿卿与诸发起者们颇费了一番心思。一是这个院长必须是国内外学术上的权威；二是这个院长必须有孔孟之乡——山东的背景。著名的儒学家钱逊先生推荐了大家都可接受和认可的三个人。第一位为著名的儒学专家、山东大学儒学研究中心主任庞朴教授；第二位为中央民族大学的教授、刚刚给中央政治局讲过课、在学术界具有很大影响的牟钟鉴教授；第二位是著名的历史学家、思想史专家、儒学传人、山东大学的丁冠之教授。

孰料出师不利，方案上居第一位的庞朴先生因年龄过大和身体原因，一出门即遭到否决，无奈被排除在外。于是乎，他们迅速将眼光投射到牟钟鉴身上。

2007年9月1日，或许是一场大雨刚刚掠过的缘故，京都上空聚集的雾霾几近消散，出现了北京少见的能见度优良的日子。王殿卿与中国社科院研究员郭沂满载着尼山圣源书院筹建委员会的殷殷期望，怀着忐忑不安的焦灼心情，小心翼翼地敲开了位于民大西门宿舍区里牟钟鉴先生的家门。

在不足10平方米的书房里，满身疲惫的牟钟鉴接待了前来光顾“茅庐”的“刘备和关张”。

他高高的个头有一米八以上，细瘦的身躯上挂着一张消瘦的脸庞，谦和的面容上一对炯炯有神的眼睛透过褐色的镜框，泛出智慧的光芒。书房里林林总总的堆满了各种书籍和资料，差不多就要将他高大的身子埋没进去。

王殿卿与牟钟鉴已是多年相识，论年龄，王殿卿比他大三岁，但一口一个牟先生、牟老师地说明了来意。揣揣之情溢于言表，悠悠之心达于心田。尽管如此，牟钟鉴还是委婉而清晰地表达了他婉拒的意思。

是的，当时他正主持中国当代重大民族宗教问题研究的大型课题，号称“985”工程，10个专题共100多个学者参与，他是总策划、总指挥，已经超负荷运转。还有就是他那羸弱多病的身体，也已感到难以为继了。于是乎，他十分无奈地向王殿卿两位摊开了双手，似乎欲下逐客令。

牟钟鉴是我国哲学史和宗教学史领域卓有建树的著名研究者之一，他在自己的研究领域跋涉了近半个世纪，是当代中国宗教学的开拓者和探索者，在学界久享盛名，多年来一直活跃在研究领域的学术前沿。

王殿卿和郭沂求贤若渴，用尽他俩在来的路上商定的几套应对方案，使出了浑身解数，最后还是用“士不可以不弘毅，任重而道远，仁为已任，不亦重乎”的儒家思想打动了这位申明大义的儒学先生，以“仁”制“仁”的理念触动了这位仁学大师的软肋。牟先生勉强答应先挂名院长，具体工作视情况再说。

牟钟鉴的父亲是当时山东烟台的民间儒者，父亲“仁者爱人”的思想较早在牟钟鉴幼小的心灵里埋下了根。当年他考取了北京大学哲学系研究生以后，作为中国哲学史教研室主任的冯友兰先生是他的总指导教师，他的研究生论文是由任继愈先生具体指导的。这些大师的教诲和熏染，是牟钟鉴教授后来治学的坚实基础。

千呼万唤始出来，书院“山长”到底出山了。半个月之后，牟钟鉴高大的身影和带有胶东口音的睿智之音就出现在山东省泗水县圣源酒店的三楼会议室里，以候任院长身份参加第一次尼山圣源书院筹建工作座谈会。透过眼镜片，王殿卿隐隐约约地看到牟钟鉴双眼中的血丝比先前更加严重，心中油然生发一种愧对之情。

果然不负众望，他一出山，即以海纳百川的胸怀，高屋建瓴地在大家酝酿的基础上提出了“民办公助、书院所有、独立运作、世代传承”的十六字办院方针，得到了方方面面的认可。

这时，书院已经文化部门批准、民政部门登记注册，呱呱坠地了。

5. 地方领导的“父母情怀”

在泗水县东部泉林镇，就是泗河源头，因其名泉荟萃，泉多如林而名扬天下。据清光绪《泗水县志》记载：“泉群有名泉七十二，大泉数十，小泉多如牛毛。”（清）康熙、乾隆皇帝数次驻跸泉林，留下不朽诗章。连未曾到访过的宋代理学家朱熹也留下了“胜日寻芳泗水滨，无边光景一时新。等闲识得东风面，万紫千红总是春”的千古传诵。

8年前，一位非等闲之辈来泗水县走马上任，担任县委书记。一上任，他就果断地将这儿形象地定位为“中国泉乡·圣源泗水”，经过几年的不断打造，这张县域文化名片已经是熠熠生辉，光彩夺目了。

他，就是时任泗水县委书记的田志峰。当尼山圣源书院的筹建报告呈放在他的办公桌上时，这位中学教师出身的县委书记，既激动又颇犹豫踌躇。激动的是，这么多有识之士前来创办书院，开掘老夫子神圣的文化宝藏，功在千秋；踌躇的是，泗水县是个穷得叮当响的贫困县，一年的地方财政收入不足三亿元，光是人头费尚不足以解决，哪儿再有钱去做这社会文化事业？巧妇难为无米之炊啊！不当家不知柴米贵，不做官不知责任重。

想不到的是，田志峰的态度很快就有了根本性的转变。知情人都知道，就是这帮老先生的无私无畏的精神在一步步打动着他，这些大儒们字字珠玑的道义由衷地感染了他。

他与时任县长的王宝海、副县长刘多次沟通商量，统一思想。

“这可是打着灯笼没处找，烧香磕头也求不来的高人啊，是送上门来的大智慧！”

“我们不仅要擦亮圣源之乡这张名片外表，更要锻造她的文化内涵实质。”

“圣源之乡应当是文化的顶峰、道德的高地。”

……

大家你一言我一语。窗户纸不戳不破，话不说不明。田志峰手握拳头使劲砸向办公桌：“就是砸锅卖铁，勒紧裤带也要尽快把这个书院建起来！”话是这样说，拿钱可是个实实在在的事，田志峰他们又颇费踌躇。

就在这关键时刻，一封专门写给济宁市委书记孙守刚的信发挥了扭转局面的关键作用：

“筑巢引凤”，已为当今各地攫升经济社会事业之前瞻性共识。可在贵地泗水，“凤”已翔至，且来者不是一般之“凤”，均是鼎鼎有名的硕儒大哲；不是几个，而是数以百计的学者群体。现在的问题是只有“凤”没有“巢”，要想将这些“凤”永久留住，如期形成“有凤来仪”之盛世景象，必将大大促进孔孟圣地文化复兴与经济腾飞，实为万民福祉。

……

日理万机的孙守刚立马掂出了这封信的分量，随即批示让市委一名副书记亲自抓落实。很快，就在济南签署了一份由济宁市投资2000万元于两年内建成尼山圣源书院的协议书。这位副书记一直抓着没松过手，抓进度、抓质量，直到建成、建好为止。

就是这一封“四两拨千斤”的信，一下拨动了2000万。

在泗水县委常委会上，田志峰引导大家就这个议题进行了深入梳理。不愧是出生于孔子的老家，大家骨子里到底还流淌着老祖宗的鲜血，传承着圣人基因那朴素的底色，很快统一了县委县政府的思想，形成了一个叮当响的具有含金量的决定：同意专家学者各项建院主张；破例无偿划拨土地100亩；先期拨款100万元做启动经费；由陈洪夫负责成立三到五人的工作班子；由县委书记县长牵头，为书院做好各项协调服务工作；有关方面抓紧落实书院规划设计等前期工作。

田志峰还专门召集建设规划部门及有关专业技术人员研究，部署书院的规划设计工作，适时提出明确的要求。他到现场指挥调度，在工地一线上研讨问题，解决问题。

那年4月7日是个春光明媚的日子，省委宣传部常务部长徐向红率省文物局领导来现场，与济宁市和泗水县的领导现场办公，当即解决问题。徐向红明确提出要彰显尼山论坛的书院气派，在他与各领导的鼎力协调下，省市县三级就加快书院硬件配套建设进度迅速达成一致，建设力度空前加大。

就在尼山圣源书院建成后，田志峰在政府换届中升任济宁市副市长，离开了泗水县。事后见到这帮老先生，他无比高兴地述说这样一件事：一次，偶尔碰到他年少时一小学老师，这位老师拉着他的手这样评价："小田，你干了八年多的泗水县委书记，我看，最漂亮的一件事就是将尼山圣源书院搞起来了，这才是荫及子孙的大事，功德无量啊！"

2009年4月，田志峰先是调到兖州任市委书记，6月份书院举行奠基仪式时，书院没有忘记曾为书院创建作出巨大贡献的田志峰，特别邀请他来出席，可他确实因为工作繁忙和其他原因，谢绝了邀请。奠基仪式这天，王殿卿与丁冠之两位老人带上写好的邀请函，坐上车亲自去兖州当面邀请。田志峰得知后感动万分，撇下所有的工作，含着两眼热泪跑到高速公路口迎接王老和丁老。见面后还是被二老不由分说地拖到了奠基仪式的现场。

6. 院之冠，第三位老者横空出世

2007年10月26日，一个满头白发的老者，他当时既不是筹委会的院长、副院长，也不是当地的官员，却主人公似的率领有关人员在陈洪夫的陪同下开始了书院的现场勘查选址工作。

他虽然年过花甲，身体却结实彪悍，典型山东大汉的形象，说话坚定有力，落地有声，一对睿智的大眼炯炯有神。令所有人都意料不到的是，这就是鼎鼎大名的三位院长候选人之一的丁冠之教授。真是踏破铁鞋无觅处，得来全不费功夫，“德不孤，必有邻”，感恩老夫子在天显灵，阴差阳错地将能撑天拄地的大才派遣到了这儿。

王殿卿和陈洪夫他们内心有一股掩饰不住的喜悦，王殿卿与丁冠之已是多年的老朋友、老默契了。

其实，与丁冠之更有渊源的当数牟钟鉴。

1960年，天资聪颖的丁冠之从山东大学历史系毕业后，被分配到中国社会科学院哲学所从事中国哲学史研究。牟钟鉴1966年来到哲学所后，他们一起经历了十年“文革”，一起下放到河南息县五七干校劳动改造，一起遭受莫须有的清查五一六运动的迫害，后又一起返回北京学部7号楼。为解决两地分居问题，丁冠之1982年调回山东大学工作，在后来的日子里，俩人还一直保持着非凡的情谊。40来的风雨同舟、心心相印，相互情同手足，知根知底。没想到天地是这样的机巧，35年后他们又在尼山走在了一起。

丁冠之一来到书院，立马就充当起了一种灵魂式的人物角色。

当万事俱备只欠东风，选址的事迫在眉睫时，他把著名周易专家、山东省周易研究会会长张晓雨先生和山东大学教授颜炳罡先生请到了尼山脚下。

深秋的凛冽黄叶，满地遍野的杂草丛生，还有那农户散种的地瓜，一垄垄，一片片，忽有忽无，忽高忽低。丁冠之已是75岁的高龄，与大家一起在陈洪夫的带领下深一脚浅一脚地在四处追寻。连续看了三处，远看还行，可近前一瞅，张会长总感到有缺陷。丁冠之听后决断地说："再找！一定要找到一块最理想的基址，这可是千古事业啊。"已经过了吃饭的点了，一伙人仍在继续寻找。当张晓雨站在一个高坡上往南一望，发现有一条东西向的水渠，在它的前面有一块平坦而又高翘的地块，经近前现场勘查，大家不约而同都感觉好极了。这儿离夫子洞不足千米，地势平坦开阔，背靠五凤山，面朝颜母山和圣水湖，西隔河与尼山相望，东南西三面绿树掩映，确实是个绝妙的风水宝地。丁冠之不仅没有疲惫之意，反而高兴得像孩子般手舞足蹈起来。

当书院规划设计方案分别在泗水、济南、上海等地考察论证了五轮，规划设计单位换了三个后，丁冠之斩钉截铁地说："'道边立筑，三年不成。'天底下哪有十全十美的事，以我之见，差不离即行，再拖就拖黄了。"恰在此时，新的设计单位终于拿出既古香古色，粉墙黛瓦，又呈现代流线型建筑特色的比较如意的方案。就这样，书院的规划设计方案总算是敲定了。

进入书院建设阶段，这是个费神费力耗材的阶段。因为它既是个漫长的过程，又将是一个困难重重的环节。在此关键时刻，丁冠之又说出了关键的话："以我之见，要边建设边办院，先从为当地办儒学培训班开始，班办好了，既能大大推进建院进度，消化建院阻力，又会赢得社会效益。"这一番番"以我之见"的话，句句到肉，针针见血，也说到了当地党委政府的心坎上，一拍即合，得到了上上下下的极大拥护。

由于双重压力，牟钟鉴的身体越来越憔悴，体重急剧下降，外出已经非常困难。原计划在山东举行的书院建设商讨会改在北京召开，来自全国各地代表聚集到了牟钟鉴所在的中央民族学院。就在这次会上，经牟钟鉴院长提议，大家一致同意，改聘书院顾问丁冠之为执行院长。

散会后，牟钟鉴微微拍了拍丁冠之的肩膀，深情地说："老伙计，你看我这不争气的身子骨，山东那边还拜托老兄顶起这副沉甸甸的担子。"

"我就是庙里做撞钟的和尚，有您和王先生'主持'，有大家，放心吧。"丁冠之回答得干脆响亮。

2009年1月9日11时，张晓雨、陈洪夫和泗水县建设局的领导，在测定的书院四址各砸进了一根粗粗的木橛，标志着书院规划建设的前期基本完成。张晓雨这位周易大师，前前后后，无偿为书院的选址和规划设计跑了18趟之多。

万事俱备，只欠东风。2008年10月8日，在泗水圣源度假村举行的尼山圣源书院成立庆典上，书院名誉院长、美国哈佛大学杜维明教授在讲话时豪情满怀，诗意大发，铿锵朗诵了朱熹的那首脍炙人口的诗：

半亩方塘一鉴开，
天光云影共徘徊。
问渠那得清如许？
为有源头活水来。

第二章　扎洙泗之秀林

温家宝曾这样谈及中国古代的私塾与书院：历史上许多私塾、书院曾盛极一时，但都不是在大城市，而是在山野乡村。那里不但是教育子弟、培养人才的学校，而且是一个地区的文化中心，甚至是学术中心，其薪火相传、生生不息，成为中国人的精神家园。

在宋代兴盛之极的岳麓书院，木秀于林风必摧之，虽曾屡遭打压，可是愈挫愈勇，终究依托于长沙发展壮大起来，他们自豪地称长沙一带可以与洙泗相媲美。可见，在古代洙泗之风是一种文化标杆和道德高地。

在香港，康有为于20世纪二三十年代建造的全木制结构孔圣堂，巍巍然宏伟高大，讲堂正中，拉开幕布后，赫然跳出四个字："尼山日月"。

"三老"和他的团队之所以铁了心在这儿建书院，就是要追寻和光复中华民族瑰丽的洙泗之风与尼山日月。枯木逢春，儒学大树的根须置于民间广袤的土壤中，方能根深叶茂。建院伊始即把"扎根当地，服务于当地"摆在第一位，继而为大江南北做出示范，期望在指日之年里将薪火传下去，在属于自己的精神家园里培植起中国人的参天大树。

1. 打造儒家文化示范县

孔子有个得意门生叫子路，与颜回、子贡并称为孔子的三大高足，他就是泗水泉林人。泗水县城有一处以他名字命名的学校叫子路中学。在这个具有特殊意义的学校里，2008年底，尽管那边书院建设八字还没有一撇，这边却轰轰烈烈办起了泗水县"国学大讲堂"。县里的科局长、乡镇领导、学校校长100多号人林林总总来视察，一周一次，一次周末两天。把担任班主任的书院副院长兼秘书长、山东大学儒学中心副主任颜炳罡教授累得团团转。

说起颜炳罡，还真有个特殊背景，这个背景就是颜家情。颜炳罡是颜氏家族第79代孙。他认为，孔子的形成，孔家一半，颜家一半。没有母亲颜徵在就不会有孔子这个人，也就没有孔子伟大的思想。更让他自豪的是，孔子的母亲一直真名实姓，而且还有颜母山、颜母村等流传至今。比起孟子的母亲一直被称为孟母，没留下自己的名字来说，是历史对孔子母亲的最大肯定和青睐。他一直把孔子母亲颜徵在拜为自己颜家的母系原始祖宗。

一时，泗水县出现了从没有过的热闹和鼎盛。美国哈佛大学杜维明教授来了，美国夏威夷大学安乐哲教授来了，全国人大常委会原副委员长许嘉璐先生也来了。围绕儒学的现代价值及其应用，都作了精彩而又深刻的演讲，令学员大开眼界；围绕文化思维的解放与文化观念的开新，给学员以耳目一新的启迪。还有钱逊、牟钟鉴、丁冠之、颜炳罡、周立升、骆承烈、郭沂等20余位海内外知名教授分别以"儒学与和谐社会"和"政者正也——孔子的为政之道"等为题作演讲，引导学员认识儒学在社会建设与干部个人品德修炼上的现实意义。同时国学班儒释道共台，对孔、孟、老、庄、荀"五子"和《四书》《老子》《周易》，一一作了介绍与解读。

国学班教师讲授、解读、答疑、释惑、辅导；学员自学、讨论、理解、古今对照，学用结合。学员们大都是县里的二品官员，珍惜机会，刻苦研习，学以致用，化民成俗，把泗水县建设成中国第一个"儒家文化示范县"已渐成为共识，创建"儒家文化示范县"成为他们一时最宏伟的目标。

国学班一时轰动了泗水以及周边地区，每次都有大量旁听者，少则百人，多则500余人。父带子、母带女、夫携妻、师率徒，有的家庭祖孙三代齐上阵。周边的济宁、曲阜、临沂，以及济南和江苏徐州等地国学爱好者，也特地驱车几百里，远道前来听课，一时门庭若市，先闻为快，好不热闹。

2. 泗水县城平地冒出的兴儒园

2012年的清明节，在阵阵霏雨中，泗水县儒家文化水系公园兴儒园开张了。这是一条引水入城的水系，全长约2800米，因是连接圣源湖、文化公园、仲庙遗址三大文化性主题公园，一眼就知道是在高人指导下完成的。从规划主体上分为先秦儒学、汉代儒学、宋明理学和近现代兴儒园。通过湖面开挖、驳岸、景观桥、木栈道、景观雕塑等景观建设，让碧水绿影的水岸，映衬着儒学的丰富内涵，让人们沉浸在人文气息浓厚的公园里，体现出“碧水葱林映泗水，国学华章润四方”的主题。

走进近现代兴儒园，只见熊十力、钱穆、唐君毅、张丕介、牟宗三、梁漱溟、辜鸿铭、冯友兰等十几位鸿儒硕哲或立或坐的青铜塑像栩栩如生，石刻浮雕还分别配以生平简介、学说及其格言绝句。经媒体报道，立即引起了海内外的广泛关注，东南亚、台湾地区、韩国的许多游客得知后，不惜改变旅游或游学的路线，专程过来一睹为快。他们谁都没想到，在鲁西南这样一个偏远的小县城竟然搞起这样专业而又精到的兴儒公园。

所雕塑的儒学伟人的后代、学生纷至沓来，如同在自家的宗祠里一样叩拜先人，激动万分。特别是钱穆、唐君毅、牟宗三他们三位命运多舛的先哲，碰上了那兵荒马乱的年代，直到临死前也未能回到大陆的家园。这回，不仅回来了，而且在孔老夫子出生的地方安营扎寨，在天之灵得以慰藉，飘忽之魂得以沉寂。正如钱穆的儿子、国际儒学联副理事长钱逊看过之后所说：“以古代著名历史人物为内容的雕塑公园，全国各地一哄而上，但以现、当代人文大师为主题的雕塑公园在中国及至全球还没有，这是第一个。洙泗儒园全面建成后，会成为国内一个独具特色的旅游景点，是中华文化复兴中的一项极具意义的举措，泗水县有远见、有担当，难能可贵。”

其实，这件事还是得益于尼山圣源书院。在书院举办的国学大讲堂上，县建设局局长徐茂盛也在其中。他一边听，一边琢磨，一边思悟。当时正值县里确定要规划建设水系文化公园，何不围绕儒家做做文章？在陈洪夫的协调下，得到了王殿卿等人的大力支持，确定由尼山书院秘书长、中国社会科学院宗教所儒学研究中心秘书长赵法生研究员具体策划指导。赵法生、陈洪夫先后与有关方面多次研究论证，确定方案，拿出初稿。赵法生正值各方面研讨活动打不开点的时候，索性连熬了几个通宵，亲笔斟酌，三易其稿，方敲定文案，而后又多次研讨选定雕塑画型，形成总体布局与人文风貌。

自此之后，这些儒学泰斗的子女、弟子、学者络绎不绝地来这儿瞻仰，缅怀、追思大师们的丰功伟绩，研讨他们的学术思想。泗水县，一个长期被人遗忘的天高皇帝远的偏僻小地方，竟然一下子被海内外教授学者所云集。

三老感慨地说：“儒家的游魂终于归来了……”

3. 一场风波的背后：孔子不是摇钱树

天有不测风云，人有旦夕祸福。

正在书院建设的高潮和书院千方百计服务当地的热情中，却冷不防地收到了来自当地的一封持反对意见的报告函。报告函中主要指出书院可能破坏夫子洞文物、形成环境污染、违背风景区规划、扰乱旅游市场等潜在问题。上级政府主管领导在上面正式批注了要慎重对待书院上马的问题，要求有关部门立即进行调查，分别拿出意见。

于是乎，文物、环保、建设规划、旅游、教育等部门的调查组纷纷而来。顿时，社会上随之出现了诸多阴阳怪气、冷嘲热讽的声音。

与书院原定好的一些合作单位和项目纷纷悔约，特别是原本已经公开许诺资助6000万的商家也借此打了退堂鼓。

一时间，书院上下一片沉闷。周围老百姓跃跃欲试，要重新跨进书院基址里种地运作庄稼。

事出有因，并非空穴来风。近百年来，夫子洞的命运犹如当年孔子的困境一般，几乎沦为没爹没娘的孤儿。尼山夫子洞地处泗水、邹城、曲阜三县交界，过去曾归属邹城，后划归泗水，修起尼山水库后，夫子洞因地势低被列为水库被淹区，统一享受国家对被淹区的补助政策，于1964年将夫子洞村连同夫子洞一并与水库其他被淹村划归了曲阜。就这样，夫子洞就阴阳差错、稀里糊涂地改换了门庭。事实上，从那时起，泗水县与近在“鸡犬之声相闻”的尼山夫子洞就在各自的轨道上渐行渐远，貌合神离。而作为其隶属的曲阜因拥有“三孔”旺盛的香火，始终没将这个偏远的破石洞放在眼里。可怜的夫子洞和它背负的灵魂又重演了颠沛流离、穷途潦倒的悲惨一幕，一个天涯沦落的弃儿被冷落在历史深处。

“己所不欲，勿施于人。”有人将孔子这句名言婉转地逆向理解运用，就是我不干的别人也不能干，一旦别人做了，也非要把这清水趟浑不可。

就在这复杂而敏感的当口，矛盾极有可能一触即发，甚至剑拔弩张。可谁也没有料到，危机被三老以“礼为贵”的和平战略很快解决。

牟钟鉴，这位中国当代新仁学的创始人，一直倡导以儒家的精神，办儒家的事业。孔子的精神就是“仁和之道”“以仁为体，以和为用。”主张凡事以和为大局，他首先对此事表示充分理解。

王殿卿这位从事“八德”教育达二十年之久的德育专家，“忠、孝、诚、信、礼、义、廉、耻”他当然最清楚，烂熟在心。

“射不主皮，为力不同科，古之道也。”豪爽的丁冠之此时脱口就说出了一句子曰。其实，还是他的一番高论，才使得干戈化为玉帛，让各方面都心服口服。

“尼山圣源书院以及其他，对比历史灿烂悠久的拥有‘三孔’的曲阜来讲，那是‘譬如北辰，众星拱之。’以我之见，书院搞好了可以使曲阜锦上添花，相得益彰，是一件一荣俱荣、一损俱损的事情。建书院不仅不会造成环境污染、违背规划、破坏文物，给孔子抹黑，反而肯定会为孔子争光，将这里成为更令人向往的圣地。”

丁老这一番“以我之见”，其大度与包容有目共睹，让人折服了，他们的仁爱之心让人感动了。三老高尚的情怀也让一些人羞愧不已。

“老先生在古稀之年仍为弘扬儒家思想孜孜不倦，胸襟情怀令人钦佩。可谓功在当代，嘉惠千秋。我们将尽最大努力为书院兴盛发展提供便利。也坚信在诸位先生的操持下，尼山圣源书院定能成为书韵飘香、鸿儒集萃之地。”

2008年3月4日，时任济宁市委书记的孙守刚专门致牟钟鉴院长一封长信，信中开宗明义地表达了对诸位老先生的赞誉之词。

同时殷切提出，济宁市将从全民普及性国学大讲堂教育、集中培训国学教育纳入党校教育、选拔一批优秀青年干部到书院脱产培训这三个层面上，渴望继续得到书院的大力支持。

牟钟鉴立即与相关人员进行了认真研究，回信中表达了明确的态度和坚实的措施。

今年夏天，济宁市一个县处级德政建设培训班就在书院举行。王殿卿经过深思熟虑，本着“小大由之，有所不行。知和而和，不以礼节之，亦不可行也”的训导，他满怀情感地给这些济宁市的领导们着着实实地上了一课。

是的，济宁市过去曾是批林批孔的急先锋和重灾区，近两三代，济宁人对孔子有一种说不出的复杂情感，酸甜苦辣，五味俱全。一个多世纪以来，惨遭霜秋严冬，也尽享春华秋实，或许是沧桑幻化过于频繁和迅速，许多重大问题还在人们潜意识的朦胧之中、迷蒙之时。

“孔子不是摇钱树。”这是王殿卿大声发出的第一个呼吁。培训班上，他首先给大家讲了一个故事。在第二任大成至圣先师奉祀官、孔子第79代嫡孙孔垂长携家人来济宁拜祭的一个宴会上，当有的领导在讲话中提到做大做强“孔子品牌”，促进地方招商引资时，孔垂长的母亲立即表示了不悦：“俺老祖宗岂不成了他地方发展的摇钱树？”王殿卿语重心长地说：“孔子是传统文化的代表，不是工具，不能让文化搭台，经济唱戏，如果这样就大错特错了。作为圣域之乡，我们虽不能有敬畏之心，起码也要有感激之情，尤其不应有亵渎之意。”

“孔孟之乡具有多少儒家风范？”这是王殿卿发出第二个呼吁和质疑。他又给大家讲了一个故事：一次他陪同韩国一个团队来朝圣，所看到的尽是庸俗的民风、骗人的市场把戏以及那谄媚的官本位之风。在祭祀仪式上，竟将海外七老八十的长者随意落在后面，而当地那些小年轻的什么头头脑脑却充斥在前台，耀武扬威，出尽了风头，令人作呕，使他们厌恶之极，游人怀崇敬而来，却扫兴而归，发誓永不再来。

一石激起千层浪，两个故事引起万人反省。

“哈哈哈……哈哈……哈……”此时，王殿卿这爽朗的笑声又是多么让人崇敬不已。

4. 梁漱溟的乡村情怀再现

在鲁中地区的邹平，凡驰骋于济青高速公路上的人们都会眼前一亮，这儿不仅有漾漾碧波的黛溪湖水，草木青翠的小黄山，更扎眼的是那高楼林立、厂房连片的世界级别的企业集团。就在这湖旁山畔，埋葬着号称“中国最后的儒家”梁漱溟的遗骨。

儿近活了一个世纪的梁漱溟，一生历经风云飘摇，波诡云谲，充满奇险动荡，其中有非常珍贵的七年，是在邹平进行乡村建设实验活动中度过的，至1937年，日军侵渡黄河，山东乡村建设研究院及其实验活动宣告结束。这场运动后来被学术界称作“20世纪中国最伟大的儒家活动”。他大路直行，刚正不阿，从放弃北大教职，从事乡村建设，斡旋抗战，创建民盟，创办《光明日报》，一直到建立新中国，为民请命，面折廷争，一路走来特立独行。

奇怪的是，在他的身后，在这儿突兀起一个经济发展的高地。邹平县在全国县域经济基本竞争力百强中排第15名，辖内有8家上市公司，有亚洲最大棉纺企业和中国最大的玉米油生产企业，被冠名“中国糖都”“中国玉米油城”。

已经接任尼山圣源书院秘书长的赵法生曾致力于研究梁漱溟先生，无独有偶，他也有着浓郁的乡村情结。他出生于山东青州的农村山区，受身为私塾老师的父亲的影响，自小聪颖好学。自山东大学毕业后，干过党政机关、大学老师，做过国有大型企业高管。而后在市场经济的滚滚洪流中反其道而行之，到中国社科院端起了儒学研究这盏清贫透亮的饭碗。

自从书院创办以来，三老以及刘示范、颜炳罡、张践等先行者提出书院要服务于当地，把书院的根牢牢扎在尼山脚下。2012年底，赵法生就将新官上任的第一把火烧向了这乡村儒学，主动请缨上了阵。

在陈洪夫的陪同下，他们走进周围的几个村庄，与老百姓拉起了家长里短，聊起了前前后后，走遍了家家户户。孰料，不走不知道，一问吓了一跳。

在这老夫子诞生的地方，懂儒学的人微乎其微，但信仰其他各种宗教的却大有人在。过去，这么个上千人的大村，历来出去当兵的几乎没有提干的，支部书记感叹说，村里连个营连长也没出过，做官的连个乡镇长也没出过。过去也很少有人能考上大学，可翻过颜母山去，一个东官庄，省级干部就出六个，地厅级出了九个，县处级二三十之多。问其原因，老百姓都说，这儿的地脉都让孔老夫子占尽了。说起老夫子，男女老少异口同声都叫“孔老二”，反复告诉他们这是贬称，他们还似乎浑然不知，依然人云亦云，习惯成自然。至于乡村的社会风气可想而知，儒家文化的圣地，不孝不敬者大有人在，不知礼仪者随处所见。走访了几户，让他最为难忘的是村里的老人，尚能干活的生活还凑合，一旦丧失劳动能力，处境都十分凄惨，令人触目惊心。

所见所闻，令赵法生的心情异常沉重，真真切切地感觉到了传统文化消亡的危机与儒家学者所应该承担的责任。他知道，乡村是中国文化的根，更是儒学的根。原本中国乡村形成的以乡绅、家谱、家训、宗祠、宗法为主要内容的儒家文化生态系统和组织载体已经荡然无存，传统文化亟须“灵根再植”，这要比梁漱溟时代更加危急，更加艰难。

2013年1月16日，经过一番简单筹备，赵法生与陈洪夫、金英涛商量，决定从孝道开始，于是就在书院二楼会议室，正式拉开了乡村儒学讲堂的帷幕，没想到，熙熙攘攘的人群把会议室全占满了。老头老妈、扶老携幼的、身体不好的、瘸的崴的都有；孝顺的来了，有些平时不怎么孝顺公婆的媳妇也来了，而且抱着孩子来了。她们尽管在孝敬公婆父母方面做得无可称道，却真心希望孩子长大了能够孝顺自己。可见，儒家的孝悌仁爱，真是“人同此心，心同此理”。赵法生从古讲到今，从远讲到近，讲到身边。既有以孝扬名千秋的古德先贤，也有不孝不敬遗臭四方的害群之马。声情并茂，激情四射。赵法生讲课从不在讲堂上正襟危坐，一直站着，或走在乡亲们中间，和蔼可亲，感情真挚，具有很强的感染力。好几位老人听着听着就不知不觉地掉下泪来，有的老人回家后还在落泪、还在哭，问他什么也不说，只是没完没了地哭个不停……

半个月后，第二次乡村儒学讲堂来的人更多，不仅所在地北野村的来了，周边夫子洞村、周庄的都来了不少。有一患偏瘫的老人也来了，自己上不去楼梯，被几个小青年费了牛劲才架了进去。就这样，三次孝道讲座讲下来，已很快将人气聚了起来。如同一片荒漠，降临了阵阵润雨春风，吹拂了久已逝去的人性灵光。

赵法生心知肚明，中国的家庭文化不同于西方，西方的家庭以爱情做主线，伦理亲情相对淡薄；中国的家庭是以恩情做主线，重视血缘关系、家族意识。基于对东西方不同社会结构的比较，梁漱溟当年曾对于中国社会下过“伦理本位，职业分途”的结论。所谓伦理本位，首先体现在家庭伦理，尤其是父慈子孝、兄爱弟敬的和睦家风。因此，赵法生便开始给村民讲授传统蒙学教材《弟子规》，并且带领村民诵读。为了使得儒家文化教育与村民的生活实际相结合，他还从济南请大夫来讲解防病治病的方法，现场给村民看病开方；从曲阜国学院请来老师讲授儒礼；还请《幸福》杂志编辑王连启来讲家庭幸福；他还动员北京和济南的朋友老乡为儒学讲堂予以物质资助……

赵法生一年跑了20多趟，光路费就花去他一万多元。这还不说，赵法生还从自己腰包掏了5000元为村民印制《弟子规》。白天他主持讲堂，晚上与陈洪夫等召集各村的学习骨干开会，研究分析发展方向。村里的老百姓都与他有了深厚的感情，都亲切地喊他“赵夫子”，谁家有个啥难处，哪处有个什么事，他都知道得一清二楚，记得明明白白。

一天吃过晚饭后，赵法生和陈洪夫来到了庞大爷家里。庞大爷已经80多岁，耳聋眼花有些糊涂，住在一间摇摇欲坠的破房子里，他没有后代，过继了一个侄子。这个侄子靠着七八辆汽车跑运输，一年能挣百八十万，可就是不大孝顺老人家。不仅不给老人家钱花，还将老人每月60元的养老金扣出40元，只给老人20元。听说老人家前不久下地干活，晕倒在庄稼地里，第二天才被发现。送到医院，医院说不好治了，结果回家后身体却慢慢恢复了过来，命大的老汉十分激愤，逢人就说他这悲惨的故事。二人敲门时，发现屋里黑漆漆的，原来老人家正在看一台黑白电视，所以就将屋里的灯也关了。老人家见到他们十分高兴，就又一遍遍重复地诉说他那悲惨的故事。他们看看家里一贫如洗的样子，把2000块钱塞进了老人家手里就走了。老人家只是怔怔地望着这既熟悉又不知道具体是谁的背影，傻傻站着，哆嗦着手说不出话来。后来，他侄子进了儒学堂，对老人一天比一天好了，钱也变得够花了……

众人拾柴火焰高。赵法生知道，乡村儒学这把火是大家共同烧起来的。书院执行院长刘示范、副院长颜炳罡等都在百忙中多次前来讲课。颜炳罡还伙同台湾佛光大学教授谢大宁一起给村民讲课。这位台湾的大教授着实被村民听课的场景所感动，说他仿佛看到了明朝儒学讲会的盛况，梁漱溟所追寻的乡村建设情景又重新浮现。

今年8月的一个周末，持续的高温将鲁南地区烤得炙热滚烫，书院的乡村儒学讲堂，却是凉风习习，春意盎然。这里正在进行背诵《弟子规》的比赛，3个村200多名村民济济一堂。代表们分为老年、中年、青年和少年四个组，兵对兵将对将，老不负少，少不甘小，巾帼不让须眉，3个村你追我赶，你刚我强。上有80岁的老太太，下有3岁的小娃娃。第一个出场的竟是北东野村80岁不识字的庞德祯老汉，他嘴里含着一只大烟袋，虽然磕磕绊绊，到底还是背了下来。通过背《弟子规》，他还认识了不少的字。真是80岁学吹打，靠的是这股子精神。自从学了《弟子规》，他像变了个人似的。庞老汉是个瓦工，看到谁家的房子破了，就主动帮忙，整天东家出，西家进，乐呵呵的，像个无愁无忧的老顽童。

第三章　继绝学之燎原

从“文革”的梦魇醒来之后，人们发现东亚凡是实现了现代化的国家和地区，并不是对传统文化实行大革命的地区，恰恰是保留传统文化极好的地区，比如日本、韩国、新加坡以及中国的台湾和香港。人们都在感叹着一个尴尬的事实，大陆的儒家已经完全游魂化了，在现代社会中失去了一切组织载体，而书院的复兴使得新时代的儒学组织载体第一次浮出水面。接续中华道统，在继承中返本开新，实现儒学的归魂化，无疑是这个时代的呼声。轮回的历史在重新演绎着当年周文王父子在监狱里推演六十四卦的古老篇章。

“为天地立心，为生民立命，为往圣继绝学，为万世开太平”，这是自北宋以来历代圣贤梦寐以求的理想。当今中国的师范学校数量众多，然而却没有一所学校开设国学课程。责任就自然落在了现代书院的身上。

尼山圣源书院的“三老”早就谋划了这步必走棋路，书院一旦落地扎根，长成大树，即能钻木取火，继而将儒学的薪火承传，燎原于华夏大地。

1. 一胞兄弟，借脑归魂

近年来，王殿卿在实施德育教育实践中就与台湾孔孟学会有了不少交往。说起这个孔孟学会，背景可非同一般，第一任会长是蒋介石，第二任会长是蒋经国，第三任是陈立夫，第四任是原国民党行政院长李焕。2009年，国际儒学联在北京召开海峡两岸儒学研讨会，李焕带着一批专家学者参会。会上，王殿卿关于《书院的复兴与中国文化的复兴》的发言引起了与会者的共鸣，学者们对刚刚成立的尼山圣源书院抱有异常强烈的向往感。会后，李焕委托著名古文字专家李鍌等四人前往尼山做实地考察，实地拜谒了尼山太庙与尼山书院，参加了在圣源山庄举行的尼山圣源书院的规划设计论证会，还发表了热情洋溢的讲话，对这样事关千秋万代的大好事表示坚决支持到底。

吃饭时，王殿卿、丁冠之说起要在这儿为大陆培训儒学师资力量，缺少富有教学经验老师时，他们二话没说，直把胸脯拍得叮当直响。

“凡事预则立，不预则废。”在中国，一个如火如荼的国学热的日子已经是指日可待。流行台湾60年的《中国文化基本教材》（即“四书”）可以随之拿来。但有经验特别是知行合一的老师可不是三天五天、一年两年甚至是三年五年所能塑造出来的。正如《论语》里所说：“夫子之文章，可得而闻也；夫子之言性与天道，不可得而闻也。”

李鎏他们回去后，立即以台湾孔孟学会的名义，在台北招收老师，门槛是从事国学教育达15～20年的汉语教师才有资格。听说要到孔老夫子出生的尼山教学，老师们都有一种朝圣的心理，压抑不住心头莫名的激动和荣耀。

2009年7月，暑假伊始，以尼山圣源书院和台湾孔孟学会联合举办的第一届海峡两岸读论语、教论语师资研修班就在泗水圣源酒店开张了。来自北京、重庆、四川、湖北、陕西、黑龙江、山东的70多名大中小学校长下榻并开始了为期9天的培训。台北市中正中学校长黄裕城带队的四名老师，器宇轩昂而又彬彬有礼的前来授课。

开班第一课，首先由刘示范教授抛砖引玉式的讲授了“孔子其人，论语其书”。

接下来是黄裕城，他讲的题目是：《<论语>中的品格教育》。他的学识犹如潺潺流水，很快就滋润了在场的每一个人的心田。

台湾大学齐益寿教授紧接着上台，用诗人般浪漫的语言，以屈原、陶渊明和杜甫“中国三大诗人的儒者襟抱与诗歌表现”为题，阐述了在中国2500多年文化发展进程中，唯有具备儒家风范、高尚人格、伟大胸襟者，所孕育出来的文学作品，才能流传千古。缺乏传统的人文素质，难以成为中国真正的文学家。他从一个侧面，告诉人们读懂国学经典的价值，讲述了“古代诗人与儒学的根基”；对现代文化缺少根基，只去玩弄技巧与笔法是无济于事的；学“四书”重点并不在于学知识背条文，而是在于学精神，做到知行合一。台北第一女子中学漂亮而又贤淑的萧老师一上台，就更吸引了每一位与会者的眼球。她所任教的这个学校是个出才女、出名女的地方，如马英九的夫人、连战的夫人等等，灿若繁星，数不胜数。她讲的题目是《读经与做人》，既有巧妙的互动又有透彻的阐述，精彩纷呈，可说使这个讲堂高潮迭起，美不胜收。几天下来的学习，把学员都彻底惊呆了，彻底颠覆了自己那些固有的思想理念。

第一炮就这样打响了，《光明日报》立马做了报道。

初战告捷，第二期就自然而然地加大了人数。100人是上课，200人也是上课，于是乎，一下招了180人。不料，林子大了什么鸟都有。民办教师也来了，家属也来了，旅游爬山的也来了，想赚钱的也来了，简直就是一个大杂烩。上课听不懂就玩手机，这还不说，还吹毛求疵乱找茬，无中生有瞎起哄，在微博微信上质疑：为什么让国民党来讲课云云，幼稚可笑，无稽之谈。这些信息很快传到了台湾，真是丢尽了大陆人的颜面。

好在台湾孔孟学会及诸位老师不为所动，依然我行我素。第三期、第四期又一期期办了下去。不仅在尼山圣源书院办，还同时在广州、北京、西安共四个点循环开班，一个月转下来，400多人的培训就大功告成。

今年又将这师资培训的火焰燃烧到黑龙江、湖北、浙江、广西和天津市，从北到南接近大半个中国，掐指一算，师资人数达1000多。将五期培训人员加在一起，共2000多人，如果一个教师教100个孩子，2000个教师就是20万个，辐射20万个家庭，这会影响多少个社会角落，唤起多少道德人性的复归？

许多教师经过培训完全变了个样，言行举止彬彬有礼，灵魂净化了，礼仪规范了。他们对比地说，我们大陆把教师作为职业和饭碗，台湾把教师作为生命和灵魂，讲究的是师道尊严，奉行的是为人师表，知行合一，确实肩负起人类灵魂工程师的担当。

2. 国家的“儒学书院”，开放的“稷下学官”

当时光进入2013年，尼山圣源书院的好事接连不断，其中最让人高兴的是书院和国家教育行政学院国学研究中心连上了“姻缘”，面对全国中小学校长和教师连续举办“国学经典教育”专题研修班。

国家教育行政学院国学研究中心是去年在“千呼万唤”的环境下“始出来”的。在新的国学团体大量涌现的时期，这样一个中心的出现看上去有如沧海一粟，实际上有其不容忽视的意义。国家教育行政学院的培训对象是教育界的官员和从小学到大学的各级学校主要管理人员，他们的国学认知直接影响各级学校推广的力度。

今年2月，前院长俞家庆在其国学研究中心主任、书院发起人于建福的陪同下专门来泗水对尼山圣源书院进行了调研，一下被尼山书院的这种奋发向上的气氛所感染，初步确定尼山书院作为国家行政教育学院的试验基地，并与书院合作，面向全国培训国学师资。

说了就算，定了就干，雷厉风行，立说立行。自4月下旬至8月下旬，连续办了六期，充分发挥书院师资与学术资源，做好邹鲁之乡独有的儒家文化资源，以“四书”为主，兼以道家、佛家经典为内容的专题研修。构建中华文化在基础教育阶段的承传体系，落实立德树人的原则，培训具有中华文化情怀，能够读懂、力行、运用国学经典，推动国学教育的校长和骨干。期间，刘示范、钱逊、颜炳罡、王殿卿、张践、赵法生、王杰、于建福、单承彬、杨朝明、邵泽水等专家教授亲自为学员授课，共培训各类教学骨干300多名，并颁发了沉甸甸的国家教育行政学院“国家级”的结业证书。

无独有偶，在古代的齐国也曾出现过稷下学宫。稷下学宫在其兴盛时期，曾容纳了当时“诸子百家”中的几乎各个学派，汇集了天下贤士多达千人。当时，凡到稷下学宫的文人学者，都可以自由发表自己的学术见解，从而使稷下学宫成为当时各学派荟萃的中心。因此，稷下学宫具有学术和政治的双重性质，它既是一个官办的学术机构，又是一个官办的政治顾问团体。

古代的书院又将其称为“会讲”。尼山圣源书院成立后已与山东大学、武汉大学、四川大学和台湾中央大学、淡江大学等，举办五期会讲，来自海内外的著名大学的200余名硕士生、博士生和他们的导师，云集于此。事先确定一个主题，必须是未经发表的正在酝酿中的学术问题，然后轮番登台，引发新思考与辩论，激发新思维，形成新思路，老师讲，先生也讲，讲得满头大汗，讲得脸红脖子粗，教学相长。每一次都开启了悠悠新风，每一次都留下硕硕成果。

2010年尼山论道与书院会讲相结合，专门为与会研究生设立了两次《问学茶座》。该茶座由书院副院长郭沂、颜炳罡主持，学者与学生们围绕“儒学与青年”“治学之道”等主题，进行了面对面的近距离交流，张祥龙、林安梧、王树人、朱荣智、向世陵诸教授分别谈了自己走上哲学道路的心路历程、人生经历和治学体会，学生们获益匪浅。

台湾林安梧教授还特别对他们给予了勉励：“‘君子之道，黯然而日章’，期待大家把君子之道彰显出来，儒家未必就不能形成大众流行的东西。”在论道期间，学者之间、学者和学生之间相互作诗酬答，林安梧教授作嵌字诗以纪念此次论道：“尼祷为仁自成丘，山来水复更长流。圣渊还藏乾坤志，源远风清此道舟。”朱荣智教授当即附和：“尼学仁爱须长修，山中岁月昼夜留。圣人修己安天下，源远绵长传春秋。”中央民族大学研究生刘玮也随即附和：“圣仁天化自为丘，源渊探隐启商周。书香传承尧舜志，院净月明映民舟。”王树人教授对朱荣智教授的“知止学”甚为赞赏，并赠以对联：“虚怀若谷，思结天地人；道通为一，神悟儒道释。”诗以言志，学者之间、学者和学生之间的相互酬答表现出了儒者的雅意和志向，儒学或许就从这一点一滴中逐渐走向复兴。这给师生，尤其是参与其中的40余位研究生，留下了难忘的印象。

这儿还是一个高端人才的流动站。书院已成为全国十几所高校硕士生、博士生的辅导站或教学基地，巧妙地发挥体制内外的优势互补与合作共赢。虽然不发证书，没有经费，却总是人才济济，络绎不绝。

这儿还是一个教育改革的试验地。过去的书院教育是以人物为中心，当下的教育是以课程为中心。课本就是标准，学校就是工厂，学生就是产品，而且是从一个模子里刻出来之后就丢向社会了，不能不说是当下教育的悲哀。当下中国急切盼望着的教育改革亟须出现一批“小岗村”，呼之欲出，亟须几多改革的“特区重镇”。

3. 丁冠之：朝闻道，夕死可矣

书院人忘不了三年前的1月16日，来自西伯利亚的一股强冷风，吹得天寒地冻。沂河旁的杨树林在寒风里抖翘着尖啸的肆虐声，尼山上的松树在残雪中发出悲哀的低吟。

书院与泗水县委县政府合作举办的第一届干部、教师国学研修班就在第二天举行结业典礼。下午5时许，人们惊奇地发现年近八旬、身体欠佳的丁冠之老先生也步履蹒跚地赶来了。走近一看，更让人诧异，一对耷拉的眼皮将原本炯炯有神的双眼遮挡无遗，一顶从没见过的鸭舌帽罩住了他那睿智的头颅。是啊，书院建设发展的这三年来，丁老把全副身心都扑在了上面，事无巨细，亲力亲为。就是在济南的家里也是三天两头与牟钟鉴、王殿卿等同事们以电话、邮件的方式往来不断。

王殿卿曾风趣的把书院的组织机构比喻成北京是脑袋、济南市是身子、泗水是腿与脚，丁老接上话茬说：“我就是上连灵魂脑袋，下接四肢手脚的躯干，躯干去干，就是具体去干，哈哈！”他，就是如此的豁达和敏锐。

“子曰：《诗》三百，一言以蔽之，思无邪。”

牟钟鉴、王殿卿与同事们把他讲过的一些经典的“以我之见”之言，整理作为书院的院训、院戒、院志铭。

“研究儒学的人不怕多”。建院初期，丁老反复地说：“研究儒学的人不怕多，大家一起干，做的人越多，对儒家的弘扬就越有力，越有利于建设我们精神家园。”这是一种多么大度的胸怀。

“大家想到一起就动作”。建院之中，万事待兴，头绪繁多，难免众说纷纭。但丁冠之十分注意听取、采纳大家的意见，一旦达成共识，就大刀阔斧的贯彻落实，这正是他处事的一贯品格。

“过了河的卒子只能进不能退”。建院之后，建章立制一提上日程，筹措资金的事就更迫在眉睫，压力随之而来，已成过了河的卒子，只有往前了，退路是没有的。

晚上，泗水县委书记田志峰招待专家们吃饭，豪爽的丁老两杯酒落肚，精神焕发，神采奕奕，看到国学班就要结业了，兴奋之情溢于言表。田书记很不放心地劝诫他要多珍重身体，丁冠之却满不在乎地说：“子曰：‘朝闻道，夕死可矣’。只要能为绝学燎原，至于我自己，其死足矣。”

第二天早餐时，丁冠之说昨晚由于心情激动，又琢磨安排一年的工作，彻夜未眠。上午9点结业典礼正式开始，丁老依然代表书院上台表示祝贺。细心的人都听得出，他这次的讲话与他以前全然不同，声音有些颤抖，脸色显得苍白乏力。

下午开会研究安排一年的主要工作。议程中一共8项工作，他们马不停蹄地研究了7项，就已超过吃饭时间，只好休会。大家一边吃饭一边继续研究商量。第二天一同乘车去济南，在车上，丁冠之与王殿卿等就未尽事宜仔细理拢了一路。到济南时，丁老又亲自将王殿卿送进火车站。“殿卿兄，一路顺利，祝春节快乐。明年再会！”两个七老八十的老头还下意识地拥抱了一会，才依依分手。没想到，这是王殿卿他们与丁冠之最后的诀别。

春节刚过，噩耗传来，丁冠之住进医院后，由于意外医疗事故，与世长辞了。

牟钟鉴、王殿卿和院里所有的人一下如同被打入冰窖一样，空气窒息了，奔腾的情感无可节制地爆发了。

最为难过的莫过于牟钟鉴，40年的情同手足，风雨同舟，渡过了多少沟沟坎坎。都是因为自己，才使得本应安度晚年的丁冠之，走上了书院这艘患难之船；都是因为自己，才使丁冠之钻进了执行院长的苦套；都因为自己这不争气的身子骨，才把丁冠之累成这样。在他最后的这几年里，他把人生的精华和最后的冲刺都用到书院建设上，焕发出了一种新的时间活力，精神升华到一个新的高度，展现出光彩夺目的智慧和能量。其实，他自己也是没办法，一场肠胃大病使自己原本就偏瘦的身板硬是刮去了50斤肉，一米八多的个头，只剩了一副骨头架子，出发哪儿也去不了。两年内，除了连续跑了数趟泗水，还有就是去山东烟台为自己102岁的老母奔丧，其他任何地方，再重要的事情也从未出去过。无论如何，牟钟鉴也觉得对不起丁冠之这老伙计，眼泪像下雨般哗哗直流。

此时此刻，王殿卿的心情更是起伏跌宕，辗转反侧不能入睡。丁冠之突然去世，使得他六神无主，不知所措，书院失去了这个顶梁柱，自己失去一个打着灯笼没处找的莫逆之交。只要一闭眼睛，丁冠之的音容笑貌就浮现在自己的大脑里。书院“三老”，眼下一个为书院累死了，一个为书院掉了三分之一肉的病倒了，自己还能撑多久？书院还能撑多久？

已经是后半夜了，他索性走到阳台上，推开窗户，本来应是月亮朗照的日子，整个首都却被突如其来的雾霾笼罩得严严实实。恍惚中，仿佛有一只握过他多少次的大手紧紧地抓住了他，一个再熟悉不过的声音在耳边响起：“殿卿兄，我先走了。这继学燎原之事靠您担纲下去，传承下去”，声音渐行渐远……

4. 刘示范豁命“继往开来”，郭沂力震“尼山铎声”

在尼山圣源书院东南角的专家平房院落里，一朵朵的鸡冠花、一枝枝的一串红、一轮轮的西番莲花红得发紫，开得争奇斗艳，在路边一簇簇蝎子草上那排排小黄花的映衬下，更是风情万种，撩拨着主人的心扉。

2010年4月，书院确定由副院长刘示范继任执行院长。

这位山东师范大学原党委副书记、副院长，时年71岁，早已是满头白发的老教授，从事儒学研究近半个世纪之久，就这样挺身而出，接过丁冠之的接力棒，踏着丁冠之的脚印，继续完成着书院的未竟事业。书院继续保持着“三老”的格局。

刘示范出身于一个书香之家，祖爷爷是清末的进士，是个典型的忠厚之家。这位在大学教育上抽丝熬蜡四十余载的老教授，曾担任山东三所大学的领导职务和中国孔子基金会党委书记兼秘书长、副会长等要职。他从小身体羸弱多病，得过肺结核，如今已是几近“丝方尽、泪始干”，留下了一身的病残，以致吃饭都不能进一点盐分。他的女儿和儿子分别在英国和美国定居，刘示范每年一多半时间都在那边游学和传播华夏文化。这几年，肩上压上了书院这副担子，他只得东西半球来回奔波。每次穿越在太平洋上空，朝着那雾霾成灾但又是自己憧憬的精神家园所在的祖国飞驰时，他都有一种说不出的味道。一回到国内，背负着如此苛刻的身体条件，刘示范还与年轻人一样奋战在书院里。有时他看到年轻学者还要回单位上班，书院人手少，自己一住就是一个月。兢兢业业，对每一位学员的作业习题都一一作出批注，洋洋洒洒，深入浅出，其精到细致，当今大学无与伦比。

2012年10月中旬，书院举办“第一届尼山新儒学论坛——探讨新儒学创新发展之路”国际学术研讨会，来自美国、俄罗斯、澳大利亚、韩国、中国大陆及台湾、香港地区的学者和在读博士生、硕士生60余人齐聚尼山这块儒学高地，共论当代儒学发展创新之路。近几年，书院已合作举办或单独承办6次这样的国际、国内研讨会，200余名学者出席。

就在建院伊始，牟钟鉴就明确地提出，书院首先是个研究中心，要对前沿学术问题进行一个个梳理和研究，拿出叮当响的成果，确立书院在学术界的地位和影响。果然时间不长，学术成果累累，姹紫嫣红。

说起学术价值当首推牟钟鉴先生提出的新仁学思想。新仁学的目的在于接续孔子仁学的主脉而形成系统的儒家人生哲学，它以孔子仁学为主而吸收道家、墨家等诸子百家之长，同时接纳自由、博爱、平等、人权思想，它包括三大命题：以仁为体，以和为用；以生为本，以诚为魂；以道为归，以通为路。新仁学的目的在于为深陷困境的当代人寻找一条人生出路，并为文明对话和世界和谐奠定思想基础。仁是儒学的核心，这一概念的深邃、丰富与博大使其具备融汇百家、打通中外的潜力，牟先生新仁学的提出正是这方面的一次有益尝试。

其实，关于尼山新儒学，有一个不能不说的人就是副院长郭沂。郭沂既是尼山圣源书院的创院元老之一，又是奠定尼山新儒学的一个强有力的旗手与推进器。这位20世纪60年代初出生于沂蒙山区的儒学新生代，现任中国社科院哲学所研究员、国际儒学联学术专业委员会副主任、中国孔子基金会副秘书长。他响亮地提出了当代儒学范式：回应现代化和全球化的时代挑战，以儒学的基本精神为本位，回归先秦原典，整合程朱、陆王、张（载）王（船山）三派，贯通儒、释、道三教，容纳东西方文明，尤其是西方哲学，构建一套哲学体系与社会学说，以此来解决当今这个狭小的地球村面临的种种棘手问题，以此为未来创造大同盛世景象。面对人类三分之二的自然资源被破坏的窘境，水源短缺、空气污染、全球变暖、沙漠化和食品安全正在威胁着人类的生存，来自美国的成中英先生指出，儒家哲学是以对生命的关注为基础的，其核心概念是仁，但对仁的深入体认却把我们带入对宇宙自然环境的生态考察之中。宇宙的生态与人的存在的生态是息息相关的，儒家的宇宙观既非以人为中心亦非以环境为中心，而是以两者的互动为中心，这对于高科技时代的人类具有重要的启发意义。他还根据《周易》八卦思想提出了儒家天人生态的八大原则。除此外，吴光、颜炳罡、高予远、林安悟、黄玉顺等发表的高论也是异彩纷呈，亮点闪闪。

会上一致通过的《尼山铎声》新儒学宣言，如同一块飞来之石，在平静的国学界水面上激起了层层涟漪。宣言的创始人不是别人，就是副院长郭沂。

他穿越历史长河，思之欲出："周虽旧邦，其命维新"，儒学的生命力在于其创造发展。唐宋以前，佛教盛行，儒门淡薄，收拾不住，已经持续了几个世纪了。儒学能否起死回生，就在于它能否有效地回应佛教的挑战，结果宋明理学家们成功了。一个多世纪以来，欧风美雨，席卷神州，儒学一度又被时代所抛弃，大有覆水难收之势。因而，儒学能否再次崛起，关键在于它能否像当年回应佛教的挑战那样有效地回应西学的挑战。

他正视残酷现实，大声疾呼：近百年来，作为中华文化的主干，儒学衍化为关在学校里的一种学术门类，成为中国哲学这门学科的一个小小分支。"人能弘道，非道弘人。"当代新儒学必须走向社会实际，正视严峻复杂的形势，担当起中华崛起、民族复兴伟业的神圣使命。

一个铿锵有力的宣言，树起了一面鲜艳的旗帜。以尼山为地标的尼山新儒学体系很快形成了，在国内外学术界打造出了一个多元化的儒学新高地。"天将以夫子为木铎"，中华文化回归圣源，书院又使尼山久已销匿的铎声重新响起，而且是震耳发聩。

第四章　攀世界之巅峰

燎原化焚土，聚沙终成塔。

尼山圣源书院创建之初，三老即将其远见卓识投向了海外，投向了世界屋脊珠穆朗玛峰。

2008年6月，由美国众议院议员爱尔·格林先生等人发起，美国众议院高票通过了纪念孔子诞辰2560周年的议案。议案提出：“孔子倡导自省、自修、真诚和社会关系当中的相互尊重，以在个人和公共生活中实现公正和道义，体现了最高境界的道德品质。”

韩国孔孟研究会会长赵骏河呼吁指出：在20世纪，引领世界文化潮流的是基督教文明；到了21世纪，引领世界文化潮流的将是以儒学为主的中华文明。

联合国秘书长潘基文说，中国对于人类文明的贡献，不只有“四大发明”，还有“四书五经”。

历史的机遇就在眼前，胜利的曙光正在闪烁。

1. 华裔杜维明与洋人安乐哲

2008年9月11日晚，在北京苏州街15号，富有浓郁江南园林风味的乐家花园——白家大院，富丽堂皇的玉兰堂里高朋满座，蓬荜生辉，气氛融洽。牟钟鉴院长夫妇在钱逊、王殿卿、郭沂、梁枢、王杰、田志峰、陈洪夫、龙万华、管昌平等人的陪同下宴请美国耶鲁大学杜维明夫妇和夏威夷大学安乐哲夫妇。席间，钟鉴院长分别向杜维明教授和安乐哲教授颁发了印制精美的尼山圣源书院名誉院长证书和顾问证书。

风尘仆仆特地赶来的泗水县县委书记田志峰，代表泗水县委、县政府，郑重地向杜维明、安乐哲二位教授赠送了当地纪念品。

杜维明这位地道的中国人，作为现代新儒学世界级的领军人物，他将儒家文化置于世界思潮的背景中来进行研究，勾画了当代新儒学理论的基本构架，在东亚和西方世界产生了相当大的影响。杜维明站在人类现代文化发展的基线上，用世界文化多元发展的开阔眼光审视传统儒学，力图通过对传统的创造性转化，复兴中国传统文化，使中国文化走在世界文化发展的康庄大道上，这表达了一位海外华裔学者对中国文化的挂念之情。

牟钟鉴与杜维明和安乐哲都是多年深交的好朋友，学术上默契的“亲兄弟”。且看2006年12月10日牟钟鉴与安乐哲在北京大学的对话中碰撞出来的火花。

安乐哲教授表示：“中西方哲学是两个不同的传统，西方的系统哲学教育是从大学开始的，而这个则有‘修身治国平天下’的古训。现在看来，中国哲学在解决‘修身’上是没有问题的，在解决“齐家”上也还可以，在解决治国上也发挥得越来越好，只是还没有达到‘平天下’的境界。‘平天下’是21世纪的人类必须要解决的问题，帝国主义（包括美国在内）的时代已经过去。美国发动伊拉克战争就是一个极大的错误，这是在重蹈越南战争的覆辙。未来十年，中国文化一定会越来越有影响，中国从现在开始就应该承担起‘平天下’的责任。”

安乐哲所在的美国夏威夷大学东西方文化比较研究中心，自孙中山时代就是美国政府研究中国问题的基地，是美国政府对华政策的最大智囊团，他就是这个中心的主任。安乐哲的学生田辰山跟他20年，师徒俩在全球奔走呼号，是传播中国传统文化的传道士和神圣的使者。欧美发生金融危机后，全国人大常委会副委员长许嘉璐率团去美国考察，就是由安乐哲全程接待陪同的，两人不仅在学术上相见恨晚，产生高度共鸣，而且建立了深厚的个人感情。

当尼山圣源书院副院长田辰山教授将安乐哲要来中国参加尼山书

院对话讲学的消息告诉许嘉璐后，他二话没说："安乐哲来了，我去给他站台。"

2. 安乐哲的"扔掉儒学的鞋拔子"和许嘉璐的"卸下镣铐跳舞"

紧接着，安乐哲夫妇去了泗水，在县城里出席尼山圣源书院成立庆典。同时，他向泗水县的100余位干部、教师发表演讲。王殿卿为他主持，第一次理解了近百年来，我们从西方引进"认识论"和思维方式——"鞋拔子"历史的得与失。安乐哲形象地比喻中国将五千年的文明大脚，硬要塞进二百余年欧洲文明的小鞋里，其办法，就是从西方进口了一个"鞋拔子"。

一年之后的6月，他与许嘉璐教授带着各自的弟子，来到这里，为尼山圣源书院奠基仪式剪彩。同时，在这里举办首届"尼山论道"，许嘉璐与安乐哲从比较哲学的高度，理清世界金融风暴背后的文化根源。

安乐哲与杜维明，两位虽然不同背景、不同肤色，学术上却志同道合，不约而同地指出儒家学说传播到全世界是一个历史的潮流，儒家哲学也是中国文化推广到世界舞台上的基石。安乐哲认为西方的个人主义是导致其经济衰退的重要原因，在今天这个充满经济危机的时代，儒家的角色伦理学将有助于救治西方的社会病。

接着，许嘉璐以"卸下镣铐跳舞"为题，给学员以耳目一新的启迪。他指出，今天这个时代需要比较哲学已经无可置疑，可惜的是，几十年来，中国哲学几乎成为西方的翻版，在今天这个中国和平崛起的时代，越来越多的学者应该投身于比较哲学的事业，这是对世界文明的贡献，需要有一批学者耐得住寂寞，在学术的领域勇攀高峰。

400年前，曾经有一位叫利玛窦的欧洲人从印度辗转来华，这位身着袈裟，端坐"仙花寺"，口念《圣经》的基督教传教士，后来发现中国的主流文化，并非"佛教"而是"儒学"，于是脱掉袈裟，开始研读儒家经典四书与六经。研究儒、耶两种文化的异同，试图用耶稣的思想解读儒家经典，以精通儒、释、耶三家学说为优势，成为东西方文化交流的第一人。在中国的神仙与西方的天主之间画上等号，误以为就找到了欧洲文化与中国文化的结合点，找到了基督教与儒学的结合点。

安乐哲与利玛窦，是在不同的时代，从不同的出发点，探索跨文化传播。然而，安乐哲不是耶稣会士，他的追求与担当，在于改变400年来，一代代传教士对中华文化的那些误读、误解与误导，让世界重新认识中华文化真面目，共同分享中华文化精华，让中国人扔掉400年来进口的“鞋拔子”，“卸下镣铐跳舞”，用中国的话语和思维，把原汁原味的中华文化经典奉献给世界，并接纳一切外来的文化精华，以整合与建构新文化。

又隔了整整一年，当安乐哲怀着喜悦的心情，来尼山出席“首届尼山世界文明论坛”时，见到了这一座欣欣向荣、古朴清雅的书院，在这原本荒野中崛起，惊奇得目瞪口呆，连说：“这就是中国速度！”

安乐哲作为美国人，一位世界级的知名教授，不计名利，头顶酷暑，每年用一个月的时间，为此项中华文化与跨文化传播事业，默默耕耘，无私奉献，这种精神与胸怀，令书院人难以忘怀。难怪王殿卿老先生发出了诗一般的感慨：

“利玛窦发现了中华文化，

安乐哲发现了如何使得中华文化再次走向世界。

我尊敬的利玛窦，但他没有到过尼山！

我尊敬的安乐哲，他终于来了，并且立足尼山，放眼世界！

这里就是东方的耶路撒冷，这里就是麦加。

21世纪，儒学再次走向世界，是从尼山出发！

21世纪，中华文化与跨文化传播，是从尼山起步！”

3. **南有博鳌亚洲经济论坛，北有尼山世界文明论坛**

2010年9月，刚建成的尼山圣源书院在紧锣密鼓中交付使用了。

书院雄伟高大的正门上嵌刻着叶选平亲自题写的风韵优美的六个金色大字：“尼山圣源书院”。后面是著名国学大师季羡林题写的“源远流长”四个苍劲洒脱的大字。

由许嘉璐亲自撰文，著名书法家欧阳中石先生手书的“尼山世界文明论坛碑”，碑长9.6米，高1.5米，采用尼山青石，坐落于书院院落之中。老先生书写得俊朗飘逸，古朴华美，尽显大家风度。两人联袂，堪称珠联璧合。许嘉璐的碑文陶钧文思，辞令华彩，彰显了和而不同的宽广襟怀和深厚儒雅的文史底蕴。“南有博鳌，北有尼山。”这还是颜炳罡于半年之前偶尔提出的想法，很快被三老所采用，在徐向红、高述群等领导的成全下，巧借曾在全国传得沸沸扬扬的中华文化标志城风波的余威，“好风凭借力，送我上青天”，一下把世界文明论坛的永久会址弄到了自己的麾下。

2月23日，憋屈了一冬的盎然春意的尖尖角开始在中南海水面上荡漾，紫香阁里那一溜白玉兰正含苞待放。尼山圣源书院首席顾问许嘉璐提交的关于尼山论坛的报告摆在了李长春、刘云山的案头上，两位领导不约而同地做出重要批示，充分肯定了尼山论坛的重要意义，对办好论坛提出了期望和要求。

4月1日，济南大明湖畔已是春暖花开，美不胜收。山东省委书记姜异康、省长姜大明对尼山论坛作出重要批示，要求认真贯彻落实中央领导同志重要批示精神，精心筹办首届尼山论坛。省委常委、宣传部长李群就做好各项筹备工作提出明确要求，并亲自到尼山书院视察工作。

9月26日，首届尼山世界文明论坛在尼山圣源书院如期隆重开幕，牟钟鉴代表书院在开幕式上致辞，组委会副主席邢贲思、赵启正、叶小文、邢运明、吴建民、陈健、刘川生、徐显明、刘长乐、许琳，山东省领导李群和来自11个国家、30多个国际知名大学和学术机构的170多位专家学者、各方人士，出席开幕式并共同见证了尼山圣源书院的盛况。印度尼西亚前总统梅加瓦蒂、匈牙利前总理迈杰希等嘉宾出席开幕式并致辞。

本次论坛主题是“和而不同与和谐世界”“儒学与基督教文明对话”，主要在中华文化与西方基督教文化之间展开。结合当今世界共同面临的维护和平与促进发展两大战略性问题，以及金融危机、局部冲突或战争等突出问题。从文化和文明的角度，重点探讨社会责任、社会信用、包容多样、和谐共融四个问题。在全国政协常委赵启正主持下，许嘉璐与美国著名基督教福音派领袖、水晶大教堂创始人罗伯特舒乐博士，在这里举行了尼山论坛的首场高端对话，拉开了论坛的序幕。

4. 中外“儒学使者”培训开班与世界“文明对话鼎”落成

转眼间，欢快的秋天吹着喜悦的呼哨姗姗而来。远处的尼山、颜母山像喝了一顿米黄酒，漫山遍野变得满脸泛红，更多是泛黄，一片片、一岭岭都是金黄的颜色。在书院东南角的专家平房小院里，一长垅芸豆秧顺势上爬把东墙遮了个严严实实，一串串的豆角嫩得直冒露水；挨过来几席搭起的瓜架上挂满了长长短短的带着刺刺含着小白花的黄瓜；正对面是硕大白菜地，黑压压的一片；正中间兀立一棵桃树，不太高的主干上分出七八个树杈，像一把倒立的伞，向上升发着它的勃勃生机，树上密密麻麻结满了青里透红的桃子，咬上一口，没准会甘甜无比。

一个身材高大的老人经常匍匐在这里精心打理他的这些宝贝玩意。老人叫朱伯宜，是村里退休的老民办教师。退休在家没啥事，就找到陈洪夫来无偿地打点一下这里的花花草草和这瓜瓜菜菜。

这天，安乐哲又来到书院。一进这平房小院，就迎头碰见老朱，老朱刚想擦擦手上的泥土，就被安乐哲一把紧紧地握住。他俩在这里已经是第二次相处了，继而两人又热烈地拥抱起来。两个同样高大的老汉，两个同样年龄的花白头，一个是世界顶级的著名教授，一个是中国农村的乡土教师，无论是一路的旅途劳顿，还是一身的泥土粪味，都全然不顾，感情是那样的炽烈与真挚。

安乐哲这次与熊玠教授等儒家学者到书院，是出席“百年儒学与东方文明复兴”国际学术研讨会的。就在此时，他决定在书院举办“儒学使者——尼山国际中华文化师资班”。这个班面向美国和西方大学中文系主任或教授，以及国内有国学基础且英语好的博士，用英语讲《论语》，讲原汁原味的《论语》，为儒学走向世界培养“传道士”。许多老外冒着炎热的酷暑，一边捧着《英汉大词典》，一边抱着四书五经，一个月下来，这帮“传道士”的国学功底就有了飞速的提高。可是，这个班的代价也是十分昂贵的，第一年，书院紧紧裤带就过去了。第二年人倒招起来了，可原有的合作方退出了，光靠书院一家自然是心有余而力不足。就在这困难之际，天无绝人之路，这个培训项目被中国汉办看中，一下“招安”了，成为国家行为。连续两年的夏天，安乐哲夫妇与田辰山、罗思文等专家学者，战酷暑、赶进度、保质量，为能够提升到国家汉办认可的培训项目，进行了前期的探索考察，打下坚实的基础。

在尼山圣源书院大门口一侧，摆放着一尊巨大的铁鼎。它四四方方，高大威武，凝重大气，艺术架构横稳且具创力。以简约、凝重的风格，塑造微笑人面与和平鸽的形象。这是第二届世界尼山论坛为纪念联合国“世界文化多样性促进对话与发展日”10周年而专门制作的“文明对话鼎”。

2012年5月23日，第二届尼山论坛又在这儿擂起了战鼓。这次主题为“和而不同与和谐世界：信仰·道德·尊重·友爱”。连续三天时间，来自20多个国家和地区、代表不同文明的近百名专家学者进行了

54场对话和讨论，在加强文明对话、促进沟通与交流、构建“和而不同”的新人文主义等方面取得广泛共识，列席、旁听人员多达1.1万人次。

2013年9月27日，风格别致、大气磅礴的曲阜市孔子研究院儒学会堂国际会议厅里金碧辉煌，人头攒动，济济一堂，第六届世界儒学大会暨2013年度“孔子文化奖”颁奖仪式在这里举行。山东省人民政府副省长季缃绮为安乐哲先生先生颁发2013年度“孔子文化奖”。主持人正以高亢的音调宣读组委会对安乐哲评誉辞：“中国文化的传播者、阐释者”。安乐哲多年来不遗余力地向西方推广中国典籍，翻译了《论语》《老子》《中庸》《孙子兵法》等多部经典，构建了独到的中西比较哲学方法论体系，消解了以往西方学者对中国哲学的一些误读与隔阂。

这位1947年出生于加拿大，1978年获得伦敦大学哲学博士学位的谦谦洋君子，激动万分，用流利的汉语说：“我们与许多同道，献身于孔子儒学的传统历史与当代价值，对我们来说，没有比这项大奖再高的荣誉。”

“孔子文化奖”是文化部和山东省政府在2009年才共同设立的，每年颁发给在儒学研究和推广领域上作出重大贡献的一名个人和一所机构，杜维明和牟钟鉴都曾获得此殊荣，加上安乐哲，在此等奖项上尼山圣源书院占去大半壁江山。

第五章　现大同之金梦

进得尼山圣源书院大门内，跨过矗立着大型孔子塑像的孔子广场，迎面是一座高大雄伟的建筑，正面嵌刻着国民党名誉主席连战书写的三个金光闪闪的大字“明德堂”。拾级而上，在明德堂的大厅里赫然挂有一幅齐鲁国学书画研究院院长陈锡山气势恢宏的榜书书法《礼运·大同篇》：

大道之行也，天下为公。选贤与能，讲信修睦，故人不独亲其亲，不独子其子；使老有所终，壮有所用，幼有所长，鳏寡、孤独、废疾者皆有所养；男有分，女有归。货恶其弃于地也，不必藏于己；力恶其不出于身也，不必为己。是故谋闭而不兴，盗窃乱贼而不作。故外户而不闭，是为大同。

许多人进得这院落，感到悠悠然，似乎与外界有明显的不同。这儿不仅是学术的高地，哲儒的集中营，似乎还朦朦胧胧感触到像进了孔子所描绘的“大同”世界与“小康”社会、老子“小国寡人”的幻觉世界。扩而大之，连同周围乡村似乎都是一个半封闭式的陶渊明笔下的“桃花源”、托尔斯·莫尔的“乌托邦”和柏拉图的“理想国”……

怪不得安乐哲常常感慨：“周鉴于二代，郁郁乎文采，吾从周。”他索性将这儿叫作“东方金梦园”。无论中国梦还是美国梦，它的底色都是一个金灿灿、黄澄澄的幸福梦。

1. 用儒家的精神办儒学的事业

这个独具魅力的书院，最大限度地亲近了孔子，孔子的精神最直接地传授于心，接受孔子灵光的感受就完全不同。这是一个全世界范围内都不可替代而又无法复制的地方。她那种感召力、凝聚力、亲和力无时无刻不在生发着，一旦这儿被激活，所有大学体制内办不到的事，在这里都能办到。许多千里迢迢赶来的学者或学员，那种朝圣般的虔诚与崇敬，一次次在相互、多重的激励着和感染着，就是最麻木的人也会被融化、被催生成一片片三叶草，铺满山川河谷。

“用儒家的精神办儒学的事业。”在办学伊始，就工工整整把它作为书院精神的精髓。

“道不同不相为谋。”几位老先生自走向社会，已整整经历了一个非凡的甲子之年，这是个不堪回首的60年啊，眼睁睁看着西方文化巨浪的冲击和中国文化自信的丧失，眼睁睁看着中华民族在追求政治独立与经济强大之中却一步步滑向文化殖民地的边缘。幸好有儒家文化的深厚与永恒的积淀，在连遭欧风美雨苏霜的磨难之后，中华传统文化不但没有趋于消亡，反而荡涤了身上的陈腐与糟粕，显露出无比的精华璀璨。眼看着自“十五大”以来，中国在一步步地向复兴传统文化进军。三老此时的激越心境只有他们自己知道，别人无法理解、无法体味。

怀着同样的情怀同样的目标，他们聚首到一起来了，汇集到了这儒学的“小延安”，因为对那“窑洞”里早已泯灭的曙光已期盼了两千多年。其实，他们也是在与时间赛跑，在与自己的生命做赌注，自知“老之将至，去日无多”，但巍巍然“死而后已，不亦远乎？”

他们一起共事，没有职务高低，没有你长我短，只有同事与师生友谊；没有名利计较，只有尽职尽责；没有摩擦消耗，只有默契配合，拾遗补缺。没有议而不决，只有说干就干，雷厉风行。“人和”是这里的一以贯之的“永动机”。

大家忘不了丁冠之生前曾说过的那掷地有声的话：“办书院的初衷就是团结海内外儒学同仁，弘扬儒学，需要大家一起干，而不搞排外的小圈子。‘君子群而不党。’这是我们这种年纪的人不肖为也不愿为的。”这种豁达的“人和”思想和实践，赢得了国内各地高校以及香港中文大学新亚书院、台湾孔孟学会、马来西亚孔学会等海外学者和社会贤达的纷至加盟，开创出更加宽阔的空间，奠定了广泛的坚实基础。在教学上，也是包容百家，在国学班上以儒学为主，儒释道并重，不当老大，不排斥任何体系，体现“天下一家，万物一体”的仁爱至上的书院精神。

记得举办第一次海峡两岸读论语教论语培训班时，得知书院会务告急，告急如同救火，刘示范从济南自费打出租车连夜赶来安排教学并亲自备课讲授。他每次来书院都主动要求住在专家平房的偏房里，把正房让给前来讲课的其他专家教授。他吃饭上虽不能进盐，但十分朴素节俭，干起活来跟年轻人一样利索。

久而久之，这“水泊梁山”聚集起来的来自海内外的“一百单八将”终于在尼山脚下扛起了“替天行道”的大旗。

2. 背着干粮来打工

在专家平房一进门那不大的客厅里，摆着一组半简陋的沙发，人多了便拉来几张木椅子稍加围合，这就是书院最高议事的地方，也是院长们的“聚义堂”。

“君子居，何陋之有？”书院所有的院长没有办公室，也没有办公桌。所有人没有编制、没有工资奖金。书院自酝酿筹备之初，就决定简朴自律，以义为尚。

所有领导成员和员工都是自愿前来打工的志愿者群体，来这儿讲课的海内外专家教授，基本上也是“义工”“义讲”。许多教授主动放弃一堂课拿几万块的高额讲课费，自背干粮来打工，赔上路费来授课。牟钟鉴给王殿卿算了一笔账，这五六年，他少说跑了也得近百趟，岂不又是一个两万五千里长征？王殿卿把国际儒学联每月给他的1000元补助费都花在去书院的路上了，真是取之于儒用之于儒啊。老伴见他一大把年纪，整天往山东跑个不停，十分迷惑不解。老伴想不通的是，他都退休这么多年了，不求官，不求财，他平时酒不喝烟不抽，连茶都不喝，都图个啥？负责给他交电话费的大女儿见了面就嚷嚷着他的电话费一直在疯长，怀疑是否被人盗用，他都只是哈哈一笑，一笑了之。

书院有一个以陈洪夫为首的“义工”团队，这个团队几乎没有什么报酬，没有什么名分，没有什么所图。“人以群分，物以类聚”，他们都与陈洪夫有着相同的秉性。金英涛，原是泗水县一所职业学校的校长，陈洪夫任教育局长时不谋而合的好搭档，现在仅挂了一个书院办公室副主任的职衔，协助陈洪夫与办公室的志愿团队一起协调服务于书院的里里外外，迎来送往，跑前跑后，像个陀螺一样一年转个不停。别看就这几个人，每逢大的活动能胜过地方上任何一个庞大的会务班子。别看就这么几个人，从会议材料、食宿接站、会场安排一应周到细致，滴水不漏。

对于这些善举，三老看在眼里喜在心里。远在欧美游学的刘示范，一次在通过邮件讨论书院发展时，也是既高兴又顾虑：书院的"庙"建起来后，还必须有一批得力的"僧侣"做主持，这批"僧侣"仅有奉献精神还不行，他们化缘还得有个"钵子"呢，有了这些，还必须有一批又一批相继而来的进香的"善男善女"啊，这样才能使"庙"的香火旺盛。

果然不负三老的期望，香港中文大学新亚书院董事、校友会会长、富邦航运董事长陈志新看到这些，十分敬佩地发出感慨："当年香港新亚书院精神又在这里复活了。"在此感召下，陈志新每年都为书院实施慈善资助，累计已达100万港元之多，为书院促成了许多重大的活动和项目。对比之下，山东人显得十分尴尬。山东本土企业长年头顶着孔老夫子"礼仪之邦"的光环，多少次在市场竞争中因为是孔孟圣域的无形砝码而脱颖而出，可惜的是尚未萌生出像陈志新这样接受感召之后自愿奉献的想法。

3. 北东野村的古道热肠

如今的尼山乡村，既刚刚萌生出新的孝悌忠信新花，又复燃了原本的古道热肠的洙泗之风。

书院所在地叫北东野村，是个1000多人口的大村。沂河南岸还有个小村叫南东野村。东野氏复姓是个非常古老的姓氏群体。传说西周初期，周公姬旦的长子姬伯禽有个幼子名叫鱼，被封食采邑于东野（今山东曲阜），其后代有人遂以地名为姓氏，称东野氏。后历经避战乱、避荒乱等大的迁徙，在曲阜地区的东野氏族人已很少了。清康熙二十四年，当康熙大帝授予第七十五代东野沛然为世袭翰林院五经博士时，在曲阜地区的东野家族仅百余人。现在东野氏已基本绝迹，但他们的禀性还仍旧像他们村子的名字一样，骨子里依然维系着古代东野人的基因，依然盘桓在这块神奇的土地上。

现任村支部书记叫庞德海，前任支部书记是他媳妇金凤菊，金凤菊是因为村里有人违背计划生育政策被撤换的。为保持连续性，乡党委让庞德海辞掉乡工办主任回村干上了这当家媳妇扔下的活计，支部书记没出家门就完成了交接班。庞德海当过兵，复员后开过几个工厂，算是村里的能人。更难能可贵的是他既不贪也不占，两袖清风，一身正气，说话心直口快，凶人从不露渣，村里的人都有点怵他。

建书院要占用村里的地，他会上一咋呼，村民们听说这是给我们老祖宗办事，涉及的十几户都没有提任何条件，呼啦啦很快签了协议，呼啦啦都摁上了红红的手印，不到一个月就全按要求清理完毕。

书院建成后所发生的惊天动地的事，东野村的村民几辈子也没碰到过。他们隐隐约约、欣喜地感觉到东野村的千古盛世又回来了，这儿的地脉又重新焕发了新的生机。凡是书院的客人，他们视为村里的客人，无论是国内的、港台的、还是外国的，庞德海都尽地主之谊邀请他们去村里做客。正如陶渊明《桃花源记》中“便邀还家，设酒杀鸡作食，村中闻有此人，咸来问讯”一样。庞德海在部队时干的是炊事员，有一手绝妙的烹调技巧，最拿手的是“红薯糊涂”等乡土特色，总让客人流连忘返。

书院在这儿开展乡村儒学讲堂之后，庞德海更是高兴地合不拢嘴。村里成立儒学骨干领导小组，他亲自挂帅担任组长，请朱伯宜担任顾问，又选出四位有文化、有道德修养的村民担任小组长。每次集体学习，庞德海都现场组织，还见缝插针，上台抖搂自己那仨瓜俩枣的体会。看到或听到哪家有不敬不孝、不仁不义的，一冒头揪住往死里整。

入冬之后，在赵法生、陈洪夫的建议推动下，将村里一所已经闲置的学校进行改造利用，赵法生动员北京一企业老板赞助，改建成一座孔圣堂，同时又是村里的“安老堂”。建成后把村里近50位70岁以上的老人集中在一起，一方面让他们学儒教，接通农村文化的根，另一方面对他们进行生活自助互助培训，穿插开展一些身心有益的活动，彻底摆脱无人管、无人问的凄惨的老年生活现状，实现“老有所安”“老有所终”和“不独亲其亲”的大同世界。

4. 五年“谦之道”铸就辉煌路

在这儿，人人是谦谦君子，处处有劳谦君子，时时能见撝谦之事。

2013年10月18日，在尼山圣源书院的历史上是个重要的里程碑式的节点，建院五周年院庆与当代教育研讨会就在这天隆重开演。会议总结回顾了五年来的艰苦卓绝的创建历史也展望了今后的宏伟规划。国际儒学联合会秘书长牛喜平、中国孔子基金会副理事长牛廷涛等致辞祝贺。在会议即将结束时，突然又冒出了临时发言人，而且她也姓牛，是大连红星海学校校长牛朝霞。牛校长曾来这儿参加过国学研修班，委实被这所书院的精神所打动，毅然当着这么多的专家教授和各位领导的面，表明她要动员大连有关人士和家人为书院发展捐款捐物。这位不请自讲的巾帼精英，立马感动了在场的每一个人。

会后有人说，“三阳开泰”，今天“三牛”登台，昭示着书院今后将牛上加牛，一而再，再而三，牛劲奔“小康”、奔“大同”、奔向“中国梦”。

《易经·谦卦》象曰：地中有山，谦；君子以裒多益寡，称物平施。与老子《道德经》七十七章“天之道，损有余而补不足；人之道，损不足而奉有余”实为异曲同工之妙。

孔子曰：“《易》先《同人》后《大有》，承之以《谦》，不亦可乎？”故天道亏盈而益谦，地道变盈而流谦，鬼神害盈而福谦，人道恶盈而好谦。谦者，抑事而损者也。持盈之道，抑而损之，此谦德之于行也。

就在这次院庆会上，牟钟鉴和王殿卿两位谦谦君子已正式辞去院长和常务副院长的职务，推举刘示范接任院长，颜炳罡、张践接任执行院长和常务副院长。他俩自觉后撤，让位子腾地方，提携年富力强的骨干学者担纲，这也是两位老先生多少年的品行。在国际儒学联的普及委员会，王殿卿一直做副手，十几年甘愿当配角。

“我和王殿卿先生退下来，是为了让这番事业后继有人，为了更好地发挥年轻学者的聪明才智。”院庆大会上，牟钟鉴又离开稿子讲了下面一句话：“王殿卿先生为创建书院最早发起，又倾注了他的全副身心，功绩卓著，是我们书院的第一功臣，是我和大家终身学习的榜样。”一话即出，场内掌声经久不息。

此时此刻，人们一时间都在下意识地苦寻着什么，似乎异常强烈地在缅怀着什么。瞬间，一阵低沉哀鸣的像雷像风更像雨的声音在头顶响起，一种难以遏制的情感喷涌而出……

老先生们这种谦上加谦、谦中有谦的高风亮节让年轻人无不激动不已，老先生们燃烧自己的生命而挥发出的热烈火焰，照亮了每一个人身心的角角落落、边边缝缝。

5周年院庆会上，书院大门口新增了一块刻有《尼山圣源书院创建碑记》的石碑。说起它，牟钟鉴特别回味无穷。这块碑记长达700余字。既不是专家写的，也不是三老写的，而是由院里近十位学者集体创作的。这十位“劳谦君子”是通过邮箱或电话形式一遍一遍接力式的从起草到修改再到最后的润色定稿，一路顺顺利利地形成的。为了完成新老交替，牟钟鉴与王殿卿有意识地提前退出，好让他们充分磨合，及早进入角色。其间，这些“劳谦君子”们果然不负厚望相互尊重、相互商量，最后的稿子十分完美而大家心情都十分愉悦。牟钟鉴和王殿卿看在眼里喜在心田：

尼山者，先师孔子降诞圣地也。夫子祖述尧舜，宪章文武，德侔天地，道冠古今。然近世以降，儒学浸衰，文革潮卷，道统几绝。夫天道有常，剥极必复，今日域中，人心希圣切矣。华夏文明之一阳来复，于兹圣地或有朕兆欤？

……

朱熹第二十六代嫡孙、台湾周易学者朱高正有个著名的论点，是讲在易经六十四卦中，唯有谦卦六爻皆得“吉”“兀不利”，只因谦卦最能彰显周易“满招损、谦受益”的基本哲理。三老以身铺路，身体力行，趔趔趄趄趟出了一条“谦之道”的康庄大路，为书院的明天开创了灿烂锦绣前景。谦之卦恰处金之宫，上地下山，最大限度地蓄势待发，发下去的定是那昭昭“大同”与朗朗“中国梦”。

尾　声

就在一周之后，我随前来办乡村儒学的赵法生来到书院，这是今年我第四次来这儿了。前两次是应赵法生之邀，参与乡村儒学讲堂。第三次是于8月中旬，参加在这儿举办的第三期国学经典教育专题研修班，系统聆听了十几位专家的讲授，重新游览了尼山与三孔、三孟，如饥似渴地通读了“四书”。虽时值高温难熬的盛夏酷暑，却把我引入一个大半生未曾体悟过的澄澈与清凉的世界，似乎亲历了一个凤凰涅槃、浴火重生的洗礼。书院与各位专家学者奇特而又深刻的见解，伴随着孔老夫子那深邃的思想，莫名地一直在我脑海里挥之不去。

就在书院建院五周年院庆的同时，我正以山东省报告文学学会筹委会副主任的身份，参加中国报告文学学会在苏州沙家浜举办的全国报告文学创作会议，聆听了何建明、张胜友、李炳银等国内顶级报告文学大家关于当前报告文学形势以及重大历史秉承的演讲以及授课，倍受顿悟和激励，重新撩拨起了我创作报告文学的壮志雄心。这时，我冒出的第一个念头就是，第一时间将笔触插向神秘而又让人捉摸不透的尼山圣源书院。角色的转换，随即我以作家思维和眼光的采访就开始了。

那天，天似乎还没有完全亮，赵法生就在院子里将我喊了起来，他每天凌晨练太极拳的习惯我是知道的，便急忙穿上衣裳，出门去一看，霎时我也惊呆了。站在小院中间的甬路上，只见昨晚一轮又大又圆又亮的磨盘般的月亮转到西面，不偏不倚地整整压住整个尼山山体，映得尼山通体发亮，无一遗漏，连山顶上最高处那几颗粗壮的松树，亦透视的清清爽爽，枝枝叶叶分外鲜明。“明月松间照，清泉石上流”。哦，金又生水，五行相随，虽循环往复，却又在螺旋上升。

我正在感慨之中，月亮沿着尼山那边已经慢慢沉落，少顷，如同日月食一般，尼山将月亮吃进了肚子，上边只呈现出一轮圆弧状的轮廓，泛着灿灿的光芒，慢慢地、一点点在减弱，一丝一丝在消失。霎时，尼山即变得黑黢黢一片，重新沉沦于暗夜之中。

正在怅然若失，不料又高潮迭起。但见一颗耀眼的流星从无垠的高空疾驰而下，拉出一溜强亮无比直直的光线，似乎刚巧掉落在夫子洞旁，坠落的那一刻，把千年寂黑的夫子洞照得里外通明，惋惜的只是一纵即逝，便了无踪迹。这已经令人十分感叹了，这颗流星如果没有勇气投入到大地的怀抱，在燃烧中寻找自身的价值，那么它只会永远默默地游荡在宇宙的浩渺苍茫之中。然而它又义无反顾地来了，虽然空气的摩擦产生的高温不断吞噬着它那越来越单薄羸弱的身体，但在燃烧中，流星也发出了一段亮丽的耀光。这一刻，它比所有的星星都要光彩夺目，因为它是用燃烧了自己生命换来的。流星虽然没有太阳和月亮那样持久的光芒，也没有北极星那样永恒的位置，但给人们的难忘恰恰就在于它打破这沉寂呆滞的天宇，以稍纵即逝、飞流直下的短暂的命运，成为万民翘首、仰止不已的关注焦点。

更为奇特的是，今天这颗流星，竟然鬼差神使地照耀了千古夫子洞，使她终于等来了千年等一回的亘古良机。

（此篇曾头题发表于《时代报告·中国报告文学》2014年5月号，并在2014年6~7月《齐鲁晚报》上连载）

“红楼”弦外音

引子——传奇的公司
神秘的老板觅踪

1987年的春节期间，一向最值得中国人骄傲的世界瑰宝——《红楼梦》被搬上电视屏幕。“本片承山东潍坊康乐公司通力合作”的字样永久性留在了这部电视连续剧的字幕上。在国内，康乐公司赞助《红楼梦》拍摄的事，可说是家喻户晓、妇孺皆知。不少志士仁人对此拍案叫绝，称道不已。

康乐公司！陈增友，何许人也？也许是这家农民办的公司有些羞涩？亦或总经理陈增友过于低调，当时的舆论工具只作过一些零星的报道，热心的观众，对陈增友实在陌生。

有人说他是行伍出身的“将军”，有人说他是政府官员，还有人说他是农民企业家……

如今，随着电视连续剧《红楼梦》在国际上的迅速风靡，康乐公司的盛名又漂洋过海，辗转到日本、马来西亚、澳大利亚、西德、南非……

地球上有相当一部分人都熟稔中国潍坊的康乐公司，数以亿计的人在追寻康乐公司，盛赞陈增友。风闻在他资助《红楼梦》电视剧以后，又做出了在全国进行中国农民企业家调查等一些惊天动地的大事业。啊，人们在呼唤，时代在呼唤，文学在呼唤，我作为党的宣传工作者着实有些按捺不住了。

1988年潍坊第五届国际风筝会刚刚结束，我怀着一种神圣的使命感踏上了采访陈增友的征途。

大凡一些慕名来潍坊找康乐公司的人，下了火车，连问也不问，看哪座楼高就朝哪里奔去。

这也不无道理：一甩手就是千儿八百万的公司，起码应该拥有一二十层的大楼，在潍坊这中等城市怕也是算数一数二的了。

我是一个在潍坊工作、生活了七八年的人，当然知道这种逻辑推理是错误的。因为从没见到哪个大楼上挂着康乐公司的牌子。

要找到康乐公司，确实使我颇费了一番周折：竟摸到了健康路上的康乐宾馆，一问才知与康乐公司风马牛不相及。但他们却告诉了我康乐公司的去处，大概这里已经接受过若干不速之客的询问吧。

在城南潍徐路边的潍坊汽车配件公司的大门一侧，我好不容易寻到康乐公司。

真是不可思议：说是公司倒不如说是一爿贸易小栈。这里瞅不到高楼大厦的影子，只有三四间靠近马路的简易平房。“潍坊康乐公司”的牌子只有一本杂志那么大，横着钉在门口一边。

推门进去，屋里一侧摆着两张写字台，正面横着一对简陋的木把扶手的人造革沙发，墙上悬挂着红楼梦联画。写字台后边坐着一位身着将军呢外套、胸前佩戴着中国电视剧制作中心徽章的人。他40多岁，身材高大，两眼炯炯有神，一对深邃而又和善的眼睛打量着我，当他知道我是潍坊市委宣传部搞新闻工作的人员后，便从衣袋里掏出一张四周镶着金边的名片递给我：

中国电视策划制作中心
《红楼梦》制作发行监理会　副理事长
中国农民企业家调查项目　顾　问
山东潍坊康乐公司总经理　总经理
陈增友

“陈总经理，这就是您的办公地点吗？”我下意识地环视了一下这简陋的房舍问道。

“这还是租赁的呢？”他好像猜透了我的心思。

我哑然了，好一阵难挨的沉默。

寒暄中，听说我也曾当过兵，他的情绪一下松弛了许多；得知他原来也在市直机关工作过，我的陌生感也消失殆尽，彼此愈谈愈投机，话头像撬开了闸门似的……

上篇　齐鲁“叛逆人”

1. 难为了市委领导的辞职报告

1984年，初夏。

古老的潍州经过第一届国际风筝会的洗礼，显得更加年轻、潇洒。白浪河、虞河像两条绿色的带子，缠绕其中，与鳞次栉比的建筑群交相辉映，蓦地为这座城市增添了几分生机。在两条河之间，地改市后的市人民政府就坐落其中。这天，新上任的潍坊市市长邵桂芳的办公室里，有两份内容大相径庭的报告被呈放到邵市长那宽大的办公桌上。

一份是市政府办公室科员陈增友自己写的辞职报告；另一份是组织上关于提升陈增友职务的报告。

辞职报告顶端的空档里，密密匝匝地签满了市委书记、市长、组织部长等人的笔迹——字里行间，态度暧昧。

提升报告已正式考察、研究——一切顺利，结论肯定。

弃官为民还是为民做官，这一问题把陈增友抛到了一个人生的十字路口。

作为一市之长的邵桂芳，他对陈增友是了解的。

1979年，正是党的十一届三中全会召开的时候，投笔从戎18载的陈增友转业到地方：他博学多才，文武双全，不仅写得一手好字，文章也极漂亮，加上豪爽耿直的性格、雷厉风行的作风，博得地方领导和同志们的赞赏。在那拨乱反正的日子里，组织上将他安排在当时的昌潍地区行署办公室做信访工作。

三中全会的雷霆，震撼了昌潍平原这块古老的土地。陈增友所在的信访部门，成了党和政府了解社会的窗口，联系群众的桥梁。

奇特的机遇，关键的岗位，使他有幸站到了社会的多棱镜面前，历史的契机，锤炼出了这个传奇式的人物。

几年的工作实践，他成了办公室信访工作的骨干之一。沂蒙山区贫困的黑屋子里留下了他的脚印，渤海湾畔“两户一体”的作房里叠印着他的身影……

然而也留下了他缕缕的沉思：中国农村的根本出路在于发展商品生产。为什么一些人只在落实政策、回城、恢复工作上下功夫，不在根本问题上找出路?

“辞职！”就在他官运即将降临的时候，他猛不丁地甩出了这磅重塑炸弹。

“陈增友疯了！”一些正在迫切要求恢复工作、恢复国家干部待遇的人声嘶力竭地叫着。

“放着现成的官不当，光想赚大钱！”机关一些干部不无挖苦地说。

不！他比任何时候都理智。说陈增友钻到钱眼里去，更是委屈了他。说来话长——

寿光家乡，哺育他成长的那块盐碱地，多少年兔子去了也不拉屎的“北大洼”，如今变成农、林、牧、副、渔五业兴旺的聚宝盆。富了的农民不安生在黄土地上翻土块，跃跃欲试要进城办企业，却苦于无门。他家里，经常门庭若市，许多乡镇企业“仰仗”他在城里安家落户，甚至一些乡村干部也“临了抱佛脚”。

一天，哥哥陈增贵出现在家里。

“增友，你在市政府管信访，别给人家落实政策，忘了我的回城问题。”

陈增友没有忘记，哥哥1947年参加工作，20世纪50年代在泊子盐场任场长，1965年带头下放回家，由干部变为农民。

“哥，你这事卡不上政策杠杠，我怎能胡来？”

“那我就情愿在农村待一辈子？”大哥有些悻悻然。

“现在党的政策放宽啦，不是允许农民进城吗？”

“你领头和我们干？”

谁知，这本来是一句硬邦邦的兄弟俩赌气的话，倒成了陈增友辞职的导火线。

夜晚，他躺在床上如坐针毡，辗转反侧难以入眠。沂蒙山区人民贫穷、干瘪的面貌，老家人进城心切而迫于无奈的窘态，大哥对他依赖的目光……种种场景像过电影一样反复浮现在脑海里。

“我何不做个率农民进城的带头人？”

他一骨碌爬起来，狠狠地拍了一下桌子，高兴地掏出香烟吧嗒吧嗒地吸了起来。

也许是改革开放的春风还刚刚起于青萍之末的缘故，他这份辞职报告开始了艰难的旅行。

几经周折，研究来研究去，市委只好将他作为停薪留职报省审处。

2. 泉城济南，省委书记梁步庭欣然批准

山东，素来被认为是中华民族文化发源地之一，被尊为“万世师表”的孔子、孟子又是齐鲁人的骄傲，但传统的因袭观念也是很强的。就在这块古老的土地上，陈增友有官不做要辞职，毅然向传统的文明挑战，的确是有点“大逆不道”。

盛夏的泉城济南。

毒热的太阳无休止地喷吐着热浪，把千佛山上古老的松柏炙烤得蔫塌塌的。护城河西侧新近培植的灌木花丛却一片葱茏，生机盎然，或许是那清澈的甘泉滋润的缘故吧。

陈增友的辞职报告辗转来到这省府，组织人事部门仍不敢擅自表态，径直报到省委书记梁步庭那里。在每天浩繁的报告文件中，梁步庭书记掂出了这份辞职报告的丰富内涵，以他那政治家的果断，毅然签署了批准的命令，就这样，几经周折，陈增友终于停薪留职了。

谁料，转过年头，国务院发出党政干部不能经商的通知，一些人好心地劝他回机关。

“开弓哪有回头箭？”他不仅没有回去任职，而且在报纸上公开发表了辞去公职的消息。1985年4月12日的《潍坊日报》载着他的辞职消息飞向社会各个角落……

这一回，他是破釜沉舟，背水一战了。

这一举动，如一石击水，在社会平静的湖面上激起了层层涟漪：

“陈增友是不是没有老婆孩子？”

“这人是不是在机关上混不下去了？”

……

不！他有一个贤惠的妻子，而且还有一男一女两个非常聪明的孩子。尽管妻子贤淑，但为了办成这件大事，陈增友辞职前却没和妻子透漏半个字。当她得知时，早已生米煮成熟饭。

她惊愕、迷惘、气愤、后怕。健壮的身体突然病倒，连吐两天

血……

叫森森的女孩和叫垚垚的男孩见状，整天苦苦哀求爸爸回心转意。

陈增友也向她娘儿们交了底：只要是党中央不改弦易辙，我义无反顾。不愧为铮铮大丈夫，没有被儿女情长所羁绊，磐石般的信念依然坚强。

说他在机关混不下去，那更是无稽之谈。

他曾连续8次带队处理全市的重大案件，年年被评为先进工作者。

1983年，一件从全国人大批转下来的高密县南关王建章的经济案件，案情复杂，令人束手无策。市政府委派陈增友带领有关部门和县里同志组成专案组进行调查。

他们来到高密南关，扑下身子，一头扎进群众家里，认真听取各方面的意见，以改革的观点和商品经济的思想，力排非议，快刀斩乱麻推倒了对王建章的诬蔑不实之词，把诬告王建章的所谓八条罪状驳得体无完肤。同时，他还建议市政府从正面总结了南关发展商品经济的典型材料，为市委、市政府充当了一个开拓型的参谋。

从此，南关迅速崛起，闻名遐迩。王建章还当上了十三大代表，被选为山东省农民企业家协会副会长。

人们何曾忘记，在南关走向成功的道路上，洒上了陈增友他们的心血。

有这样的“包公”，人们对政府肃然起敬，政府也对陈增友倍加信任，处处让他挑大梁。

3. “康乐大楼”的夭折

一天，陈增友老家一个断壁残垣的院落里，乡邻众亲簇拥着一个身着长袍褂、蓄着长胡子的老者。只见这位“风水先生”口中念念有词，从行囊里小心翼翼地掏出一件宝物，端放在墙上一块平盘石上，左右摆弄，故弄玄虚。

长年在外的陈增友不曾见到这种场面，他要走近看个究竟。过去一瞅：原来是一个圆圆的厚厚的老式指南针，只见不太灵活的指针在里面笨拙地摇摆着……

“噢，今年土地爷在北方，在此建宅不宜，不宜，幸哉！幸哉。”

“风水先生”手指罗盘如念经一样。户主先是有些疑惑，而后又见这指针的一端分明是指向北方，也就默认心领了。

惊异、痛心、忧患……简直使陈增友不能自已。在这个文明古国里，值得世人自豪的四大发明之一竟然沦落到如此地步！是文明，还是愚昧？是前进，还是倒退？

使得陈增友感慨的还不止这些，他知道，中国又是最早出现商品的国度之一。但多少年来，人们却冠它以“无商不奸”的名义，使得商品经济在这块肥沃的土地上一直萎缩地发展着。

他叹息。

他惆怅。

然而，也使他这具有“叛逆者”性格的人激奋了。

1984年夏天，潍坊康乐公司如同一轮明月腾出地平线。经过上级批准，陈增友正式经起商来了。

离开市政府办公室时，邵市长显得豁然大度，握着他的手说：“好啊，我执政，你经商。”

庄严的市政府大门，有多少人向往过这具有威慑力的地方，有多少人千方百计要混入其中，又有多少人想在里面找个说情人。陈增友逆“潮流”而动，冲破世俗庸见，果断地走出政府大院。

公司开办伊始，陈增友看到农村一些人富起来了，就集中他们的资金搞经营。在康乐公司的旗帜上，团结起了城区周围一大批农民企业家。陈增友还雄心勃勃地筹建一座康乐大楼。

并非是不切实际的空想：

大楼的资金有着落了，

大楼的地盘找好了；

大楼的图纸也设计出来……

可大楼不建了。陈增友这个怪人不知又生出什么怪点子。

说怪倒也不怪。原来他看到在这块古老文明的土地上，体育、教育竟是那样的落后，人民的身体及文化素质如此低劣。虽然他已辞职为民，倒比以前更为关注社会问题了。

一天，他跑到市体委，表示要为发展社会体育一下捐资1.8万元。市委副书记齐乃贵得知这事，在一份报告上批示道：“康乐公司正在困难之际，不要强人所难。”

等到陈增友交款时，体委的同志委实不敢收，可他的话却打动了人心：

“我们公司正在兴办，是有些困难，但能为提高全社会的人口素质贡献一点力量，手头再紧，心里也觉得宽慰。”

事后，在体委举办的一次茶话会上，市委副书记齐乃贵专门请陈增友出席，让人们认识一下这位胸怀博大的经理，让他在新闻记者面前亮亮相。然而陈增友的怪脾气又上来了——闭门不出。

“六一”儿童节那天，全国各家儿童用品生产厂家奇迹般地出现在潍坊街头。琳琅满目的儿童食品、服装，五花八门的儿童玩具……令人眼花缭乱，爱不释手。奇中有奇的是，各厂家都以降低20%的优惠价出售。立时，全城老少出动，比肩接踵，熙熙攘攘，好不热闹。

一些知事理、爱追究的人觉得蹊跷，费了一阵周折，才打听出这是陈增友所为。仅此一项，他就补贴销售差价10万多元！

有人提议让他上电视露露相，有人提议让他上报纸出出名，他却一概谢绝。

然而，人们却在报纸上发现了康乐公司成立党支部的消息。这在农民进城的私人企业中，他们是第一个建立党的组织，是陈增友三番五次找市委、区委组织部门批准成立的。

陈增友辞去公职，并没有忘记自己是个共产党员。

三下五除二，陈增友手里准备盖大楼的100万折腾得差不多了。他又重整旗鼓，广开财路，眼看康乐大楼指日可待。谁知，这个怪人又一头钻进“红楼梦”里，康乐大楼亦不见踪影。

康乐大楼夭折了，陈增友的事业却兴旺了。

中篇　红楼寻旧梦

4. 报缝里引出的命运

北京，航天部招待所里。

联系业务的陈增友疲倦地向床上倒下，顺手从床头柜上抓起一张报纸。突然，他像触了电似地弹起身子，两眼闪着亮光，惊喜未定，他竟像全然换了一个人。

原来，他从这报缝里看到一条不过百字的“豆腐块”小消息：《红楼梦》剧组因资金短缺，拖了一年，迟迟不能开机……

一位西方哲人曾说过：一个偶然的机遇，可以改变人一生的命运。这话对陈增友来说，可算言中了。

夜晚的长安街，灯的河流，火的海洋。

行人稀少，喧闹的大街沉寂下来，显得分外开阔、幽深。

灯影中，陈增友在急匆匆地走着。一面走，一面逢人便问路。

一个留着长发的小伙子走过来了。他拦住了对方：“同志，您知道《红楼梦》剧组在什么地方？”

“对不起，不知道。”小伙子头摇得像货郎鼓。

一位背着提包的人走来了，他刚要问，那人操着上海话说：

"阿拉不是此地人，勿晓得。"

"不知道……"

"不清楚……"

一阵寒风吹来，他不禁打了个寒战。

都云寻者痴，谁解其中味！不知怎的，他竟把《红楼梦》的开篇诗改了一个字，似乎这样才符合自己的心境。

下午他看到这条消息后，扔下报纸就开始打听地址。甘家口、缸瓦市、王家湾、宣武门、东四……找啊，找啊，天就这样黑下来。可偌大一个北京，机关分散，店铺林立，要找一个电视剧摄制组简直如大海捞针，谈何容易？

一位戴眼镜，穿风衣的姑娘走来了，看样子是个文艺工作者，陈增友慌忙迎上去：

"请问，《红楼梦》剧组……"

"噢，听说要拍，但不清楚在什么地方，你到广播电视部一问就明白。"

"谢谢、谢谢！"他连连拱手。虽然还是不太明确，他心头却出现了亮光，急切地顺着长安街灯的河流跑去。

或许是汗水模糊了他的视线，陈增友蒙蒙眬眬地望着天安门前闪烁的华灯，两眼痴直，像是在寻找那久已消逝的梦境——

孩提时代，电影在他的老家还是一种新鲜玩意儿，黑暗的夜里，他和一群小伙伴便朝着远处的光亮跑啊、跳啊。那时农村的夜晚，只要有一个地方亮光，必定是电影场。可那灯光太远了，等他们一身汗水跑到时，电影已临近尾声。好不容易从人缝里挤到前而，踮起脚尖刚伸头，银幕上竟然出现一个斗大的"完"字。

上中学时，连学费都交不起。星期天，他挎着柳篮到碱滩上去采蓿菜的种子，采呀，采呀，几个星期竟采了一麻袋，卖了两元六角五分钱，交了两块钱的学费，剩下的舍不得花，便去逛书摊。他盯住了一套《红楼梦》，动了心计要买，手在衣袋里攥了半天，捏巴得钢镚儿出了汗，知道钱不够，只是痴痴地望着。书摊的主人是一位老人，他疑惑地问：“你要买？”他点点头，怯怯地说：“我把这褂子也典上行吗？”老人摇摇头。他含着泪花，步履沉重地走了……

后来，他果真有了一套《红楼梦》，那是在参军之后。然而好景不长，在不久掀起的动乱中书被没收了，焚烧了，他的心裂开了口子……

路边灯光下出现一道长城似的红墙，看，是故宫到了。他仿佛又梦到了大观园的兴衰，梦到了《红楼梦》的兴衰。

在部队，他曾是个有名的笔杆子，小秀才，对《红楼梦》等古典文学作品看得多，研究得透。明着不让看，就暗着看。没收了一套，就再弄一套。他不明白那些没收书的人是否看过《红楼梦》？是否懂得艺术？陈增友常常叹息，《红楼梦》的故乡竟然存在着大量糟蹋文化艺术的人。一部“梦”的巨著，使他梦见了中华民族的骄傲，也梦见了中华民族的耻辱。

他望断红墙，想到乾隆五十六年，程伟元、高鹗第一次将《红楼梦》用木版活字排版，由原来的抄本变为刻本，遂在社会上广泛流传，《红楼梦》的传播发生了第一次革命。陈增友像是在梦呓：社会发展到今天的电子时代，如果把《红楼梦》搬上银屏，把这民族文化的精华传播到每个观众，每个家庭，传播到世界各国，岂不又是《红楼梦》传播史上的又一次更为深刻的革命。

不知不觉，他的脚步越走越快，头上累出了细密的汗珠。

当他走到永定路辰字二号院时，已见东方发白。

5. 今日“刘姥姥”，甩手五百万

看到自己已到目的地，陈增友一夜之间的疲劳烟消云散，在大门外找了个地方随便吃了点东西，整理一下行装，就进了院。

呵！这里是总部对外开放的一个招待所，假山亭榭，花园喷泉，楼阁回廊……倒像一座大观园。尽管陈增友也是来自乡下，但他却决然没有《红楼梦》中刘姥姥那为了借20两银子而大气不敢喘、大步不敢行的窘态，他恨不能大吼一声：“我来了，我来帮助你们来了。”

剧组在这里，机器已经转了一年，艰难地维系了一年。

伟大的事业往往要悄悄地干，他们蛰居在这里，避开了记者、作家、摄影师的纠缠，避开了许多干扰和麻烦。

陈增友并没有莽撞，军人的谋略和企业家的眼光，使他决定先来个“火力侦察”。

很快，他就掌握了剧组的活动规律：饭后，剧组的人员就悄悄出来散步。

瞧，那是“贾宝玉”，那是“林黛玉”，那是“贾母”，那是“薛姨妈”……

看，那就是剧组负责人任大惠和导演王扶林，他们还时常唉声叹气。把古典名著搬上屏幕，变成36集电视连续剧，是一项极其宏伟浩大的艺术工程，一个了不起的创造。可是，艺术的创造却受着经济的制约。《红楼梦》剧情复杂，人物众多，选演员，选道具，做服装、搭摄剧棚，造“大观园”“宁国府”……是新中国成立以来规模最大，阵容最壮观、剧情最复杂、投资最多的一部电视剧，文化部批给350万元，只给打了个底子，任大惠和王扶林经常叫苦，难啊！

陈增友心里却在笑：急什么，有我呢。他决心倾尽公司的全部家当，支援剧组拍成《红楼梦》，但他还是不见兔子不撒鹰。

一天晚上，陈增友盯住了一老一少两个演员。

“贾母”——李婷，走路总是那么稳健，“贾琏”——高宏亮，果然是个风流倜傥的小伙子。他们已经意识到身后那个近几天经常出现的神秘的盯梢者，待陈增友擦肩而过时，两人猛地转过身来，发出连珠炮似的提问：

“请问，怎么称呼您？”

“为啥老跟我们？”

“您想干什么？”

“受惊了？”陈增友微微一笑，双手躬身出示了一张名片。

“啊，您是大经理，想赚我们演员的钱，艺术可不是商品，不对路啊！”高宏亮没好气地说。

“小伙子，别以为商人眼里就只盯着钱！”陈增友拍拍他的肩膀，“钱可以变，是变数，眼下你们不是就因缺钱变不出……”

李婷心里一愣：好厉害，已知剧组家底，此富翁眼光非同一般。是的，艺术不是金钱，可艺术的产生离不开金钱，要是此人能助一臂之力，岂不鸟插双翼？她怦然心动，给小高一个眼色，暗示他继续和这“富翁”谈下去。

双方由前后序列变为并肩而行，晚霞满天，谈笑风生。

第二天，演员们去香山摄影棚试镜头，李婷也邀请陈增友同往，他欣然应允。

冬日的香山虽说残雪笼罩，但古木森森、松风萧萧，几处古庙在雾岚中露出一角，倒也别有风致。陈增友由秘密转为半公开身份，他无心游览景色，兴致勃勃地参观起摄影棚来了，仔细询问那灯光，道具，布景，升降机，滑轮车和摄影机的价格，至于胶片的长度，演员的工资，一一记在心里进行演算，估价着一部巨作所需耗费的资金。

这天晚上，他躺在床上久久不能入睡，一丝奇异的念头萦绕在他的脑际：作为生意人，眼光不能只盯着金钱，更应盯着祖国的艺术事业。能为《红楼梦》出把力，争口气，不正是自己向往已久的夙愿吗？一个决定在陈增友心中成熟：干脆和《红楼梦》剧组订个合同，提供巨资援助。

第二天一大早，他跑到中央党校，向正在这里学习的潍坊市长邵桂芳作了汇报，他的想法，得到这位年轻市长的赞许，并答应牵线搭桥，成全他的“美满婚姻”。

在一个少有的好天气的上午，陈增友和王扶林，任大惠开始了会谈。

“救人一命，胜造七级浮屠。陈经理，你向我们提供的不仅是资金的支持，更重要的是精神支持。”王扶林说。

“陈经理，拍成了《红楼梦》可是参与了项千古留名的大工程啊！”任大惠说。

“艺术是千百万人的事业，自然有我一份，咱一家人不说两家话。”陈增友乐呵呵地笑着。

气氛融洽，议题进行到关键，任大惠问：

“陈经理，你给多少资金？”

“你说吧，我可是个刘姥姥，没带钱……”陈增友开着玩笑。

王扶林掰着指头，算开了细账：道具200万，实景营造100万、演员费80万，还有交通费、摄影棚、新式摄像机……

陈增友细心听着。

导演和制片主任眼睛炙热，迫不及待地问道：“出多少？”

陈增友含笑不露。

王导演伸出一个指头。

陈增友摇摇头。

任大惠伸出三个指头。

陈增友仍摇头。俄顷，他将烟蒂掷进灰缸，叉开五指。

“50万？”两人异口同声。

“不，500万！”陈增友从容地纠正道。

导演和制片主任先是一愣，继而仰面大笑：

“天助我也！”

“好你个刘姥姥，一包袱甩出个500万！”

“拿酒来！”

白兰地溢出了酒盏，历史记下了佳话。

6. **让千万个“下里巴人”创造“阳春白雪”**

肃穆雅静的礼堂会议厅里，铺着猩红色桌布的长桌上摆放着几盆怒放的君子兰花，中央电视台副台长阮若琳和陈增友各执一端，两旁还坐满了剧组负责人、工商银行、公证处、法律顾问处的代表。“沙沙”作响的摄像机在碘钨灯下记录了这个签订协议的历史镜头。

笔迹未干，陈增友就日夜兼程赶到潍坊。征尘未洗，便直奔公司。副经理和助手们见他满面春风，忙迭不住声地问道：

“总经理，有什么好消息？”

“嗬嗨，爆炸性新闻。我与中国电视剧制作中心订了合同。”陈增友说。

“什么？”大家以为听错了，又问了一句，方知是真的，一个个脸上疑云四生。

“对，投资500万，拍摄电视连续剧《红楼梦》！”

立时，办公室炸了锅，一个个议论纷纷。世世代代的庄稼人，辛辛苦苦的经商人，怎么也没想到自己的公司会同一部电视剧挂在一起，一时间众说纷纭，波涛翻卷。

“总经理，你疯了，钱扔进井里还听个响，可你把大钱押在稀泥里！”

“万一戏拍差了，这500万，我们倾家荡产也赔不起了啊！”

摇头、叹息、埋怨，说什么的都有。

这也难怪，在世世代代的农民眼里，三教九流，井水不犯河水，尤其像《红楼梦》这样的“阳春白雪”，向来和“下里巴人”无缘，扛锄把子的手怎能搞艺术？

此时，陈增友早有准备，他知道要挖掘《红楼梦》这样的传统文化，还要和一些传统观念彻底决裂，光大旧的文化遗产需要崭新的思想观念。这旧中有旧，旧中有新，新旧交织胶着在一起，真是“剪不断，理还乱，别有一番滋味在心头”。

陈增友不动声色，等大家的情绪稍稍平息，便耐心解释起来：“钱谁都疼，赚钱为什么？现在农村富了，全国富了，千千万万人需要艺术，需要‘阳春白雪’，我们帮助筹集资金，搞成一部艺术品，满足群众文化生活需要，同时把作品打出国，挣外国人的钱，这是金钱没法计算的买卖！”

毕竟是总经理，看问题高人一筹，“小兄弟”们听他的，很快，一个个脸上“多云转晴”。

天有不测风云。陈增友大楼都没盖起来，哪里有这么多的钱，原来指望从工商银行贷款，正巧遇上国家紧缩贷款规模，经过多方通融，答应先找企业担保再说。小企业不够格，大企业又不肯干，陈增友的航船刚出港就搁了浅。

水路不通走旱路。陈增友想到公司是农民的企业，一个多单位的联合体，作为“一军之长”，他要动员千千万万的“兵卒”投资，参与伟大的艺术工程，让无数个“下里巴人”去创造“阳春白雪”，他在开历史的先河。

这天晚上，他信步到樱桃园宾馆，和农民企业家高洪华攀谈起来。

“老陈，近来为何气色不佳？”高洪华正在建宾馆，也遇上了银行卡脖子的事，而且检察院还正在审查他的所谓经济问题，真是同病相怜。

“一言难尽啊！”陈增友把资助《红楼梦》的事向他和盘托出：“请老弟多出主意。”

“好啊！”性情秉直的高洪华几乎跳起来：“好就好在你看到了我们农民的力量，认识到了企业家对文化事业潜在的追求。我这个宾馆就设计了一个‘名人书画陈列室’，有100多位名人将提笔写书作画。”

真是英雄所见略同，两人一拍即合。

“我现在‘身陷囹圄’，爱莫能助，过后有什么问题我给你垫着底！”高洪华拍着胸膛对陈增友说。

有高洪华的一番热肠话，陈增友心里踏实了许多。驱车跑到蓬莱阁下，找到“新八仙”之一的王海绪。老朋友相见，王海绪开门见山，撇着胶东腔说：

“老陈，此行为嘛？"

“一部《红楼梦》，求你们入伙！”

“唉，你真会开玩笑。”

“正儿八经的事。一部《西游记》，十几个国家争买录像带。净挣就是120万美元。咱的眼可不能只看蓬莱三岛，不见英伦三岛……”

一番话说得王海绪心荡神摇。他不愧快人快事：“别瞧不起人，对文化事业，俺舍得出钱，省体育馆，我就捐了6000元。”

“《红楼梦》你出多少？”

“150万！”

……

陈增友又到羊角沟大能人那里去了……

到蒲松龄故乡的农民企业家那里去了……

他俨然像搞“穿梭外交”的基辛格，马不停蹄，在完成自己的“秘密使命”。

半个月刚刚过去，奇迹终于出现：陈增友铁嘴磨成钢牙，终于动员起千千万万农民与电视剧《红楼梦》“联姻”了。

哐当当，哐当当……陈增友进京了，这一回他是带着一串“士兵”——农民的代表进京“珠联璧合”了！

7. 蓬莱仙境寄深情

1986年，蓬莱阁的盛夏。

濒临碧波大海的丹崖山巅，殿阁凌空，云烟缭绕，果真是一个“神仙的去处”。登临阁上，遥望长山列岛，虚无缥缈，海市蜃楼奇观，尤令人心往神追。难怪宋代苏轼发出了“东方云海空复空，群仙出没空明中，荡摇浮世生万象，岂有贝阙藏珠宫”的感叹。

“‘海市蜃楼’出现啦！”

一时，阁下一些孩子向大人诉说着。

“什么季节，哪里来的海市蜃楼。”大人佯佯不睬。

“就是有嘛，有穿红绫缎的贾宝玉、穿白罗缦的林黛玉、拄着拐杖的贾母……还有一位专给人们送西瓜、桃子的‘何仙姑’呢？”哟，说得还有鼻子有眼。

一些人半信半疑走上山来，近前一看，哪里是什么海市蜃楼，原来是《红楼梦》剧组前来蓬莱阁拍摄“探春远嫁”一场戏。那位“何仙姑”，就是陈增友。大热天，他特地从家里拉来了昌乐西瓜，青州蜜桃，为剧组人员解暑润嗓。

自从和《红楼梦》剧组结缘后，陈增友仿佛变了一个人。妻子说：“你不像商人，倒像个导演。”

陈增友承认：“是的，我有了艺术细胞。不过，我还是个兵，是个加入了文艺事业的小兵，一个剧组的勤务兵。”

他觉得自己身上不知什么时候突然倾注了一种新的力量、新的基因，即超越了传统的金钱与艺术无缘的观念，超越了世俗的文化精神境界。

在部队工作时，陈增友就以嗜好看老书，看老戏出名。每逢节假日，别人去逛大街，会老乡，他却趴在床上抱着古书一看大半天。他觉得读书是一种享受。

曾几何时，书读得多了，他又感到成了一种痛苦：现代文明与优秀的古文化若即若离，朦朦胧胧，甚至相去甚远，不相协调，陈增友百思不解，伤心不已。

如今，他能为传播中国璀璨的民族文化用劲出力，是他久已向往的事。将来电视连续剧《红楼梦》出现公司的名字，那是他最大的满足。这么想着，他觉得公司与《红楼梦》剧组再也分割不开了。

他这个公司总经理的脑子里不只是进货、出货、余额、增值之类数据，还有一个鲜明生动的形象，时不时地冒出一个问号：

演员的生活怎样，加夜班还吃冷面包？

“平儿”的情绪近来好吗？

“薛姨妈”的嗓门还像卖饺子吗？

还有速度呀，加快呀，“分兵合击”不更好吗？

或许自己是个挂名的“董事长”吧，也许因为自己甩出了五百万，竟对一部电视剧如此牵肠挂肚。

他得知剧组冒着三伏酷暑来到蓬莱岛演戏，就拉上西瓜赶来了。

“农民万岁！”车一停，正在毒日下炙烤的演员们都高兴地叫了起来。呼啦一下把他包围了，争相握手，一个个“董事长”长，“董事长”短，叫得那个甜呀……

是日，陈增友和任大惠忙里偷闲，荡舟往长山岛驶去。

飞驰的快艇犁开两排白花花的浪波，太阳伞下，两人相对而坐。

“老陈，你这企业的主人，也变成艺术的主人啦！”任大惠开心地说。

“哪里，我不过是尽尽心，出出力，充其量是为艺术跑跑龙套、敲敲边鼓罢了。这艺术，还是靠你们专家。”陈增友接过话茬。

“只有工人、农民真正参与艺术的创造，才是艺术的真谛，才是艺术的复归。”任大惠说得郑重其事。

“过奖了。”陈增友应道。

“艺术是愚人的事业，你别染指太深，小心上当。500万可别掉进这大海里去！”任大惠高兴、坦率、诙谐地说。

“呵，呵呵……”两人都笑得前仰后合。突然一个浪打过来，他俩急忙把稳船舵。

海风习习，烈日炎炎。演员们一场戏下来，筋疲力尽，大汗淋漓，陈增友看在眼里，疼在心上。

“周老师，咱们对句诗吧！”陈增友对刚下戏的“王夫人”周贤珍说。

“好哇！”艺术家和企业家对诗，太有意义了。周贤珍疲劳顿消，瞪起眼来。“贾母”李婷、“李纨”孙梦泉等也闻讯靠过来。

“还是董事长先开始吧。”周贤珍提议。

陈增友皱了皱眉头，想了片刻，念道：

王夫人，周贤珍，
台上台下不一门。
入戏俱骂凶又狠，
卸妆皆赞贤惠人。

“哦，我这不成了两面派了？”周贤珍落落大方地对道：

陈经理，董事长，
“不务正业”放眼量，
巨额慨扶红楼梦，
大事小事挂心上。

说完，博得大家一阵喝彩。陈增友刚要接对，只见那边李婷又向他开了炮：

陈总经理了不起，
经商又来拍大戏。
还会“盯梢”当“特务”，
险被“贾琏”逮府坐。

“哈，哈哈……”许多人都笑得掉出了眼泪。陈增友真不愧是军队政工干部出身的人，你看，这现场鼓动工作开展得多活跃。

1986年10月的潍坊，天高气爽，处处流金溢彩。

由于有了康乐公司的巨额资助，剧组如鱼得水，日夜赶拍，进展迅速。然而，他们没有忘记陈增友他们。这天，中国电视剧制作中心派《红楼梦》剧组制片主任郑燕昌、“贾宝玉”欧阳奋强，“王熙凤”邓婕和马加奇带着刚拍好的电视剧《红楼梦》1-6集前来潍坊慰问感谢康乐公司。

潍坊市委、市政府等五大班子的领导以及各部委办局的负责人参加了试映式。

磁带输入键盘，屏幕上出现了动人的画面：

一会儿夕阳西下，黄叶满地。

一会儿树影参差，枯叶飘零。

缥缈、惆怅的女声高音和苍凉沉郁的男中音交错迭起……

突然，歌声戛然而止，片名叠印而出，导演、演员名字过后，银屏上醒目地出现一行大字：

本片由山东潍坊康乐公司通力合作

像一股强烈的电流涌进他的全身，他的心炙热了，泪涌出来了。

一首小诗油然从心头滚出——

此生有幸结艺缘，

红楼寻得旧梦现。

……

下篇　未敢忘忧国

8. “功得林”里遇知音

1987年4月，北京的夜晚。

喧嚣、沸腾了一天的京都开始沉寂下来。位于前门大街的功得林素菜馆却依然灯火通明，顾客络绎不绝。

此时此刻，陈增友也碰巧在里面下榻就餐。很快，他倒成了“功得林”旋涡的中心——听说他就是鼎力资助《红楼梦》电视剧的陈增友，全馆肃然，馆领导请他做报告，餐厅经理请他题字，服务员找他签名留念……一时应接不暇。

醉翁之意不在酒。此行他是到中国电视剧制作中心处理《红楼梦》善后事宜的。

电视剧《红楼梦》的如期完成和在全国上映，着实使他兴奋。

更为可喜的是：日本东京博览会专门来人订购红楼梦道具、红楼梦餐具、红楼梦佳肴。

新加坡来函购买《红楼梦》演员剧照。

日本、泰国等12个国家争相洽谈购片事宜。

……

喜中有异，眼下的情景是他始料不及的，颇觉不安，好在写得一笔好字，拿过纸来，一气呵成：

素手天然妙趣

功德胸中有碑

丁卯初夏山东潍坊康乐公司陈增友

出口成章的天赋以及刚柔相济的笔锋，令这些长住京都，见过大世面的人惊叹不已。

不知怎的，这天夜里陈增友怎么也睡不着。他不是自我陶醉，而是彷徨、沉闷——真是怪人有个怪性子。红楼梦打响了，他感到盛名之下，其实难副。

陈增友索性拉开窗帘，让天安门广场的灯光照射进来。他凝望着若明若暗的天安门城楼，抚今追昔，想自己走过来的坎坷道路，又遥想今后的路，遥望中国农村的发展前景，总觉得也像眼前北京的夜景这样黯淡渺茫……

翌日，功得林餐馆遇上了天大的喜事：中国社会调查所等单位联合开展的评选优秀饭店活动结果揭晓。“功得林”名列榜首，并且在此举行发奖仪式。

“功得林”全馆上下忙得不可开交，有的接待客人，有的布置会议室……可在忙碌中，他们没有忘记向主持会议者推荐一个特殊顾客——陈增友参加发奖仪式。社调所的领导欣然同意，还把他拉上主席台，一块参与授奖。

会后，热情的“功得林”当然要留下他们吃顿饭。

席间，这些国家研究社会问题的专家并不像年轻服务员那样容易在陈增友面前冲动，纷纷用审慎的眼光打量这位轰动电视界的农民企业家，从一举一动中考察判断他的气质、风度、素养，这也许是他们的职业习惯吧。

“陈总经理，您从山东来，对农村情况了解，不知您对中国农村的发展道路有何高见？”桌上一位新闻记者见缝插针，朝着陈增友就发问。

“噢，谈不上什么高见，倒有一番感慨，请诸位指教。”陈增友从容不迫，落落大方地从烟盒里抽出支香烟，呷在嘴上，掏出打火机“咔嚓”一下点上。

社调所的专家们见话题一下归到自己从事研究的热点上，都睁大眼睛，竖起了耳朵。

“中国农村前一段改革是成功的，表层已经突破，出现了一大批农民企业家。以后怎么办？是分久必合，合久必分，走分分合合的封闭式的螺旋路线，还是寻找一条具有中国特色的新路子？农村首要发展的是社会生产力，而中国农民企业家是近年来迅速崛起的一股强大的经济实力，是农村生产力的优秀代表。”他向烟缸里弹了一下灰接着说：“支持农民企业家发展农村企业，就能促进生产要素的自动组合和合理流动，农村的第二步改革就会顺利向纵深发展。而实现这一点，一条适合中国国情的农村发展道路就见端倪。”

陈增友话音未落，就见社调所几位研究专家一改先前那种严肃的神情，争先站起来和陈增友碰杯敬酒。看来，彼此在观点上一拍即合，在感情上一下子拉近了许多。

幽默的记者说陈增友是“语惊四座”，说社调所专家是“相见恨晚”。

是的，他们都遇到了知音。

饭后，社调所的同志又拉住陈增友做了一番长谈，越谈问题越明朗，越谈问题越感重大。

“当前农村改革的关键在于农民企业家的问题。”陈增友进一步重申他的观点。

社调所的同志点头赞许。

“我们何不对全国的农民企业家进行一次全国调查，摸清情况，确定地位，探讨中国农村的道路问题。”陈增友有些激动地说。

这话真说到了他们的心里去了。党中央即将召开“十三大”，对这方面的调查研究资料的需要迫在眉睫。

固然如此，他们话里还是犹豫不决，举棋不定。

陈增友哪里知道，组织这样一项大的调查，需要多大的人力、物力、财力啊！他们摇头不语。

“调查经费全部由我承担。”见他们态度暧昧，陈增友斩钉截铁地说。

社调所知道康乐公司刚刚资助《红楼梦》剧组，元气未复，不能再让他们出资，仍旧摇头。

陈增友倒是沉不住气了。他就是这么个人，认准的事就要干到底。

见陈增友如此坚决，社调所将他请到所办公室里，详尽研究了调查的指导思想、目的、组织领导等事项。“五一”劳动节那天，陈增友同社调所所长杜岩签署了提供“中国农民企业家调查”费用的协议书，中国社会调查所向陈增友颁发了《中国农民企业家调查项目》顾问的聘书。

这一举动，引起了首都经济理论界和决策研究机构的强烈反响。

萍水相逢的中央党校马鸿漠、盛斌等专家教授找他来了。素不相识的北京大学、中国人民大学、中国政法学院的郑中国、胡德煜、肖延中、徐中起等学者也请他去了。

他们为中国农村的命运携起了手。

党的“十三大”召开在即，这项关系到中国农村发展战略的大事，很快得到有关部门的高度重视：一个企业家能想到全国的农民企业家，这很不简单，难能可贵！特派何道峰、蒋中一等四人直接参与这一项目的调查工作。

一切安排就绪，陈增友打点行装，正要启程。突然接到通知，国务院的某一位领导要会见陈增友。陈增友犹豫了一下，觉得这种会见无非是出出名、亮亮相而已。领导很忙，自己也需多务实事，故未从命。看，这人真是怪得出奇。

9. 轰动海内外的壮举

呜——

25次特快列车在冀鲁平原上像脱了缰的烈马，扬鬃甩蹄，呼啸奔腾。

陈增友凭窗而坐，面前小桌上放着瓜果、点心、茶杯，还有一张刚看完的《人民日报》。

飞快的列车将路边的房屋、田地、树木一切景物甩向后面，依次倒退过去。陈增友凝视着，沉浸在思索中……

当初，自己从政府岗位上辞职经商，却不知不觉搞起了全国人民喜爱的《红楼梦》艺术、如今又神差鬼使地参与了党和国家重大的决策研究。歪打正着，这是一次复归，是质变后的复归。

哐当当，哐当当……火车驶到黄河岸边。河两边的芦苇地，使他想起了30年前家乡的那片不毛之地——当时正在组织人民公社。一次，上级让村里选一个代表去开会，可大伙只在大街上的太阳地里揣着手晒太阳，推来推去谁也不肯去，最后竟推到陈增友这个十几岁的孩子身上。在父辈们的影响下，到了开会的时间，他竟和伙伴们跑到北大洼抓野兔子去了。想到这里，他自己也不禁笑了。

回家后，聪颖的妻子好像又不认识自己的丈夫了——她总是这样敏感地发现陈增友身上、思想上发生的变化。

“增友，我看你又变了。”

“是不是我由‘艺术的主人’又变成‘政治的主人’，‘国家的主人’对不？”接着，陈增友又补充道：“当‘政治的主人’可不比其他，它是由当今清明、民主的政治环境这个大前提决定的。”

“刚回来，就跟我讲这大道理，快好好休息吧。”妻子看着丈夫愈显憔悴的脸庞，心疼地说。

他哪里休息得住、三下五除二把公司的事安排了一下，又火急火燎地返回北京。

经过一番紧鼓密锣的筹划，决定就中国农民企业家调查事宜先通过舆论工具向社会曝光。

6月19日，中国社调所和康乐公司联合举行“中国农民企业家调查新闻发布会”。由新华社、人民日报社、中央电视台及海内外16家新闻单位的记者参加。

一石激起千层浪，这件事一时成为国内外舆论的热点，引起世界性的轰动，国内及海外各大报刊、电台、电视台抢先报道了这一消息。请看新加坡《星岛日报》6月20日的报道：

“中共将在全国范围进行一次有关农民企业家情况的调查。……调查费用全部由山东潍坊一家农民企业——康乐公司承担……这次调查的目的在于了解农民企业家产生的环境，农民企业家在成长中的行为和观念，农民企业家在经济体制改革和农村现代化建设过程中的作用，以及他们的历史命运和发展前途，以便为有关决策部门提供有益的参考依据。”

随即他们将设计印制的《中国农民企业家调查问卷》发往全国1000多个产值过500万的乡镇企业的厂长、经理手中。

还是陈增友设身处地，为农民企业家们想得周全：他建议在调查的基础上，编纂一部《中国农民企业家名录》，提高农民企业家的知名度，确立他们的社会地位，经费问题由他承担。

调查虽刚开始，但大家已经从陈增友身上看到了中国农民企业家的风貌，看到了中国农村改革的前景。

哦，陈增友以自己的言行，向党和国家决策研究机构和盘托出了一颗中国农民企业家热烈而又无私的心，第一个递交了一份完善的富有开拓精神的超级答卷。

同时，他又以赤诚的心，博得了广大农民企业家的支持、爱戴，他们为在农民企业家这个层次出了个陈增友而高兴。

看，在潍坊樱桃园，8层宾馆大楼拔地而起，一派生意兴隆，红红火火的景象，高洪华也当上了山东省农民企业家协会理事，潍坊市农民企业家协会副会长。为了支持陈增友眼下的大事业，高洪华向他伸出了援助的手——一把给了他一万元。

10. **踏遍青山人未老**

一辆乳白色的法国产“白茹”牌轿车在福建武夷山脉崎岖的道路上奔驰着。两旁山麓上，茶花芳菲，沁人心脾。

嘎——突然，车在一个盆地式的集镇里刹住。后门打开，从里面走下一位身着将军呢服的山东大汉，操着一口山东口音向行人问路。他，就是陈增友。如今，他不远万里带着公司的车到南方来亲自搞农民企业家情况调查。

他们的出现，引起了不少赶集人的诧异：

“哟，还是山东车呢，怎么跑来的？”

“是位将军吧，是不是旧地重游？”可看看陈增友的年纪，又觉得不像。

“嘟，嘟嘟……”喇叭声声，车轮滚滚……

陈增友跑到安溪县一位加工经营茶叶的农民企业家家里。

这位农民企业家对陈增友仰慕已久，对中国农民企业家调查也有所闻，两人彼此如见故友。

在茶园里，在加工厂里和经营批发店里，陈增友高兴地参观了他的“家业”。

“好哇，你这里蒸蒸日上，前景辉煌啊！”陈增友禁不住赞道。

“还好呢？快要完蛋了！”这位农民企业家摊开双手。

陈增友大吃一惊，搞得丈二和尚摸不着头脑。

原来这里承担的税收太多、集资摊派不断、行政干预太多，原材料太紧……这位企业家一口气向陈增友诉说了七八个大问题。

“沙、沙……”陈增友的笔尖在调查本上快速地记录着。

末了，陈增友合上笔记本，握着这位农民企业家的手说：“我一定把这些问题带到北京去。”

“嘟，嘟嘟……”喇叭声声，车轮滚滚……车子又经过那个盆地式的集镇时，不少人驻足而望，都被北方吹来的这一股清新的参政议政的政治民主风所陶醉。

在福建，陈增友又调查了厦门的几个农民企业家，饮“马”鼓浪屿后，又挥师北上……

浙江的几个大企业家那里留下了他的足迹。

上海郊区、崇明岛的胡文纪等农民企业家和他谈了自己的喜与忧。

江苏吴江市，他会见了吴江皮鞋厂厂长肖水根，又会见苏州、无锡、张家港市的农民企业家，一一和他们促膝谈心……

在山东，他拜访了大名鼎鼎的常宗琳、王建章、谭绪生等许多农民企业家。

紧接着他又跟中央书记处的蒋中一、何道峰等同志开赴河北霸州市，抽样考察全县农民企业家的情况。

结束后，他自己又继续北上，考察了辽宁鞍山、海城的农民企业家状况。在海城水泵厂厂长戴喜东家里，两位农民企业家脾性相投，十分默契，有时通宵达旦地交谈，真是亲如兄弟。

“陈兄，你可成了一条闯江湖的绿林好汉了。”戴喜东笑着说。

“那你这水泵王成了‘草头王’了！”陈增友应道。

“呵，呵呵……”戴喜东仰面大笑。

“强龙可是敌不过地头蛇啊！”陈增友又补上了一句。

“农民企业家的生存环境如此之难，我们这些人可要‘逼上梁山’了。”戴喜东不无忧虑地说。

“我们何不发‘进谏’呢？”一项计划开始在他们之间酝酿。

“嘟，嘟嘟……”喇叭声声，车轮滚滚……陈增友又北上吉林去了。

在大半年的时间里，陈增友从东到西，从南到北，行程8万多公里，相当于绕地球两周。一辆车跑烂了，又换上了一辆。难怪有人说他太傻，放着大钱不去挣，尽做这赔本受累的买卖。

是的，在他的支持下，中国社会调查所还组织了2000多人的调查队伍，分赴全国各地。全国除宁夏、青海、台湾外，均进行调查。是一次历史上从未有过的全方位、多层次的大型调查活动，着实为党和国家提供了翔实可靠的政策依据。

一个辞去公职的中国普通公民，竟然有如此博大的胸怀，发挥了如此之大的影响和作用，大概是古今中外不曾有过的事情吧。

调查回来后，陈增友并没有歇马卸鞍，没有半点的松懈感，他被农民企业家们的近忧远虑搅得坐卧不宁。各地农民企业家那困扰的环境和殷切的期望不时浮现在他的眼前。

在1987年最后的一个星期里，陈增友、戴喜东等来自全国8省市12位农民企业家组成的“政策与市场”研讨班，活跃在首都最高层的对话讲台上。他们分别就乡镇企业的税率、贷款、人才技术、原材料市场等问题分别同全国政协委员、农牧渔业部、国务院有关单位、中国农业银行、国家科委及16家新闻单位进行了研讨和对话，增强了双向沟通和了解。

一时在首都高级政策决策层传为佳话，在新闻报道中舆论大哗……首都各大报刊纷纷以“农民企业家的呼声”为题报道了这次空前的对话。

不久，国家科委发出正式文件，允许科技人员到乡镇企业兼职。

中央五号文件中关于深化农村改革的几个问题，也充分吸收了他们这些农民企业家呼吁的内容。

国家农行也对乡镇企业贷款政策做出了适当的调整……

心诚则灵，也许是他们真的感动了上帝。

在北京分手时，陈增友紧紧握着戴喜东的手：

“老戴，和我一块上山东转转吧。”

“怎么，真拉我上‘梁山’吗，现在‘皇上’‘纳谏’，环境改善，大可不必啦！”戴喜东风趣地说。

“呵，呵呵……”

“嘟，嘟嘟……”喇叭声声，车轮滚滚……

尾声——惊异的头衔奇特的决定

1988年深秋，橄榄色的朝霞笼罩着康乐公司。东方天空云缝流出一泓泓清溪般的霞光洒落下来，与胶济线上一辆辆自西向东吐云吞雾的列车交相辉映，真是流金溢彩的季节。

在党的十三届三中全会刚开过的日子，我又一次踏进了康乐公司的办公室。办公室里增添了一些高档沙发等用具，显然比过去阔多了。

陈增友面有倦意，脸色更加憔悴。但两眼却格外敏锐而又深沉有力。

“老陈，近来又有何新招？”

他伸出三个指头，说道：“自中国农民企业家调查后，又连唱了三部曲！”

唔！我急忙掏出笔记本。问：“这第一部曲……”

今年8月，陈增友与当年部队中的战友、现任济南市委讲师团团长郑泮庆相遇。昔日战友的情谊，加上改革的大潮把他们推到一起，甚是投机。

陈增友得知他们正在编写一部大型书籍《实用富民大全》，这部书的编写得到了中央军委、全国科协和山东省委主要领导同志的重视，不少领导人挥笔为该书题词作序。但中国出书的现状却难为了郑泮庆他们。

眼下郑泮庆像遇到了活菩萨，拉住陈增友细叙起来。其实，陈增友在进行农民企业家调查时就早有所闻，并怦然动心。要使中国农民都富起来，就要下大力开发科技，使科技变为生产力。让全国人民都富起来，是他梦寐以求的事。

陈增友急郑泮庆他们之所急，欣然帮助出版发行，一下使这部书的出版工作如鱼得水。

认准的事，陈增友就尽力去做。他为该书的发行一气发出了8万多封信，不厌其烦地推广富民科技，使之顺利地在全国出版发行。

“第二部曲，就是这个。”说着陈增友又递给我他的一张名片，上面赫然印着“东方科技经济信息总站站长”“中国军地两用人才大学济南分校顾问”的头衔。

这一下竟使我对自己笔下着力刻画的主人翁产生了陌生感。

他看我有些疑惑，便从抽屉里拿出一沓文件摊在我面前：

以杨得志、朱学范为名誉校长的中国军地两用人才大学正式任命陈增友为东方科技经济信息总站站长的决定。

中国军地两用人才大学对东方科技经济信息总站章程的批复。

中国军地两用人才大学印发陈增友给该校领导信函的呈阅件。

……

更为惊奇的是，全国人大常委会副委员长楚图南为该总站题写了牌名。陈增友说着，还指着一个彩印件给我看。

我在暗自感叹：啊，陈增友的脚步竟然比我们的笔尖还跑得快！

同时，我这个在农村长大的人，也着实又为当代农民庆幸、自豪。你看，陈增友，这个普普通通的农民的代表，短短的几年，不仅成为艺术的主人，营造了一座电视连续剧《红楼梦》的宫殿；又敢做政治的主人，参与中国农村出路的研讨；眼下，他又为振兴教育，开发科技，涉足教育科技领域，一跃成为全国教育机构的顾问和东方科技经济信息总站的站长，并得到了全国人大、部委领导的赞扬。这一切，不能不说是一个奇迹。

呵，真是奇人奇事多！更为惊奇的是他那第三部曲——

就在我来的前一天——1988年11月14日，康乐公司出了件与每个职员命运攸关的大事：公司领导人变更，陈增友辞去总经理职务，专去北京白手起家筹办东方科技经济信息总站。

一张签有公司领导人笔迹的奇特的决定映入我的眼帘：

……经协商研究决定，现总经理由杨立信担任，为本企业的法人，本公司原有的全部资产也随之转移……

我平生第一次糊涂、迷惑不解：东方科技经济信息总站是一个一分钱不拨“均自筹解决”的新单位，而康乐公司这几年家底渐渐厚实，这份家当，可是陈增友费了5年的心血、历经坎坷、好不容易才积攒起来的啊！他怎么能如此有福不享而自讨苦吃呢？

昔日，陈增友戎马半生，转业到政府部门闯荡数年，他没有得到也不想得到一根乌纱帽翅，就毅然辞去公职。今天，他含辛茹苦，百般磨难，白手起家搞起一个公司，羽毛刚刚丰满，就又一包袱甩出去——两手空空。

当初有人说他辞职是为了赚大钱，如今他作出了回答。

陈增友，有官不做，有钱不赚，心里只有一个目标，就是不断追求。今天，他要去为开发中国的科技、教育事业再从零开始，去追求他心中难以忘怀的理想之光，纵然赴汤蹈火，他也在所不辞。

啊，他走了，他一身正气，两袖清风地走了……

陈增友奇，奇得惊人！

（此篇曾发表于《报告文学》杂志1989年第9期）

哦，樱桃园

大鹏一日同风起，
扶摇直上九万里。
——唐·李白《上李邕》

引子——梦呓的传说

世传明朝开国皇帝朱洪武打下天下时，山东一带人烟濒于灭绝，便从山西洪洞县迁徙部分农民来渤海湾南岸白浪河畔定居。

一日，一高氏移民挑着两个箩筐，携带妻小来到白浪河东岸。忽然，天空霹雳一声巨响，只见一只矫健的雄鹰落到一棵樱桃树上。少顷，雄鹰口衔一束樱桃乘着一阵清风，扶摇直上，冲入云霄。霎时，地上出现一片樱桃园林，金色的樱桃珍珠玛瑙般散发着熠熠光辉。高氏一家惊喜若狂，便在这吉祥之地落户。

这美好的传说一直鼓舞着高家后代去创造他们的生活。高家后代就将这里拟为“鹰腾院”。种樱桃树也就成为一种习俗。以致后来，樱桃树遍及白浪河东岸。慢慢地，人们将“鹰腾院”叫成了“樱桃园”。村里每逢孩子懂事和新媳妇过门，首先要讲给他们听的就是这传说，这动人的憧憬。

不幸的生活孕育最动人的憧憬。新中国成立前，樱桃园人民不曾幸福过，这个村的地都划归潍县城里大地主的名下。这里是有名的佃户村，有名的“扛长工，逃荒要饭，卖儿卖女”的“三多村”。新中国成立后，佃户出身的共产党员高立印领着大伙第一个搞起互助组，走上集体化道路。在那“左”的年代里，这里又成了人尽皆知的“高产穷队”。樱桃园只增人口不增钱，生活水平越来越低，到1976年，人均年收入只有100多元。最动人的憧憬孕育于最不幸的生活。樱桃园哦樱桃园……

高家18代，出了个“叛逆者”

十年动乱后的一个秋天，樱桃园北村如晴空炸响惊雷，爆出了一条和全村命运攸关的新闻：老支书高立印被儿子接了班。

有人摇头，有人点头，也有人不置可否……

高洪华，这高家的第18代孙，从小就像贾府里的宝二爷，生就一副离经叛道的习性。高中毕业后，在村里干了三年团支部书记，而后参加潍坊市组织的农村工作队，领导看他组织能力强，看问题尖锐，任命他担任了工作支队的队长。工作队解散时，组织上考虑到高立印年龄大，身体有病，就征求意见让他儿子回去接任。当时有三条路，即有三个机会摆在高洪华面前：一是进城“吃皇粮”，当干部；二是上大学；三是回村当书记。

所谓人生的偶然，生命的必然，都体现在主人公的某一次选择。傍晚，他踯躅在村头，朦胧中，乌黑的草房参差不齐，卧伏在月光之下。天已很晚了，路上独轮车辘轳吱悠悠的响声连绵不断。是呀，从早到晚忙吃得仍吃不上。他深深地叹了一口长气，现代生产技术革命和近似原始的生产方式，辛勤的劳动和贫困的生活都发生在这个世界里，多么难以理解！那一夜，他酿下满腹韬略，打定主意要回家乡一展他的雄心大志。

谁知，高洪华回乡的想法第一个就遭到他父亲高立印的坚决反对。这位新中国成立前当佃工，新中国成立后领着大家走合作化道路，“文革”时受批挨打的老支书，1953年就被评为省劳模，风风雨雨坎坎坷坷20多年，奖状奖章奖旗有十六七件。眼下，他既不服老，又压根儿不相信儿子有能耐把村子治理好，让大伙富起来。再说，与儿子一起的工作队员全陆续进城转了干，上了学，的确令人羡慕。后来，经上级党组织再三做工作，发生在父子之间的这场激烈的“争权夺位”方才以儿子的“位”告终。时值村里派性未除，人心浮动，经济崩溃。高洪华受命于非常时期，乡亲们全都屏住气瞅他的动作。

果然，高洪华身手不凡，上来就着着实实地劈开了一斧。那一天开会，他把人吆喝到村外旷野上，指着人均不到四分地的粮田说：“乡亲们，就这么些耕地，即使能长出金豆子，每人才能分几个？我们不能靠它，我们的路在哪里？就在那里！”他一转身，指着毗邻的潍坊城区的工厂。他要发挥近郊农村的优势，发展农副业，让樱桃园的农民变变生活。

1978年，村里办了一个汽车修理厂。让谁来干这个厂长，高洪华掰着手指头挑选再三，决定起用会开车修车，有能力有魄力的高广昌。高洪华“荐贤不避仇”，虚怀若谷，不拘一格用人。为这事父子俩吵了一仗。

“你看高广昌这人怎么样？”高洪华找老爷子商量。老头子铁青着脸，气得半晌没说出话来。“文革”中，高广昌和他是对头，在政治斗争中结下了疙瘩，多年来一直有矛盾。

“高广昌是我的对头，你既是我的儿子，就决不能用这号人！”

“我是你的儿子，我也是党支部书记呀！这不是相儿媳妇，我要考虑谁能给全村挣钱。”

高立印讲不过他，骂了一声“逆种！”便一跺脚，悻悻地走了。

高洪华启用了高广昌，高广昌上任后，在高洪华的鼎力支持下，大刀阔斧，结果第一年白手起家就收入3万多元。一石激起千层浪，从此，村里派性的鸿沟填平了，老爷子也服了儿子，全村同心同德奔富路。

从高洪华上任，这个村以一年上一个厂的速度稳定发展着。工业产值由不到一万元上升到几十万元，几百万元，农业收入只占30%。

樱桃园北村世代相传的单一农作物经营模式的沉闷格局终于被打破。

樱桃好吃树难栽

樱桃园北村的第二产业红红火火，到1984年办起了8个企业，年纯利润达100多万元，人均收入连年翻番。村里乡亲见了高洪华，打心里感激。就在农民乐陶陶、兴冲冲的时候，高洪华却又怏怏不快，心事重重。

他看到，村里还有近200名劳动力得不到安排，其中大多数是老弱病残及妇女劳力。劳力不足的家庭，生活上没得到根本的改善。高洪华对支部成员们说:“奔驰在社会主义这条金光大道上，就要把每家每户都挂在我们的快车上。”

高洪华还敏锐地感触到，仅仅发展第一、第二产业，处处受到流通的掣肘。他和大伙商量，办起自己的贸易流通服务体系，用流通促生产，生产促流通，从而强化农业，促进工业，实现生产要素的最佳组织和合理流动。

中国是世界上最早出现商品和形成商业的国度之一。但几千年来，“无商不奸”的世俗偏见，埋没了它那悠久古老的文明。如今，生性不服输的高洪华就要反过来干一干试试。就在这一年，他试着搞起一个新源贸易公司。专门组织村里剩余劳力，拾遗补缺，经营城里国营商业不愿经营的沥青、含脂油、柴油等又脏又累的化工产品，结果买卖越做越大，营业额直线上升，一年高达500万元。村里长期解决不了的工业、农业用油及化肥、地膜等问题也迎刃而解，并缓解了全区油料供应的紧张局面。

当群众尝到了甜头时，洪华却也嗅到了一丝酸苦。那是1984年底，村里几个企业请了一些大城市的客人来洽谈业务。客人好请，住宿却成了棘手的事。高洪华跑遍了市区大小宾馆，磨破了嘴皮，总算安顿下了。没料到第二天一早，客人因为住宿服务条件差，借故告辞。高洪华一直送上火车，临别，客人坦率地说："老高，你就不能办个吃好、住好，既能洽谈业务又有优质服务的宾馆，干吗把钱往人家口袋里塞？"

人虽走了，话却似一根针扎在高洪华的心里。晚间，他望着村后那条繁忙公路上车水马龙的汽车，想：樱桃园紧靠公路干线，和市区相连，交通方便，厂家林立，是个发展第三产业得天独厚的地方。他暗下决心，盖一座宾馆大楼。"英雄所见略同"，他把想法拿到支委会上一摊，大家全响应。然而难题倒也摆了一大堆：几百万元的资金和大量的建筑材料从何而来？一旦亏了怎么办？真是樱桃好吃树难栽啊！

这当儿，有人好心地劝高洪华：村里已有一批像样的工业项目，年产值300多万元，人均收入七八百元，也算是"小康之村"，可以抵挡一阵子了，何必冒这个风险。

"燕雀安知鸿鹄之志哉？"

高洪华他们的想法，很快得到了潍（坊）城区委、区政府的支持，区委书记任柏榴还和他们研究过方案。省里一些领导也为他们鼓劲打气，出谋划策。

高洪华一拍大腿："干！"他兴冲冲地跑到市科委和市农行叫人来进行可行性分析，自己带上设计师去深圳、广州等地考察。很快，一座高八层，设有舞厅、酒吧间、书画陈列室的潍坊一流宾馆的蓝图设计出来。

岂知，这时村里如同一瓢水倒进油锅里，噼里啪啦地炸开了：

"高洪华吃了豹子胆怎的，把全村的老本都赔上，他担得起吗？"

"盖这么高级的宾馆，谁来住啊！"

"年轻人不知天高地厚，真是吃饱了烧得不轻！"

……

疑虑、嫉妒、保守、愚昧……如一瓢瓢冰冷的水，劈头盖脸地浇向高洪华。

冷水浇不灭高洪华内心炽热的火。高洪华比任何一个人都清楚这里面的风险有多大。可他明知山有虎，偏向虎山行。宾馆大楼还是于1985年3月7日如期破土动工。

山穷水复疑无路

1986年清明时节的潍坊，蜚声海外的第三届国际风筝会又在这里开幕。天空，五彩而硕大的风筝翩翩起舞。白浪河畔，不同肤色的人云集荟萃。本届风筝会，除了那缤纷的风筝外，最惹人注目的就是农民自办的樱桃园宾馆开业了。樱桃园宾馆以主人的身份接待了来自全国21个省、市的风筝代表队。它屹立在城东南侧，像一颗璀璨斑斓的明珠，为这座传奇的风筝城又增添了几分神秘的色彩。

开业典礼上，高洪华紧紧握着区委领导的手，如同受了委屈的孩子见了父母一样，热泪盈眶，一向铁骨铮铮的强汉竟孩子般地哭了。

一年的时间，樱桃园却像经历了一个世纪，起伏反复。大楼的耸起，高洪华遭受了多少磨难，他不堪回首。

历史是一架摄像机，公允而真实地记录了高洪华遇到的每一个难题。这里剪辑几个镜头，再现当时的情景——

镜头之一：1983年5月的一天，樱桃园宾馆工地上，一片繁忙。建筑工人正在挥汗如雨地清挖地基。

一辆标有“工程监督”字样的面包车拉着长笛从城里急驶而来，在工地前戛然而止。车未停稳，就从上面下来四五个拿文件包的人，怒气冲冲地朝人群走来。

“谁叫你们盖的，有没有市里工程监督部门的批件？赶快停工！”

工地上，人们面面相觑，高洪华和几个村干部迎上前去，说：“这又不是国家财政拨款，是农民集资盖宾馆，我们有区里的红头文件，为啥还得市里的批件？”

几句义正词严、落地有声的话，使来者威风减了几分。对方怒悻悻地说：“农民盖宾馆也不例外。你们这是大型工程，应属市里监督管理，先停下工，听候处置！”

镜头之二：1985年6月的一天。

潍坊市农行会议室。室内烟雾缭绕，长方形会议桌围满了主管全市农业金融的巨头们。此时此刻，他们正在研究贯彻上级关于加强宏观控制，压缩农业贷款的有关文件精神。

坐在首席位置上的那位会议主持者，用红彩笔在全市贷款计划一览表上，将樱桃园宾馆贷款由350万元改为150万元。

樱桃园施工工地。大楼已盖到三层，头戴安全帽的高洪华得知这个突如其来的消息，一屁股坐在地上，望着高高的起重吊架，两眼呆直。

当天晚上，村党支部召集紧急会议研究对策，支委们相对无言。

后来有人主张没钱打没钱谱，干脆只盖四层就封顶。高洪华抓起算盘一拨拉，如果这样，加上建筑单位的赔偿费和善后处理事项，花钱和盖八层楼差不多。

“开弓哪有回头箭！”高洪华狠狠地拍了一下桌子说：“砸锅卖铁，也要把八层楼盖起来。”

支委们兵分三路：一路去村里发动群众集资；一路到建设银行等各家金融机构求通融；一路到附近大企业向兄弟村求援。

资金的事尚未解决好，材料又告紧张。这座大楼需钢材480吨，木材400立方，可这农民办的宾馆，国家没下一寸计划，议价的既买不起，又买不到。按照合同，如果村里材料供不上造成施工单位停工，赔偿建筑队人员每人每天6元，200人的建筑队一天就要赔上1200元！高洪华组织村办企业中的供销采购人员全部出动，一切为了大楼。鞍钢、武钢、莱钢……国内凡是出钢的地方都去了，材料基本购来了，可是高洪华却因此挨了整。

镜头之三：1985年秋，全国打击经济犯罪活动如火如荼。根据群众检举，潍坊市检察院受理了市机械局、监理所、潍城区物资局等重大经济案件，高洪华也被列入了审查之中。

秋风萧瑟，凉意袭人。本应是硕果累累的金秋十月，却被这一阵阵秋风卷成残叶，呈现出一片枯叶飘零、黄草满地的凄凉景象。

樱桃园北村和大楼工地一片哗然。随即，检查人员封了村里的账，开始了长时期的找高洪华交代贪污和受贿问题及广泛的内查外调。

高洪华经受不住这突如其来的新情况，血压突然达到160，脑压升高，脑血管硬化严重，头痛难忍，几次昏倒在工地被抬到医院抢救。

一时，签订的材料合同不作数了，关系单位不来往了。一些上级业务单位也不敢支持了，熟人在路上碰到高洪华，竟绕道避开他。

山重水复，九曲回肠。盖楼难，难于上青天，樱桃园宾馆陷入夭折的境地。

柳暗花明又一村

一股隐隐的南风开始拂动白浪河两岸，它预示着一个新的季节即将来临。

检察院派出的其他五个专案组，都速战速决，全部结案。案犯均得到了法律公正而无情的判决，唯独樱桃园一案形势微妙。

高洪华襟怀不揣鬼，坦坦荡荡，他相信检察院的到来是他的好运气，他希望也相信，一旦把事情寻个水落石出他的运气便来了。

贪污？高洪华他们盖大楼腰里确实是揣着大把票子，但身上总背着硬邦邦的“杠子头”火烧。外出采购建筑材料，盖宾馆的反而不住宾馆，中午就靠在大街墙角啃完“杠子头”大火烧，就地合一合眼。他们知道这些钱来之不易，怎能多花一分。

受贿？检察人员来到他家一瞅，家里除了几件50年代的家具外，唯一的值钱的是一部12寸黑白电视机。谈论积蓄，倒是攒了一大把药条子，有人点了一下，达2300多元。他日夜为集体带病操劳，可从来没拿出来让会计报销。

在他濒临危难之际，区委书记任柏榴态度鲜明地支持了他：

“洪华同志，只要你站得正立得直，党组织会相信你的。打起精神，一定要把楼盖起来！”

书记挥毫给他写下“樱红莺舞春满园”七个苍劲洒脱意境隽永的大字。

区长梁吉人还带他们到兄弟村借款30万元，村里群众集资60万元，村办企业挖潜投资90万元。经过上级领导和多方变通，农行也给予了一定的支持。半年的周折，宾馆大楼的资金方见端倪。

这些，使洪华挺直腰杆，一如既往地出现在工地上。

他的健康状况因常年劳累和精神压迫日渐恶化，头常常像炸裂般地疼痛，眩晕。他知道，自己只要倒下，宾馆大楼将拖延工期。他咬紧牙关，顽强拼搏。白天晚上，在工地上转。

夜晚，他拖着疲惫的身体蹒跚回到家，上学回来的孩子已经蜷着身子在大门外睡着了。妻子在村办厂里值班，孩子放学后进不去，吃不上饭，只好睡在这里。他费力将孩子叫醒，爷儿俩进去凑合着吃点剩饭了事。高洪华刚要上床休息，记起自己的检查尚未写完，勉强拿起笔戳了两句，却越想越写不下去。气得“啊”的一声，把笔掷出老远……

在检察院进驻的半年时间里，高洪华简直成了两栖人：工地上，他是叱咤风云的总指挥，一面组织施工，一面物色服务、管理人员，进行严格的专业培训，还组织到南京等地观摩学习；在专案组的办公室里，他又似乎是个“阶下囚”。现实生活，就是如此富有戏剧性！

“千磨万击还坚劲，任尔东西南北风。”高洪华以坚强的信念，执着的追求，超人的毅力，挣脱形形色色的羁绊，奇迹般将宾馆大楼盖起来了。

1986年5月25日，检察院经过长达6个月的专案审查，向全村宣布：樱桃园北村主要领导没有一分钱的贪污，将一切诬蔑不实之词予以推倒。诬告信非但不能告倒高洪华，反而大大提高了他的威望。

噩梦醒来是早晨。果然不出高洪华所料，宾馆一起，各业兴旺。宾馆有农村做后盾，成本低，利润高，每月的盈利数以万计。来人多了，信息灵了，村里又上了一个鲁东电梯厂，1987年产值达200万元。全村形成了以宾馆为龙头，工业、农业为龙身、龙尾的贸工农一条龙生产经营体系。相互促进，利益互补，形成良性循环，实现了农村经济的更高层次。1987年樱桃园贸工农总产值逾千万元。

挫折并没有毁掉高洪华的改革锐气。最近，他集中全村各产业，联合部分外部企业，建立了潍坊金樱实业总公司，开始向新的目标进军。

改革的浪潮生生不已，奔腾不息。“青山遮不住，毕竟东流去。”任何力量也阻挡不住这时代的大趋势。

尾声——雄鹰腾飞

樱桃园宾馆二楼，顺着那条铺着紫红色地毯的走廊，穿过装饰精美典雅华丽的酒吧间、会议厅和音乐茶座，便来到独具特色的“艺术家书画作品陈列馆”。馆内四周悬挂着当代中国著名艺术大师和知名人士的书画真迹：刘海粟、李苦禅、舒同、黄胄、赵朴初、周谷城、任政等120多位名师及高洪华本人的艺术佳作，琳琅满室，令人目不暇接。其中尤为赫然的是崔子范作的一幅“鹰”画。这鹰雄健有力，跃跃欲起，气势非凡，呼之欲出。这鹰是画家依据樱桃园传说而作的。高洪华认为其的确勾勒出了高氏家族的非凡气质。艺术的魅力招揽了来客和生意，这种独特的艺术气质及经营的门道，是别人学不来的。在疲惫的生活中，旅行在外，如若在艺术洞天里宿上一宿，那感觉是无法形容的惬意。除了客人，专程来参观字画的人比肩接踵，络绎不绝，一年中达27万人，陈列馆里新铺的地毯不到一年就踩烂了。

高洪华不仅被书画界捧为骄子，也被体育界人士奉为知己。这里曾举行过樱桃杯全国排球邀请赛。国家女排的教练及队员们曾下榻樱桃园，他们交成了好朋友。美丽的樱桃园动人心魄。

走出宾馆，大厦两侧设有供人游玩的月形人工湖，碧波荡漾，幽雅恬静。湖岸绿柳成荫樱桃累累，湖内养有鱼，并种了藕，可以在这里钓鱼，赏花。宾馆前厅院是一座人工喷泉，泉水向上喷起几米高，化成一团水雾。

樱桃园宾馆建筑群的设计是颇具匠心的，在主体大楼两侧，两幢低矮建筑仿佛两扇翅膀，适才展开，大厦则恍如一只昂首睁目的雄鹰傲视蓝天，每一位看到它的客人，立即就会被一种莫名的情绪感染。

蓝地金边的鹰腾图案馆徽，别在每个工作人员的胸前，而那气质的力量早已鼓动在他们的血管里了。

哦，樱桃园，樱桃园……

（此篇曾发表于《当代企业家》杂志1988年6月号）

莺飞三月天

阳春三月，和煦的日光轻拂着绵绵的柔风；蓝天云霭，五花八门的风筝争奇斗艳，遨游苍穹；白浪河畔，不同肤色的风筝竞技者云集于此一试高低——1987年第四届潍坊国际风筝会在世界风筝都潍坊举行。今年的盛会与往年不同，这座风筝古城又兀然矗立起一幢高21层的摩天大厦——鸢飞大酒店。它像一樽龙头蜈蚣风筝扶摇直上，插入云霄，蔚为壮观，给潍坊这个传奇式的风筝城又蒙上一层神秘的色彩。

中国新闻社1987年3月3工日向海外报道：

“风筝城潍坊三星级酒店开业”

《大众日报》当时也刊登了鸢飞大酒店的大幅新闻照片。

……

潇洒春风今又是。开业一年后，它以热情的东道主身份，迎来了参加第五届国际风筝会的国内外来宾。

刚满周岁的大酒店，虽则年幼，倒也经历了襁褓、摇篮，酷暑和寒冬……

海外联姻

潍坊风筝蜚声海内外，以木版年画、扑灰年画、剪纸、泥塑玩具、山旺化石、田园风光为内容的潍坊千里民俗旅游线闻名遐迩。

旅游人数与日俱增，旅游设施的短缺却使经济上刚刚起步的潍坊人异常棘手：遇上困难，欲罢不能！

天无绝人之路。第一届潍坊国际风筝会后，经国家经贸部牵线搭桥，潍坊和澳门侨光纺造有限公司开始直接对话，协商合作事宜。

1984年9月18日，这对“恋人”首次在拱北石景山宾馆相会。

在“三冬无雪，四季有花”的优雅的南国风光里，他们倒也一见钟情，双方都有合作的诚意，很快签订了意向书。

当澳方考察人员来到这座北方中小城市，料峭的秋风使他们直打寒战。那时，这里既看不到澳门的西洋景，也感觉不到深圳、珠海开发特区宽松的投资环境。总经理王启翔不免从心底里泛起一层暗淡的思虑……

1985年3月3日，潍坊市副市长宋希焕的办公室里，窗明几净。宋副市长面对刚刚坐在对面沙发上的吕启东开门见山地说：“老吕，组织上要你去啃一块洋骨头！”

“洋骨头？”

“对，中外合资，建一座现代化的旅游设施基地——鸢飞大酒店。”

调动工作，对吕启东来说，已是家常便饭。他原是市政府办公室副主任，后改任专管招待所的机关事务管理局副局长，机构改革时，又任市商业局副局长，上任两年，大刀阔斧地搞了个潍城宾馆，后又调到市物价局任副局长，刚刚一年，又……

“搞接待、建宾馆，我不打怵，可这和外国人打交道……”看得出，他那刚毅的脸上泛有难色。

“唉，在干中学嘛！搞开放，搞改革，我们就是要学会国内国外两套本领。”市长信任地拍了拍老吕高大魁梧的肩膀。

这位老局长，受命于危难之时，欣然担起这副沉重的担子。第二天就走马上任，组织筹建班子。

冬去春来，1985年第二届潍坊国际风筝会期间，澳方老板王启翔应邀来潍。风筝盛会上，沐浴在春光明媚之中，观赏着千姿百态的中外风筝，他看到了这座城市的巨大魅力，神奇的风筝都和好客而又富开拓精神的潍坊人使他打消顾虑，终于慷慨解囊：投资数额由50万美元改为100万美元，又增至150万美元，最后定为170万美元！

为了开创具有独特风格酒店的先河，筹建班子和潍坊建筑设计院的设计师们跑遍了全国各大城市，博采百家，很快搞好了一个富有特色的建筑蓝图。

背水一战

没等1986年的年历翻到底，第四届国际风筝会的筹备工作就进入了白热化程度。

在鸢飞大酒店一片狼藉的建设工地上，吕启东接到了市委、市政府的明确指示：“风筝会前建成开业！”

他望着还停落在十七八层上的装修脚架，下意识地显示一下手腕电子表上的日历，两道浓眉紧紧蹙在一起。

从动工到现在，满打满算才不足两年。按常规，光这2.2万平方米的土建工程就要三年半的时间哩。

“改革的年代，怎能按部就班？”曾几何时，吕启东他们像挤牙膏一样，和负责土建工程的昌建公司核定了一年零11个月的赶建方案，并签了合同，若如期完成，支付赶建费78万元，否则分文不给。

也许是这78万元的诱惑，也许是指挥有方，酒店工地昼夜灯火通明，日夜兼程，大楼有时竟以10天一层楼的速度向天空中延伸，一些当地人都为这突然兀矗的庞然大物惊叹不已。

这边工程突飞猛进，那边装修事宜又紧鼓密锣。

外事办的领导亲自带领人马辗转于澳门、香港、深圳之间。酒店设施、装饰材料都是选择世界一流水平的：日文电梯、比利时的玻璃、美国的卫生洁具、日产地毯和壁纸……

然而让谁来装修，却成了件棘手的事。

当时国内装修水平有限，国外招揽又拿不准。吕启东、李宗文等连连南下，穿梭似的跑了七八趟。他们实地考察了深圳、珠海、广州的一些大宾馆，还通过一位任深圳建委主任的潍坊老乡摸到了香港装修业的行情。

——当时香港正出现装修热，小小的香港竟有2000多家装修公司。鸢飞大酒店这块肥肉，对他们来说，无疑是饿虎之食。

——装修业伸缩性强，货色质量不稳。他们往往漫天要价，国内上当者为数不少。

吕启东和外事办副主任陆鸣人如临战指挥员获得了对方的可靠情报，知己知彼，运筹帷幄。他们很快在珠海摆开了战场——进行公开招标。果然，香港装修行业引起轰动，几天内就有十几家前来应聘投标。

他们俨然像国际级仲裁大师，显得老成持重，精灵机敏。——让应聘者报价、拿小样、画效果图，井然有序。令一些香港老板一改对山东土佬子的习惯看法。

由谁干，到底还是发生了分歧。澳门中建公司要揭标，而中方却看中了实力雄厚的香港中建公司。双方各执一词，互不相让。最后直到吕启东即将登上返回的出租汽车，香港中建公司才不得不妥协，在葡京大酒店门前与他们签了合同。事后，他们又对香港中建公司承修的广州白云宾馆，深圳香槟湖进行了实地考察，才放心地采用了小样、定了价、封了料，真是计划得滴水不漏，万无一失。

改革的波涛一旦把他们抛到外向型经济的风口浪尖上，他们便很快变成了久经涉外经济沙场的老将。如此适应力，连他们自己也始料未及。

海外事妥，家内又告急。没料到土建工程因故延期一个月，真是按下葫芦瓢起来。

3月31日鸢飞大酒店开业的议程已经铅印到制作精美的《第四届潍坊国际风筝会活动日程》之中，还未建成的酒店所有床位也做出接待安排计划……

只有破釜沉舟了。

夜晚，吕启东伫立在工地一侧，凝视着那还没脱去脚架的楼体，焦躁不安。突然，他使劲一拍大腿，信步向楼道走去……

吕启东虽已年过半百，但早就横下一条心，拼上老命也要干好这件事。他经常彻夜不眠地和工程人员研究施工方案，制定加快装修进度的措施，使尽了浑身解数。

“光阴似箭”，只有在这种处境下的人才真正体味到它的含义。转眼间已至3月下旬，会期屈指可数，近在咫尺，而从日本、中国香港地区订购的设备偏偏因风浪误了船期，大有火烧眉毛之势。吕启东连连跺脚，坐卧不安。

3月29日，人们看到酒店正面由武中奇题写的“鸢飞大酒店”五个大字还只镶嵌了二个，不少人从此过，不禁驻足而望，心里直嘀咕：“大酒店能‘飞’起来吗？”酒店要运转，水电要超负荷供应。在市政府的支持下，各部门一路大开绿灯。

30日，日本的彩电、电冰箱和香港的筒子灯终于到货。他们来了个全店大动员。白天黑夜连轴转，225个房间，一一装配，连何时黑天也不知道，累了就在走廊、台阶上坐下喘口气。

奇迹终于出现。31日下午，鸢飞大酒店变魔术似的里外装饰一新，一切收拾妥当。“鸢飞大酒店开业典礼”的横幅悬在大厅正中，熙熙攘攘的中外来宾，比肩接踵涌进金碧辉煌的大厅，争相到豪华总统间、浓郁地方特色的民俗房间、日式、法式餐厅以及顶端的观光楼、楼顶花园一睹为快。

100多名中外记者蜂拥而至，纷纷发出本届风筝会的头号新闻。

筹建者 管理者

“背水一战”打胜了、打累了，却不能有片刻的间歇。

4月1日风筝会开幕这天，酒店全员爆满。

一夜之间，吕启东他们由筹建者跃然变成了管理者，吕启东被任命为董事长兼总经理。

事物运动的法则，否定了他们能打胜“背水一战”这个“硬仗”，却不能轻而易举地打胜酒店管理这一“软仗”！他们自己也意识到，这一仗更险恶、更激烈，胜败难卜。

开业之际，他们成立了一个高级决策班子——由总经理吕启东为主、副总经理刘梦出、姜建生、李中文、助理总经理兼餐务部主任张继廷组成五人管理委员会。他们当中内行少、外行多，合资对象又是一家毛纺企业，在酒店管理上也是一筹莫展。怎么办？他们赶在开业之前连续唱了三部序曲。

一部曲：“偷师”。带领关键岗位的骨干去澳门取经。在那里，管理是人家的技术专利，不可能把自己的饭碗拱手让给。他们每天6点起床，晚上12点睡觉，从刷马桶、铺床叠被到斟酒上菜、开房结账一点一滴地体会，把握具体，体察精髓，洞悉管理的奥妙和诀窍。

二部曲："演戏"。挣脱人情网的羁绊，到6个县招了200名服务人员，集中起来叮叮当当培训了4个月。仅此尚不够，还拉到大酒店进行实地模拟演习，从迎客、接客、托运、出租到结算、送客一套程序，像演员演电影一样，演了一遍又一遍，不断试"镜头""说戏"，直到"开台"为止。

三部曲："念咒"。没有规矩不成方圆。他们吸取各大城市三星级以上饭店的精华，突出本店特色，组织智囊班子花了40天的时间，制定各项规章制度和应知应会条例达10万多字！

看不出，他们出手不凡，稳稳当当地为酒店管理铺垫了一条通畅之路。

开业伊始，五位管理者经过一番紧急磋商，提出了办店宗旨。全店员工大会上，吕总经理宣布施政方针：坚持从高从严办店，要永远看到自己的不足，宾客至上，服务第一，以质量求效益，就是两个月不见效益也不背包袱。简言之，他要把写有"宾客至上、服务第一"八个大字的旗帜高高地插在酒店顶端。

这不啻是一份改革的宣言书。它意味着要彻底否定国内实行了30年之久的招待所的管理模式。

或许由于他们对作为党政机关附属物的宾馆、招待所过于熟悉的缘故，看准了那些不计盈亏的大锅饭体制，一次定终身的用工制度和平均主义分配方式等症结。

经过潜心研究，管理者们制定了一套岗位工资制。从总经理到一般服务员，各有各的岗位工资。新调来的，带来的工资即成为"档案工资"，实际工资要"入乡随俗"，干什么工作拿什么工资。要变工资，必须先变岗位，变换岗位工资随变。论资排辈、靠年限涨工资的现象在这里不见踪迹。

餐务部原有个副经理，曾两次误事，吕启东对他在大会上点名不说，依店规罚款40元，宣布为不称职人员，要限期改进。也许他感到有些尴尬，觉得在这里混不下去，要求调走，酒店当然毫不挽留。

汹涌的改革浪潮在冲刷着人们传统观念的堤岸。

几个月下来，果然不出吕启东所料。头3个月住房率只有30%。不少人认为这是规律，头一年不赚钱，酒店管理者却清醒地看到了自己存在的问题，立即在全店上下进行了一次大整顿。

管委会五位首脑冷静地作了反省，重新按价值规律认识旅游服务市场，果断地调整房床位，由2个改为3个，价格由原来的24元改为16元，薄利多销。从此，住房率直线上升，旺季达100%，营业额每天高达1万元。结果到年底，经营9个月就实现利润163万元。

酒店效益好，多亏有个好“管家”，“管家”就是财务部。这个部开始并没有几个懂行的，在总会计师的传带下，外行变内行，设置了一整套财务工作程序和管理体系，自行设计印制了114种表格、凭证等。在全店架起一个无形的蜘蛛网络，聚财有方，生财有道。

一些青年人刚来这里工作时，一切都感到很新鲜，好像置身皇宫一样。地毯、沙发、空调、冬暖夏凉、灯红酒绿、舒服怡人。时间一长，整天钉子似的钉在一个点上，逐渐就腻烦。客房部经理薛冰虽则年轻，却十分成熟、老练，做大家的思想政治工作，和大家干在一起，学在一起，玩在一起，客房部成了服务员之家，大家提高了对本职工作的认识，安心岗位工作。

在旅游服务市场里，商品是个无形的东西，出正品还是出次品，完全在服务员手中掌握着，既需要整体素质的提高，又必须各部位持之以恒、忠于职守，各个齿轮咬合得天衣无缝。总经理就如一个古典乐曲的高明指挥，哪个部位不出音、不相和谐，指挥棒就抡指过去；哪个“琴手”“跑了弦”，能及时矫正。今年年初，餐务部时常“跑弦”，管理不够理想。总经理的指挥棒敏锐地拍了过去。按店规，要将餐务部经理拿下来，但本人立下了军令状，保证3个月改变经营面貌。

井无压力不出油，人无压力不前进。重压之人，也出管理效益、出管理人才。事后，这位经理煞费苦心，着着实实地下了一番功夫，大小事安排得妥妥帖帖，令人刮目相看，不到2个月，餐务部就有了明显的起色。

去年以来，国家有关领导同志先后在这里下榻，对鸢飞大酒店的一流服务质量给予高度评价，还为他们题写了“宾客至上、服务第一”的赠言。一年来，他们共收到表扬信300多封。一位来自慕尼黑的客人在留言中写道：“进门如到家，友谊连天下。我转了大半个地球，还没碰到这么舒适的环境。”

“忽如一夜春风来，千树万树梨花开。”鲜为人知的潍州小城，如今凤起鸢舞，名扬四海。在古城正式被定为世界风筝都之日，鸢飞大酒店在旅游服务业的现代化管理上也树起一座摩天的丰碑。

透明的大厦

初到潍坊，很远就望见耸立的鸢飞大酒店在众建筑物中鹤立鸡群、傲然屹立。驱车前往，使人诧异的是偌大一个酒店下面，竟没有围墙、没有大门。酒店前厅门前一个身着红色制服，胸佩能打开大楼门厅的金色钥匙链的门卫，时刻在躬身迎候来客。微波感应自动门，人至门开，自动开启，引你进入殿堂。正门东侧，就是商品部和零点餐厅的入口，顾客可随时步入。

夜幕垂帷，这里就成了全市的娱乐中心。绚丽而变幻的霓虹灯广告、舞厅，咖啡厅的光彩，更加引人注目，撩人心扉的是21楼观景厅的迪斯科舞的七色灯光，色彩纷呈，吸引着过路行人。

人们只要花上一元钱，就可以径直乘电梯青云直上，一览潍坊古城优美的夜景，和朋友手挽手尽情跳舞欢乐。

难怪都说这个酒店是个“外向型”的富有透明度的旅游企业。

这正是吕启东他们的英明之处！

他们早就看腻了招待所的高墙大院，厌恶板着面孔的“官店”作风。对经营者来说，那无疑是作茧自缚，自我封闭会使顾客望而生畏，敬而远之。

吕启东在建店初始，就精心做了社会化的经营机制构想，广开门路，扩大影响，招徕顾客。

有人说他总是技高一筹，高就高在他既讲经济效益，又不一味追求经济效益。有些事局外人看来十分反常。

去年夏天，正值晚间乘凉之季，按说是舞厅盈利的黄金季节。吕总却反弹琵琶，突然将舞会的价格下调。顿时，参加舞会的人成倍增加，每晚人潮如流，自行车塞满了大楼周围。结算时，经济效益不仅未下降，还大大上升。更喜人的是，酒店在社会上形成了一种向心力和凝聚力，这是多少金钱也买不到的。真念活了“放一着、退一步”的“难得糊涂”经。

指挥酒店大合唱的经理们，时常把重音音符加在向社会开放的有关部门和岗位。

一天早上，吕启东按惯例于7点1刻来到大楼。他习惯性地去查看餐厅。这天，他只见大餐厅门前围站了一堆客人，一问才知道值班管理员误点到岗，缺乏调度，使顾客涌到小餐厅，造成不良影响。经他亲自指挥协调，方才弥补了这一过失。后来他查了考勤，对迟到的管理员作了严肃处理。经过吕总连续几次“亲政”，零点餐厅这个酒店向社会开放的窗口随之改观，顾客盈门，应接不暇，还收到了许多表扬信、感谢信。

今年的风筝会，天气格外晴朗，风和日丽。在鸢飞大酒店开业一周年之际，澳方风尘仆仆赶来。当他们亲眼看到酒店经营管理的兴旺景象时，喜不自胜。

31日下午，吕启东和来宾登上楼顶观光厅，鸟瞰潍城。朝西望去，只见新修的白浪河公园内，各式风筝在春风中凌云高翔，振翅盘旋，引来无数只鸽子并驾腾飞，相互媲美。看着看着，他们也如一只轻盈的风筝，翱翔太空。

“平生不爱云和雨，唯喜春风抱满怀。”（清黄元御《咏风筝》）此诗咏出了风筝的习性，更写出鸢飞大酒店主人们的心情。是啊，只有在祖国对外开放的阳春三月里，古鸢才得以高飞，鸢飞大酒店才得以兴起，得以兴隆！

三月天更明媚、更旷远，鸢飞、鸢飞，飞吧，飞吧……

何官能有回天力

从青州古城北下，在与寿光接壤处。有一片广袤、肥沃、丰腴的平原。历史上，这里就是青州有名的“粮食囤”。无法考证从什么年代起，此处得了一个雅号——何官。

1984年社改乡后，何官不知破了什么风水，还是怎么的。这里干部不和，经济滑坡，24个行政村竟有14个村的党支部班子处于瘫痪状态：会开不起来，任务布置不下去，提留收不上……

天高皇帝远，好端端的何官乡朝着无底的深渊跌下去。

何官，何管？

何官能有回天力？组织在挑选，人民在呼喊！

受命于危难之时

1986年深秋的青州城。

一场纷霏的秋雨，洒葫芦似的将这盆城市之花浇洗得分外妖娆，更显出她青天青地、古色古香的妩媚英姿。

市委二楼。两眼炯炯有神的市委副书记陈孔光将刚刚落座的大王乡乡长李怀中上上下下仔细打量了一遍。伯乐识马的典故又在这古城显现。

“市委决定让你去何官乡收拾摊子，重整旗鼓。”陈书记开门见山地向忐忑不安的李怀中亮了底牌。

李怀中丝毫没有准备。此时，他大脑中跳出的第一个念头便是：前途叵测，去不得!

他刚要推辞、叫难、申辩，敏锐的陈孔光好像也看透了李怀中的心思，不由分说，就把此事敲定。对此人选，常委会上，不知挑选、掂量了多少次，才决定把这副担子压在李怀中肩上。组织上了解他，相信他一定能有回天之力。

1986年12月5日，34岁的李怀中来到这青州第一大乡就任党委书记。没有激动人心的就职讲话，也没有急于颁布的雄才大略。他，一头钻进了村民家中，扎到了乡直机关干部职工的办公室里、工作岗位上……

一串串精确的数字、一份份生动而又翔实的资料又准确地输送到他的头脑之中。结果，深层显示的状况比原来更加糟糕，李怀中始料不及，陷入迷惘中。

原乡党委班子不和，其他干部也相应地以地域关系为界出现了鸿沟；一些村领导班子瘫痪、不能正常工作不说，村民以宗族划界，铁桶一块，长期“春风不度”，划宅基、计划生育、提留、村经济账目相互混杂，瓜扯瓜、蔓扯蔓，真是“剪不断，理还乱”。党员和党组织在这里形同虚设，思想政治工作脆弱得一触即破。李怀中“别有一番滋味在心头”。

乡直机关有的干部见李怀中为人朴实耿直，就坦率地说：“李书记啊，把你派来，您的命可真够苦的啊！”

晚上，他一直睡不着觉，偶尔迷糊一阵，随即一个冷战，浑身便出一身汗……

这天，市委书记隋化堂检查工作特地拐弯来到何官乡。对着市委主要领导，李怀中似有一肚子委屈。

一向温顺而见了领导就惧怵的李怀忠这回竟然不知从哪里来的胆量，劈头向自己的顶头上司发泄了一番畏难和烦恼：不该将他弄到这个是非之地。

做过20多年社队工作的隋化堂，曾在“社教”“文革”尖锐复杂的农村工作中磨炼过。他非常体谅李怀中的心情和处境。大度的隋化堂非但没有计较李怀中的态度，反而进一步看到了他强烈的责任感和事业。

是啊，井无压力不出油，人无压力不前进。

李怀中发完牢骚，正等着挨尅，却得到了隋书记热情的鼓励。同时也指出了他的急躁情绪及其危害。最后，隋书记根据自己多年的工作经验和当前的形势，谆谆告诫他应从抓乡村班子入手，大胆砍出“三班斧”，烧好“三把火”。临走，隋书记拍着李怀中的肩膀，留下一句使他激动不已的话：“怀中，放开手干吧！对了，是你的功劳；错了，我给你顶着！”

巧借东风烧强火

领导的鼓励，撑起了他锐意进取的风帆。

很快，李怀中的足迹跑遍了全乡各个村落，同时也摸准了乡村班子和乡机关症结所在。

傍晚，他只身一人踯躅在乡机关大院一侧的小路上，思绪也同脚下的路一样蜿蜒崎岖。他意识到，党把我派到这里，首先要抓党的建设，只有依靠党组织和全体党员干部，才能把群众组织起来，发动起来。党不管党，光杆一条，纵然自己浑身是铁，也打不出几个铆钉。

一个个方案在他头脑中酝酿。采取什么方式抓住这一向棘手的“牛鼻子”，李怀中在部署着“八卦阵”。

就在这时，一阵强劲的东风在全国农村刮起。1986年冬天，农村整党工作全面铺开。

“天助我也！”天时、地利、人和，使李怀中信心十足地甩开膀子干了起来。

李怀中所做的首先是旨在建立一个富有凝聚力的乡党委领导班子。几番面对面、背靠背的整党会议，大家都被李怀中那一碗清水看到底的光明磊落精神所感动，纷纷打开了沉闷在心头多少年的话匣子。急风暴雨之后，便是一片真诚相见，肝胆相照。

像大修后的机车，乡党委、政府这个火车头铿锵有力地发动起来了……

车头启动了，但车厢还跟不上。紧接着，李怀中又进住基层，把工作重点集中放在村级领导班子上。

这回，李怀中想了个绝招。党委全班人马一齐沉下去，挨个村进行现场集中办公。

像送医到门的医疗队，李怀中作为“队长”兼“主治大夫”，药方当然不能照一个模子套。

这里原是老解放区，从合作化时期起，一批老党员、老干部带领村村队队在社会主义道路上奋斗了几十年。到农村实行责任制，他们年事已高，纷纷退了下来。有的村支部换班后，工作人员素质较差，群众不尽满意；有的村后继乏人，勉强凑合，结果如走马灯似地连续大上大下，村经济基础折腾光了，群众埋怨，干部憋气……各村都有一本难念的经。

为此，党委先组成了几个先遣队，提前深入到各村去调查摸底，为党委决策，为“主治医生”诊断提供各式各样的“化验单”。

每到一村，李怀中就直接找原班子主要负责人谈话，并深入基层群众家中，征求对新人选的反映和意见，吃透情况，看准人选，高屋建瓴，一个个久拖不决的老大难问题迎刃而解。

白天，李怀中和党委成员分头找人做工作，晚上吸收村负责人召开党委会，当即拍板定案。

一切所谓上报、填表、审查、考核、研究、公布、谈话一系列繁烦的手续都压缩减化为这个高效率、高透明度、决策准、节奏快的现场党委会上。

这天，乡党委来到了偏僻的江家村。这个村历史上就是有名的穷庄，是被“遗忘的角落”。原来党支书去世后，班子瘫痪，不能正常工作。乡党委进驻后，村里的党员干部都躲得远远的。或待在家里不敢出门，唯恐被拉去当上那个倒霉挨骂的村干部。

经过一番“微服私访”，李怀中听群众反映本村一个叫江清海的共产党员，年轻能干，事业心强，有开拓精神，在村里有较高的威望，是一个合适的支书人选。但该同志正在东营市承包着建筑工程，年收入两万多元。李怀中随即派人“三顾茅庐”，申明大义，请他出山担任年收入仅有几百元的村支书。

江清海何尝不想让自己的村富起来，只是原来环境不佳，难成气候。如今他看到李怀中礼贤下士，一片真心，就欣然应诺。江清海上任后，乡党委又派出工作队帮助他清理了长期的历史遗留问题。他还用自己在建筑队挣的钱还上了村里的欠债，尔后带领群众广开致富门路，不到两年时间，就发展桑园400亩，上了4个工副业项目，年纯收入5万多元。

对于一些实在横竖挑不出合适人选的村，李怀中就采取从乡直下派和横向交流等办法，使全乡24个村，村村健全了一个响当当、硬邦邦的党支部班子。

40天的巡回集中“医疗”，有的如大病初愈，有的更加健康旺盛，每一个村都披挂上阵，接在乡党委的火车头后而，呼哧哧地向前奔驰了……

李怀中一台“借东风”，唱活了全乡局面，烧旺了他上任的第一把“火”。

扶上马，送一程

乡党委会上，烟雾缭绕。

“抓教育、抓管理，趁热打铁，提高党员干部的素质。”李怀中坐在由几张条桌凑起来的会议桌一端，挥舞着他那粗壮的胳膊向乡党委成员发出了进军令。

乡村领导班子健全了，李怀中并没有丝毫的放松。他知道抓党组织的建设不能一劳永逸，一蹴而就。否则，就会重蹈“今日建，明日散”的老路，前功尽弃，一事无成。

不少乡直干部在下面跑了一二个月，原想这回可放几天假好好歇一歇，可没料到又拉起了连环套。

乡党委首先因陋就简建起了业余党校，聘请潍坊、青州的专家学者及外贸、农经等部门的领导来乡讲学，学政治理论、学党的建设、学发展农村商品经济、科学种植、科学养殖等方面的知识。

连续八期培训班下来，全乡700多人次的村支部成员都到这“熔炉”里得到了“冶炼”。李怀中还将培训班拉到本乡的先进典型——南张楼村现场观摩，找差距，学经验。

一不做、二不休，李怀中又四次组织所有村的支部书记到外地市、外省参观学习，使这些一辈子没出过家门的“土皇帝”第一次开阔了眼界，增长了见识，受到了启迪，学到了本领。个个跃跃欲试，纷纷表示要立足本村干一番事业。

有人说，李怀中抓农村基层组织建设点子就是多，高人一招。这不，培训工作刚告一段落，他就又抛出了一套“乡村干部一体化，双百分考核工作制度”，一下子在全市爆了冷门。

李怀中并没有比别人更高超的智力，而是他处处善于动脑筋，想办法。他看到农村工作点多而广、高度分散，常常出现“老牛大赶山、来了急的就开会，来了松的就散摊”的现象，就寻思找一种东西来弥补。是啊，手大是捂不过天来的。

军队铁板式的纪律和工厂流水似的生产秩序、质量管理制度……这一切曾使他浮想联翩。

他翻阅了《行政管理学》《领导科学》等书籍，研究借鉴一些先进单位的做法，创造性地搞出这套“双百制”，分别把乡村干部阶段性任务和全年综合指标分别分解为100分，化整为零，日积月累，按月和季度进行评分，年底统一考核总评，张榜公布，并和工资报酬挂钩。

如一严密无隙的“八卦阵”，把农村干部工作中那些繁杂而无形的东西，变成了量的体现并以此进行管理，准确无误地评价每个干部的德能勤绩，从而奖勤罚懒，调动积极性。不少村过去是上级催着干，开几个会也干不好一件事。如今有了这“紧箍咒”自紧自，一些工作都主动跑到乡里催着领导干。

李怀中这个“紧箍咒”，一举念活了全乡基层组织、干部队伍的科学化管理和两个文明建设新局面这本经。

“咚咚，隆咚咚……”1988年新年刚过，李怀中和上级有关部门的同志敲锣打鼓来到东营村，把市委、市政府命名的“文明村”牌子挂在村委会大院里。

许多村民被吸引过来，就像看电影一样，里三层外三层挤满了男女老少。几个上岁数的老人拉着李怀中的手颤颤抖抖地说：“东营能有今日，都托您的福啊！”

“不，我们都托十一届三中全会的福。”李怀中亲切地说。

两年前，这个村在不到一年的时间里换了三个支部书记，每个支部书记上台都有一套人马，产生成串的问题。新班子成立后，面对这三大堆问题，李怀中和乡党委的同志向上做工作，以全民普法教育为先导，组织了普法队伍，对这个村四年的提留尾巴进行了清理，对历年未兑现的合同通过调解或法律程序一一进行兑现。为新班子打下良好的工作基础。实行“双百分制度”，支部班子有职有责、思想顺，劲头大，不到两年就摘掉了落后村的帽子，跨入全市文明先进行列。

群雁高飞头雁领

基层党组织配备、管理这一仗打胜了，上下一片赞扬，而李怀中却又心事重重。

“群雁高飞头雁领”。干部群众的劲头高了，可往哪里干的舵把却握在乡党委手里。“差之毫厘，谬之千里。”舵手稍有失误将会造成巨大损失。

如何实施正确的决策，把好航向？李怀中考虑再三，当当杀出去三步棋。

一步棋“请帅回宫”。在这个老解放区，乡村都有一些退居在家的“智多星”。李怀中就定期把他们请上来，虚心听取这些“老员外”的意见。时间长了，他干脆成立了一个“百老议事会”。有人说，乡里也有了一个顾问委员会。

二步棋“车炮沉底”。李怀中知道，正确的决策来自于对实际情况的了解掌握，只有深入搞好调查研究，把握主客观条件才能正确预测未来。他和党委成员的各位“车”“炮”们都制订出关于每年每季度下基层天数规定的制度。

三步棋知己知彼，大战“楚河汉界”。大量的调查、分析当地地广粮丰的自然优势和紧邻寿光蔬菜、果品基地的环境条件，经过集思广益，综合论证分析，1986年春天，乡党委果断地提出农业“完善三田、发展三园（桑园、果园、菜园），种养加工，良性循环”的经济发展战略。三年下来，全乡发展桑园2900亩，年产蚕茧50万斤，收入250万元；果园2700亩，菜园3500亩，总收入800万元，仅这“三园”就使全乡80%的农户增加了收入。同时全乡新上项目41个，24个村有20个村有了集体农副业项目。

三着棋下来，走活了全乡经济发展的全局。李怀中“下棋”，也并不是看一步走一着，有时竟然一眼瞅出好几步棋。

1988年秋收季节，李怀中专门请对农业生产有丰富经验的青州市市长王治华来乡，针对本乡作物秸秆大量废弃的情况，提出了使秸秆大面积还田的新思路，缓解因长期施用化肥造成土壤板结的问题，发展有机农业。同时，又发挥本乡食用菌研究生产占优势的条件，组织利用作物秸秆开发食用菌生产，从1987年开始已逐步形成生产规模，以乡食用菌开发中心为主体，建立了30多个菌种场站，1200多户参与生产，年产量达到180万斤，年收入170多万元。不仅增加了群众收入，而且增添了农业后劲，闯出了一条良性循环的新路子。

李怀中紧握“船舵”，何官乡走向一年一个新台阶的境地。

1989年3月，在青州市领导科学应用经验交流会上，李怀中被特邀作报告，博得与会者一阵阵掌声。掌声里融和着大家对何官重新崛起的祝贺。

蛇年的春节，人们都感觉到今年过年何官人的鞭炮放得格外多，格外响。

春节前，由青州市各有关部门组成的年度工作总结考核检查组，风尘仆仆，转遍了全市36处乡镇。回来一扒拉，嗬！何官乡经济建设和精神文明各项指标除计划生育稍差外，其余都位居全市第一。

仅仅三年，李怀中果真让何官翻天覆地！

何官真有回天力！

低谷中崛起

浑浊的胶莱河在将要入海处猛地左转弯，与莱州湾海岸相挽，环抱起了一块64平方公里的滩涂。

64平方公里，苍苍茫茫，广袤无垠。但在960万平方公里的版图中，倒也是个谁也看不上眼的去处。的确，在新中国成立后30多年里，这里是被遗忘的角落，到处是一片荒凉的景象。

改革的春风吹拂着这片滩涂，使之一改当年的容颜焕发出无穷的魅力。公元1988年，坐落于这片滩涂上的昌邑县种畜场，结束了30年的亏损局面，当年盈利30万元！

场长李占之和他的同事们，在这块粗糙的白纸上，绘出了一幅壮丽的画卷。

这里没有山峰，也没有深谷，但是人们看不见的造山运动的奇迹在这大陆架上出现：忽然间，低谷崛起，直插青云……

山穷水复疑无路

这是个被上天抛弃已久的海旮旯。

“来了潮，水汪汪；退了潮，白茫茫，望着海水渴死人，守着土地去逃荒。”这片兔子来了也不拉屎的荒滩废洼，和高原上的大沙漠没有什么两样。

20世纪50年代，这里成为一个发育不全的天然牧场。国家为了苏联重挽马的保种，阴阳差错地在这里安营扎寨，建起了一个种畜场。

场建起来了，苏重挽马也拉进来了，可国家从此背上了一个沉重的包袱：偏僻的海滩，荒凉的草场，加上“大锅饭”的体制。从1959年开始，国家每年不得不白白向这口“锅”里扔上20多万元。

20世纪60年代、70年代的学大寨运动中，种畜场也试图摆脱荒滩恶水的折磨，结果挖了平，平了又挖，折腾了十几年，劳民伤财。极左路线非但没有给这里带来半点生机，反而还雪上加霜，让国家多扔上了100多万元！

大概是这个包袱过于沉重，几十年来，种畜场几易其主，像皮球般被踢来踢去。先是归属省里，后隶属青岛市，又转为潍坊市，到1984年，这个皮球被踢到了昌邑县。

曾几何时，他们“南辕北辙”搞了一阵子苏重挽马繁种，结果宣告失败……

1987年，种畜场又改弦易辙，向滩涂宣战，企望在海水养殖上寻求出路。

从春天到夏天，一直到收获的秋日，7个100多亩的虾池算是建起来，虾也在逐渐长大。

但旧的生产方式和管理体制的幽灵依然徘徊在这方天地。养虾，对这些吃大锅饭吃惯了的人来说，只不过是穿新鞋走老路而已。

收虾季节眼看就要到了，人们突然发现一个危险的信号，大多数池坐的对虾出现“浮头”现象。“浮头”意味着因喂养、放水等管理不善而引起的大“瘟疫”。全场男女老少站在池沿边，眼睁睁地看着一个个的对虾沉到池底。

使大家还有一丝慰藉的是，4号池的对虾还在活蹦乱跳。看来已是到了嘴边的肉。

1987年9月5日，对种畜场来说，更是个难忘的日子。剩下的4号池由于管理不当，职责不明，虾池猝然决口，一夜之间价值10万余元的1万斤对虾将付诸东流，全部冲到渤海之中。

天空乌云翻滚，大海涛声阵阵。全场人都默默地来到决口处，没有人说话，只听到一阵阵哭泣声。

真是人倒了霉，喝凉水也塞牙。就在这当儿，三个场长病倒了一对，许多职工见种畜场无望，纷纷要求调离。一时就有40多份请调报告送到了场部办公室。

这一冲，把徘徊不前的种畜场冲到了最低谷，冲翻了这只一直飘忽不定的危船。

县委为了收拾这一残局，曾号召全县的干部毛遂自荐来此工作，但大家都望而却步。

山穷水尽，路在哪里？

濒临绝境，谁主沉浮？

危难之时，党总支书记李占之拍着胸脯站出来

劲风萧萧，寒气袭人，几棵黄蓿菜在风中摇曳着。

人们发现，连续几天来，有一个人不断在那64平方公里的土地上踽踽而行，似满腹心事，又像是在对天发誓。

阴霾四布的天，像一口硕大无朋的铁锅扣在滩涂上，快要和望不到边际的荒漠压在一起。但见那个人影如顶天立地的大汉，一尊铜像般地挺立在那里。

他，40岁出头，身材魁梧，刚毅的脸上闪现着焦虑、迷惘和希冀之光。

长期在乡镇基层工作的李占之，年前调这里任党总支书记。在推行厂长经理负责制中，他只剩下了保证作用。如今，种畜场全线崩溃，群众情绪低落，场长病的病，退的退，县里又派不出得力的干部……怎么办？难道作为一名共产党员，一名党的干部，就眼看着种畜场这艘船沉到海底，让群众遭殃，使国家继续蒙受损失！

他来到胶莱河边，一河之隔的掖县牧场，人欢马叫，一派兴旺景象遥遥望去。他迷惑不解：在同一方蓝天下，为何有这般天壤之别?

暮霭里，李占之高大的身影映照在浅水滩上。蓦地，他挥动着粗壮的胳膊使劲拍了一下自己的大腿："干！此时不干，还要我这共产党员干吗！"

要站起来干，谈何容易！是的，李占之自己也知道，他没有三头六臂，也没有起死回生的妙药。他只相信自己受党培养多年，对改革开放事业坚定不移。

转过年头，县里对种畜场面向全县招聘场长，果然外面无人敢来问津，李占之毅然揭榜投标，并获得80%以上干部职工的信任票，信心百倍地坐到种畜场法人代表的位置上。

"没有金刚钻，别揽瓷器活。"李占之要揽这瓷器活，当然也非有金刚钻不可。

——掖县牧场，寿光青水泊农场……全省同行业的先进单位都留下了他求教的身影。

——老场长、老职工、技术人员家里，出现了他们共同探索种畜场出路的场面，李占之洗耳恭听他们的真知灼见。

……

冬去秋来，他卧薪尝胆"上下而求索"。

寒尽暖至，他心灵上的冰雪开始融化。

在这全场命运系他一身的关键时刻，李占之的家庭却出现了严重的危机。90岁高龄的父亲患心脏病卧床，整天需要人伺候，爱人又染上重病，自顾不暇。更雪上加霜的是，正在上小学的女儿又患病辍学，一家五口，病倒了三口。而李占之又长年不回家……他何尝不想在家孝敬老人，侍奉妻子，照顾女儿，尽尽他养老扶幼的义务。但是，在种畜场和家庭这架天平的两端，都出现危机，都需要他全副身心去补救。

李占之是清醒的，他知道忠孝不能两全，毅然把自己的全部精力和所有砝码投放到了种畜场的这一端。

有时，他只能晚上回家去看看，带点药和食品，嘱咐亲属帮助照料。李占之看到女儿待在这个被病魔笼罩的家里实在不是办法，就索性将她带到种畜场，一边干工作，一边耐心给她吃药调治。

三班斧砍出新天地

任何事物都有个惯性。然而令种畜场人觉得不光彩的是，他们吃财政补贴饭也形成了深厚的历史惰性。

30年来，“大锅饭”“铁饭碗”在这里长满了一层翠绿的苔藓，人们的进取心早已沉沦、泯灭。

李占之要启动这艘船，必须先清除这历史的沉积物。

他横下一条心，决心向历史挑战，对旧体制动大手术。他向正对他疑虑重重、拭目以待的全场职工抛出他打擂台的撒手锏。

头班斧，他砍断种畜场长年吃国家“大锅饭”的渠道。李占之清醒地看到，长期依赖财政补贴，使人们形成了封闭保守、不求进取的思维方式和懒惰习惯，是种畜场愈来愈萎缩的根源。要想腾飞，有所作为，必须实行自负盈亏，让干部职工产生危机感，由伸手派变为创业派。

“哎，每年这几十万的财政不要，怎么吃饭？”

“李占之疯了吗！”

许多职工疑虑重重。

李占之粗中有细，善于适时做群众的思想政治工作。他在全场干部职工中开展“实行自负盈亏与种畜场的出路”“场兴我兴、场衰我衰”的大讨论，引导群众改变认识，解除思想羁绊。从而使几百名身处低谷的职工看到了自身的力量和光明的前程，焕发了前所未有的生机和活力。

二班斧，他朝着根深蒂固的固定工资制下了家伙——打碎“铁饭碗”。李占之一道命令，将干部职工的原工资取消，每人每月只几十元的生活补助费。年底根据各行各业的经济效益实行按劳取酬。头一年下来，算盘一拨拉，呵！低者600元，高者5000元！

多少年来，干好干坏、干多干少一个样的“铁饭碗”，一下被李占之砸烂了。

三班斧，一举砍倒了干部的“铁椅子”。李占之成了一场之长，

他要把这些职权分解到基层以至每一个职工的肩上。对各分场、各企业、各部门的领导，采取个人报名，评委考核、投标人答辩、民主推荐的做法。为把最佳人才推选到领导岗位上来，他不拘一格降人才，打破干部职工的界限，启用能人治场。这一招，使近10名具有开拓精神的普通职工担任了中层承包负责人。而有几位原来担任中层领导的国家正式干部却落聘，到最基层生产第一线工作。

“咔咔咔……”三班斧下来，“大锅饭”“铁饭碗”“铁椅子”这一堆铁家伙被扫除殆尽。砍出来一个新天地：干部人尽其才，有职有权，独当一面；职工主人翁意识增强，利益直接，精神面貌一新。

有5个人原来是种畜场农业队、副业队等单位的负责人，这次落选后，虽然都是干了几十年的正式干部，但为了场的兴旺发达，他们深明大义，甘心退下来，让有本事的年轻人干，自己和群众一样承包虾池，做艰苦的体力劳动。

有人问场里职工，改革后最明显的变化是什么？他们回答：“就是不过星期天啦。”

这个回答并不片面。他们道出了干部职工从来未有的生产积极性，表现了干部职工与种畜场兴衰与共的主人翁姿态。

明知山有虎，偏向虎山行

站在舵位上的李占之，经过一番紧鼓密锣的敲打，终于使这艘原地漂浮了30年，将要沉溺的危船的内部机制整修一新，令人刮目相看。

要将这扬起风帆的船驶向何方，倒使李占之颇费脑筋。全场也在众说纷纭，莫衷一是：

“靠山吃山，靠海吃海。咱还得开发滩涂，搞养虾。”

“吃一堑，长一智。可不能再在养虾上打主意，那等于拿钱往水里扔啊！”

“咱也不能一朝被蛇咬，十年怕井绳，事在人为嘛！”

公说公有理，婆说婆有理，倒也难为了李占之这堂堂的三尺汉子。自去冬以来，他反复和大家进行讨论，度过了多少个不眠之夜。

生产动员会上，李占之像一位威严的裁判员做出公正的裁决一锤定音：

“以滩涂养虾，冷藏加工为主，走工、农、渔、牧、商多业并举的路子。”

不少人为之惊愕！

“长期以来，穷滩恶水是我们身上的一大沉疴，回避是没有出路的，要针锋相对，开发利用这些自然资源，变废为宝，向滩涂要效益，发展海水养殖，把沉睡几千年的荒滩变成金银滩。”李占之有些激昂。

“当然，我们再不能像过去那样蛮干，要按大自然的规律办事。心诚则灵，金石为开，上天就会恩赐我们！”

“哗，哗哗……”李占之话音未落，就博得台下一阵阵热烈的掌声。

春意盎然，群情激奋。刚开春解冻后的滩涂上，25台推土机、200多名建筑工人和场内100多名干部职工就人马翻腾地干了起来。一春奋战，推动土方60万个，兴建扬水站一处，大小涵洞41座。于4月中旬建成了净水面为1700亩的养虾场，并放养成功，当年捕虾19万斤，创利25万元。

当时李占之胃口很大，发展多种行业，资金却成了大问题。他把目光投向了城市的大中型企业，用他们的资金和技术借梯上楼。先后与青岛花边厂联营，建起了一处商标厂；又与潍坊生建机械厂“联姻”，建起一处商标厂；又与潍坊生建机械厂“联姻”，建起了容量200吨的冷藏加工厂，形成了对虾畜禽生产、加工、销售一条龙。

种畜场向来有着雄厚的养殖防疫技术力量，李占之在丢掉繁殖苏重挽马这个沉重的包袱后，又发挥场内粮多、草多、场房多的优势，大胆调整产业结构，不失时机地变养马为养鸡，办起了养鸡场。当年就养殖出售优良种鸡18万只，产蛋1200斤，创利10万元。并经省农业厅批准，引进辽宁白绒山羊，成为山东省唯一的白绒山羊定点场。

李占之是个大将人才，各行各业的钢琴都弹得叮当悦耳、和谐完美。他还在县城办起一个农工商公司和两处酒店、被罩厂，组织起40余人的经商队伍，扩大经营范围，一年销售总额达300万元，创利20万元。同时，他还在场内种植粮、棉、水果，收入46万元。

年底，各路人马纷纷前来报捷，七拼八凑，没想到李占之上任的第一年就将亏损的帽子扔到渤海湾，总产值达300多万元创纯利30万元！

共和国不会忘记

萧瑟秋风今又是，换了人间。

硕大的胜利果实是甜蜜的，这是李占之和他的伙伴用汗水和心血浇灌出来的。

从一开始，李占之就知道，搞改革，干事业，不可能一蹴而就，一劳永逸，从他接过这副担子起，就作了剥一层皮、豁上这一身的精神准备。

多少个日日夜夜，李占之家里撇着患病的父亲和妻子，自己身边有一个如影子似的患病的女儿。全场800口人搁在他心上，几十平方公里滩涂在他面前，工、农、渔、牧、商各行各业的问题如同按下葫芦瓢起来，难题一个接一个……

或许是他有一副铁打似的身体，或许是他有一种坚强信念，人们总觉得他像一部永不息火的机器，超常规运转，变成了一尊铁人。

1988年9月20日，养虾场上人声鼎沸，盼望已久的果实就要到手。人们望着十几厘米长的大对虾在水里蹦跳弹跃，又高兴，又激动，又好像有些担心……

李占之把场里工作安排了一下，亲自来到冷藏加工厂组织指挥对虾的加工、生产、冷藏。

一旦开了网，是不分白天晚上，而且还要迅速加工、冷冻。李占之见人手不够，连场里的家属、上学的孩子也动员出来一起干。到夜晚，冷飕飕的秋风从海上扑过来，使人直打哆嗦，又冷又累。越是苦，李占之越是和大伙形影不离。

偏就在这当口，李占之的家属要住院做手术，家里来人要他回去，李占之怎能扔下这与全场命运相关的虾池离开呢？他说服来者并做了安排和交代，就又一头钻入如火如荼的捕虾大战之中去了。

来者望着他的背影，摇了摇头走了。

有人说他心太狠，没有人情味。可种畜场职工却觉得他对大伙有一颗赤诚的心，他对党和国有一颗火热的心。

20多个日日夜夜的紧张捕虾工作，李占之有一多半是通宵达旦。

在这不起眼的一方僻壤上，默默地为共和国作贡献的何止李占之一个？

老场长陈洪志，虽在前几年退居二线，按理也该告别这荒凉的地方回城享享清福。但他总觉得，种畜场上不去，心里不踏实，就毅然留下来，给李占之当参谋、助手，合力冲出低谷。后来让他负责冷藏厂的基建任务，近60岁的人了，一面指挥，一面自己带头干，装车推车，全然像是小伙子。

陈志江，曾是部队组的营副教导员，转业后在乡镇当过副乡长。在多数人认为到北海滩还不如革职回家的环境中，他冲破世俗观念，在李占之投标后，毅然背着当年从部队带回来的旧背包，来到这连棵大树都没有的北大洼。

来到种畜场，陈志江背包还没解开，当天就去了虾场，一去就不回头，连着两个月不回家。10月15日正在收虾时，一个虾池突然出现险情——出现漏洞并越来越大，马上就有崩溃、全池流失、重蹈过去旧辙的危险，真是十万火急！几个草包推下去，都随即冲走，怎么办？在这千钧一发的关头，陈志江不顾个人安危跳入水中，用自己的身体堵住漏洞，大片池水的压力差点将他卷入漏洞，人们为他担着一颗心。陈志江却以惊人的毅力，招呼上面人赶快堵塞，经过奋力抢救，终于堵上豁口，保住了一池对虾。

这里不光有能打善冲的实干家，也有年轻、有知识的少壮派。副场长徐学安，原是县农委的机关干部，他在从潍坊农校毕业后的8年中，先后搞出了6项发明创造，多次荣获过省、市、县农业系统的先进工作者称号。来到这艰苦环境后，他分管党务、畜牧和工副业，样样拿得起，放得下，事事跑在前面，工作头头是道。

在种畜场的翻身史上，最重要的是全场职工励精图治精神，人人都以自己的贡献写下了光辉的一页。

哦，他们就是这样从低谷中冲出来的！

虞河边的“天方夜谭”

潍河平原的暮春，风和日丽。

1987年5月20日，参加潍坊市宣传改革研讨会的县、市、区委宣传部长们驱车来到了潍城区大虞村。

大家把头摆得像货郎鼓，横竖没看出个村的轮廓。蓦地，车子在一座高层建筑前停滞不前，部长们诧异地走下车，但见大厦正面镶嵌着舒同题写的“潍坊丰华有限公司”几个大字，越发惊愕，不得其解。

“欢迎，欢迎！”一个浓眉大眼，英俊潇洒，30岁出头的人在大门厅下迎候。对此，大家似曾相识，又不敢相认。我向他们介绍说：“这就是全省赫赫有名的山东省农民企业家协会副会长、大虞村党支部书记谭绪生同志。”在热情的氛围中，彼此寒暄着走上二楼会客厅。呵，好气派，紫红色的地毯、高档沙发配着茶色玻璃钢茶几，加上精美高雅的装饰，令这些县市区主管宣传的部长们吃惊不小。经谭绪生介绍，方才知道，丰华有限公司是大虞村的经济实体。村党支部就是这个公司的董事会公司，统管全村农业、工业、商业、服务业、建筑业、养殖业等6大行业25个项目，去年总产值达3590万元。

这里竟有亚洲之最

从会客厅出来时，大家又仔细端详了一下，偌大的楼体清秀、豪华、典雅，有人油然感叹："好一座宫殿！"

这虞河岸边，几百年来流传着一个宫殿的传说。明朝初年朱洪武打天下时，这一带人烟濒于灭绝，即从山西迁徙大批移民。一日，一对逃难的谭氏夫妇辗转来到这风景秀丽的虞河岸边。饥寒交迫，便蜷缩在河边一间四面透风的茅屋里沉睡去了。是夜，男主人做了一个美丽的梦，梦见此处出现了一座繁华的宫殿。自此这对夫妇不再流浪，在此定居，寻找那座梦中的宫殿。如今，谭氏家族已繁衍成为1000多人的大村子。

"忽如一夜春风来，千树万树梨花开。"是党的十一届三中全会给了谭姓后人发展的机会，实现了世世代代谭姓人梦寐以求的憧憬。

话间，由丰华有限公司副总经理刘瑞云带领，我们来到村养貂场。养貂场内，外人是不能进去的，聪明的大虞人在边上筑了一个高高的"望貂台"，站在这望貂台上，看着竖成行，横成排，鳞次栉比的貂舍，好不壮观。

这是大虞村1985年投资6000万元建起来的。现占地350亩。貂笼13万个，存养放达10万只，下设153个分场，去年创汇150万美元，仅此一项就占全村总收入的40%，是目前亚洲最大的水貂养殖场。

"亚洲最大！"一个村的养貂场竟占据亚洲之最，真是不可思议。今年，他们在发展沿海经济战略的同时，采用现代化管理方法，实行双层经营，建有600吨的冷库和年产3000吨的颗粒饲料厂，增强出口创汇能力。他们的行动得到联合国亚太银行组织的青睐，将贷款扶持他们，以赢得更大发展。

村民每户承包一个分场，一般由一至两个妇女、老年人再雇上几个人就可以从事饲养业了。青壮年均集中到村里的工业、农业、建筑业等行业上去。别小看这老弱病残，一年下来，貂皮售出后，数以万计的钞票就摸在手里。

走下望貂台，大家不住地回味，频频点头回首，禁不住再望望那耸立的瞭望台。

农家“将军楼”

和水貂养殖场毗邻的是由一幢幢清一色二层“将军楼”组成的一大片居住区。乍看还以为是哪个高级干部休养所，有的人嚷着上车，看看大虞村的村容村貌。

“这就是我们村民的住房。”这一下又使大家吃惊不小，纷纷用惊异的眼光审视着这一排排将军楼：设计新颖、造型别致、不少用琉璃砖贴面、水磨石铺地的居民楼，每两户一组、各户楼前种有四季花。眼下各色的月季花、迎春花正竞相怒放。谁家的楼北还挂着一笼活泼欢叫着的画眉，幽静的虞河顺着村边潺潺流淌，小桥流水，鸟语花香，使人心旷神怡。

大家随便挑选一户，走了进去。正面客厅里电视机、电冰箱、录音机、沙发一应俱全，华丽的吊灯、优雅的壁纸、地板革都布置得妥妥当当。对面卧房里，一排入时的组合家具横在一侧，席梦思床坐落中间，加上高雅的窗帘，胜过宾馆里的高档房间。顺着一条蜿蜒的楼梯上去，楼上更别有一番情趣。

“建这座房子要花多少钱？”

“[illegible]万多元。”

“一共多少平方？”

“建筑面积180平方米。”

“户主是干什么的？”

“男的在村办辐条厂，女的承包养貂场，去年一年收入3万多元。”

……

这个村去年人均创产值3.75万元，居潍坊市1万多个行政村之首。

这些将军楼，无论是面积，还是建筑质量，以及内部装修，都超过潍坊城里任何单位的住房水平。当然，超过市委书记、市长也不在话下。前几年城里有个驻军单位超标准建的名副其实的将军楼与此相比，也相差甚远。

“过去皇帝老子的宫殿也没有我们的好。”房主那近似粗鲁的爽快语言中，喜悦之情溢于言表。是啊，这恐怕比他们老祖宗当时梦见的宫殿还要富丽得多吧。

有的同志向刘经理提出要看看他的住房，他不好意思地笑了笑，操着浓重的南方口音说：“我在村里属中等水平，看了别笑话。”说者便领着我们走进他的“将军楼”。看得出，尽管楼建得不算差，里面家具、陈设稍显朴素，也许是他一心扑在集体事业上的缘故吧。

说来，他倒真是一位将军。前几年在部队曾是师政治部主任，转业到地方安排了一个煤矿的矿长。他看到大虞村气魄大，冲破世俗，自愿来村里当农民落户。如今也撑起了大虞村的半个天。

在这里，类似这“天方夜谭”式的故事俯拾即是，真是一块令人向往的土地。

“下里巴人”的艺术沙龙

在大家还对“将军楼”依依不舍时，车子已将我们拉到大虞村1982年建的东园旅社。这座旅社现在虽不甚起眼，当年在这河边却是一颗明珠。

转转悠悠，上到四层楼时，便进入一个金碧辉煌的舞厅。几名身着红色裙服的服务员彬彬有礼地把我们迎候到早已布置好的呈弧形摆放的几张圆桌上。刚一坐定，就见正面舞台上由十几名提琴手和管乐手组成的小乐队已整装齐鼓，严阵以待。

服务员利索地端上热咖啡，有人心里直嘀咕，没想到能在这村办旅社里喝上这洋玩意儿。席间，精明强悍的大虞乡党委书记韩文忠和刘瑞云分别介绍了全乡及大虞村的改革面貌。之后便请大家欣赏全省第一支村办民间艺术团演唱的节目。

随着一阵抑扬顿挫、悦耳动听的乐曲，几位男女歌手手持话筒落落大方地唱起了《血染的风采》《在希望的田野上》《直达快车》等中外名曲。他们虽不及名歌星那般高雅，倒也出口不凡，满座为之倾倒。

环视这舞厅四周，也丝毫找不出它的土味和俗气，装修精致的天棚上，变幻的霓虹灯光五彩纷呈。演奏手从化妆到服饰都颇有水准，一个个像舞台上的老手。年轻英俊的乐队指挥身手果断利索，大将风度十足。惹人注目的舞台正面墙壁上的大型衬图——万里长城，在此显得格外雄伟壮观，逶迤高大的长城使人联想起当代农民的风采。

这个村的农民艺术团是三年前创建的，为了这个，谭绪生还遭到了无数冷嘲热讽。在人看来，“下里巴人”和“阳春白雪”是天各一方，绝世无缘的。富裕的农民，不仅在物质上有所追求，在精神上也着实胃口不小。三年来这村办艺术团显示出了强大的生命力。

带队的潍坊市委宣传部副部长魏增芳，不禁想起三年前建团时，大虞村请市歌舞团的老师来指导，他们自己却连一支简单的曲子也演奏不出来。但他们没有气馁、灰心，顽强地学、刻苦地练，终于从这乡土地登上艺术的殿堂。当年，他们艺术团演唱的第一支歌曲，就是《没有共产党就没有新中国》。

“请到我们村里来……”不少人熟悉的大虞村原广播员、报道员谭廷香上台演唱了。婉转悠扬的女高音像一泓甘泉流进大家的心田。就是这土生土长的农家歌手，曾荣获过潍坊歌手大奖赛第一名。前不久还在山东电视台每周“屏幕歌舞”节目中大出风头呢！

看来，在当代农村，“下里巴人”与“阳春白雪”仅是一步之遥，可以相互融通。

末后，身兼潍坊市文联主席的魏副部长走上舞台，发表了一番由衷的感慨。这位青年时期就善吹拉弹唱、谙熟艺术的市文联主席，近年来审查过多少场剧目，观看过多少场中外著名艺术团体的演出，但从未见他像今天这么激昂。民间艺术着实有着无穷的魅力、感染力。

潍坊，名扬四海的世界风筝之都，多么富有传奇性。这虞河岸边的“天方夜谭”，却又给这座风筝古城平添了几分神秘的色彩。

问渠哪得清如许

潍坊、潍县、潍州、北海……这块有史以来冠以“水”字的润泽丰腴之地，进入20世纪70年代后，愈渐干涸，地下水位急剧下降，白浪河只剩下一条干瘪空旷的河床。

水荒，似一条恶魔在威胁着潍坊这座新兴工业城市的发展，威胁着30多万市区人民的生计。

当历史的时针指到80年代中期，一泓清泉汩汩地淌进了近乎干裂的潍城。

更让人振奋的是，一股巨大的清甜水即将于90年代的第一年滚到这个需水量愈来愈大的世界风筝之都。

（一）

潍城南侧的一个不起眼的巷子里，有一个貌不惊人的院落，里面林林总总地堆满了各种管材、木材等物资。不大的门口两侧分别挂着“山东省城市客车城建设备公司潍坊分公司”“潍坊市城乡建设委员会物资处”两块牌子。

如今，这里就是全市引水工程的总后勤部，通向引水前线的神经中枢。给水工程的每一条管子，每一寸钢材、木材，每一袋水泥都是从这里分散出去的。这里的主人创造性的劳动为潍坊的供水工程立下了汗马功劳，在潍坊水利史和城建史上留下了光彩夺目的一页。而其中的代表人物便是卢常新、黄宝才、朱振中、王伦胜，正是他们带领着这个其貌不扬的物资处干出了一番惊天动地的大事业。

卢常新，这位1947年就响应党的号召参加胶东环海兵工厂的“小兵”，一直是潍坊机械行业的骨干力量。当年的“动力之城”曾流下他多少汗水。今天，他已是雪染发顶，霜打两鬓的“老将”了。

1982年城区严重缺水的棘手问题第一次摆上当局领导的议事日程。经上级批准，决定从安丘黄旗堡镇建设新水场，将水引到城区。市政府专门成立了引水工程指挥部筹建办公室。

让谁出任这个办公室主任，承担这个与全市人民命运相关的重要使命。市委、市政府颇费了一番脑筋，掂来掂去最后还是挑中了在潍坊机械会战中打出了名的原市机械局副局长卢常新。

受命于危难之时，卢常新掂出了肩上担子的分量。工程要求在三年内通水。然而需要的各种型号铸铁管材1.44万吨均无来源。他一手抓设计，一手抓材料，和黄宝才等同志到处磕头作揖，多方想办法。鞍钢、首钢、马钢、济钢……凡是国内出钢的地方都留下了他们的足迹。

寒冬，卢常新顶着呼啸的北风和民工战斗在工地，风餐露宿；酷暑，他带着大伙在烈日炎炎下挥汗如雨。家中老伴患有重病，几次昏倒住院，他都脱不开身回去照料。

当年大禹治水，三过家门而不入，被世代传为佳话。如今卢常新何止是三次？曾几何时，他多少回到市开会、外地办事，路过医院门，也顾不上和相敬如宾的老伴说几句话，只是在工地上抽空打电话催促安排孩子去照顾。

1984年7月19日，长达40公里的给水线全线提前一年安装完毕。一声令下，随着隆隆的机器声，一股清泉缓缓流进城区。视水如油的城区人民奔走相告，欢呼雀跃。市委、市府领导亲自到现场剪彩，省建委专门发来了贺电。

干渴已久的城区人民喝着甜丝丝的水，感激不尽，他们吃水不忘打井人，感谢市委、市政府给送来了救命水，纷纷给卢常新写感谢信，还有的要给他挂匾送锦旗……

就在供水成功的时候，卢常新的老伴被病魔夺去了生命。娘家人挖苦，自己的儿女埋怨。市政府和建委的领导同志得知后，特意上门慰问了这位新时代的“大禹”。

此时的卢常新悲感交加，他握着前来看望他的领导的手说：“只要城区人民能吃上清洁的水就是我最大的欣慰，至于本人的牺牲和损失，算不了什么。”

他义无反顾。

1985年他和老搭档黄宝才等在一无资金、二无办公地址的情况下，受命建起了潍坊市市政建设管理局物资供应站。第二年，在改革中又将原建委物资供应站、市政建设管理局物资供应站、市房管局物资供应站合并为市建委物资处，卢常新和黄宝才、朱振中、王伦胜又携手承担了一项重要的使命。

不久，潍坊供水又日趋紧张，市里决定从58公里外的峡山水库引水缓解城区用水的燃眉之急。

（二）

谁知天有不测风云，因果报应的法则有时竟被扭曲。

正在他们鼓足劲准备大干一场的时候，卢常新却连续受到控告、审查。

当时卢常新一家人的眼泪尚未擦干，一封封诬告他和建委其他同志的匿名信就飞向中央、省、市各级领导的手中，洋洋洒洒，数列了他贪污受贿等多条罪状。对卢常新来说，这无疑是落井下石，雪上加霜。一时弄得满城风雨，真假难辨。

1986年7月，一个由市纪委、市审计局、物价局、城建局组织的8人调查组，进行了广泛而又详尽的内查外调。

他们确实是为引水工程四处奔跑、投亲告友过。40公里的钢管达1.1万吨，省市只拨3000吨，缺口8000吨。卢常新和黄宝才等跑了一年多的时间，就凭着两条腿、一张嘴，求爷爷告奶奶，方才解决了1万吨，都按国家调拨价进货，节省资金102万元，除保证了引水工程外，还支援了国家重点工程的潍坊纯碱厂等单位100余吨。他们有何污？又何谓之贪？

要说受贿，卢常新最为公私分明。不少单位为了感谢他们，给提供了平价的建设物资，偶尔给捎点土特产之类的东西。对此，“老头”以身作则，带头交公，此举在物资处形成一种不成文的制度，已蔚然成风。

一次，临朐一家单位趁老卢不在家给他送去了两只羊。待他回去弄清楚后，硬是原封不动地交给了单位伙房。

在他的带动下，整个物资处都是如此，谁收了什么东西，全部交公。等下面单位来拉物资时招待他们，用“老头”的话说，这叫“取之于民，用之于民”。

为此，物资处办公室专门设立了一本账，上面记注分明。

如此廉洁之举，何有受贿之嫌？

卢常新遭受着人格上的侮辱，但他不愧是一个老党员、老干部，心里始终装着一个坚强的信念：身正不怕影斜，他心里是坦然的。

这年8月9日的城建局全体党员大会上，负责此案的市纪委有关负责人当众宣布了调查组的审查结果和处理意见，所诬告的14个问题有13个是不属实的，只有用旧车换新车虽是事实，却是经城建局研究批准的。

花上八分钱，折腾你大半年。

但谎言却不能在阳光下曝光。

卢常新胜了，然而他也暴怒了，他写了一封长信给各位领导，要咎查那些无中生有的小人。

他并没有气馁，而是更加严格地要求自己，或许是他们四位领导都曾当过兵的缘故，在这个偏远的单位，思想政治工作都做得出奇的好，党员教育、职工教育、普法教育等都安排得停停当当，井然有序。每年物资处领导都带头和职工们一起学习各种新颁布的法律，如《税收法》《工商法》《审计法》，脑子里有了法，凡是违法出格的事，“老头”坚决不干。前几年财政税收大检查时，不少人脑子里带着框框，认为这个专搞物资的单位十有八九是烂掉了。

于是派来检查组，进驻了物资处，经过几天的查账，最后结论是，账账相符，账实相符，是遵纪守法的单位。去年财税大检查时，只是放心地让他们自查，看来，对此是一百个放心。

（三）

进入1988年下半年，在960万平方公里土地上刮起了一股抢购风、涨价风……一时乌烟瘴气，浊流滚滚。然而在胶东半岛峡山引水工地上，却从潍坊建委物资处里淌出阵阵清泉……

当时正值峡山引水工程进入攻坚阶段。这是地方建设项目，一无国家计划，二无物资来源，完全靠他们自己找米下锅。分管材料的副经理黄宝才、朱振中到处奔波，靠求援和市场调剂解决工程需要的材料。

到目前已解决工程所需的Ø1200mm的预应力水泥管30公里（3万

吨），Ø500mm–1200mm的各种类型的铸铁管1.5万吨，配件2150吨，木材2000立方，还有钢材5400吨、设备526台／套，正在积极组织订货调运，保证了引水工地的需要。

黄宝才，这位昔日部队中负责团后勤的领导如今锐气不减当年，每年在外跑大半年。他负责这项工作，样样都做到超前安排，决不能让工程等米下锅，延误工期。他常说："要吃着碗里的，看着盆里的，想着锅里的。"

别看他们这些材料尽管来之不易，但从不随意涨价，从不平进高出从中谋利，而是坚持平进平出，有时甚至还高进平出，为保证工程敢做这赔本的交易。

在峡山水库引水工程渠水头上所用的螺纹钢由于情况紧急，一时弄不到平价的，就高价买来，平价供应给工地，再用公司的收入补回。

至于赚大钱的事，他们不屑一顾。去年的一天，物资处来了几位联系钢材业务的人员。一问，才知道是沈阳一家由退休老干部组成的实业集团，手持7万元现金要高价买这里的钢材。物资处的领导一商量，当即婉言谢绝。客人说："跑遍了全国，还没见有这样死心眼的人。"摇着头走了。

按规定，各类物资从购进到供应可加收5%的管理费，可他们只收1.8%~3%。

去年营业额达1360多万元，按说应收入60多万元，可他们纯盈利仅有13万元，把那其余的钱全贴到引水工程上去了。"老头"在这个方面有独到的见解："我们注重的是社会效益，只要城区用水问题解决了，本单位的经济效益再差，我们也心甘情愿。"

他们的口号是：为引水工程多作贡献，单位受损人民受益，心中甘甜。他们甘愿将单位的收费标准压到最低限度。

去年底，在清理整顿公司中，工商部门的同志来这里一看，吃惊不小，还没见过有这样只顾社会效益而不讲单位效益的公司。

1987年，上级给他们记了集体三等功；1988年又授予先进党支部称号，更重要的是，几十万城区人民和几百万潍坊人民都将铭记他们的功绩。

“问渠哪得清如许，为有源头活水来”，潍城人民能喝上这样的清甜之水，正是由这样一批开泉拓渠的人用自己的身心换来的。

俯首甘为孺子牛

楔子

山东半岛中部，在古老的密州城北八里庄毗邻处，十几年前这里还是一片人迹罕至的贫瘠沙岭。如今成了一座方圆600多亩的现代化“外贸城”。里面拥有国际先进水平的良种鸡场、饲料厂，有出口主料烟占全国三分之一的烟叶复烤厂，还有现代化宰杀牛、鸡、兔的生产加工线和3000吨冷库……

各种建筑鳞次栉比，各种型号的汽车载着外贸物资鱼贯出入，如穿梭流水，好一派现代化企业繁荣鼎盛的景象。

就在这个“外贸城”一偏僻的角落里，有一个与这现代化设施有天壤之别、极不相称的三间简陋的平房小院。就是这个院落的主人——诸城外贸公司董文焕，就是他和他的同伴们使这里发生了“沧海桑田”之变。

曾几何时，中央领导来潍坊视察时，就高度赞扬“董文焕是个好经理啊！”并充分肯定了这个县以外贸为龙头的农业生产、供应加工、销售出口一条龙的发展策略。

董文焕就是舞这个龙头的人。为舞起和舞好这个龙头，这位传奇式的人物付出了艰苦卓绝的努力，他自己如今面目憔悴，头发斑白，依旧家徒四壁。但是全县农民却大受其益。

“但愿得众生皆得饱，不辞羸弱卧残阳”。宋代李纲这句《病牛》诗，如今在董文焕身上体现得活灵活现。

没有休止符的创业曲

当把历史的录像带倒转15个年头，屏幕上的诸城外贸机构只是由十几人组成的昌潍畜产进出口支公司高密仓库诸城外贸接货组。

诸城县城一侧的伏箕河边，有三间原是旧马车店的破屋，接货组办公室就设在这里，那时的业务不过是下乡组织收购兔子而已。就在这时，党把在县供销社工作的董文焕调到这里担任接货组组长。

夜晚，董文焕坐在兔笼子上，望着悄悄流逝的伏箕河水。

这位20岁就带领民兵痛打汉奸鬼子的联防队长那刚毅的脸上显露出丝丝不安。当年德、日侵略者在这一带大肆掠夺云母、柞蚕丝、棉花，老百姓靠洋油、洋火、洋烟过日子的悲惨情景如同眼前暗暗滚动的河水，依稀闪烁在眼前。然而至今，农民的温饱问题并没有得到解决。

他这个一向以农业生产流通为己任的供销社、外贸干部的心里犹如兔子抓心似的难受，脸上掠过阵阵酸楚的神情。眼下，望着这个破烂摊子，他觉得自己肩上的担子有千斤重。突然，董文焕狠狠地拍了一下大腿：“干！一定要为农民创家立业。”

发展外贸，首先要开辟一个加工、营销的大本营。老董围着城转了几圈，望着近郊一片片黑油油、肥腴的沃土黯然伤神，他不忍心与农民争这些宝地。

四处寻找，终于在城北八里庄西侧那片种地瓜也不长的荒沙丘上，他停下了脚步。环顾四周，这里无树无荫，光秃秃，坑洼洼。要在这创家立业，需多花几倍功夫，多受几份辛苦，有些人把头摇得像货郎鼓。农民的利益大于一切，老董带领人马开进了这个荒沙滩，拉开了帷幕。

要在这张白纸上描绘出一幅壮丽的画卷，就像是在麻袋包片上绣花，实在是件不容易的事情。白天，老董领着大家走乡串村收兔子，晚上来这里推土运沙，挥镐劈岭，整平地基，又从远处拉来石头，运来土……夜里没地方睡觉，他们就“搭起席棚子，睡着兔笼子”。工地上，老董起得最早，回来得最晚，哪里有危险，哪里活累，他就出现在哪里。

一次往深沟里下水泥管道，他一马当先。不料被塌下的沙土砸在里面，腿也伤了。大家把他拖出来，见他浑身血汗淋漓的样子，都吓得出了一身冷汗。老董拍了拍身上的泥土，毫不在意地对大家笑了。

那些日子，老董的胃病时常复发，患耳炎的耳朵也长期流着脓水……但他从不喊半句苦字。有时硬把他送进医院，人们前脚走，他随即后脚就返回来。

就凭着这种拼命精神，他们以5个月零5天的时间，奇迹般地建造了第一批仓库、营业办公用房近百间，占地9.9亩。1975年5月，县外贸公司就这样正式成立了。

这只是董文焕在创业征途上迈出的第一步。

这些年来，为了适应和促进农村商品生产的发展，他和公司党委书记张云震心心相印，配合默契，每年都有新花样，每年都有新道道。在县外贸，都知道他四扩冷库的事情。开始那一阵，他看看农民的兔子在运输中减膘甚至死亡，打心里疼得慌，就带领大家肩扛人抬，土法上马，搞起了个100吨的小冷库，后又扩到400吨。三中全会以后，农村商品生产大发展，一下又扩到600吨。农村流通渠道畅通了，大大促进了商品生产。1983年又搞起了900吨冷库。这一年收购家兔300多万只，成为全国最多的县之一。去年，结合牛、兔、鸡宰杀储藏加工设备的配套，容量一下达到3000吨。在扩大规模中，老董注意精打细算，处处节省。他看到雇人安装费用大又不方便，就培养自己的技术人才，充分利用本单位的富余劳力。后来他带领技术人员和工人学习借鉴先进的技术。熬了无数个晚上，经过反复试验，成功地将立柱式冷凝器改为淋浇式冷凝器，每天用水由120立方减为50立方。

老董有时也十分大方，有些项目明明包给了建筑单位，但他经常发动公司工人运料、施工，无偿劳动。看起来是多余的，然而由于加快了新上项目的建设速度，增强了投资效果，提前投产，发挥效益，这是个大帐。所以老董总是看得远，想大局，棋高一着。几年来，一些项目都是当年投资，当年建设，当年投产，经营效益大大提高。

这几年，有些好心的人见他年龄大了，外贸也搞起来了，名声也上去了，劝他见利就收，趁着这个高峰退下去，享享清福，别再受这份累了。

董文焕却无私无畏，心里装着社会主义这个大事业，他甘愿受苦挨累，觉得越闯越有瘾。

虽已年过六旬，体力不支，老董却丝毫没有收摊安乐的偷闲心理。

他指挥大家奏出的这曲铿锵悦耳的乐章，是一首没有休止符的创业曲。

十几年来，外贸公司固定资产从百多万元增加到3000多万元，地基由9.9亩扩展到近600亩，人员由80人增加到2600多人，出口额由20多万元发展到1.05亿元……

啊，董文焕到底用他那勤劳的双手，不间断地在这张白纸上描绘出了璀璨斑斓的辉煌图卷。

家大，更知柴米贵

守着这么个大摊子，老董照理应当松散一下了。

可他并没有大手大脚地花，安安乐乐地享受——反而感到压力更大了。

晚上，老董经常扳着指头算账；这个摊子每月如挣不到70万元，就成了亏损企业。70万元，不是一个小数。每逢想到这个大数，他都急得出一身汗。平时，非生产性开支一压再压，生产上能自力更生自己干的决不花钱雇人，并有意识培养干部、职工艰苦奋斗的作风。

假如刚来到这个大院，人们立即感到这里有许多与众不同的反常现象：退居二线、50多岁的老同志也来到这里起早贪黑地干，成了“整劳力”；每个办公室门前放着一口大水缸，是专门泡办公废纸用的；这里从上到下都有三件宝：扫帚、铁锨和推车。这么一个大单位，竟没有装卸工、没有清洁工；晒粮食时，工人一天两吨，机关干部业余时间晒一吨，一样扬净晒干，装上车。问起大家，都不约而同地回答，老董60岁的人，每天早上天不亮就起来干，大事小事跑在前面，我们能不尽力干吗？

公司里货物堆成山，积成垛，但无论是哪里有一点浪费他都心疼。杀牛车间下来的牛肠当成废料丢了，他觉得可惜，先是卖给喂貂户，后又在杀牛车间建了一个辅助车间，专门加工牛肠衣，使这一副产品成了出口商品，每年收入5万多元。

前几年宣传上讲高消费，艰苦奋斗的精神也不大提了，可老董从来没有放松这根弦。工人一进厂就先进行关于艰苦奋斗的教育，加大他在实际工作生活中身体力行，以身作则，带起了一个好风气。在这里，大家从来不过星期天，住在附近的星期六回家，第二天一早赶回。因为老董和大家知道，外贸工作社会性强，农民是不过星期天的，要为农民服务好，就不能按部就班。这里的农民无论何时来送农副产品或购买饲料等，都能立即办理。老百姓说他们是“国有企业，供销社作风”。

有人经常看到，老董在家里只摆着一盘辣椒咸菜就喝起酒来。仓库里现成的肉食应有尽有，一堆堆一垛垛，可他从来是两袖清风，一尘不染。这些年，他经手的木材比山高。工人说，他连一根火柴杆那样大的木棒棒也没向家拿过。

家里空空荡荡，当年供销社价拨的三抽桌依旧裂着大缝子摆在正屋里。出发时，从不舍得住高级房间，吃好饭。在贸易活动中，有时送给他一些食品，烟酒，回来后总是全部放到招待所伙房里。1986年，国家授予他“五一”勋章。省外贸局发给他奖金2000元，他让人全买了玩具送给了幼儿园的孩子们，自己还倒贴上了上千元。

不怕担险受苦，但愿农民富足

董文焕是个传奇式的人物：他不识字，但精通经济，开拓精神强，注重市场预测，按价值规律办事；他没受到正规理论教育，但他懂得无论什么时候都不能得罪农民，始终坚持人民利益第一的唯物史观。他还精通辩证法，从不把外贸和农民的关系只看作是买卖关系，而是相互依存、互利互惠的贸易伙伴，是鱼和水的关系。没有农民的生产，外贸就成了无鱼之水，只有发展农村商品生产，外贸才能搞活，才有出路。这就是这个庄户经理一向遵循的施政方针。

国际市场，风云变幻，难以捉摸。董文焕带领大家在这个高深莫测的海洋里，奋勇搏击。为了农民的利益，他敢于担风险，不怕暗礁激浪。

前几年，老董根据国际市场的需求和本地资源情况，在县委书记刘景云等领导的支持下，决定在农村大力发展肉食鸡养殖，进行出口生产体系的建设。1984年，他大胆地从美国引进“爱拔益加”良种鸡。就在这一年春天，他把公司的工作交给其他领导，带着工人铲平了高低相差7.8米的大沙丘。董文焕光着膀子没白没黑地干在工地上，附近的老百姓见此情景十分感动，不少人还前来慰问看望这位当年的董主任。就这样，苦战40天，建起了良种场。接着又从加拿大引进孵化设备，派人去深圳学习，请外国专家指导，自己还带人去北京学习饲料加工工艺，又从泰国引进饲料加工机和配方技术。

谁知，天有不测风云。他们在发展支持农民养鸡过程中，国家调整下降了出口鸡的价格，怎么办？把这个包袱囫囵转嫁给农民，就会极大挫伤农民的养鸡积极性，失信于民。老董没有这样做，果断地将这一部分亏损揽过来，由公司补贴，咬着牙过了这一关。

真是善有善报。没多久，由于全国出口鸡价下调后引起鸡源紧缺，价格一下又上去了许多。这一下，老董可抱了个金娃娃——因为诸城农民在他的补贴下，养鸡不仅没有减少，还大有发展，在全国爆了冷门，由前一年的740吨增加到1704吨，充当了国际市场的“主角”，为国家争创了外汇，为农民争得了利益。

在发展农民养鸡过程中，他本着方便农民的原则，增加贷款800多万元，大胆改革农村流通领域经营方式，解决群众资金上的困难，把雏鸡、饲料预借给农民，售鸡后统一结算。有的同志担心如果鸡死了，这笔钱就有去无回，顾虑重重。老董却十分坦然地说：“‘舍不得孩子打不得狼’，这些东西留在外贸是死的，放到社会上就成了活的。”

同时，老董又带领公司人员对全县养鸡实行雏鸡发放、饲料供应、技术指导、防疫治病、收购运输“五到门”，使农民的“五愁”变为“五省心”。

在这里，农民有一句口头禅："要想富，找外贸，外贸靠得住"。这是诸城市农民多少年来从老董他们身上总结出来的。

为了"靠得住"，老董花费了无数代价。在国内外市场发生矛盾时，他们首先保证农民的利益，不让农民吃亏。前几年，老董发现诸城这个烟叶生产区由于市场和技术原因，农民种烟积极性不高，就三番五次向上级要求上一个出口烟叶复烤厂，扩大出口，增加农民收入，促进本地经济的发展。

上级有关部门经过考察论证，对这个项目提出了一些超过公司能力的要求，然而老董一口应下来。

在资金材料不足的情况下，果断铺开了摊子。老董一天只睡三四个小时，把办公室设在现场，有时连续几天不回家。结果不到5个月就建起了一座复烤厂并做到一次试车成功。

这个速度，在全国也是罕见的。剪彩时，国家有关部门的同志对他们的干劲、技术和效益都十分吃惊。为了使农民尽快掌握这种烟的培植技术，老董他们下乡手把手地教农民们如何根据土壤化验，然后进行科学配方施肥的操作方法。这种烟1吨可换800美元，1亩地比种普通烟多收入160元，第二年一年就把成本全都换回，农民种烟的积极性也上来了。这个县生产加工的主料烟占全省二分之一、全国三分之一。

就这样，老董驾驶着诸城外贸这艘船，乘风破浪，在国际市场的波涛中向涛而立，敢为"弄潮儿"，发展保护了人民群众的利益，使外贸公司驶入了一个新的天地。

采访归来的路上，看到明媚春光沐浴下的诸城大地，一片生机勃勃的景象：集镇物阜货畅、田间苗齐禾壮，郁郁葱葱，令人心醉神怡。

董文焕那鞠躬尽瘁、开拓向上的当代孺子牛形象，一直萦绕在我的脑际，浮掠在眼前。他"吃的是草，挤出来的是奶"，过得是艰朴的生活，付出的是辛勤的劳动，干的是现代化事业。

他像一匹永不疲倦的铁牛，在广阔的农村里不停地耕耘。董文焕这些孺子牛们，载着农村这个沉重的犁铧，开垦出了一个“温饱型”，又耕播出个“商品型”的新天地，现在又在向“创汇农业”开拓……

经纬线谱成创业曲

跨向90年代的强音：“四棉”三喜临门

“嗒、嗒、嗒……”

1989年12月31日晚。风筝之都潍坊市区中心那座钟楼上的指针依然走得那样稳重而又悠闲。

潍坊第四棉纺厂的会议室里，欢声笑语，好不热闹。在二楼会议室里，厂领导班子碰头会正在进行。厂长兼党委书记王崇德，一向善于弹钢琴，让大家畅所欲言，放手去干，使班子中每个同志心情舒畅，尽心尽责，在自己岗位上合奏出了一曲铿锵悦耳的旋律。工人出身的副厂长臧跃传干劲不减当年，人称“老黄牛”，任劳任怨，埋头苦干，被评为省劳模，平时生产调度搞得扎扎实实，是把组织、协调全厂生产的好手；副厂长洪东璞，是全厂的“好后勤”，一心扑在职工生活上，托幼扶老，里打外差，滴水不漏，还把四棉搞成了花园式工厂；副厂长方海潭近几年负责上项目的工作，和副总工程师连跑了三年，辛苦劳累不说，还常常碰钉子，不被人理解，但他没有半句怨言，年前到底把特宽幅布机项目这个碉堡攻下来了。这不，他正在向大家汇报下一步的打算呢？党委副书记邢素芝，人长得俊丽潇洒，思想政治工作搞得有声有色，富有成效，她的经验多次被上级推广。还有勤奋能干的工会主席……王崇德环视了大伙一周，心中油然起敬："多好的同志，多默契的战友啊！"他打心眼里感激大家，感谢市委、市政府为四棉配备了一个理想的齐心协力的班子。

"当、当、当……"12声响，90年代的第一天来到了。厂领导来到欢欣鼓舞的工人中间，同登舞台，纷纷拿出了看家的本事，直笑得人前仰后合，乐不可支。

今日痛饮庆功酒

壮志未酬誓不休

来日方长显身手

……

倒是王崇德自拉自唱，一段西皮二六，有板有眼，抑扬顿挫，使大家叹为观止。

四棉人如此陶醉兴奋，并不只是庆祝元旦，辞旧迎新。更使全厂振奋的是那三喜临门：刚被定为国家二级企业；纺织工业部唯一批复新上超宽幅布先进生产线；建厂5周年，生产年年上一个台阶。四棉用自己辛勤的汗水和聪明才智在金梭银线上谱写出一曲铿锵悦耳的创业曲。

弹指一挥间

如今鳞次栉比的厂房、教学大楼、生活服务设施组成的厂区，5年前还是市区东郊一片叫"苹果园"的荒凉、凄清的去处。

篙草丛中，有一个离潍坊棉纺厂三里之遥并归属于他的孤零零的"一纺部"。

或许是鞭长莫及，或许是……1500多米的送气管道却无力保证正常的温度，为这片厂房送来冬日的温暖和夏日的风凉。不少人发牢骚，说一纺部是后娘的孩子，被扔在"果园"无人管。

1985年，市政府决定将潍坊锦纺厂一分为二，把这个“一纺部”新扩为第四棉纺厂。但是谁又乐意放弃优越的老大，屈尊到条件极差的“老四”那儿受窘呢?

市长邵桂芳来了。他曾担任过潍坊棉纺织厂厂长，深谙他那一伙将士的底细。此时此刻，一个个熟悉的面孔却都在回避着他，生怕被点到四棉那边去。

底牌终于亮了：偏偏把原主持潍坊棉纺织厂工作的副厂长、总工程师王崇德任命为四棉厂长。

兴许是桑梓显灵光。

人杰地灵的上海郊县，700年前，就有著名的女纺织家黄道婆在这一带改革纺织工具，传授轧花车、弹棉椎呼、纺车织机等技术。王崇德就出生在这块屹立着黄母祠的土地上，新中国成立前夕，他以优异的成绩考入了上海纺织工学院。

其实，王崇德具有多方面的天资。学生时代，他有幸结识了京剧大师梅兰芳、周信芳的高足，经常欣赏以致热捻宗师的舞台艺术，尤其是经名师指教，京胡技术精湛。如果真正以此为业的话，没准儿他能在京剧界“大打出手”，出人头地。王崇德却忍痛割爱，笃心不二地钻研他的纺织技术。从大学毕业后分到青岛国棉六厂当技术员起，就默默无闻地把全副身心献给了祖国的纺织业，把心爱的京胡扔在一旁……

1965年，他响应党的号召，从青岛来到潍坊棉纺厂，先后任技术科长、副总工程师、副厂长、总工程师……有人说，王崇德放弃了两根弦的小胡琴，谱写起了无数根弦的大乐谱。

麻袋片上绣锦花

1985年10月1日，潍坊第四棉纺厂正式出现在我国棉纺行业的地平线上。

当王崇德领着工人把一副不算小的厂牌挂在大门口时，他特意驻足凝望了一番。孤零零的两个车间和陈旧老化的设备，似单调而又五音不全的旋律从这残缺不全的琴盘上发出。

夜晚，他辗转反侧不能入睡。令他始料不及的是，商标注册法的无情。原潍坊棉纺厂创出来的一些名优特产都与四棉切断了所有缘分。

王崇德清醒地意识到，产品要上档次，产品结构要优化，迫在眉睫。但在这只能纺织支纱的老设备上做文章，无异是在麻袋片上绣花。

路是人走出来的。王崇德没有丝毫气馁。

在实行技术改造动员大会上，面对几千名将士，王崇德用韵音十足的南方话和不很粗大的拳头，直把人心撩拨得沸沸扬扬，群情激昂。他像一个高明的不露锋芒的乐队指挥，将低吟浅唱一下提到高歌猛进的高八度上。

厂领导一马当先，带领职工平地、除草，用废旧材料盖起了简陋的办公、生产调度、科研实验场所。

旋即，王崇德又到处“烧香拜佛”，解决资金等困难，仅用7个月时间，就建起了全市第一批一级锅炉房，还新建了制冷设施和棉花库、消防车库……

四棉人立足于这贫瘠的地盘上，一方面极力改造，一方面又不等不靠，非要在这麻袋片上绣出锦花来。

分厂伊始，就专门设立了一个集信息、科研和试纺三位一体的新产品开发中心。从厂长、工程技术人员到班组工人都发起了对新原料、新工艺、新品种的技术攻关的“大围剿”。他们从优化产品结构入手，研制由粗纺到精加工的新产品。

辽阔的山东半岛，有几百年的植棉史，是全国重点产棉区，长期以来，山东棉却在精加工方面是个空自，被认为不能纺60支纱的粗棉。王崇德开发新产品，他没有忘记立足当地资源、深入开发当地资源。想法虽妙，但在老设备上搞划时代的创新，纺出一流的棉纱，的确是一件不可思议的事。

王崇德来到他的老家上海，求助于当年纺织学院一起毕业的老同学和本行业的老同行；终于与上海国棉21厂联姻，开展技术协作。

攀上了高亲，可在1958年老设备的基础上搞名堂，谈何容易？请进来，走出去，不知反复了多少次；变方案、换材料，不知折腾了多少回……最后成功地进行细纱机牵伸部分的改造，终于用“全鲁棉”研制生产出了60支细纱。

1989年4月的潍坊，满天风筝飘舞。前来参加潍坊第六届国际风筝会的山东省省长赵志浩听说四棉有此绝招，特地来厂考察，给予高度赞扬。能把山东这个泱泱大省的棉花开发出精细的产品，作为一省之长，怎会无动于衷呢。

居安思危

在王崇德的办公室里，悬挂着四个醒目的大字：

居安思危

如何增强企业的竞争力和发展后劲，是王崇德全部思维和实践反复体现的主题思想。他驾驶着四棉这艘船奋力冲出低谷后，尽管海面风平浪静，他驾轻就熟，但在王崇德的脑海里，却幻化出了波浪涛天的景象……

1986年，四棉正处在新建以后的兴盛时期，新产品供不应求的时候，王崇德却反弹琵琶，集中起厂里一些先进的设备和具有良好素质的工人和技术人员，组织起了一个实验车间，由一名副总工程师专门进行非棉纱和混合纱的开发研制。

不少人对此举大为不解，认为这不仅分散人力物力，又冲击正常生产和减低经济效益，无疑是劳民伤财的多此一举。

但王崇德不仅没有打退堂鼓，还带领全厂各方面的技术骨干经常泡在这里打攻坚战。

苍天不负有心人。棉纤混纺、纯化纤、大麻、苎麻等纱纺从这里一个个试制成功，又一个个投入生产。1987年沿海地区经济战略的实施，四棉正好赶上这股劲风，麻纺等新产品一下成为国际市场的抢手货。原来那些对此举持不同见解的人，认为这是歪打正着。

其实，这种“歪打正着”又何止于此？

1986年，不知从哪儿刮来一阵风，乡镇纺织企业一哄而上，继之而来的就是“羊毛大战”“蚕茧大战”“棉花大战”。原料市场一紧张，王崇德头上悬的那把“剑”更紧了。

其实，他已经用这把“剑”为企业杀出了一条生路。王崇德对棉纺市场作了正确预测后，噼里啪啦，使出了两招撒手锏。

一招“去粗取精”。坚持走对棉花原料进行精纺细纺的路子，改变只靠21、18支纱那种吃粗粮度日糊口的局面。经过技术改造，成倍地增长了纺纱线支数，使棉纺生产上出现了“细粮”“精粉”，做到了“粗粮细做”，精化、优化了产品，使产品由原来的两大类增加为五大类。仅1989年以来，纯棉产品平均提高纱支1.76支，且有70%以上产品打入国际市场，同时却少用棉花一万多担！出现了原料、产值此消彼长的良性循环。

第二招“多管齐下”。由单一的纯棉纱改为混合纺，非棉纺。全省麻纺现场经验交流会就在四棉召开，四棉一厂成了省内外麻纺重点企业，出现了产品在国内国外两个市场相得益彰的可喜局面。

这下，全厂上下由衷地佩服：“王厂长‘居安思危’，棋高一着，真是明智超群！”

罗布麻效应

在祖国的大西北新疆，遍地生长着一种野麻，叫罗布麻。

长期以来，它除了能做饲草、燃料之外，别无其他用场。

改革开放的春风吹过“玉门关”后，新疆人雄心勃勃地想把罗布麻做原料纺纱织布。可跑遍了新疆、大西南，无人问鼎。有的置之不理，有的爱莫能助。

没有金刚钻，哪能揽得瓷器活？

后来，新疆人辗转到了山东，一番打听后便径直赴风筝城。慕名奔四棉求援。

全然没有半点犹豫，王崇德就大胆接下来进行研制。原来，在他们的信息网络上，已经贮存这样一条信息：罗布麻在三年之前，日本就已研制成功，其纺织品“像丝一样的光泽，像棉花一样手软，像麻一样透气”，早就倍受国际市场的青睐。

王崇德横下一条心，无论有多大困难，也要尽快攻克这个难关，为祖国开拓出新的原料领域。

谁知，天有不测风云，许多技术难关接踵而至。一座座难以克服的技术大山横亘在通往罗布麻纺产品的通路之中。

王崇德和技术攻关人员饭吃不香，觉睡不甜。手里抓着纺纱机上那一堆堆乱麻，心里也异常烦躁。

他让大家广泛收集、查询国外麻纺有关方面的技术资料，同时又组织些富有几十年纺纱经验的老工人反复摸索。通过有的放矢地改进生产工艺，罗布麻纺在中国这块土地上终于生产出来了。

国内外纺织行业为之一震，四棉让人刮目相看！

那一天，四棉像过节一样，本来就像花园似的厂区，更富有魅力。市委、市政府等领导闻讯后也赶来祝贺。

罗布麻探索研制的发展，不仅为四棉的发展产生了不可估量的影响，更使王崇德认准了一个理儿，那就是两眼要盯着国际上的先进技术和工艺，企业才有前途，才有希望。

他曾经和国务院总理、纺织部长等一块探讨过纺织技术设备问题，也了解先进国家纺织新潮的情况。

在国外多如繁星的先进设备技术面前，王崇德慧眼识真金，一下看准了捷克斯洛伐克的气流纺工艺。他知道此项技术自60年代发明后，就风靡世界。

想到就是成功的一半。王崇德的想，果真于两年后变为现实。去年投资2000万元，引进先进设备，又配上国内的先进技术设备，投产后初战告捷，3400头的气流纺车间高速度、高效率生产出的新产品，一下成为各地用户的抢手货，使四棉又迈上一个新台阶。

1989年12月中旬，这天，国家纺织工业部的领导听取了王崇德关于四棉引进国外喷气式先进生产线，新上一条宽幅装饰布生产线的汇报，部领导专门召开了办公会，在国家继续实行治理整顿方针形势下，确定1990年纺织行业新立项仅此一项，单独为四棉亮了绿灯。

王崇德的胃口不光在纺，随后他又向织进军。然而却是如此出奇制胜，猛不丁爆出冷门。

5年，不过是弹指一挥间。四棉却跃马扬刀，一日千里。产值、利润每年以17.8%的速度递增，固定资产已达3603万元，职工达3656人，1989年利润达1500万元，产值达8000万元。

在四棉那还没整理好的厂史上，“省级先进企业”“节能企业”“思想政治工作先进单位”“省级文明单位”……一顶顶桂冠光灿夺目，谱写了一曲威武雄壮的创业之歌。

耀眼的星座

——记潍城区工业联合公司总经理李建国其人其事

滑坡中的砥柱

1989年深秋，一辆黑色的轿车在潍坊南郊笔直宽阔的马路上奔驰着。

车上是上任不到一个月的市委常委、潍城区委书记王玉芬和市乡镇企业局局长马相勤，王书记双眉紧锁，聪颖、刚毅的脸上透出几分忧虑。是啊，连续大半年的市场疲软，加之银根紧缩，企业面临一片危机。乡镇企业更是苦不堪言，每况愈下。真是机不逢时，出师不利啊，他下意识地将眉宇蹙成一个“？”

车子南转弯驶过胶济铁路立交桥，顿觉一片豁朗。潍城区工业联合公司到了。在全镇29个乡镇企业中，该公司所属的潍坊钢丝二厂、潍坊汽配五厂、潍坊防潮纸厂、潍坊塑料制品厂、潍坊第二橡胶厂五处企业，1989年1—10月份利润增加2倍多，实现利润559万元，占全区乡镇企业完成数的70%！

联合公司经理何许人也？王书记换了一个姿势，放眼盯着前方不断进入眼帘的景物，像是在急切地寻找什么。前几天，王书记走马上任时就曾慕名来过一趟。但清正廉洁到基层从不提前打招呼的区委书记和日夜繁忙从不闲坐办公室的公司经理失之交臂。

“嘟、嘟嘟。”车子拐了两个弯后折进潍城工业联合公司院里。还没下车，就见一个身材魁梧、潇洒、两眼闪烁有神、性情豪爽、奔放的中年人正在一帮人面前谈论着什么。陪同的区委办公室主任向书记介绍：“这就是公司总经理李建国”。李建国虽不认识新来的区委书记，但此情此景，他灵敏的脑子也琢磨了个八九不离十。

两只手一下握得紧紧的。

在会客室里，面对区委主要领导，李建国毫不顾忌地摊开他的账本，敞开他那滚热的胸怀……

曾在潍坊市委办公室、市政府工作和在安丘县担任过市委书记的王玉芬，接触过各式各样的企业之星，可眼前的李建国，着实使他振奋不已。透过这其貌不扬的企业，王书记仿佛看到了坚持治理整顿方针、度过经济难关的希望之光。

李建国陪王书记在几个厂转了一圈。井然有序的生产秩序，林林总总的原料和产品，忙忙碌碌的购售、运输大军——全然没有许多乡镇企业的那种萧条、冷落的凄凉景象。

“老李啊，好好总结一下，体制有何优越性？成功的窍门在哪里？”临走，王书记拍着李建国的肩膀寄予厚望。

搞总结，是他扔下的老本行。李建国坐下来，认真地回顾了一番，拿出了一份“两上”——产品质量努力上档次，经营管理努力上水平，还有“两依靠”“三个为主”“十个翻番”的工作总结报告来。

昌邑宾馆东楼二楼铺满紫红地毯的会议室里，坐满了来自全市优秀的农民企业家和乡镇企业家。在潍坊市乡镇企业优秀代表座谈会上，李建国一反常态，在一片叫苦喊难的大合奏中，用他那实实在在的工作成效，在低吟的五线谱上奏出了一曲高八度的旋律。

阳春白雪，曲高和寡，一番宏论，举座震惊。从此，李建国在全市乡镇企业界令人刮目相看。

潍城工业联合公司，不仅仅是为国家多缴多少利税，更重要的是，他证实了党中央治理整顿、深化企业改革决策的正确性。为滑坡企业树立起一奋勇进取的好榜样。

偏向风浪行

1985年初，春暖乍寒。

刚拓宽的潍徐公路上车水马龙，风驰电掣，潍城区区长们的坐车里，今日除了司机，只坐着二十里堡镇镇长兼工业联合公司经理李建国。

车径直向城里驶去，当到达立交桥时，那立交桥活像一架钢梁压在他身上。区委、区政府领导单独请他谈话，使李建国丈二和尚摸不着头脑。

区委二楼会议室里，区长梁吉人、副书记王国勋和组织部长等人围坐一圈，宛如三堂会审。从李建国那点烟时稍显颤抖的动作上，看得出他对这阵势的内涵、吉凶直犯嘀咕。

领导一番话，使他驱散了心头疑云，却又跌入难辨方向的十字路口。

原来根据上级精神，党政干部不能在企业兼职。对李建国来说，要么干镇长，要么干经理。

两条路摆在他面前，任凭自己选择。

这天晚上，他第一次失眠了。李建国20岁担任公社团委书记，22岁干公社副社长，曾经是全市颇有出息的年轻党政干部。在乡镇这个岗位上摔打了20多年，如今可说是驾轻就熟。再说堂堂一镇之长，近两万人口的地方官，公交、财贸、文教、卫生、吃喝拉撒睡，哪一点能绕他而过?

他翻了一个身，迷迷糊糊地睡着了，蒙眬中感到工业联合公司五个企业如在茫茫大海里风雨飘摇的五只小船。大海深处，排山似的大浪正朝这边涌来……

蓦地一个寒战，把他惊醒。李建国索性披衣坐起来，顺手点上一支烟。这五个企业原是二十里堡公社工办管属的社办小厂，是一个相依为命的企业小团体。曾几何时，有人主张分开或解散。1984年4月，李建国来干镇长后，力排众议，从企业的前途着想，顺其规律，仍然保留下来，自己兼任经理，使企业年年迈出一大步。

虽说是兼职，这些年李建国却为公司的发展振兴操碎了心，跑直了腿，也产生了浓厚的感情。如今说要考虑去留，委实恋恋难舍。

他在路口上踯躅、彷徨……

就在这当儿，关于李建国去留的消息不胫而走，传到全镇、公司及各个企业。

一天，他还没进联合公司的办公室，就被几个企业的厂长忽拉围了个严严实实:

“老李，你不能走！你去当太平官，咱们之前签的4年合同还算数不?”

“480万元的塑料网眼袋项目正在火候上，你撒下不管，岂不前功尽弃，中途泡汤！”

“你一手抓的铝箔纸生产线退回去算了?”

“那半拉子工业用电和一些非你不行的人际关系，一走岂不拆了俺大伙的台?”

……

平时能言善辩的李建国，此时哑然无语。他眼圈发红，神色里透出炙热的光芒。

也许这就是作茧自缚。不！这才是真正的人生价值。李建国心里翻腾不已。

这个铁骨铮铮的硬汉子，就在这激昂而又语塞的一瞬间，决定了一个折磨了他几天几夜的问题，他果断地押下了赌注。

他一跺脚，把楼板震得山响：“‘老九’不走了。”

就这样，李建国毅然辞去了一镇之长的官衔，停薪留职干经理。

一石卷起千层浪。他的举动却在镇直机关和一些单位引起轩然大波。

有人肃然起敬：好一条血气方刚的汉子！

有人嘀嘀咕咕：李建国钻进钱眼里去了，光想捞大钱！

有人半醉半痴：倒说李建国发了疯！

是非曲直，李建国不屑一顾，他相信事实会作出回答。

棋高一着全盘皆活

呜——

开往北京去的26次特快列车即将要在潍坊站起动，8号车厢里才闪进两个热汗涔涔的中年人。这就是前去北京洽谈项目的李建国和他的助手。

“哐、哐哐哐……”火车起动了。李建国凭窗而坐，车外村庄、树木、电杆依次向后退去，也牵引着他的情丝。

重新上任伊始，李建国面对全公司1600多名将士，发出了钢铁般的誓言：不干则已，要干就干出名堂，创出一流的乡镇企业！

但企业经济发展的无情法则，却不是凭借洪亮的嗓门大吼一声就能改变的。

要靠干，还要靠有军事家的韬略。

李建国棋高一着，坚持以开发独、特、少产品为主，正确运用乡镇企业的灵活机制，按现代化管理的信息体系开发本市、本省内没有生产的产品，采取间接性避免行业竞争的策略。这不，潍坊塑料制品厂运用“量本利”方法分析预测，拟开发新上彩色网眼袋项目。此产品属江北空白，在国际市场也供不应求。可是，这个项目在全国强手如林的十几家竞争对手中，要争取轻工部外汇92万美元引进西德生产流水线设备，难度非同一般。李建国此行，就是要完成此大任。

“哐、哐哐哐……”火车在冀鲁平原上飞驰。本来就疲惫不堪的李建国被列车晃荡得昏昏欲睡。

他知道，搞企业如同打仗，分秒必争，时间就是效益，时间就是活力。他平时有句口头禅：打好时间差，开发“短平快”产品。慢慢腾腾的“慢三拍”作风，是干不成什么事业的。

呜——北京车站到了。李建国提前在车上胡乱吃了点东西，下车后就直奔有关部门办事。

铁嘴磨成钢牙，项目和外汇问题总算争过来了。可引进设备，却做了难。

二月的北京，依然是冰天雪地。

国际博览会的一个洽谈室里，却出现了白热化的僵局。一方是直爽的李建国，一方是精明的外国老板。或许是“老外”有点小瞧山东这家名不见经传的乡镇小厂，故意在设备价格上卖起了关子。

李建国忍受不住令人窒息的沉寂，猛地站起来说道：“尊敬的老板，中国有句古话，叫‘不怕不识货、就怕货比货’，我和几家公司同时洽谈，谁的质量好、价格低，我就买谁的。这您不会不懂吧！”身旁的翻译小姐一时不知怎么措辞，直拿眼瞅李建国，只听李建国硬邦邦地甩了一句：“照我的原话翻译！”那位孤傲的老板着实被他的凛然正气震慑住了。跑了大半个地球，还是第一次碰到这样豪放的经理。

“当、当，”吃饭桌上，他俩连连碰杯，“老外”直对着他竖大拇指。

这个项目，从中央、省、市、区跑下来，辗转于各个部门之间，一部吉普车都跑烂了。最后当拿到那张盖有国徽的营业执照时，一共数出了149个鲜红鲜红的印戳！

“梅花香自苦寒来。”1989年6月，彩色网眼袋批量生产后，成为国外的抢手货，明年可达600万条生产能力，产值700万元，创外汇175万美元，实现利润150万元。该产品还被省经委、科委评为“科技开发产品”，达到国内和世界80年代的先进水平。

李建国新点子多，研制新产品、新项目，一发而不可收。

汽配五厂金属改制品流水线上去了；钢丝二厂自行设计的制造3000吨油压机在省内填补了空白；畅销日本、西德、新加坡等9个国家的镀锌窗纱流水线形成生产能力……

有人说，经过李建国的折腾，五个企业“蜕变”了，蜕变为由原来的依附本市大企业的加工配套小厂到靠专门生产名、优、特产品生产和发展的外向型企业。从1983年到1988年，各项主要经济指标均增长了2—3倍。

1988年下半年，大陆上一阵抢购风，使一些企业的产品一夜之间销售一空，高兴地数着大把大把的票子——头脑里输入一些虚假的经济信号，纷纷生产质次价高的“大路”产品，为经济萧条埋下了可怕的种子。李建国高屋建瓴，始终把握着市场，把握着未来。

1989年中央的治理整顿及“双紧”方针，使一些企业落马，陷入困境。然而，潍城工业联合公司这五颗星却格外耀眼闪光，找到了生产大发展的历史机遇。

——到1989年10月份，产值比去年增长38.8%，实现利润比去年增加360万元，增长2.3倍，全员劳动生产率比去年增长28%，外贸交货价达396万元，比去年同期增长22%……

默默的奉献

1989年盛夏的一天。李建国那还没有过门的儿媳和刚订婚的女婿都来了。一家人忙活着，原来这天是李建国母亲的生日。

李建国和妻子上有四个年过七旬的老人。然而，李建国却很少有时间和父母拉拉呱，聊聊天。

“当、当、当……”12声钟响把一家人敲得心神不安——好端端的一桌子酒菜，就是不见李建国回家。

还是父母了解自己儿子的脾气，忙起工作来，他什么事也置之度外，家里的事，总是丢三落四的。

此时，李建国正在工人和技术人员中，和大家一边啃着杠子头火烧，一面对着图纸研究新产品，改造生产工艺。说话声不时被机器的轰鸣声淹没，只好用手使劲地比画着。

这几年，李建国把企业资金翻了几番，但在农民企业家的行列里，找不到他的名字，因为他是国家干部，仍然还拿着那份微薄的俸禄。每月在镇里领他百八十元钱，公司的钱他分文不取。他的工资比副经理、厂长、科长甚至一般工人都少得多。而在国家干部评选先进中，也从没有李建国的份，因为他干的是乡镇企业。

荣誉奖赏与他无缘不说，李建国还经常遭到莫须有的诬告和打击。整党时，竟有七封信告状，使他浑身是嘴也说不清。他只好拿出厚厚一摞单据。多少年来家中买的东西，不仅留着发票，而且发票的背后写着时间、地点、何人……一样不缺。有人暗称他真是个有心人，李建国却似打翻了五味瓶，心里说不出是什么滋味。

区纪委书记来到公司，李建国面对组织，面对领导，他恨不能扒开胸膛让他看看自己的心到底是红的还是黑的。

近年公司样样搞得红红火火，有人又顿起嫉妒之心。他坐的车刚一进村，就迎头被撒上一层中药渣滓。家里也经常被骚扰，搞得不得安宁。

今年有一个出国机会，区里已经确定让李建国带队，但后来为了照顾上级业务部门的同志，他还是把这个名额让给了别人。公司有10种产品打入国际市场，一处企业还被国务院定为外贸生产出口基地，而李建国却一次也没出过国。

太阳渐渐落下去，晚霞映满天空。全家人都没有走，希冀李建国晚饭一定回来给老人祝寿。

6点、7点、8点……菜端上去又热，热了又端上，反复几次，仍不见李建国的踪影。

深夜，李建国才拖着疲惫的身子出现在回家的路上……

夜幕下，李建国的身影逐渐暗淡，随即消失……只剩下天空那五颗星组成的不知名的星座散发着熠熠光辉。

红星磨砺更闪辉

——记青州宾馆总经理杨广昌

1989年新年伊始，坐落于青州范公亭路上的市委会议室里，青州市首次公开招聘局级干部的戏已演到高潮——此刻正在进行聘任青州宾馆总经理的答辩。评委席上，市委、市政府及组织部、人事局的领导一字儿摆开，台下旁听者满满当当，人头攒动。经过几个回合，只见一位身材魁梧、气宇轩昂的中年人走上了台。他嗓音洪亮，思路敏捷，动作干练，一看就知道是地地道道的军人出身。果然，他干净利落地将所有宾馆管理方面的问题答辩得头头是道，无懈可击，时而场上听众还被他那幽默豪爽的语调、巧妙得体的说理搞得异常活跃，不少人笑得前仰后合……

“闪闪的红星又回来了。”凡是熟悉这位军转干出身，当年曾经在青州宾馆创建家业的杨广昌的人，都在高兴地议论着。

安得广厦千万间

去过青州的人都对那古香古色的城市建设风貌赞叹不已，住过青州宾馆的人更对那别致的建筑、优雅的环境流连忘返。谁知，这是当年杨广昌带领宾馆职工一颗汗珠摔八瓣，在原来的一块大洼地上创建起来的。

1978年9月，曾经在部队任炊事班长、给养员、司务长、管理排长……一直担任领导机关后勤保障工作的杨广昌转业回到家乡，结束了他近20年的戎马生涯。

县委见他是块干接待、搞管理的好材料，就安排他担任县招待所副所长。谁知，他乐呵呵地刚上任没几天，组织上又叫他去筹建青州宾馆。杨广昌来到基建地点一瞧，天哪，光秃秃一片，一条河从旁边流过，七高八低的。要在这张白纸上描绘出一副壮丽的画卷，对杨广昌来说，谈何容易？

工程还是上马了。材料不足，经费紧张、业务不熟……困难一个个接踵而至。

傍晚，他伫立在河边，望着一片狼藉的工地，满腹惆怅。突然，他看到自己穿得那身洗得发了白的旧军装，顿觉浑身如过了电似的。大跃进年代他走进部队这个大熔炉后，党把一个普普通通的农村孩子培养教育成革命战士、国家干部的漫长经历，如过电影一样在眼前映现。尤其是那些“五湖四海”“勤学苦练”“团结奋斗”的特写镜头更让他激奋不已。他使劲拍了拍旧军装上粘满的泥土，信步朝基建办公室走去。

第二天，他像换了一个人似的出现在工地上，技术问题，不懂就问，虚心请教；人手不足，他就身先士卒，光着膀子和工人一起干；材料不足，他就到处求援……

宾馆大楼突飞猛进，眼看就装修完毕。但由于经费缺三万多元，大楼前面的院子却无钱铺成水泥砖路面。怎么办？杨广昌放弃要求追加经费买现成水泥砖的省劲办法，而是利用施工剩下的水泥、沙子，把正在进行培训的服务员组织起来，一分为二，一面学习，一面施工，自己动手打成水泥砖。

这些新招来的服务员大都是十八九岁的姑娘，哪里吃得下这份苦？“喊破嗓子，不如做出样子。”杨广昌依然发扬当年在部队的那股干劲和作风，每天自己第一个挽起裤腿，干得大汗淋漓。

青年人一看，经理都这么干，再也没有什么不好意思了。每天下来，都是一身泥，一身水。后来，他又带领职工在楼前一棵棵地栽树、种花、搞绿化……

1979年7月17日，“噼噼啪啪”的爆竹在青州宾馆炸响：青州宾馆提前开业了。

当他刚刚把青州宾馆的一系列管理制度安排停当的时候，1981年2月，领导又让他去县招待所担任所长，接手筹建县招待所南大楼的基建工程。

杨广昌身上那干净笔挺的经理服没穿几天，就又穿上了他那套旧军装。县里财政紧张，他就挖空心思，精打细算，少花钱，多办事，硬是用较少的投资将新大楼盖了起来。

1986年6月，眼看新楼就要竣工使用，一纸调令，又将他调到县外贸公司任副经理。

不知是他留恋接待服务工作，还是盖大楼没盖够，或许是对新的工作打怵。晚上，他躺在床上如卧针毡，翻来覆去睡不着；白天，他坐在家中的沙发上，思来想去想不通。

正巧，当年在部队时的一位战友，因参加欢迎老山参战部队凯旋的会议，特地来看他。见他情绪不振，不管三七二十一，就拉他加入了欢迎“老山英雄”的行列。

“新一代最可爱的人”可歌可泣的英勇行为和人民群众的衷心爱戴，震动了杨广昌这位老战士的心弦，他又想起自己是个战士，是块砖，应该哪里需要哪里搬。

很快，他精神抖擞地去外贸赴任。

也许他天生就是个盖大楼的命。上任伊始，又让他分工基建。

这对他来说，是轻车熟路。他亲自跑图纸，跑计划，跑材料。同时，为了节省经费，提高建筑效益，还大胆地对原计划进行合理修改。结果使办公楼、宿舍楼、种鸡场、供暖工程当年施工，当年使用，创出了青州基建史上的新纪录。

在青州，杨广昌盖楼盖出了名。他专业十余年，盖了许多高质量、高档次的楼房。可他自己在很长时间里一直是住在破庙的两间阴暗潮湿的房间里。夏天，里面苍蝇、臭虫、青蛙、长虫什么都有；雨天，还要接上脸盆……他却从无怨言，不做任何奢想。

真是“安得广厦千万间，大庇天下寒士俱欢颜”。

自由王国的骄子

当青州宾馆主体楼高高矗立在荷花桥西侧时，青州人每每瞥见，无不为之自豪。然而担任青州宾馆支部书记兼副经理的杨广昌，这时的心情却显得格外沉重。

他知悉，宾馆管理是一门深奥的科学，仅凭自己在部队的那一套办法和底子是远不能奏效的。对他来讲，最迫切的莫过于更新自我，由“必然王国”向“自由王国”迈进。

在经济管理上，军人有他的劣势，但也有他雷厉风行、锐意进取的气魄。

看吧，他当年那种拜老同志为师，虚心求教，刻苦磨炼杀敌本领、学习后勤管理技术的劲头又上来了。青州城里凡是对接待、对宾馆管理有所研究的人，他都挨着门求教。有些原来并不认识杨广昌的人，对他这种精神，也都连连称道不已。工程还没完，他就带领管理人员研究制订出了一整套宾馆管理制度，同时对服务人员进行模拟培训。他既是导演，又是老师，有时也带头当学生。

那一阵子，杨广昌几乎成了两栖人。在工地上，他是一个光着膀子，挽着裤角的“泥腿子”；转眼间，他又西服革履地出现在宾馆接待室，研究指挥服务程序，俨然又是个“洋老板”。

内部装修刚刚完毕，就连续接待了日本贸易代表团和一个200多人的全国农电会议，整个大楼骤然爆满，服务程序这架机器没有来得及试车就全负荷投产运转。杨广昌吊着一颗心，楼上楼下，里里外外，对各个服务环节进行督促检查，就像一个老工人面对一部新机器一样，哪个螺丝松了，他就紧紧，哪个部件偏了，他就调调。

结果，奇迹终于出现：这架机器不光转起来，而且转得异常出色，受到了县委领导的表扬肯定。杨广昌就像在部队打靶中了个10环一样，甜蜜蜜的。为此组织给他晋升一级工资。

他开始步入宾馆管理的“自由王国”了。

当时县第一招待所管理混乱，服务质量上不去，出现了“说话和打仗一个样、凉水和热水一个样、有无服务员一个样、碗筷刷不刷一个样”的四个“一个样”。组织上掂来掂去，决定派杨广昌任所长收拾这个烂摊子。

上任伊始，他并没有急着去发表生动的就职演说，而是一头插进了客房、伙房、餐厅……和服务人员一面干一面了解情况，征求意见。

杨广昌像个高明医生，很快诊断出了该所的症结所在，而后对症下药，快刀斩乱麻，一气砍出三板斧，着着实实地在改善服务态度和完善内部管理上下了一番真功夫。后来结合搬迁，又重新制订了一整套管理制度，一所逐渐出现了新面貌。

在他来之前，这个所每年都要靠财政补贴过日子。杨广昌强化经济核算，堵塞各种漏洞，不仅结束了吃财政的历史，而且每年还自筹3万多元的维修费。

杨广昌一下出了名：一所由后进一跃成为全地区的先进单位，被授予市、县两级文明单位，省报、省电台还专门对他做了报道。他自己也先后五次记功、记大功并且被评为先进工作者、模范共产党员，还被选为县政协委员，提升为机关事务管理局副局长。

好景不长，他被时代的浪潮推到外贸这块新天地。

这对杨广昌来说，无疑是让他放下熟悉的炮兵去干步兵。干！就像刚刚炸掉一个碉堡又咬着牙去炸第二个碉堡。这不是一般的碉堡，是从一个“自由王国”向另一个“自由王国”的过渡。

外贸是他平生从未涉足过的领域。开始尽管让他负责基建、行政工作，可他还是如饥似渴地学习外贸业务。经常从办公室拿回一些外贸业务方面的书籍，手不释卷地学到半夜。“嗨，这么个岁数了，还费这个劲干吗？”老伴心疼地说。

“这些东西不搞通，怎么当经理？现在费点功夫，为的是工作上少失误，多出成绩。”杨广昌头也不抬地说。

老伴知道他的脾气，一旦想干什么事，就是八头牛套上也转不过来。

公司有一批老科长，都是干了几十年的老外贸，被他聘为智囊团，他利用晚上一个一个登门拜访，县里建立的一些外贸生产墓地，他一处一处走个遍。

很快，他以惊人的速度和适应力，掌握了全市外贸工作的规律，具体负责业务方面的工作。

他和公司其他领导一起，在学习外地经验的基础上，因地制宜地搞起种鸡场建设。为了引导、鼓励农民的养鸡积极性，扩大规模，又搞起了饲料加工、冷藏、宰杀流水线等配套工程。

外贸收购是一项非常复杂而又变化莫测的工作。他天天泡在各个收购点上，同时又严密注视有关信息，及早采取果断措施。连续两年，他分管的业务科室，四项指标都出色地完成。杨广昌来外贸后，收购额直线上升，从1986年的350多万到1988年的700多万元，正好翻了一番。

可喜的是，杨广昌在外贸被评聘为经济师，当鲜红的聘书送给他时，好像一团火燃遍了他的全身……

润物细无声

军人出身的杨广昌，经过十余年的经营管理磨炼，脱胎换骨，成了企业界的行家里手；然而，部队做思想政治工作的光荣传统，却像遗传基因，总在他身上显现、光大。

有人说杨广昌粗中有细，文武双全，这话一点不假。

曾几何时，招待所一些服务员干腻了这份“低三下四”的工作，不愿整天“扫地抹桌子，伺候大伙儿”。

杨广昌在部队干过支部书记，并且多少次搞过为人民服务的教育工作，深知这件事的艰巨性。但他发挥了自己的优势——“坦克精神”。

当年杨广昌在部队好打篮球，而且是球场上一员勇猛的骁将，尤其是他那三步带球上栏，任凭多少人阻拦，都如入无人之境，无往而不胜，故有“坦克”的美称。后来，大家见他在做思想工作时，同样具有“坦克”的锐气和威力。从此，他那“坦克”的美名便传开了。

虽然时过境迁，但杨广昌依然深谙思想政治工作的重要，绝不是几块钱奖金就能代替得了的。

看，他的思想政治工作强大的攻势又来了：领导班子会、支部会、党员大会、团员大会、全体职工大会……从领导到骨干，从骨干再到全体人员，杨广昌来了个中间开花，一层影响一层，一层教育一层的战略。

“‘扫地抹桌子，伺候大伙儿’，有什么不好？社会就是一个互相服务的大铁链，我们不过是这铁链上的一环。工作只有分工不同，没有贵贱之分。”在全体职工会上，杨广昌那富有鼓动力的演讲，如春风化雨，注入职工心田。

不光他自己讲，他还让职工们都开口，让大家自己教育自己。

——客房一位服务员去商店买了一双鞋，拿回家一看，顺了茬，便送去换，鞋是换了，可得到售货员一个大长脸。——餐厅一位服务员去火车站买票，票拿到手里，刚要再问一下检票时间，售票口“啪”的一声关上了售票窗……

杨广昌借题发挥，让她们谈谈受到“长脸”后的感慨。随后，他对大家语重心民地说：

“‘己所不欲，勿施于人’。咱将心比心，可不能再好了疮疤忘了痛，对客人做出这种‘长脸’的事来。”

在杨广昌政治教育的配档表上，“精神文明活动”“学雷锋教育”“法制教育”“组织纪律教育”“艰苦奋斗、勤俭节约教育”等各项教育活动经常出现，付诸实施。也许是部队晚点名的影响，他每个月初都要集中开一次全体职工大会，表扬好的，批评差的，赏罚严明，激励上进。

对于个别落后的，他更是以极大的热忱，尽全力做好转变工作。原一所有个叫周平的小伙子，高中毕业，认为做服务工作屈了才，工作拖沓马虎。杨广昌多次和他一起值班，并给他讲雷锋、张思德的故事，同时俯下身子和他一起完成各项服务工作。

杨广昌的行动感染了周平，并使他认识了自己，认识了服务工作的意义，工作大变样。并很快成为骨干，被选为团支部书记，还加入了党组织。

奇怪的是，杨广昌抓思想政治工作抓得紧，对坏人坏事批评得也厉害，但到头来，杨广昌却没有一个对立面。大伙说他的心如一盘清水看到底，没有一丝杂尘。夏收到了，杨广昌精心组织调换，让所有家在农村的职工放假5天收割麦子。职工们回家了，杨广昌坐着车也下去了。他一家一家地跑，跑遍了分散在全县的所有服务人员的家，每到一家，嘘寒问暖，问年景，问收成，并向家人介绍他的子女在宾馆的进步成长。当然，他还给每家捎去三斤咸鱼。杨广昌的车走了，职工及家人的心都被打动了。

“闺女啊，有这样的好领导，咋不好好干呢？”长辈说出了对儿女的期望，道出了对杨广昌的敬佩。

结果5天假，到第三天就都齐刷刷地赶回来加起班来了。

今年，杨广昌又重新到青州宾馆上任后，深入发动开展起了勤俭节约的活动。不少服务员见到客人用后的小肥皂扔了可惜，就集中收起来，送到洗衣房，泡化了再用。

青州宾馆有块空地，杨广昌经常去瞅瞅看看，有人估计又要搞什么基建了。不，他把各部案、班组的负责人叫来，拿线一量，分开种菜。既培养职工艰苦奋斗的精神，又为宾馆节省了开支，真是一箭双雕。

杨广昌，这位在改革大潮中向涛而立的企业家，部队生活为他奠定了企业家雄才大略的气质，光荣传统使他养成了两个文明一起抓的本能。

路途识骏马，烈火见真金。改革开放把杨广昌这颗闪闪的红星磨砺得更加耀眼生辉。

沧海横流

——潍坊亚光电子有限公司纪实

缩头藏脑的莱州湾活像一只葫芦吊在山东半岛的咽喉处。多少年来，横亘其中的长山群岛门闩似的关闭门户，阻挡着东来西去的潮水，难怪人民都叫它“大死水湾”。大概是由于气候和洋流的变迁，近年来这死水湾不死，冬入暖流，夏排暑水，成为“黄渤海鱼虾的摇篮”。

在莱州湾南岸的潍坊，在一条不起眼的巷子里，两侧横七竖八地堆满附近一家木器厂的木材，这木材垛堆的间隙里，掩映着一个貌不惊人的厂门：右侧垂着“潍坊磁头厂”的竖牌子，左侧的方牌上，中英文赫然标着“潍坊亚光电子有限公司”。

20世纪70年代，这里还是一个集体办的只有四五十个木工，半个技术员的模型厂。是改革的风潮，把他们推上了合资经营的道路。产值利润连年翻番，合资前的1985年话筒产值600万元，合资后的1987年达7000多万元，增长11.6倍。鲜为人知的不景气的小厂一跃成为全国设备最好、产量最大、效率最高、成本最低的驻极体传声器生产厂家，EM-4产品经日本三洋等大公司质量认定，DM-15传声器在1987年全国动圈传声器集中测试中获“成绩优秀”奖，成为日本、中国香港地区和国内市场的热门货，供不应求。

一夜之间，亚光崛起于亚洲电子工业之林。去年12月17日的全国电子局长会议上，电子工业部部长李铁映充分肯定了亚光的方向和前途。

青岛之夏——东京之夜

1985年4月，一架银灰色的客机，在碧波无垠的太平洋上空飞过。机舱内，前去日本洽谈合资的潍坊磁头厂厂长赵笃仁、副厂长陈家举等一行四人盯着窗外烟波浩渺，海天一色的景象，心也像这脚下的大海一样，浪涛翻滚……

几年前，他们做梦也没想到能坐飞机出国谈判。“文革”中，这个模型厂里因为有一位无线电爱好者搞起了失真仪，后就逐渐转为无线电厂家，跻身于竞争激烈的电子行业。当时，既没有技术，又没有先进设备，只能在低谷里徘徊。

1981年，他们从日本引进一条磁头生产线，好歹巩固了自己在录音机行业的地位，并在省内外小有了名气。1984年，厂里又从日本引进一条话筒生产线，境况逐渐出现转机。

机器设备虽然进来了，但先进的生产技术和经营管理方法仍然被脚下的大海阻隔着。他们渴望架起一条连通的航道……

飞机影子在汪洋中留下一条黑线。望着射进机舱内的缕缕光束，他们的思路又被拉回了海滨城市青岛。

1984年的盛夏，内地热得喘不过气，避暑胜地青岛却别有一番风情，似乎格外凉爽怡人。“飞阁回澜”的前海栈桥、“琴屿飘灯”的小青岛等十大景观吸引了国内外的来客。在一座依山傍海，风景秀丽的宾馆里，潍坊磁头厂和日本AOI电机制造所进行协商对话，开始酝酿携手栽起一棵互利互惠的合作之树，那是他们的首次接洽。转过年头，有人提议搞中日合资企业。在当时，“合资”确实是个陌生的新鲜词儿，连他们自己也不知道是怎么回事。为此，他们派陈家举专门到济南、烟台等地考察了一番，才大体有了个谱儿。

这次赵厂长一行就是首次去日本进行协商洽谈。

日本京都那汽车如流星般飞驰的高速立体公路、繁华的超级市场、热闹的酒吧间……丝毫没有迷住这些初出国门的企业家们的心思。他们利用短暂的出国期限，尽快克服语言、环境等障碍，积极同日方周旋对话。

白天，按照预定的议程紧张地工作。晚餐后，便婉言谢绝了日本朋友那套程序式的生活活动，回到宾馆进行研究，开“诸葛亮会”。大街上的霓虹灯光虚幻而又连续不断地映照在大家的脸上，他们俨然成了战火硝烟中正在运筹帷幄的战役指挥员。

日本AOI电机制造所社长首藤靖先生是一位在国际电子工业市场上拼搏了几十年的现代企业家。他看准了中国廉价的劳动力和极其广阔的市场，更重要的是，他隐隐约约感触到赵厂长一行人身上有一种超民族的凝聚力、向心力。尽管如此，首藤靖仍然满腹狐疑，举棋不定……

世界范围内劳动密集型产业转移，就像大海中循环的洋流，在有规律地运动着。审时度势的首藤靖敏感地看到劳动密集型产业正在向中国沿海、东南亚一些地区转移，可他为什么优柔寡断呢?

显而易见，他是不相信中国的开放政策和现行体制。论投资环境不如韩国……每一个富有民族自尊心的人，在此环境下别提多难受了。中方人员并没有妄自菲薄，而是苦口婆心向日方宣传我国三中全会以来的开放政策，讲中国合资企业典型。出国前，他们还特意将有关条例、规定背得滚瓜烂熟，此时说起来滴水不漏，言之凿凿。

首藤靖好不容易在意向书上签了字。但他还是不放心地押上了砝码：若合资第一年日方分不到利润，他还不干。这事关系到30万元美金，赵厂长他们不敢擅自做主，回来向市政府请示，没料到市长当即拍板，爽快地把外汇问题包了下来，真是天时地利人和万事俱备了。

回国后，他没顾上洗一把征尘，就开始详尽地做各方面的可行性研究，很快便拿出方案。

这是一场跨国合作战役，他们以临战的精神状态，拟出了易于对方接受的作战方案。

7月24日，金碧辉煌的潍坊宾馆二楼大厅布置得庄严华丽，巨型吊灯和五色彩带悬垂顶上，安放一排铺着绒布的长条桌案上，五星红旗和“太阳旗”分插两旁。潍坊市市长邵桂芳及有关领导出席了这次签字仪式。席间，中日双方的代表分别在自己的国旗面前签了合资经营的合同书，并即席讲了话。此时已不用多说，这短短的3个月就签订了合同，足以表明双方的诚意。

办理营业手续也是一件麻烦而又十分紧急的事情。潍坊市政府及经委、计委、外经办急他们所急，大开绿灯。他们深知国际市场瞬息万变，等不得、靠不得。办事干练的王宇宙等人不怕跑断腿、磨破嘴，足迹踏遍了潍坊、济南、北京的几十个部门的门槛。凭着这股韧劲儿，结果不到3个月，公章盖了几十枚，最后总算拿到一张印有国微的营业执照。

全厂又齐心协力，一鼓作气，用了不到三个月的时间就完成了设备的进口、安装、调试和运转。

“三三得九”，这个小学生都会的乘法口诀，在这里却蕴藏了国外企业家意想不到的奥妙。日本朋友佩服地伸出大拇指，连连称道。

不到一年的时间就使一个合资企业投产见效，在中国实属罕见，在日本也为数不多，他们赞赏中国人的效率，佩服亚光人的精神。这就是至今仍使亚光人引以为豪的“三三精神”。

水乳交融

表面似乎平静的太平洋西部沿海，内中洋流在有规律地流动着，既有亲潮的侵入，又有黑潮的汇合，有来自澳大利亚的暖流，也有来自加利福尼亚的寒流。

亚光电子有限公司投产后，除了门口添了那块牌子，还出现了一些日本人和大家朝夕相处。

总经理室里，日方的总经理望月武和中方的副总经理陈家举对桌办公。合资经营，双方利益捆在一起，中日在空间上拉近了几千里，在时间上缩短了几十年。差距消失了，日方先进的生产技术和经营管理经验与中国企业良好的素质、传统美德在这里融为一体，相得益彰。

然而，企业管理的新生，也经历了一个分娩前剧烈的阵痛。

“实行劳动定额管理，生产效率大大的。”日方的总经理向中方管理人员提出了要在公司内实行日本企业的生产定额的先进管理技术，向他们发起挑战。

“可以试试看”，陈家举略加沉思，似有难言之隐，但他欣然同意。他一向尊重日方的意见，也深知自己那些刚摔掉大锅饭碗不久的工人一下子很难达此高标。强烈的民族自尊心驱使他摊出了这张军令状。

果然不出所料，懒散惯了的工人缺乏时间观念和熟练的操作技术，一个月下来，只完成65%。日方管理人员个个像出了气的皮球，心里又投下了一层浓浓的阴影，在揣测着公司暗淡的前景。

合资经营使他们休戚与共，风雨同舟。日方不得不把看家的本领都使出来。每一个中国人，也不肯示弱，决心一争高低。在先进管理技术下，中方又进行了爱国教育、劳动纪律整顿和规章制度的建立健全。结果第二个月就达劳动定额100%，正在日方惊喜未定的时候，以后几个月又创出了120%、140%的超纪录。

超额40%，这在日本也是不可思议的。生产实践，扫除了日方对中国人的习惯看法。

这个消息不胫而走，传到了日本，又传到了国内一家生产驻极体话筒的大企业。开始，这家企业并没有看得起这个小厂。“耳听是虚，眼见为实”，便派几人前来参观考察，果然名不虚传。他们回去后又将各车间主任一起叫来开了眼界。看到亚光公司生产车间里井然有序，工人操作娴熟，他们无比感慨地说：“应该让我们每一个工人都来见识见识潍坊亚光工人的干劲和智慧。”

天长日久，潜移默化。人往高处走，也如水往低处流一样，是种客观的自然规律。日方的先进管理技术，在不知不觉中被吸收、运用。

这个公司里，上班时间很难找到一个没有事的人，从办公室到车间，每个人都忙忙碌碌。偌大的一个公司，只有十几个管理人员。总经理办公室一个管理员干了相当于一个行政科的工作，一个文书，既是电传收发员、档案管理员、招待员，又是通讯员、打字员，一身兼数职。两个司机开四部车不说，还兼顾其他。在这里，闲着没事或玩耍成了耻辱的事。这里没有那开不完的会，只有每周一次生产调度会，更看不到那累累的报表，只有一个日报统计表。

为提高国产化程度，双方密切协作。为攻克设备上的代用件，渡边靖总工程师以他那精通高超的技艺，很快测试画出图纸来，中方老工人王佩荣又以他那炉火纯青的制作技术立即拿出机件，真是配合默契，珠联璧合。

双方人员在感情上也是相敬如宾，日方对中方大胆放手，毫无顾忌；中方对日方工作上尊重，生活上关怀备至。一次，日方总工程师渡边靖先生不慎从楼梯上摔倒，滑到楼下，中方人员急忙派车送他到医院，检查诊治，出院后又安排人精心护理，中方领导又几次登门看望，使他十分感激。

每逢节假日或日本朋友的生日，我方都特意安排宴会、舞会、联欢会，中日双方翩翩起舞，深化了感情。

有人说，亚光跑得快，多亏有两个好“保姆”。保姆是准？就是它的两个股东厂。三方如一家，情同手足，亚光资金困难，日方股东竭力相助；内销事宜，磁头厂调动销售力量包了下来。该厂一些职工对亚光的报酬去了“红眼病”，厂党总支书记玄学忠就跟上做工作。

对流荡开智慧的门槛

一衣带水的中日两个民族，历史上有过频繁的交往。日本的大化改新就是通过学习中国先进技术和社会制度，逐步由奴隶制发展为封建制的。只是战后，中国落伍了，但中华民族并不是一个愚昧无能的民族，只是在闭关锁国的年月里，中国人自己捂住了自己的眼睛，陷入了死水一潭的泥湾，蒙昧了本民族的聪颖才智。

合资经营，好似注进了一股催化剂，不仅改变了原来的成分，而且促使它产生新的质的裂变。

这么多的洋设备一股脑儿进来的那阵，工人和技术人员就像在公园里看笼子中的老虎，只敢远瞅，不敢近摸。在人们的脑子里深深地打了一个问号：这些家伙能否使唤得了！

然而这个沉闷的局面，很快被一些工程技术人员和青年工人打破了。

公司里有一帮青年，他们个个生就一副初生牛犊不怕虎的犟劲，加上他们心灵手巧，在日方渡边靖先生言传身教下，向这些秘密王国进军了。没多久，不仅能驾驭自如，还小打小闹地修修改改哩！

奥秘戳穿了，更重要的是在人们心灵上打开了一扇封闭着的窗户。

天有不测风云。产品投产不久，他们就遇到一个棘手的工艺技术问题，严重影响着产品质量，冲击着这家合资企业的根基。这条生产线的驻极体话筒的封边，工艺要求高，难度大，过去国内一直解决不了。谁知这条进日线上马不久，就出现了封边不严密的现象，进而涉及内在机体，难以稳定质量。

检验室里，自动检验机在沙沙地按类分检，只见次品筐里掉得越来越多。中日双方的总经理、总工程师眉头紧皱地注视着。

“封边问题事关重大，是不是请日本制造厂家来解决一下？”陈家举手拿一个驻极体话筒向须川先生商量说。

没几天，日本设计制造这台设备的技术人员风尘仆仆地赶来了。鼓捣了几天。不能奏效。无奈，只好再从日本新进1台封边机头换上。没料到好景不长，老问题又复出现。

亚光，这辆双辕马车遇到了一道虽然不深却又不易跨过的鸿沟。

于是，一个由技术人员与有经验的老工人相结合的攻关小组当即组成，在生产部长张德良的具体带领下干了起来。

年过半百的老工人王佩荣，干了几十年的木匠，过去对洋玩意儿鼓捣的少，见的也不多。看上去，他憨厚老实，朴实无华，可说是一个典型的中国工人的形象。封边机的事，揪动了他的心。他一面虚心向日方工程技术人员求教，一面又开动脑筋，独辟蹊径。

时值酷暑，工作间里热得像蒸笼一样。可张德良、王佩荣如痴如醉，把全部精力集中在了封边机上，废寝忘食，夜以继日地干。王佩荣离家十几里路，晚上就索性不回去，在工作间里通宵达旦地工作。通过反复琢磨，终于找出了封边不严的原因是模具结构不合理。紧接着他和攻关小组的同志对症下药，大胆地将原来的柱槽结构改为轴承结构。在既没有图纸，又没有确切数据的情况下，王佩荣凭着自己多年的经验，动手磨制轴承机头，经过连续一个多月的攻坚战，光机头就磨制了几百个，终于拿下这个难以攻克的碉堡。

这天，装配车间里显得格外协调而又有节奏，话筒从开始到包装，像一条潺潺流动的清溪，在各种加工机器中峰回路转，迂回不停。操作工人宛如在河边盯着笺子的钓鱼人，目不斜视，专心致志。

封边机被围得水泄不通，中日双方人员如看魔术似的看着王佩荣轻松地换上轴承机头，一按电钮，一排排元件比肩接踵地涌出。经理、工程技术人员争相拿起一枚，睁大眼睛审视着，慢慢地，个个脸上绽开了欣慰的笑容。

关键环节的障碍搬掉了，产品质量合格率一下提高了8%，达到日本先进水平。同时封边机可随时调换机头，再不必费巨款进口新模具了。

日本朋友一改对中国工人的习惯看法，由衷地竖起了大拇指。

其实，亚光公司在吸收消化创新和积极推进国产化的过程中，又何止封边机一项，何止王佩荣一人？近两年，他们共自行设计制造各种设备、工装136台（件），节约外汇30多万元。产品9个零部件，已有7个实现国产化。为了扩大成果，再上一层楼，千方百计地帮助外协厂解决工艺上的困难。生产部长一年内三下江南，五去河北，利用自己消化吸收创新的技术专长帮助外协厂解决了七八个工艺难题，使部分国产零部件达到日本水平。目前亚光公司的国产化程度突破80%。

合资经营给企业注入了无限活力。车间主任滕大成模仿日本进口生产线工作原理，将原来的一条老线进行改造，还自行改进了测试系统，废品率低于进口设备。他们以自己的聪明才智谱写了一曲铿锵有力的乐曲。

大海，有一个冲不散的漩涡

寒来暑往，冬尽春归。亚光，这株民族融合的企业之花，在党的改革开放的温暖春天里，含苞怒放。然而，乍暖还寒，寒风裹着流言还不时穿过人们的心口：

“亚光，亚光，为资本主义卖命，替外国人争光！”“亚光，亚光，资本主义的染缸，红着进去，黑着出来。”

甚至有人还和当年日本鬼子在胶济沿线掠夺财富相提并论。

……

霎时，亚光人好像做了什么亏心事一样，见人矮三分。

难道亚光公司果真成了都市里的“西洋景”吗?

鹅毛大雪铺天盖地，把厂房裹了个严严实实。室外冰天雪地，室内热气腾腾。董事会在研究如何处置当年盈利的20万元人民币。

这20万元倾注了双方管理人员的心血，冒了多少风险！然而中方管理人员没有按合同每人称月拿四五千元的工资报酬，而是仍保持原来的水平。按说，年底该好好分红，发发奖了。

也许这些改革者们最不乐意落入这些习惯性思维的窠臼，一个出人意料的决定形成了：20万元全部用于再生产！

消息传到社会，有人依然把头摇得像货郎鼓，禁不住哼了一声：他们这是放长线钓大鱼。

光阴似箭，眨眼又是一年。1987年全年盈利突破100万元，外汇平衡有余，换外汇突破100万美元。看来正应了那些说风凉话者的估计——亚光确实是钓了个大鱼。按照章程，这届班子今年二月就要换届。倘若不吃，这条肥鱼就白白溜走，再没有机会了。

然而，大度的董事长赵笃仁和首藤靖不约而同，一拍即合：全部用于发展生产！这消息如一声震耳欲聋的霹雳传到了社会。

有人点头称道。

有人迷惑不解。

有人开始肃然起敬。

……

两年后的首藤靖悠然变成了另一个人：当时那种顾虑重重、忧心忡忡的心情已被现实驱散殆尽，换来的倒是一种冒险后取得胜利的陶醉。他，陶醉于这步棋走得高明，宽慰于始料不及的中国良好的投资环境，更由衷地钦佩亚光人的竭诚合作。如今，他一改当初外汇不平衡不签字的执拗，大胆地对亚光进行累加投资。

亚光公司不贪财被传为佳话，然而亚光公司职工艰苦奋斗也是路人皆知。高度的电气自动化和现代化管理并没有湮灭他们吃苦耐劳的民族传统美德。

一天，一辆风驰电掣的大型卡车在公司门前戛然而止。车上载有集装箱，来者急匆匆跑进总经理室。原来，出口产品的外轮离港时间突然提前，海关和外轮代理公司的工作人员火速赶到这里，要求两小时内完成装车任务。当时，一部分产品还没包装，怎么办？陈家举把大腿一拍，干！公司进行了紧急动员，中方全部职员投入包装、装车战斗。高大的集装箱只能停在公司大门外，职工只好把货物从三楼运到一楼，再搬到门外装车，困难大、时间紧。在陈家举的指挥下，大家一路小跑，汗水湿透了每个人的衣衫，没有一个人说个累字。此情此景，感动了日方专家。52岁的望月武总经理也挽起袖子扛起产品箱。从这里过路的人无不驻足而望，起初，人们还以为这是从哪里来的装卸队，当看清他们工作服上印着的“亚光”字样时，无不感到震惊。

1小时零50分，就把大大的集装箱肚子填满了。临走，来者握着公司领导的手说：“我们跑遍大小城市，还没见过这么激动人心的场面，你们公司大有前途！”在这块“国家资本主义”的土壤上，没有腐朽和颓废，反而滋长出了共产主义的萌芽，开出了一朵朵社会主义精神文明之花。

这里表面上虽然没有党的书记，党组织内在的力量却十分强大，党员的模范作用异常突出。原任磁头厂党总支副书记的宋宝杰，现兼任公司工会主席，在党组织领导上却仍然有无限凝聚力。连续两年来，公司党员出勤率100%，加班加点达582天。不仅如此，他们在社会上也起到了共产党员的模范作用。一天晚上，党员、二车间主任尹俊明加班后拖着疲惫的身躯踏车回家。走到一个路口处，只见昏暗的路灯下，一辆汽车将一过路人撞倒后仓皇逃走。他疾步走上前去，见这位素不相识的陌生人伤势严重，不顾自己的劳累，当即把他送到市人民医院。伤者身上分文未带，他就解囊相助，并一直守护了大半夜，直到天明通知家中来人。医院还以为他是伤者的亲属，弄清楚后，都感动不已。大家望着他的工作服上的“亚光”，深有感触地说：“亚光，亚光，萍水相助，风格高尚！”

一封封表扬信寄到了报社、电台；

一封封感谢信送到了亚光公司；

一句句、一片一片赞扬声传遍了潍坊……

迟到的尾声

寒来暑往，日月递嬗。

1989年春夏之交发生在中国大陆上那场强烈的“大地震”，在国内外引起轩然大波。首当其冲的，应算是处于沿海地区的中外合资企业。

当国外那股狂风巨浪扑向亚光电子有限公司时，他们却中流砥柱般地挺住了。

长期亲如兄弟的合作，良好的投资环境，使日方从赵笃仁、陈家举他们身上看到中国对外开放政策是诚挚的、可靠的。日方经理非但不接受国内一些人好心的劝告，反而还苦口婆心用身边活生生的事实说明中国对外开放的政策不会变。动乱之后，日方在上海一家合资企业的专家技术人员，对中国局势忧心忡忡，进退维谷。就在这时，亚光电子有限公司的日方经理专门做通他们的工作，并一起陪同转道上海，以亲眼看见的现实说服他们，打消了他们的顾虑。

沧海桑田，方显出英雄本色。

玉壶冰心

——潍坊福利制盒印刷厂厂长李玉洁创业录

洛阳亲友如相问，
一片冰心在玉壶。
——唐·王昌龄《芙蓉楼送辛渐》

蓝天白霭，百鸢竞飞。

新落成的潍坊风筝博物馆像一只巨大的龙头蜈蚣风筝，“盘旋”在白浪河畔。

与风筝博物馆隔河相望的是一处比潍坊风筝更具传奇性的去处，这里地盘虽不甚宽敞，里面厂房、办公楼鳞次栉比，看上去与一般工厂没什么两样。仔细观察，便可看到这家企业与众不同的是，在停车处，有许许多多残疾人乘坐的手摇车、摩托坐轮车、轮椅等特殊交通工具——这里就是不同凡响的潍坊福利纸盒印刷厂——一个为残疾人谋利益的“福利院”。

说来大概不会有人相信。该厂是20多年前，由三个街道妇女用三把剪刀起家，在当初这片棚户区里一步一步艰难发展起来的。

由三把剪刀到拥有400多万元的积累，年产值400万元，年利润50万元……其实，此处的不同凡响并不仅仅在于经济效益，更重要的是，他们长年吸收了社会上众多的病残人员。减轻社会负担，稳定社会局势所产生的社会效益。

创业者何许人也？她就是一位街道干部出身的巾帼豪杰——李玉洁。

但愿众生皆得饱

雄赳赳，气昂昂，

跨过鸭绿江……

20世纪50年代初的一天下午，担任潍坊东市场街道妇女组长的李玉洁正在组织秧歌队，宣传动员抗美援朝。

“救人啊，有人跳河啦！”

随着一阵撕心裂肝的呼救声，人们“呼啦”一下来到大雨后洪水汹涌的白浪河边。只见一个十几岁的患瘫痪症的男孩从水里被打捞上来，人已奄奄一息……

李玉洁认出这是东市场街道一个出身贫苦的孩子，急忙跑过去做人工呼吸，但水魔已夺去了这个苦命孩子的性命。

珠子似的泪水潸然涌出眼眶，人道主义的社会责任感在她胸中油然而生，铭刻在脑海里。

从此，李玉洁对本街道残疾人、五保户、困难户特别挂在心上。有时碰到实在揭不开锅的、买不起药的，就索性把身上带的钱全部留下。无人照料的，她就见缝插针去床前效劳。

月复一月，年复一年。

李玉洁感到疲倦不堪，心中也十分困惑。自己即便浑身是铁，能打出几颗铆钉？况且自己每月也只有20元的微薄工资，和丈夫惨淡维持着一家人的生计。

夏天的一个傍晚，洪水又在白浪河里翻滚，李玉洁在岸边踯躅。凝望着浑浊的河水，脑海里拂不去的是那一幕悲惨的情景。旋转的河水的每一个水圈、浪花，就像病残人乞求的眼睛……

猛然间，李玉洁心中一亮：她曾听说，延安时期，党中央在内外困苦的情况下，开展生产自救，巩固了根据地，夺取了全国胜利。我何不组织病残人、困难户进行力所能及的生产活动，为他们谋一条生路，为社会减少一份负担呢？

李玉洁高兴地把这个想法告知自己的亲人、街坊，但他们却褒贬不一，众说纷纭：

“您可是位大慈大悲的菩萨。”

“这年头，自己顾自己就不错了，可别自找麻烦。”

“哼，尽想出风头，捞稻草。”

……

如平静的湖面，掀起层层涟漪。

李玉洁认准的理，真是三头牛也拉不回——任凭你说三道四，她已成竹在胸，一个个方案已在心中酝酿……

生于末世运偏消

1966年春夏之交。一切似乎变得异常怪异，夏天的景象姗姗来迟，倒春寒却使人深受其害。

东市场街道那片棚户区里，人们突然发现李玉洁伙同另外两个家庭妇女，经常拖着一辆载着纸捆的平板车出入。

在大割资本主义尾巴的年代里，这可成了件新鲜事，引起不少人的窥探。原来是李玉洁联合她们办起了文具加工组，接来的第一笔生意是给医院加工60万个盛药片的小纸袋。一个袋子要经过剪裁、开日、粘缝等多道工序才能完成，然而加工1万个只收入2.5元。没有地方，三个人就分头在家里干；没有工具，就用剪子、菜板、菜刀、斧子等。三个月后交给人家一检查，大小不一，有的还开了缝。此时已届年关，晚上人们都在家包饺子，李王洁却领着自己的亲人粘药袋子，直弄到大年初一。

在家干质量不统一，她们就租下一间小屋，从家里带去简陋的工具，带领街道上困难户、残疾人干了起来。

室外寒风刺骨，室内炉火正旺。在中国十年内乱的第一个隆冬季节里，李王洁的事业艰难地起步了。

可惜李玉洁生不逢时，难怪有人说她不识时务。事物总是一分为二，社会现状反而给了她用武之地——全国都在“闹革命”，商店里买不到本子、信封，工厂里没有包装箱，医院里没有药片袋……加工组一开张，生意就不断找上门来。

为印刷厂裁牛皮纸捆子，一个纸捆500多斤，在大街上一圈圈滚雪球般地放开，再裁成本子皮。那年冬天的雪真大，她们几个人常常变成街上活动的雪人。运输不仅没有机动车，连平板车也没有，她们便利用附近商店午休吃饭的时间借来工具送货拉料。

在那黑白混淆、是非颠倒的年代里，她们当然好景不长。

“你们光低头拉车，不抬头看路，这是和社会主义背道而驰！”两张大白封条贴在门上边。

李玉洁在门外伫立良久，心里委实不是滋味。干活再苦再累，她没含糊过，就是眼前这股邪气，令人心寒。

干纸的会摆弄纸。“去他的”，李王洁心一横，索性将封条弄开了，但从外面看还原样贴着，几个人就藏在屋里照样干得热火朝天。当造反派又发现她们的窍门后，再次勒令取缔这个“地下工厂”时，这一派就倒了台。李玉洁心中大喜，正想甩开膀子大干，却又遭到新上任的南关公社某些人的排斥：“李玉洁这个组是资本主义的产物，要把她清理回家，剩下的人另行安排。”真是躲过初一，躲不过十五。李玉洁这位从未对困难屈服过的人，回到家里，竟哭了又哭，陷入了极度迷惘之中。

霜重色愈浓

停了职，关了门不说，李玉洁还被拉去挨斗，一斗就是半年。

一次，她翻着造反派送来的要她认真学习的“十六条”，一页一页翻下去，竟让她找到了政策依据——在“十六条”的最后面，赫然写着“要抓革命，促生产”。但造反派却不让她“断章取义”。

眼看着摇篮中的加工组就要夭折，李玉洁心里急得冒火。

白天挨了一天的斗，晚上回去，她像着了魔一样一个劲儿地鼓捣纸，家里人也拿她没办法。

夜晚，她躺在床上，浑身如散了架似的，但两眼瞪得大大的，没有一丝睡意。新中国成立前受压迫，新中国成立后她才被救出火坑，20世纪50年代初便扔下不到两岁的孩子当上了甘尽义务的街道妇女组长，参加了组织上的培训。从那，她才认识到妇女要走出家门，为社会服务，自强、自立的道理；从抗美援朝，大炼钢铁到调解邻里纠纷，扶贫问苦，她都跑在前头。扪心自问，她感到自己对得起党，对得起社会主义。只是眼下社会还有这么多的残疾人，作为一个有良知、受党教育多年的街道骨干，应该闯出一条生产自救的道路，可反倒……想到这里，她两眼模糊，思维紊乱了。

第二天，她到处找领导诉说，要求给她工作的权利。不知是被李玉洁感动了，还是形势变化了，这回领导答应她的要求，条件是养着四个只领工资不干活的军属、五保户和残疾人，李玉洁当即欣然应诺。

到1972年，这个文具加工组发展到20多人，健全人却只有一半。僧多粥少，还要求发展，李玉洁只有夜以继日地干。裱车票、做信封、糊纸夹子，刷色纸，一天干10多个小时。有的工艺自己掌握不了，就趁去印刷厂拉货的机会在一旁偷师学艺，晚上回到家支起面板当案子理头练习，悟出真谛后再传授给她手下的工人。

像滚雪球一样，她们的加工经营范围不断扩大，后来发展到做药盒、食品盒，1975年，正式成了一个街道的纸盒加工厂。

李玉洁没向国家要一分钱，硬是用自己的两只手，靠艰苦的劳动积累，燕子垒大窝一样，一点一滴地发展起来。

变“包袱”为财富

像一个命运不济的瘫痪人，李玉洁创办的纸盒印刷厂几经波折，

摔摔跌跌，终于挺立起来。

搞企业，办工厂，理应把经济效益放在第一位，可李玉洁脑子里首先想的是残疾人的福利事业。敞开她那慈母般的胸怀去庇护社会上的残疾人，不少残疾人源源不断地被吸收进来。

潍坊城区一户市民家，儿子王学军十几岁因患小儿麻痹症，小学辍学后成了一个重残青年，给这个本来就生活贫困的家庭投上了浓厚的阴影。王学军还有弟弟妹妹，父母整天长吁短叹，生活难以为继。王学军在家得不到温暖，在社会处处受到歧视，一度产生厌世念头。

使他们始料不及的是，一颗吉祥之星照在了王家。

这天，李玉洁风尘仆仆来到他家。

“他大嫂啊，让小王到我们厂去干活吧。”李玉洁拉着王学军母亲的手，望着这个残疾青年，深情地说。

“什么，工厂？干活？他……”小王的父母以为是李玉洁跑错了

门，找错了人。

当得知李玉洁果真是实心诚意让王学军去做工时，一家人激动地光抹眼泪，说不出话来。

没过几天，刚满19岁的王学军做梦也没想到自己竟然当上了工人。

李玉洁一些亲友不时对她好心相劝：玉洁啊，福利厂只要有规定比例的残疾人就行了，何必把这么多“包袱”都背在你身上。

“嗨，话可不能这么说，照顾残疾人是全社会的责任，是一种社会美德，况且这些残疾人只要给他们创造一定的条件，还可以为国家创造效益，‘包袱’可以转化为财富。”李玉洁是何等的胸怀，何等的眼光?

王学军进厂后，李玉洁针对小王的情况，安排他到装订工序工作。几年后，李玉洁慈母般的关怀和良好的工作环境使他发奋工作和学习，进步很快，后来又报名考上了业余初中、高中，结业后，李玉洁又安排他到厂办公室担任统计员。

很快，李玉洁成为潍坊有名的“活菩萨”。不少残疾人来求她挣口饭吃，李玉洁从不拒之门外，总是满腔热情地欢迎。目前全厂108个职工，残疾人就有48名。

李玉洁避其所残，用其所长，唯才是举。残疾人颜东明、张金明，身残志坚，聪明能干，李玉洁不拘一格，分别将他们提为副厂长和生产科长。

男大当婚，女大当嫁。残疾人的婚事一直是个老大难。李玉洁挨个关照，并从住房、待遇上制订出许多富有吸引力的政策，使大部分残疾人都喜结良缘，其中有6对残疾人的婚姻是经李玉洁亲手撮合而成。

一次厂门口修马路挖了一条沟，给乘轮椅上下班的职工带来了麻烦。李玉洁便在每天上下班的时候，同几个小伙子一起把他们连人带车一个个抬过去，一直抬了一个多月，路人见了，无不为之感动。

是的，李玉洁打心里把他们视为国家的财富，丝毫没有把他们当作累赘的念头。

企业家的胸襟

在改革大潮中慈母般的李玉洁也还是一位有气魄、有风度的企业家、改革家。

党的十一届三中全会以后，李玉洁在企业内部实行了大胆的改革，一方面调整领导班子，另一方而减少非生产人员，减少机构层次，组建了厂长直接领导下的生产经营办公室指挥生产。而后推行经济承包责任制，把全厂生产任务按产值利润分解承包到各车间，并以车间为核算单位，实行定额管理、超产计件的分配办法，破除了平均主义，调动了职工的生产积极性，使企业年年超额完成生产任务。使生产设备配套成龙，形成了从铸字、排版、印刷、装订、出厂一条龙的铅印线，从照相、制版、印刷、压合、产品出厂一条龙的彩色印刷线。

搞企业，李玉洁十分懂得信息的价值。1980年，她了解到潍坊企业所用的彩色包装盒都在外地加工，毅然决定上彩色印刷，经过一番努力，建起了彩印车间，填补了全市空白。以后又根据彩印发展较快的新情况，又及时上了胶印，提高了产品质量，使企业越搞越活。1984年该厂还成为外贸出口包装定点厂，承担了外贸部门十余种包装盒的生产任务，他们的产品漂洋过海，打入国际市场。

产品质量是企业的生命。李玉洁在抓好职工教育的同时，实行了严格的检验制度和奖罚制度，严把质量关。对出现的残次品，宁肯自己受损失，也决不让次品出厂，赢得了用户和上级业务部门的好评。

该厂生产的药品包装盒等三种产品，被评为省优产品，其中一种产品获得邮电部设计优秀奖。

李玉洁心里比谁都明白，要把残疾人的福利事业搞好，抓好企业管理，提高经济效益是最实际的物质手段。

曾几何时，国家民政部副部长邹恩同、范宝俊，原中央委员、中顾委委员谭启龙，全国妇联书记关涛和省委常委、省妇联主任杨衍银等领导前来视察，高度赞扬了李玉洁为民造福的精神。

1986年，李玉洁领导的这个貌不惊人的小厂还吸引了日本日向市友好访华团和美国朋友莫尔顿博士。莫尔顿博士在参观之后，翘起大拇指说："你们对残疾人这样关心，在我们国家是办不到的。"

多年来，李玉洁赢得了党和人民的信赖，先后被评为省、市"三八红旗手"，还被潍坊市评为"女能人""优秀女厂长""劳动模范"等。

这些，对李玉洁来说，只不过是过往烟云而已，早已把全部心血倾注在残疾人的福利事业上。

花花世界

——香港广播电视掠影

香港，人称花花世界。而香港的广播电视更是这个花花世界的“花中之花”。1988年7月，笔者作为随团记者参加山东省在香港、深圳举办的对外经济洽谈会，对这个绚丽多彩、争奇斗妍的“花”的王国进行了考察，写成了此篇报告文学。

一、“五台山”传奇

国内有个五台山，而香港亦有“五台山”。香港的广播电视机构就在“五台山”上。怪不得香港近年来拍出了那么多诸如《霍元甲》《射雕英雄传》《总统与大侠》等风靡一时的武打片子。

错矣！香港的“五台山”既看不到古刹寺院，又没有和尚道士。原来香港曾有五个电台、电视台集中在一个地方，故港人称之为“五台山”。它位于香港狮子山下龙翔公园附近的广播道。

几度春秋，几度风雨。这个文人出没的地方，尽管看不到刀光剑影、厮杀格斗，却也波澜壮阔，历经沧桑世故，蒙上了几分传奇色彩。

十多年乃至几十年来，香港电台、商业电台、亚洲电视台、“无线”电视台与佳艺电视台在这个舞台上竞相争雄，演出了一幕幕高潮迭起的戏剧。

在十几年以前，当这里还是“无台山”时，香港广播电视竞争的序幕就已拉开。香港电台是最早的官办广播机构，正式成立于1928年，开始是在《南华日报》楼上拉设广播电台的，至今已有整整60年的历史。

奇怪的是，当年收听电台广播是要注册领取牌照的，并照章纳款，否则会受到检控。开办伊始，全港仅注册收音机500部，到1950年就发展到4万部。可到了60年代中期以后，随着晶体管收音机逐渐取代电子管收音机，收音机向微型化发展，不领牌照的远远超过领牌照的。当局鉴于用来支付牌照管理的费用甚巨，得不偿失，遂于1965年取消领牌照的规定。

40年代、50年代，香港这块弹丸之地上一股脑儿又崛起了“丽的呼声”电台、商业电台，还发展起子电视台，打破了香港电台一统天下的局面。“丽的呼声”开始就以猛烈的势头出现，尤其是1959年迁到港岛告士打道的“丽的呼声”大厦后，设一个英文台，两个中文台，以其高清晰度的播音效果而为用户所欢迎，成了香港电台的主要竞争对手，用户激增，至1959年后就增加4万多户，与香港电台并驾齐驱。但“丽的呼声”因基础薄弱，地理条件欠佳，在竞争中失利，后来便一蹶不振，于24年后的1973年4月寿终正寝，宣布停业。

二、“商业电台”崛起的奥秘

大厦林立，车水马龙的香港大街，到处都是霓虹灯的天地，时时让人感到五彩缤纷的商业广告的氛围。香港真是一个商业化的社会，竞争化的世界。

内地人初来乍到，在这种咄咄逼人的街面上甚觉不惯，干脆回到宾馆图个清闲。可从收音机、电视机里传出的音频、视频信号中商业广告讯息占着很大的比重。倘若细细品来，他们的广告制作无论在质量上，还是信息内涵以及时间安排上，都比内地高出一筹，似乎使人百听不烦，百看不厌。即使是与某种商品无关的人，看了听了这广告后，也在感官上得到享受，在头脑里增添知识……

尤其是那万花筒般的电视广告，其内容是无孔不入，无所不“告”，就连香烟、烈性酒也是尽然。宣传“万宝路”“健牌”“良友”香烟是香港电视上的家常。播送时，在画片下侧还打出一行字：“香港政府忠告公民吸烟有害”的字样，令人无可指责，啼笑皆非。

香港的广播电视多数都是靠商业广告、信息服务来发家的。1959年8月成立的香港商业广播有限公司（一般简称商业电台），虽是以民间的面貌出现，但完全是商办的广播机构，经费来源主要依靠广告收入，真是名副其实的“商业”台。它最初的台址在九龙的荔枝角，后一度搬往九龙又一邨，至1971年8月26日广播道新台址落成启用，商业电台才在“五台山”定居下来。

商业电台成立至今虽然不到30年，但它一开始就给人一种耳目一新的感觉。该台初播时只设中英文各一个台。至1963年6月，商业台第二中文台正式开播。目前，该台属下设商业一台、二台和英文台共三个台。据香港有关资料统计，在目前香港的所有广播电视台中，以商业一台的收听率为最高。它奉行“听众是皇帝”的宗旨，以其准确、及时的财政信息与新闻报道、生动活泼的广播风格与粤语方言，以及各种金歌劲曲、跑马实况、体育评述、交通消息等丰富多彩的节目，赢得了广大香港市民的赞誉。在内地的珠江三角洲一带也拥有一定数量的听众，率先崛起于东南亚广播电视之林。

曾几何时，在内地总有人把广播说成是前途黯淡的事业，以至于在竞争上不少人对它信心不足。是的，广播稍纵即逝，不留痕迹，而且只闻其声，不见其影，似乎处于劣势。香港商业电台崛起并立于不败之地的实践告诉我们：关键在于树立为听众服务的思想，注意研究听众心理，投其所好，赢得广大听众的信赖。

三、“电视双雄”争世

打开香港频道的电视节目，便会发现“亚洲”电视台和“无线”电视台两家像演不完的对台戏一样，这边“道高一尺”，那边“魔高一丈”；今天你技压一筹，要出绝招，明日我也别出心裁，亦有妙计……似二龙戏珠，又若双虎争斗，无不在竭尽全力争夺观众，争夺市场。

香港的电视播映始于1957年的“丽的”有线电视（几经易手，现已改名为亚洲电视台），在“无线”电视台问世之前，“丽的”独揽香港的黑白有线电视播映长达10年之久。至1968年，全港共有11万个家庭接收“丽的”的播映。同年，“丽视”迁入广播大厦新址。正当“丽视”处于蓬勃发展的时候，却遭到香港电视广播有限公司（即“无线”电视台）的严重挑战。1961年11月19日，“无线”电视台以其彩色、无线播映以及免费供接收的崭新面貌出现，收视率很快就处于领先地位。真是后来居上，把个“丽视”抛得远远的。

“无线”电视台的出现，是香港电视发展史上的一个重大转折点，有力地促进了香港电视业的迅速发展。果然，“丽视”也不甘落后，来了个奋起直追，到1973年12月，中文台开始改为彩色无线播映，次年4月，其英文台也改为彩色无线播映了。与“无线”电视台形成势均力敌的竞争局面。

谁知，香港电视坛上风云多变。正当“丽视”与“无线”处于双虎竞争之际，半路里又杀出个程咬金——1975年4月6日，佳艺电视台在港正式成立开播了。至此，香港电视终于形成三足鼎立之势，打起了“三国之战”，竞争更是处于白热化程度。加上两个电台，九龙广播道也由此得了“五台山”的美称。

“两虎相斗，必有一伤一亡。”何况三虎尔？也许是香港这个狭小的地方容不下他们三家庞大的电视机构，也许是“佳艺”气数有限，可惜“佳艺”佳境不长，“三板斧”过后，终因管理不善，经济不支等原因而半途夭折。开业前后不到三年时间“亚视”和“无线”就霸占擂台，继续进行他们的双龙盘踞的电视竞争事业。1978年8月，“佳艺”电视台被迫宣布停业，同年10月，香港高等法院正式公布“佳艺”电视台清盘。

目前香港享有经营专利权的电视台只有香港电视广播有限公司（即“无线”）与亚洲电视有限公司（即“亚视”）两家了。两家各设一个中英文台。“无线”中英文台的名字分别叫“翡翠台”与“明珠台”。“亚视”也针锋相对，其中英文台的名字分别称为“黄金台”与“钻石台”。两家均采用标准超高频625线路PAL彩色系统，平均每周播出节目都在490小时。

四、“亚洲小姐”的旋涡

一个个身着短褂马夹、下穿短裙、脚登高筒丝袜的风姿绰约的美貌小姐纷纷粉墨登台亮相，婀娜多姿，尽情显露自己的风貌和才华……委实撩人心扉，令人争相一睹为快。这是今年香港一家电视台播出的评选“1988年亚洲小姐”的情景。据说此节目收视率达90%以上，电视台一周即收到上万封来信，成了市民生活的一个旋涡。

香港两家电视台各出奇谋，在播映上无不标新立异。看得出，香港电视在节目编排上与内地有所不同，除时事新闻、财政信息、商业广告外，电视连续剧占较大的比重，其中一些反映香港现实生活的剧目以及若干武侠系列片，颇受市民欢迎。近年来，为了提高收视率，两家电视台还竞相举办诸如“香港小姐”“香港先生”之类选美活动。看，这家举办“青春小姐”，那家就举办“健美小姐”。那家就举办“电视小姐”，这家就举办“电视太太”。而且还举办埠际的“亚洲小姐”“环球小姐”的评选活动，以招徕观众。

今年7月，笔者有幸观看了“亚视”举办的评选“1988年亚洲小姐”活动的全过程。整个评选活动分为初选和决赛两个阶段。决赛当然是评选活动的高潮，从香港、深圳一直到广州，差不多家家户户都在电视机前共同欣赏这些小姐们的风采并关心评选结果。

其实，他们的评选并不是单纯“选美”，而是从风貌、学识、口才、风度、气质上一一进行竞赛。有时倒像内地时兴的知识竞赛，有时又像服装模特表演，有时又像现场应聘考试答辩……看了有给人视野的开拓和成才的发奋之感。同时，又在社会上引导人们树立锐意进取，刻苦学习的好风气。

说起香港的电视连续剧，人们一定认为在这个花花世界里，镜头是乌七八糟，不堪入耳的。其实，倒不然，尤其在黄金播映时间里，很少看到赤胸露背、拥拥抱抱的黄镜头，即使有一些色情武打的片子，也大都在深夜之后，而且打上“儿童不宜”的标签。

香港的电视专题片中，时常看到一些针砭时弊题材的节目，看来电视也在发挥舆论监督的作用。值得新奇的是，有的揭露性专题片，播放时，为了减少麻烦和为当事人负责的精神，有意识地将反面人物的脸部用纵横交错的线条图像进行虚化加工，使观众看不清张三李四，就像瞧皮影戏一样。

香港电视就是不断变换手法，不断适应观众的心理，在观众的心上激起一个又一个的旋涡。

五、“神奇新闻”的背后

香港电视台的新闻节目早以时效性强、信息量大的特点而著称于世。除了当地新闻外，发生在世界各地的重大事件，均在第一时间为观众提供最新信息，人们称为“神奇”的新闻。

香港的电视台，各自都有一套和人造卫星相联系的通向世界各地的网络系统，像是在全球布好了“八卦阵”一般，无论哪里出现什么情况，就立即被摄像镜头所攫取。君不见，每逢在世界性事件的起初，新闻人物面前那一大堆的录音话筒中，总有标着香港电台、电视台台徽的话筒。

对于在本地区的突发性新闻，他们具有预见性强、敏感性高、机动性快的特点，能及时捕捉，迅速加以编播。

他们招聘记者，十分注意各方面的素质，而后进行全面培训达到能写、会摄、会录、会编、会驾车、懂英语……一专多能，一人多用。香港的电视记者往往自己一般不直接摄像，而是专门聘用摄像师，自己则手持话筒负责现场采访，负责写作，捕捉信息等。所以，香港的新闻多采取现场报道的办法，使记者直接置身于当时环境，播出体现现场气氛的同期声，形式活泼，可信性强。

当时，正值台湾国民党第十三次代表大会召开。开幕的当天，香港的电台、电视台均发出消息，有的还发回记者在现场采访蒋孝武的录音讲话，不仅比其他地方报得早，也显得翔实可靠。

有时在深圳发生的社会事件香港已经报道出来了，深圳广播电视还没得到信息，真是“快三拍”！即凡是我们内地的记者同他竞争，也是犹如体育比赛不同量级的较量一样，必然望“快”兴叹。

近年来，香港已不仅是世界金融、贸易中心，也发展成为世界交通、旅游、信息中心，这是与广播电视事业的迅猛发展分不开的。

纵观香港广播电视事业的发展历史，可以看到，今天的兴旺景象是从竞争中得来的，没有竞争，就没有发展，也就没有今天繁荣似锦的花花世界。

尽管香港的广播电视有其糟粕，在“神奇”的新闻报道中也不乏粗糙。但正如当今的整个资本主义制度一样，还有许多具有生命力乃至是世界上最先进的东西，还有许多值得我们借鉴的地方。应如鲁迅所说，“看见鱼翅，并不就抛在路上以显其‘平民化’，只要有养料，也和朋友们像萝卜白菜一样的吃掉，只不用它来宴贵宾；看见鸦片，也不当众摔到茅厕里，以见其彻底革命，只送到药房里去，以供治病之用”。

采花蜂苦蜜方甜

——记版画家牛文玉

引子

说来，我和牛文玉是老同事、老战友。但彼此相识，却是在最近几年一个偶然的机会。

当年，我们曾在一块土地上耕耘过，一同在部队那个“大熔炉”里冶炼过。20世纪70年代，我学画未成，后辗转在潍坊军分区搞新闻报道。牛文玉则在聊城军分区干文化宣传。《解放军报》《前卫报》《山东民兵》《大众日报》等报刊为我们这些题材不一的作者形成了一个肩并肩、踵接踵的堑壕。

1988年10月，在潍坊潍城区文化馆举办的“牛文玉版画展”开幕式上，看到领导、专家云集，众人纷纷称道不已。我使劲拍了他一下肩膀：“文玉，你这老‘牛’，耕耘虽苦，收获却甜。”

牛文玉嘴抽搐了几下，凄楚地笑了笑。

饱蘸甘露绘田园

牛文玉灵慧但不善言辞，诚恳稳重，眼极有神。像是一幅经日月风雨雕刻出来的意境隽永的版画。

他并不像其他名家一样出身于书香门第，骨子里凝结着翰墨的基因。非但如此，牛文玉还没正式上过美术学校。1946年，他出生于胶东一个和艺术无缘的山旮旯。大自然的陶冶和甘露的滋润，使他从小迷恋美丽的田园风光，对农村有着磁石般的深厚感情。早在上学期间就以他那稚嫩的小手开始描绘着生他养他的那块土地。

昆嵛山的山水良田、渤海畔的礁石浪花，孕育着牛文玉少而有态的心灵，点燃起他渴望追求艺术的理想之光。

1969年，在那场轰轰烈烈的“大革命”中，牛文玉戴上红五星，穿上绿军装，成为解放军的一员。

参军来到这一马平川的鲁西大平原，使牛文玉更体味到大自然的奥妙无穷。到部队第一个星期天的早上，他就悄悄地溜出军营。站在渠坝上，尽情地呼吸这带有芳香的泥土气息，饱览这在他家乡见不到的平原秋色。最后，他如醉如痴地抓着一把土，一步三回头地退回营地。

自然世界的慷慨恩赐，越发激发了牛文玉强烈的绘画激情。他开始利用“下连队”和宣传教育民兵的机会，极力捕捉自己那创作灵感的火花，在人民群众中间挥发作画的激情。很快，他迷上了鲁西浓郁的农村田园风光。

党的十一届三中全会之后，联产承包责任制呈现出的亘古未有的活力，使农村日新月异。天时、地利、人和，驱使牛文玉笔走龙蛇，手不停挥。

谷场上、瓜棚下、农院里、田埂上……留下他勤奋而又凝思的身影。他这个穿军装的"业余村民"，时常和农民一起下地、打场，共同学习、生活、娱乐。

辛勤的实践和执着的追求，使牛文玉饱蘸鲁西农田的甘露，描绘出一幅幅版画作品。他创作的《小院秋色》《牧歌》《打谷场上》《家家开银花》等作品，达到了较高的艺术水平，一些作品除在报刊上发表以外，还参加了地区、济南部队和山东省第二届版画展览。1983年，他被吸纳为中国美术家协会山东分会会员。

业余效应与尺寸情趣

自学之路，是弱者懦夫的畏途，是强者勇士的成功通道。

在牛文玉人生征程的时间表上，没有一天的闲暇，因此更谈不上专业创作。他在版画艺术实践中，以坚强的意志和孜孜不倦的追求，换来了一嘟噜一嘟噜的硕果。他那富有乡土气息的版画作品在读者心目中形成独特的风格，享有盛誉。

1984年他转业到地方，被安排在潍坊市吕剧团担任党支部书记。虽经工作的变迁、岗位的转换，他却视艺术的追求为战壕连战壕。繁忙的工作和新鲜的环境，不仅没有使牛文玉扔下手中的刻刀和画笔，反而使他越发达到了如痴如醉的地步。白天干工作无暇顾及，他就几乎把所有的夜晚和节假日都用到了创作上。更可喜的是，他能经常利用带领剧团下乡演出的机会，见缝插针地到他日思夜想的农村去深入生活、熟悉农村，如饥似渴地吸吮新鲜的营养。

为了在艺术上百尺竿头再进一步，牛文玉还虚心向省内外一些老版画家求教。他认真学习、研究、探索著名版画家的表现风格，在尺寸天地上反复磨炼，精益求精，达到了炉火纯青的地步。

他的版画题材广泛，风格淳朴，构思严谨，刀法娴熟，黑白处理恰当。尤其是善于捕捉平凡的生活情趣，挖掘其中深刻的内涵，从而创作出了大量富有艺术魅力的作品。在他那富有活力的《田埂》《农家》《夕阳》《溪边》等作品中，一股蓊郁的田园气息扑面而来。其中一幅《晒粮》更是耐人寻味：金秋时节，五谷丰登，秋场上一片金黄，一位农家大嫂如醉如痴、扬晒秋粮……这幅画构图严谨，刀法精到，人物造型稚拙天真，有一种纯朴的美感，整幅画和谐统一，是一首韵味十足的田园小诗。

更重要的是，画家用刀锋揭示了生活的美，表现出他对生活执着的爱，继而用这种强烈的爱感动着观众，引起他们的共鸣。

一个春光明媚时节，白浪河畔挤满了放风筝、游玩的人。在这里，我碰到了牛文玉。难道他也有这个闲情逸趣？我好生纳闷，走近看，但见他正在画夹上泼墨作画，对于周围的行人和喧嚣他充耳不闻，仿佛到了一个超然的境地。画面上，矗立的鸢飞大酒店和古朴的风筝博物馆相映成趣，融为一体，风筝城在他的笔下得到升华。

画夹一边，放着一把褪了色的军用水壶和几块干瘪僵硬的油条……豆大的汗珠从他额头上滴下来，手摸着水壶，空荡荡的，眼睛并未离开画夹就把它扔到了地上。

白浪河边这一特写镜头，似乎与那容纳着一对对如胶似漆的伉俪、一户户大人逗小孩放风筝的热闹场面极不和谐。

我在他身边伫立良久，本想去攀谈几句，但又不想去打断他那创作的灵感，怀着一种莫名的心情悄悄地离开了他。

1989年春天，“山东十人版画作品展”在省美术馆拉开帷幕。一时轰动了泉城济南。其中，牛文玉的作品，吸引了无数观众，他们驻足凝望继而赞不绝口，流连忘返。

一天晚上，偶尔打开电视，电视台正在播送介绍牛文玉作画的专题节目。看到那一个个熟悉的镜头，我向正在我家聊天的几位“文人秀才”细述了牛文玉刻苦拼搏的事迹，立时引起一位新闻界同仁的咋舌，表示随即安排时间去采访他，大有相见恨晚之态。

相得益彰并蒂花

在专业圈子里转长了，总听到一些人埋怨专业不专、事务缠人的牢骚话，让人听后泄气、颓废……

和牛文玉提及此事，他却以为只有生活、工作才是搞专业的基础，离开了这根基，什么艺术都只能是海市蜃楼般的虚无缥缈。听来让人激励、奋进……

牛文玉成功的秘诀正在于在日常工作实践的花瓣上酿蜜，他最大的乐趣就在于在繁忙之中激发和捕捉艺术的灵感。他认为，一个在社会上无所事事的庸人，绝不可能有艺术上的造诣。

或许是在他这种奇怪的理论指导下，1989年3月，他毅然揭榜投标。经过一番紧张的答辩、考核，被招聘为潍坊市文化服务公司经理。接手后，百事待理、百业待兴，大小事缠得他焦头烂额。他这个拿刀笔，搞文化工作人的又纵身于改革浪潮之中，整天和承包经营打交道，除了头脑中的艺术细胞，还得容下一串串生产、销售、加工、盈利等枯燥的数字。近百人的生计和上缴利润的任务压得他喘不过气来。

在此情况下，牛文玉依旧没有丢下刻刀，顽强地创作出更有深意的艺术佳作。

一天晚上，我叩开了牛文玉的家门。走进他的斗室，画稿在桌上、墙上、床上占据了几乎所有空间。他把人世间的时间和空间这两个最宝贵的东西，都无私地奉献给了版画艺术。

墙上挂着两大摞报纸，一摞是对开大报，一摞是四开小报。我信手翻了一下，都是他今年在报纸上发表的新作。《辽宁日报》《盐阜大众》《采风》……这里几乎集中了全国的报纸，许多都是我这搞新闻工作多年的人没有看见过的。我心里在说："这老牛，真是无孔不入"。谈话中，得知他每年都在报刊上发表作品百余幅。

紧张繁忙的承包经营工作，倒为牛文玉天赐"良机"，为他的版画创作开辟了一个新的领域，使题材由原来单一的田园风光拓展到城市风貌、工矿企业等。艺术上的多面化，又促使他的这个文化服务单位实现经营服务上的多元化、社会化、高档化。自他上任后，结合戏剧服装和工艺美术设计工作，亲自和设计师共同研讨，使产品水平日趋提高，受到用户欢迎。

在艺术和事务的关系上，牛文玉找到了一个完善和谐的结合部，找到了一条以工作带艺术、艺术促工作的良性循环的新路子，从而相得益彰，珠联璧合，取得了连他自己也始料不及的效果。

"采花蜂苦蜜方甜"。1989年5月，在牛文玉等组织发起的"全国版画邀请展"上，名家云集，高手荟萃。著名版画家、中国版画协会主席古元着实被牛文玉的创作精神所感动，挥毫为他写下了这七个遒劲的大字。近年来，他靠着这种在业余时间里燕子垒大窝的精神，共创作200多幅版画，不少作品参加了省内外多种画展。翻开他那沉甸甸的一大摞近作，观者爱不释手。牛文玉的作品，愈显得构图饱满严谨，造型浑厚有力，刀法凝重而富变化，透出一种内在的神韵和力量。前几年，他还被接纳为山东版画藏书家研究会理事，最近，他又被潍坊市美术协会吸收为常务理，同时还被选为潍坊市版画研究会副会长。

采得百花酿甜蜜，行得春风下秋雨，牛文玉这头奋力垦耕的"拓荒牛"，终于获得了丰硕的果实。

苦辣酸甜"耕耘"痴

苦涩篇

人世间最艰辛的莫过于"苦涩"。然则，有人却自愿甘讨这份苦吃。

1962年酷暑。毒热的日头把路边的一片片高粱炙烤得蔫耷耷的。

一个热汗涔涔的青年，疾步如飞地走在乡间小路上。从他那蹙得紧紧的但又显露出睿智的眉头上看，年轻人似乎有些怀才不遇。

他叫贺惠邦，是刚刚从曲阜师范学院毕业分配到离县城40多里路的高密四中任教的大学生。

学生时代那些当作家、理论家的美好憧憬都在脚下这滚烫的土地上被碾得粉碎。

路漫漫，心沉沉……贺惠邦倏地想起自己上中学的情景。谁知，行行重行行，历史仿佛有点捉弄他，让贺惠邦也当起这"孩子王"来。

贺惠邦并没有甘于平庸，他每天挤出时间，三个月的功夫写出了一本几万字的《李白诗译》，寄到出版社后，盼来的却是退稿信。

他又写话剧，一出《长工李大汉的故事》仅在学校演出队演出，再无其他影响。

文学不行，就继续他在大学时的爱好，潜心理论研究，历尽艰辛，先后写了30多篇哲学方面的理论文章，结果因为没有充实的社会实践，屡屡败北。

一切辛劳付之东流，功不成名不就，反倒种下了祸根。

“文革”一开始，贺惠邦的文章却成了红卫兵的“活靶子”，大字报贴满了学校，批判他宣扬封、资、修，走白专道路，只想个人成名成家。

满腔抱负换来的却是冷酷无情，艰辛的汗水得到的是涩口的苦果。

“文化”“革命”，这些使他追求、向往的名词，此时却在吞噬着贺惠邦的一腔纯正、刚正和富有激情的热血。

他深谙唯物辩证法和社会发展的规律。虽然身陷囹圄，却依然对马列主义的真谛深信不疑，而且领悟出更为深层的东西。

1974年春天的一个晚上，在昌潍地委党委一间简陋的教室里，担任高密县双羊公社理论辅导员的贺惠邦和同来参加理论干部培训班的赵文禄促膝谈心。

一同来自基层、一同参加过基层党组织的整顿的共同经历，使两人都有许多共同的感受。尤其是想到党内以权谋私、违法乱纪的现象时，他们便不禁忧国忧民，焦虑万分。

潍坊市区东郊居民的鸡叫声已传入教室之中，两人却毫无倦意。

“我们何不从世界观、从理论上找找党风不正的根源。”贺惠邦总是那样稳重而又敏捷。

“中！咱们就做做党风与世界观这篇大文章。”赵文禄易于激动，拍着桌子振奋不已。

两颗赤诚、滚烫的心凝聚在一起，像天文学家发现了一颗新的小行星。

要搞清楚这颗“小行星”，却要有“敢上九天揽月、敢下五洋捉鳌”的勇气。

后来他又担任了县委办公室主任，是一个最为繁忙、紧张的工作岗位。然而贺惠邦并没有放弃自己的研究和写作。

到基层去调查研究，别人到招待所休息，他却又开起了“小灶”。

有人劝他，既然工作如此劳累，研究工作可适当调整。他可不这样想。忙，对于平庸的人，是一种烦恼，而对搞事业的人，却是一种机遇和乐趣。可不是吗，从1977年到1984年，他先后走遍了高密县的960个自然村，不光每年写出几十万字的调查报告、经验总结、讲话稿等，而且为他的研究课题提供了不可多得的调查机会和丰富的第一手材料。

他这一工作、研究双丰收，是以无数个夜晚、节假日、超出常人二倍甚至三倍的工作换来的。

夏天的晚上，住在基层简陋的房间里，蚊子咬得难受，他就索性把蚊帐罩在桌子上面，躲在里面写，到深夜写累了，就合衣而睡。

后来他调到潍坊市农委工作，每晚都折腾到深夜，邻居还以为他得了“怪病”。春节，外面鞭炮齐鸣，他仍在屋里奋笔疾书。

苦，一直陪伴着他，成了他研究工作的主旋律。

辛辣篇

理论研究不仅要经得起身受苦脑受累，还要顶得住歪风，以政治上的坚定，永保生命之树常青。

当初，“党风与世界观”这一命题刚一提出，在理论界就像捅了马蜂窝：

"大讲世界观的改造、岂不又引到极'左'的老路上去？"

"党风怎么成了世界观问题，这不是违背唯物主义！"

"把党风的思想本质归结到世界观，有点风马牛不相及。"

……

像狂风骤雨，俨然要把这株稚嫩的幼苗夭折。

贺惠邦他们并没有就此屈服，只相信科学，信仰马克思主义真理。

带着问题，贺惠邦义系统地学习和钻研了导师的有关论述，从哲学原理上进行考察。社会存在决定社会意识，意识支配行动，有什么样的世界观就有什么样的方法论……这些基本观点，使他得出了"从世界观上加强党风建设是马克思主义建党学说的一条基本原则"和"党风的思想本质是世界观问题"这一新的理论。他们又利用系统论的方法进一步考察研究，提出了党内不正之风是一种"综合征"。产生不正之风有其思想、政治、经济根源，这三个根源的地位各不相同，于是继而又得出了以解放思想为先导，政治体制改革为主体，经济体制改革为基础，实行综合治理，才能实现党风根本好转的结论。

他们这一命题还得到了著名理论家杨献珍、李光灿等人的高度评价。

1983年春天，一部8万字的《漫谈党风与世界观》的初稿寄出后，很快得到中央党校出版社的肯定和支持。

这年2月，高密县南关村一辆进京办事的车上，贺惠邦和赵文禄坐在上面，怀里揣着修改后即将付梓的书稿，想起它那不寻常的来历，心里像打翻了五味瓶，说不出个中滋味。

1986年5月，贺惠邦冷不丁又甩出一磅重型炸弹，他的一部新著《信息概论》又出版了。

说来话长，还是他在任县委办公室主任时，有一件事深深触动了他：拒城河一个专业户养土鳖成了富户，于是有些人一哄而上，不惜一切代价养土鳖，可等他们的土鳖养成时，市场上的土鳖已经饱和。由于价格暴跌，这些人连老本都赔进去，而那位原来养土鳖的专业户，却又转而养鸡，结果又发了一笔财。

类似这样的事一直在震动着贺惠邦的心灵，深知三中全会以后，农民在党的富民政策下，最需要的是信息。

书店、图书馆、资料室，贺惠邦跑遍了也没找到一本指导信息的书籍。他又托出发的同志到外地去捎，可还是空手而归。

在同志们的全力支持下，贺惠邦拿起笔，开始写一部信息专著。

然而，有人又从另一个方面射来了一支支冰刀冷箭：

“观念陈旧！”

“没有吸收西方的精华！”

“头脑僵化！”

……

对于这些偏激的言辞，贺惠邦头脑清醒，不屑一顾。

国外一些人把信息说成是既非物质又非精神的“第三形态”，是万能的。贺惠邦旗帜鲜明地坚持用马克思主义的辩证唯物主义的观点，从信息的概念、本质和表现形式这三个方面进行全面阐述，指出信息的本质是物质的一种属性。

贺惠邦把许多感到神秘的信息理论讲得深入浅出，一看就懂，通过选用100多个古今中外的小故事，将全书分为34个专题，既短小精悍又通俗易懂，还极富有趣味性。他明确地指出，忽视信息的重要作用是不对的，无限扩大信息的作用是片面的。信息只有同一定的物质条件相结合，才能产生巨大作用。

在他的笔下，形成了马克思主义哲学和经济学理论同信息理论融为一体的新的理论体系。

酸楚篇

书本知识这“半瓶醋”只有和实践相结合，才能发挥效力，否则，只能事倍功半，酸溜溜难受。

长期以来，贺惠邦从县委办公室主任到市委副秘书长，一直在党的核心机关负责“连轴转”的差事。人们每天晚上望着市委办公大楼通亮的灯光，真不相信他哪来的分身之术。

每逢听到搞业务、做学问的人为日常事务缠绕而大发牢骚时，他却别有一番感慨。是的，正是繁忙的工作，给他的研究提供了取之不竭的源泉。

过去的事他还历历在目。

他刚大学毕业那阵，感到自己有理论底子，常常写这写那，坐在屋子里海阔天空地遐想，缺乏社会实践这个大课堂的锻炼，只是从书本到书本，从理论到理论，写出的东西往往带有“书斋式”，书生气十足，结果发出去后，都如石沉大海，杳无音讯。就在这时，和他在一个公社工作的一位同志虽没有上过大学，却通过详尽的社会调查，接连发表了几篇文章。对此，群众议论纷纷，贺惠邦也有点吃“醋”了，心里酸溜溜地难受。

贺惠邦研究党风，抨击不正之风。谁知，不正之风偏偏上门干扰。

他并不是“好龙”的“叶公”，处处身体力行。他的亲友听说贺惠邦在县委干了“要职”，纷纷上门“拜访”了。这个求他买点化肥，那个让他给搞点柴油。贺惠邦热情招待之后，只把好言相劝：“这条路你们走不得，我更迈不得！”

“弟弟，这孩子的事就托付给你了。”一天，他大哥大嫂领着在城里干临时工的女儿要贺惠邦利用职权把孩子转为正式工。

“哥、嫂，这可使不得……”

“大哥这一辈子也对得起你。我就是这么点心事了，对你来讲不是件难事。”大哥殷殷之情，说得贺惠邦心里热乎乎的。

贺惠邦5岁就没有了母亲，是大哥大嫂把他抚养成人，还供养他上了大学，培养成革命干部。

常言道，老嫂比母。哥嫂对他来说，可说是恩重如山。

贺惠邦沉思良久。无论从感情上，还是自己的能力，把自己的侄女安排一下，既在情理之中，也并不费多大气力，更不会带来多大影响。但他转念一想，自己是执政党的干部，何况又是专门论述党风不正的理论研究者，假如说的一套，做的是另套，这算是什么学风，这算是什么共产党员？不，不！我决不能让人家指自己的脊梁骨，绝不能感情用事，扭曲自己的良知！

饭后，兄弟俩语重心长、推心置腹地进行了一番长谈，贺惠邦申明大义，态度恳切而又坚定。

哥嫂带着女儿走了。侄女的眼里似乎含着辛酸的泪花。

贺惠邦的心里又何尝好受，望着他们的背影，阵阵酸楚涌上心头……

酸苦的代价换来了贺惠邦党风世界观问题的切身感受，阐发出了震人心弦的忠告，使多少人缩回了不轨行为的手脚。

甘甜篇

梅花香自苦寒来。吃尽苦中苦，难免也得甜加甜。苦尽甜来，正如他的艰辛的苦一样，他的甜也是如蜜的甘润。

泉城。

1988年5月。万木竞新，分外妖娆。

山东省优秀中青年理论工作者座谈会上，群英荟萃，济济一堂。与会者皆清一色的专家教授，都是发表几十万字以上的省内外的佼佼者。

贺惠邦榜上有名，他也赶来了。

在与会者名单上，人们惊奇地发现他这位蜚声理论界的新秀原来却担任着繁忙的市委副秘书长一职，人们对他另眼相看了，不简单，不容易啊。

1985年，《党风与世界观》一套丛书先后相继出版，填补了我国理论界的空白。中纪委将这套丛书向全国纪检干部作了推荐。

在全国整党的热潮中，这部丛书不啻为全党提供了一份可口的精神食粮，为各地整党的深入开展发挥了积极作用。一时间，全国各地5000多名党员、群众给贺惠邦、赵文禄写来了热情洋溢的信。

1986年1月，丛书的第一本《学习马克思主义经典作家论党风世界观》一书，荣获山东省社会科学优秀成果一等奖。

贺惠邦的《信息概论》完成初稿后，山东省副省长卢洪就亲自为该书写了序言。《人民日报》《中国青年报》《大众日报》等10多家新闻单位对《信息概论》作了介绍。

世界农经学会理事、华中农学院教授沈达臻，吉林省委党校研究生部教授张大简等许多著名专家、教授评价《信息概论》："为我国目前第一本把哲学、政治经济学和信息理论融为一体的通俗读物。"

国务院经济技术和社会发展研究中心举办的"三论"（系统论、信息论、控制论）学习班上，许多同志把这本书作为学习参考资料，十几名学员寄来读后感。

《信息概论》的出版，尤其在广大农村，得到了由衷的欢迎和爱戴。栖霞一名知识青年，想办一个信息协会，知道贺惠邦写出了《信息概论》，就专程跑几百里地找到他，特请帮助买200本书。贺惠邦却为难了，第一版后，很快销售一空，书店早已无货，没办法，只好把他仅存的十几本因受潮页码都粘在了一起的书送给他。这青年如获至宝。回去后，在给贺惠邦写来的信中称这本书是“天书”，是搞商品生产的《孙子兵法》。

在偏僻的五莲县山村——芙蓉庄，全村170户人家每户都有本《信息概论》，大家经过学习后，受到启发，积极主动地开发信息资源，这个村还在全国各地建立起了系统的信息网络，设立信息联系点30多处，成了信息灵通、道路畅通、商品流通的“三通村”。当年，全村总收入达300多万元，超过历史最高水平。

后来，这件事情在《农村大众》发表后，芙蓉庄收到了一封封求书的信，支部书记只好挨家挨户说服动员，让大家把书献出来，支援那些更需要《信息概论》的人家。

每逢听到这些消息，贺惠邦就会心地笑了，笑得却是那样地沉寂、凝重……

他似乎好了“伤疤”忘了“痛”，又去自寻那酸辣咸苦。

醉乎？痴乎？

风云治喘星

——哮喘病的克星李树森传奇

楔子——慰藉周总理在天之灵

吃了十几年的新闻饭，从未遇到这样的采访对象。

连续两天，每天都和我聊到深夜。时而慷慨激昂，豪放爽朗；时而又老泪纵横，哑咽无语。

然而，采访活动又经常被来自内蒙古、黑龙江、河北、江苏等地的病人所打断……这倒使我亲眼看见了他那针到病除，药入即好的神奇功力。

哮喘病，这个不是癌症的癌症，不知从什么时候起，就严重威胁着地球上几十亿人的健康和生命；

国际住院病死率高达9%–38%，近年来，一些国家发病率和病死率又有提高的趋势。

中国这个泱泱大国，更逃不过哮喘病肆虐的厄运。20世纪60年代，这种病竟然连党的领袖毛泽东也未能幸免，其猖獗，简直达到了登峰造极的程度！

“尽快攻克老年慢性支气管炎！”1965年，一向关心人民群众疾苦的周恩来总理曾向医学界发出号召。

3年、5年、10年、几十年过去了。1979年10月在广州召开的全国慢性支气管炎专业会议上，1988年在波兰雅朗卡举行的国际哮喘病疗法进展专题讨论会上，其抢救和治疗仍然停留在茶碱类、皮质醇类及一般性预防药物水平上。

似乎人们对周总理的号召淡忘了，或许哮喘病这个恶魔过于凶顽，人们望而却步了？

没有。20多年，我这位采访对象始终牢记周总理的号召，心里装着千百万个哮喘病人的痛苦，矢志不渝，苦钻不辍。

尽管他受到了旧体制的掣肘，尽管他遭到了人为的磨难……他却不畏权势，挣脱羁绊，铁骨铮铮，在逆境中一时一刻也没有放松对哮喘病的研究和诊治。

他全然不顾“名医不治喘，治喘不得脸”的古训，在医学界独辟蹊径，接连研制发明了“咳喘安”“哮喘净”、背肌敏感点注射法和保健背心等，使哮喘病近期治疗有效率达96%，根治和基本根治率达86%。

去年，由他担任的山东省七五期间重点科研项目的两项成果同时取得省级鉴定。“咳喘安”“哮喘净”被评为山东省一等发明奖。

他研制的13种卫生保健柔肤棉系列日用品获得国家专利权，还参加了1989年6月在法国法兰克福举办的国际科技博览会。

香港、深圳、武汉等地的有关厂家纷纷要和他共同研制生产。

不畏浮云遮望眼，只缘身在最高层。这颗治喘明星在夜空中启明高照，耀眼生辉！

啊！周总理之灵终得慰藉。

他，就是山东省潍坊市哮喘病研究所所长：

李树森！

第一章 患难中的抉择

马背上偷来的“医生”

1946年初冬。

从安丘县城向沂蒙山区转移的八路军某团卫生队一匹马背上的两个箱子中间，在一块大雨布下夹裹着一个衣衫褴褛的小孩子，捉迷藏式地向前踽踽而行。

路遇敌机轰炸，一番紧急隐蔽活动，使小孩子曝了光。卫生队长看到是他，又是喜欢，又是气愤……

小孩子就是少年时代的李树森。

李树森的童年、少年是在苦水之中泡大的。他的老家原是在昌邑县海叉子边上。这年，盐碱滩上本来就不景气的庄稼又遇上海啸的袭击，颗粒未收。一家人只得外出逃荒要饭，整天三根肠子挽着一根半，吃了上顿没下顿。后来辗转来到安丘，父亲被日本人抓去当了劳工。李树森到了上学的年龄，交不起学费，只好站在教室外偷着学，不知挨了多少打。

这年，八路军解放了安丘县城，团卫生队就驻在李树森这个贫穷的基层群众家里，院内院外都成了临时医院。

从小在苦难里目睹过许多穷苦人病死饿死惨状的李树森，看着这些医生、护士会治病、打针，他那颗少而有志的心灵受到了启迪。

卫生队员们也着实喜欢这个聪明伶俐的小房东。

“小鬼，打仗害怕吗？”一天晚上，几个卫生队的小伙子给李树森讲完故事后，开玩笑地问。

“不怕，让我跟你们去吧！”李树森郑重其事地说。

“哟，你人还没有枪高，能背动伤员吗？可别让伤员背你呀。”说着便大笑起来。

“不，我就是能背动，我非要去！”李树森非常执拗。

他知道明着不行，就在卫生队开拔的那个夜晚，来了个“马背藏身”……

到新中国成立前夕，李树森果真如愿以偿，参加了潍坊专署医务训练班，成为昌潍专区第一批医务人员。新中国成立初期，他参加组织建立起了安丘县人民医院。

多灾多难的1960年，组织上派年轻有为的李树森到贫穷落后的安丘山区红沙沟公社担任还没有建起来的分院院长。

他二话没说，急山区病人之所急，就带着人马去了。没有房子，就把大跃进炼钢铁的一间大棚刷了一下，当天晚上，就在里面给群众看起病来。

他们一面看病，一面搞建设，逐渐建起了门诊室、化验室、病房等。他看到这里因为地处偏僻，多少病人在转院中丧失生命，就自己建起了手术室，还搞起发电机，装上了电灯和许多医疗仪器。周围几个县的老百姓听说红沙沟这小小的医院能开刀，纷纷前来求医。

在大量接触的病人中，李树森惊奇地发现哮喘病的发病率和死亡率如此之高，像一条硕大的恶魔在吞噬着人们的生命。

可自古以来，就压根没有根治的医疗办法。每每遇此，李树森都郁郁寡欢，心事重重，似乎有一种无形的责任压到他肩上。

吃尽黄连尝苦胆

这年冬天，狂风夹着冰雪在撕裂着这块苍凉的土地。

医院附近村里一块雪地上，一老一少两个患哮喘病的人头碰头碰得血肉模糊，惨不忍睹——祖孙二人都患哮喘病濒临绝境，光张嘴但喘不过气来，两嘴冒沫，四眼绝望，痛苦地满地打滚——真不如死了好受，奶奶和孙女就不约而同地碰头寻死。

邻居见状，急忙把李树森叫去。等到他赶到时，祖孙俩已双双跳进井里。当奶奶的到底不忍心碰死年幼的孙女，自己便索性跳进井里，孙女一看，也随即而入……

李树森心在流血，灵魂在发颤。他感到自己不配“医生”这个称号，对不起和自己一样穷苦的百姓。

从苦海中荡出来的人更知道黄连的滋味。穷苦出身的李树森初生牛犊不怕虎，卧薪尝胆，发誓要解除人民的痛苦。可眼下，他堂堂七尺汉子，竟无能为力。李树森感到惭愧无比，自己太无能。于是向组织提出去大学进修，早日攻克哮喘病这个堡垒。

1963年，他踌躇满志地踏进了昌潍医学院的大门。遗憾的是，学习期间，他查遍了所有的资料文献，却丝毫找不到根治哮喘病的良方。李树森如堕五里迷雾之中——难道这果真是不治之症吗？

他没有气馁，他坚信功到自然成，只要刻苦地全面掌握医学病理，药理知识，总有一天，就能从这漫漫医海中闯出一条治疗哮喘病的血路。

毕业后，他被派到济南军区某部施工工地从事医务工作。几年的时间，随着部队转战于平邑、五莲等地。每到一处，李树森就注意进行社会调查，了解哮喘病的发病和治病状况，希冀获得在大学课堂学不到的东西，早日弥补他那对群众歉疚的情感。

五莲山的恩赐

1967年的秋日。

层峦叠嶂的五莲山，山势峭拔，风光旖旎，犹如仙境。全山二十八峰，峰峰奇异。天竺、莲花、望海、大悲、挂月五峰矗立，晨夕常有轻纱似的云雾缭绕在峰峦峡谷间，宛如五朵盛开的出水芙蓉。难怪宋代密州知府苏轼曾发出此山“奇秀不减雁荡”的感叹。

在天竺峰下，宋代建有云堂寺。明万历三十年，蜀郡高僧明升云游全国名山大川后至此，遂择此地筑茅舍定居。采尽五莲山奇花异草，修炼丹药后去京城，适逢明神宗之母李皇后患眼疾，久医无效，明升为之医治，立愈。神宗大悦，赐山名为五莲山，敕建“护国万寿光明寺”，至今游人如织。

三百多个春秋，五莲山水没能再为皇帝老子效力尽恩，却为百姓解除疾苦显了灵光。

一日，随部队在五莲山行医的李树森正在山崖涧畔采集草药，回去打制膏丹丸散，以补药品紧张之需。

山坳那边，一老一少也在采药。看他们喘气和行走的姿势，李树森就知道这是一对哮喘病患者。

他刚刚皱起的眉头又陡然松开，两眼闪出亮光：“哮喘病难道可用草药治？”他带着一种欣喜的预感，立即靠了过去。

但见这一老一少走到一条小河边，把随身带的一个壶盛上水吊起来，将采集来的穿山龙、何首乌、棉花根等放到壶里，点上干柴烧起水来。少顷，水就煮开了，爷孙俩滋滋地喝起来。半壶水下去，刚才那种如风匣似的剧喘就平息了许多。

李树森欣喜地和他们攀谈起来。

“啊，这种壶，又叫‘土匪壶’，当年土匪在这一带流窜，人如惊弓之鸟，用这种壶烧得快，冷得快，喝了就跑，慢了可就……”说着，老人哈哈笑起来，笑得呼呼直喘，脖子和脸都憋得通红。

“这药能治您老的病吗？”李树森指着壶迫不及待地说。

“怎么不能。这几年多亏山后迟老哥给我这风匣腔子开的这方。不然，我这把老骨头早就撇在山沟里去了。”老头顿了顿又说：

“周围方圆不少人都是这么喝好的。”

李树森像挖到了一棵参，问明了那位开方者，就饭也顾不上吃，径直寻找拜访去了。

开方者叫迟云河，是这一带极有声誉的老先生。迟老先生把李树森打量了一下，半天才蹦出一句话：

“年轻人，你可知道，‘名医不治喘，治喘不争脸’啊！”

“只要能为人民谋福利，个人名誉无关紧要。”李树森谦恭地答道。

见是个热情爽朗、心地无私的好后生，迟老先生就把祖传的治喘秘方和盘端给了李树森。

李树森高兴得不能自已。他把曾经长期喝过迟老先生药水的哮喘病人，一一作了调查，挨个查看了治疗效果。

夜里，李树森躺在床上翻来覆去睡不着：推翻哮喘病这座压得人民群众喘不过气来的大山，水路不通走旱路，终于找到门路，如今已见端倪了。但他翻了个身，转念又意识到这只不过是个滋补疗养的慢功方法，还不能应用临床治疗。“快壶”虽快，对一些暴喘病人来说，仍是远水不解近渴。

他迷迷糊糊地睡着了，梦见五莲山光明寺神仙道人双手赐给他一颗能除百病的金丹，待他去接时，一道霹雳闪电却把他震醒。李树森怅然若失……

有心栽花花自发

连续十几天。人们发现李树森像着了魔似的，每晚都把自己关在化验室里，不停地鼓捣。在那人人自危的年代里，他的表现，着实让人怀疑。

施工部队有位营长，外号叫“毛张飞”，秉性耿直、豪爽，一向和李树森是莫逆。这天，他不顾三七二十一，撞进了李树森的“密室”。

原来，李树森是在迟老先生药方的基础上，专门试验泡制一种专治哮喘病的壁虎组织注射液。

听说是在研究哮喘病药品，这老营长两眼直冒金光：

“老弟呀，您还不知道，我的女儿患哮喘多年，现在求医无门，欲罢不能啊！我把她叫来，你就在她身上做试验吧。”

李树森既感激，又心有余悸，只是默默地点了一下头。

“张飞”营长真是快人快事。第二天就打电话把他住在济南的女儿叫来了。

李树森一面给她打这种新泡制的针药，一而又给他如法炮制喝那种“快壶”水。

没多久，奇迹竟在这里出现：营长女儿哮喘症状全然消失，而且丝毫没有复发现象。

真是有心栽花花自发，无意插柳柳成荫。

这下可把“张飞”乐坏了，忙吩咐女儿炒上几个好菜，摆上一瓶景芝白干，把李树森请到家里。

女儿在一旁斟酒，两人叮当碰杯。

“老弟，要不是你这大能人，我闺女那倒霉的病，找个对象也没人要！干，干杯！”

营长话还没说完，女儿便潸然泪下。是啊，是李树森给了她新的青春年华。

“谁说哮喘病是不治之症，李树森就可以根治。”从此，“张飞”营长走到哪宣传到哪。一传十，十传百，来找李树森看哮喘病的络绎不绝。

这两种办法对于远道而来又不能住院的病人来说，却十分不便。于是，李树森又琢磨着，把它熬成膏子，制成药丸，拿回去服用。

水、针、丸三管齐下，使一批患者得到了根治，李树森又声名大震。

接触病人多了，倒使敏感的李树森摸索到了一个规律：凡是哮喘病人在发作前，脊柱上便发麻难受。

他就是这么个脾气，发现了什么，就一定打破砂锅问到底。每次接诊，他都触摸病人的脊柱皮肤。渐渐地，他感觉到病人皮温低，肌骨高，里面还似有条块状疙瘩的触觉。李树森决定解开这个令人费解的大迷。

一天，他做通了一个哮喘病人的工作，从病人的脊柱上割下一块小肉，亲自送到济南，进行检查化验。电子高功能显微镜下，呈现出一群水肿的细胞，而且有一大部分已经坏死了。

回来后，他先是翻遍了中医方面的一些经络学说，对此却无一记载。

他又去查国外资料，（为此，李树森学会掌握了日、英两门外语，自费订阅了日本《呼吸与循环》、美国《北美内科学》等杂志）但也是一无所获。

这天夜里，他却梦到五莲山光明寺顶端那颗耀眼闪光的明珠落到了他的怀里……

第二章　家庭研究所

饭棚攻关

宛如一颗划破天际沉落下来的陨石掉在平静的湖面上，李树森的到来，使安丘县人民医院掀起了轩然大波，荡出层层漪涟。

李树森在国防施工结束后，又去省立医院进修了一年。在理论、实践和技术上更全面、更充实了。这对李树森攻治哮喘病来说，无疑是如虎添翼，他把希望都寄托在当年自己参加筹建起来的安丘县医院上，为了能得到一个好的研究环境，他要求回到了这个老单位。

主管部门找他谈话，问他乐意干副院长还是做业务，李树森满脑子是哮喘病，只想搞研究，不乐意把自己缠进事务圈子里。于是县里就让他去县医院担任内科主任。

他把自己仅有一个做饭用的小棚子全部倒出来，和老伴一起，自己动手砌起了专用配制新药的炉子. 还自费买来了诸多量具、药品等。

搞科研并不像烧火做饭那么简单。必须有一台肺血流图仪和显微镜，这些仪器都是上千上万元的高档仪器，怎么办？李树森一咬牙，把家里仅有的一台电视机变卖了，又拿出全家省吃俭用的1000多元积蓄，找人再借上一些，买来了肺血流图仪，改装了一台显微镜，因陋就简，悄悄地搞起了家庭研究所。

深夜，万籁俱静。

正屋里，一盏微弱台灯的周围铺满了《内经·素问·气府论》《灵枢·卫气篇》等一摞摞祖国传统医学理论书籍，还有一堆现代西方有关免疫、介质、气道高反应性学研究新成果的书刊……古今中外，汇集于李树森这里，铺开了攻克“背脊敏感点”这个碉堡的通路。

一阵困意袭来，他打了一个哈欠，信步走到院子中去，只见制药炉里的火光把老伴吕德著的脸映得红彤彤的。她一直是干药剂工作的，在县里可说是首屈一指的专家。对丈夫的事业，她大胆支持，敢于作出牺牲。老伴宽阔的胸怀和精湛的技术，使李树森如鱼得水。他心里一热。可当他看到老伴那张憔悴的脸和除研究、制药外一贫如洗的家时，李树森又感到心酸。这太不公正，老天爷也太偏袒了。一股愠怒之情油然升起。

他无意仰望夜空满天眨眼的星斗，好像是无数只挣扎在死亡线上的哮喘病人那殷切的眼睛，一齐望着他、盼着他……

顿时，现实中一切恩恩怨怨，都在他脑际中烟消云散，萦绕不去的只是那哮喘病人企盼的眼睛。

突破“敏感点”

李树森就知道一门心思给病人治病，尤其是哮喘病人，从四面八方来的越来越多，每天都在100多人次，占全院住院总数的40%左右。

李树森浑身似有使不完的劲。白天累了一天，晚上回家又继续开始他那向顽固性哮喘病这个自由王国的进军。

功夫不负有心人。李树森的背肌“敏感点”终于有了突破性进展。

他从浩瀚的传统医学理论中，获得了“气滞血瘀、肾不纳气”等内在的病理变化和体表的相关反应；他又从日本新兴的皮电派学说中得到了内脏病变与皮肤电流的内在联系的理论。而后，李树森又随机取样观察了100多例哮喘病人的舌尖、球结膜、甲皱皮肤、眼底、肺血流图、左无名指血流图并与50例健康人作了对照，均有显著性差异。于是，他便大胆在病人背部“敏感点”及其周围试用感应电、直流电刺激、超短波电疗、超声波离子导入、紫外线红外线投照以及用灵活卡介苗、壁虎组织液……

200例、300例、500例……

一切都有明显的好转；

一切都有如釜底抽薪似的根治。

各种观察指标证明，这比那一般医院中通行的静注安茶碱、吸氧的老办法优越一百倍。

李树森及时将自己的研究成果运用于每天奔他而来的大量的哮喘病人的身上。一时间，医院的大门旁、食堂里、门诊室里、走廊中，到处贴满了对李树森的表扬信、感谢信。

一天，正当李树森值班，突然不知从哪里平地冒出一个暴喘厉害且患心源性休克的极其危险的病人，血压快要测不到了。

在医德和良知的驱使下，他一见病人就忘了其他，立即全副身心投入抢救。真是艺高人胆大，无私者无畏，李树森一面组织治疗，一面组织专家会诊。上级医院的权威来看了看，摇了一阵头后，盖棺论定。

然而，事情的发展，并没有像他们想象的那样。李树森七天七夜守候在病人身旁，充分运用他一切高难度的医疗技术，采取一切措施，精心调治，终于使病人的血压从20—40逐渐上升到60—80，最后稳定在70—100，病人脱险了。

病人出院时，特地写了一张大红大红的“救命感谢信”。

艺高人胆大

没过多久，医院大改组，由原来的院党支部改为院总支，内二撤销，原为院党支部委员的李树森改为门诊部主任兼党支部书记。

现实生活充满着错综复杂的矛盾，然而李树森超然处之，家庭研究成了他唯一的希冀和乐趣。

他与老伴吕德著日夜拼搏，用黄芪、附子、党参等提取物，经过上千次筛选，验证和动物试验，成功地研究出了一种治喘新药“扶正固本片”。为了批量生产，他又在本来就十分狭窄的小棚子里安上手摇粉碎机、烘干箱等，又跑到当年的红沙沟医院借来一台打片机，十分艰难地开展工作。

日积月累，夫妻二人把自己的研究成果写成《中西医结合治疗顽固性哮喘病500例》等几篇论文，先后在省内外医学刊物上发表，得到全国医学专家的重视，尤其是在治疗哮喘病领域独树一帜，令人刮目相看，颇有一番轰动。

墙内开花墙外红，是我们这个古老国度里的通病。和其他劳动模范、先进人物一样，李树森也没有逃脱在“墙内”的厄运。

一些人对千里迢迢特来找李树森治病的患者大放厥词：“找‘李大吹’，别听那一套。”“他的药里有麻醉药、有鸦片，吃了有依赖性。”

一次，院里来了一个奇特的哮喘病人。病人来自安丘宋官疃，长得前鸡胸后驼背，18岁了还不如桌子高。生下后就雪上加霜，得了这哮喘病，且愈来愈严重，发作时一个劲地在地上碰头捶胸，路人见了，惨不忍睹。

母亲含着眼泪，给他扔过去菜刀、绳子、敌敌畏，说道：“你还不如死了好。”就哭着关上孩子的门。

大半个时辰过去了，里面没有动静。开门一看，做母亲的呆了：孩子头磕在菜刀上，残疾的身体和暴喘的发作，使可怜的孩子欲死不能……

可怜天下父母心。母亲不顾年老体弱，背起孩子，一边走，一边哭。孩子在她身上，一边哭，一边喘，跟头轱辘地来到县医院，孩子已经奄奄一息。

有人幸灾乐祸地说：“这下‘风匣’专家又有了买卖，快找他去吧。”

李树森见状，二话没说，当即先给病人打上三联针，控制住病情后，又帮他们找到城里的亲戚住下，接连治了两个月，矮青年奇迹般地康复，成了一个自食其力的劳动者，解除了家庭和社会的负担。

真是无私方能无畏，艺高人胆大。

第三章 感动上帝

毕竟东流去

坐落在古城之中的那座医院，绝缘体般的高墙大院开始被时代的气息所融化。“春风已渡玉门关”，改革的热浪开始冲进这个冷清偏僻的院落，不断拂去人们心灵上的尘埃。然而不知从哪儿吹来的阴风怪气依然使人寒心。新与旧，正与邪猛烈地发生撞击，扭曲了正直和是非。

青山遮不住，毕竟东流去。

1985年，李树森攻克顽固性哮喘病的项目终于被省确定为七五期间重点科研课目。拨了经费，搞了编制，在安丘县医院正式搞起研究来。

李树森的研究史揭开了新的一页，但厄运和困难仍像响尾蛇一样缠绕着他。

十月怀胎，历经风吹雨打，跌跌摔摔。流产、夭折、难产……一齐袭来。

李树森到底感动了“上天”。

3万元的科研经费和一些高精仪器，把李树森的中西医结合研究室布置得停停当当，比起李树森家中制药棚子来讲，真是鸟枪换炮了。

李树森整天高兴地合不拢嘴，精神焕发，似乎年轻了10岁。

但是，事业的发展并不是一帆风顺。尽管道路是崎岖的，甚至是艰险的。李树森却不避险，迎难而上。

李树森太劳累了，血压升高，心动过速。他从研究室出来，只觉得天旋地转，一气之下，他白大褂都没来得及脱，就倒在了医院的病床上。

随着病情的好转，他又闲不住了。这时，他的办公室已被锁起来。无奈他就一股脑儿把病历、材料等抱到病房，在病房搞起研究来。

他把万般烦恼都深深地压在自己的心底，把满腔热情倾注到科研之中。

一天，院办公室通知他，省市卫生、科技部门的业务负责同志专程为科研项目的事而来。李树森心中忐忑不安，凶吉未卜可知。

原来，李树森刻苦攻关的事迹，感动了上级机关，专门派出工作队来落实、支持李树森的科研项目。听县里介绍完情况后，他们仍不放心李树森的科研处境，就组织人马赶来了。

省市工作队亲自来到病房看望李树森，并热情地鼓励他尽快康复，投入科研工作。

像受了委屈的孤儿突然见到了母亲，李树森两眼噙着泪珠一句话也说不出来。

这天晚上，从来不喝酒的李树森斟满了一杯“景阳春”一口呷下，苦辣酸甜，说不出是个什么味道。

港商的青睐

鹤立鸡群的潍坊鸢飞大酒店，夜幕垂帷，更显出他那伟岸的身影，似乎一切尘埃、浮云都遮挡不住它巍巍的身躯。

一间豪华客房里，香港忠健公司姜丝先生下榻后，随手打开了房间电视。偶然间，他从地方新闻节目中看到了一条令人欣喜的信息：安丘县医院李树森研究成功保健柔肤棉日用品，经北京、天津、上海等地著名医学专家、教授鉴定，为医学界首创，属国内先进水平。

正如医生会号脉一样，港商具有攫取经济技术信息的敏感能力。

第二天，姜先生就向政府提出会见李树森，投资生产这种保健用品的意向。

长期以来，李树森仍然想在哮喘病人发凉的背脊“敏感点”上打主意，多管齐下，消除病痛，偶然间，他用力揉搓病人的脊柱，使之发麻、发热、发红，病人倒像吃了一剂灵丹一样减轻了许多。

他想，弄些刺激性的药物贴在上面，不就产生同样的效果吗?

于是，他想起辣椒，想起了芥末、想起了薄荷等等，就一一做了试验。经反复调试，结果用白芥子、胡椒、薄荷等中药制成的中药包，使其产生热辣辣、凉生生的感觉，对治疗哮喘病收到了比意料还要好的效果。

李树森又开动脑筋，仿照棉背心的做法，自然妥帖地将中药包接触到“敏感点”上。夏天，就将药品有效成分提取出来，研制薄薄的药膏，然后做成单背心，穿在身上，依然疗效甚佳。

一次，他出发去济南，在饭店里吃饭时，头一回见到一次性筷子，颇觉好奇，并联想到保健背心也可以用纸做成一次性的，还可以用其他药物做成一次性裤头、治疗痔疮、妇女阴道炎等症，还可以做成一次性口罩、一次性乳罩、护肘……越想越开心，越想越高兴，要了两碗面条，吃了没几口，就只拿着那双筷子走了。

回到家，屁股没沾地，就鼓捣起来。结果不少项目都发明研制成功。

典雅华丽的潍坊十笏园宾馆，紫红色地毯四周的沙发里，坐满了潍城区政府及外经委、外事办等部门的领导。

姜先生和李树森端坐中间，待李树森介绍完保健柔肤棉日用品的性能特点后，举座一片赞叹。

李树森并没有沉浸在自我陶醉之中。此时此刻，他倒对着面前茶色玻璃茶几上那瓶可口可乐出了神。下意识地呷一口，香甜可口。他又陷入深思，以致后来港方提出准备利用他的科研成果，合资在潍坊建一生产保健日用品厂的建议时，他都没有听清。

他是一个全天候的雷达，一刻不停地从生活中捕捉科研信息。一瓶可口可乐，启迪了他那富有想象力的大脑：如果做成治疗哮喘病的饮料让病人喝，不仅能解除病痛，而且增添无穷的乐趣和吸引力。他要把良药苦口变成良药可口、良药可乐。回到家，他立即找了一个墨水瓶，把原来在五莲发现的“快壶”水和可口可乐合在一起，一口下去，别说多惬意，痛快了。

而后，他又专门请教了饮料厂的技术人员，合理配制成了止喘饮料，成为哮喘病人的抢手货。

1987年底，他的13种保健用品参加了在武汉举行的全国科技成果展览，得到了海内外医学界、企业界的好评，并引起他们的极大兴趣。

香港、深圳、湖北等地纷纷来信要求买其专利，或者共同开发生产……

第四章　辗转流浪的科学家

1988年酷暑的济南。

太阳似乎比别的地方格外低热，把人们炙烤得喘不过气来。李树森两项成果同时被省里通过鉴定。他成功了，但却失魂落魄苦不堪言。一阵评职称的旋风过后，大多数人皆大欢喜，李树森却连副主任医师也没聘任上。

他相信伟大的国家天无绝人之路，相信党的知识分子政策。54岁的李树森开始了他的艰难而又漫长的流浪。

青岛街头的颠沛

在省科委，大家纷纷挽留李树森来这里工作，特地为他搞一个卫生保健品厂。

李树森高高兴兴回了家。没想到和老伴一说，吕德著死活不肯去那“锅炉”挨热：

“这么大岁数了，哪里不是干，干吗把老骨头撇在外面？”

“我何尝不想安安稳稳生活，搞科研，可这里……”说起来，李树森显得十分悲怆。

"要走，咱还是去青岛看看吧。"老吕也着实可怜老伴的处境，就来了个折中办法。因为"文革"期间青岛有一批知青下乡留在安丘，时常把李树森攻治哮喘病的信息带到这海滨之城。来找他看病的越来越多，影响极大，有的医院还曾邀过他。所以老伴作此想。

老两口刚要启程，泗水县医院不知怎么得到这个信息，特来聘请他去那儿工作。还摊开了优厚的条件：每年让他提成10%。在安丘，他年创收30万元，岂不就是3万元！还免费提供一套装有煤气管道的房子，来人说着还拿出了房子的照片给他们看。

李树森和老伴合计了一下，还是婉言谢绝了。他们的胸怀并不在于丰厚的物质条件，而是找一个可靠优越的科研环境。

夏日的青岛，凉风习习，海鸥翩翩。满眼是秀丽的景致，令人心旷神怡。

45年前，年幼的李树森在他父亲母亲的带领下，流浪街头。挨家讨饭。想起那苦难的童年，又看看今天的窘状，李树森一阵心酸，眼泪掉下来。

来到曾经聘请过他们的青岛沧口医院，只见破烂的门面和别扭的设施，心里就凉了七分。他们呆呆地在门口坐了一会，就摇着头走了。

第二天，夫妻俩去了青岛市第五医院。院领导用审慎的眼光来回打量着这对毛遂自荐的伉俪。

李树森摊开他的科研成果。主人却不动声色。最后，大家不冷不热地说："成果嘛确实不错，可我们对您不了解。调查一下，研究研究再说吧！"

夫妻俩对这种官僚主义作风厌恶不已，悻然告辞。

他们又辗转到了青岛纺织医院，仍然没有结果。

夜晚，老两口一前一后漫步在青岛栈桥，遥望着大海深处熠熠生辉的灯塔，夫妻俩相对长叹，潸然泪下。

海阔天空，天地之大，竟没有两位老人的立足之地。

最后，他去找原在安丘工作过的青岛市委领导；说明来由和经历，老领导立即召集科技、卫生部门的负责人前来洽谈。

真金到底不会埋没，好马终遇伯乐。还没等到李树森把他的科研成果介绍完毕，与会者当即表示，在青岛专门建一个哮喘病研究所，并聘任李树森为主任医师、吕德著为副主任药师，三口人的户口一起来青岛。

回到住处，这对老夫妻竟孩童般地失声哭了。是过于兴奋还是太悲伤，是看到了希望的曙光还是感到前途渺茫，李树森自己也说不清。

反复难挨的七个月

回到安丘，李树森就开始收拾东西，打点行李了。可惜，他太幼稚了。当他到县卫生局转关系时，受到了当头一棒：要走，须经县人事局、组织部、县政府、市有关部门批准。

随之，李树森要去青岛的消息不胫而走，很快被县委、县政府和市有关部门获悉，潍坊市副市长李惠信，这位大学教授出身的领导明确指示："决不能让李树森走了。"这下可难为了市、县有关部门的领导——李树森的技术职务没有聘任，这工作如何做通。

一天，一辆面包车从潍坊开出来。潍坊市科委、卫生局的有关负责同志怀着一种说不出的心情赶到安丘县城。市、县领导坐在一起，当着李树森的面，来了个现场办公，拍板定案。

会上，李树森慷慨激昂，表示要离开这里找一个好的科研环境。

大家面面相觑，无言以对。

"如果潍坊市聘任你为主任医师，给你办一个哮喘病研究所，你住下不？"市科委副主任王宝平打破寂寞，直言相商。

"我当然住下！"李树森毫不含糊地应道。

“如果安丘县聘任你为主任医师，给你办一个哮喘病研究所，你住下不？”安丘县副县长热情相邀。

“我也在安丘住下！”李树森到底在这里工作了几十年，怀恋这片故土。

“好，就这么定了！”市县领导当即敲定。

县里还答应给他两套房子，一部汽车，哮喘病研究所的牌子就挂在县医院门口。

这天晚上，李树森高兴地又度过了一个不眠之夜。

一个月过去了，却没见下文；

两个月过去了，仍不见研究所的影子；

三个月过去了，依然石沉大海，

……

到了第五个月，李树森万般无奈，径直来到县委副书记、县长刘德仕的办公室。刘德仕问明来龙去脉，当即让办公室通知明早7时半召集卫生局长等前来汇报研究哮喘病研究所事宜。

李树森急病人之急，整天急得直跺脚。他觉得不能搞研究、为群众治病是最大的痛苦。这天李树森来到领导机关，他两手发抖地从提包里掏出一大摞信件，噙着眼泪激动无比：

“病人等着治病，科研项目等着进行，一晃7个月过去了，请想想，我到退休还有几个7个月……”

半个月后，还是那辆面包车，还是那些乘客又来到当初那个会议室。真是解铃还须系铃人……

时来运转

爆竹一声除旧岁，春节的鞭炮声驱散了龙年那悲怆的厄运。随着蛇年的到来。李树森也时来运转。

干练而又办实事的潍坊市科委副主任王宝平从安丘回来后，在市政府领导的支持下，会同卫生部门，在潍坊给李树森找好了一座办公楼，并几次跑到省里申请了资金，帮助李树森办理了手续，停停当当地开办起潍坊市哮喘病研究所。

正月初六，李树森偕同吕德著和几位助手一同前来筹备。在潍坊，他们人生地不熟，可每到一处，每办一件事，听说他就是治疗哮喘病的李大夫，都有求必应。

他做桌子、案子需要钢材潍坊钢窗公司廉价卖给他；他要配备一个接待室，潍坊清池沙发厂把沙发、茶几、地毯送上门，安装好，只收了工本费；他去工商局办理营业手续，受到热情接待和周到服务；邮电局还上门为他安装了电话……

李树森沐浴着这春天般的温暖，真正体味到人世间的真挚情谊。

难挨的7个月，不仅李树森忍耐不住，广大哮喘病人也求医无门，求药无方。现在，李树森终于有了一个能潜心研究，安心治病的地方，那些哮喘病人有救了。

大结局——皆大欢喜

1989年7月29日上午9时。

宽阔笔直的潍坊东风大街东段北侧的市农科所院里，一派节日气氛。东侧一栋三层楼上赫然写着“潍坊市哮喘病研究所”，几挂鞭炮在楼底下“噼里啪啦”地放着。

我揣着一份李树森特意送给的印刷精美的请柬，步入楼上会议室，热烈而严肃的潍坊市哮喘病研究所开诊仪式正在进行。

主席台上，市长、人大常委会主任、政协主席、原行署专员和省市科技、卫生部门的领导一字儿摆开。下面，坐满了各行、各业、各地的代表。

神采奕奕的李树森热情地招应来客，并向来宾介绍哮喘病研究所的筹建情况。

有志者事竟成，他终于成功了。

一会儿，但见安丘县卫生局和县医院的几位领导手捧大匾步入会场，热情向李树森道贺，李树森也如见重逢的老朋友、老领导，硬将他们往主席台上拖，感情真挚而又坦诚。

瞅了个空当，李树森在我耳朵上高兴地说：此一时，彼一时，时代在发展，人们在变化。这些老领导老同事最近还经常来帮我搞筹备，出谋划策呢！

在楼下合影留念时，我留神李树森和安丘来客手握手、肩并肩地挨在一起，是那样的和睦、亲热，是那么样的心心相印，肝胆相照。

哦，惊疑过后，我又理解了，叹服了……

夏去秋至、寒来暑往，开业不到一年，李树森的哮喘防治研究所取得了突飞猛进的发展。研究成功了具有世界先进水平的哮喘气管炎专门氧舱和气管炎康复治疗仪，在高服氧领域取得新的突破，受到中国科学院有关领导的高度重视。他们所编写的治疗哮喘的专著将在中、美两国同时出版。目前，研究所正在筹建一座现代化的哮喘康复大楼，为人民的健康事业作出新的贡献。

治艺之道贵在创新

——再访著名水彩画家封思孝先生

作为一位享誉海内外的当代中国水彩画画家，封思孝先生始终履行着自己与真、善、美的心灵之约，在中西文化交融的现代语境中，发乎情，起于思，抵于理，以一位资深艺术家的学识和修养，凭借着对生活的热爱和对中华民族传统文化的深深关切，孜孜不倦地探索与创新于艺术这块神圣的领地。可以说，封思孝先生是中国水彩画坛上无法绕过的一个人。10年前封思孝刚从大洋彼岸回国之际，笔者曾采访过，事隔10年之后，在《封思孝水彩画集（上下集）》出版发行之际，我再次拜见了这位艺术家并领略了其这些年新的水彩艺术和境界。

“中西合璧，尽情尽性的极致”

打开封思孝的画集，在这里，艺术失去了国界的概念，众域浓如斯，“环球同此凉热”，呈现给人们的是一个绚丽多彩的和谐世界。封思孝先生采撷世界众多地域风光成集的水彩画，改变了人们对自然的观看和记录方式，让大洋彼岸与此岸得到共识。封思孝先生致力于中国画与水彩画的兼容与结合，特别是20世纪90年代以后，封思孝先生走出国门，先后到美国、新加坡、缅甸等国家讲学和从事绘画创作，大大丰富了绘画艺术理论与实践，由于封思孝既有扎实的中国绘画功底，同时，又对西方绘画有较高的造诣，所以他在中西兼容的艺术实践中取得了丰硕成果，形成了独特的绘画风格。

西洋画法和中国画法是两种不同的绘画体系，西洋画法重视物象的结构、造型、用光、用色；中国画法强调以线写形，以形写神，注重线、墨、色的结合，这两种画法孰优孰劣，长期以来绘画界众说纷纭。封思孝先生坚持认为，艺术的顶峰是没有国界的，西洋画法与中国画法，都是前人在长期的实践中总结而出的。它的起点与终点是一样的，其不同的是，从起点到终点，并没有严格的跑道线，如何跑法那是画家自己的事情。西洋画法与中国画法，各有优越性，同时也各有局限性。

在绘画实践中，东方绘画如何结合西方绘画，西方绘画如何揉入东方绘画，尤其是将东西方绘画与中国独特的书法艺术相互借鉴，相互利用，做到中西兼容，这是绘画艺术活力之所在，发展之必须，也是多年来封思孝先生孜孜追求的目标。

史树青老先生被封思孝先生的绘画作品所感染、所陶醉。当他看到水彩画《静泊》时，赞叹不已地对封思孝说：“你的画，中西兼容，达到了尽情尽性的极致，了不起！”

“历史的时空悬挂着现今鲜活的太阳”

著名书画家兼评论家朱延亭在封思孝最近在人民美术出版社出版的画集序言中开宗明义，精辟地评价封思孝的画集是：“在这里，古今没有裂痕和代沟，历史的时空悬挂着现今鲜活的太阳。”首先，他吸收运用了中国绘画的精粹，如：中国山水画的“空灵感”“空白”的运用，“笔触”“水墨”的作用，特别是在对画面意、情的追求上，更是以中国传统的绘画方法为出发点，加以构思。所以，封思孝的水彩画，是东方味道很浓且极具新颖感的水彩画。例如，他笔下的《江南水乡》一画，描绘的是我国江南水乡的一个小镇，他首先以中国传统绘画方法，以“意”为主调，大面积的运用留白，以空白代替水乡的云烟天水，在画面的布局上，他通过高度地概括，用白代替了主体建筑周围的一切，从而突出了主题，增加了情调。在具体描绘上，他采用传统水彩画技法，为了加强雨雾蒙蒙的气氛，他用湿画法，大水分，把天空涂染成灰色调，使天空给人以阴雨沉重地感觉，远景的房屋，用笔洗练，色彩单调，在湿重的天空上稍作点缀。中景的主建筑群亦采用湿画法，色彩在湿中稍加变化。在近景石墙、小桥、渔船和水面的处理上，他加重色彩，使其与远景形成鲜明对照，空灵感、立体感更加突出。为了加强画面的深度，作品基本完成后，作者又在右下角加点人物，从而更增加了作品的鲜活与生动。在中国绘画方面，他在保持传统笔墨技法的基础上，大胆地将西洋画的光线明暗、色彩、水分有机地糅入中国山水画中，使自己的中国山水画既有中国画的气势、韵味，又具西洋画的色彩、洒脱，富有现代感。他的中国山水画《杨集山村》，巧妙地运用了中国传统绘画线和山石的技法，又结合水彩画留白的运用，用中西结合的绘画技法，层层渲染，使画面具有一种深远宁静的空灵之感，有气势、有韵味、有色彩，给人以现代美的感觉。

其次，封思孝与众不同之处还在于，他不仅在一画种上有非凡造诣，而且集水彩画、中国画、中国书法于一身，均达到相当高的水平。封思孝认为，中国的书法是我国的国粹，属世界上独一无二的文字艺术，中国书法与中国绘画原本为一体，有着共同的艺术语言，这就是书法的前身。书法说到底，就是绘画的另一种表现形式，中国的绘画要像字，中国的书法要像画，两者在艺术追求上是完全可以相互吸收，相互借鉴的，有些上乘的书法作品，感觉生动，且富有灵气，甚至感觉在纸上跃动，这就是画的感觉。书法的每一笔都十分讲究，或粗或细，或长或短，或干或湿，或疏或密，或断或连，其变化莫测，可以说，这是中国绘画用笔的基础，是学习中国绘画的根本，也是中国书法艺术与西洋绘画的根本区别。封思孝对研习中国书法如醉如痴。70年代，他从汉隶张骞碑入手；80年代，他又攻楷书韵体；90年代习练行草。封思孝的隶书古朴典雅，特别是他的隶草，更是结构新颖，生动流畅，有着强烈的个性色彩；他的楷书，用笔挺拔厚重，清秀有力。近年来，他的行草更是笔墨飞舞，苍劲奔放。

“治艺之道，贵在创新。”

这是又一部传统与创新浑然融汇相映生辉的画卷。打开此画集，使人油然产生别开生面、焕然一新的感觉，既似曾相识，又更加辉煌，引人入胜。

正像著名水彩画家李剑晨先生为他的题词“治艺之道，贵在创新”所希望的那样，封思孝先生在艺术领域里不断开拓自己的创新之路。封思孝在绘画艺术求索的道路上，一直以恩师的题词为座右铭，勤奋地耕耘。先前，封思孝在民间艺人用木片写字的启发下，成功地创造了“木笔水彩画”。他通过多种尝试，用柳木片，研制出各种型号、各种式样的水彩笔及其他用具，完善了木笔水彩画技法。同时，撰著并发表了《木笔水彩画技法》一书，为丰富水彩画表现技法尽了自己的力量。他的木笔水彩画，不仅保持了水彩画清新透明，圆润流畅，轻松简洁，水分淋漓的特点，而且有其善于表现复杂景物的功能，形成色彩薄而不浮，具有平整和清晰的特色。他的“木笔”与“流动”水彩画，在绘画界独树一帜。封思孝用木笔创作的《南方细雨》一画，远景的建筑，采用木笔以湿画法表现，笔触则根据建筑的结构进行安排，成块面状。近景小船与水中倒影，则用干画法，笔触刚劲有力，与湿画法形成鲜明对比，产生了强烈的渲染效果。众所周知，水彩画是西方舶来品，中国的水彩画之所以在国外这么受欢迎，就是因为他成功地吸收西方现代画派的艺术表现手法，将其先进的工具颜料与神奇的东方艺术相结合。在他看来，只有深深扎根于中华民族传统艺术的沃土之中，奋力开掘，才能使中国水彩画“之道”，不断“创新”。他笔下的动物都是温情可爱，就是凶猛的动物也充满了生活气息。《月·藤·猫》一画，他以独特的表现手法烘托出高新的立意，洒满柔和的月光的藤萝树下，两只清新活泼的小猫抓住丝藤，既形影孑孓，又天真幼稚、活泼可爱，与远景清淡朦胧的藤萝树林、中影一轮明月交相辉映，错落有致，特别是猫爪中那几株纤细的丝藤如同“慈母手中线”，惟妙惟肖，观赏这些画，会使每一个人立即受到一种强烈的震撼力的感染力，激起人们保护动物、保护大自然和生态环境的使命感。

创新是一个民族振兴的动力，创新也是艺术家步入艺术殿堂的基石。封思孝的水彩画，在国内广受好评，参加过第六届、第七届、第八届全国美展，并在中国美术馆等举办过个人画展，中央电视台也为其做过专辑。其作品除被国家领导人、中国美术馆、高等院校及个人广泛收藏外，还被国家的大、中小学教材选编其精品作示范，培育莘莘学子的美学理念。在大西洋彼岸，封思孝也颇受欢迎，他曾应邀赴美国讲学数年，并先后在旧金山，夏威夷等地举办个人画展，其轰动效应颇为可观，甚至于被旧金山市授予其“荣誉市民”称号。去年加拿大美术中心在全球遴选画家个人展时，封思孝又以绝对优势被邀。其作品被收藏者抢购几空。现今，美国、加拿大、墨西哥、韩国等许多国家美术馆也都把他的作品列入馆藏品。封思孝的成功正是基于他的孜孜以求的创新精神……